ROBYN YOUNG

Die Blutschrift

Buch

Im späten 13. Jahrhundert, zu einer Zeit, als Kampf ein adäquates Mittel schien, um die Verbreitung des Christentums zu erreichen, wachsen der junge Will Campbell und sein Freund Garin de Lyons zu jungen Männern heran. Schon von Kindesbeinen an ist es ihnen vorbestimmt, im Orden der Templer zu leben, um dort zu stolzen Rittern ausgebildet zu werden. Obwohl Will, der nicht dem englischen Erbadel entstammt, sehr talentiert ist, hat er schwer mit der harten Disziplin der Templer zu kämpfen. Und dann sind da noch das gefährliche Geheimnis, das den Ritter Everard umgibt – und seine verwirrenden Gefühle für Elwen, die schöne Nichte seines Lehrmeisters. Dann erhält Will einen Auftrag, der ihn jäh in einen Strudel aus Intrigen und Verrat zieht: Er soll ein gestohlenes Buch zurückbringen, das die Identität einer Geheimgesellschaft innerhalb der Templer enthüllt – und deren gefährliche Pläne ...

Autorin

Mit ihrem Debüt *Die Blutschrift* gelang der Britin Robyn Young in Großbritannien und den USA ein großartiger Durchbruch, der sie auf die Bestsellerlisten schnellen ließ. Geboren 1975 in Oxford, begann sie schon früh, Gedichte und Kurzgeschichten zu schreiben. Aber erst während eines Seminars in Creative Writing fand sie den Mut, ihre Ideen zu *Die Blutschrift* zu Papier zu bringen. Heute lebt Robyn Young in Brighton und wenn sie nicht gerade an einer historischen Trilogie schreibt, unterrichtet sie Creative Writing an verschiedenen Colleges.

Bei Blanvalet von Robyn Young außerdem bereits erschienen:

Die Blutritter (36658) · Die Blutsfeinde (36659)
Rebell der Krone (37246) · Krieger des Friedens (37247)

ROBYN YOUNG

Die Blutschrift

Historischer Roman

Aus dem Englischen von Nina Bader

blanvalet

Die Originalausgabe erschien 2006
unter dem Titel »Brethren« bei Hodder & Stoughton,
a division of Hodder Headline, London.

MIX
Papier aus verantwortungsvollen Quellen
FSC® C014496

Verlagsgruppe Random House FSC® N001967
Das FSC®-zertifizierte Papier *Holmen Book Cream*
für dieses Buch liefert Holmen Paper, Hallstavik, Schweden

1. Auflage
Taschenbuchausgabe Juli 2014 bei Blanvalet Verlag,
einem Unternehmen der
Verlagsgruppe Random House GmbH, München

Umschlagillustration: © Johannes Wiebel | punchdesign,
unter Verwendung von shutterstock.com
Redaktion: Werner Bauer
LH · Herstellung: sam
Druck und Einband: GGP Media GmbH, Pößneck
Printed in Germany
ISBN: 978-3-442-38360-3

www.blanvalet.de

Prolog

Aus dem *Gralsbuch:*

Heller als die Sonne selbst erstrahlt
Der See; das Wasser brodelnd schäumt
Und obgleich jedes lebend Wesen
Vergehen müsst in dieser Glut
Erblickte Parsifal Geschöpfe dort
Schwarz und grässlich anzuschauen
Wie von der Hölle ausgespien
Mit Flammenschwingen, Feuerklau'n
Sich windend in dem gleißenden Schlund
Doch am Ufer stand ein Ritter
Gehüllt in einen Mantel weiß wie Schnee
Auf der Brust ein blutrot' Kreuz
Er wandte sich zu Parsifal
Zum See den Arm streckte er hin
Alsdann erscholl laut sein Befehl
Parsifal, bring nun dein Opfer dar!

Zu Stein erstarrt stand Parsifal
Sein Herz ward schwer, nicht lassen mocht' er
Von dem Schatz in seiner Hand
Erneut erklang des Ritters Stimme
Diesmal laut wie Glockenhall
Wir sind Brüder, Parsifal
Ein Bruder dir nie Übles will

Wiedererlangt wird, was du verloren geglaubt
Zum Leben erwacht, was tot du wähnst
Und Parsifal, mit neu erstarktem Glauben
Beugte sich vor, sprach ein Gebet
Und warf die Schätze in den See
Das Kreuz aus schwerem, purem Gold
Den siebenarmigen Leuchter, aus Silber gehämmert
Zuletzt den Halbmond aus dunklem Blei
Der lautlos in der Flut versank

Dann plötzlich erfüllte Gesang die Luft
Unirdische Stimmen, zu einer vereint
Wehten vom Windhauch sachte getrieben
Lockend über den Himmel hinweg
Das Feuer des Sees erlosch alsbald
Das Wasser lag klar und ruhig da
Und ihm entstieg ein Mann aus Gold
Mit silbernen Augen und jettschwarzem Haar
Parsifal sank auf die Knie
Von schierem, reinem Glück durchströmt
Hob er den Kopf und rief dreimal
Gelobt seist du, o Herr!

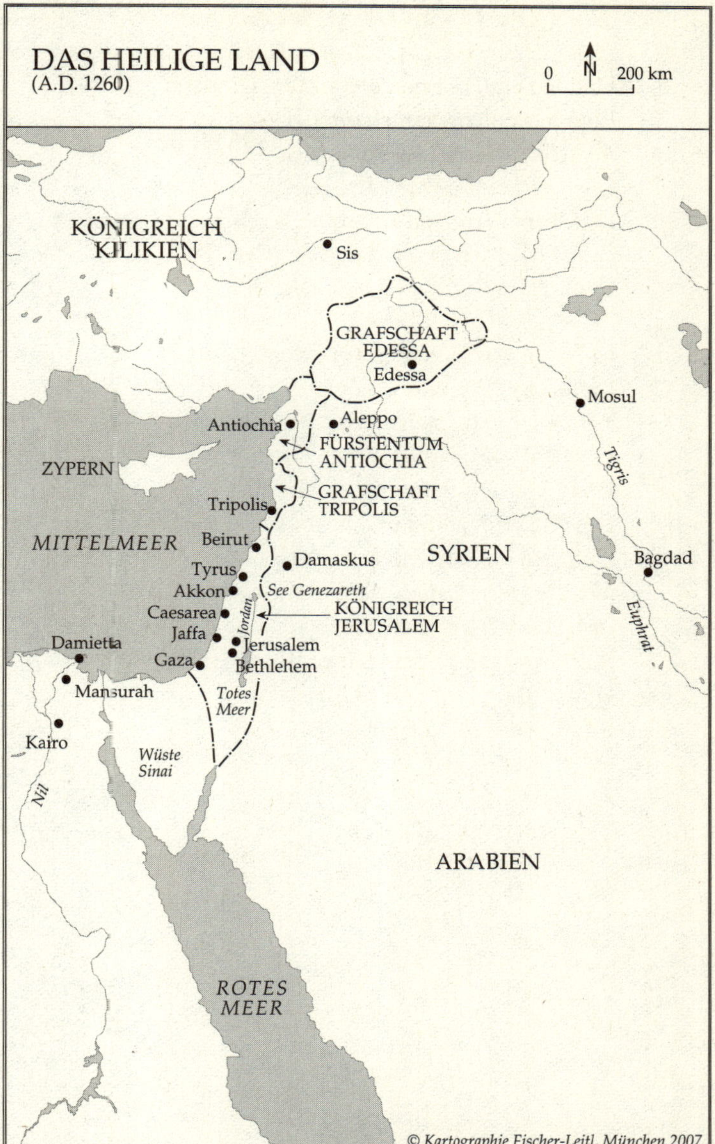
DAS HEILIGE LAND
(A.D. 1260)
0
N
200 km
KÖNIGREICH KILIKIEN
Sis
GRAFSCHAFT EDESSA
Edessa
Mosul
Antiochia
Aleppo
FÜRSTENTUM ANTIOCHIA
ZYPERN
GRAFSCHAFT TRIPOLIS
Tigris
Tripolis
MITTELMEER
Beirut
SYRIEN
Damaskus
Bagdad
Tyrus
Akkon
See Genezareth
Caesarea
KÖNIGREICH JERUSALEM
Jordan
Jaffa
Euphrat
Damietta
Jerusalem
Gaza
Bethlehem
Mansurah
Totes Meer
Kairo
Wüste Sinai
Nil
ARABIEN
ROTES MEER
© Kartographie Fischer-Leitl, München 2007

Erster Teil

1

Ayn Jalut (Teiche des Goliath), Königreich Jerusalem
3. September A. D. 1260

Die gleißende Sonnenscheibe näherte sich dem Zenit und verwandelte den satten Ockerton des Wüstensandes in das fahle Weiß ausgebleichter Knochen. Über den Kuppen der Hügel, die die Ebene von Ayn Jalut säumten, zogen Bussarde ihre Kreise; ihre heiseren Schreie hallten durch die glutheiße Luft. Am westlichen Rand der Ebene warteten zweitausend berittene Krieger geduldig auf das Zeichen zum Angriff. Obwohl ihre Überwürfe und Turbane ihnen wenig Schutz vor der erbarmungslos auf sie niederbrennenden Sonne boten, ließ keiner der Männer einen Laut der Klage vernehmen.

Baybars Bundukdari, der Befehlshaber des Bahri-Regiments, griff nach dem Wasserschlauch, der neben zwei Krummsäbeln, deren Klingen mit Kratzern und Kerben übersät waren, an seinem Gürtel hing. Nachdem er einen tiefen Schluck genommen hatte, rollte er die Schultern, um die verkrampften Muskeln zu lockern. Der Rand seines weißen Turbans war schweißdurchtränkt, und das Kettenhemd, das er unter seinem blauen Umhang trug, fühlte sich ungewöhnlich schwer an. Der Morgen verstrich, die Hitze nahm zu, und das Wasser hatte zwar Baybars' ausgedörrte Kehle besänftigt, nicht aber den quälenden Durst zu stillen vermocht, der tief in seinem Inneren brannte.

»Amir Baybars«, murmelte ein jüngerer Offizier, der neben Baybars' schwarzem Hengst an der Spitze der Truppe auf seinem

Pferd saß. »Die Zeit verrinnt. Die Kundschafter müssten schon längst wieder hier sein.«

»Sie werden bald zurückkommen, Ismail. Hab Geduld.« Während Baybars den Wasserschlauch wieder an seinem Gürtel befestigte, ließ er den Blick über die Reihen des Bahri-Regiments schweifen, die hinter ihm Stellung bezogen hatten. Auf den Gesichtern aller Männer lag derselbe Ausdruck grimmiger Entschlossenheit, den er schon oft bei Kriegern kurz vor einer Schlacht gesehen hatte. Bald würde sich dies ändern. Baybars hatte schon die kühnsten Kämpfer erbleichen sehen, wenn sie sich einer feindlichen Armee gegenübersahen, die ihrer eigenen in jeder Hinsicht ebenbürtig war. Aber wenn die Zeit gekommen war, würden sie bis zum letzten Atemzug kämpfen, denn sie waren Soldaten der Mameluckenarmee, der Sklavenkrieger Ägyptens.

»Amir?«

»Was gibt es, Ismail?«

»Wir haben seit dem Morgengrauen nichts mehr von den Kundschaftern gehört. Was, wenn sie gefangen genommen wurden?«

Als Baybars die Stirn runzelte, wünschte Ismail, er hätte den Mund gehalten.

Wie die meisten seiner Männer, so war auch Baybars hochgewachsen, schlank und sehnig; er hatte dunkelbraunes Haar und eine zimtfarbene Haut. Was ihn von der Masse der anderen abhob, war sein Blick, der aufgrund einer Fehlbildung in Form eines weißen Sterns in der Mitte seiner linken Pupille ungewöhnlich stechend wirkte, was ihm den Spitznamen eingetragen hatte, unter dem er bekannt war – die Armbrust. Der junge Offizier Ismail, den diese scharfen blauen Augen jetzt durchbohrten, kam sich vor wie eine Fliege, die in einem Spinnennetz zappelt.

»Ich habe doch eben gesagt, du sollst dich in Geduld fassen.«

»Ja, Amir.«

Baybars' Blick wurde weicher, als Ismail betreten den Kopf senkte. Jahre zuvor hatte er selbst an vorderster Front seiner ersten Schlacht entgegengefiebert. Damals hatten die Mamelucken auf einer staubigen Ebene in der Nähe eines Dorfes namens Herbiya gegen die Franken gekämpft. Baybars hatte die Kavallerie befehligt, und innerhalb weniger Stunden hatten sie ihre Feinde vernichtend geschlagen, und das Blut der Christen war im Sand versickert. Mit Allahs Hilfe würde er heute einen ähnlich großen Sieg erringen.

In der Ferne stieg eine kleine Staubwolke von der Ebene auf und nahm langsam die von der flirrenden Hitze verzerrten Umrisse von sieben Reitern an. Baybars stieß seinem Pferd die Fersen in die Flanken und löste sich aus den Reihen seiner Krieger. Seine Offiziere folgten ihm.

Der Kundschaftertrupp kam rasch näher, der Anführer lenkte sein Pferd auf Baybars zu, zügelte es scharf und brachte es direkt vor seinem Kommandanten zum Stehen. Das Fell des Tieres glänzte vor Schweiß, Schaumflocken standen vor seinen Nüstern.

»Amir Baybars!« Der Reiter keuchte und rang mühsam nach Atem. »Die Mongolen kommen!«

»Wie groß ist ihre Armee?«

»Sie umfasst zehntausend Mann, Amir.«

»Und wer befehligt sie?«

»Falls wir denn richtig unterrichtet sind, wird sie von General Kitboga angeführt.«

»Haben sie euch gesehen?«

»Dafür haben wir gesorgt. Die Vorhut ist dicht hinter uns, der Hauptteil der Truppen auch gleich dahinter.« Der Kundschafter trieb sein Pferd näher an das von Baybars heran und dämpfte seine Stimme, sodass die anderen Offiziere Mühe hatten, seine Worte zu verstehen. »Sie sind uns zahlenmäßig überlegen, Amir, sie führen viele Kriegsgeräte mit sich, und wir haben in Erfahrung gebracht, dass diese Truppen nur ein Drittel der gesamten mongolischen Armee ausmachen.«

»Wenn du einem Ungeheuer den Kopf abschlägst, wird sein Leib sein Leben aushauchen«, erwiderte Baybars.

Der schrille Klang eines mongolischen Horns zerriss die Luft. Andere fielen ein; ein misstönender Chor, dessen Gesang von den

Hügeln zu den Mamelucken hinüberwehte. Die Pferde, die die Anspannung ihrer Reiter spürten, begannen zu schnauben und unruhig mit den Hufen zu scharren. Baybars nickte dem Anführer der Kundschafter zu, dann wandte er sich an seine Offiziere. »Auf mein Zeichen leitet ihr den Rückzug ein.« Er sah Ismail an. »Du wirst an meiner Seite reiten.«

»Zu Befehl, Amir.« Die Augen des jungen Mannes leuchteten vor Stolz auf.

Einen Moment lang war außer dem Jaulen der Hörner in der Ferne und dem leisen Seufzen des Windes, der über die Ebene strich, kein Laut zu hören. Eine Staubwolke verdunkelte den Himmel im Osten, als die ersten Reihen der mongolischen Armee hoch oben auf den Hügeln auftauchten. Die Reiter verharrten kurz auf dem Gipfel, ehe sie sich wie eine dunkle Welle über die Ebene ergossen. Das Sonnenlicht fing sich in ihren Schwertern und ließ die stählernen Klingen hell aufblitzen.

Hinter der Vorhut rückte der Hauptteil der Armee auf den Feind vor, angeführt von mit Speeren und Bogen bewaffneten Reitertruppen, denen Kitboga selbst folgte. Der Mongolenführer wurde von Veteranenkriegern in ledernen Rüstungen und eisernen Helmen flankiert, die jeder zwei zusätzliche Pferde am Zügel führten. Hinter dieser Kolonne rollten Belagerungstürme und Karren voller Beutegut, das aus von den Mongolen überfallenen und ausgeplünderten Dörfern und Städten stammte. Diese Karren wurden von Frauen gelenkt, über deren Rücken große Jagdbogen hingen. Dschingis Khan, der Gründer des Mongolenreiches, war vor dreiunddreißig Jahren gestorben, doch sein Kampfgeist lebte in den Kriegern weiter, die jetzt im Begriff standen, die Mamelucken anzugreifen.

Baybars war seit Monaten auf diese entscheidende Schlacht vorbereitet, doch der glühende Wunsch nach Rache beherrschte ihn allerdings schon viel länger. Vor zwanzig Jahren waren die Mongolen in seine Heimat eingefallen, hatten das Land seines Stammes verwüstet und die Viehherden gestohlen. Zwanzig Jahre waren vergangen, seit seinem Volk keine andere Wahl geblieben war, als vor dem Angriff der Feinde zu fliehen und bei einem benachbarten Stammeshäuptling Schutz zu suchen, der sie dann verraten und an syrische Sklavenhändler verkauft hatte. Aber erst als vor einigen Monaten ein mongolischer Abgesandter in Kairo eingetroffen war, hatte sich Baybars eine Möglichkeit eröffnet, Vergeltung an den Menschen zu üben, die ihn unter das Joch der Sklaverei gezwungen hatten.

Der Abgesandte hatte den Mameluckensultan Kutus im Namen seines Herrn aufgefordert, sich dem mongolischen Herrscher zu unterwerfen, und diese Unverschämtheit hatte – zusammen mit dem letzten verheerenden Angriff der Mongolen auf die muslimisch regierte Stadt Bagdad – den Sultan endlich dazu bewogen, dem Feind die Stirn zu bieten. Die Mamelucken neigten vor keinem anderen als Allah das Haupt. Und während Kutus und seine militärischen Ratgeber, Baybars eingeschlossen, einen Schlachtplan entworfen hatten, war der mongolische Abgesandte vor den Mauern von Kairo bis zum Hals im Sand eingegraben worden, wo er Zeit hatte, über seine Fehler nachzudenken, bis die Bussarde ihr Werk vollendeten. Nun würde Baybars seinen ehemaligen Peinigern eine ähnliche Lektion erteilen.

Er wartete, bis die vordersten Linien der schweren Kavallerie die Ebene zur Hälfte hinter sich gelassen hatten, dann riss er sein Pferd herum, zog einen seiner Säbel aus der Scheide und schwang ihn hoch über seinem Kopf. Die Klinge blitzte im Sonnenlicht.

»Krieger von Ägypten!«, brüllte er. »Für uns ist der Tag der Rache gekommen! Mit Allahs Hilfe werden wir siegen, und der Berg der Leichen unserer Feinde wird höher als diese Hügel sein!«

»Für den Sieg!«, erscholl die Antwort der Soldaten des Bahri-Regiments. »Im Namen Allahs!«

Im nächsten Moment wandten sie sich wie ein Mann von der näher rückenden Armee ab und trieben ihre Pferde auf die Hügel zu. Die Mongolen, die dachten, der Feind würde außer sich vor Angst und Entsetzen die Flucht ergreifen, nahmen unter wüstem Gejohle die Verfolgung auf.

Die im Westen gelegene Hügelkette, die sich am Rand der Ebene entlangzog, war breit und niedrig und wurde von einer weiten Felsschlucht durchschnitten. Baybars und seine Männer sprengten durch diese Lücke, gefolgt von der Vorhut der Mongolen, die sich durch die von den Hufen der Mameluckenpferde aufgewirbelten Staubschwaden kämpften. Hinter ihnen drängte sich der Haupttrupp der feindlichen Armee durch die Schlucht. Der Boden erzitterte unter dem Hufgetrommel, Sand und Geröll lösten sich von den Hängen der Hügel und prasselten auf die Männer nieder. Auf ein Zeichen von Baybars hin zügelten die Krieger des Bahri-Regiments ihre Pferde, drehten sich zum Feind und versperrten ihm den Weg. Plötzlich hallten der Klang zahlreicher Hörner und das Donnern mächtiger Kesselpauken von den Felswänden wider.

Auf dem Hügelkamm oberhalb der Schlucht hob sich eine Gestalt dunkel vom Sonnenlicht ab: Kutus. Er war nicht allein. Auf den Hügeln und der Talsohle waren Tausende von Mameluckensoldaten aufmarschiert. Die Regimenter der Kavallerie, unter denen sich auch zahlreiche Bogenschützen befanden, trugen verschiedene Farben – Violett, Purpurrot, Orange und Schwarz. Sie erweckten den Eindruck, als sei der Hügel in einen bunten Flickenumhang gehüllt, auf dem die in der Sonne schimmernden Helme und Speerspitzen wie Silberstickerei wirkten. Mit Schwertern, Keulen und Bogen bewaffnete Infanteristen bezogen Schlachtaufstellung, und eine kleine, aber todbringende Gruppe aus Beduinen und kurdischen Söldnern, die sieben Fuß lange Speere in den Händen hielten, flankierte die Flügel dieser Armee.

Die Mongolen waren in Baybars' Falle gefangen. Nun brauchte er die Schlinge nur noch zuzuziehen.

Auf die Hörnerfanfaren folgte der Kriegsruf der Mamelucken, ein vielstimmiges Gebrüll aus Tausenden von Kehlen, das einen Moment lang sogar das Trommelgedröhn übertönte. Dann ging die Mameluckenkavallerie zum Angriff über. Einige Pferde glitten auf den Hängen aus, stürzten zu Boden und warfen ihre Reiter ab, deren Schreie im Donnern der Hufe untergingen. Zwei Mameluckenregimenter jagten über die Ebene von Ayn Jalut, um den Rest der mongolischen Truppen in die Schlucht zu treiben. Baybars wirbelte seinen Säbel über dem Kopf und stieß erneut einen Schlachtruf aus, in den seine Männer einstimmten.

»*Allahu akbar! Allahu akbar!*«

Die beiden Armeen trafen in einem Gewirr aus Staub, Schreien und Waffengeklirr aufeinander. Innerhalb der ersten Sekunden fielen auf beiden Seiten Hunderte von Männern, der Boden war mit Leichen übersät, über die die Kämpfer, die noch auf den Beinen waren, ständig zu stolpern drohten. Pferde bäumten sich auf, Blutfontänen schossen in die Luft, die von den qualvollen Schreien der Sterbenden erfüllt war. Die Mongolen waren für ihre Reitkünste berühmt, konnten ihr Geschick aber in der schmalen Schlucht nicht optimal zum Einsatz bringen. Während die Mamelucken sie erbarmungslos zurücktrieben, verhinderte ein berittener Beduinentrupp, dass die mongolische Vorhut ihre Flanken umging. Ein Pfeilhagel ergoss sich von den Hängen der Hügel über die Mongolen. Immer wieder loderten orangefarbene Flammenbälle im Kampfgetümmel auf, wenn eines der mit Naphta gefüllten Tongefäße, die die Mamelucken auf ihre Feinde schleuderten, an der Rüstung eines Gegners zerschellte. Die von diesen Wurfgeschossen getroffenen Mongolen gingen schrill kreischend in Flammen auf, ihre Pferde stürmten blindlings mit ihnen davon und lösten Chaos in den Reihen der Soldaten aus.

Baybars holte mit seinem Säbel zu einem gewaltigen Hieb aus, der seinem Gegner den Kopf vom Rumpf trennte. Ein anderer Mongole, dessen Gesicht mit dem Blut seiner gefallenen Kameraden bespritzt war, nahm augenblicklich den Platz des Getöteten ein. Baybars' Klinge pfiff durch die Luft, sein Pferd begann, nervös unter ihm zu tänzeln, da es von allen Seiten von immer mehr Kriegern bedrängt wurde, die sich unter wüstem Geschrei in den Kampf stürzten. Ismail kämpfte an Baybars' Seite, seine Kleider waren blutdurchtränkt, und seine Augen glühten triumphierend, als er sein Schwert durch das Visier eines mongolischen Helms stieß. Die Klinge grub sich in den Schädel des Mannes und blieb dort stecken. Ismail riss sie mit einem Ruck heraus, dann wandte er sich dem nächsten Gegner zu.

Baybars' Säbel schien in seinen Händen zu tanzen. Mit machtvollen Hieben streckte er einen feindlichen Krieger nach dem anderen nieder.

Der mongolische General Kitboga setzte sich erbittert zur Wehr, schwang wild sein Schwert, trennte Gliedmaßen ab und spaltete Köpfe, und obgleich er von Feinden umzingelt war, schien niemand ihm gefährlich werden zu können. Baybars' Gedanken kreisten um die Belohnung, die denjenigen erwartete, der den gegnerischen Kriegsherrn tötete oder gefangen nahm, aber es gelang ihm nicht, sich zu Kitboga durchzuschlagen, ein Wall aus Leibern und aufblitzenden Schwertern versperrte ihm den Weg. Er duckte sich, als ein junger Mann mit einer Keule auf ihn eindrang, vergaß den General und konzentrierte sich darauf, selbst am Leben zu bleiben.

Nachdem die vorderen Kriegerreihen entweder gefallen oder zurückgetrieben worden waren, oblag es nun den mongolischen Frauen und Kindern, den Männern beizustehen. Obgleich die Mamelucken wussten, dass die Frauen und Töchter der Mongolen zusammen mit den Männern in die Schlacht zu ziehen pflegten, zögerten einige der Soldaten, sie anzugreifen, dabei kämpften die Frauen mit ihren langen, wirren Haarmähnen und den vor Hass verzerrten Gesichtern ebenso tapfer und vielleicht noch ergrimmter als die Krieger. Ein Mameluckenkommandant, der um die Kampfmoral seiner Truppen fürchtete, erhob seine Stimme und stieß einen durchdringenden Schlachtruf aus, in den seine Männer augenblicklich einfielen. Der Name Allahs erfüllte die Luft, wurde von den Hügeln zurückgeworfen, hallte in den Ohren der Mamelucken wider und verlieh ihren Armen neue Kraft. Für die Sklavenkrieger verwandelte sich die Mongolenarmee in ein gesichts-, alters- und geschlechtsloses Untier, das es zu vernichten galt. Mit wieder erwachtem Mut stießen sie ihm ihre Schwerter in den Leib.

Doch allmählich erlahmten ihre Schwertarme; die aus dem Sattel geworfenen und in tödliche Zweikämpfe verstrickten Männer stützten sich gegenseitig, während sie die Hiebe der Gegner parierten. Die Mongolen hatten – in der Hoffnung, eine Bresche in die Reihen der Mamelucken zu schlagen – einen letzten Sturmangriff gegen die Infanterie geführt, aber die Fußsoldaten hatten sich gegen sie behauptet, und nur ein paar vereinzelten Reitern war es gelungen, die Linie der Speerkämpfer zu durchbrechen, woraufhin sie von der Mameluckenkavallerie gestellt und zu Allah geschickt worden waren. Auch Kitboga war gefallen; die siegreichen Mamelucken hatten ihm den Kopf abgeschlagen und stellten ihn nun stolz vor den Resten seiner Truppen zur Schau. Die Mongolen, einst der Schrecken aller Völker, standen im Begriff, die Schlacht zu verlieren, und wichtiger noch – sie wussten es.

Baybars' Pferd war von einem Pfeil in den Hals getroffen worden und hatte ihn abgeworfen. Er kämpfte nun zu Fuß weiter, seine Stiefel starrten bereits vor Blut. Das Blut war überall, es hing in der Luft, klebte kupfrig in seinem Mund, tropfte aus seinem Bart und verschmierte die Griffe und Klingen seiner Säbel. Er holte aus und drang auf einen neuen Gegner ein. Der Mongole brach mit einem Schrei, der ein abruptes Ende fand, im Sand zusammen, und als keiner seiner Kameraden seinen Platz einnahm, hielt Baybars einen Moment inne.

Staubwolken verdunkelten die Sonne und verliehen der Luft eine trübgelbe Farbe. Ein Windstoß trieb die Wolken auseinander, und da sah Baybars hoch oben an den Belagerungstürmen und an den Karren der Mongolen weiße Fahnen wehen; das Zeichen, dass der Feind bereit war, sich zu ergeben. Er blickte sich um. Überall stapelten sich die Leichen, ein Übelkeit erregender Gestank nach Blut und aufgeschlitzten Eingeweiden hatte sich wie eine Decke über das Schlachtfeld gelegt. Hoch oben am Himmel schwebten bereits die ersten Geier und verliehen ihrer Hoffnung auf ein üppiges Mahl laut krächzend Ausdruck. Zwischen den ledernen Brustpanzern der gefallenen Mongolen leuchteten die bunten Umhänge der Mamelucken auf. Baybars schritt langsam von einem Leichnam zum nächsten. Am Rande des Schlachtfeldes entdeckte er Ismail; der junge Offizier lag rücklings im Schmutz, seine gebrochenen Augen starrten blicklos gen Himmel. Ein mongolisches Schwert ragte aus seiner Brust.

Baybars beugte sich über ihn, schloss seine Lider und murmelte ein leises Gebet, dann richtete er sich auf, als einer seiner anderen Offiziere seinen Namen rief. Der Krieger blutete aus einer tiefen Schnittwunde an der Schläfe, seine Augen flackerten wild. »Amir«, stieß er heiser hervor. »Wie lauten deine Befehle?«

Baybars sog das Bild der Verwüstung, das sich ihm ringsum bot, in tiefen Zügen in sich ein. Innerhalb weniger Stunden hatten sie der mongolischen Armee eine verheerende Niederlage beigebracht und über siebentausend feindliche Krieger getötet. Einige Mamelucken waren auf die Knie gesunken und schluchzten vor Erleichterung, aber die meisten brachen in triumphierenden Jubel aus, während sie auf die Überlebenden des Massakers zustürmten, die sich um die umgestürzten Karren geschart hatten. Baybars wusste, dass er seine Männer zurückhalten musste, sonst würden sie beginnen, die Toten auszuplündern und die noch Lebenden zu töten. Die überlebenden Mongolen, vor allem die Frauen und Kinder, würden auf den Sklavenmärkten einen guten Preis erzielen. Er wandte sich an den Offizier und deutete zu den Karren hinüber. »Sorge dafür, dass kein Gefangener getötet wird. Wir brauchen Sklaven, die wir verkaufen können, keine Toten, die wir verbrennen müssen.«

Der Offizier eilte davon, um den Befehl auszuführen. Baybars schob seinen Säbel in die Scheide zurück und hielt nach einem reiterlosen Pferd Ausschau. Endlich fand er ein verirrtes Tier mit blutbeflecktem Zaumzeug, schwang sich in den Sattel und ritt zu seinen Truppen hinüber. Ringsum erteilten die anderen Mameluckenkommandanten ihren Regimentern knappe Anweisungen. Baybars musterte die erschöpften, aber dennoch grimmig entschlossenen Gesichter seiner Bahri-Soldaten und spürte einen Anflug überschäumender Freude in sich aufsteigen. »Brüder!«, rief er laut, obwohl die Worte in seiner ausgetrockneten Kehle brannten. »Allah hat uns heute einen glorreichen Sieg geschenkt!

Gepriesen sei sein Name!« Er hielt inne, als tosender Jubel aufbrandete, dann gebot er seinen Männern mit erhobener Hand Schweigen. »Aber die Siegesfeier muss warten, denn es gibt noch viel zu tun. Versammelt euch jetzt bei euren Offizieren.«

Der Jubel hielt unvermindert an, doch die Truppen begannen, sich neu zu formieren. Baybars winkte zwei seiner Offiziere zu sich. »Ich möchte, dass die Leichen unserer Männer noch vor Sonnenuntergang begraben werden. Verbrennt die gefallenen Mongolen und sucht die Umgebung nach Flüchtigen ab. Schafft die Verwundeten in unser Lager. Ich werde später dort zu euch stoßen.« Sein Blick schweifte suchend über das Schlachtfeld. »Wo ist der Sultan?«

»Er ist vor einer Stunde zum Lager zurückgekehrt, Amir«, erwiderte einer der Offiziere. »Er wurde im Kampf verwundet.«

»Schwer?«

»Nein, Amir, ich glaube, er hat nur ein paar Kratzer davongetragen. Seine Ärzte sind bei ihm.«

Baybars entließ die beiden Männer und lenkte sein Pferd zu den Gefangenen, die gerade zusammengetrieben und gefesselt wurden. Die Mamelucken durchsuchten die Karren und warfen alles, was für sie irgendwie von Wert war, auf einen stetig wachsenden Haufen auf dem blutroten Sand. Ein gellender Schrei ertönte, als zwei Soldaten drei Kinder aus ihrem Versteck unter einem Leiterwagen hervorzerrten. Eine Frau, vermutlich die Mutter, sprang auf und rannte auf sie zu. Obwohl ihre Hände auf dem Rücken gefesselt waren, stürzte sie sich wie eine Wildkatze auf die Soldaten, spuckte sie an und trat mit ihren bloßen Füßen nach ihnen. Einer der Männer versetzte ihr einen Fausthieb gegen die Schläfe und schleifte sie und zwei der Kinder dann an den Haaren zu den anderen Gefangenen hinüber. Baybars hatte die Szene stumm beobachtet. Jetzt ruhte sein Blick auf einem kleinen Jungen, der starr vor Angst und Entsetzen vor ihm kniete. In den weit aufgerissenen Augen des Kindes erkannte er sich selbst vor zwanzig Jahren wieder.

Baybars, als Türke an der Schwarzmeerküste geboren, hatte vor der Invasion keine Ahnung von solchen Dingen wie Krieg und Sklaverei gehabt. Doch dann war er von seiner Familie getrennt und auf einem syrischen Sklavenmarkt verkauft worden und hatte vier verschiedenen Herren gehorchen müssen, ehe er von einem Offizier der ägyptischen Armee erworben und nach Kairo gebracht worden war, um dort als Sklavenkrieger zu dienen. Zusammen mit zahlreichen anderen für die Truppen des Sultans bestimmten Jungen wurde er einem Mameluckenlager am Nil zugeteilt, wo er Kleider und Waffen erhielt und eine strenge militärische Ausbildung absolvierte. Jetzt, im Alter von siebenunddreißig Jahren, befehligte er das angesehene Bahri-Regiment. Doch auch wenn er nun Truhen voller Gold und eigene Sklaven besaß, verging kein Tag, an dem er nicht an jenes erste bittere Jahr in der Knechtschaft zurückdachte.

Baybars wandte sich an einen der Männer, die die Gefangenen bewachten. »Achte darauf, dass die gesamte Beute unangetastet ins Lager geschafft wird. Jeder, der den Sultan bestiehlt, wird es bereuen. Zerschlagt die beschädigten Karren und benutzt das Holz, um Scheiterhaufen zu errichten. Alle anderen nehmt ihr mit.«

»Wie du befiehlst, Amir.«

Baybars nickte, trieb sein Pferd an und galoppierte zum Mameluckenlager hinüber, wo ohne Zweifel Sultan Kutus ihn erwartete. Seine Glieder fühlten sich bleischwer an, doch sein Herz war leicht wie eine Feder. Zum ersten Mal seit Beginn der mongolischen Invasion in Syrien hatte sich das Blatt für die Mamelucken gewendet. Schon bald würden sie die Feinde ganz aus ihrem Land vertrieben haben, und sowie dieses Ziel erreicht war, würde Kutus seine Aufmerksamkeit einer anderen heiklen Angelegenheit zuwenden. Baybars lächelte, was nur sehr selten vorkam und seinem Gesicht einen seltsam fremdartigen Ausdruck verlieh.

2

St.-Martins-Tor, Paris
3. September A. D. 1260

Der junge Schreiber hetzte die Gasse entlang. Sein Atem kam in kurzen, abgehackten Zügen, seine Füße glitten in den schleimigen Unratpfützen aus, die den Boden bedeckten; der Gestank menschlicher Exkremente und faulenden Fleisches würgte ihn in der Kehle. Er stolperte, hielt sich an der rauen Wand des Gebäudes neben ihm fest, richtete sich auf und rannte weiter. Zu seiner Linken erhaschte er zwischen den Häusern hindurch einen Blick auf die pechschwarze Seine. Der Himmel im Osten verfärbte sich bereits rötlich, das erste schwache Tageslicht spiegelte sich in den Fenstern des Turms von Notre-Dame wider, doch in dem Labyrinth der Gassen, die zwischen den Lagerhäusern und Wohngebäuden verliefen, war es noch immer stockfinster. Der Schreiber wandte sich vom Fluss ab und lief auf das St.-Martins-Tor zu. Sein Haar klebte ihm schweißnass am Kopf. Immer wieder blickte er verstohlen über die Schulter, aber niemand folgte ihm, und die einzigen Schritte, die er hörte, waren seine eigenen.

Sowie er das Buch übergeben hatte, war er frei. Wenn die Glocken zur Prim läuteten, würde er schon auf dem Weg nach Rouen in ein neues Leben sein. Am Anfang einer Gasse blieb er nach Atem ringend stehen und presste eine Hand auf seine schmerzende Seite. Mit der anderen umklammerte er ein in *vellum* gebundenes Buch. Aus den Augenwinkeln heraus nahm er eine schattenhafte Bewegung wahr. Ein hochgewachsener Mann in einem grauen Umhang war am anderen Ende der Gasse aufgetaucht und kam nun auf ihn zu. Der junge Schreiber wirbelte herum und ergriff die Flucht.

Er jagte Haken schlagend zwischen den Häusern hindurch, nur darauf bedacht, dem Geräusch der Schritte hinter sich zu entkommen. Doch sein Verfolger zeigte sich hartnäckig, die Distanz zwischen ihnen wurde immer geringer. Vor ihm ragte die Stadtmauer auf. Seine Hand schloss sich fester um das Buch. Wenn man es bei ihm fand, musste er mit harter Strafe, vielleicht sogar dem Todesurteil rechnen, aber ohne Beweise würde man ihn nicht überführen können. Der Schreiber hastete einen schmalen Weg zwischen zwei Reihen von Geschäften hinunter. Vor der Hintertür eines Weinhändlers standen ein paar säuberlich aufgereihte Fässer. Wieder spähte der junge Mann über die Schulter. Er hörte die Schritte seines Verfolgers, konnte den Mann aber noch nicht sehen. Rasch ließ er das Buch hinter eines der Fässer fallen und rannte weiter. Er konnte es sich ja später wiederholen, wenn ihm jetzt die Flucht gelang.

Sie gelang nicht.

Drei Straßen weiter wurde der Schreiber vor dem Laden eines Fleischers, wo der Boden von den Schlachtungen des Vortages noch immer rot verfärbt war, von dem Mann in dem fadenscheinigen grauen Umhang eingeholt. Er schrie auf, als sein Häscher ihn hart gegen die Wand stieß.

»Gib es mir!« Der Unbekannte sprach mit einem starken Akzent, und obwohl er sich die Kapuze seines Umhangs tief in die Stirn gezogen hatte, konnte er seine dunkle Haut nicht verbergen.

»Seid Ihr des Wahnsinns? Lasst mich gehen!«, keuchte der Schreiber, während er sich aus dem Griff seines Angreifers zu befreien versuchte.

Dieser zückte einen Dolch. »Ich habe keine Zeit für Spielchen. Gib mir das Buch!«

»Tötet mich nicht! Bitte nicht!«

»Wir wissen, dass du es gestohlen hast.« Der andere Mann hob den Dolch drohend.

Der Schreiber rang zitternd nach Atem. »Ich musste es tun! Er sagte, er würde mich sonst … o Gott!« Er ließ den Kopf hängen. Tränen rannen ihm über die Wangen. »Ich will nicht sterben!«

»Wer hat dich beauftragt, es zu stehlen?«

Doch der Schreiber gab keine Antwort, sondern schluchzte nur erstickt auf.

Der Angreifer schnaubte unmutig, trat einen Schritt zurück und schob den Dolch in die Scheide. »Dir wird nichts geschehen, wenn du mir jetzt sagst, was ich wissen will.«

Der junge Mann hob den Kopf und starrte ihn mit weit aufgerissenen Augen an. »Ihr seid mir vom Ordenshaus aus gefolgt?«

»So ist es.«

»Der Bruder, den ich … Jean? Ist er …?« Der Schreiber brach ab und fuhr sich mit dem Handrücken über die Augen.

»Er lebt.«

Der junge Mann stieß erleichtert den Atem aus.

Irgendwo hinter ihnen klirrte etwas. Die Gestalt in Grau fuhr herum und spähte ins Dunkel. Als er nichts Verdächtiges entdecken konnte, wandte er sich wieder an den Schreiber. »Gib mir das Buch, und dann gehen wir gemeinsam zum Ordenshaus zurück. Wenn du mir die Wahrheit sagst, passiert dir nichts. Und jetzt verrate mir, wer dich gezwungen hat, es zu stehlen.«

Der Schreiber zögerte, rang kurz mit sich und setzte dann zu einer Antwort an. Im selben Moment ertönte ein scharfes Klicken, gefolgt von einem sirrenden Geräusch. Der Mann in Grau duckte sich instinktiv. Eine Sekunde später bohrte sich ein Armbrustbolzen in den Hals des Schreibers. Dessen Augen weiteten sich, aber er gab keinen Laut von sich, als er in sich zusammensank und reglos am Boden liegen blieb. Der Mann in Grau drehte sich um und sah gerade noch eine schemenhafte Gestalt über die Dächer über ihnen huschen und im Dunkel verschwinden. Fluchend beugte er sich über den Schreiber. »Wo hast du das Buch versteckt? *Wo?*«

Der junge Mann öffnete den Mund. Ein Blutstrom quoll zwischen seinen Lippen hervor, dann kippte sein Kopf nach hinten, und er rührte sich nicht mehr. Wieder stieß der Mann in Grau einen unterdrückten Fluch aus, dann begann er, den Toten zu durchsuchen, obwohl dieser offensichtlich nichts bei sich hatte als die Kleider, die er am Leib trug. Als er Stimmen hörte, hielt er inne und hob den Kopf. Drei Männer kamen die Gasse entlang. Sie trugen die scharlachroten Umhänge der Stadtwache.

»Wer ist da?«, brüllte einer, seine Fackel hebend. Die Flammen flackerten im leisen Wind und beleuchteten eine dunkle Gestalt, die sich über etwas am Boden Liegendes beugte. »Du da! Was tust du da?«

Der Mann in Grau sprang auf, missachtete den Befehl, sofort stehen zu bleiben, und ergriff die Flucht.

»Ihm nach!«, wies der Wächter mit der Fackel seine Kameraden an, trat auf das Bündel am Boden zu und fluchte, als das Licht auf die schwarze Tunika des toten Schreibers fiel. Auf der Brust prangte das rote Kreuz der Tempelritter.

Ein paar Straßen entfernt saß ein Weinhändler namens Antoine de Pont-Evêque über seinen Abrechnungen. Er stand auf, als er das Stimmengewirr hörte, öffnete die Hintertür und spähte neugierig hinaus. Die Gasse lag verlassen da, der Himmel über den Dächern nahm bereits eine fahle Farbe an. Die Stimmen verklangen. Antoine gähnte herzhaft, wandte sich ab, um wieder ins Haus zu gehen, blieb aber stehen, als er etwas auf dem Boden entdeckte. Es war halb hinter einer Reihe leerer Fässer verborgen, und vermutlich hätte er es gar nicht bemerkt, wenn sich das Licht nicht schimmernd darin gefangen hätte. Leise grunzend bückte sich Antoine und hob den Gegenstand auf. Es war ein Buch, ziemlich dick und in poliertes *vellum* gebunden. Auf dem Einband prangte eine in Blattgold eingestanzte Aufschrift. Antoine konnte die Worte nicht lesen, aber das Buch war meisterhaft gearbeitet, und er konnte sich nicht vorstellen, dass jemand ein so kostbares Besitzstück einfach verloren hatte. Flüchtig erwog er, es an seinen Platz zurückzulegen, doch dann blickte er sich schuldbewusst nach allen Seiten um, griff danach, kehrte mit dem Buch in seinen Laden zurück, schloss die Tür und legte seinen Fund auf ein staubiges Regal hinter seiner Theke. Dann setzte er sich wieder an den Tisch, um mit seiner Buchführung fortzufahren. Er würde seinen Bruder fragen, was ihm da in die Hände gefallen war, wenn der Halunke sich wieder einmal bei ihm blicken ließ.

Neuer Tempel, Ordenshaus London,
3. September A. D. 1260

Im Kapitelsaal des Neuen Tempels hatte sich eine Gruppe Ritter zusammengefunden, um eine Aufnahmezeremonie zu vollziehen. Schweigend saßen sie auf ihren Bänken und blickten auf ein Podest, auf dem ein Altar stand. Vor diesem kniete ein achtzehnjähriger Sergeant, er kehrte den Rittern den Rücken zu und hielt den Kopf gesenkt; die schwarze Tunika hatte er abgelegt. Seine bloße Brust glänzte bernsteinfarben im Kerzenlicht. Die flackernden Flammen vermochten die dunkle Innenkammer nur unzureichend zu erleuchten, der größte Teil der Versammlung blieb in Schatten getaucht. Von zwei schwarz gekleideten Geistlichen gestützt, stieg ein Priester die Stufen zum Podest empor. Er hielt ein in Leder gebundenes Buch in Händen. Seine Helfer begannen, den Altar herzurichten. Nachdem sie die heiligen Gefäße darauf aufgebaut hatten, traten sie hinter den Altar zurück, wo zwei wie alle Templer in weiße Überwürfe mit einem roten Kreuz auf der Brust gekleidete Ritter warteten.

Der Priester räusperte sich, dann wanderte sein Blick über die schweigende Menge hinweg. *»Ecce quam bonum et quam jocundum habitare fratres in unum.«*

»Amen«, erwiderte ein Stimmenchor.

Der Priester senkte den Kopf. »Im Namen unseres Herrn Jesus Christus und im Namen der Muttergottes heiße ich euch willkommen, meine Brüder. Wir haben uns hier versammelt, um ein heiliges Ritual zu vollziehen, und so lasst uns beginnen.« Er richtete den Blick auf den knienden Sergeanten. »Sage mir nun, was dich hergeführt hat.«

Der Sergeant hatte Mühe, sich an die vorgeschriebenen Worte zu erinnern, die ihm während seiner Nachtwache eingeschärft worden waren. »Ich bin gekommen, um mich mit Leib und Seele dem Templerorden zu verschreiben.«

»In wessen Namen?«

»Im Namen Gottes und im Namen des Hugues de Payns, des

Gründers unseres heiligen Ordens, der einem Leben in Sünde und Ausschweifung entsagte…« Der Sergeant hielt inne. Sein Herz hämmerte wie wild. »Und der den Mantel anlegte und sich auf einen Kreuzzug nach Outremer begab, des Landes jenseits des Meeres, um dort die Ungläubigen mit Feuer und Schwert zu bekämpfen, und der dortselbst schwor, fortan dafür Sorge zu tragen, dass keinem christlichen Pilger auf seinem Weg durch das Heilige Land ein Leid geschieht.«

»Bist du bereit, den Mantel zu nehmen, wohl wissend, dass du damit all deinen weltlichen Pflichten entsagst, um ein treuer, demütiger Diener Gottes des Allmächtigen zu werden?«

Nachdem der Sergeant dies bejaht hatte, nahm der Priester einen irdenen Topf vom Altar und gab den Inhalt behutsam in ein goldenes Weihrauchfass. Ein würziger Duft verbreitete sich im Raum, als eine kleine Rauchwolke von dem Gefäß aufstieg. Der Priester wich leise hüstelnd einen Schritt zurück, die beiden hinter ihm wartenden Ritter traten vor.

Einer der beiden zog ein Schwert aus der Scheide und deutete damit auf den Sergeanten. »Bruder, du fragst nach einer großen Sache, denn von unserem Orden siehst du nur die äußere Erscheinung, aber du kennst nicht die harten Gebote, die dahinter stehen. Es ist schmerzvoll für dich, der du dein eigener Herr bist, dich zum Leibeigenen anderer zu machen, denn nur mit großen Schwierigkeiten wirst du jemals tun können, was du wünschst. Sofern du nämlich wünschst, im Land diesseits des Meeres zu sein, dann wirst du auf die andere Seite geschickt; wenn du essen willst, wirst du hungrig bleiben müssen; und wenn du zu schlafen wünschst, dann wirst du geweckt werden. Gelobst du, dich diesen Geboten zu unterwerfen, zum Ruhme Gottes und um deines Seelenheils willen?«

»Ich gelobe es«, erwiderte der Sergeant leise.

»Dann beantworte jetzt wahrheitsgemäß unsere Fragen.«

Die Ritter kehrten zu ihren Plätzen zurück, und der Priester begann, aus dem Buch vorzulesen. Seine Worte hallten von den Wänden des Kapitelsaals wider. »Bist du ein wahrhaftiger Anhänger des christlichen Glaubens und der Lehren der Kirche Roms? Bist du der Sohn eines Ritters, und wurdest du ehelich geboren? Hast du irgendeinem Mitglied dieses Ordens ein Geschenk gemacht, auf dass es sich für deine Aufnahme in den Orden verwende? Bist du gesund an deinem Leibe und leidest an keiner verborgenen Krankheit, die dich daran hindert, dem Orden mit all deiner Kraft zu dienen?«

Der Sergeant gab auf jede Frage eine klare, deutliche Antwort. Endlich neigte der Priester den Kopf. »Nun gut, so sei es.« Er reichte das Buch einem der Geistlichen, der damit zu dem Sergeanten trat und es ihm hinhielt.

»Blicke auf die Regel unseres Ordens, aufgestellt mit der Hilfe des heiligen Bernard de Clairvaux, dessen Geist in uns weiterlebt«, intonierte er. »Schwöre, dich an die hier niedergeschriebenen Gebote zu halten. Schwöre, dem Orden stets treu zu dienen und widerspruchslos jeden Befehl auszuführen, der dir erteilt wird, vorausgesetzt, dieser Befehl kommt direkt von einem Offizial unseres Ordens, als da sind erstens der Großmeister, der von seinem Sitz in der Stadt Akkon über uns wacht; dann der Visitator des Königreiches Frankreich; die Kommandanten unserer westlichen Festungen; der Marschall; der Seneschall und die Ordensmeister aller Königreiche des Ostens und des Westens, in denen wir Ordenshäuser unterhalten. Ferner wirst du deinen Befehlshabern im Kampf sowie den Meistern aller Ordenshäuser gehorchen, in die du geschickt wirst. Vergiss nie, dass deine Loyalität von nun an nur deinen Waffenbrüdern gilt, denn das Band, das dich fortan mit uns verbindet, ist dicker als Blut. Schwöre, dass du ein Leben in Keuschheit führen und keinerlei Besitztümer außer denen, die dir deine Ordensmeister zuteilen, dein Eigen nennen wirst. Schwöre, dass du dich mit Leib und Seele unserem Kampf in Outremer, dem Heiligen Land, verschreibst und alle Festungen und Ordenshäuser der Templer in Jerusalem unter Einsatz deines Lebens gegen unsere Feinde verteidigst. Und zuletzt schwöre, den Orden nie zu verlassen, denn der heilige Eid, den du nun leistest, bindet dich vor dem Angesicht Gottes auf ewig an uns.«

Der Sergeant legte eine Hand auf das Buch und schwor mit fester Stimme, sich an all die ihm auferlegten Gebote zu halten.

Der Geistliche stieg die Stufen zum Altar hinauf, legte das ledergebundene Buch darauf und zog sich wieder zurück. Der Priester griff beinahe ehrfürchtig nach einem kleinen schwarzen, mit Goldintarsien verzierten Kästchen, klappte den Deckel auf und entnahm ihm eine Kristallphiole, in der sich das Kerzenlicht fing.

»Blicke auf das Blut Christi«, murmelte er. »Drei Tropfen davon sind in diesem Gefäß eingeschlossen, das unser Ordensgründer Hugues de Payns vor nunmehr zweihundert Jahren aus der Grabeskirche zu uns gebracht hat. Blicke darauf, gehe in dich und triff dann deine Entscheidung.«

Ein Raunen ging durch die Menge. Der Sergeant erschauerte. Von diesem Teil der Zeremonie hatte ihm niemand etwas gesagt.

»Ich frage dich nun ein letztes Mal. Bist du bereit, in unsere Gemeinschaft einzutreten?«

»Ich bin bereit.«

»Dann neige dein Haupt vor diesem Altar und erflehe den Segen von Gott unserem Herrn, der Jungfrau Maria und allen Heiligen.«

Will Campbell verfolgte, die Wange gegen die Mauer gepresst, wie sich der Sergeant zu Boden warf und die Arme ausbreitete, sodass sie dem Kreuz auf den Mänteln der Ritter glichen. Will, der groß für seine dreizehn Jahre war, spürte, wie seine Beine allmählich taub wurden. Er hockte zusammengekrümmt vor einem Ritz in der Wand, die den Kapitelsaal und den Lagerraum trennte, in dem die Küchenvorräte aufbewahrt wurden, und spähte angestrengt in das Halbdunkel. Ein muffiger Gestank nach Mäusekot und schimmeligem Getreide hing in der Luft. Die zwei großen Säcke, zwischen die er sich gequetscht hatte, boten nur dürftigen Schutz vor der Kälte, die dem Steinboden entströmte, und vor möglicher Entdeckung.

»Hast du jetzt genug gesehen?«

Will löste die Wange von der Wand und sah den stämmigen

Jungen an, der gegen einen Sack Mehl gelehnt hinter ihm kauerte. »Wieso fragst du? Sollen wir die Plätze tauschen?«

»Nein«, knurrte der andere, seine Beine massierend. »Ich will endlich hier weg.«

Will schüttelte den Kopf. »Du willst dir diese Gelegenheit entgehen lassen? Noch nicht einmal …« Er brach ab, runzelte die Stirn und suchte fieberhaft nach einem überzeugenden Beispiel. »Noch nicht einmal der *Papst* ist je Zeuge einer solchen Aufnahmezeremonie gewesen. Sie ist das am besten gehütete Geheimnis dieses Ordens, Simon!«

»Ein Geheimnis, ganz recht.« Simon schnalzte mit der Zunge. »Und dafür gibt es mit Sicherheit einen guten Grund. Niemand darf davon wissen. Nur den Rittern und Priestern ist es gestattet, daran teilzunehmen – dir nicht.« Er stampfte mit dem Fuß auf. »Außerdem schlafen mir gleich die Beine ein.«

Will verdrehte die Augen. »Dann geh doch. Wir sehen uns später.«

»Ja, durch die Gitterstäbe eines Verlieses vermutlich. Hör halt ein einziges Mal auf einen Älteren!«

»Auf einen Älteren?«, höhnte Will. »Du bist doch nur ein Jahr älter als ich.«

»Aber zwanzig Jahre vernünftiger.« Simon tippte sich gegen die Stirn, dann verschränkte er seufzend die Arme vor der Brust. »Nein, ich bleibe. Irgendjemand muss ja auf dich aufpassen.«

Erneut spähte Will durch den Ritz. Der Prister stieg gerade mit einem Schwert in den Händen von dem Podest herunter, der barbrüstige Sergeant erhob sich, hielt aber den Kopf gesenkt.

Will hatte sich im Geiste schon unzählige Male ausgemalt, wie er selbst dieses Schwert in Empfang nahm und es in die Scheide an seinem Gürtel schob, aber am lebhaftesten hatte er sich immer vorgestellt, wie die Hand seines Vaters fest auf seiner Schulter ruhte, während er in die Gemeinschaft der Tempelritter aufgenommen und in den weißen Mantel gekleidet wurde, das Symbol dafür, dass er von all seinen Sünden gereinigt war.

»Ich habe gehört, dass sie in manchen Ordenshäusern Bogenschützen auf den Dächern postieren, wenn diese Zeremonie stattfindet«, fuhr Simon fort; dabei schlug er mit der Faust gegen eine Ausbeulung in dem Sack, die sich in seinen Rücken gebohrt hatte. »Wenn sie uns erwischen, erschießen sie uns wahrscheinlich.«

Will gab keine Antwort.

Simon grunzte unwillig. »Oder sie schließen uns aus.« Wieder hieb er auf den Sack ein. »Vielleicht schicken sie uns sogar nach Merlan.« Bei der Vorstellung wurde er blass. Als er vor einem Jahr in dem Ordenshaus eingetroffen war, hatte ihm ein älterer Sergeant von Merlan erzählt. Das in Frankreich gelegene Templergefängnis war berüchtigt, und die Beschreibung des Sergeanten hatte bei Simon einen nachhaltigen Eindruck hinterlassen.

»Nach Merlan kommen nur Verräter und Mörder«, murmelte Will, ohne den Blick von dem Priester abzuwenden.

»Und Spione.«

Mit einem Ruck flog die Küchentür auf, helles Sonnenlicht erfüllte den Nebenraum und drang durch die Risse in Wand und Tür auch in das Lager. Will duckte sich, Simon zwängte sich neben ihm zwischen die Säcke, als sich ihnen schwere Schritte näherten. Ein Klirren ertönte, gefolgt von einem unterdrückten Fluch und einem kratzenden Geräusch. Ohne auf Simon zu achten, der warnend den Kopf schüttelte, kroch Will aus seinem Versteck, schlich zur Tür und blinzelte durch einen Ritz im Holz.

Die Küche war ein langer, rechteckiger, von zwei langen Bankreihen geteilter Raum. In dem riesigen gemauerten Kamin an einem Ende in der Nähe der Türen prasselte ein Feuer. An den Wänden entlang verliefen mit Schalen, Tiegeln und Krügen vollgestopfte Regale, auf dem Boden stapelten sich Alefässer und Körbe mit Gemüse, und an den Deckenbalken waren Haken befestigt, an denen Kaninchen, eingesalzene Schweinskeulen und getrocknete Fische hingen. Vor einer der Bänke stand ein in die braune Tunika eines Dieners gekleideter muskulöser Mann. Will unterdrückte ein Stöhnen. Er erkannte Peter, den Küchenmeister. Peter griff nach einem Korb voll Gemüse, stellte ihn auf die Bank und langte dann nach einem Messer. Will drehte sich um, als Simon sich aufrichtete und sein zottiger brauner Haarschopf über den Säcken auftauchte. Seine Lippen formten eine stumme Frage.

»Wer ist da?«

Will kauerte sich wieder neben ihm nieder. »Peter«, flüsterte er. »Und wie es aussieht, wird er eine Weile hierbleiben.«

Simon verzog das Gesicht.

Will nickte zur Tür hinüber. »Wir müssen hier weg.«

»Bitte?«

»Wir können nicht den ganzen Tag hier vertrödeln. Ich muss noch Sir Oweins Rüstung polieren.«

»Und wie sollen wir an Peter vorbeikommen?«

Ohne auf Simons Einwände zu achten, ging Will zur Tür und öffnete sie.

Peter erstarrte bei seinem Anblick, das Messer, mit dem er hantierte, schien einen Augenblick lang in der Luft zu schweben. »Gott im Himmel!« Aber er erholte sich rasch von seinem Schreck, legte das Messer fort, wischte sich die Hände an seiner Tunika ab und blickte über Wills Schulter hinweg zu Simon hinüber, der gerade die Tür des Vorratslagers hinter sich schloss. »Was habt ihr zwei hier zu suchen?«

»Wir haben ein Geräusch gehört«, erklärte Will ruhig, »und da wollten wir nachschauen …«

Peter schob ihn unsanft zur Seite und riss die Tür wieder auf. »Du wolltest wohl wieder einmal die Vorräte plündern, was?« Er spähte in den dämmrigen Raum, konnte aber nichts entdecken, was seinen Verdacht bestätigt hätte. »Was war es doch gleich beim letzten Mal? Brotdiebstahl?«

»Kuchen«, berichtigte Will. »Und ich habe ihn nicht gestohlen, sondern nur …«

»Und du?« Peter wandte sich an Simon. »Was hat ein Stallbursche in der Küche verloren?«

Simon hakte die Daumen in seinen Gürtel, hob die Schultern und scharrte verlegen mit den Füßen.

»Der Besen im Stall ist zerbrochen«, erklärte Will. »Wir wollten uns hier einen ausleihen.«

»Und den müsst ihr zu zweit tragen?«

Will starrte ihn nur stumm an.

Peter runzelte verdrossen die Stirn. Er diente dem Orden seit über dreißig Jahren und hasste es, sich von diesen beiden neunmalklugen Bengeln für dumm verkaufen zu lassen, aber er verfügte nicht über die notwendige Autorität, um sie zu einem Geständnis zu zwingen. Sein Blick wanderte vom Lagerraum zu Will, dann stieß er einen ärgerlichen Grunzlaut aus. »Na schön. Nehmt euren Besen und verschwindet.« Er ging zu der Bank zurück und griff wieder nach seinem Messer. »Aber wenn ich euch noch ein Mal hier erwische, melde ich euch dem Meister.«

Will lief durch die Küche, nahm einen Besen von der Wand neben der Feuerstelle und rannte damit nach draußen. Dort blinzelte er, weil ihn die grelle Sonne blendete, und grinste, als Simon hinter ihm ins Freie trat. »Hier.«

»Wie nett von dir«, knurrte Simon, als Will ihm den Besen reichte. »Ich hoffe, deine Neugier ist jetzt befriedigt. Wenn uns einer der Ritter ertappt hätte...« Er sog scharf den Atem ein. »Wenn du das nächste Mal jemanden brauchst, der für dich Wache steht, mache ich mich auf den Weg ins Heilige Land. Da bin ich sicherer als in deiner Gesellschaft.« Er schüttelte den Kopf, bedachte Will dann aber mit einem breiten Lächeln, wobei er einen abgebrochenen Schneidezahn entblößte, den ihm ein auskeilendes Pferd ausgeschlagen hatte. »Sehen wir uns vor der Non noch?«

Bei der Erwähnung des Nachmittagsgottesdienstes rümpfte Will die Nase. Der Morgen war schon fast verstrichen, und er hatte noch nicht einmal mit seinen zahlreichen Arbeiten begonnen. Der Tag schien nie genug Stunden zu haben, um all die Dinge zu erledigen, die zu seinen Pflichten zählten, egal wie sehr er sich auch beeilte. Zwischen den Mahlzeiten, den täglichen Schwertübungen auf dem Feld und den Aufträgen, die sein Herr ihm erteilte, blieb kaum Zeit für irgendetwas anderes, geschweige denn die sieben vorgeschriebenen Gottesdienste. Wills Tag begann wie der eines jeden Sergeanten mit der Matutin in der Kapelle, in der es sommers wie winters düster und kalt war. Dann versorgte er das Pferd seines Herrn und nahm dessen Befehle entgegen. Gegen sechs wurde die Prim abgehalten, dann brachen Will und seine Kameraden ihr Fasten und kehrten später zur Terz und zur Sext in die Kapelle zurück. Am Nachmittag besuchte er zwischen dem Mittagessen, seinen Körperübungen und anderen Aufgaben die Non. Bei Anbruch der Dämmerung fand die Vesper statt, gefolgt von der Abendmahlzeit, und der Tag endete schließlich mit der Komplet. Viele Templer waren stolz auf ihren Status als Kriegermönche, doch Will legte wenig Wert darauf, mehr vom Inneren des Gotteshauses zu sehen als sein eigenes Bett. Er machte gerade Anstalten, sich bei Simon, der mit dieser Klagelitanei wohlvertraut war, darüber zu beschweren, als jemand seinen Namen rief.

Ein kleiner, rothaariger Junge kam auf sie zugestürmt, wobei er die im Hof herumscharrenden Hühner aufscheuchte. »Will, ich soll dir von Sir Owein ausrichten, dass er dich sofort zu sehen wünscht!«

»Hat er gesagt, was er von mir will?«

»Nein«, erwiderte der Junge. »Aber er ist ziemlich schlecht gelaunt.«

»Glaubst du, er weiß, was wir gemacht haben?«, raunte Simon Will zu.

»Dazu müsste er schon durch Wände sehen können.«

Will grinste, dann eilte er über den Hof und einen Pfad entlang, der an dem würzig duftenden Kräutergarten vorbeiführte, und gelangte in einen weiteren, von grauen Steingebäuden umschlossenen Innenhof. Hinter den Häusern zu seiner Rechten erhob sich die Kapelle, ein hohes, anmutiges Gebäude mit einem dem der Grabeskirche in Jerusalem nachempfundenen runden Hauptschiff. Will machte sich auf den Weg zu den am Ende des Hofes gelegenen Unterkünften der Ritter. Auf dem Hof herrschte geschäftiges Treiben, Gruppen von Sergeanten schwatzten miteinander, Knappen führten Pferde herum, Diener gingen ihren verschiedenen Tätigkeiten nach. Der Neue Tempel, das Hauptordenshaus in England, war zugleich auch das größte im ganzen Königreich. Neben geräumigen Schlafsälen und Studierzimmern gab es auch noch ein Exerzierfeld, eine Waffenkammer, Ställe und einen privaten Kai an der Themse. Für gewöhnlich beherbergte es ungefähr hundert Ritter sowie einige Hundert Sergeanten und Dienstboten.

Will stieß die Tür des zweistöckigen Gebäudes auf und lief einen Gewölbegang entlang. Seine Schritte hallten hohl von den Wänden wider. Vor einer massiven Eichenholztür blieb er schwer atmend stehen und klopfte zaghaft an. Als er an sich herunterblickte, stellte er fest, dass seine schwarze Tunika mit Staub vom Boden der Vorratskammer verschmiert war. Hastig wischte er mit dem Ärmel darüber. Im nächsten Moment schwang die Tür auf, und er stand der imponierenden Gestalt Oweins ap Gwyn gegenüber.

Der Ritter winkte ihn schroff zu sich. »Komm herein.«

Das Studierzimmer, das sich einige der hochrangigeren Templer teilten, war kühl und dunkel. Eine Wand wurde fast vollständig von einem mächtigen Schrank eingenommen. In einer halb von einem hölzernen Wandschirm verdeckten Ecke standen ein paar Stühle und ein Tisch, und unter dem Fenster, das auf eine sauber gestutzte Rasenfläche hinausging, gab es noch eine gepolsterte Bank. Schriftrollen und Pergamentbögen bedeckten den Tisch. Will hielt den Kopf hoch erhoben und den Blick starr auf das Fenster gerichtet, während die Tür hinter ihm ins Schloss fiel. Er hatte keine Ahnung, weshalb sein Herr ihn zu sich befohlen hatte, hoffte aber, dass er nicht allzu lange aufgehalten werden würde. Wenn er es schaffte, vor der Non Oweins Rüstung zu polieren, konnte er vielleicht noch eine Stunde zum Übungsfeld. Das Turnier rückte immer näher; viel Zeit blieb ihm aber nicht mehr. Owein trat auf ihn zu und blieb vor ihm stehen. Will registrierte die finster zusammengezogenen Brauen und den Ärger, der in den stahlgrauen Augen des Ritters zu lesen stand. Seine Zuversicht schwand. »Ihr wolltet mich sehen, Sir?«

»Ist dir eigentlich klar, wie glücklich du dich schätzen kannst, Sergeant?«, erkundigte sich Sir Owein. Der Akzent seines Geburtsortes Powys schwang unüberhörbar in seiner Stimme mit.

»Glücklich, Sir?«

»Glücklich, dich in einer Position zu befinden, die vielen anderen deines Ranges verwehrt bleibt. Nicht viele Jungen deines Alters werden von einem Ritter in seine Obhut genommen und von ihm persönlich ausgebildet.«

»Ich weiß das zu schätzen, Sir.«

»Und warum missachtest du dann meine Befehle und machst mir und meiner Stellung Schande?«

Will erwiderte nichts darauf.

»Bist du plötzlich stumm geworden?«

»Nein, Sir, aber ich kann Euch keine Antwort geben, weil ich nicht weiß, wodurch ich Euer Missfallen erregt habe.«

»Das weißt du nicht?« Oweins Tonfall wurde noch eine Spur schärfer. »Dann lass mich deinem Gedächtnis nachhelfen. Was ist nach der Matutin deine erste Pflicht, Sergeant?«

»Mich um Euer Pferd zu kümmern, Sir«, erwiderte Will, dem dämmerte, was geschehen sein musste.

»Und warum habe ich dann die Heuraufe leer vorgefunden, als ich am Stall vorbeikam? Ganz zu schweigen davon, dass mein Pferd nicht gestriegelt war.«

Nach der Matutin hatte sich Will in den Lagerraum geschlichen, um durch das Loch in der Wand die Aufnahmezeremonie zu verfolgen, aber er hatte am Abend zuvor einen anderen Sergeanten, mit dem er sich seine Unterkunft teilte, gebeten, Sir Oweins Pferd für ihn zu füttern. Sein Kamerad musste es vergessen haben. »Ich bitte um Verzeihung, Sir«, entschuldigte er sich zerknirscht. »Ich habe verschlafen.«

Oweins Augen wurden schmal. Er ging um den Tisch herum, ließ sich auf der Bank nieder und verschränkte die Arme vor der Brust. »Wie oft habe ich diese Ausrede nun schon gehört? Und zahllose andere dazu. Du scheinst unfähig zu sein, die einfachsten Regeln zu befolgen. Die Ordensregeln sind nicht dazu da, ständig übertreten zu werden. Ich werde dieses Benehmen nicht länger dulden.«

Will stutzte. Er hatte sich schon schlimmerer Vergehen schuldig gemacht, als das Pferd seines Herrn nicht zu versorgen. Unbehagen stieg in ihm auf, als Owein fortfuhr.

»Ein Templer muss willens sein, viele Opfer zu bringen und sich an zahlreiche Gebote zu halten. Du wirst zu einem Soldaten ausgebildet, Sergeant, zu einem Krieger Gottes! Eines Tages wirst du Waffen führen, und wenn du jetzt nicht im Stande bist, Befehle zu befolgen, weiß ich wirklich nicht, wie es dir gelingen soll, als Ritter auf dem Schlachtfeld die Ordnung aufrechtzuerhalten. Jeder Angehörige des Templerordens muss den Anweisungen seiner Vorgesetzten Folge leisten, sonst würde unser Orden im Chaos versinken. Kannst du dir vorstellen, dass der Visitator in Paris oder Meister de Pairaud hier in London einen Befehl nicht ausführt, der ihm von Großmeister Bérard erteilt wurde? Dass er es zum Beispiel versäumt, eine bestimmte Anzahl Männer und Pferde nach Palästina zu schicken, um eine unserer Festungen zu verteidigen, weil er an dem Morgen, an dem das Schiff ablegen sollte, verschlafen hat?« Oweins graue Augen bohrten sich in die von Will. »Kannst du das?« Als Will keine Antwort gab, schüttelte der Ritter ärgerlich den Kopf. »Das Turnier findet bereits in einem Monat statt. Ich erwäge ernsthaft, dich von der Teilnahme auszuschließen.«

Will starrte Owein einen Moment lang an, dann atmete er erleichtert auf. Owein würde ihn nicht von dem Wettkampf ausschließen. Er wollte ihn siegen sehen. Es war eine leere Drohung, und Owein wusste das.

Owein musterte den hochgewachsenen, drahtigen Jungen, dessen Tunika Staubflecken aufwies und der seinem Blick trotzig standhielt. Ein paar Strähnen seines dunklen Haares fielen ihm in die Stirn. Er sah seinem Vater ungemein ähnlich. Owein wusste, dass er mit Zorn und Drohungen bei Will nichts erreichte; er konnte ihm einfach nicht lange böse sein und sich auch nicht dazu durchringen, zu den drakonischen Strafen zu greifen, die manche anderen Ritter zu verhängen pflegten.

Er blickte zu dem hölzernen Wandschirm hinüber, dann wieder zu Will, dann erhob er sich und sah aus dem Fenster, um einen Moment nachzudenken.

Wills Unbehagen wuchs, je länger Oweins Schweigen andauerte. Er hatte seinen Herrn selten so in Gedanken versunken erlebt. Vielleicht irrte er sich ja, vielleicht würde er wirklich nicht an dem Turnier teilnehmen dürfen. Oder es kam noch schlimmer … das Wort Ordensausschluss schoss ihm durch den Kopf. Nach ein paar Minuten, die ihm wie eine Ewigkeit vorkamen, drehte sich Owein zu ihm um.

»Ich weiß, was in Schottland passiert ist, William.« Er sah, wie sich die grünen Augen des Jungen weiteten und dann zu schmalen Schlitzen verengten, ehe Will den Blick senkte. »Wenn du Wiedergutmachung leisten willst, ist dies der falsche Weg. Was würde dein Vater von deinem Betragen halten? Wenn er aus dem Heiligen Land zurückkehrt, möchte ich mich lobend über dich äußern können und ihm nicht sagen müssen, dass ich von dir enttäuscht bin.«

Will kam sich vor, als habe er einen Schlag in die Magengrube erhalten. Sein Trotz verflog, Übelkeit würgte ihn in der Kehle. »Woher … wie habt Ihr davon erfahren?«

»Dein Vater hat es mir vor seiner Abreise erzählt.«

»Er hat es Euch erzählt«, wiederholte Will tonlos, senkte den Kopf, hob ihn wieder und funkelte Owein an. »Könnt Ihr mir dann jetzt meine Strafe nennen und mich entlassen, Sir?«

Owein schien es, als habe sich eine Maske über Wills Gesicht gelegt. Eine Ader pulsierte an seiner Schläfe, als er die Zähne zusammenbiss. Der Ritter kannte diesen Ausdruck verbissener Entschlossenheit; er hatte ihn auf James Campbells Gesicht gesehen, als er ihm von der Bitte um eine Versetzung in das Ordenshaus von Akkon abgeraten hatte. James hatte keinen Befehl erhalten, an einem Kreuzzug teilzunehmen, er hatte eine junge Frau und Töchter in Schottland, und dann war da noch Will in London, dennoch hatte er Oweins Rat in den Wind geschlagen. Owein fragte sich, ob er überhaupt zu dem Jungen durchdrang. Es war an der Zeit, ganz offen mit ihm zu sprechen, entschied er. »Nein, Sergeant Campbell, du kannst noch nicht gehen. Ich bin noch nicht fertig.«

»Ich möchte nicht über diese Angelegenheit sprechen, Sir«,

sagte Will leise, aber bestimmt. »Ich will nicht, und ich werde es auch nicht tun.«

»Das musst du auch nicht«, gab Owein ruhig zurück und nahm wieder auf der Bank Platz. »Wenn du dein Verhalten in Zukunft änderst.« Als er sah, dass der Junge ihm aufmerksam zuhörte, fuhr er fort: »Du hast einen scharfen Verstand, William, und deine Leistungen bei den Kampfübungen sind beachtlich. Aber du weigerst dich, dich den fundamentalen Geboten unseres Ordens zu unterwerfen. Glaubst du, unsere Ordensgründer haben diese Regeln zum Spaß aufgestellt? Wir alle müssen danach trachten, ihren hohen Anforderungen gerecht zu werden, um uns unserer Rolle als Gottes Krieger auf Erden würdig zu erweisen. Sich im Kampf auszuzeichnen, reicht da nicht aus. Bernard de Clairvaux selbst lehrt uns, dass es nichts fruchtet, Feinde von außerhalb zu bekämpfen, wenn wir nicht erst die in uns selbst besiegen. Verstehst du das, William?«

»Ja, Sir«, bestätigte Will bedrückt. Oweins Worte berührten etwas tief in seinem Inneren.

»Du kannst nicht deinen Platz innerhalb des Ordens aufs Spiel setzen, indem du alle Regeln missachtest, die dir nicht zusagen. Du musst lernen, mir zu gehorchen, William, und zwar in jeder Hinsicht und widerspruchslos. Ist das klar?«

»Ja, Sir Owein.«

Owein lehnte sich zufrieden zurück. »Gut.« Er griff nach einer der Schriftrollen auf dem Tisch, entrollte sie und strich das Pergament mit der Handfläche glatt. »Dann wird deine nächste Pflicht darin bestehen, bei einer Verhandlung zwischen König Henry und Meister de Pairaud meinen Schild zu tragen.«

»Der König? Er kommt her, Sir?«

»In zwölf Tagen.« Owein blickte von dem Pergament auf. »Und sein Besuch ist privater Natur, also ist es dir streng verboten, mit irgendjemandem darüber zu sprechen.«

»Ihr habt mein Wort, Sir.«

»In der Zwischenzeit wirst du zur Strafe für deine Nachlässigkeit heute Morgen im Stall arbeiten – und zwar zusätzlich zu deinen sonstigen Aufgaben. Das ist alles, Sergeant. Du kannst gehen.«

Will verneigte sich und wandte sich zur Tür.

»Noch etwas, William.«

»Sir?«

»Meine Drohungen scheinen bei dir bislang auf taube Ohren gestoßen zu sein. Aber wenn du meine Geduld auch weiterhin auf die Probe stellst, werde ich nicht zögern, dich aus dem Orden ausschließen zu lassen. Sieh zu, dass du dich nicht mehr in Schwierigkeiten bringst. Der Himmel weiß, dass sie dir folgen wie ein streunender Hund, aber wenn du diesen Hund das nächste Mal streichelst, könnte es sein, dass er dich in die Hand beißt.«

»Ja, Sir.«

Nachdem Will den Raum verlassen hatte, rieb sich Owein müde über die Stirn.

»Du bist entschieden zu nachsichtig mit dem Jungen, Bruder.« Ein hochgewachsener Ritter mit eisengrauem Haar und einer Lederkappe über dem linken Auge trat hinter dem Wandschirm hervor, hinter dem er während der Unterredung gesessen hatte, und ging mit einem Stapel Pergamentbögen in der Hand auf Owein zu. »Den Schild eines Tempelritters zu tragen, ist eine große Ehre für einen Sergeanten, besonders unter diesen Umständen. Seine Strafe kommt mir eher wie eine Belohnung vor.«

Owein betrachtete die vor ihm liegende Schriftrolle. »Vielleicht hilft ihm diese Verantwortung, in Zukunft sein Temperament zu zügeln, Bruder.«

»Oder verleitet ihn dazu, noch stärker über die Stränge zu schlagen. Ich fürchte, deine Zuneigung zu dem Jungen macht dich blind für seine Fehler. Du bist nicht sein Vater, Owein.«

Owein blickte stirnrunzelnd auf und machte Anstalten, Einwände zu erheben, doch der grauhaarige Ritter sprach weiter.

»Jungen seines Alters und seiner Herkunft sind wie Hunde. Die Peitsche bekommt ihnen besser als freundliche Worte.«

»In diesem Punkt kann ich dir nicht zustimmen.«

Der andere Ritter zuckte die Achseln und legte die Pergamentbögen auf den Tisch. »Die Entscheidung liegt natürlich bei dir. Ich habe nur meine Meinung geäußert.«

»Und ich habe deine Meinung zur Kenntnis genommen, Jacques«, gab Owein freundlich, aber bestimmt zurück, dann griff er nach den Pergamenten. »Hast du die alle gelesen?«

»Allerdings.« Jacques trat zum Fenster und ließ den Blick über das Tempelgelände schweifen. Das Laub der Bäume begann sich bereits zu verfärben. »Was meint denn Master de Pairaud? Glaubt er, Henry wird auf unsere Forderungen eingehen?«

»Ich denke schon. Da ich mich seit Monaten mit dieser Angelegenheit befasse, hat Master de Pairaud es weitgehend mir überlassen, wie ich die Verhandlungen führe. Ich habe ausführlich mit ihm gesprochen, und wir sind übereingekommen, dass wir nicht nur auflisten sollten, welche Summen wir dem königlichen Haushalt im letzten Jahr schon geliehen haben, sondern auch, wofür diese Gelder unseren Erkenntnissen zufolge verwendet wurden. Und dabei könnte ich deine Hilfe gebrauchen.«

»Selbstverständlich.«

Owein nickte zum Dank. »Alles dient dem Kampf für unsere Sache.«

»Trotzdem wird der König nicht erfreut sein.«

»Mit Sicherheit nicht. Aber obwohl ich finde, wir sollten in dieser Sache vorsichtig vorgehen, denke ich, dass Henry kaum eine andere Wahl bleibt, als sich unseren Forderungen zu beugen. Selbst wenn er sich weigert, können wir den Papst ersuchen, ihn dazu zu zwingen.«

»Hier ist diplomatisches Geschick gefragt, Bruder. Der Templerorden unterliegt nicht der Befehlsgewalt des Königs, aber er kann uns trotzdem das Leben schwermachen. Das hat er ja schon ein Mal getan, als er versucht hat, einen Teil unserer Ländereien zu beschlagnahmen. Außerdem«, fügte Jacques hinzu, »haben wir im Moment schon genug Probleme.« Er zog sich einen Stuhl heran und nahm Owein gegenüber Platz. »Du hast heute Morgen mit dem Ordensmeister gesprochen. Hat er neue Berichte aus Outremer erhalten?«

»Darüber werden wir bei der nächsten Kapitelversammlung sprechen, aber nein, seit wir von den Angriffen der Mongolen auf Aleppo, Damaskus und Bagdad und den Gegenangriffen der Mamelucken erfahren haben, sind keine Nachrichten mehr hier eingetroffen. Aber für mich ist das ein guter Anlass, den König früher oder später an seine noch ausstehenden Schulden zu erinnern. Wir werden alle Geldmittel benötigen, die wir auftreiben können, wenn wir uns dieser neuen Bedrohung erwehren müssen. Falls die Mamelucken den Sieg über die Mongolen davontragen, wird ihre gesamte Armee im Freudenrausch auch durch unsere Gebiete marschieren.« Owein schob die Pergamentbögen zusammen und schüttelte bedenklich den Kopf. »Eine bedrohlichere Situation kann ich mir gar nicht vorstellen.«

3

Ayn Jalut (Teiche des Goliath), Königreich Jerusalem
3. September A.D. 1260

Im Mameluckenlager herrschte Festtagsstimmung; die Soldaten stimmten Siegesgesänge an, die Offiziere brüllten Befehle und gaben sich alle Mühe, die Ordnung aufrechtzuerhalten.

Vor dem Zelt des Sultans zügelte Baybars sein Pferd, sprang aus dem Sattel und band das Tier an einem Pfosten an, dann betrachtete er die sich unter ihm erstreckende Schlucht. Die Sonne war bereits hinter den Hügeln versunken, und lange Schatten überzogen nun das Tal. Das dumpfe Hämmern von Axtklingen auf Holz wehte zu ihm herüber – die mongolischen Belagerungstürme wurden zerhackt, um als Brennholz der Errichtung von Scheiterhaufen für die Toten zu dienen. Sein Blick wanderte zu der langen Reihe mameluckischer Verwundeter, die sich vom Schlachtfeld den Hang hinaufwand. Die, die noch laufen konnten, stützten ihre Kameraden, die weniger Glücklichen wurden auf Karren transportiert, die über den unebenen, steinigen Untergrund ratterten. Am nächsten Morgen würden die Ärzte und Totengräber am Ende ihrer Kräfte sein. Baybars ging auf das Zelt zu. Vor dem Eingang waren zwei in weiße Umhänge gekleidete Krieger des Mu'izziya-Regiments postiert, der königlichen Leibwache des Sultans. Sie traten zur Seite und verneigten sich vor ihm.

Ein schwerer Duft nach Sandelholz hing im Zelt, Öllaternen spendeten ein weiches gelbliches Licht. Baybars brauchte einen Moment, bis sich seine Augen an das Halbdunkel gewöhnt hatten, dann fiel sein Blick auf den Thron, der auf einem mit weißer Seide bedeckten Podest stand. Er war kunstvoll gearbeitet und mit besticktem Goldstoff überzogen. Die Lehnen endeten in zwei goldenen, zähnefletschenden Löwenköpfen. Doch es saß niemand darauf. Baybars sah sich suchend um. Seine Augen blieben an einer niedrigen, halb von einem Wandschirm aus Drahtgeflecht verborgenen Liege hängen, auf der Sultan Kutus ruhte, der Herr der Mamelucken und Herrscher Ägyptens. Seinen mit Brokat verzierten Mantel aus jadegrünem Damast hatte er eng um seinen muskulösen Körper geschlungen, sein langer schwarzer Bart war mit parfümiertem Öl getränkt. Wie üblich war der Sultan nicht allein. Baybars musterte die anderen Männer im Zelt verstohlen. Er hatte es sich zur Gewohnheit gemacht, beim Betreten eines geschlossenen Raumes immer sofort abzuschätzen, wie viele Menschen sich darin aufhielten und ob sie bewaffnet waren. In Gegenwart des Sultans lag die Antwort auf diese Frage auf der Hand – er war immer von seinen Ratgebern, Offizieren und Vertrauten umringt. Baybars hatte schon oft bei sich gedacht, dass nicht der schmale Goldreif, der sich um Kutus' Stirn wand, seinen Rang symbolisierte, sondern das Gefolge, das ihn ständig umgab. Diener huschten mit Tabletts mit Früchten und Kelchen mit Hibiskuslikör lautlos zwischen den Männern umher. Die Befehlshaber der verschiedenen Mameluckenregimenter standen in kleinen Gruppen beieinander und unterhielten sich halblaut. Weitere Mu'izziya hielten sich im Schatten der Zeltwände zur Verfügung.

Ein kühler Windzug wehte in das Zelt, als ein Bote eintrat und zu einem der Statthalter eilte. Kutus blickte auf. Seine dunklen Augen hefteten sich auf Baybars.

»Amir. Tritt näher.« Er sah zu, wie Baybars sich der Liege näherte und sich verneigte. »Dir gebührt großes Lob«, fuhr er dann fort. »Dank deines Planes haben wir unseren ersten Sieg über die Mongolen errungen.« Kutus lehnte sich in die Kissen zurück und nahm sich einen Kelch von dem Tablett, das ein Diener ihm hinhielt. »Wie sollen wir jetzt deiner Meinung nach weiter vorgehen?« Er nickte zu einer Gruppe von Männern in einer Ecke des Zeltes hinüber. »Einige meiner Berater finden, wir sollten uns zurückziehen.«

Baybars wandte den Blick nicht von dem Sultan ab. »Ganz im Gegenteil, Herr. Wir sollten auch noch gegen den Rest der mongolischen Truppen in den Kampf ziehen. Sie sind Richtung Osten geflohen, und laut den Berichten aus dem Grenzgebiet ist in der Mongolei ein Streit um den Thron ausgebrochen. Es wäre ratsam, zuzuschlagen, solange Unruhen in diesem Land herrschen.«

»Das könnte schwierig werden«, wandte einer der Statthalter ein. »Es ist ein langer Weg gen Osten …«

»Nein«, unterbrach Kutus ihn schroff. »Baybars hat Recht. Wir müssen handeln, und das rasch.« Er winkte einen Schreiber zu sich, der in einer Zeltecke an seinem Pult saß. »Ich habe einen Brief an die westlichen Freiherren in Akkon verfasst, sie über unseren Sieg in Kenntnis gesetzt und sie gebeten, unseren Feldzug auch weiterhin zu unterstützen. Einer deiner Offiziere soll ihn in die Stadt bringen und dem Großmeister des Deutschritterordens aushändigen.«

Baybars nahm die Schriftrolle zögernd entgegen. Es widerstrebte ihm zutiefst, den Feind um die Erlaubnis zu bitten, sein Gebiet – *gestohlenes* Gebiet – betreten zu dürfen, und die kurze Ruhepause, die die Mamelucken auf dem Weg nach Palästina in Akkon eingelegt hatten, hatte seinen Zorn noch geschürt. Während die Armee vor den Mauern der Stadt gelagert hatte, war Kutus zu Gast bei den Deutschordensrittern gewesen, einem Militärorden aus dem deutschen Reich, und hatte sich bemüht, sie als Verbündete im Kampf gegen die Mongolen zu gewinnen. Verhandlungen zwischen Christen und Muslimen waren nichts Ungewöhnliches. Seit dem ersten Kreuzzug, der auf Befehl des Papstes stattgefunden hatte, um die Geburtsstädte seines Heilands von den Ungläubigen zu säubern, hatte es viele solcher Bündnisse gegeben. Im Laufe der Jahre hatten die Christen gelernt, mit dem Feind zu kooperieren, und mitten im Krieg waren ertragreiche Handelsbeziehungen und sogar Freundschaften entstanden. Doch an jenem Tag hatten die westlichen Freiherren den Mamelucken zwar gestattet, ihr Herrschaftsgebiet zu durchqueren, ihnen ein militärisches Bündnis jedoch glattweg verweigert.

Während dieses Festmahles hatte Baybars von seinem Platz an der Seite des Sultans aus voller Ingrimm beobachtet, wie muslimische Diener die Platten mit den Speisen auftrugen. In Akkon hielten die Franken, die die Muslime *al-Firinjah* nannten, die Macht in den Händen. Diese Bezeichnung wurde generell für alle Krieger aus dem Westen, ungeachtet ihrer Nationalität, verwendet, aber zweierlei war allen Franken gemein – sie waren Anhänger des christlich-römischen Glaubens, und sie waren ungebeten in den Osten gekommen. In den von Franken beherrschten Städten und Dörfern durften einheimische Christen, Juden und Muslime ihrer Arbeit nachgehen, ihre Religion ausüben und ihren Besitz selber verwalten. Doch das, was die Franken als Toleranz ihrerseits ansahen, empfand Baybars als Beleidigung. Die westlichen Christen, die ihr so genanntes Heiliges Land mit Gewalt erobert hatten, hatten sein Volk versklavt und mästeten sich an den Reichtümern seiner Heimat. Sie mochten sich zwar hinter ihrer anerzogenen Kultiviertheit, ihrem parfümierten Haar und ihren seidenen Gewändern zu verstecken versuchen, aber in Baybars' Augen haftete ihnen noch immer der Schmutz und Gestank des Westens an, den alle Seife Palästinas nicht von ihnen abwaschen konnte. Er starrte Kutus herausfordernd an. »Ich würde den Franken lieber eine Kampfansage als eine Botschaft überbringen, Herr.«

Kutus trommelte mit den Fingern auf der Lehne seiner Liege herum. »Vorerst müssen wir uns auf einen einzigen Feind konzentrieren, Amir. Und das sind die Mongolen, die für die Beleidigung bezahlen sollen, die sie mir zugefügt haben.«

»Und für die ungefähr achtzigtausend Muslime, die sie in Bagdad getötet haben?«, warf Baybars ein.

»Auch das«, erwiderte Kutus nach kurzem Zögern, leerte den Kelch und reichte ihn einem Diener. »Die Franken erweisen mir wenigstens Respekt.«

»Sie erweisen dir Respekt, Herr, weil sie fürchten, einen Teil ihres Herrschaftsgebietes an die Mongolen zu verlieren. Sie sind nicht willens, selbst zum Schwert zu greifen, sie lassen lieber uns diese Schlacht für sich schlagen.«

Baybars hielt Kutus' Blick unverwandt stand. Eine angespannte Stille entstand, die nur von den Schritten der Diener und den gedämpften Geräuschen des Lagers unterbrochen wurde. Kutus blinzelte und senkte als Erster den Kopf. »Du kennst deine Befehle, Amir.«

Darauf erwiderte Baybars nichts. Während des Feldzuges würde ihm genug Zeit bleiben, Kutus auf seine Seite zu ziehen. »Da wäre noch die Frage einer Belohnung, Herr.«

Kutus nickte und lehnte sich zurück. Die Spannung im Zelt lockerte sich merklich. »Ein Soldat, der gut gekämpft hat, hat Anspruch auf einen Anteil an der Beute.« Er nickte einem seiner Ratgeber zu. »Lass eine Truhe mit Gold für den Amir füllen.«

»Ich lege keinen Wert auf Gold, Herr.«

Kutus runzelte die Stirn. »Nein? Was willst du denn dann?«

»Den Posten des Statthalters von Aleppo, Herr.«

Kutus schwieg eine Weile. Hinter ihm scharrten einige Männer unruhig mit den Füßen. Endlich blickte der Sultan auf. »Du verlangst eine Stadt, die sich in mongolischer Hand befindet?«

»Nicht mehr lange, Herr. Nicht, nachdem wir ein Drittel ihrer Truppen vernichtend geschlagen haben und uns darauf vorbereiten, ihre letzten Festungen zu zerstören und zu beenden, was wir begonnen haben.«

Kutus' Lächeln erstarb. »Was für ein Spiel spielst du hier?«

»Gar keines, Herr.«

»Was willst du dann mit Aleppo anfangen, wenn es doch dein glühendster Wunsch ist, meine Armee in den Kampf gegen die Christen zu führen?«

»Daran würde auch ein Statthalterposten nichts ändern.«

Kutus verschränkte die Arme vor der Brust. »Amir…« Sein harter Blick strafte seinen milden Ton Lügen. »Ich verstehe nicht, warum du unbedingt an einen Ort zurückkehren willst, der für dich mit so vielen bösen Erinnerungen verbunden ist.«

Baybars erstarrte. Er wusste, dass Kutus es sich zur Aufgabe gemacht hatte, alles über seine Offiziere und ihre Lebensgeschichte in Erfahrung zu bringen, aber er hätte nie gedacht, dass irgendjemand, auch nicht der Sultan, über seine Zeit in Aleppo im Bilde war.

Kutus, dem nicht entging, dass er einen wunden Punkt getroffen hatte, lächelte leicht.

»Ich diene dir und deinen Vorgängern seit meinem achtzehnten Lebensjahr.« Baybars' tiefe Stimme hallte durch das Zelt. Die Dienstboten hielten mit ihren Tätigkeiten inne, um zu lauschen. »Während dieser Zeit habe ich die Feinde des Islam das Fürchten gelehrt und große Triumphe errungen. Ich habe unsere Truppen in die Schlacht von Herbiya geführt und fünftausend Christen getötet, und ich habe geholfen, den Frankenkönig Louis bei Mansurah gefangen zu nehmen und dreihundert seiner besten Ritter auszulöschen.«

»Ich bin dir dankbar für alles, was du für mich getan hast, Amir Baybars, aber trotzdem würde ich dir ein Juwel wie Aleppo nicht überlassen, selbst wenn es in meiner Macht stünde.«

»Dankbar, Herr?« Baybars ballte in ohnmächtiger Wut die Fäuste. »Wenn ich nicht wäre, würdest du überhaupt nicht auf deinem Thron sitzen!«

Kutus sprang mit einem Satz von seiner Liege auf. »Du vergisst dich, *Amir*! Bei Allah, ich sollte dich auspeitschen lassen!« Er schritt zu seinem Thron, stieg auf das Podest, drehte sich um und ließ sich auf dem Sessel nieder. Seine Hände schlossen sich um die goldenen Löwenköpfe.

»Ich bitte um Verzeihung, Herr, aber ich bin der Meinung, diese Belohnung verdient zu haben.«

»Hinaus!«, fuhr Kutus ihn an. »Verlasse augenblicklich das Zelt und komm erst zurück, wenn du eingehend über den Rangunterschied zwischen einem Sultan und einem gewöhnlichen Militärkommandanten nachgedacht hast. Du wirst Aleppo nicht bekommen, Baybars! Niemals!«

Aus den Augenwinkeln heraus sah Baybars, dass einige der Mu'izziya vorgetreten waren und die Hände an ihre Säbel gelegt hatten. Er zwang sich, sich vor Kutus zu verneigen, dann rauschte er, die Finger um die Schriftrolle gekrallt, mit grimmiger Miene aus dem Zelt.

Als er durch das Mameluckenlager schritt, wichen die Männer vor der Wut zurück, die ihn wie eine unsichtbare Wolke umgab. Die Sonne war untergegangen, die Flammen der Scheiterhaufen, auf denen die Leichen der gefallenen Mongolen verbrannt wurden, züngelten zum rötlich verfärbten Himmel empor. Gelächter und Jubelrufe erfüllten die Luft. Ganz in der Nähe ertönte der gellende Schrei einer Frau. Baybars erreichte sein eigenes Zelt, schob die Klappe zurück und blieb im Eingang stehen. Ein Mann wartete im Inneren des Zeltes auf ihn; ein Mameluckenoffizier mit einem offenen, aufrichtigen Gesicht und einer leicht gebogenen Nase.

»Amir! Ich habe dich in der Schlacht nicht gesehen, aber deine Tapferkeit wird im ganzen Lager gepriesen.«

Baybars reichte seine Waffen einem Diener. Der Offizier trat zu ihm und umarmte ihn, dann deutete er auf eine niedrige Liege, vor der eine mit Platten voller Feigen und gewürzten Fleischstücken beladene Truhe stand. »Leg deine Rüstung ab und lass uns auf unseren Sieg trinken.«

»Jetzt ist nicht der richtige Zeitpunkt zum Feiern, Omar.«

»Wie meinst du das, Amir?«

Baybars wandte sich an seinen Diener. Der Mann, der ihm die

Schwerter abgenommen hatte, war bereits damit beschäftigt, sie zu säubern, zwei andere füllten die Bronzebecken im Zelt mit glühenden Kohlen, ein Vierter goss Wasser in eine silberne Schale. »Lasst uns allein«, befahl er knapp.

Die Diener blickten überrascht auf, gehorchten angesichts der finsteren Miene ihres Herrn jedoch umgehend. Baybars warf die Schriftrolle auf die Truhe, streifte seinen blutgetränkten Umhang ab und ließ ihn auf den Sandboden fallen, dann setzte er sich auf die Liege, griff nach einem Becher mit Kumyss und trank durstig. Die gegorene Stutenmilch rann kühl durch seine ausgedörrte Kehle.

Omar nahm neben Baybars Platz. »Sadik?«, begann er behutsam, nun, da sie allein waren, zu der vertraulicheren Anrede »Freund« übergehend. »Ich kenne dich jetzt seit achtzehn Jahren, aber so verstimmt habe ich dich nach einem Sieg noch nie erlebt. Was ist der Grund dafür?«

»Kutus.«

Omar wartete darauf, dass er fortfuhr, und hörte schweigend zu, als Baybars ihm berichtete, wie der Sultan ihm seine Forderung nach einem Statthalterposten rundweg abgeschlagen hatte. Als Baybars geendet hatte, lehnte sich Omar kopfschüttelnd zurück. »Kutus hat offenbar Angst vor dir. Dein Ruf eilt dir überall voraus, und er weiß, wie leicht ein Sultan vom Militär abgesetzt werden kann. Schließlich hat er selbst den Thron auch mit Gewalt an sich gerissen. Kutus herrscht erst seit einem Jahr und fühlt sich in seiner Position noch nicht sicher. Ich denke, er glaubt, du würdest über zu große Macht verfügen, wenn er dir Aleppo überlässt – Macht, die du gegen ihn einsetzen könntest.« Er hob die Hände und spreizte die Finger. »Aber was willst du tun? Das Wort des Sultans ist Gesetz.«

»Er muss sterben«, erwiderte Baybars so leise, dass Omar nicht sicher war, ob er richtig gehört hatte.

»Sadik?«

Baybars sah ihn an. »Ich werde ihn töten und einen geeigneteren Herrscher auf den Thron setzen – einen Herrscher, der seine Offiziere angemessen belohnt und seine Armee zu ruhmreichen Siegen führt.«

Omars Blick wanderte zum Zelteingang. Die Klappen standen offen; er konnte draußen flackernden Fackelschein und die Schatten der Männer sehen, die die Kriegsbeute in das Lager schafften. »So etwas solltest du noch nicht einmal denken«, murmelte er. »Dir fehlt Schlaf, das ist alles. Morgen ist ein neuer Tag, und dann wird dein Zorn verraucht sein.«

»Du bist einer meiner besten Offiziere und wie ein Bruder für mich, Omar, aber wenn du das glaubst, dann scheinst du mich überhaupt nicht zu kennen. Du warst dabei, als wir den Ayubiden Turan-Schah ermordet haben. Es war meine Hand, die die tödliche Klinge führte. Ich habe es schon ein Mal getan, und ich kann es wieder tun.«

»Ja«, gab Omar ruhig zurück. »Ich war dabei.« Er sah Baybars in die Augen und las dort eine eiskalte Entschlossenheit, die er nur zu gut kannte.

Vor zehn Jahren hatte er nach einem Sieg, den Baybars bei Mansurah gegen die Franken errungen hatte, gemeinsam mit den anderen Offizieren des Bahri-Regiments eine Ruhepause eingelegt. Zu jener Zeit waren die Bahris die königliche Leibwache von Sultan Ayub gewesen, dessen Vorgänger die Mameluckenarmee aufgebaut hatten. Kurz vor der Schlacht von Mansurah war Ayub gestorben, und sein Erbe Turan-Schah hatte den Thron bestiegen. Turan-Schah brachte die Mamelucken schon bald gegen sich auf, weil er alle Machtpositionen mit seinen eigenen Männern besetzte, und Baybars erhielt von Aibek, dem Kommandanten der Bahris, den Befehl, das Problem mittels kalten Stahls zu lösen. Zusammen mit Omar und den anderen Offizieren stürmte er mit einem unter seinem Umhang verborgenen Schwert in die Festhalle, wo Turan-Schah ein abendliches Bankett abhielt. Der Sultan floh zu einem Turm am Ufer des Nils und verschanzte sich dort, doch Baybars folgte ihm und ordnete an, den Turm in Brand zu stecken. Während sich die Flammen durch das Holz fraßen, sprang der Sultan außer sich vor Angst in den Fluss und flehte dort um sein Leben. Baybars watete in das Wasser, beendete die Schreie Turan-Schahs und die Blutslinie der Ayubiden mit einem einzigen Schwertstreich, brachte so die Mamelucken an die Macht zurück und machte die Sklaven zu Herren. Omar würde nie den Moment vergessen, in dem Baybars sein Schwert in Turan-Schahs Leib gebohrt und sich sein Gesicht dabei vor glühendem Hass bis zur Unkenntlichkeit verzerrt hatte.

Jetzt schüttelte er bedenklich den Kopf. »Diesmal würde dir dein Vorhaben nicht gelingen. Kutus ist stets von Leibwächtern umgeben. Du würdest statt seiner sterben.«

Beide Männer fuhren herum, als plötzlich aus dem Schatten eine Stimme ertönte. Baybars griff instinktiv nach dem Dolch in seinem Stiefel.

»Es könnte gelingen. O ja. O ja.«

Gackerndes Gelächter folgte auf diese Worte. Baybars entspannte sich sichtlich. »Komm her.«

Einen Moment später löste sich eine Gestalt aus dem Halbdunkel; ein alter Mann mit einem zahnlosen Grinsen, zottigem schwarzem Haar und dunkler, verwitterter Haut. Er trug ein fadenscheiniges Baumwollgewand, seine Füße waren bloß und mit Schwielen übersät, die Nägel gelblich verfärbt und die Augen vom grauen Star getrübt. Omar sog scharf den Atem ein, als er Baybars' Wahrsager Khadir erkannte. Um Khadirs Taille schlang sich eine Kette, an der ein Dolch mit goldenem Griff und einem darin eingearbeiteten blutroten Rubin hing. Dieser Dolch war das einzige Zeichen dafür, dass diese jämmerliche Figur einst ein Mitglied der berüchtigten Assassinen gewesen war, einer kurz vor dem ersten Kreuzzug gegründeten Elitetruppe radikaler Krieger. Als Anhänger des schiitischen Zweiges des Islams, einer muslimischen Minderheit, die sich von den traditionalistischen Sunniten losgesagt hatte, trachteten die Assassinen einzig und allein danach, alle Gegner ihres Glaubens zu vernichten, und verfolgten dieses Ziel mit äußerster Grausamkeit. Von geheimen Stützpunkten hoch oben in den syrischen Bergen aus schlichen sie sich unbemerkt wie todbringende schwarze Spinnen an ihre auserwählten Opfer heran, vergifteten sie oder stießen ihnen einen Dolch ins Herz. Im Laufe der Zeit hatten sowohl die Araber als auch die Kreuzritter, Türken und Mongolen gelernt, sie zu fürchten, und das aus gutem Grund, sie aber auch gelegentlich für ihre eigenen Zwecke benutzt, denn sie waren Meister in der Kunst des Tötens.

Omar wusste nicht, warum Khadir den Bund der Assassinen verlassen hatte. Gerüchte besagten, er sei aus dem Orden ausgestoßen worden, aber Beweise dafür gab es nicht. Omar war nur bekannt, dass der alte Mann, kurz nachdem Baybars der Oberbefehl über die Bahris übertragen worden war, in Kairo aufgetaucht war – in demselben schäbigen Gewand, das er auch heute trug – und Baybars seine Dienste angeboten hatte.

Als Khadir in den rötlichen Schein des Kohlebeckens trat, bemerkte Omar die Viper, die sich um die Hand des Wahrsagers wand.

»Sprich«, befahl Baybars.

Khadir kauerte sich in den Sand, beobachtete die Schlange, die sich wie hypnotisiert um sein Handgelenk ringelte, und sprang dann wieder auf. Sein Blick kreuzte sich mit dem von Baybars. »Töte Kutus«, sagte er kalt. »Die Armee ist auf deiner Seite.«

»Bist du sicher?«

Leise kichernd ließ Khadir sich wieder in den Sand fallen, nahm den Kopf der Schlange zwischen Daumen und Zeigefinger, zog sie von seinem Handgelenk, flüsterte ihr etwas zu und setzte sie dann auf den Boden. Die Viper glitt über den Sand auf die Liege zu, wobei sie eine dünne, gewundene Spur hinterließ. Omar widerstand dem Drang, die Beine zu heben und sie abzuschütteln, als sie über seine Stiefel kroch. Sie war noch jung, aber ihr Gift wirkte nichtsdestoweniger tödlich.

Khadir klatschte in die Hände, als die Schlange auf Baybars zusteuerte. »Siehst du? Sie zeigt dir die Antwort.«

»Seine Zauberkünste beleidigen Allah«, zischte Omar. »Du solltest ihm nicht erlauben, sein verderbtes Handwerk auszuüben.«

Khadirs verschleierter Blick heftete sich auf den Offizier, der rasch den Kopf abwandte. Er brachte es nicht über sich, in diese milchig weißen Augen zu sehen.

Baybars beobachtete, wie die Schlange zwischen seinen Füßen hindurch auf das Dunkel unter der Liege zuglitt. »Allah hat ihm diese Gabe geschenkt, Omar, und er hat sich noch nie geirrt.« Ehe die Viper im Dunkeln verschwinden konnte, hob er einen Fuß und zerstampfte ihren Kopf unter seinem Stiefel, dann schob er die tote Schlange mit der Stiefelspitze fort und sah Khadir an. Der Wahrsager kratzte an einer Wunde an seinem Bein herum.

»Du meinst also, die Armee würde mich bei meinem Vorhaben unterstützen, aber was ist mit dem Mu'izziya-Regiment? Die königliche Leibwache wird doch ohne Zweifel Kutus die Treue halten?«

Khadir zuckte die Achseln und erhob sich. »Möglich, aber ihre Loyalität kann mit Gold erkauft werden, und es sind *deine* Männer, die die Beute des heutigen Tages bewachen.«

Er trat zu der Liege und hob die tote Viper auf. Nachdem er sie einen Moment lang traurig betrachtet hatte, verstaute er sie in seinem Gewand, dann musterte er Baybars mit einer Art väterlichem Stolz. »Ich sehe eine große Zukunft vor dir liegen, Herr. Königreiche werden fallen, Herrscher vergehen, und du wirst über ihnen allen stehen, auf einer Brücke aus Totenschädeln, die einen Fluss aus Blut überspannt.« Er dämpfte seine Stimme zu einem Flüstern, als er vor Baybars' Füßen niederkniete. »Wenn deine Hand die Klinge führt, die Kutus tötet, wirst du Sultan sein.«

Baybars lachte bellend auf. »Sultan? Dann wäre Aleppo der geringste meiner Schätze!« Doch sein Lachen erstarb, als ein Gedanke in seinem Kopf Gestalt annahm.

Nachdem Baybars Turan-Schah getötet hatte, hatte der Mann, der die Hinrichtung angeordnet hatte – Aibek, der damalige Kommandant der Bahris –, den Thron bestiegen. Doch Baybars war für seine Rolle beim Sturz des Sultans nicht angemessen belohnt worden; er hatte sich geweigert, dem Mann, den er an die Macht gebracht hatte, noch länger zu dienen, und Kairo verlassen. Nachdem sich Kutus ein Jahr später Aibeks Nachfolger entledigt hatte, war er in der Hoffnung zurückgekehrt, der neue Sultan würde die Verdienste treuer Offiziere besser zu schätzen wissen. Er war bitter enttäuscht worden.

Baybars erhob sich von der Liege und ging zum Eingang des Zeltes. Der Himmel wurde von den Flammen der Scheiterhaufen und dem Mond, der über der Wüste aufgestiegen war, erleuchtet. Die Hügel fielen schwarz und drohend zu der Ebene ab, die sich vor ihm erstreckte. Im Süden glitzerten die Teiche des Goliath im Mondlicht wie Stahl. Einst waren die Franken auf dieser Ebene aufmarschiert und hatten den ägyptischen Sultan Saladin mit Kreuz und Schwert zum Kampf gefordert. Ihre Armee war umzingelt und von Nachschublieferungen abgeschnitten worden, doch die Franken hatten überlebt, weil sie in den Teichen Fische gefangen hatten, und Saladin, der ihr Lager nicht hatte einnehmen können, hatte sich schließlich geschlagen geben müssen. Seit fast zwei Jahrhunderten mästeten sich die Franken jetzt an den Reichtümern seines Landes, schlachteten sein Volk ab und entweihten dessen Heiligtümer. Wo einst Allah verehrt worden war, suhlten sich nun Schweine im Unrat.

Doch während Baybars zu den Teichen hinüberblickte, begann sein Groll zu schwinden, und neue Hoffnung keimte in ihm auf. Khadirs Worte hallten in seinen Ohren wider. Vielleicht war es ihm vom Schicksal vorherbestimmt, den Untergang der Franken herbeizuführen. »Wenn ich Sultan wäre«, murmelte er, »würde ich die fränkischen Barbaren so gründlich vernichten, dass noch nicht einmal die Bussarde sich an ihren Überresten laben könnten.«

Omar trat neben ihn. »Ich weiß, dass du nach ihrem Blut lechzt, aber begehe nicht den Fehler, die Franken für hirnlose Wilde zu halten. Sie sind erfahrene Krieger und listige Strategen. Es wird nicht einfach sein, sie zu besiegen.«

Baybars drehte sich zu ihm um. »Du irrst dich. Sie sind Barbaren. Im Westen leben sie wie die Schweine, ihre Häuser gleichen Viehställen, ihre Manieren sind grob und unzivilisiert. Sie blickten gen Osten und sahen die Schönheit unserer Städte, die Eleganz ihrer Bewohner und unsere großen Schulen des Wissens. Sie blickten gen Osten und wollten unser Land für sich, also kamen sie auf ihren Kreuzzügen hierher – nicht zum Ruhme ihres Gottes, sondern um der reichen Beute willen.« Baybars schloss die Augen. »Und wir werden sie für jeden Tag büßen lassen, den sie in unserer Heimat verbracht haben.«

»Die Befehle des Sultans sind unmissverständlich«, erwiderte Omar. »Wir kämpfen gegen die Mongolen, nicht gegen die Franken.«

»Wir werden sie bald besiegt haben. Und dann werden wir uns mit Kutus befassen.« Baybars legte Omar eine Hand auf die Schulter. »Bist du auf meiner Seite?«

»Die Antwort auf diese Frage kennst du.«

»Dann nimm mein Gold und bestich damit die Offiziere.« Baybars deutete auf eine kleine Truhe. »Und bezahle sie gut, denn wenn ich Kutus vom Thron stürzen will, brauche ich dazu so viele Verbündete wie möglich.«

»Und dann?«

»Dann?« Baybars nickte zu dem im Sand kauernden Khadir hinüber, dessen Augen im Schein der Kohlebecken glühten. »Dann bereiten wir uns auf den Krieg vor.«

4

Neuer Tempel, Ordenshaus London
14. September A.D. 1260

Krachend trafen die hölzernen Schwerter aufeinander. Will umfasste das Heft fester; der Aufprall ließ jeden Nerv in seinem Arm vibrieren. Sein Gegner, ein goldblonder Sergeant namens Garin de Lyons, verlor das Gleichgewicht und wäre beinahe im Schlamm ausgeglitten. Die letzten drei Tage hatte es stark geregnet, das Feld war mit braunen Pfützen übersät. Es erstreckte sich bis zum Ufer der Themse; ein Dickicht aus Büschen und Binsen versperrte den Blick auf das Wasser. Zur Linken und hinter diesem Feld lagen die Gebäude des Ordenshauses. Die Sonne hatte noch nicht genug Kraft, um die Nebelschwaden aufzulösen, trotzdem waren die Gesichter der Jungen schweißüberströmt. Wills schwarze Tunika klebte an seinem Rücken. Er schlug Garins Klinge zurück, täuschte eine Finte an und holte zu einem mächtigen Hieb aus, den Garin parierte, ehe er wieder Grundhaltung einnahm. Seine blauen Augen blitzten auf. »Ich dachte, ihr Schotten wärt die besten Krieger von ganz Britannien?«

»Ich mache mich gerade erst warm«, erwiderte Will, ihn umkreisend. »Und ich habe mir noch nicht überlegt, wer du heute bist.«

Garin grinste. »Wer du bist, weiß ich schon. Ein Sarazene.«

Will verdrehte die Augen. »Schon wieder?« Er hob sein Schwert höher. »Na schön, dann bist du ein Hospitaliter.«

Garin verzog das Gesicht und spie auf den Boden. Die Johanniterritter, die Gründer der Pilgerhospitäler, waren erbitterte Rivalen der Templer. Zwar setzten sich beide Orden aus christlichen Edelmännern zusammen, die für Gott und das Christentum kämpften, aber das hielt sie nicht davon ab, sich ständig über Landbesitz, Handelsrechte und andere glaubensfremde Dinge zu streiten.

Will stürmte vor. Es war ihm gerade gelungen, sich zu ducken und sein Schwert hochzureißen, als Garin einen machtvollen Hieb gegen seinen Kopf führte.

»Aufhören!«

Die beiden Jungen gehorchten dem Befehl ihres Ausbilders augenblicklich und traten schwer atmend ein paar Schritte zurück. Der Ritter stapfte auf sie zu. Der Saum seines Mantels war mit Schlamm bespritzt.

»Du sollst deinen Gegner entwaffnen, de Lyons, und nicht versuchen, ihn umzubringen!«

»Tut mir leid, Sir.« Garin senkte den Kopf. »Der Schlag war schlecht ausgeführt.«

»Allerdings«, bestätigte der Ritter. Sein eines Auge funkelte hart wie Stahl, das andere wurde von einer abgewetzten Lederklappe verdeckt. »Weitermachen!«, bellte er, ehe er zum Rand des Feldes zurückkehrte, auf dem sechzehn Jungen in Wills und Garins Alter eine lange Reihe bildeten.

Nicht alle Sergeanten des Ordens wurden in der Kampfkunst unterwiesen, viele würden in den zahlreichen Ordenshäusern und Festungen als Feldarbeiter, Köche, Schmiede, Schneider oder Stallburschen arbeiten und niemals in eine Schlacht ziehen. Doch von den Anwärtern auf die Ritterschaft wurde erwartet, dass sie mit achtzehn voll ausgebildete Kämpfer waren. Auf Grammatik, Logik und Rhethorik wurde kaum Wert gelegt, die Sergeanten mussten nur sämtliche sechshundert Gebote der Ordensregel auswendig lernen. So kam es, dass diese Jungen mit fünfzehn bereits ein Pferd im vollen Galopp lenken konnten und mit Lanze und Schild umzugehen wussten, aber bis auf ein paar Ausnahmen, zu denen auch Will und Garin zählten, kaum ihren Namen schreiben konnten.

Will baute sich vor Garin auf und hob sein Schwert, das deutliche Spuren häufigen Gebrauchs aufwies. Garin griff als Erster an und stieß dabei einen lauten Kampfruf aus. Will wich aus, doch Garin drang erneut mit einer Reihe kurzer, rasch aufeinanderfolgender Hiebe auf ihn ein, die Will entschlossen parierte. Die Schwerter ineinander verkeilt, stemmten sie sich gegeneinander, keiner war gewillt, zurückzuweichen. Ihr Atem bildete kleine Wölkchen in der Luft, ihre Füße verwandelten den Boden in einen schlüpfrigen schwarzen Morast. Will fletschte die Zähne und stieß Garin nach hinten. Dessen Augen wurden groß, als er im Matsch ausglitt und unwillkürlich den Griff um seine Waffe lockerte. Mit einem raschen, kräftigen Hieb schlug Will ihm das Schwert aus der Hand, sodass es in hohem Bogen durch die Luft flog, und als Garin rücklings im Schlamm landete, setzte Will ihm die Spitze seines eigenen Schwertes an die Kehle. Aus den Reihen der Sergeanten am Feldrand brandete vereinzelt Beifall auf.

Der Ritter brachte sie mit einer schroffen Geste zum Schweigen. »Dieser Kampf war wahrlich keines Lobes wert.« Er winkte Will und Garin zu sich.

Will nahm sein Schwert von Garins Hals und streckte ihm eine Hand hin, die Garin ergriff, sich auf die Füße zog und sein Schwert aufhob. Dann liefen sie mit durchweichten Tuniken und Hosen zum Feldrand hinüber. Wills Miene verfinsterte sich, als der Ritter zu einem Vortrag ansetzte.

»Campbells Deckung war schwach. Eine stärkere Deckung hätte es ihm ermöglicht, de Lyons' Kräfte zu schwächen, dessen Angriffe unbedacht und leicht vorauszuahnen waren.« Der Ritter drehte sich zu den beiden Jungen um. Sein Blick blieb auf Will haften. »Und dann hättest du nicht zu so rohen Methoden greifen müssen, um de Lyons zu schlagen. Dein Sieg beruht letztendlich auf brutaler Kraft statt auf Geschick. Aber Campbell hat zumindest die Geländegegebenheiten zu seinem Vorteil genutzt.« Er wandte sich an Garin. »Wieso bist du zu Fall gekommen, de Lyons?« Garin setzte zu einer Rechtfertigung an, doch der Ritter schnitt ihm das Wort ab. »Brocart. Jay.« Er nickte zwei wartenden Sergeanten zu. »Nehmt eure Plätze ein.«

Will massierte seinen schmerzenden Arm, während die beiden anderen Jungen auf das Feld traten. Dann schielte er zu Garin hinüber, der den Blick nicht von dem Ritter wandte. »Dein Onkel ist wie üblich bei bester Laune.«

»Ich glaube, er macht sich Gedanken wegen des morgigen Treffens.« Garin drehte sich zu Will um. »Wie ich hörte, nimmst du auch daran teil?«

Will zögerte. Oweins Drohung war noch so frisch in seinem Gedächtnis wie die Blasen auf seinen Händen, die ihm das Ausmisten der Ställe, das Flicken des Zaumzeugs und das Polieren der Sättel eingetragen hatten.

Garin beugte sich zu ihm, nachdem er sich vergewissert hatte, dass sie sich außerhalb der Hörweite der anderen Sergeanten befanden. »Du kannst es mir ruhig sagen«, flüsterte er. »Ich bin bei der Unterredung mit dem König auch dabei, ich trage den Schild meines Onkels.«

»Tut mir leid.« Will entspannte sich ein wenig. »Owein hat mir verboten, davon zu sprechen.«

»Mein Onkel mir auch, aber heute Morgen hat er angedeutet, dass du auch da sein wirst.« Garin warf Will einen beschämten Blick zu. »Ich fürchte, deine Anwesenheit bei einem so wichtigen Ereignis gefällt ihm überhaupt nicht.«

Will blickte zu dem Ritter hinüber, der die kämpfenden Sergeanten mit grimmiger Miene beobachtete. Jacques de Lyons, ein ehemaliger Templerkommandant, hatte bei Herbiya und Mansurah gegen die Muslime gekämpft. In der ersten Schlacht hatte er ein Auge verloren, in der zweiten dreihundert seiner Mitstreiter. Im Neuen Tempel hatten ihm sein hitziges Temperament und sein fehlendes Auge den Beinamen Zyklop eingetragen, der allerdings nur hinter seinem Rücken und hinter vorgehaltener Hand benutzt wurde. Gerüchten zufolge war der letzte Sergeant, der ihn offen ausgesprochen hatte, in ein von Fliegen verseuchtes Dorf südlich von Antiochia versetzt worden.

»Alles, was ich tue, scheint deinem Onkel zu missfallen.«

»Er hat ja eben nicht nur dich angeraunzt.« Garin knabberte an einem bereits bis auf das Fleisch abgenagten Fingernagel und musterte dabei die beiden sich umkreisenden Sergeanten auf dem Feld. Dann sah er Will an. »Und kannst du es ihm verdenken? Du musst vorsichtiger sein, Will. Er sagt, wenn du noch weiter die Regeln übertrittst, wirst du aus dem Orden ausgeschlossen, dafür würde er persönlich sorgen.«

Die zwei Sergeanten gingen zum Angriff über. Brocart, der Kleinere der beiden, schrie laut auf, als Jay ihm mit dem Rand der Klinge einen unbeholfenen Schlag vor das Schienbein versetzte.

»Wenigstens waren wir besser als die zwei da«, raunte Will Garin zu.

»Sag mal, hörst du mir überhaupt zu?«

Will schrak zusammen. »Was?«

Garin schnitt eine Grimasse. »Ich sagte, du musst vorsichtiger sein. Du hast deine Pflichten vernachlässigt, nur um eine Stunde länger schlafen zu können, und die letzten zehn Tage dafür gebüßt. Ich habe dich kaum zu Gesicht bekommen.«

»Es ging mir nicht darum, länger zu schlafen …« Will hielt inne, dann dämpfte er seine Stimme zu einem Flüstern und erzählte seinem Freund von der Aufnahmezeremonie, die er zusammen mit Simon beobachtet hatte.

»Hast du jetzt völlig den Verstand verloren?« Garin schüttelte ungläubig den Kopf.

»Ich wollte es unbedingt sehen.«

»Du wirst es eines Tages am eigenen Leibe erfahren.« In Garins Gesicht spiegelten sich noch immer Zweifel und jetzt auch noch etwas anderes wider.

»Ich konnte einfach keine fünf Jahre mehr warten. Wir haben doch so oft darüber gesprochen, weißt du noch? Uns immer gefragt, wie eine solche Zeremonie abläuft.« Will schnaubte verächtlich. »Und ich hätte noch mehr mitbekommen, wenn dieser alte Griesgram Peter nicht hereingeplatzt wäre.«

»Was ist mit Simon?«, fragte Garin scharf. »Wieso war der auch dabei?«

»Ich brauchte einen Wachposten, dem ich vertrauen kann.« Will brach ab, als er Garins Gesichtsausdruck sah. »Ich hätte ja dich gefragt«, fügte er hastig hinzu, »aber ich wusste ja, wie deine Antwort lauten würde. Ich hätte viel lieber dich mitgenommen, das kannst du dir wohl denken.«

Garin schüttelte den Kopf, aber Will meinte, ihn ein wenig beschwichtigt zu haben.

»Es war nicht recht, dass du die Zeremonie heimlich beobachtet hast. Und ein Stallbursche hätte sie schon gar nicht sehen dürfen. Simon gehört nicht zu uns.«

»Er trägt aber dieselbe Tunika wie wir.«

Garin seufzte. »Du weißt genau, was ich meine. Simon ist der Sohn eines Gerbers. Unsere Väter sind Ritter. Simon wird nie ein Ritter und in den Adelsstand erhoben werden.«

Will hob die Schultern. »Wenn allein die Abstammung einen Menschen zu einem Edelmann macht, dann bin ich ja nur zur

Hälfte einer. Der Rest von mir ist so gewöhnlich wie ein Stallbursche.«

Garin lächelte nachsichtig. »Das stimmt doch gar nicht.«

»Du weißt, dass es stimmt. Mein Vater mag ja jetzt ein Ritter sein, aber mein Großvater war keiner, und meine Mutter war die Tochter eines Kaufmanns. Nicht jeder wird in ein so altes Adelsgeschlecht hineingeboren wie das deine.«

»Wie dem auch sei, dein Vater ist nun ein Ritter, und deshalb wirst du auch einer.« Als Garin sich abwandte, verrutschte seine Tunika und gab einen leuchtend roten Striemen direkt unterhalb seines Schlüsselbeins frei.

Will deutete auf das Mal. »Wo hast du denn das her?«

Garin folgte seinem Blick, dann zog er seine Tunika hoch. »Da hast du mich gestern mit deiner Klinge getroffen.« Er rang sich ein Lächeln ab. »Ich glaube, du weißt gar nicht, wie viel Kraft du hast.«

Auf dem Feld entwaffnete Brocart Jay mit einem ungelenken Hieb gegen das Handgelenk, woraufhin sein Gegner sein Schwert fallen ließ und einen Schmerzensschrei unterdrückte. Die Sergeanten am Feldrand scharrten unruhig mit den Füßen, als Jacques, gefolgt von den beiden Kämpfern, auf sie zukam. Am Ende des Trainings verhängte der Ritter stets eine Strafe, für gewöhnlich zehn Runden rund um das Feld, die den Sergeanten traf, der die schlechteste Leistung gezeigt hatte. Will löste einen Splitter von seiner Klinge. Er machte sich wenig Sorgen. Zwar mochte Jacques ihn nicht, aber er hatte ihm noch nie diese Strafrunden auferlegt. Jacques schritt die Reihen der Jungen ab und musterte jeden Einzelnen von ihnen scharf. Will hielt seinem Blick unverwandt stand, doch Garin senkte den Kopf.

Jacques blieb vor ihnen stehen. »De Lyons, du wirst heute laufen.«

Garins Kopf fuhr hoch. Ungläubiges Entsetzen malte sich auf seinem Gesicht ab. Die anderen Sergeanten wirkten gleichermaßen erstaunt. Brocart, der eine jämmerliche Vorstellung gezeigt hatte, schaute verdutzt drein.

»Sir?« Garin konnte nur mit Mühe verhindern, dass seine Stimme zitterte. Wie Will, so war auch er noch nie zuvor bestraft worden.

»Du hast mich genau verstanden«, knurrte Jacques. »Zwanzig Runden.«

»Ja, Sir«, murmelte Garin. »Vielen Dank.«

Als er aus der Reihe trat und der Ritter sich entfernte, berührte Will seinen Freund am Arm. »Das ist ungerecht«, flüsterte er. »Jacques irrt sich.«

»Campbell!«

Will zog die Hand weg, als der Ritter zu ihm herumfuhr.

»Was hast du eben gesagt?«, wollte Jacques wissen.

»Wie bitte, Sir?«

Jacques' Auge wurde schmal. »Spiel keine Spielchen mit mir, Junge. Ich will wissen, was du zu de Lyons gesagt hast.«

Will schielte zu Garin hinüber, der unmerklich den Kopf schüttelte. »Nichts, Sir. Ich habe nur …« Er hielt inne und sah die anderen Sergeanten Hilfe suchend an. Alle wichen seinem Blick aus. Will rümpfte abfällig die Nase und wandte sich wieder an Jacques. »Ich habe mich nur gefragt, warum Eure Wahl ausgerechnet auf Garin gefallen ist, Sir.« Er bemühte sich, einen leichten Ton anzuschlagen und seine Worte wie eine Frage zu formulieren. »Ich finde nämlich nicht, dass er heute der Schlechteste war.«

Eine lange Pause trat ein. »Ich verstehe«, erwiderte Jacques dann. Der sanfte Klang seiner Stimme täuschte nicht über seinen Ärger hinweg. »Wer würde denn dann deiner Meinung nach die Strafe verdienen?«

Will starrte erst seine Kameraden, dann Jacques stumm an.

»Na komm schon, Campbell«, beharrte der Ritter. »Wenn du de Lyons nicht für den Schlechtesten hältst, musst du ja einen anderen Kandidaten im Sinn haben.« Als Will Anstalten machte, etwas zu entgegnen, hob Jacques eine Hand. »Tritt vor, Campbell.«

Will tat, wie ihm geheißen. Sein Blick schweifte flüchtig zu Brocart und Jay. Brocart starrte auf seine Füße, aber Jay hob den Kopf und runzelte finster die Stirn. Er wusste genau, was Will jetzt dachte.

»Nun?«, drängte Jacques.

Will schwieg eine Weile. »Ich weiß nicht, Sir.«

»Sprich lauter«, donnerte Jacques. Seine Stimme klang so scharf wie ein Peitschenknall. »Was weißt du nicht?«

»Ich weiß nicht, wer heute der schlechteste Kämpfer war, Sir.«

»Natürlich nicht.« Jacques' Lippen verzogen sich zu einem humorlosen Lächeln. Er wandte sich an die anderen Sergeanten und deutete auf Will. »Wie sollte auch ein Junge ohne jegliche Kampferfahrung, der überdies auf eine nur eine Generation zurückdauernde edle Abstammung zurückblicken kann, etwas von solchen Dingen verstehen?«

Will bemerkte, dass Jay höhnisch grinste. Garin starrte verbissen zu Boden.

»Noch etwas, Campbell…« Jacques trat näher an Will heran. »Sei in Zukunft so gut und behalte deine Meinung für dich, dann bringst du weder dich noch deine Kameraden in Verlegenheit.« Er beugte sich vor und schob sein Gesicht ganz nah an das von Will heran. »Und stelle *nie wieder* mein Urteil in Frage«, zischte er. Ein Speicheltropfen traf Wills Wange. Jacques richtete sich wieder auf. »De Lyons!«, bellte er, ohne den Blick von Will abzuwenden. »Campbell hat dir gerade zu zehn zusätzlichen Runden verholfen.«

Will starrte den Ritter entgeistert an. Als er Garin sich mit tonloser Stimme für die Bestrafung bedanken hörte, drehte er sich zu dem Freund um und versuchte, ihn mit den Augen stumm um Verzeihung zu bitten, doch Garin wich seinem Blick aus, trat aus der Reihe heraus und lief los. Mit brennenden Wangen sah Will Jacques nach, der auf das Ordenshaus zustapfte. Seine Hände zitterten, so stark war der Drang, Zyklop mit geballter Faust das selbstgefällige Lächeln aus dem Gesicht zu wischen. Ringsum begannen die anderen Sergeanten, ihre Waffen einzusammeln und das Feld zu verlassen. Will fing ein paar mitleidige und ein paar anklagende Blicke seiner Kameraden auf. Ohne darauf zu achten, beobachtete er Garin, der die erste Runde um das schlammige Feld drehte, das ihm plötzlich viel größer vorkam als vorher. Nach kurzem Zögern setzte er sich ebenfalls in Bewegung und schloss sich seinem Freund an.

Jacques sah die Schriftrollen auf dem Tisch durch, bis er die gefunden hatte, die er suchte. Im schwachen Licht der fast heruntergebrannten Kerze las er den Bericht noch ein Mal gründlich durch. Draußen erklang der Schrei einer Eule. Jacques fuhr sich mit der Hand über die Stirn, als die Worte auf dem Pergamentbogen ineinanderzufließen begannen. Er hob die Lederkappe und strich mit dem Finger über die leere, vernarbte Höhle, wo einst sein Auge gewesen war. Vor nunmehr sechzehn Jahren hatte er es verloren, doch es schien immer noch zu schmerzen, wenn er zu lange las. Schon vor Stunden hatte er sich in sein Studierzimmer zurückgezogen und sowohl die Abendmahlzeit als auch die letzte Messe versäumt. Owein war vor einiger Zeit bei ihm gewesen, hatte ihm geraten, zu Bett zu gehen, und gemeint, wenn sie jetzt immer noch nicht gut genug auf die morgige Besprechung vorbereitet seien, ließe es sich auch nicht mehr ändern. Jacques hatte seinen Rat jedoch nicht befolgt. Er wollte absolut sichergehen, dass Henry nicht doch noch einen Weg fand, sich aus seiner misslichen Lage herauszuwinden. Aber er spürte, wie erschöpft er war. Er legte das Pergament zur Seite, trat zum Fenster und sog die kühle Nachtluft in tiefen Zügen ein. Der Mondschein verlieh seiner Haut einen aschgrauen Schimmer, die kontrastierenden Schatten ließen seine Züge noch schärfer erscheinen. Die Eule flatterte im Kreuzgang unter ihm auf und verschwand hinter den Dächern. Jacques fuhr herum, als es an der Tür klopfte.

»Herein«, knurrte er unwirsch.

Ein Diener in brauner Tunika erschien im Türrahmen und sah ihn furchtsam an. »Ich bitte um Verzeihung, Sir, ich weiß, dass es schon spät ist, aber hier ist jemand, der Euch unbedingt sehen will. Er sagt, es ist dringend.«

Jacques runzelte die Stirn. Er ärgerte sich über die Störung und fragte sich gleichzeitig, wer sich von einem Diener den Weg zu seiner Kammer weisen lassen musste. »Er soll eintreten.«

Der Diener trat gehorsam zur Seite, und eine hochgewachsene, in einen abgetragenen grauen Umhang gehüllte Gestalt betrat die Kammer. Jacques' noch verbliebenes Auge weitete sich, als der Mann die Kapuze zurückschlug und grüßend den Kopf neigte. »Hassan«, murmelte er nahezu unhörbar.

»Wünscht Ihr noch irgendetwas, Sir?«, erklang die Stimme des Dieners von der Tür her. »Vielleicht eine Erfrischung für Euren …« Er musterte den Mann in Grau mit kaum verhohlenem Argwohn. »Euren Gast?«

»Nein«, fertigte Jacques, der seinen Besucher noch immer ungläubig anstarrte, barsch ab. »Lass uns allein.«

Der Diener verneigte sich, schloss die Tür und eilte den Gang entlang, dabei bekreuzigte er sich, ohne es selbst zu merken.

Schottland, 9. Juni A. D. 1257

Will stand in der Tür, mit einer Hand hielt er sich am Rahmen fest. Ein helles Feuer prasselte im Kamin. Auf der hölzernen Arbeitsplatte, auf der die Magd das Essen zubereitete, lag die Abendmahlzeit, sieben ausgenommene, im Kerzenlicht silbrig schimmernde Fische, die darauf warteten, über dem Feuer geröstet zu werden. James Campbell saß, Will den Rücken zukehrend, am Tisch. Will konnte nur das Profil seines Vaters sehen: das kantige Kinn und eine buschige Braue über einer langen, geraden Nase. Sein Haar wurde an den Schläfen allmählich weiß, doch sein Bart war so schwarz wie eine Krähenschwinge. James' Blick war auf die offene Tür gerichtet, durch die eine warme, nach Minze duftende Brise in den Raum wehte. Bei Tageslicht konnte man über die Felder und Wälder blicken, welche sich von dem kleinen Landsitz bis zur Stadt Edinburgh erstreckten, die an klaren Tagen als grauer Fleck am Horizont sichtbar war. Jetzt jedoch lag alles im Dunkeln, nur das leise Gurgeln des Flusses war zu hören, der durch eine steinige Schlucht floss und in einen ein paar Meilen westlich gelegenen See mündete.

James war erst an diesem Abend nach Hause zurückgekehrt; er hatte eine Woche in Balantrodoch verbracht, dem schottischen Ordenshaus der Templer, wo er für den Meister die Bücher führte. An der Lehne seines Stuhls hing ein schwarzer Mantel. James war ein donatus; *es war ihm nicht gestattet, die Kleidung eines der Ordensregel entsprechend in die Bruderschaft aufgenommenen Ritters zu tragen. Obwohl er sich häufig in Balantrodoch aufhielt und mit den Ordensmitgliedern lebte, arbeitete und betete, hatte er nur das Gehorsamsgelübde abgelegt, nicht aber das der Keuschheit und Armut, daher durfte er auch weiterhin das Leben eines Ehemannes und Vaters führen und teilte seine Zeit zwischen dem Orden und seinem Landgut auf. Sein schwarzer Mantel war das Symbol menschlicher Sünden, nur den Reinen an Leib und Seele war es gestattet, das Weiß der Tempelritter zu tragen.*

Will lehnte in der Tür und sah zu, wie sich die Brust seines Vaters mit jedem Atemzug hob und senkte. Unbehagen war in ihm aufgekeimt, als James ihn in einem ungewöhnlich ernsten Ton zu sich befohlen hatte. Im Nebenraum, wo Wills ältere Schwestern Alycie und Ede mit Mary, der Jüngsten, spielten, erklang helles Gelächter.

James Campbell drehte sich um und lächelte, als sein Blick auf Will fiel. »Komm her, William. Ich habe etwas für dich.«

Will nahm am Tisch Platz. James legte eine große Hand über die seine. Seine langen Finger waren von der aus Galläpfeln hergestellten Tinte, mit der er seine Eintragungen in die Ordensbücher vornahm, bräunlich verfärbt.

Im Gegensatz zu vielen anderen Rittern, denen Will bisher begegnet war und deren Hände vom regelmäßigen Umgang mit einem Schwert zahlreiche Schwielen aufwiesen, waren die Handflächen seines Vaters weiß und weich. Im Laufe seiner dreizehnjährigen Tätigkeit für die Templer hatte James zwar gelernt, ein Schlachtross zu reiten und ein Schwert zu handhaben, seiner eigentlichen Arbeit aber immer den Vorzug gegeben. In Wills Augen jedoch war sein Vater ein ebenso guter Krie-

ger wie alle anderen Ritter auch – besser sogar, hatte der Junge immer gedacht, denn James war überdies noch des Lesens und Schreibens mächtig und sprach so gut Latein wie der Papst selbst. Will hatte ihn außerdem manchmal Worte in einer sanften, melodischen Sprache murmeln hören, bei der es sich, wie James ihm erklärt hatte, um Arabisch handelte, die Sprache der Sarazenen.

»Weißt du noch, wie ich dir einmal von einem Geschenk erzählt habe, das dein Großvater mir kurz vor seinem Tod überlassen hat?«

Wills erster Gedanke galt dem Landgut. Das geräumige und dennoch behagliche, am Fuß eines Hochmoors gelegene Haus mit den zahlreichen Nebengebäuden und Ställen hatte einst seinem Großvater Angus Campbell gehört, einem wohlhabenden Weinhändler, der der ständigen Familienzwistigkeiten überdrüssig geworden war und sich von seinem Clan losgesagt hatte. Dann hatte er seinen Sohn zu einem Gentleman erzogen, ihm eine passende Braut gesucht und ihn nach der Geburt der ersten beiden Kinder den Tempelrittern von Balantrodoch überantwortet, zu denen er seit Jahren Handelsbeziehungen unterhielt. Nach seinem Tod hatte Angus sein Gold dem Orden und sein Landgut seinem Sohn hinterlassen.

»Meinst du unser Haus?«

»Nein, das nicht. Etwas anderes.«

Will schüttelte den Kopf.

»Vermutlich warst du damals zu jung, um dich jetzt noch daran zu erinnern.«

James erhob sich und trat zum Feuer, wo etwas an der Wand lehnte. Auf den ersten Blick hielt Will es für einen Schürhaken, aber als sein Vater danach griff und zum Tisch zurückkam, erkannte er, dass es sich um ein Krummschwert handelte. Die geschwungene, sich zur Spitze hin verbreiternde Klinge wies zahlreiche Schrammen auf, die belegten, dass es in mehr als einer Schlacht zum Einsatz gekommen war. Der Griff war mit Silberdraht umwickelt, was eine sichere Handhabung ermög-

lichte. Es war die Waffe eines Infanteristen. Will sah zu, wie sein Vater es auf den Tisch legte.

»Dieses Schwert ist ein Familienerbstück. Dein Großvater bekam es von seinem Vater und gab es kurz vor seinem Tod an mich weiter. Jetzt gehört es dir, William.«

Will starrte seinen Vater an. »Ein echtes Schwert?«

»Du kannst nicht dein Leben lang mit einem Stock kämpfen.« James lächelte. »Aber der Tag, wo du damit in die Schlacht ziehst, liegt noch in weiter Ferne, und so Gott will, wird er nie kommen. Doch ich glaube, du bist jetzt alt genug, um es zu tragen. Ich habe mit dem Ordensmeister von Balantrodoch gesprochen. Er ist bereit, dich als Sergeant in der Ausbildung aufzunehmen.«

Will berührte vorsichtig den Griff des Schwertes. Er fühlte sich warm an, weil die Waffe an der Wand neben dem Feuer gelehnt hatte. »Ich darf wirklich gehen?«

»Gehen? Wohin?«

»Nach Balantrodoch.«

James musterte seinen Sohn nachdenklich. »Ich habe dir alles beigebracht, was ich weiß, William. Du kannst schreiben, reiten und mit einem Schwert umgehen, aber nun müssen deine Fähigkeiten von einem besseren Lehrer zur Vollendung gebracht werden. Eines Tages, William, wirst du den weißen Mantel eines Tempelritters tragen, und wenn du in den Orden aufgenommen wirst, werde ich, so Gott es will, an deiner Seite stehen.«

Will lehnte sich zurück, während die Worte nach und nach in sein Bewusstsein drangen. Er würde ein Sergeant des Templerordens sein. Seit frühester Kindheit hatte dieser Name ihn mit Ehrfurcht erfüllt. Sein Vater hatte ihm erzählt, es gäbe keine andere Vereinigung auf der Welt, die über eine solche Macht verfüge wie die Templer, ausgenommen natürlich die Kirche. Oft hatte Will in der Kammer, die er sich mit seiner jüngeren Schwester teilte, im Bett gelegen und davon geträumt, ein Ritter wie sein Vater zu sein – edel im Geist, tapfer und ehrenhaft im Kampf und wahrhaftig im Herzen.

Plötzlich richtete er sich mit einem Ruck auf. »Können wir vorher noch das Boot fertig bauen?«
James fuhr seinem Sohn lachend durch das Haar. »Es wird noch ungefähr ein Jahr dauern, bis du Sergeant wirst. Da bleibt uns mehr als genug Zeit, das Boot zu Ende zu bauen.«
»Ist das nicht das Schwert deines Vaters, James?«
Will drehte sich um, als seine Mutter mit einem Krug Minze in der Hand in den Raum trat. Sie war ebenfalls recht groß und trug ein schlichtes Kleid aus gefärbter Wolle. Ihr Haar hatte die Farbe wilder Kirschen. Der dünne Stoff ihres Gewandes spannte sich über ihrem gewölbten Leib. Mary, Wills achtjährige Schwester, hüpfte fröhlich hinter ihr her. Will ärgerte sich über die Unterbrechung, denn Mary lief sofort auf James zu.
»Zufällig ja, Isabel«, antwortete James, ehe er Mary auffing und das vor Wonne jauchzende Kind hoch in die Luft schwang. »Allerdings ist es jetzt Williams Schwert.«
Isabel musterte ihren Mann mit hochgezogenen Brauen und stellte den Krug auf den Tisch. »Und wenn es dem Papst selbst gehören würde, wäre es mir auch egal. Was hat es auf meinem Tisch verloren?«
James gab Mary frei und zog die protestierende Isabel auf seinen Schoß.
Sie versetzte ihm einen Klaps gegen den Hinterkopf. »Es gibt erst dann Abendessen, wenn du mich loslässt und dieses Stück Eisen wegräumst!«
James sah sie mit gespielt gekränkter Miene an. »Das ist das Schwert unseres Clans, Weib, und nicht bloß ein Stück Eisen.«
»Wir gehören zu keinem Clan mehr, Vater«, bemerkte Alycie, die älteste Tochter, die gerade mit Ede in den Raum kam. Beide hatten das rote Haar ihrer Mutter geerbt, während das von Mary honigfarben schimmerte.
»Nein«, stimmte James zu. »Nicht mehr, seit euer Großvater mit der Familie gebrochen hat. Trotzdem ist es ein Teil unseres Erbes.« Er schob Isabel von seinem Schoß und griff nach dem Schwert. »Schau her, das ist gutes schottisches Eisen.« Er holte

aus, die Klinge traf den Krug mit Minze, der durch die Luft flog und in einer Ecke zerbarst. Will begann zu lachen.

Neuer Tempel, Ordenshaus London,
15. September A. D. 1260

Der Griff fühlte sich kalt unter seinen Fingern an. Die Klinge war an den Kanten leicht angerostet, der Silberdraht hatte sich ein wenig gelockert. Will blickte sich um, als von der Nachbarpritsche ein lautes Schnarchen erklang. Der Schein der Kerzenflamme fiel über die Umrisse der acht anderen Sergeanten, mit denen er sich diese Kammer teilte. Wie alle Unterkünfte in den Gebäuden, in denen die Sergeanten untergebracht waren, war auch dieser Schlafsaal ein düsterer Raum mit niedriger Decke. Neun Pritschen reihten sich an einer Wand auf, auf jeder lag eine grobe Wolldecke. Gegenüber davon standen zwei Schränke, in denen die Jungen ihre Kleider und ihre wenigen Habseligkeiten aufbewahrten, sowie der Tisch, auf dem die Kerze flackerte. Ein kalter Windzug wehte unter dem Vorhang aus Sackleinen vor den schmalen Fenstern hindurch und brachte den feuchten, modrigen Geruch der Themse mit sich. Da es sowohl den Sergeanten als auch den Rittern verboten war, nackt zu schlafen, trug Will Hemd und Hose und hatte sich zum Schutz gegen die Kälte noch seinen kurzen Winterumhang um die Schultern geschlungen. Schatten tanzten über die Wände, Spinnweben schimmerten silbrig auf, wenn die Kerze aufflackerte und die dunklen Ecken zwischen den Balken ausleuchtete.

Will legte das Schwert behutsam vor sich auf die Pritsche, zog die Knie an die Brust und zuckte zusammen, als ein scharfer Schmerz durch seinen Rücken schoss. Jedes Mal, wenn er sich bewegte, schmerzte irgendeine Stelle seines Körpers. Seine Füße waren geschwollen, und an den Fersen, wo seine Stiefel die Haut aufgescheuert hatten, hatten sich dicke Blasen gebildet. Es war schon nach Mitternacht, und er war todmüde, konnte aber keinen Schlaf finden, weil ihm zu viel im Kopf herumging.

Als er Garin auf dem Feld eingeholt hatte, hatte sein Freund lange Zeit kein Wort gesagt, und sie hatten die ersten Runden schweigend zurückgelegt. Endlich hatte Garin den Mund aufgemacht.

»Warum tust du das?«, keuchte er.

Will zuckte so lässig die Achseln, als sei der Grund nicht weiter wichtig. »Ich dachte, du hättest vielleicht gern Gesellschaft.«

Damit war alles gesagt, was es zu sagen gab. Lachend und miteinander plaudernd, mit im Wind wehendem Haar, kämpften sie sich durch Jacques' Strafrunden und spornten sich gegenseitig an, wenn ihnen das Feld endlos und die Stiche in ihren Beinen unerträglich schienen. Danach verübten sie einen kleinen, aber befriedigenden Akt der Rebellion, indem Garin Wache stand, während Will auf einen der Obstbäume kletterte und eine Hand voll Pflaumen pflückte. Hinter einem Pfeiler der Kapelle verschlangen sie die Früchte gierig, während die Sonne den letzten Nebel aufsog und ihre Kleider trocknete. Für Will brachten Erinnerungen daran, wie es früher gewesen war, nur die Erkenntnis mit sich, wie sehr sie sich verändert hatten.

Will war Garin vor mehr als zwei Jahren zum ersten Mal begegnet, am Tag seiner Ankunft im Neuen Tempel. Will, der nie nach Balantrodoch geschickt worden war, wie sein Vater es ihm versprochen hatte, wurde auf das Übungsfeld geführt und dort den anderen Sergeanten vorgestellt, mit denen er die nächsten sieben Jahre seines Lebens verbringen würde. Garin war gleichfalls erst vor kurzem eingetroffen, und Will wurde ihm als Partner zugeteilt. Die anderen Sergeanten verhielten sich ihm gegenüber freundlich und umgänglich und überhäuften ihn mit neugierigen Fragen, nur Garin hielt sich zurück. Will beantwortete keine der Fragen seiner neuen Kameraden, sondern nahm das Holzschwert, das ihm gereicht wurde, und befolgte wortlos Jacques' Anweisungen. Während der Mahlzeiten und in der Kapelle saß er stets etwas abseits, während die Stimmen der Priester, die beim Essen und den Gottesdiensten aus der Bibel vorlasen, an ihm vorbeiplätscherten, ohne dass er die Worte bewusst wahrnahm.

Fast vierzehn Tage lang ging dies so, dann ebbte das anfängliche Interesse an Will allmählich ab. Seine Kameraden kamen zu dem Schluss, dass er entweder stumm oder arrogant sein musste. Wäre Garin nicht gewesen, hätte er auch noch länger in seinem Schweigen verharrt. Garin hatte ihn nie über seine Heimat oder seine Familie ausgefragt und auch nie wissen wollen, wieso James Campbell so selten außerhalb des Studierzimmers gesehen wurde, wo er an Stelle eines erkrankten Mitbruders zusammen mit Jacques und Owein die Bücher führte – der Grund, weshalb James und sein Sohn überhaupt nach London berufen worden waren. Einige Monate nach ihrer Ankunft begab sich James in den Kapitelsaal und legte dort die letzten beiden Gelübde ab, das der Keuschheit und das der Armut. Es hatte Will einen regelrechten Schock versetzt, seinen Vater im weißen Mantel des nun endgültig in den Orden aufgenommenen Ritters zu sehen. Dieser Mann erschien ihm fast wie ein Fremder – reserviert, förmlich, kalt und unnahbar. Will in seiner schwarzen Tunika dagegen war noch immer mit menschlichen Sünden behaftet, und so kam es ihm vor, als habe er seinen Vater nun endgültig verloren. Seine Mutter und seine Schwestern, so hatte James ihm berichtet, waren in einem Kloster unweit von Balantrodoch untergebracht, der Landsitz der Campbells als Gegenleistung für James' Aufnahme als Ritter dem Orden überschrieben worden. Dort würden die Templer für sie sorgen; es würde ihnen an nichts fehlen. Aber dieses Wissen konnte weder Wills Kummer noch seine Schuldgefühle lindern – er fühlte sich allein verantwortlich für den Verlust seines Vaters, seiner Familie und seiner Heimat. Garins mangelndes Interesse an Dingen, über die zu sprechen er weder die Kraft noch das Bedürfnis hatte, empfand er als angenehm, und als Garin ihm vorschlug, in ihrer Freizeit gemeinsam zu trainieren, stimmte er zu. Im Lauf der nächsten Wochen begann Will nach und nach, aus sich herauszugehen. Erst sprach er über verschiedene Schwertkampftechniken, dann stellte er Garin Fragen über das Leben im Ordenshaus, und endlich erzählte er auch von sich selbst. Der Schatten, der ihm seit

Schottland folgte, verließ ihn auch hier nicht, doch wenn er mit Garin zusammen war, verblasste er.

Nachdem sein Vater ins Heilige Land aufgebrochen war, wurde Will zunehmend kühner. Sowohl er als auch Garin betrachteten die täglichen langweiligen Arbeiten und Gottesdienste als Einschränkung ihrer persönlichen Freiheit und lehnten sich gegen die starren Vorschriften auf, wo es nur ging. Sie waren nicht die einzigen Sergeanten, die des Öfteren aufbegehrten, aber gemeinsam stachelten sie sich, wie Owein zu sagen pflegte, zu immer neuen Missetaten an. Im letzten Winter, als das Marschland vor dem nördlichen Tor Londons zugefroren war, hatten sie es sogar gewagt, sich mitten in der Nacht aus dem Ordenshaus zu stehlen, um eislaufen zu gehen. Sie hatten Eisstücke mit Lederriemen an ihre Schuhe gebunden, wie sie es bei den Jungen aus der Stadt gesehen hatten, sich lachend und kreischend gegenseitig über das Eis gejagt und sich endlich erschöpft und halb erfroren auf den Heimweg gemacht, wobei sie einander geschworen hatten, niemandem je etwas von ihrem Abenteuer zu erzählen.

Will konnte sich nicht vorstellen, dass Garin sich auch heute noch auf ein solches Wagnis einlassen würde. Wieder griff er nach dem Schwert, legte es quer über seinen Schoß und strich mit dem Finger über die Klinge. Sein Freund hatte bei der Abendmahlzeit gefehlt, und als sich weder Garin noch Jacques zur Komplet in der Kapelle eingefunden hatten, hatte er begonnen, sich Sorgen zu machen. Er fragte sich, was er nun tun sollte. Die Antwort fiel immer gleich aus – es gab nichts, was er hätte tun können. Jacques war ein Ritter, er selbst nur ein Sergeant, der über keinerlei Autorität verfügte. Wieder strich er mit den Fingern behutsam über das Schwert. Manchmal meinte er, genau zu wissen, was in Garin vorging. Und manchmal überlegte er, was wohl schlimmer war – einen Onkel zu haben, der seinen Neffen misshandelte oder einen Vater, der nicht mit seinem Sohn sprach.

5

Neuer Tempel, Ordenshaus London
15. September A. D. 1260

Hassan ließ sich auf einen Stuhl sinken. Seine dunklen Augen schweiften durch den Raum.

Jacques fegte die Pergamentbögen auf dem Tisch mit dem Arm beiseite und setzte sich ebenfalls. Er reichte Hassan einen der beiden goldenen Becher, die er in der Hand hielt, und lächelte, als dieser dankend ablehnte.

»Es ist nur Wasser.«

»Danke.« Hassan nahm den Becher entgegen und erwiderte das Lächeln. »Ich bin an die Gesellschaft von Freunden nicht mehr gewöhnt. Die Gewohnheit, gastfreundlich angebotene Erfrischungen abzulehnen, lässt sich nur schwer ablegen.« Er trank einen Schluck Wasser, um den Staub aus seiner Kehle zu spülen.

Jacques hörte ihm aufmerksam zu. Hassans Akzent machte es oft schwierig, die abgehackten Worte zu verstehen.

»Ich muss mich für meinen überraschenden Besuch und die späte Stunde entschuldigen«, fuhr Hassan fort, »aber mir blieb keine Zeit, Euch vorher zu benachrichtigen. Ich bin erst an diesem Abend in London eingetroffen.«

Jacques tat die Entschuldigung mit einer Handbewegung ab. »Was führt dich her, Hassan? Ich habe schon lange nichts mehr von Bruder Everard gehört.«

Hassan stellte seinen Becher auf den Tisch. »Das Gralsbuch wurde gestohlen.«

Jacques war an Hassans unverblümte Art gewöhnt; bei den seltenen Gelegenheiten, wo sie sich trafen, empfand er sie sogar als erfrischend. Doch seine Überraschung über das plötzliche Auftauchen des Mannes war nichts im Vergleich zu dem Schock, den ihm diese Worte versetzten. Jacques unterdrückte den Ausruf, der ihm beinahe entfahren wäre, und nahm sich einen Moment Zeit, das

Gehörte zu verarbeiten. »Wann ist das passiert?«, fragte er endlich. »Und wie?«

»Vor zwölf Tagen. Ein Schreiber hat es aus dem Gewölbe des Ordenshauses entwendet.«

»Du weißt, wer es gestohlen hat?« Jacques fuhr sich mit der Hand durch sein eisengraues Haar und bemühte sich, seine Ungeduld zu zügeln.

»Der Diebstahl wurde entdeckt, als der Schatzmeister einen der beiden obersten Schreiber, die für die Schatztruhen verantwortlich sind, bewusstlos am Boden des Gewölbes fand. Nachdem er wieder zu sich gekommen war, sagte der Mann, er sei in das Gewölbe gegangen, weil er ein Geräusch gehört habe. Er wurde von einem jüngeren Schreiber namens Daniel Rulli begleitet, der ihn dann mit einer Almosenschale halb tot schlug.«

»Dieser Rulli hat das Buch an sich genommen?«

Hassan nickte. »Der Visitator hat befohlen, das gesamte Ordenshaus zu durchsuchen, aber Bruder Everard glaubte, Rulli sei damit geflohen. Ich wurde in die Stadt geschickt, um ihn aufzuspüren, und habe ihn in der Nähe des St.-Martins-Tors gestellt.« Er berichtete Jacques, was der Schreiber ihm vor seinem Tod gestanden hatte.

»Er wurde gezwungen, es zu stehlen?«

»Das hat er mir gesagt, Bruder.«

Jacques runzelte die Stirn. »Wenn das der Wahrheit entspricht, können wir dann davon ausgehen, dass es sich bei dem Mörder und dem Mann, der Rulli dazu gebracht hat, das Gralsbuch an sich zu nehmen, um ein und dieselbe Person handelt, oder dass sie zumindest gemeinsame Sache gemacht haben?«

»Davon gehe ich aus. Wahrscheinlich war Rulli auf dem Weg zu einem vereinbarten Treffpunkt, um das Buch zu übergeben. Er könnte getötet worden sein, um ihn davon abzuhalten, das Versteck des Gralsbuches oder die Identität seines Auftraggebers oder beides zu enthüllen. Ob er es bei sich hatte oder nicht – ich kann es nicht sagen. Er könnte es irgendwo verborgen haben, als er merkte, dass ich ihm auf den Fersen bin.«

»Oder die Übergabe hatte bereits stattgefunden.«

»Das ist ebenfalls möglich. Leider konnte ich seinen Mörder nicht verfolgen. Die Stadtwache tauchte plötzlich auf, und ich musste selbst fliehen. Ich bezweifle, dass ich Gelegenheit bekommen hätte, den Wächtern zu erklären, warum ich mich über eine Leiche gebeugt habe – allein mein Äußeres hätte mich in ihren Augen schon als Schuldigen ausgewiesen. Später kam ich noch ein Mal zurück und suchte die Umgebung ab, konnte aber nichts finden.«

Jacques erwiderte nichts darauf, sondern trank einen großen Schluck aus seinem eigenen, mit Wein gefüllten Becher.

»Als ich ins Ordenshaus zurückkehrte, ging Bruder Everard zum Visitator und bat um die Erlaubnis, den Schatzmeister und die beiden obersten Schreiber, die als Einzige außer dem Visitator stets Zugang zum Gewölbe haben, verhören zu dürfen. Keiner konnte sich erklären, warum Rulli dieses Verbrechen begangen oder wer ihn dazu gezwungen haben könnte. Ein Kamerad Rullis, ein Sergeant, wurde gleichfalls befragt. Dieser Sergeant erzählte uns, Rulli hätte seit einigen Tagen besorgt und nervös gewirkt, aber er hatte keine Ahnung, was der Grund dafür gewesen sein könnte, und er leugnete strikt, von dem Diebstahl gewusst zu haben, selbst als wir ihm androhten, ihn in Merlan einzukerkern.«

»Weiß irgendjemand sonst, was da genau gestohlen wurde?«

»Die Schreiber und der Visitator wissen nur, dass es sich um ein wertvolles Dokument aus dem Besitz von Bruder Everard handelt. Die wahre Bedeutung kennen sie nicht.«

»Wenigstens ein kleiner Trost.« Jacques leerte seinen Becher in einem Zug.

»Als die Stadtwächter zum Ordenshaus kamen, um den Mord an Rulli zu melden, sprach der Visitator von einem Verbrechen aus Geldgier. Eine gemeinsam vom Tempel und dem Seneschall durchgeführte Untersuchung ergab jedoch nichts.«

»Dann muss der König die Angelegenheit ernst genommen haben, wenn er seinen obersten Justizminister mit der Klärung des Falles betraut hat.«

»Der Visitator bestand darauf.«

Jacques erhob sich und füllte seinen Becher erneut. »In den Gewölben von Paris befinden sich viele kostbare Schätze. In Gold gemessen, hat dieses Buch kaum Wert. Wurde sonst noch etwas gestohlen?«

»Nichts.« Hassans dunkle Augen ruhten unverwandt auf dem Ritter. »Darf ich ganz offen sprechen, Bruder?«

»Selbstverständlich.«

»So heikel unsere Situation auch ist … ich bezweifle, dass derjenige, in dessen Besitz sich das Buch jetzt befindet – wer auch immer das sein mag –, überhaupt im Stande ist, seinen tieferen Sinn zu begreifen. Ein gewöhnlicher Leser würde es einfach für eine Gralsromanze halten, wenn auch für eine recht unorthodoxe.«

»Unorthodox?«, konterte Jacques, nachdem er wieder Platz genommen hatte. »Das erscheint mir für Opferrituale und die Entweihung des Kreuzes recht milde ausgedrückt. Alles, was nicht mit den Lehren der Kirche vereinbar ist, gilt als Ketzerei, Hassan. Ich bin sicher, du weißt noch, was mit den Katharern geschehen ist?«

Hassan nickte. Er hatte sich während des Kreuzzuges gegen die Katharer nicht im Westen aufgehalten, wusste aber über deren Schicksal Bescheid. Die Katharer, eine religiöse Gemeinschaft, die im Süden Frankreichs viele Anhänger gehabt hatte, hatte an zwei Götter geglaubt, einen zutiefst guten und einen abgrundtief bösen – zumindest stellte es sich für Hassan so dar. Sie hatten ihre eigene, an das Alte und Neue Testament angelehnte Doktrin aufgestellt, sie aber als eher sinnbildliche und nicht als wahrheitsgetreue Interpretation des Glaubens betrachtet. In ihren Augen hatte der böse Gott die Welt erschaffen, weswegen alles in dieser Welt erst einmal als verderbt anzusehen war. Jesus galt für sie auch nicht als durch und durch menschlich, und sie leugneten ab, dass er die Sünden der Menschheit auf seine Schultern genommen haben konnte.

Aufgrund ihrer persönlichen Auslegung von dem, was heilig war und was nicht, hatten sie sich gegen die Kirche, ihre Priesterschaft und jeglichen irdischen Luxus gestellt. Nachdem sich ihre Lehren immer weiter verbreitet hatten, hatte die Kirche sie zu Ketzern erklärt und ihnen den Kampf angesagt. Der Kreuzzug, auf heimischer Erde ausgefochten, hatte sechsunddreißig Jahre gedauert und zur fast völligen Auslöschung der Katharer geführt. Vor sechzehn Jahren war Montségur, ihre letzte Festung, gefallen und zweihundert Männer, Frauen und Kinder verbrannt worden. Für die Kirche war Ketzerei eine Sünde, der Einhalt geboten werden musste, auch wenn es sich als nötig erwies, Gliedmaßen abzutrennen, um den Körper vor der Ausbreitung der Krankheit zu bewahren.

»Außerdem«, Jacques stellte den Becher ab, »glaube ich nicht, dass sich das Buch in den Händen eines gewöhnlichen Lesers befindet, wie du es ausgedrückt hast. Ich denke, wir können davon ausgehen, dass derjenige, der den Diebstahl veranlasst hat, wissen muss, wem es gehört – nämlich der Bruderschaft. Warum sonst hätte er sich die Mühe gemacht, den Schreiber dazu zu bringen, etwas scheinbar Wertloses aus einer reich gefüllten Schatzkammer zu entwenden?«

»Aber innerhalb des Templerordens sind nur sehr wenige Männer in das Geheimnis eingeweiht, und Außenstehende überhaupt nicht.«

»Es hat seit jeher Gerüchte gegeben.«

»Gerüchte schon, aber weiter auch nichts«, widersprach Hassan. »Die Seele des Tempels ist eine Legende. In all den Jahren ist es niemandem gelungen, einen Beweis für ihre Existenz vorzulegen.«

»Weil es keine hieb- und stichfesten Beweise gibt, nur die Zeugnisse der Beteiligten, und die haben geschworen, lieber zu sterben, als unser Geheimnis zu verraten. Und dann dieses verwünschte Buch.« Jacques lehnte sich zurück. »Nicht alle, die den Zirkel nach seiner Auflösung verlassen haben, sind tot. Vielleicht bedeutet diesen Männern ihr Eid heute nichts mehr. Vielleicht hat einer herausgefunden, dass die Anima Templi ihr Werk auch weiterhin fortsetzt. Dass wir nach wie vor unsere alten Ziele verfolgen. Vielleicht plant der Dieb, das Buch als Beweismittel gegen uns einzusetzen oder uns damit zu erpressen.« Jacques schüttelte den Kopf. »Nimm die Sache nicht auf die leichte Schulter, Hassan. Wir schweben tatsächlich in großer Gefahr, solange das Buch nicht wieder auftaucht. Wenn unsere Pläne bekannt werden, droht dem Tempel die Vernichtung, den Brüdern der Scheiterhaufen, und alles, worauf wir das letzte Jahrhundert lang hingearbeitet haben, ist dahin. Und was, wenn die Kirche von unserem letzten und größten Plan erfährt? Ich glaube nicht, dass eine einem solchen Vergehen angemessene Strafe überhaupt existiert, noch nicht einmal in den Köpfen der Inquisitoren.« Er griff nach seinem Becher, setzte ihn an die Lippen und stellte ihn dann wieder ab, ohne getrunken zu haben. »Ohne die Macht des Ordens und die unerschöpfliche Quelle an Gold und Männern, die er unwissentlich für uns sprudeln lässt, können wir unser Werk nicht vollenden.«

Hassan schwieg einen Moment nachdenklich. »Wenn der Dieb von der Bruderschaft weiß, vielleicht durch ein ehemaliges Mitglied, das zum Verräter geworden ist … wer könnte es sein? Wer will uns möglicherweise vernichten?«

»Im Laufe der Jahre haben wir uns viele Feinde geschaffen; Menschen, die uns um unsere Macht und unseren Reichtum beneiden. Die Templer sind nur dem Papst Rechenschaft schuldig und stehen über den Gesetzen des Königs. Als Ritter zahlen wir weder Steuern noch den Zehnten, und wir haben das Recht, Kirchen zu unterhalten und Spenden zu sammeln. Wir treiben fast in jedem Königreich diesseits des Meeres Handel und verfügen auch jenseits des Meeres über einen immensen Einfluss. Uns zu beleidigen gilt als Verbrechen, einen der Unseren zu töten oder auch nur zu verwunden, zieht die Exkommunikation nach sich. Wer könnte uns also schaden wolllen?« Jacques hob die Hände und spreizte die Finger. »Die Hospitaliter, die Mamelucken, genuesische oder pisanische Kaufleute, denen wir die Geschäfte verderben, Könige oder Edelmänner, die Deutschordensritter … du siehst, die Liste ist lang.«

»Ich werde das Buch wiederfinden, Bruder«, versicherte Hassan ihm ruhig. »Und wenn ich dazu das Bett von König Louis persönlich durchsuchen muss.«

Jacques starrte die Pergamentbögen auf dem Tisch an, um deren Inhalt seine Gedanken während der letzten beiden Wochen ständig gekreist waren. Nun stellte diese Angelegenheit auf einmal nichts weiter als ein geringfügiges Ärgernis für ihn dar. »Wie lange kannst du bleiben?«

»So lange Ihr mich braucht, aber je schneller ich zurückkehre, desto besser.«

Jacques trat zum Schrank am Fenster. »Ich habe hier noch eine Verabredung einzuhalten. Leider kann ich nicht absagen, es würden zu viele Fragen gestellt werden. Aber ich werde mit dir nach Paris reisen, sobald ich hier abkömmlich bin, und dir bei der Suche helfen.«

Er öffnete die Schranktür, holte hinter einer Bibel auf dem untersten Bord ein kleines Kästchen hervor, nahm einen Schlüssel vom obersten Bord, schloss es auf und entnahm ihm einen Beutel. Er schüttete ein paar Münzen in seine Hand und reichte sie Hassan, ehe er den Kasten wieder verschloss und an seinen Platz zurückstellte.

»Ich werde mein Pferd für dich satteln lassen. In der Friday Street gibt es ein Gasthaus. Halte nach einem Schild in Form eines Halbmondes Ausschau, gib dem Wirt das Gold und nenn ihm meinen Namen, dann wird man dich willkommen heißen. Ich lasse nach dir schicken, sobald wir aufbrechen können.«

Hassan lächelte leicht. »Ein überaus passender Name für meine Unterkunft.« Er verstaute die Münzen in einem Beutel an seinem Gürtel. »Bruder Everard wird ein Stein vom Herzen fallen. Er hat mich direkt nach Abschluss der Untersuchungen zu Euch geschickt, und ich weiß, dass er die Hoffnung hegt, ich könnte Euch überreden, mich nach Paris zu begleiten.«

»Sicherlich wird er erleichtert sein – aber es bestimmt nicht zeigen.«

Hassan erhob sich von seinem Stuhl und wühlte in der Tasche

herum, die er während der Unterredung auf seinem Schoß gehalten hatte. »Da wäre noch etwas, Bruder.«

Jacques sah zu, wie Hassan eine mit Draht zusammengehaltene Lederrolle zu Tage förderte. »Was ist das?«, fragte er, während er danach griff.

»Die einzige gute Nachricht, die ich Euch bringe.«

Jacques löste den Draht und entrollte das Leder. Es enthielt einen dicken gelblichen Pergamentbogen, in dem sich der salzige Duft des Meeres gefangen hatte. Der Bogen war mit kleinen, sauberen Schriftzügen bedeckt. Er überflog die ersten Zeilen, dann blickte er zu Hassan auf. »Das sind in der Tat gute Nachrichten. Ich hätte nie gedacht, dass er so schnell etwas erreicht, das muss ich zugeben. Kann ich den Brief behalten? Ich brauche Zeit, um mich eingehend damit zu befassen.«

»Selbstverständlich.«

Jacques schob den Brief unter die Schriftrollen auf dem Tisch und deutete auf die Tür. »Komm. Ich begleite dich zu den Ställen.«

London, Themse, 15. September A. D. 1260

Henry III., König von England, legte eine Hand vor die Augen, als sich die Sonne hinter einer Wolke hervorschob und den Fluss in ein glitzerndes Silberband verwandelte. Es war noch früh, trotzdem fielen die Sonnenstrahlen erstaunlich warm auf die Köpfe des Monarchen und seines großen Gefolges von Pagen, Sekretären, Schreibern und Leibwächtern, die steif auf den Bänken saßen und sich zu Henrys Verfügung hielten. Der Kapitän der königlichen Barke befahl einem Ruderboot mit scharfer Stimme, unverzüglich abzudrehen und den Weg freizugeben. Auf der Themse wimmelte es von Fischerbooten und Handelskoggen, und die Besatzung des schwerfälligen Bootes hatte Mühe, den Kurs zu ändern und seine Fahrt flussaufwärts fortzusetzen.

Henry tätschelte die Stelle auf seinem Kopf, wo sein graues

Haar am schüttersten war und die Sonne auf seiner altersfleckigen Haut brannte. Doch trotz der Wärme und seiner voluminösen schwarzen, am Kragen und den Ärmelaufschlägen mit Wolfspelz besetzten Robe spürte er, wie er zu frösteln begann. Unruhig verlagerte er sein Gewicht auf dem Kissen und versuchte, den Blick seines auf der Bank hinter ihm sitzenden Sohnes aufzufangen, doch Prinz Edwards Aufmerksamkeit galt nur dem störenden Boot, dessen Ruderer all ihr Geschick aufboten, um der Barke auszuweichen. Also wandte sich Henry stattdessen an den Mann zu seiner Linken, der einen schwarzen Umhang und einen schwarzen Hut trug. Sein blasses Gesicht wirkte noch fahler als sonst.

»Bereitet Euch das Wasser Probleme, Lordkanzler?«, erkundigte er sich mit falscher Besorgnis.

»Nein, Majestät, ich vertrage nur das Schwanken nicht.«

»Der Wasserweg ist der kürzeste vom Tower zum Tempel«, erwiderte Henry brüsk, als ob dies die Beschwerden des Mannes lindern könnte. Dann scheuchte er einen Pagen weg, der sich ihnen mit einem Tablett mit Erfrischungen näherte.

»Wenigstens fallen wir auf dem Wasser nicht so auf, als wenn wir den Weg zu Pferde zurückgelegt hätten, und dafür bin ich dankbar«, entgegnete der Kanzler. »Je weniger Leute uns das Ordenshaus betreten sehen, desto besser. Es ist allgemein bekannt, dass Ihr zu den Templern nur noch Beziehungen unterhaltet, weil Ihr Euch aus ihren Schatzkammern bedienen wollt. Eure Untertanen könnten sich fragen, wozu Ihr noch mehr Gold benötigt, wo Ihr Euch doch schon so viel von dem ihren in Eure Tasche steckt. Die neuen Steuern haben nicht gerade zu Eurer Beliebtheit beim Volk beigetragen.«

Tiefe Falten bildeten sich auf Henrys Stirn. »Diese Steuern wurden auf Euren Rat hin erhoben, Kanzler.«

»Und es war ein guter Rat, das versichere ich Euch, Euer Majestät. Ich weise Euch nur darauf hin, was in Eurem Interesse liegt, und heute tut Ihr gut daran, diesen Besuch so kurz wie möglich zu halten und zu beten, dass niemand etwas davon erfährt.

Schlimm genug, dass wir dieser Unterredung zugestimmt haben. Die Templer nehmen sich entschieden zu viel heraus.«

Henry starrte über das Wasser hinweg und massierte dabei seinen Kiefer, der sich anfühlte, als würde er langsam in einen Schraubstock gespannt. Die Ufer waren belebt wie immer; Pferdedroschken und Ochsenkarren rumpelten über die Straßen, Händler boten ihre Waren feil, Botenjungen rannten hin und her. Dahinter lag die Stadt, ein Wald aus Stein- und Ziegelgebäuden, hölzernen Lagerhäusern, Läden, Villen und Prioreien. Über alldem erhoben sich die hohen Türme der Kirchen und die Kuppel der St.-Paul's-Kathedrale. Die sengende Sonne, der Gestank, der von den Fischerdocks herüberwehte, und das hektische Treiben am Ufer lösten hinter Henrys Schläfen ein heftiges Pochen aus.

»Ihre Aufforderung, sie aufzusuchen, war äußerst ungehörig, Euer Majestät«, fuhr der Kanzler fort, als der König beharrlich schwieg. »Keinerlei Angaben über die zu besprechenden Angelegenheiten, nur die fast an einen Befehl grenzende Bitte, ich selbst und die Schatzmeister mögen an dem Treffen teilnehmen.« Das bleiche Gesicht des Kanzlers färbte sich vor Ärger allmählich rötlich.

»Das sollte Euch doch alles sagen, was Ihr wissen müsst, Kanzler«, erwiderte Henry trocken und rieb sich über die Brauen. »Ich nehme an, es geht um unsere Schulden.«

»Aber Ihr habt doch erst kürzlich mit einem der Ritter darüber gesprochen.«

»Mit Bruder Owein, richtig. Ein äußerst hartnäckiger Mann. Ich erklärte ihm, ich würde das Geld zurückzahlen, sobald es mir möglich sei, und er willigte ein.«

»Wenn das so ist, Majestät, warum dann diese neuerliche Unterredung?«

Henry setzte zu einer Antwort an, doch sein Sohn kam ihm zuvor. »Vielleicht ziehen sie einen weiteren Kreuzzug in Erwägung?«

Der Kanzler und Henry drehten sich um und stellten fest, dass der Prinz sie scharf beobachtete.

Das sich im Wasser widerspiegelnde Sonnenlicht verlieh Edwards blassgrauen Augen einen silbrigen Schimmer. Eines seiner Lider hing leicht herab, was den Eindruck erweckte, als sei er ständig tief in Gedanken versunken, sein gutes Aussehen jedoch nicht beeinträchtigte. Seine Stimme klang weich, und er sprach langsam und deutlich, um das leichte Stottern zu verbergen, unter dem er seit seiner Kindheit litt. »Die Zeit ist jedenfalls mehr als reif dafür. Seit König Louis' letztem Feldzug wurde kein größerer Vorstoß gen Osten mehr unternommen, und der liegt schon sechs Jahre zurück. Berichten zufolge haben die Mongolen ihre Invasion ausgeweitet, und die Mamelucken bereiten sich darauf vor, nach Palästina zu marschieren, um ihnen dort entgegenzutreten.«

»Im Moment muss ich mich auf die Probleme im eigenen Land konzentrieren«, erwiderte Henry. »Die jenseits unserer Grenzen können wir den Militärorden überlassen. Es ist schließlich ihre Aufgabe, derartige Konflikte zu lösen.«

»Es ist bereits zehn Jahre her, seit du das Kreuz genommen hast, Vater«, sagte der Prinz leise, aber in seinem Ton schwang eine unüberhörbare Herausforderung mit. »Ich dachte, du wolltest dich einmal selbst auf einen Kreuzzug begeben? Das hast du jedenfalls den Rittern gesagt, als sie wissen wollten, wofür das Geld bestimmt ist, das du von ihnen geliehen hast.«

»Das werde ich auch tun, Sohn. Aber alles zu seiner Zeit.« Henry wandte sich ab und beendete so das Gespräch, spürte aber Edwards Blick in seinem Rücken. Unbehagen keimte in ihm auf. Letztes Jahr waren ihm Gerüchte zu Ohren gekommen, denen zufolge sein Sohn plante, ihn mit Hilfe von Henrys Schwager Simon de Montfort, dem Mann, den er zum Earl of Leicester ernannt hatte, vom Thron zu stürzen. Er hatte den Earl und seinen Sohn zur Rede gestellt, war aber mangels Beweisen gezwungen gewesen, seine Anschuldigungen zurückzunehmen. Doch seit diesem Vorfall hatte sich eine Kluft zwischen ihm und Edward gebildet, die täglich breiter zu werden schien.

»Auf jeden Fall werden wir uns bei den Verhandlungen mit den

Rittern nicht allzu nachgiebig zeigen dürfen, was auch immer sie von uns wollen«, schloss der Kanzler bestimmt.

Henry verfiel in ein brütendes Schweigen, während die Barke an den Stadtmauern vorbeiglitt. In der Ferne sah man schon das Ordenshaus der Templer.

Neuer Tempel, Ordenshaus London,
15. September A. D. 1260

Die Kapellentüren fielen zu, und die letzten Ritter nahmen ihre Plätze ein, während der Priester hinter den Altar trat. Will kniete zusammen mit seinen Kameraden im Hauptschiff nieder, als die Terz begann, und faltete die Hände zum Gebet, aber seine Gedanken galten weder der Lobpreisung Gottes noch dem bevorstehenden Treffen mit dem König. Er hatte sich zum Gottesdienst verspätet und Garin immer noch nicht gesehen. Mit zusammengekniffenen Augen suchte er das Hauptschiff ab und unterdrückte einen erleichterten Seufzer, als er den Freund ein paar Bänke vor ihm knien sah. Er hielt den Kopf gesenkt, sodass ihm das Haar wie ein Vorhang über das Gesicht fiel.

Will scharrte unbehaglich mit den Füßen, als der Priester begann, aus der Bibel vorzulesen. Seit zwei Jahren musste er sieben Mal täglich diese Gottesdienste über sich ergehen lassen, dazu die Messe, die ein Mal täglich nach der Sext gelesen, und die Gebete, die jeden Nachmittag für die Toten gesprochen wurden. Außerdem gab es noch zusätzliche Liturgien an den Feiertagen: die Christmette, das Dreikönigsfest, Mariä Verkündung und Himmelfahrt, um nur einige davon zu nennen. Wenigstens wurde danach immer eine üppige Mahlzeit aufgetragen.

Eine Spinne, die in einem Spalt zwischen den Steinplatten gesessen hatte, huschte, von Wills Scharren aufgeschreckt, über die in den Boden eingemeißelten Bildnisse von Rittern mit strengen Gesichtszügen und über der Brust liegenden Schwertern hinweg. Das Hauptschiff war ein hoher, runder Raum mit gewölbter, von schlanken Säulen getragener Decke. Auf den Bankreihen zwischen den Säulen knieten die Ritter, dahinter die Sergeanten.

Endlich hob der Priester die Hände. »Erhebt euch, Brüder, demütige Diener Gottes, Verteidiger des wahren Glaubens und Verfechter der Worte des Herrn. Erhebt euch, um das Vaterunser zu beten.«

Wills Beine kribbelten, als er sich aus seiner knienden Stellung aufrichtete. Seine Stimme vereinigte sich mit denen der anderen zweihundertsechzig Männer in der Kapelle zu einer einzigen, die anschwoll und abfiel wie die Wogen des Meeres.

»Pax vobiscum!«

Der Priester schloss das Brevier – das Zeichen, dass der Gottesdienst zu Ende war.

Will wartete zusammen mit den anderen Sergeanten ungeduldig darauf, dass die Ritter die Kapelle verließen, dann lief er eilig ins Freie. Nach der düsteren Kapelle erschien ihm das Sonnenlicht übermäßig grell, und er legte schützend eine Hand vor die Augen. Die Sergeanten folgten den Rittern in die Große Halle, um dort ihr Fasten zu brechen. Die Gebäude, die den Haupthof umschlossen, schimmerten golden im Licht des Herbstmorgens, der Himmel leuchtete strahlend blau, und der Duft reifer Äpfel und Pflaumen überdeckte den Geruch nach Schweiß und Pferdemist, der im gesamten Ordenshaus ständig in der Luft zu hängen schien. Irgendetwas an der Farbe des Morgenlichtes und der Art, wie es alles von innen zu erleuchten schien, erinnerte Will an den Tag, an dem er im Neuen Tempel eingetroffen war.

Er und sein Vater waren durch den vierzehntägigen Ritt von Edinburgh hierher erschöpft und mit schmerzenden Gliedern durch die Kornfelder und Weingärten geritten, bis sie plötzlich London vor sich liegen sahen. Auch damals war Herbst gewesen, das Laub der Bäume hatte sich bereits rotbraun verfärbt. An einem Bach hatten sie Halt gemacht, um die Pferde zu tränken, und Will hatte die Stadt voller Staunen betrachtet. Vor den Mauern lagen prächtige Landsitze, die sich am Flussufer entlangzogen; bei einem davon musste es sich um den Neuen Tempel handeln.

All diese Gebäude hatten so Ehrfurcht einflößend auf Will gewirkt, dass er gemeint hatte, in ihnen müssten Engel und keine gewöhnlichen Sterblichen leben. Aufgeregt hatte er sich zu seinem Vater umgedreht, um mit ihm über seine Eindrücke zu sprechen, aber er hatte auf James' Gesicht nur wieder jenen Ausdruck tiefen Kummers gesehen, der seit Monaten nicht weichen wollte, und keinen Ton über die Lippen gebracht.

Will verdrängte die Erinnerung hastig. Wenn sich der Schatten erst einmal über ihn gelegt hatte, ließ er sich nur schwer wieder abschütteln, und gerade heute wollte er auf keinen Fall in Trübsal versinken. Als er Garin in der Reihe der Sergeanten entdeckte, zwang er sich zu einem Lächeln und rannte los.

Garin drehte sich um, als Will ihn anstupste. »Kommst du mit zur Waffenkammer?«

Will packte ihn am Arm. »Wo warst du letzte Nacht?«

Garin schnitt eine Grimasse. »Bei Bruder Michael in der Krankenstube, ich hatte schlimme Magenkrämpfe. Er meinte, ich müsste etwas Falsches gegessen haben. Von den Pflaumen habe ich ihm aber nichts erzählt.«

»Und ich dachte schon…« Will brach ab und lachte verlegen, um darüber hinwegzutäuschen, dass ihm beinahe das entfahren wäre, was ständig unausgesprochen zwischen ihnen in der Luft hing. »Das wird uns eine Lehre sein. Zum Glück kann mein Magen einiges aushalten.«

»Wir sollten jetzt die Schilde holen«, schlug Garin vor. »Zu diesem Treffen möchte ich auf keinen Fall zu spät kommen.«

Die beiden Jungen machten sich auf den Weg zur Waffenkammer, ohne auf die neugierigen Blicke zu achten, die ihre Kameraden ihnen zuwarfen.

Mit den Schilden ihrer Herren beladen, begaben sie sich in den inneren Hof. Will wuchtete Oweins Schild höher auf seinen Arm, weil ihn die Lederriemen ins Fleisch schnitten. Die mit Ätzkalk weiß gekalkten Schilde mit dem blutroten Kreuz in der Mitte waren fast so groß wie die Jungen selbst, dazu schwer und unhandlich. Rings um den in der Mitte der Ritterquartiere gelegenen Hof verliefen Kreuzgänge; bogenförmige Türen führten in die unteren Stockwerke des Gebäudes. Auf dem sattgrünen Gras des Rasens glitzerten Tautropfen wie Diamanten. In der Mitte war ein Tisch aufgestellt worden. Eine Schar von Dienstboten trug Bänke, mit Speisen beladene Platten und Weinkrüge herbei. Will ging zu Owein hinüber, Garin folgte ihm. Der Ritter sprach gerade mit einem der Sekretäre des Ordens. Als er aufblickte, machte Will Anstalten, ihn zu grüßen, doch eine andere Stimme schnitt ihm das Wort ab.

»Bruder Owein.«

Will fuhr herum und sah Jacques auf sie zukommen.

Der einäugige Ritter nahm keine Notiz von ihm und Garin, sondern nickte nur Owein zu. »Die königliche Barke hat angelegt.«

»Sehr gut, Bruder. Ich denke, es ist alles bereit.« Owein wandte sich an Will. »Nimm deinen Platz ein, Sergeant, und sprich nur, wenn du angesprochen wirst.«

»Ja, Sir.«

Er und Garin traten zum Tisch, wo schon zwei andere Sergeanten mit den Schilden ihrer Herren standen. Garin stellte sich neben Will auf und hielt Jacques' Schild mit einem Arm vor sich. Wills Blick wanderte zu Jacques, der mit Owein am Rand des Rasens stand. Zyklops mürrisches Gesicht und seine überhebliche Haltung erfüllten ihn mit tiefem Abscheu gegen den Mann. Kurz darauf hörte er Stimmen und sich nähernde Schritte. Die Flügeltür am anderen Ende des Hofes schwang auf.

An der Spitze der Gruppe, die die Rasenfläche betrat, schritt Humbert de Pairaud, der Templermeister von England, ein hochgewachsener Mann mit breiter Brust und einer dunklen Haarmähne, der mit seiner bloßen Gegenwart den ganzen Hof auszufüllen schien. Neben ihm ging König Henry. Sein aschfarbenes Haar war der herrschenden Mode entsprechend an den Enden zu Locken gedreht. Prinz Edward hielt sich zu seiner Rechten. Der hellhaarige junge Mann überragte den Rest der Männer um Haupteslänge und strahlte mit seinen einundzwanzig Jahren bereits eine höchst majestätische Würde aus. Ein blasser, hohlwangiger, ganz in Schwarz gekleideter Mann sowie ein Gefolge von Pagen, Leibwächtern, Schreibern und Sekretären folgten den königlichen Hoheiten.

Owein trat vor und verneigte sich, zuerst vor dem Meister, dann vor dem König und dem Prinzen. »Majestät, Prinz, es ist mir eine Ehre, Euch im Tempel willkommen zu heißen. Lordkanzler«, fügte er hinzu, den Mann in Schwarz mit einem freundlichen Kopfnicken begrüßend.

Henry lächelte schwach. »Sir Owein. Wie schön, Euch wiederzusehen, und das schon so bald nach unserer letzten Begegnung.«

Will zog überrascht die Brauen hoch. Er hatte nicht gewusst, dass bereits ein Treffen zwischen Owein und dem König stattgefunden hatte.

»Majestät«, mischte sich Humbert ein, »lasst uns Platz nehmen, dann spricht es sich besser.«

»In der Tat.« Henry maß die Sitzgelegenheiten mit einem zweifelnden Blick. Zwei Diener hatten eine Bahn roter Seide über den Stuhl am Kopfende des Tisches drapiert und zogen sich in den Kreuzgang zurück, als Henry seinen Platz einnahm und seine Pagen ihn wie Motten zu umschwirren begannen. Er scheuchte sie mit einer Handbewegung weg. »Wie Ihr so bescheiden leben könnt, ist mir ein Rätsel, Master de Pairaud. Die reichsten Männer des Christentums können sich doch gewiss ein wenig Luxus leisten.«

»Wir sind Diener Gottes, nicht unseres eigenen Fleisches«, entgegnete Humbert, ehe er auf dem Stuhl links von dem König Platz nahm.

Will trat zurück, damit Owein sich neben den Meister setzen konnte. Edward saß zur Rechten seines Vaters, drei Ritter, unter ihnen Jacques de Lyons, zwei Sekretäre aus dem Palast und drei des Ordens besetzten die restlichen Plätze. Ein Stuhl blieb leer. Will nahm an, dass er für den Kanzler bestimmt war, der es vorzog, hinter dem König stehen zu bleiben.

Henry musterte die Platten mit Fleisch und Früchten und die Weinkrüge säuerlich. »Zum Glück seid Ihr wenigstens so gnädig, uns mit ein paar irdischen Annehmlichkeiten zu erfreuen.«

»Selbstverständlich, Majestät.« Humbert bedeutete einem Diener, Wein einzuschenken. »Die Templer legen Wert darauf, Gäste so zu bewirten, wie sie selbst bei ihnen empfangen worden wären.«

Henry starrte ihn einen Moment lang an, dann wandte er sich ab, weil ein Diener ihm einen mit Wein gefüllten Kelch reichte. Sein Blick schweifte über die Menge und blieb an Will haften.

»Eure Soldaten scheinen von Jahr zu Jahr jünger zu werden. Oder vielleicht kommt es mir nur so vor, weil ich älter werde. Wie alt bist du, mein Junge?«

»Dreizehn Jahre und acht Monate, Majestät.« Will registrierte voller Unbehagen, dass Jacques ihn scharf beobachtete.

»Aha«, meinte Henry nur. »Ein Schotte, wenn mich mein Gehör nicht trügt.«

»Jawohl, Majestät.«

»Dann hast du das Privileg genossen, Untertan der zwei schönsten Damen dieser Insel gewesen zu sein – meiner Frau und meiner Tochter Margaret.«

Will verneigte sich zustimmend, erwiderte aber nichts darauf. Er war erst vier gewesen, als Henry seine zehnjährige Tochter mit dem König von Schottland verheiratet hatte, aber er war mit den Ansichten seines Vaters zu diesem Thema aufgewachsen und verstand, dass Henry durch diese Verbindung seine Ansprüche auf Schottland untermauert hatte – ein Land, um das die englischen Könige seit Jahrhunderten gekämpft hatten.

»Alte Männer müssen ihre Hoffnungen für die Zukunft in die Jugend setzen.« Henry trank einen Schluck Wein. »Letzten Monat habe ich den besten Künstler Englands beauftragt, den Fall Jerusalems in meinem Privatgemach im Tower in Bildern festzuhalten. Ach ja.« Er seufzte wehmütig. »Das waren noch die goldenen Zeiten, wo christliche Bruderschaften in höchsten Ehren standen und Männer wie Godfrey de Bouillon dem Beispiel unseres Herrn

Jesus Christus folgten und sich zum Ruhme Gottes und des Christentums opferten. Vielleicht«, fügte er trocken hinzu, »kommen diese Zeiten ja eines Tages wieder.«

Humbert hob die Brauen. »Ich dachte, Majestät, dass die Geldmittel, die wir Euch zur Verfügung gestellt haben, für Euren geplanten Kreuzzug in Palästina bestimmt gewesen wären und nicht für den auf Euren Palastwänden.«

»Zerbrecht Euch wegen Eures Goldes nicht den Kopf, de Pairaud, es ist gut angelegt. Ihr macht Euch zu viele Gedanken um derlei Dinge. Der Templerorden treibt Handel zu Lande und zur See, erhebt von den Pilgern Gebühren für die Überfahrt auf seinen Schiffen, nimmt Spenden von Königen und Edelleuten entgegen und berechnet für verliehene Gelder fast so hohe Zinsen wie die verdammten Juden!« Der König funkelte Humbert zornig an. »Die Bezeichnung Arme Ritter Christi, mit der Ihr Euch so gern zu schmücken pflegt, scheint mir etwas irreführend, findet Ihr nicht?«

»Die Templer müssen alle Möglichkeiten nutzen, diesseits des Meeres Vermögen anzuhäufen, wenn wir den Kampf auf der anderen Seite fortsetzen wollen. Wir müssen alles tun, was in unserer Macht steht, wenn wir den Traum verwirklichen wollen, den jeder Mann, jede Frau und jedes Kind des Christentums seit zweihundert Jahren hegen – Jerusalem von den Sarazenen zurückzuerobern und ein christliches Heiliges Land aufzubauen. Als Mönche beten wir dafür, als Krieger fertigen wir Waffen an und schicken Männer nach Outremer, um unsere Garnisonen dort zu verstärken, und als Kaufleute produzieren und verkaufen wir, was wir nur können, um Einnahmen zu erzielen, die dazu verwendet werden, dieses große Ziel zu erreichen. Und wenn wir das nicht täten«, fügte Humbert, Henry mit den Augen durchbohrend, hinzu, »wer dann, Majestät? Der gesamte Westen mag diesen Traum träumen, aber nur wenige sind bereit, alles zu geben, damit er auch wahr wird.«

»Ihr verschanzt Euch hinter Eurer Frömmigkeit, Master de Pairaud«, fauchte Henry, den dieser Hieb empfindlich getroffen hatte.

»Es ist allgemein bekannt, dass die Templer im Begriff stehen, sich selbst im Westen ein Imperium aufzubauen – ein Imperium, in dem ein König in seinem eigenen Reich keine Macht mehr hat!«

Einen Moment herrschte Totenstille im Hof, die von der weichen Stimme Prinz Edwards gebrochen wurde.

»Gibt es neue Nachrichten aus dem Osten, Master Ritter? In Eurem letzten Bericht habt Ihr uns mitgeteilt, die Mongolen hätten Bagdad und andere Städte angegriffen. Gibt es Grund zu der Befürchtung, dass sie sich auch gegen uns wenden könnten?«

Der König runzelte die Stirn, als Humbert seine Aufmerksamkeit auf seinen Sohn richtete.

»Nein, wir haben nichts Neues gehört, Prinz«, erwiderte er. »Aber ich glaube nicht, dass uns von den Mongolen unmittelbare Gefahr droht. Die Mamelucken machen mir da viel mehr Sorgen.«

Henry schnaubte verächtlich. »Ihr Anführer Kutus ist ein Sklave! Über welche Macht kann er schon verfügen?«

»Ein Sklavenkrieger«, berichtigte Humbert, »kein Sklave mehr. Sowohl ich als auch meine Brüder sind der Meinung, dass von den Mamelucken eine größere Gefahr ausgeht, als viele im Westen glauben. Im Moment lenken nur die Mongolen sie von uns ab.«

»Und dafür sollten wir dankbar sein«, sagte Henry knapp. »Die Mongolen sind in der Übermacht, und ich habe gehört, sie benutzen christliche Frauen und Kinder in der Schlacht als lebende Schilde. Es ist gut, dass die Sarazenen sie in Atem halten.«

»Verzeiht, Majestät, aber da irrt Ihr Euch. Die Mongolen sind ein mächtiges Volk, das ist richtig. Aber die Kirche hat schon viele von ihnen bekehrt. In Bagdad haben sie nur die Sarazenen getötet, die Christen jedoch verschont. Die letzten Botschaften aus dem Heiligen Land besagen, dass die Mamelucken einen Marsch auf Palästina vorbereiten. Unseren Spionen in Kairo zufolge wollen sie Krieg gegen die Mongolen führen, weil diese ihren Sultan beleidigt haben. Ihre Vorhut steht unter dem Befehl eines der fähigsten Kommandanten der Mameluckenarmee – Baybars.«

»Baybars?«

»Sie nennen ihn die Armbrust.« Humberts Züge verhärteten sich. »Er ist für das Abschlachten von dreihundert der besten Ritter des Ordens verantwortlich. Baybars hat das Massaker von Mansurah auf dem Gewissen, Majestät. Die Schlacht, die dem Kreuzzug Eures Schwagers König Louis ein abruptes Ende gesetzt hat.«

Will sah, wie der neben ihm stehende Garin erstarrte. Er kannte den Grund. Im Alter von vier Jahren hatte Garin seinen Vater und zwei Brüder bei jenem Feldzug verloren. Jacques hatte als Einziger der Familie de Lyons das Massaker überlebt. Sein Blick wanderte zu dem Ritter. Zyklop hatte die Brauen zusammengezogen, in seinem einen Auge lag ein abwesender Ausdruck, als sei er mit seinen Gedanken ganz woanders. Will senkte rasch den Kopf, als Humbert fortfuhr.

»Nachdem Louis' Truppen die Stadt Damietta eingenommen hatten, zogen sie unter dem Befehl des Bruders des Königs, Robert de Artois, durch den Süden Ägyptens. Sie trafen auf die Mameluckenarmee, die vor der Stadt Mansurah lagerte. Artois handelte entgegen dem Befehl des Königs und griff das Lager an. Viele Mamelucken fielen, darunter auch der Kommandant der königlichen Leibwache. Baybars nahm den Platz des getöteten Anführers ein und stellte den Rittern in Mansurah eine Falle; er wusste, dass sie seinen Männern in die Stadt folgen würden. In den Straßen starben dann dreihundert unserer Brüder unter den Schwertern von Baybars' Männern. Man darf die Mamelucken keinesfalls unterschätzen, Majestät.«

Prinz Edward mischte sich ein. »Haben wir dieser Bedrohung genug Truppen entgegenzusetzen, Master de Pairaud?«

»Ja!«, erwiderte Henry mit Nachdruck, ehe Humbert eine Antwort geben konnte. »Bereitet es denen, die geschworen haben, christliche Bürger im Heiligen Land zu beschützen, auf einmal Probleme, sich an ihren Schwur zu halten?«

»Es bereitet uns Probleme, die nötigen Mittel dafür zur Verfügung zu stellen«, warf Owein ein.

Humbert schoss ihm einen scharfen Blick zu. »Die Mamelucken kennen das Land von ihren zahlreichen Feldzügen her, Majestät, und zwar wesentlich besser als unsere Siedler, die sich in Städten und Dörfern niedergelassen haben und dort geblieben sind. Sie setzen Tauben ein, um Botschaften zu versenden, und ihre Spione sind überall. So, wie es momentan aussieht, sind sie besser zum Angriff gerüstet als wir zur Verteidigung.«

»Wir müssen handeln!«, zischte Edward. »Ein Kreuzzug würde ...«

»Es heißt«, unterbrach Henry seinen aufgebrachten Sohn, »dass eine überstürzt getroffene Entscheidung sehr leicht zu einem raschen Untergang führen kann.« Er klopfte Edward beschwichtigend auf den Arm. »Wenn sich ein Kreuzzug als notwendig erweisen sollte, muss er sorgfältig geplant werden.«

»Natürlich, Vater«, gab Edward mit einem steifen Nicken nach.

Henry lehnte sich zurück. »Das klingt alles recht beunruhigend, Master Ritter. Aber es gibt im Augenblick nichts, was ich in dieser Angelegenheit tun könnte. Weshalb also habt Ihr mich hergebeten?«

»Wenn es Eurer Majestät recht ist«, entgegnete Humbert, »wird Bruder Owein Euch jetzt die Fakten darlegen.«

Owein wandte sich an den König und stützte beide Hände auf den Tisch. »Wir haben Euch bislang nach Kräften unterstützt, Majestät, so wie wir Euren Vater König John und dessen Bruder Richard unterstützt haben. Nun ist es uns zwar eine Ehre, der königlichen Familie Geldzuwendungen zukommen zu lassen ...«

»Das will ich auch hoffen«, schnitt ihm Henry das Wort ab. »Der Herr im Himmel weiß, dass ich Euch als Gegenleistung für Eure gelegentlichen Darlehen in meinem Reich einen ungeheuren Einfluss habe erlangen lassen.«

»Der Herr im Himmel weiß dies sicherlich«, gab Humbert zurück. »Und Ihr werdet einst in *Seinem* Reich für die Güte belohnt werden, die Ihr Seinen Soldaten erweist. Fahre bitte fort, Bruder Owein.«

»Es ist uns zwar eine Ehre, Euch gefällig zu sein«, betonte Owein noch ein Mal, »aber unsere Mittel sind nicht unerschöpflich.« Er streckte eine Hand aus, woraufhin ihm einer der Ordenssekretäre einen Pergamentbogen reichte. Owein schob ihn dem König über den Tisch hinweg zu. »Wie Ihr seht, Majestät, sind Eure Schulden im Lauf des letzten Jahres beträchtlich angewachsen.«

Henry überflog das Pergament. Die Furchen auf seiner Stirn vertieften sich, je länger er las. Dann reichte er das Schriftstück dem Kanzler, der einen flüchtigen Blick darauf warf und es dem König dann zurückgab. Edward beugte sich vor, um den Bogen seinerseits zu studieren, während Henry über seinen dünnen Bart strich und dann Owein ansah. »Ihr habt mir dieses Geld in gutem Glauben geliehen, und ich werde es zurückzahlen, sobald es mir möglich ist. Leider erlaubt mir meine finanzielle Lage dies momentan nicht.«

»Wir haben erfahren, dass Ihr kürzlich für Eure französischen Höflinge in Cheapside eine Reihe von Turnieren veranstaltet habt.« Owein blickte kurz zu Jacques hinüber. »Wer ist für die Kosten dafür aufgekommen?«

Jacques nickte dazu, sagte aber nichts.

Henry funkelte beide Ritter finster an.

»Ihr werdet meinen Vater doch sicherlich verstehen«, warf Edward glattzüngig ein. »Als Herrscher seines Landes ist es seine Pflicht, seinem Volk in Kriegszeiten Schutz und in Zeiten des Friedens Unterhaltung und Zerstreuungen zu bieten.«

»Das verstehen wir sehr wohl«, stimmte Owein mit einem respektvollen Nicken in Richtung des Prinzen zu. »Aber wir können es uns nicht erlauben, Euch diese Schulden zu erlassen. Wir brauchen alles Gold, das wir zusammentragen können, wenn wir unsere Truppen im Heiligen Land verstärken wollen.«

»Was ist nur aus Wohltätigkeit und Nächstenliebe geworden?«, stichelte Henry. »Mir scheint, diese Christenpflichten gelten für die Templer nicht mehr.«

»Wenn Ihr Wohltätigkeit wollt, Majestät«, erwiderte Humbert, »dann würde ich Euch vorschlagen, Euch an die Hospitaliter zu wenden.«

Henrys Gesicht lief rot an. »Wie könnt Ihr es wagen!« Er warf das Pergament auf den Tisch. »Ihr werdet Euer verwünschtes Geld schon zurückbekommen, keine Sorge. Ich habe hier und in meinen Ländereien in der Gascogne neue Steuern erhoben, aber ich warne Euch – beleidigt mich noch ein Mal, und Ihr seht keinen Penny davon!«

»Das Eintreiben von Steuern dauert zu lange, Majestät. Das Geld muss schneller zurückgezahlt werden.«

»Wollt Ihr mich ins Armenhaus bringen? Ich kann doch kein Gold von Bäumen pflücken!«

Owein sah Humbert an. Dieser nickte. »Es gibt eine Lösung für dieses Problem, Majestät.«

»Welche denn, zum Teufel?«

»Überlasst uns die Kronjuwelen als Pfand. Wir werden sie aufbewahren, bis die Schulden getilgt sind.«

»Was sagt Ihr da?«, fuhr der König erzürnt auf.

Edward setzte sich mit einem Ruck auf, der Kanzler starrte Owein verblüfft an. Will hatte Mühe, eine unbeteiligte Miene zu wahren.

»Es ist die einzige Möglichkeit, Majestät«, pflichtete Humbert seinem Mitbruder nachdrücklich bei.

Der König sprang auf, wobei er seinen Stuhl umstieß. Die scharlachrote Seide glitt von dem Sitz und floss über das Gras. Er schlug mit der Faust so heftig auf den Tisch, dass die Kelche klirrten und hie und da der Wein überschwappte.

»Die Kronjuwelen sind das Symbol meiner Blutslinie, der Schmuck der königlichen Familie und nicht der einiger speichelleckerischer Soldaten, die sich mit Gott auf eine Stufe stellen!« Er griff nach dem Pergamentbogen, riss ihn in zwei Teile und warf sie ins Gras.

Humbert erhob sich. Seine Stimme klang unverändert ruhig und gelassen. »Ich möchte Euch daran erinnern, dass sich die Loyalität der Tempelritter für die Herrscher dieses Landes stets bezahlt gemacht hat … man könnte sagen, sie ist eine der Grundsteine seiner Macht. Wollt Ihr es wirklich riskieren, diese Loyalität aufs Spiel zu setzen, Majestät?«

»Ich sollte Euch Euren Kopf nehmen lassen!« Henrys Atem ging schwer.

Die königlichen Leibwächter am Rande der Rasenfläche scharrten nervös mit den Füßen. Zwei Ritter waren von ihren Plätzen aufgestanden und hatten die Hände an die Griffe ihrer Schwerter gelegt.

Edward legte Henry eine Hand auf den Arm. »Komm, Vater. Ich denke, diese Unterredung ist beendet.«

Henry warf Humbert einen letzten wutentbrannten Blick zu, dann machte er sich unsanft von seinem Sohn los und stapfte über den Hof. Edward nickte Humbert und Owein knapp zu und folgte ihm mitsamt dem königlichen Gefolge.

Nur der Kanzler blieb zurück. Er sah Humbert an. Seine Lippen waren zu einem schmalen, blutleeren Strich zusammengepresst. »Ich werde Euch die Entscheidung des Königs innerhalb eines Monats offziell mitteilen, Master de Pairaud.«

Humbert betrachtete die Pergamentstücke am Boden. »Ich habe eine Kopie dieses Dokumentes in meinem Studierzimmer. Wünscht Seine Majestät, dass sie ihm in den Palast geschickt wird?«

Der Kanzler schüttelte den Kopf. »Ich nehme sie gleich mit.«

Humbert blickte sich um. »De Lyons.« Er nickte Garin zu. »Begleite den Kanzler zu meinem Studierzimmer. Mein Knappe soll ihm die betreffende Schriftrolle aushändigen.«

Garin verbeugte sich tief und ging mit dem Kanzler davon. Will drehte sich um, als er Oweins Stimme hinter sich hörte.

»Das verlief nicht so, wie ich gedacht hatte. Ich hoffe nur, dass der König jetzt nicht über Vergeltungsmaßnahmen nachsinnt.«

»Bellende Hunde beißen selten, Bruder Owein«, entgegnete Humbert. »Als der König das letzte Mal versucht hat, uns einzuschüchtern, musste er schließlich einen Rückzieher machen, weil wir ihm mit der Entthronung gedroht haben.«

6

Scharonebene, Königreich Jerusalem
9. Oktober A. D. 1260

»Wir nähern uns unserem Ziel, Amir.«

Baybars konnte die Worte des Sultans kaum verstehen. Die Luft ringsum war vom Dröhnen der Trommeln erfüllt. Wenn die Mamelucken nach Kairo zurückkehrten, würde ihre Siegesfeier sieben Tage andauern. Die Trommeln der Mongolen würden aufgeschlitzt und auf Pfähle gesteckt werden. Und damit für immer schweigen.

»Wir kehren im Triumph heim«, fuhr Kutus mit erhobener Stimme fort, um den Lärm zu übertönen. »So, wie ich es vorhergesagt habe.«

»Die ganze Stadt wird deinen Namen preisen, edler Sultan«, stimmte Baybars zu. Seine ruhige Stimme verriet nichts von dem Gefühlsaufruhr, der in seinem Inneren tobte.

Kutus lächelte. »Die Mongolen werden sich diese Niederlage eine Lehre sein lassen und sich hüten, mich noch einmal herauszufordern, nachdem wir nun unsere Vorherrschaft in Syrien ausgebaut haben.«

»Ja, Herr.« Baybars spähte über die Schulter.

Hinter ihm zogen sich die Reihen der Mameluckenarmee einige Meilen lang über die Straße hinweg. Viele Männer trugen Fahnen und Banner. Mit Beutegut und Sklaven beladene Karren rumpelten über den steinigen Boden. Die Ratgeber des Sultans und die Offiziere der Mu'izziya versperrten Baybars den Blick, doch dann entstand eine Lücke in ihrer Reihe, und er sah Omar ein Stück hinter sich an der Spitze des Bahri-Regiments reiten. Im nächsten Moment schloss sich die Lücke wieder.

Baybars richtete den Blick zurück auf die Straße. Die Sonne glich einem rot geränderten Auge, das sich langsam zu schließen begann. In der Ferne durchschnitt ein breiter Grünstreifen die

Scharonebene, in dessen Mitte ein Fluss plätscherte, der ungefähr zwanzig Meilen westlich ins Meer mündete. Die Straße überquerte diesen Fluss an seiner schmalsten Stelle und schlängelte sich dann Richtung Süden. Die Armee näherte sich Gaza, wo sie eine kurze Rast einlegen würde, ehe sie die kräftezehrende Reise durch die Wüste Sinai nach Ägypten antrat.

Angelegentlich musterte Baybars den Sultan aus den Augenwinkeln heraus. Kutus saß mit zusammengezogenen Brauen steif im Sattel. Er hatte Recht, sie kehrten im Triumph nach Hause zurück. Den Mamelucken war gelungen, was noch niemand zuvor geschafft oder gewagt hatte: Sie waren der mongolischen Armee entgegengetreten und hatten sie vernichtend geschlagen. Aber für Baybars schmeckte der Sieg schal. Er hatte auf diesem Feldzug mehr als nur Aleppo verloren – ihm war die Gelegenheit zur Rache entgangen; eine Rache, die er sich in seinen Träumen seit Jahren immer wieder ausgemalt und das Bild blutig ausgeschmückt hatte. Seit sie den Marsch zurück in die Heimat angetreten hatten, versuchte er, sich auf seinen Plan, sich Kutus vom Hals zu schaffen, zu konzentrieren. Mit jeder Meile, die sie zurücklegten, lief ihm die Zeit davon, und bis jetzt hatte er noch keine Möglichkeit gehabt, den Mordanschlag vorzubereiten.

Fünf Tage nach der Schlacht von Ayn Jalut waren die Mamelucken in Damaskus einmarschiert. Von dort waren sie Richtung Norden auf Homs und Hamah vorgestoßen, wo die vor der mongolischen Invasion geflüchteten Emire wieder in ihr Amt eingesetzt und die Städte erneut unter muslimische Herrschaft gestellt wurden. In Aleppo leisteten die Mongolen fast einen Monat lang Widerstand, aber endlich gelang es den Mamelucken, ihre Verteidigung zu durchbrechen und die Stadt einzunehmen. Nach dem Kampf paradierte Kutus durch die Straßen. Die Muslime, die lange unter dem Joch der Mongolen gelitten hatten, kamen vorsichtig aus ihren Häusern, um ihren Befreier zu feiern. Die Christen, die es in der Stadt zu Ansehen und Wohlstand gebracht hatten, wurden getötet.

Als das Gefolge des Sultans auf Aleppos größtem Marktplatz

eintraf, hatte sich die Nachricht bereits wie ein Lauffeuer in der Stadt verbreitet, und Hunderte freudetrunkener Muslime drängten sich durch die Straßen zum Markt, um ihren neuen Gebieter willkommen zu heißen. Baybars stand schweigend an Kutus' Seite, während der Sultan in einer feierlichen Zeremonie einem Mameluckenstatthalter die Befehlsgewalt über die Stadt übertrug. Als die Zeremonie zu Ende war und die Statthalter und Offiziere sich um Kutus scharten, um ihrem siegreichen Anführer zu gratulieren, verschwand Baybars unauffällig in der Menge. Nach einer kurzen Unterredung mit einem seiner Soldaten begab er sich zu der Sklavenplattform, die in der Mitte des Platzes aufgebaut war.

Es schien noch gar nicht so lange her zu sein, seit er selbst in Ketten auf dieser Plattform gestanden und auf die Männer hinabgestarrt hatte, die ihn begutachteten wie ein Rind auf dem Viehmarkt. Hinter dem Marktplatz, irgendwo südlich von der Moschee der Stadt, lag das Haus, in dem er sechs Monate lang als Sklave gehalten worden war.

Baybars erklomm die Holzbretter. Die Jubelrufe der Armee hallten in seinen Ohren wider.

»*Allahu akbar!*« Allah ist groß.

Omar fand ihn zwei Stunden später auf der Kante der Plattform sitzend.

»Amir?«

Baybars blickte auf und registrierte mit mildem Staunen, wie tief die Sonne schon über der Stadt stand.

Omar kletterte zu ihm hinauf und ließ sich neben ihm nieder. »Ich habe dich überall gesucht.« Er rückte seinen Schwertgurt zurecht. »Bist du schon die ganze Zeit hier?«

»Ja.«

»Ich habe Neuigkeiten. Die Offiziere sind bestochen worden. Ihre Unterstützung ist dir sicher.«

Baybars nickte, sagte aber nichts.

Omar fuhr fort: »Ich kann verstehen, warum du lieber hiergeblieben bist, statt zum Lager zurückzukehren. Kutus berauscht sich an seinem Sieg und singt Lobeshymnen auf den Statthalter, den er soeben ernannt hat. Ich glaube, er war enttäuscht, dass du an seiner Siegesfeier nicht teilnimmst.«

Baybars starrte über den Marktplatz hinweg, der golden in der frühen Abendsonne dalag. Die Menge hatte sich zerstreut, aber eine Mameluckenschwadron patrouillierte durch die Straßen, um für Ordnung zu sorgen, während der Hauptteil der Armee abgezogen war, um ihr Lager aufzuschlagen. Kutus und sein Gefolge hatten die Zitadelle für ihre Siegesfeier beschlagnahmt. Baybars wandte sich an Omar. »Der Sultan ist nicht der Grund dafür, dass ich nicht mit den Männern ins Lager zurückgekehrt bin. Aleppo mag zwar heute nicht in meine Hände übergegangen sein, aber wenn Kutus erst tot ist, wird der neue Statthalter von mir anderes zu hören bekommen als Lobeshymnen, das versichere ich dir. Die Stadt wird sich schon bald in meinem Besitz befinden.« Er senkte den Blick. »Die Stadt … und vieles andere mehr.«

»Warum versteckst du dich dann hier? Komm mit und lass uns unser eigenes Fest feiern.«

»Ich verstecke mich nicht, Omar. Ich warte.«

»Du wartest?« Omar runzelte die Stirn. »Worauf?«

»Auf einen alten Freund.« Baybars erhob sich und beobachtete die vom Marktplatz wegführenden Straßen. Die Kuppel der Moschee glich einer großen goldenen Glocke, die über den flachen weißen Dächern der Häuser schwebte.

Omar stand ebenfalls auf und folgte seinem Blick. »Du hast mir ja gar nicht gesagt, dass du jemanden in der Stadt kennst? Wann warst du das letzte Mal hier? Vor achtzehn Jahren, nicht wahr?«

»Neunzehn.« Baybars verschränkte die Hände hinter dem Rücken. »Geh zum Lager zurück, Omar. Ich komme bald nach.«

»Die Offiziere haben wir zwar bestochen, aber wir müssen noch Ort und Zeitpunkt des Anschlags festlegen. Jetzt, wo wir Gelegenheit haben, unter vier Augen miteinander zu sprechen, sollten wir …«

»Du widersetzt dich meinem Befehl, Offizier?«, schnarrte Baybars, ohne ihn anzusehen.

»Verzeihung, Amir.« Omars Stimme verriet deutlich, wie sehr ihn Baybars' Worte verletzt hatten.

Er wandte sich zum Gehen, blieb aber stehen, als Baybars von der Plattform sprang. Ein Mameluckensoldat hatte sich aus einer der Straßen gelöst und kam auf sie zugeritten. Vor Baybars zügelte er sein Pferd.

»Amir.« Er sprang aus dem Sattel und verneigte sich.

»Hast du das Haus gefunden?«

»Ja, Amir, aber der Mann, den ich ausfindig machen sollte, war nicht dort.«

»Was soll das heißen – nicht dort?«

»Das Haus steht seit einiger Zeit leer. Ich habe mich in der Umgebung erkundigt, aber kaum jemand kannte die Familie, die dort gelebt hat. Ein Kaufmann meinte, sich an einen westlichen Ritter zu erinnern, dem der Besitz einst gehört hat. Er glaubt, dieser Ritter sei tot und seine Familie vor ungefähr zehn Jahren in den Westen zurückgekehrt.«

Baybars trat einen Schritt zurück und krallte die Finger um den Rand der Plattform.

»Ist das alles, Amir?«, erkundigte sich der Soldat.

Baybars nickte und entließ ihn mit einer schroffen Handbewegung.

Der Soldat verneigte sich, schwang sich in den Sattel und galoppierte davon.

Omar sprang neben Baybars zu Boden. »Wer ist dieser Ritter, den du suchst?«

»Kehr ins Lager zurück.«

»Sadik, sprich doch mit mir«, bohrte Omar weiter. »Du hast mir nie erzählt, was dir in Aleppo widerfahren ist, aber ich sehe, dass diese Stadt böse Erinnerungen für dich birgt. War dieser Ritter der Mann, dem du als Sklave dienen musstest?«

Omar stockte der Atem, als Baybars ihn bei den Schultern packte, herumdrehte und gegen die Plattform drückte. »Du sollst gehen, habe ich gesagt!«, herrschte er seinen Freund an. Omar starrte ihn, nach Atem ringend, an. Baybars ließ die Hände sinken und trat einen Schritt zurück. »Wir werden reden, Omar. Schon bald«, sagte er ruhig. »Du hast mein Wort darauf. Aber jetzt ist nicht der geeignete Zeitpunkt dafür.«

Dann hatte er sich abgewandt und Omar auf dem Marktplatz stehen lassen, weil der Ruf zum Abendgebet ertönt war.

Baybars umklammerte die Zügel seines Pferdes fester. Ringsum dröhnten die Trommeln weiter, das dumpfe Geräusch erinnerte ihn an das Hämmern eines riesigen Herzens. Mühsam konzentrierte er sich wieder auf die Gegenwart. Er war ein Kommandant der Mameluckenarmee. Er hatte gegen die Christen und die Mongolen gekämpft und gesiegt. Er war einst der Sklave mehrerer Herren gewesen, aber er würde nicht zum Sklaven seiner Erinnerungen werden. Dass er in Aleppo den Plan, den er seit Jahren verfolgte, nicht hatte ausführen können, war ein schwerer Schlag gewesen, aber er hatte keine Zeit mehr, noch länger über die Vergangenheit nachzugrübeln. Der Ritter war fort oder tot. Er, Baybars, würde sich nicht mehr an seinem Peiniger rächen können.

»Du bist so schweigsam heute, Amir. Bedrückt dich etwas?«, erkundigte sich Kutus mit falscher Freundlichkeit.

»Es ist alles so, wie es sein soll, Herr«, erwiderte Baybars tonlos.

Kutus musterte ihn forschend, aber Baybars' Gesicht glich einer undurchdringlichen steinernen Maske, die nicht verriet, was in seinem Inneren vorging. »Du wirst in Kairo reich für deinen Anteil an diesem Sieg belohnt werden.«

»Ich weiß deine Großzügigkeit zu schätzen, Herr.«

»Edler Sultan!«

Ein Kundschafter ritt an der Kolonne vorbei auf sie zu. Er salutierte, als er sein Pferd parierte und es neben das von Kutus lenkte. »Die Straße führt zu einem drei Meilen östlich gelegenen Dorf, Herr.«

»Noch eine christliche Ansiedlung?«

»Ja, Herr, es gibt dort eine Kirche.«

»Ich werde die Mu' izziya losschicken.«

»Deine Männer sind erschöpft, Herr«, warf Baybars rasch ein.

»Das wäre das vierte Dorf, das sie innerhalb von fünf Tagen überfallen und ausplündern. Ich habe das Bedürfnis nach ein wenig Abwechslung. Lass mich mit den Bahri dorthin reiten.«

Kutus überlegte einen Moment, dann nickte er. »Nun gut. Wir ziehen nach Gaza weiter. Sieh zu, dass du uns bald einholst. Ich muss dich doch sicherlich nicht daran erinnern, was deine Pflicht ist?«

»Nein, Herr. Sei versichert, dass alles, was irgendwie von Wert ist, zu dir gebracht wird.«

Baybars stieß seinem Pferd die Fersen in die Flanken. Auf seinen Befehl hin lösten sich fünfhundert Männer aus den Reihen der Hauptarmee und folgten ihm. Einige Karren setzten sich rumpelnd in Bewegung. Sie waren mit hölzernen Käfigen beladen, die Platz für zahlreiche weitere Sklaven boten.

Das Dorf lag zwischen zwei sanft geschwungenen Hügelhängen auf der Scharonebene, umringt von dichten Olivenhainen. Eine Barrikade aus zusammengebundenen Holzpfählen umgab die sechzig aus Lehm und Ziegeln erbauten Hütten, die sich um drei größere Steingebäude und eine Kirche drängten. Der Rauch von den Feuerstellen kräuselte sich zum zartrosa verfärbten Himmel empor. Die Bauern, die in den Hainen arbeiteten, hatten ihr Tagewerk beendet und kehrten ins Dorf zurück, sie führten Ochsen an Halftern, die grob gezimmerte Karren zogen.

Sowie sie das Dorf erreicht hatten, machten sich die Mamelucken daran, die primitive Barrikade einzureißen. Einige Bauern, die die Soldaten schon von weitem gesehen hatten, hatten inzwischen Alarm geschlagen, und nun lief eine Welle der Panik durch die Ansiedlung und erfasste eine Hütte nach der anderen, während die Kirchenglocke eine verzweifelte Warnung erklingen ließ. Ein paar Männer rannten los, um sich mit allem zu bewaffnen, was sie finden konnten: Steine, Sensen, Besen und Knüppel. Andere riefen zur Flucht auf oder verlangten, einen Unterhändler loszuschicken. Aber es war zu spät, die Mamelucken fielen bereits in das Dorf ein.

Die dünne Reihe der Bauern, die sich hinter ihren Karren verschanzt hatten, brach auseinander, als die Mameluckenkavallerie auf sie lossprengte. Die Soldaten auf ihren schabrackenbewehrten Pferden ließen Schwerter und mit Dornen besetzte Streitkolben auf die bloßen Köpfe und Rücken der fliehenden Dorfbewohner niedersausen. Männer und halbwüchsige Jungen fielen unter den Schwertstreichen oder wurden unter den Hufen der Pferde der nachfolgenden Soldaten zermalmt. Ein Bauer, dem es gelungen war, sich unter einem tödlichen Hieb hinwegzuducken, ergriff die Flucht. Drei Soldaten nahmen grölend und johlend die Verfolgung auf; die Jagd bereitete ihnen offensichtlich großes Vergnügen. Der beißende Geruch zerquetschter Oliven erfüllte die Luft, als die angreifenden Soldaten die Karren umstürzten und die Früchte sich wie die Perlen eines zerrissenen Rosenkranzes über den Boden ergossen.

Baybars ritt in das Dorf. Die Bewohner flüchteten sich vor ihm in den dürftigen Schutz ihrer Hütten. Ohne jede Gemütsbewegung verfolgte er, wie seine Soldaten die letzten Bauern niedermetzelten.

Dörfer wie dieses lagen in ganz Palästina verstreut. Einst wurden sie von koptischen, armenischen und griechisch-orthodoxen Christen bewohnt, deren Familien schon seit Generationen das Land beackerten. Mit der Ankunft der ersten Kreuzritter aus dem Westen war es jedoch mit dem Frieden zwischen den einheimischen Christen und ihren muslimischen Herrschern vorbei gewesen; die fränkischen Herzöge und Prinzen hatten Antiochia, Jerusalem, Bethlehem und Hebron eingenommen sowie bald einen großen Teil Süd- und Zentralpalästinas und Nordsyriens unter ihre Vorherrschaft gestellt. Dieses Gebiet war in vier Staaten aufgeteilt worden, die zusammen ihr neues Reich bildeten: Outremer, das Land jenseits des Meeres, das sich aus dem Königreich Jerusalem, dem Fürstentum Antiochia und den Grafschaften Edessa und Tripolis zusammensetzte. Mächtige westliche Adelshäuser verwalteten diese Provinzen, waren aber dem neuen christlichen König von Jerusalem unterstellt. Einige Städte, darunter auch Jerusalem, sowie Edessa, einen der vier christlichen Staaten, hatten die Muslime inzwischen zurückerobert, aber Baybars reichten diese Siege nicht aus.

Er musterte die Kirche finster. Das massive graue Steingebäude stellte für ihn das Symbol des Einflusses des Westens und seines Allah verleugnenden Glaubens dar.

»Wie lauten deine Befehle, Amir?«, rief einer seiner Offiziere.

Baybars deutete auf die Lehmhütten. »Brennt sie nieder. Dort werden wir nichts finden, was wir brauchen können.« Dann nickte er zu den Steingebäuden rund um die Kirche hinüber. »Und durchsucht diese Häuser gründlich.«

Der Offizier galoppierte davon, um den Befehl auszuführen.

Kurz darauf stieg Rauch von den Hütten auf. Die Mamelucken ritten durch die Gassen und warfen brennende Fackeln auf die niedrigen Dächer, die sofort in Flammen aufgingen. Männer, Frauen und Kinder kamen hustend und würgend ins Freie getaumelt, nur um sofort niedergestreckt oder gefangen genommen zu werden. In der Mitte des Dorfes ertönte lautes Hämmern; die Soldaten brachen die Türen der Steinhäuser auf. Gellende Schreie folgten auf das Geräusch zersplitternden Holzes. Der Dorfälteste, dessen Vorfahren aus dem Westen stammten, wurde zusammen mit seiner Frau hinaus auf die Straße gezerrt. Ihre kreischenden Kinder wurden auf einen der Karren gestoßen, die Eltern zu Boden geworfen und von Mameluckensoldaten enthauptet.

Baybars sprang von seinem Pferd, als er Omar auf sich zureiten sah. In seiner Begleitung befand sich ein anderer Bahri-Offizier; ein großer, schlanker, anmutiger Mann mit edlen Zügen. Sein Name war Kalawun. Die beiden Männer zügelten ihre Pferde und stiegen gleichfalls ab.

»Ich habe mich schon gefragt, ob ihr überhaupt noch kommen werdet«, knurrte Baybars.

»Wir müssen miteinander reden, Amir«, erwiderte Omar ruhig.

»Nicht hier. Der Sultan hat seine Augen und Ohren überall. Seit wir Ayn Jalut verlassen haben, beobachtet er mich ständig. Er traut mir nicht.«

»Dann«, bemerkte Kalawun mit einem leisen Lächeln, »ist er kein ganz so großer Narr, wie ich gedacht habe.«

Die drei Männer fuhren herum, als eine Frau schreiend aus der gegenüberliegenden Hütte gerannt kam. Ein Teil des Daches war in sich zusammengestürzt, ein Funkenregen stob zum Himmel auf. Die Frau drückte ein kleines weißes Bündel an ihre Brust. Als ein Soldat auf sie zustürmte, wich sie aus und versuchte, einen Haken um ihn zu schlagen, aber er war schneller und stieß ihr sein Schwert in den Unterleib. Eine Blutfontäne spritzte auf. Das Bündel entglitt den Händen der Frau, die im Staub zusammenbrach, und der Soldat blickte verwirrt zu Boden, als er plötzlich ein leises Greinen hörte. Mit der Spitze seines Schwertes schlug er das weiße Tuch zurück und blickte auf einen darin eingewickelten Säugling. Unsicher sah er sich um, dann wandte er sich Hilfe suchend an Baybars.

»Amir?« Er deutete auf das Kind, das nun zu brüllen begonnen hatte. »Was soll ich mit ihm machen?«

Baybars runzelte die Stirn. »Willst du es vielleicht selbst nähren?«

Einige der Umstehenden lachten.

»Nein, Amir.« Der Soldat war rot angelaufen. Er hob sein Schwert.

Omar schloss die Augen, als die Klinge herabfuhr. Für das Kind mochte es eine Gnade sein, schnell zu sterben, statt qualvoll zu verhungern und zu verdursten, aber er musste nicht unbedingt dabei zusehen. Als er die Augen wieder aufschlug, ging der Soldat zur nächsten Hütte hinüber. Der Säugling war verstummt. Ein roter Fleck breitete sich auf dem weißen Tuch aus.

Baybars' Blick fiel erneut auf die Kirche. Die Türen waren verschlossen, niemand war bisher in das Gebäude eingedrungen. »Kommt«, sagte er zu Omar und Kalawun und schritt, gefolgt von den beiden Offizieren, auf die Kirche zu. Die Tür öffnete sich einen Spalt, als er sich dagegen warf, dann traf sie auf ein Hindernis. Drinnen erklang eine brüchige, aber entschlossene Stimme.

»Fort mit euch, ihr Teufel!«

Baybars stemmte sich mit der Schulter gegen das Holz. Die Bank, die die Tür blockierte, verursachte ein kratzendes Geräusch auf dem Steinboden, während sie langsam nach innen geschoben wurde. Baybars zog seinen Säbel. Omar und Kalawun hielten sich dicht hinter ihm. Baybars blickte sich in der dämmrigen Kirche um. Sie war klein und schmucklos, an einem Ende stand ein wackeliger Altar, darüber hing ein geschnitztes Holzkruzifix. Hinter dem Altar lauerte ein alter Priester in einer schäbigen Kutte, der einen schweren eisernen Kerzenleuchter schwang. Durch zwei schmale Fensterschlitze fiel rötliches Licht in den Raum. Das Dorf ringsum stand in Flammen.

Der Priester deutete mit dem Leuchter auf Baybars. »Fort mit euch, sage ich!« Er war ein hagerer Mann mit verwitterten Gesichtszügen, aber seine Stimme klang erstaunlich gebieterisch. »Ihr habt kein Recht, hier einzudringen. Dies ist ein Haus Gottes!«

»Deine Kirche steht auf unserem Land, Priester«, zischte Baybars. »Das gibt uns jedes Recht, sie zu betreten.«

»Das Land ist Gottes Land!«

»Du und die deinen, ihr seid wie eine Ameisenplage. Ihr baut emsig Kirchen und Paläste, ohne einen Gedanken daran zu verschwenden, wo ihr euch befindet und was ihr tut. Ihr seid eine Pest!«

»Ich bin hier geboren, genau wie meine Leute«, widersprach der Priester heftig, dabei deutete er mit der Hand zu den Fenstern. Das Knacken und Prasseln des Feuers war deutlich zu vernehmen.

»Ihr seid Söhne und Töchter von Franken. In euren Adern fließt westliches Blut. Verseuchtes Blut!«

»Was erlaubt ihr euch!«, empörte sich der Priester. »Dies hier ist unsere Heimat, und wir lassen uns nicht von hier vertreiben!« Er trat hinter dem Altar hervor und holte mit dem Leuchter aus.

Baybars sprang vor, sein Säbel pfiff durch die Luft. Der Priester duckte sich, doch der mächtige Hieb hatte nicht ihm gegolten. Die Klinge durchtrennte den dünnen Strick, an dem das Kruzifix hing, woraufhin es vor dem Altar krachend zu Boden fiel. Baybars trat mit aller Kraft darauf. Unter seinem schweren Stiefel zerbrach die Christusfigur in zwei Teile.

Der Priester starrte ihn entgeistert an, als er sich bückte und eines der Stücke aufhob.

»Ihr mögt ja in diesem Land geboren sein, aber ihr tragt die Seuche des Westens in euch.« Baybars schleuderte die Kreuzhälfte von sich. »Was hier geschieht, wird bald in ganz Palästina geschehen.« Er ging auf den Priester zu und schlug ihm mit der flachen Seite der Klinge den Leuchter aus der Hand. Der alte Mann wurde bleich und begann zu zittern, als die Säbelspitze seine Kehle berührte. »Dein Gott, Priester, wird mit ansehen müssen, wie Seine Kirchen und Heiligtümer dem Erdboden gleichgemacht werden. Von der gesamten Christenheit wird nichts als Asche übrig bleiben, die sich in alle Winde zerstreut und wie ein süßer Duft die Nasen der Muslime erfreut.«

»Wenn ihr das tut, werdet ihr alle sterben«, flüsterte der Priester. »Die Krieger Christi werden euch zermalmen!«

Baybars stieß dem Mann mit einem Ruck den Säbel in den Hals. Der Priester gab ein ersticktes Gurgeln von sich, sein Körper bäumte sich auf, als die Klinge auf der anderen Seite wieder austrat. Baybars drehte den Griff. Ein Blutstrom quoll aus dem Mund des Priesters. Baybars riss den Säbel zurück, woraufhin der alte Mann über dem Altar zusammenbrach und langsam zu Boden glitt, wo er regungslos liegen blieb. Baybars hob die Waffe erneut und hackte damit auf den Leichnam ein, bis der Steinboden vor Blut starrte. Sein Atem kam in kurzen, abgehackten Zügen, seine Augen glühten wild. Er würde seine Rache bekommen! Er würde es den Ungläubigen heimzahlen! Doch er fuhr herum, als sich eine Hand fest um seinen Arm schloss, erblickte Omar und trat einen Schritt zurück. Seine Brust hob und senkte sich heftig.

»Er ist tot, Amir«, mahnte Omar eindringlich.

Baybars ließ von dem verstümmelten Leichnam ab, griff in den Beutel an seinem Gürtel und zog ein Tuch heraus. Omar und Kalawun sahen schweigend zu, wie er seinen Säbel zu säubern begann. »Nun? Wolltet ihr mit mir reden oder nicht?«

Kalawun trat vor. »Omar hat mich in deinen Plan eingeweiht, Amir. Ich werde dir beistehen, wenn die Zeit kommt.«

Baybars nickte ihm zu. Kalawun war zwei Jahre nach ihm selbst und Omar in das Bahri-Regiment eingetreten und rasch zum Offizier aufgestiegen. Bei Damietta hatte er mit dazu beigetragen, Turan-Schah zu töten. »Du wirst für deine Loyalität reich entlohnt werden.«

»Es wird nicht einfach werden«, gab Omar zu bedenken. »Der Sultan ist selten ohne seine Leibwache anzutreffen. Vielleicht sollten wir besser warten, bis wir in Kairo sind.«

»Nein«, widersprach Baybars entschieden. »Es muss geschehen, bevor wir die Stadt erreichen. Wir dürfen nicht zulassen, dass sich Kutus in seiner sicheren Zitadelle verschanzt. Das würde einen Anschlag nahezu unmöglich machen.«

»Wie wäre es mit Gift?«, schlug Omar vor. »Wir könnten einen seiner Diener bestechen.«

»Das Risiko ist zu groß. Außerdem bezahle ich nicht einen anderen Mann für etwas, was ich selbst tun kann.«

Baybars schob seinen gesäuberten Säbel in die Scheide zurück.

»Hast du eine bessere Idee, Amir?«, fragte Kalawun.

»Wir schlagen zu, wenn wir Ägypten erreichen. Nachdem wir den Sinai durchquert haben, werden wir bei al-Salihiya unser Lager aufschlagen. Die Stadt liegt nur einen Tagesritt von Kairo entfernt, und so nahe bei seiner Heimatstadt wird Kutus' Wachsamkeit nachlassen. Wenn wir ihn vom größten Teil seiner Leibwache fortlocken können, haben wir eine gute Chance, unser Ziel zu erreichen.«

Omar nickte bedächtig. »Ich stimme dir zu, aber ich weiß immer noch nicht, wie du dir nach dem Tod des Sultans den Platz auf dem Thron sichern willst. Kutus' Statthalter werden sich dir sicherlich nicht freiwillig unterwerfen …«

»Dafür wird Khadir sorgen«, unterbrach ihn Baybars.

Bei der Erwähnung dieses Namens huschte ein Schatten über Omars Gesicht. »Du solltest deinen Wahrsager an einer kurzen

Leine halten, Amir. Ich habe gehört, die Assassinen hätten ihn aus ihrer Mitte ausgestoßen, weil er sogar ihnen zu blutrünstig war. Der Mann ist eine nicht zu unterschätzende Gefahr für uns!«

»Er wird tun, was ich ihm sage. Seid ihr auf meiner Seite?«

»Ja, Amir«, bestätigte Kalawun.

Auch Omar nickte nach kurzem Zögern. »Ja, wir sind auf deiner Seite.«

»Amir Baybars!«

Die drei Männer drehten sich um, als ein Soldat an der Tür erschien.

»Das Dorf ist zerstört«, meldete er mit einer leichten Verbeugung. »Wir sind jetzt dabei, die Karren zu beladen.«

»Kommt mit«, forderte Baybars Omar und Kalawun auf, nachdem er den Soldaten entlassen hatte. »Verhelfen wir dem Sultan zu seiner letzten Beute.«

Gemeinsam verließen sie die Kirche. Flammen züngelten gen Himmel, während die letzten Frauen und Kinder von den Mamelucken in die Käfige gepfercht wurden.

Kutus drehte sich im Sattel um und starrte in die Dunkelheit. Die auf der Ebene aufragenden Hügel trugen eine orangefarbene Lichtkrone. In der Ferne konnte er den Widerschein von Feuer sehen, der ihm verriet, dass Baybars die Christenansiedlung niedergebrannt hatte. Kutus richtete den Blick wieder auf die Straße und massierte seinen schmerzenden Nacken. Seine Schultermuskeln waren verspannt, und das nicht nur von dem langen Ritt, der hinter ihm lag.

Seit Wochen nagte eine böse Vorahnung an ihm, und seit sie Ayn Jalut verlassen hatten, wuchs sein Unbehagen ständig. Er hatte, was Baybars betraf, schon immer gewisse Bedenken gehegt, aber erst die Unverfrorenheit, mit der der Bahri-Kommandant den Statthalterposten von Aleppo für sich gefordert hatte, hatte ihm das volle Ausmaß des Ehrgeizes dieses Mannes vor Augen geführt. Nachdem Kutus ihm diese Bitte rundweg abgeschlagen hatte, hatte er erwartet, Baybars zornig und verbittert zu sehen. Die ruhige Gelassenheit, die der Kommandant stattdessen zur Schau trug, gefiel ihm überhaupt nicht. Kutus holte tief Atem und ließ den Blick über die Reihen seiner Männer schweifen, bis er den Hauptmann seiner Leibgarde ein Stück hinter sich entdeckte.

»Auf ein Wort, Aktai!«, rief er laut.

Der dickliche, olivhäutige Mann hob den Kopf, trieb sein Pferd an und ritt zu Kutus hinüber. »Edler Sultan?«

»Ich brauche deinen Rat«, knurrte Kutus, als der Hauptmann an seiner Seite ritt.

»Wie kann ich dir zu Diensten sein?«, erkundigte sich Aktai mit einem öligen Lächeln.

»In meinem Fleisch sitzt ein Dorn. Ich möchte, dass er entfernt wird.«

7

Neuer Tempel, Ordenshaus London
13. Oktober A.D. 1260

Jacques nahm eine Gänsefeder aus einem irdenen Gefäß auf seinem Tisch und rollte sie geistesabwesend zwischen Daumen und Zeigefinger, während er seinen Neffen musterte. »Wusstest du, dass dein Vater und ich schon zwei Turniere gewonnen hatten, als wir in deinem Alter waren? Für dich wird es allmählich Zeit, es uns gleichzutun.«

Garin hob überrascht den Kopf, als Jacques seinen Vater erwähnte. Er sprach nur selten von seinem toten Bruder. »Es ist die erste echte Chance, die ich bekomme«, erwiderte er leise. »Letztes Jahr war ich krank, und das Jahr zuvor hatte ich gerade erst mit meiner Ausbildung begonnen.«

»Aber dieses Jahr wird es anders werden, nicht wahr?«

»Ich werde mein Bestes geben, Sir.«

»Das will ich hoffen. Ich habe heute mit unseren Gästen über dich gesprochen. Die Meister unserer Bruderhäuser erwarten von meinem Neffen Großes auf dem Kampffeld.«

Garin schluckte. Seine Kehle fühlte sich plötzlich strohtrocken an. An diesem Morgen waren der irische und der schottische Ordensmeister mit ihren Rittereskorten im Neuen Tempel eingetroffen. In vier Tagen würde eine Generalkapitelversammlung abgehalten werden, und am Tag danach sollte das Turnier stattfinden.

»Die Konkurrenz ist stark, Sir. Vor allem Will ist ein ernst zu nehmender Gegner, und er …«

»Campbell ist ein Bauer!«, fauchte Jacques. Seine Faust schloss sich fester um die Feder. »Du dagegen entstammst der Familie de Lyons. Wenn du den Rang eines Kommandanten anstrebst, müssen deine Leistungen für sich sprechen. Campbell wird nie Kommandant werden. Für ihn ist ein Sieg nicht wichtig, für dich ist er von entscheidender Bedeutung für deine Zukunft.«

»Ja, Sir.« Garin machte Anstalten, an einem Fingernagel zu knabbern, besann sich dann aber und verschränkte die Hände hastig hinter dem Rücken. Sein Onkel verabscheute diese Angewohnheit zutiefst.

Jacques lehnte sich seufzend zurück und warf die Feder auf den Tisch. »Du hast deiner Familie gegenüber eine Verpflichtung. Wer außer dir soll sonst unseren Namen fortführen? Dein Vater und deine Brüder sind tot, meine ruhmreichen Tage liegen lange hinter mir. Deine Mutter hat den Tod ihres Mannes und ihrer Söhne erleben und danach jede Hoffnung begraben müssen, dass diese Familie eines Tages wieder den ihr rechtmäßig zustehenden Platz in den Reihen der Adelsschicht dieses Königreiches einnimmt. Cecilia lässt sich nichts anmerken, aber sie hat mir anvertraut, dass sie sich in dem feuchten Gemäuer, in dem sie jetzt hausen muss, jede Nacht in den Schlaf weint. Einst besaß sie Juwelen, schöne Kleider, Parfüm … alles, was einer Frau ihres Standes nun einmal zusteht. Heute bleiben ihr nur noch Erinnerungen.«

Garin kämpfte mit den Tränen. Jacques irrte sich, wenn er meinte, seine Mutter ließe sich ihr Elend nicht anmerken. Er hatte ihr ihre Empfindungen immer deutlich vom Gesicht ablesen können – Zorn, Verbitterung, Jammer und Resignation. Die Vorstellung, dass sie nachts in ihrer Schlafkammer weinte und bei jedem Knarren der Bodendielen zusammenschrak, war ihm unerträglich. In dem bescheidenen Landhaus in Rochester, das sie mit der kleinen Rente unterhielt, die ihr der Templerorden zahlte, gab es nur drei Mägde, die für sie kochten und das Haus sauber hielten, und Garin wusste, dass sie nur ein armseliger Ersatz für das Heer von Dienstboten waren, das Cecilia früher zur Verfügung gestanden hatte – damals, als sein Vater noch ein wohlhabender weltlicher Ritter gewesen war. Doch dann war er in den Orden eingetreten, und alles hatte sich geändert …

»Ich werde dafür sorgen, dass es Mutter bald besser geht«, flüsterte er.

Jacques' Stimme wurde etwas weicher. »Deine Mutter und ich haben viel Zeit und Mühe darauf verwandt, dafür zu sorgen, dass du stark genug bist, um diese Bürde zu tragen. Seit du sechs Jahre alt warst, hast du die besten Lehrer gehabt, die sie sich mit ihren bescheidenen Mitteln leisten konnte, und nun hast du das Glück, von mir weiter ausgebildet zu werden. Im Laufe der Jahre, die ich dem Orden nun schon diene, habe ich viele Erfahrungen gesammelt, von denen du profitieren kannst, wenn du willens bist, von mir zu lernen.«

»Das bin ich.«

»Guter Junge.« Jacques lächelte. Kleine Fältchen legten sich um sein Auge.

Garin wusste nicht, was von der ungewöhnlichen Milde seines Onkels zu halten war. Unwillkürlich wich er zurück, als Jacques sich erhob und um den Tisch herum auf ihn zukam.

Jacques legte seinem Neffen die Hände auf die Schultern. »Ich weiß, dass ich dich die letzten Monate sehr hart angefasst habe. Aber das geschah nur zu deinem Besten, verstehst du das?«

»Ja, Sir.«

»Hier im Orden bieten sich dir große Möglichkeiten, Garin, größere noch als ein Kommandantenposten. Vergiss das nie.«

»Wie meinst du das, Onkel?«

Jacques gab keine Antwort. Er nahm die Hände von Garins Schultern und trat einen Schritt zurück. Sein Lächeln verblasste. »Geh jetzt. Ich sehe dich nachher beim Üben auf dem Feld.«

Garin verbeugte sich. »Danke, Sir.« Er wandte sich zum Gehen. Seine Beine fühlten sich an, als bestünden sie aus Wasser.

»Garin?«

»Ja, Sir?«

»Mach mich stolz.«

Als Garin das Studierzimmer verließ und sich auf den Weg zu seiner Unterkunft machte, gab er sich keinen Illusionen darüber hin, was sein Onkel gemeint hatte. »Mach mich stolz« war nur eine Umschreibung für »Wage es ja nicht, mich zu enttäuschen«.

Der Schlafsaal war leer. Garin schloss die Tür und lehnte sich dagegen. Eine der Katzen des Ordenshauses saß im Sonnenlicht unter dem Fenster. Neben ihr lag ein Vogel; seine kleinen schwarzen Augen waren gebrochen, die Eingeweide quollen ihm aus dem Leib. Garin bückte sich, als die Katze sich erhob, zu ihm kam und ihm um die Beine strich. »Du sollst Ratten und Mäuse fangen, keine Vögel«, schalt er, nahm das Tier auf den Arm, ging zu seiner Pritsche hinüber und setzte sich darauf. Als er sich nach hinten sinken ließ, streckte sich die Katze auf seinem Bauch aus, und er begann, das weiche schwarze Fell zu streicheln. Er würde eines Tages ein Kommandant des Templerordens sein, aber er beneidete insgeheim alle Sergeanten, an die keine so hohen Erwartungen gestellt wurden. Er war es leid, ständig den Zorn seines Onkels auf sich zu ziehen, und er war es leid, dass sein Familienname wie ein Mühlstein an seinem Hals hing.

Die Katze, noch vom Töten berauscht, schlug nach ihm. Garin fuhr mit einem Ruck hoch und starrte auf die scharlachroten Blutstropfen, die aus einer Kratzwunde auf seinem Handrücken quollen, während sich die Katze in seinem Schoß zusammenrollte und zu schnurren begann. Sein Onkel hatte gesagt, um Kommandant zu werden, müsse man hart und unbarmherzig sein, Schmerzen und Entbehrungen klaglos ertragen und sich selbst ebenso viel abverlangen wie seinen Untergebenen. Garin biss sich auf die Lippe, konnte aber nicht verhindern, dass sich seine Augen mit Tränen füllten. Er vergrub das Gesicht im warmen Fell der Katze und ließ ihnen freien Lauf.

Will nahm die Abkürzung über den Friedhof der Kapelle, um zu seiner Unterkunft zu gelangen. Er sprang über die Grabsteine hinweg, die wie verwitterte Zähne aus dem Gras ragten. Nachdem er über die niedrige Mauer geklettert war, die das Kapellengelände vom Obstgarten trennte, blieb er plötzlich wie angewurzelt stehen, als er ein junges Mädchen singen hörte. Obwohl er die Worte nicht verstand, erkannte er die Sprache von Oweins Heimat. Das Mädchen schlenderte zwischen den Bäumen hindurch, blieb in einem Flecken Sonnenlicht stehen und bückte sich, um einen im Gras liegenden Apfel aufzuheben. Will hatte gehört, dass es in Frankreich auch Ordenshäuser für Schwestern gab, aber laut der Ordensregel war Frauen das Betreten der Haupthäuser strikt verboten. Das Mädchen schien es aus einer anderen Welt hierher verschlagen zu haben. Während Will sie anstarrte, dämmerte ihm, dass er sie schon einmal gesehen hatte – vor ungefähr achtzehn Monaten, kurz nach der Abreise seines Vaters.

James Campbell war noch nicht lange von einer kurzen Reise mit Humbert de Pairaud zum Ordenshaus der Templer in Paris zurückgekehrt, als er Will in seine Kammer rufen ließ und ihm mitteilte, dass er in Kürze nach Akkon aufbrechen werde. Will bettelte ihn an, ihn begleiten zu dürfen, doch James blieb unnachgiebig. Drei Wochen später griff er am Morgen seiner Abreise kurz nach Wills Hand, dann ging er ohne ein weiteres Wort an Bord eines am Kai des Ordenshauses ankernden Schiffes. Will blieb bis zum späten Abend auf der Mauer des Anlegeplatzes sitzen und starrte auf das Wasser der Themse, das sich mit einsetzender Dämmerung von Grau zu Schwarz verfärbte.

Am Tag darauf begann er seine Ausbildung unter Owein. Der Ritter brachte Verständnis für Wills Situation auf, verließ aber ein paar Tage später ebenfalls das Ordenshaus und blieb über einen

Monat fort. Während dieser Zeit wurde Will in die Obhut von Jacques de Lyons gegeben. Er wusste bis heute nicht, warum Jacques von Anfang an eine unüberwindliche Abneigung gegen ihn zu hegen schien, aber der einäugige Ritter ließ immer wieder deutlich durchblicken, dass Will in seinen Augen nichts anderes war als Unrat unter seinem Stiefel. Die rüde Art, wie Jacques mit ihm umsprang, traf den Jungen besonders hart, weil Owein und sein Vater diesen Ritter ganz offensichtlich mochten und respektierten. Es erschien ihm fast wie Verrat.

Will mistete gerade die Ställe aus, als Owein eines Abends zurückkehrte. Zu seiner Überraschung saß ein Mädchen, das ungefähr in seinem Alter stehen mochte, hinter dem Ritter auf dem mächtigen Schlachtross. Beide wurden im Hof vor dem Stall von Humbert de Pairaud in Empfang genommen. Das Mädchen, das ohne jegliche Hilfe von dem großen Pferd gesprungen war, war groß und so dünn, dass es fast in den Falten seines mit Staub und Schmutz von der Reise bedeckten, ihm entschieden zu großen Kleides verschwand. Ihr Haar fiel ihr als wirre Mähne über den Rücken, ihre blasse Haut spannte sich straff über den hohen Wangenknochen. Auf Will wirkte sie wie ein wildes, ungebändigtes Tier, dessen große, leuchtende Augen alles, was sie sahen, in sich aufzusaugen schienen. Am nächsten Morgen war sie wieder verschwunden. Als Will gefragt hatte, wer sie war, hatte Owein erklärt, sie sei seine Nichte und könne nicht länger in Powys bleiben, sonst aber hatte er sich nicht weiter zu dem Thema geäußert.

Oweins Nichte hatte sich sehr verändert. Sie war nicht länger knochendünn, sondern gertenschlank, ihre Wangen waren voller, ihre Haut entgegen der herrschenden Mode von der Sommersonne gebräunt. Während die meisten Mädchen ihr Haar aufgesteckt und mit einer Haube bedeckt trugen, floss ihres ihr offen über die Schultern und glänzte wie eine Kupfergoldmünze. Als Will zögernd ein paar Schritte auf sie zutrat, hob sie den Kopf, hörte auf zu singen, raffte den mit Äpfeln gefüllten Rock ihres weißen Kleides und richtete sich auf.

»Hallo.«

Will schwieg verlegen; er wusste nicht recht, was er sagen sollte. »Du bist Oweins Nichte«, stammelte er schließlich.

»So ist es.« Ihre Augen, von einem etwas blasseren Grün als seine eigenen, funkelten belustigt. »Aber ich ziehe es vor, Elwen genannt zu werden. Und wer bist du?«

»Will Campbell«, stellte er sich vor. Ihr forschender Blick verunsicherte ihn.

»Der Sergeant meines Onkels.« Ein leises Lächeln spielte um ihre Lippen. »Ich habe schon von dir gehört.«

»So?« Will bemühte sich, einen ungezwungenen Ton anzuschlagen. Er verschränkte die Arme vor der Brust. »Und was genau hast du gehört?«

»Dass du aus Schottland stammst und dich hier ständig in Schwierigkeiten bringst, weil dein Vater im Heiligen Land ist und du ihn vermisst.«

»Du weißt *überhaupt nichts* von mir«, fuhr Will erbost auf. »Und dein Onkel auch nicht!«

Angesichts seiner vor Wut lodernden Augen wich Elwen erschrocken ein Stück zurück. »Entschuldige bitte. Ich wollte dich nicht so aus der Fassung bringen.«

Will blickte zur Seite und rang um Beherrschung. »Ach, du bist doch nur ein Mädchen.« Er trat gegen einen vom Baum gefallenen Apfel. »Du hast doch von nichts eine Ahnung!«

Elwen straffte sich. »Das sagt ausgerechnet ein Junge, der seine Tage damit verbringt, mit einem Holzschwert um sich zu schlagen.«

Einen Moment lang starrten sie sich schweigend an. Ein zorniger Ruf ließ sie beide herumfahren. Will unterdrückte einen Fluch, als er den Priester, der den Morgengottesdienst abgehalten hatte, mit großen Schritten auf sie zurauschen sah. Sein schwarzes Gewand schleifte über das Gras.

»Was in Gottes Namen geht hier vor?«, donnerte er, dabei funkelte er Will finster an.

»Wir haben uns unterhalten«, erwiderte Will. Aus den Augenwinkeln heraus sah er, dass Elwen den Störenfried mit ihren Blicken förmlich erdolchte.

»Und warum *unterhältst* du dich, Sergeant, wenn Arbeit auf dich wartet?« Der Priester verzog unwillig das Gesicht. »In diesen Mauern muss Disziplin herrschen, sonst reißen hier die Sitten der Ungläubigen ein. Müßiggang und Ungehorsam sind das Werk des Teufels und eine Beleidigung des Wirkens unseres Herrn!«

Elwen konnte nicht länger an sich halten. »Wir haben uns nur unterhalten. Ist das etwa eine Todsünde?« Sie sah den Priester herausfordernd an.

»Schweig, Mädchen!«, bellte dieser, wirbelte herum und sah sie zum ersten Mal richtig an. »Wir haben Sir Oweins Bitte, dich hier zu beherbergen, nur unter großen Bedenken stattgegeben.«

»Mein Vormund ist plötzlich krank geworden. Ich hätte nicht gewusst, wo ich sonst hingehen könnte.«

»Der Meister hat uns versichert, du würdest in deiner Kammer bleiben. Aber wie ich sehe, widersetzt du dich seinen …« Der Priester brach ab, als sein Blick auf die Früchte in ihrem gerafften Rock und ihre bloßen braunen Beine fiel.

Voller Schadenfreude registrierte Will, wie dem Mann das Blut in die Wangen stieg.

»Und was ist das?«, schäumte der Priester, mit dem Finger auf die Äpfel deutend. »Stehlen tust du auch noch?«

»Stehlen?« Elwen riss in gespielter Unschuld die Augen auf. »Wie kommt Ihr denn darauf? Ich hatte gedacht, die Köche könnten aus diesen Äpfeln vielleicht eine besondere Leckerei für den Meister zubereiten.«

Der Priester öffnete sichtlich verwirrt den Mund, schloss ihn dann aber wieder, ohne etwas zu sagen.

»Es wäre doch schade, sie verrotten zu lassen, nicht wahr?«, fügte Elwen zuckersüß hinzu, dabei hielt sie dem Priester einen der Äpfel hin.

Will hob eine Hand vor den Mund, um sein Lächeln zu verbergen. Als Elwen seinen bewundernden Blick auffing, wurden ihre Züge weicher.

Der Priester musterte sie beide mit unverhohlenem Argwohn. »Widme dich jetzt wieder deinen Pflichten, Sergeant«, befahl er endlich, dann wandte er sich an Elwen. »Und du wirst dich in deine Kammer begeben und dort bleiben. Der Meister, Gott segne ihn, mag ja meinen, die Ordensregel nach seinem Willen auslegen zu können, aber ich werde nicht dulden, dass seine Güte schamlos ausgenutzt wird.«

Er machte Anstalten, ihr eine Hand auf den Arm zu legen, zuckte dann aber zurück, als habe er Angst, sich zu verbrennen. Aber er brauchte Elwen nicht zu drängen, sie schritt bereits mit den Äpfeln in ihrem Rock hoch erhobenen Hauptes davon.

Will konnte nicht umhin, die Kühnheit des Mädchens zu bewundern. Er setzte über die Mauer des Obstgartens hinweg und betrat den Haupthof. Vor dem Nachmittagsgottesdienst musste er noch etwas erledigen, was er viel zu lange vor sich hergeschoben hatte. Schreib deiner Mutter, hatte sein Vater vor seiner Abreise zu ihm gesagt. Es war die einzige Bitte gewesen, die er an seinen Sohn gerichtet hatte, trotzdem hatte Will sie noch nicht erfüllt. Die Erinnerung an ihren Abschied in Schottland, an die Lippen seiner Mutter, die sacht seine Wange gestreift hatten und an ihr schmerzliches Lächeln quälte ihn noch immer. Aber die Zeit verrann, und jetzt hatte er wenigstens etwas Erfreuliches zu berichten – dass er bei einem Besuch des Königs den Schild seines Herrn getragen hatte.

In der Hoffnung, Owein und nicht Jacques würde ihm öffnen, klopfte Will an die Tür des Studierzimmers. Er wartete, dann klopfte er noch ein Mal, diesmal fester. Noch immer erhielt er keine Antwort. Nachdem er sich vergewissert hatte, dass der Gang verlassen dalag, öffnete er vorsichtig die Tür und spähte in den Raum. Er war leer. Gerade als er die Tür wieder schließen wollte, sah er einen Stapel Pergamentbögen auf dem Tisch liegen. Eine Taube, die auf dem Fenstersims gesessen hatte, flatterte davon, als er die Kammer betrat.

Die Bögen waren in drei Stapel aufgeteilt. Will blätterte sie hastig durch, fand aber kein unbeschriebenes Pergament. Alle waren mit Schriftzügen bedeckt. Einige stammten von Owein, erkannte er, andere von Jacques, dessen krakelige Handschrift nahezu unleserlich war. Will hielt inne, als er auf einem Bogen das rote Wachssiegel des Königs sah, blickte zur Tür, dann wieder auf das Pergament und überflog es hastig. In dem an Humbert de Pairaud gerichteten Brief forderte Henry die Ritter auf, nicht auf der Verpfändung der Kronjuwelen zu bestehen, sondern nach anderen Lösungen für das Problem zu suchen. Nach den ersten Zeilen verlor Will das Interesse und wandte sich den letzten Bögen zu. Es handelte sich um Auflistungen von Henrys Schulden. Will pfiff leise durch die Zähne, als er sah, welche Summen sich der König von England in den letzten Jahren vom Orden geliehen hatte. Nach einem Moment legte er die Pergamentbögen wieder auf den Stapel zurück. Sein Blick fiel auf den Schrank. Leise schlich er hinüber, öffnete die Tür und fand auf einem Bord einen Packen unbenutzter Pergamente. Er griff in den Schrank, um einen Bogen herauszuziehen, wobei der Stapel verrutschte. Als er die Bögen wieder zusammenschieben wollte, bemerkte er, dass einer davon beschrieben war. Er schob das frische Pergament hinten in seine Hose, dann zog er den zerknitterten gelblichen Bogen aus dem Stapel, weil er sich wunderte, warum er zwischen lauter frischen Bögen und nicht bei den anderen Briefen lag. Das Schreiben war auf Lateinisch verfasst, aber was Wills Neugier erregte, war der Umstand, dass der Schreiber nur Großbuchstaben benutzt hatte, fast so, als wolle er so seine Handschrift verstellen. Auffällig war auch, dass der Brief weder ein Siegel noch eine Adresse trug, sondern nur ein Datum.

1. April A. D. 1260
Ich bitte um Verzeihung, dass ich erst jetzt wieder eine Nachricht schicke, aber bislang gab es nur wenig zu berichten. Nachdem ich im Herbst letzten Jahres sicher angekommen bin, nahm ich sofort Kontakt zu unseren Brüdern in Akkon auf. Sie entbieten ihrem Meister ihre Grüße und bitten mich, dir mitzuteilen, dass die Arbeit hier gute Fortschritte macht, auch wenn

sie langsamer vonstatten geht, als es uns lieb ist. Einer unserer Brüder verstarb im Winter und hinterlässt eine große Lücke in unserer Mitte. Die anderen fragen sich, wann du zurückkehren wirst, um neue Mitglieder in unseren Kreis aufzunehmen.

Es haben sich noch andere Umstände ergeben, die mir die Ausführung unserer Mission hier erschweren. Das Jahr begann mit Krieg, der immer noch andauert. Im Januar erstürmten die Mongolen die Stadt Aleppo und fielen im März in Damaskus ein. Letzten Monat erfuhren wir, dass ihr General Kitboga seinen Truppen befohlen hat, die Stadt Nablus einzunehmen. Unsere Truppen sind somit umzingelt. Bislang ist noch kein Angriff erfolgt, aber die ständige Bedrohung hat Großmeister Bérard dazu bewogen, alles daranzusetzen, um die Position der Templer zu stärken. Wir haben versucht, Verhandlungen aufzunehmen, können aber bislang kaum Erfolge vorweisen.

Trotz all dieser Hindernisse ist es mir gelungen, meine Aufgabe zu erfüllen. Der Kontakt, den ich im Mameluckenlager hergestellt habe, hat sich als äußerst nützlich erwiesen; wir haben viele wichtige Informationen erhalten. Die Brüder setzen auf diesen Verbindungsmann große Hoffnungen für die Zukunft. Er bekleidet bei einem der Regimenter, den Bahris, einen hohen Rang – höher, als wir je zu hoffen gewagt hätten – und wird alles tun, was in seiner Macht steht, um unsere Arbeit hier zu unterstützen. Ich bin sicher, dass ihr es schon bald auf dem üblichen Weg erfahren werdet, trotzdem muss ich euch jetzt schon warnen: Die Mamelucken planen, die Mongolen bei …

Wills Kopf fuhr hoch, als er Schritte im Gang hörte. Er schob den Brief in den Stapel zurück und verschwand gerade noch rechtzeitig hinter dem hölzernen Wandschirm, ehe die Tür aufflog. Mit wild hämmerndem Herzen duckte er sich. Die Schritte kamen näher, dann raschelten Pergamentbögen. Nach ein paar Sekunden wagte er es, kurz hinter dem Wandschirm hervorzuspähen. Eine eisige Hand schloss sich um seine Kehle, als er Jacques de Lyons am Tisch stehen und sich über die Schriftstücke beugen sah. Der

Ritter griff nach einem Stapel und wandte sich zum Gehen, dann blieb er stehen und betrachtete stirnrunzelnd die offenen Schranktüren. Langsam, sich nach allen Seiten umblickend, schritt er durch den Raum. Will erstarrte, doch Jacques bemerkte ihn nicht. Er beugte sich zu dem Bord mit den Pergamenten und zog ohne Zögern den Brief daraus hervor. Mit noch immer misstrauisch gerunzelter Stirn schob er ihn zwischen die Bögen, die er in der Hand hielt, dann schloss er die Schranktür und vergewisserte sich zwei Mal, dass sie nicht wieder aufsprang. Will wartete mit angehaltenem Atem, bis die Tür ins Schloss fiel und die Schritte verklangen, ehe er sich aus seinem Versteck wagte.

Westminsterpalast, London, 13. Oktober A. D. 1260

König Henry starrte aus dem Fenster. Das Buntglas warf ein Muster aus blauen und roten Diamanten auf sein Gesicht. Über den Marschen zog ein tief hängender Nebel auf.

Dort, wo die beiden Arme des Tyburn in die Themse mündeten, lag eine Insel, auf der die Römer einst eine Siedlung errichtet hatten. Seit der Zeit Edwards des Bekenners war die Insel Thorney nun schon der Sitz der Könige, und die Vielfalt verschiedener Gebäude spiegelte den Geschmack der verschiedenen Herrscher wider. Hinter dem Palast ragten die weißen Mauern der Abtei Westminster zum Himmel empor, die vielen Nebengebäude scharten sich darum wie Kinder, die zu Füßen eines weisen Großvaters saßen. Henry zog diesen Palast all seinen anderen Residenzen vor, denn er war weniger kahl und schmucklos als der Tower und lag zudem in der Nähe der Stadt.

Hinter ihm erklang ein leises Hüsteln. »Ihr wünschtet mich zu sehen, Majestät?«

Henry wandte sich vom Fenster ab und stellte fest, dass der Kanzler ihn erwartungsvoll ansah. Die schlichten schwarzen Kleider des Mannes und seine blasse Haut bildeten einen seltsamen Kontrast zu den leuchtenden Farben des Raumes, in dem er sich befand. Die Wände der geräumigen Kammer strotzten vor Gemälden und Wandbehängen, die Fenster bestanden aus kostbarem Buntglas, der geflieste Boden war mit dicken, weichen Läufern ausgelegt. Überall standen Gefäße mit seltenen Pflanzen, es gab einen schweren Eichenholztisch mit fünf geschnitzten Stühlen, mit Kissen bedeckte Liegen und zahlreiche Statuen, Vasen und andere Dekorationsgegenstände. Wer diesen Raum das erste Mal betrat, konnte meinen, sich in einer Schatzkammer zu befinden. Der König hatte sich die Ausstattung seiner zahlreichen Residenzen Unmengen von Gold kosten lassen, aber für diesen Raum hatte er ein Vermögen ausgegeben.

Henry ging zum Tisch hinüber und griff nach einer Schriftrolle, die darauf lag. »Dies hier wurde vor einer Stunde abgegeben.« Er warf dem Kanzler die Rolle zu.

Während der Kanzler die Nachricht überflog, öffnete sich die Tür, und Edward trat ein. Sein helles Haar klebte ihm schweißnass am Kopf, seine Reithose und seine Stiefel waren mit Schlamm bespritzt. »Vater«, grüßte er mit einer knappen Verbeugung. »Ich komme gerade von der Jagd«, fügte er mit einem Blick auf den Kanzler hinzu. »Der Bote sagte mir, es sei dringend.«

Henry wies auf die Schriftrolle in der Hand des Kanzlers. »Lies das.« Er ließ sich schwer auf eine der Liegen sinken. »Sie wollen sie in ihr Ordenshaus in Paris schaffen! Vermutlich glauben sie, die Kronjuwelen wären weit weg von mir und meinem Einflussbereich am besten aufgehoben! Mögen sie in der Hölle schmoren!«

Edward nahm dem Kanzler die Rolle ab und las, was darin stand. »Wir sollten ein weiteres Treffen vereinbaren«, sagte er dann zu seinem Vater. »Und versuchen, noch einmal mit ihnen zu verhandeln.«

Henry fuhr sich mit der Hand durch sein schütteres Haar. »Wozu soll das gut sein? Ich habe die Templer bereits gebeten, die Angelegenheit nochmals zu überdenken.« Wieder deutete er auf die Rolle. »Zur Antwort *ersuchen sie mich höflich*, die Übergabe in neun Tagen zu veranlassen.«

»Was werdet Ihr tun, Majestät?«, fragte der Kanzler.

Henry lehnte sich gegen die Kissen und schloss die Augen. Er spürte, wie in seinem Kopf ein heftiges Pochen einsetzte. »Wenn ich mich den Forderungen der Ritter nicht beuge, Kanzler … was, glaubt Ihr wohl, wird dann geschehen?«

»Das lässt sich unmöglich genau vorhersagen, Majestät, aber ich möchte annehmen, dass sie sich an den Papst wenden werden, um ihre Forderung mit seiner Hilfe durchzusetzen. Vermutlich benutzen sie die momentane Lage in Outremer als Druckmittel, um sich die päpstliche Unterstützung zu sichern. Der Papst könnte Euch dann persönlich auffordern, dem Orden die Kronjuwelen auszuhändigen.«

»Ein Befehl, dem ich mich nicht widersetzen könnte. Mir bleibt also keine andere Wahl.«

Edwards Brauen zogen sich zusammen. »Du gibst so leicht auf? Du musst diesen anmaßenden Rittern die Stirn bieten, wie damals im Neuen Tempel. Immerhin bist du der König von England, nicht sie!«

»Ihre Macht ist aber so groß, dass man leicht auf diesen Gedanken kommen könnte.«

»Die Kronjuwelen gehören uns, Vater. *Uns*!«

Henry schlug die Augen auf und funkelte seinen Sohn böse an. »Glaubst du, ich tue das gern? Aber was bleibt mir anderes übrig? Soll ich auf einen päpstlichen Erlass warten, der bei Nichtbeachtung die Exkommunikation nach sich zieht?« Er erhob sich und presste eine Hand gegen die Schläfe. »Wir werden das Geld zurückzahlen, sobald wir dazu in der Lage sind, und dann sehen, dass wir die Juwelen zurückbekommen. Bis dahin sollen die Ritter sie haben, dann lassen sie mich wenigstens eine Zeit lang in Ruhe.« Er rauschte zur Tür. Der Saum seines Samtumhanges schleifte über die Fliesen. »Teilt den Rittern meine Entscheidung mit, Kanzler. Teilt ihnen mit, dass ich auf ihre Bedingungen eingehe. Und dann will ich nichts mehr davon hören.«

Edward, dessen Miene Bände sprach, wollte seinem Vater folgen, aber der Kanzler packte ihn am Arm und hielt ihn zurück.

Edward blickte auf die Hand auf seinem Arm. Seine blassgrauen Augen begannen, gefährlich zu glitzern.

Der Kanzler gehörte dem königlichen Haushalt erst seit einem Jahr an, aber diesen Ausdruck hatte er im Gesicht des Prinzen schon ein Mal gesehen. Er war auf dem Weg zu einer Besprechung mit seinen Sekretären durch die Gänge des Palastes geeilt und hatte mit angesehen, wie ein junger Page, der eine Terrine mit Suppe in den Händen hielt, stolperte und unabsichtlich die Terrine fallen ließ, sodass sich der Inhalt über den Boden ergoss. Edward war direkt vor dem Jungen gegangen, und etwas Suppe war auf sein Gewand gespritzt. Der Prinz, den der Kanzler bislang für einen angenehmen, umgänglichen, beherrschten jungen Mann gehalten hatte, hatte den entsetzten Jungen gezwungen, die Suppe vom Boden aufzulecken und ihn dann nur zum Spaß seine Stiefel mit der Zunge säubern lassen.

Er zog seine Hand hastig zurück. »Verzeiht, Prinz. Aber ich denke, Euer Vater hat Recht. Er hat keine andere Wahl, als den Templern die Kronjuwelen zu überlassen.«

»Mein Vater ist alt und gebrechlich.« Edwards Stimme klang schneidend. »Wer, meint Ihr, wird wohl nach seinem Tod für seine Schulden geradestehen müssen? Die Ritter werden die Juwelen, mit denen ich einst gekrönt werden soll, so lange behalten, bis das Geld zurückgezahlt ist. Ich weigere mich, ihnen etwas in den Rachen zu werfen, was von Rechts wegen mir gehört!«

»Ich sehe die Juwelen auch nicht gern in den Händen der Templer«, erwiderte der Kanzler. »Aber vielleicht gibt es einen Weg, wie Ihr die Situation zu Eurem Vorteil nutzen könnt, ohne Euren Vater mit einzubeziehen. Allerdings denke ich, dass es dazu der Hilfe Eures …« Der Kanzler brach ab und suchte fieberhaft nach einer halbwegs höflichen Bezeichnung. »Eures Leibdieners bedarf«, schloss er endlich lahm.

»Fahrt fort«, schnarrte Edward.

»Ich habe im Ordenshaus etwas herausgefunden, was Euch vielleicht von Nutzen sein kann.«

8

Neuer Tempel, Ordenshaus London
15. Oktober A.D. 1260

»Paris?«, meinte Simon zweifelnd.

»Owein hat es mir heute Morgen gesagt.« Will grinste. Er half dem Stallburschen gerade, einen großen Ballen Heu über den Hof zu schleppen. »Ich bringe die Kronjuwelen dorthin.«

»Du ganz allein?«, fragte Simon mit einer Spur von Ironie.

»Nun ja, zusammen mit Owein, neun anderen Rittern und ihren Sergeanten sowie Königin Eleanor.« Will nickte zum Kai hinüber, wo die Spitze eines Hauptmastes über den Baumkronen hervorlugte. »Wir reisen auf der *Endurance*.«

»Diesem abgewrackten Kahn?« Simon rümpfte die Nase. »Der sieht aus, als könnte er noch nicht einmal einen Tümpel überqueren. Heb dein Ende ein bisschen höher, ja?«

Will hob den Ballen an, wobei er fast auf dem glitschigen Boden ausgerutscht wäre. Die letzten beiden Tage hatte es stark geregnet, und das gesamte Gelände, das Übungsfeld nicht ausgenommen, stand unter Wasser. Bis zum Turnier waren es nur noch drei Tage, und Will hatte während der letzten Gottesdienste ausschließlich um Sonne gebetet. Heute schienen seine Gebete erhört worden zu sein. Der Tag hatte kalt und neblig begonnen, dann hatte das Wetter aufgeklart, und ein strahlend heller Morgen war angebrochen. Simon und er wuchteten den Ballen durch die Stalltür und ließen ihn fallen. Will setzte sich darauf. Der warme Geruch von Stroh und Pferden stieg ihm in die Nase. Simon verschwand in der Sattelkammer, wo das Zaumzeug aufbewahrt wurde. In dem lang gezogenen Stallgebäude herrschte ein dämmriges Licht. Die Schlachtrösser standen in den Ställen am einen Ende, die leichteren Reitpferde, die die Sergeanten ritten, am anderen. Ein zweiter Stallbursche fegte den Boden. Staubwölkchen wirbelten auf, und Will musste niesen.

»Bist du bereit für das große Turnier?«, kam Simons Stimme aus der Sattelkammer.

»Ich denke schon.«

»Hat Sir Jacques dich hart rangenommen?«

»Hmm.« Will zupfte einen losen Strohhalm aus dem Ballen und wickelte ihn um seinen Finger. Während der letzten beiden Tage hatte seine Konzentration auf dem Feld zu wünschen übrig gelassen, und Jacques hatte ihn mehrmals angebrüllt.

»Himmelherrgott, Sergeant, bist du taub oder einfach nur begriffsstutzig? Hör auf, mich anzuglotzen, und beweg dich! Du hast noch viel zu lernen, Campbell!«

Aber Will war es schwer gefallen, den Ritter nicht ständig anzustarren. Ihm ging der Brief, den er in dem Studierzimmer gefunden hatte und der an Zyklop gerichtet zu sein schien, nicht aus dem Kopf. Der Inhalt war klar und verständlich gewesen, trotzdem grübelte er immer wieder über bestimmte Worte nach, deren Bedeutung er nicht ganz erfasste: *unsere Brüder, ihr Meister, unser Kreis*. Er wusste, dass der Templerorden Spione beschäftigte, die auf feindlichem Gebiet tätig waren, aber der Brief schien noch auf etwas anderes hinzudeuten; auf eine Verbindung zwischen den Templern und dem Feind. Und warum hatte das Siegel gefehlt? Er wünschte, er hätte genug Zeit gehabt, ihn zu Ende zu lesen.

»Du wirst gewinnen«, stellte Simon sachlich fest. Er kam mit einem Sattel aus der Kammer und legte ihn auf eine Bank.

»Wie bitte?« Will blickte auf. »Ach so. Ja, vielleicht.« Er hob die Schultern, freute sich aber insgeheim über das unerschütterliche Vertrauen, das sein Freund in ihn setzte.

Simon griff nach einem Lappen und einem Tiegel Bienenwachs. »Und wie lange wirst du in Paris bleiben?«

»Eine Woche, denke ich.« Will trat zu ihm. Simon kratzte etwas Wachs aus dem Tiegel und begann, den Sattel damit zu polieren. »Vielleicht auch etwas länger.«

Simon warf ihm einen schwer zu deutenden Blick zu. »Hoffentlich vergisst du mich nicht, wenn du in so nobler Gesellschaft reist.«

»Niemals. Du bist mein …« Will schüttelte den Kopf, weil er nicht die richtigen Worte fand. »Ich weiß nicht. Wir gehören eben zusammen wie …«

»Wie Mist und Forke?«, half Simon aus.

Beide Jungen brachen in Gelächter aus.

Draußen im Hof klapperten Hufe auf dem Steinboden. Simon legte den Lappen weg, wischte sich die Hände an seiner Tunika ab und ging hinaus, um sich um das Pferd des Neuankömmlings zu kümmern. Will, der im Stall geblieben war, hörte kurz darauf Stimmen. Die erste – Simons – klang argwöhnisch und unsicher, die zweite, eine Männerstimme, veranlasste Will, sich verwundert umzudrehen. Er lief zur Stalltür und sah dort, wie Simon die Zügel eines schwarzen Schlachtrosses mit weißer Blesse auf der Stirn nahm. Will kannte das Pferd, es gehörte Zyklop, nicht aber dem Reiter, der mit einem Akzent sprach, den er noch nie zuvor gehört hatte. Der Fremde trug einen grauen Umhang, dessen Kapuze er sich tief ins Gesicht gezogen hatte, doch als er Simon zunickte und sich abwandte, erhaschte Will einen Blick auf einen schwarzen Bart und Haut, die viel dunkler war als die eines Engländers. Der Mann schlenderte über den Hof auf die Unterkünfte der Ritter zu. »Wer war das denn?«, erkundigte sich Will neugierig, während Simon das riesige schwarze Pferd in den Stall führte.

»Keine Ahnung. Sah ein bisschen fremdländisch aus, findest du nicht?«

»Wieso reitet er Zyklops Pferd?«

»Ich glaube, er ist derjenige, der es letzten Monat mitgenommen hat. Der Stallmeister hat gesagt, Sir Jacques würde einem Kameraden für ein paar Wochen sein Pferd leihen.« Simon schlang die Zügel um einen Pfosten und bückte sich, um den Sattelgurt zu lockern. »Kannst du noch ein paar Minuten bleiben und mir helfen?«

»Keine Zeit«, erwiderte Will geistesabwesend. »Ich muss noch trainieren«, fügte er hinzu, als er Simons enttäuschtes Gesicht sah.

»Kommst du denn dann noch mal vorbei? Ich habe dich seit Wochen nicht mehr gesehen.«

»Versprochen.«

Simon sah Will einen Moment nach, dann nahm er dem Schlachtross den Sattel ab und brachte es in einen leeren Stall. Danach begann er, die Stricke, die den Heuballen zusammenhielten, mit seinem Messer durchzuschneiden. Plötzlich fiel ein Schatten über ihn. Simon blickte auf und sah einen weiteren Fremden in der Tür stehen.

Dieser Mann, der einen fleckigen rotbraunen Umhang trug, hatte langes, zottiges Haar, hohle Wangen und Pockennarben im Gesicht. Er nickte Simon knapp zu. »Wo geht es zu den Unterkünften der Sergeanten?«

Simon richtete sich auf, schob das Messer in den Gürtel und trat auf den Mann zu. »Wen sucht Ihr denn?«

Der Mann lächelte, wobei er eine Reihe brauner Zahnstümpfe entblößte. An seinem Gürtel hing ein Dolch mit bösartig gekrümmter Klinge. »Das geht dich nichts an, Junge. Beschreib mir einfach den Weg.«

Simon zögerte, aber er hatte nicht das Recht, Besucher auszufragen oder ihnen den Zutritt zum Ordenshaus zu verwehren, auch wenn sie noch so fremdländisch oder wie in diesem Fall abstoßend wirkten. »Quer über den Hof«, erwiderte er barsch. »Geht zu dem hohen Haus dort drüben hinüber.«

Der Tower von London, 17. Oktober A. D. 1260

Die öffentliche Barke hielt langsam auf die London Bridge zu, nachdem sie alle Fahrgäste bis auf einen an den Docks von Walbrook ausgespien hatte. Garin, der zusammengekauert auf einer Bank im Heck hockte, beobachtete die Karren und Kutschen, die an der Kapelle und den zahlreichen Läden längs der Brücke entlangratterten. Als die Barke unter den Brückenbögen hindurchglitt, sah er die abgeschlagenen Köpfe von Verrätern wie Laternen an den Pfosten baumeln. Erschauernd schlang er seinen Umhang enger um sich, um das rote Kreuz auf seiner schwarzen Tunika zu verdecken. Er hatte furchtbare Angst, jemand am Ufer oder oben auf der Brücke könnte ihn erkennen, denn er hatte das Ordenshaus allein und ohne Erlaubnis verlassen. Bei dem Gedanken wurde ihm schwindelig, gleichzeitig stieg eine prickelnde Erregung in ihm auf. Dieses Gefühl und die Furcht, sich der Aufforderung zu widersetzen, hatten ihn überhaupt erst bis hierher getrieben. An jedem anderen Tag hätte nichts und niemand ihn dazu gebracht, sich eigenmächtig aus dem Neuen Tempel zu stehlen, aber heute fand die Kapitelversammlung statt, und die Ritter würden sich fast den ganzen Tag im Stiftshaus aufhalten. Niemand würde seine Abwesenheit bemerken.

Hinter der Brücke kam der Tower von London in Sicht; die mächtigen Mauern fielen zu einem Burggraben ab, der das Bauwerk zu drei Seiten umgab. Die Barke wandte sich landwärts und legte an, bevor sie die Mauern erreichte. Kein Boot durfte ohne vorherige Genehmigung das Schleusentor passieren. Ein Besatzungsmitglied schob eine Planke über die niedrige Bordwand. Garin erhob sich von seiner Bank und trat vorsichtig ans Ufer. Den Anweisungen folgend, die er erhalten hatte, bahnte er sich einen Weg durch ein Gewirr schmaler Gässchen, bis er die der Stadt zugekehrte Mauer erreichte. Hier führte eine kleine Zugbrücke über den Graben zu einer Tür. Zu jeder Seite davon stand ein königlicher Wachposten in scharlachroter Livree. Einer zog sein Schwert, als Garin die Brücke betrat.

»Stehen bleiben!«

Garin tat, wie ihm geheißen, und wartete, bis der Wächter auf ihn zukam.

»Was willst du hier, Junge?«

»Mein Name ist Garin de Lyons«, stammelte Garin. »Ich … ich glaube, ich werde erwartet.«

»Komm mit.«

Garin folgte dem Mann über die Brücke. Der zweite Wächter löste einen Schlüsselbund von seinem Gürtel und schloss die Tür auf. Vor Garin lag ein riesiger Innenhof, der sich bis zu einer mächtigen grauweißen, aus Stein und Marmor erbauten Festung erstreckte, deren Türme hoch in den Himmel ragten. Die Festung war mit von Bäumen gesäumten Gärten und zahlreichen Nebengebäuden umgeben, darunter auch eine lang gezogene Holzkonstruktion, die den Hof zu beherrschen schien.

»Nun geh schon hinein«, befahl der erste Wächter ungeduldig.

»Wohin denn?« Garin spürte, wie ihm das Blut in die Wangen stieg.

»Du wirst im Hof erwartet. Mehr hat man uns nicht gesagt.«

Garin betrat den Hof und schrak zusammen, als die Tür hinter ihm ins Schloss fiel und der Schlüssel herumgedreht wurde. Sein letzter Rest Zuversicht erlosch wie eine Kerzenflamme im Wind. Langsam begann er, einen Fuß vor den anderen zu setzen.

Nach ein paar Schritten gelangte er zu dem Holzgebäude, ging seitlich daran vorbei und rümpfte angesichts des beißenden, moschusartigen Gestanks, der ihm entgegenschlug, angewidert die Nase. Bis auf ein paar hin- und hereilende Gestalten direkt vor der Festung, die er für Dienstboten hielt, lag der Hof verlassen da. Garin fuhr herum, als er in dem Gebäude neben sich ein lautes, schlurfendes Geräusch hörte. Neugierig trat er näher heran und spähte durch einen Ritz zwischen den Brettern, dann bemerkte er direkt über sich eine viereckige Öffnung im Holz. Er stellte sich auf die Zehenspitzen und blinzelte hinein. Hier war der Gestank noch schlimmer. Irgendetwas hing genau vor der Öffnung, es sah aus wie ein Stück graues, faltiges Leder. Garin hielt sich an den Rändern des Loches fest und zog sich in die Höhe. Das Stück Leder bewegte sich, und plötzlich blickte er in ein großes Auge, das ihm zuzuzwinkern schien, dann wandte sich ein riesiger Kopf zu ihm. Garin schrie auf, als sich eine große graue Schlange aus der Öffnung wand. Er taumelte zurück und prallte gegen die Brust einer hinter ihm stehenden Gestalt. Als er herumfuhr, erkannte er das hohlwangige, pockennarbige Gesicht des Mannes, der ihm vor zwei Tagen die Aufforderung, sich hier einzufinden, überbracht hatte. In dem Holzhaus erklang ein ohrenbetäubender Fanfarenlärm.

»Was … was ist das?«

»König Henrys Lieblingshaustier«, erwiderte der Mann trocken. »Und jetzt spute dich.« Er legte dem schreckensstarren Garin eine schmutzige Hand auf die Schulter und stieß ihn auf den Tower zu. Sein schmuddliger Umhang flatterte im kalten Wind, der über den Hof wehte. »Er wartet schon auf dich.«

»Was ist das für ein Tier?« Garin blickte über seine Schulter hinweg zu der Schlange, die hin- und herpendelnd aus dem Loch hing und, wie er jetzt erkannte, ein Teil des Gesichtes der Kreatur war.

Der Mann, der sich selbst Rook nannte, verzog finster das Gesicht, gab sich aber sichtlich Mühe, höflich zu bleiben. »Ein Elefant. Ein Geschenk von König Louis. Er hat ihn aus Ägypten mitgebracht.«

Garin riss den Blick mühsam von dem Ungetüm los und ließ sich über den Hof führen. Eine Welle Ekel erregenden muffigen Schweißgeruchs und fauligen Atems ging von Rook aus und drohte, über ihm zusammenzuschlagen, sodass er flach durch den Mund atmen musste, um einen Anfall von Übelkeit zu unterdrücken.

»Hast du irgendjemandem erzählt, wo du hingehst?«

Garin schüttelte den Kopf. »Nein. Ich habe getan, was Ihr mir gesagt habt. Ich habe niemandem etwas erzählt, und niemand hat mich beim Verlassen des Tempels gesehen.«

Rook maß den Jungen mit einem kalten, berechnenden Blick. Nach einem Moment grunzte er zustimmend.

Garin musste in einen leichten Trab verfallen, um mit Rook Schritt halten zu können. Sie näherten sich dem Hauptgebäude, gingen seitlich daran vorbei, vorbei an anderen Wachposten, die ihnen keinerlei Beachtung schenkten, und betraten es durch eine hölzerne Hintertür, bei der es sich um den Dienstboteneingang zu handeln schien; jedenfalls war es nicht die Tür, wie Garin beunruhigt feststellte, durch die gewöhnliche Gäste geführt wurden. Rook krallte die Finger fester in die Schulter des Jungen, schob ihn einen dämmrigen Gang entlang und dann eine schmale Wendeltreppe empor. Als sie oben anlangten, rang Garin nach Atem.

Eine Reihe von Arkaden bot einen Schwindel erregenden Blick über den verlassenen Hof und die Themse. Rook, der gleichfalls schwer atmete, seine Schritte aber nicht verlangsamte, stieß ihn auf eine Eichenholztür zu, klopfte zwei Mal an und öffnete sie dann. Als die Tür aufschwang, wurde Garin von dem unwiderstehlichen Drang überkommen, sich loszureißen und die Flucht zu ergreifen. Seine Neugier war versiegt, und seine Gedanken kreisten nur noch um die Frage, die ihn beschäftigte, seit Rook ihn im Ordenshaus aufgesucht hatte – was um alles in der Welt konnte der Erbe des Thrones von England nur von ihm wollen? Aber Rook stand dicht hinter ihm, es gab kein Zurück mehr.

Die Kammer war geräumig und dunkel. Schwere schwarze Vorhänge hingen vor den Fenstern und hielten den größten Teil des Tageslichtes fern. Ab und an drang ein Sonnenstrahl, in dem Staubkörner flirrten, durch den Spalt zwischen den Stoffbahnen und tanzte über die glatten Bodenfliesen. Außer dieser schwachen Lichtquelle gab es nur noch eine brennende Kerze auf einem Eichenholztisch, zu dessen Seiten zwei Bänke standen. An der Wand am anderen Ende der Kammer konnte Garin die Umrisse eines großen Bettes ausmachen. Als sich seine Augen an das Dämmerlicht gewöhnt hatten, erkannte er, dass die Wände des Raumes mit bunten Szenen bemalt waren: Gebäuden, einem Wald, Soldaten auf Pferden, einem hochgewachsenen Mann in schwarzen Gewändern. Garin, der die Wand wie gebannt betrachtete, hätte beinahe laut aufgeschrien, als sich das letzte Bild von der Wand löste und auf ihn zukam.

»Sergeant de Lyons.« Prinz Edward lächelte ihm zu. »Ich freue mich, dass du kommen konntest.«

Noch immer starr vor Schreck, vergaß Garin völlig, sich zu verneigen.

Der Prinz schien ihm diesen Mangel an Respekt nicht übel zu nehmen. »Setz dich doch«, forderte er ihn auf, dabei zeigte er auf die Bank vor dem Tisch.

Garin, der fürchtete, seine Beine würden jeden Moment unter ihm nachgeben, tat, wie ihm geheißen, nachdem er sich noch einmal zu Rook umgeblickt hatte, der neben der geschlossenen Tür Posten bezog.

Edward nahm auf der Bank gegenüber Platz. Der Schein der Kerze flackerte über sein Gesicht und ließ das kantige Kinn und die ausgeprägten Wangenknochen wie aus Stein gemeißelt erscheinen. Er griff nach einem Krug, neben dem zwei Becher standen. »Möchtest du einen Schluck trinken?«

Garin schluckte hart. »Gerne. Ich meine, gerne, edler Prinz.«

»Er stammt von den Weinbergen meines Vaters in der Gascogne«, erklärte Edward, während er die Becher füllte und Garin einen davon reichte. »Der beste Wein im ganzen Christenreich.«

Garin, der kaum merkte, was er da trank, nahm ein paar gierige Schlucke, um seine ausgedörrte Kehle anzufeuchten. Nach ein paar Sekunden zeigte der schwere, süße Wein Wirkung, und er entspannte sich ein wenig.

Edward füllte den Becher des Jungen erneut. »Ich nehme an, du hast das Ordenshaus unbemerkt verlassen können?«

»Ja, edler Prinz.«

»Ausgezeichnet.« Edward lehnte sich zurück und drehte den Becher zwischen seinen langen, mit goldenen, juwelenbesetzten Ringen geschmückten Fingern. »Es tut mir leid, dass ich dich auf eine so ungewöhnliche Weise habe herbestellen müssen, Garin, aber ich wollte so rasch wie möglich mit dir sprechen, und da mein Anliegen etwas heikler Natur ist, war äußerste Vorsicht geboten. Ich hoffe, du hast keinen allzu großen Schrecken bekommen.«

»Nein, edler Prinz.« Garin schielte zu der schattenhaften Silhouette von Rook hinüber, der die Tür blockierte. Dass ihm der Überbringer der Nachricht viel mehr Unbehagen eingeflößt hatte als die Nachricht selbst, behielt er für sich. Rook hatte ihn in seinem Schlafsaal aufgesucht, ihm mitgeteilt, dass der Prinz ihn zu sehen wünschte, ihm Geld für die Barke gegeben und war erst wieder gegangen, als Garin zugesagt hatte, sich im Tower einzufinden.

»Ich wollte dich sehen«, fuhr der Prinz mit seiner ruhigen, gemessenen Stimme fort, »weil ich glaube, dass du mir bei der Lösung eines Problems behilflich sein kannst. Der König hat der Forderung von Master de Pairaud nachgegeben und ihm die Kronjuwelen als Pfand überlassen. In fünf Tagen werden sie nach Paris gebracht, wo sie aufbewahrt werden, bis die Schulden des Königs beim Templerorden getilgt sind.«

Garin nickte. Sein Onkel hatte ihm am gestrigen Abend erzählt, der König sei mit Master de Pairaud einig geworden und er, Garin, solle der Eskorte angehören, die die Juwelen begleitete. Seine Verunsicherung nahm zu. Noch immer hatte er keine Ahnung, weshalb er eigentlich hier war.

Edward hielt inne, um einen Schluck Wein zu trinken, dabei musterte er den Jungen eindringlich. »Ich will ganz offen zu dir sein, Garin. Ich will verhindern, dass die Juwelen in die Hände des Ordens gelangen. Sie gehören meinem Vater, unserer Familie. Wir haben versucht, noch ein weiteres Mal mit den Rittern zu verhandeln, und andere Wege vorgeschlagen, die Rückzahlung der Schulden zu handhaben, aber sie haben sich nicht umstimmen lassen. Also bleibt mir keine andere Wahl, als die Angelegenheit selbst in die Hand zu nehmen. Mein Vater wird dem Orden die Juwelen wie vereinbart übergeben, aber ich werde sie mir zurückholen.«

Garin hatte Mühe, den Worten des Prinzen zu folgen. »Ihr wollt … ich soll …«

Edward gebot ihm mit erhobener Hand Schweigen. »Ich möchte, dass du mir dabei hilfst, Garin. Meine Mutter, die Königin, wird auf Geheiß meines Vaters gleichfalls an dieser Reise teilnehmen, doch die Ritter halten die genaue Route geheim. Als Neffe eines der an diesem Arrangement beteiligten Ritters wirst du doch sicher Einzelheiten in Erfahrung bringen können.«

Die Erkenntnis, worauf der Prinz hinauswollte, traf Garin wie ein Schlag. Er sprang auf. Der Wein und die unerwartete Enthüllung bewirkten, dass sich der Raum einen Moment lang vor seinen Augen drehte. »Ich … es tut mir leid, aber das kann ich nicht!« Er wäre beinahe über die Bank gestolpert, als er zur Tür hastete, nur noch von dem Wunsch beseelt, nach draußen ins Freie, ins Sonnenlicht zu kommen; fort von dieser dunklen Kammer und dem ungeheuerlichen Ansinnen, das ein erwachsener Mann an ihn richtete.

Edwards Stimme erklang hinter ihm. »Möchtest du nicht den guten Namen deiner Familie wiederherstellen? Dafür Sorge tragen, dass die de Lyons' wieder so reich und mächtig werden, wie sie es einst in Frankreich waren?«

Garin rang kurz mit sich. Als er Edward wieder ansah, entging ihm, dass Rook lautlos vortrat und seinen Dolch mit gekrümmter Klinge zückte.

»Hast du das nicht dem Lordkanzler erzählt, als du ihn zum Gemach des Meisters geleitet hast?«, bohrte Edward weiter. »Hast du nicht gesagt, es wäre hart, Neffe eines hochrangigen Ritters zu sein, und wie schwer die Bürde der Verpflichtung, der Familie wieder zu Ansehen und Wohlstand zu verhelfen, auf dir lasten würde?«

Garin schüttelte den Kopf. *So* hatte er sich nicht ausgedrückt.

»Ich kann diese Last von dir nehmen, Garin. Ich kann dich zu einem Lord machen, dir Ländereien zuteilen und dich reich machen.«

Regungslos blieb Garin vor ihm stehen. Hinter ihm glitzerte Rooks Dolch im Kerzenlicht.

»Du musst mir nur alles sagen, was du über diese Reise weißt. Mehr nicht. Und dafür wirst du großzügig belohnt.«

»Was, wenn jemand das herausfindet?«, flüsterte Garin heiser. Seine Stimme klang in seinen eigenen Ohren wie die eines Fremden.

»Niemand wird jemals davon erfahren.«

»Aber wie…« Garin vermochte dem Prinzen nicht in die Augen zu sehen. »Wie wollt Ihr die Juwelen wieder an Euch bringen?«

Edward leerte seinen Becher und stellte ihn ab. »Darüber musst du dir nicht den Kopf zerbrechen. Niemand wird dabei zu Schaden kommen.« Er erhob sich und ging um die Bank herum auf Garin zu. Dem Jungen erschien der große, schlanke, gut aussehende Prinz mit einem Mal wie ein Krieger aus einer alten Sage;

Furcht einflößend und beeindruckend zugleich, eher ein Mythos denn ein Mann aus Fleisch und Blut. »Die Juwelen sind das Eigentum meiner Familie. Ich muss alles tun, was in meiner Macht steht, um sie zu beschützen. Das wirst du doch sicherlich verstehen.« Er nahm die Kerze vom Tisch. »Komm mit, Garin.«

Garin zögerte, dann folgte er dem Prinzen zu der großen Wand im hinteren Teil der Kammer. Der Schein der Flamme flackerte über die Bilder.

»Mein Vater hat diese Gemälde anfertigen lassen.« Edward hob die Kerze höher. »Zu Ehren der tapferen Männer, die vor zweihundert Jahren ihr Leben gaben, um den Ungläubigen Jerusalem zu entreißen.«

Garins Blick wanderte über die Darstellung einer von einer massiven Mauer umgebenen Stadt. Weiße Gebäude mit zwiebelförmigen Goldkuppeln zogen sich an einem Hang empor bis hin zu einem prachtvollen Bauwerk auf dem Gipfel des Hügels, bei dem es sich um den Felsendom handeln musste, der bis zum Fall der Stadt ein bedeutendes islamisches Heiligtum gewesen und dann in eine Kirche umgewandelt worden war. Der Szene haftete eine majestätische Schönheit an; sie löste in Garin den Wunsch aus, auf die Grasfläche im Vordergrund zu treten und durch die Olivenhaine zu diesen hohen weißen Mauern emporzusteigen. Doch als Edward ein paar Schritte weiterging, verblasste das Bild, und die Kerze beleuchtete eine neue Szene. Diesmal erschien die Stadt näher; Rauchwolken umhüllten einige der Gebäude. Vor den Mauern war eine Armee zu sehen; ein dunkles Gewirr von Männern, Kriegsgerät, Pferden, Karren, Zelten und Bannern.

»Als Papst Urban II. im Jahr Unseres Herrn 1095 zum Kreuzzug aufrief, folgten viele Männer diesem Ruf – Ritter, Edelleute, Könige und Bauern – und machten sich auf, um das Heilige Land von den Ungläubigen zurückzuerobern. Aber erst vier Jahre später sahen sie nach einer langen, entbehrungsreichen Reise, die viele Leben kostete, diese Mauern vor sich.« Edward deutete auf die Belagerungstürme, die sich zwischen der Stadt und dem Lager der Kreuzritter aufreihten. »Sie verbrachten fast einen Monat damit, Kriegsgerät zu bauen. Und dann begannen sie am 13. Juli, von dem langen Feldzug erschöpft und ausgebrannt, mit ihrem Angriff.«

Die Kerze bewegte sich erneut; das Licht fiel auf ein nur aus dunklen Farben bestehendes Bild – schwarzer Rauch, rote Flammen, die um die Dächer der Gebäude züngelten, dunkelbraunes und scharlachrotes Blut.

»Sie nahmen die Heilige Stadt mit ihren Schwertern ein, und innerhalb eines Tages war ihr Traum und der derer, die ihn bereits mit dem Leben bezahlt hatten, Wahrheit geworden. Jerusalem gehörte wieder uns. Unsere Ritter säuberten die Straßen von Sarazenen und Juden. Der Tempel, aus dem Jesus einst die Geldverleiher entfernte; die Stelle, wo die Jungfrau Maria in einen tiefen Schlaf fiel; das Grab, wo Er von den Toten auferstand, all diese heiligen Stätten wurden von unseren Priestern neu geweiht. Es war ein Tag wie kein anderer.« Edwards Augen glühten im Kerzenlicht. »Ich wünschte, ich hätte ihn erleben dürfen.«

Garin betrachtete die Szene schweigend. Ströme von Blut flossen durch die Straßen; Männer und Frauen wurden aus Häusern und Moscheen gezerrt und von den Rittern niedergemetzelt; Berge von Gold und Juwelen häuften sich neben den Leichenstapeln. Die Gesichter der Kreuzritter wirkten im Schein des auf ihre Wangen gemalten Feuers geradezu dämonisch in ihrer Siegestrunkenheit.

Edward wandte sich an Garin. »Vor sechzehn Jahren fiel Jerusalem wieder in die Hände der Sarazenen. Wir müssen die Stadt zurückerobern, sonst sind unsere Mitbrüder umsonst gestorben und die Hoffnungen des Christentums endgültig zunichte gemacht. Möchtest du, dass die Ungläubigen an Stätten, die einst von unseren Priestern gesegnet wurden, ihre falschen Götter anbeten?«

Garin wusste nicht, was er darauf sagen sollte, also schüttelte er nur stumm den Kopf.

»Wenn mein Großonkel Richard Löwenherz noch am Leben wäre, glaubst du, er würde tatenlos zusehen, wie der Feind alle unsere Festungen einnimmt? Natürlich nicht!« Edwards Züge verhärteten sich. »Mein Vater wird in seinem Leben bestimmt keinen Kreuzzug mehr anführen, das steht für mich fest. Aber ich werde es tun. Die Juwelen sind mein rechtmäßiges Eigentum, und ich werde mit ihnen gekrönt werden, wenn ich einst den Thron besteige. Weder ich noch mein Vater können es uns leisten, den Templern die Darlehen zurückzuzahlen, die sie uns gewährt haben, wenn wir, und zwar wir alle, einen neuen Kreuzzug führen müssen. Ich verfolge dasselbe Ziel wie der Templerorden, aber ich schlage andere Wege ein. Verstehst du das, Garin?«

Garin nagte an seinem Fingernagel und nickte.

Edward lächelte, dann wandte er sich von der Wand ab und trat zu einer Truhe, die am Fuß des Bettes stand. Die Wandgemälde versanken im Dunkel.

Garin folgte dem Prinzen zögernd. Edward hob den Deckel der Truhe, griff hinein und förderte einen kleinen Samtbeutel zu Tage, den er Garin zuwarf. »Hier.«

Der Beutel landete mit einem leisen Klirren weich und schwer in Garins Hand. Er war mit Münzen gefüllt.

»Das ist erst der Anfang.« Edward beobachtete, wie der Junge den Beutel mit großen Augen in der Hand wog. »Hilf mir, Garin, dann helfe ich dir auch, das verspreche ich dir. Du kannst in meinen Diensten nichts verlieren, nur gewinnen.«

Garin dachte an seine Mutter in dem armseligen Haus in Rochester, die sich jeden Abend in den Schlaf weinte, weil sie ihre prunkvollen Gewänder und ihren Schmuck hatte verkaufen müssen, um, wie sie ihm oft ins Gedächtnis gerufen hatte, für seine Ausbildung aufkommen zu können. Mit dem Inhalt dieses Beutels konnte er ihr vermutlich so viele Kleider kaufen, wie ihr Herz begehrte. Dann dachte er an seinen Onkel und daran, wie er in Jacques' Augen immer nur Fehler machte und versagte. Konnte er überhaupt etwas tun, damit sein Onkel stolz auf ihn war? Er hatte es versucht, Gott wusste, dass er es versucht hatte, aber es war nie genug gewesen. Endlich blickte er zu Edward auf.

»Ihr werdet unsere Familienehre wiederherstellen? Uns wieder in den Adelsstand erheben?«

»Wenn die Zeit gekommen ist, ja.«

Garin studierte das Gesicht des Prinzen. Er las brennenden Ehrgeiz darin, Skrupellosigkeit und Zielstrebigkeit, aber keine Falschheit. »Ich möchte nur, dass meine Mutter glücklich ist«, flüsterte er. »Und mein Onkel soll stolz auf mich sein.«

»Ich weiß, wie schwer es ist, den hohen Erwartungen seiner Familie gerecht zu werden«, sagte der Prinz.

Garin zwinkerte, um die aufsteigenden Tränen zurückzuhalten. »Unser Schiff, die *Endurance*, bringt uns nicht bis Paris«, stieß er hervor. Seine Worte überschlugen sich fast. »Sie wird mit Wolle beladen, die in Frankreich und Aragon verkauft werden soll. Die *Endurance* wird in Honfleur an der Seinemündung anlegen, wo wir samt den Juwelen das Schiff verlassen, und dann zu unserer Basis in La Rochelle weitersegeln.«

»Du gehörst zu der Gruppe, die bei den Juwelen bleibt und sie bewacht?«, folgerte Edward.

»Ja. Mein Onkel hat eine Botschaft zum Ordenshaus in Paris geschickt und darum gebeten, ein kleineres Schiff nach Honfleur zu schicken, um uns dort abzuholen. Ich glaube, die Königin wird die Nacht in einem Haus am Hafen verbringen, das dem Orden gehört, und am nächsten Morgen segeln wir wieder los.«

»Sehr gut, Garin. Ich bin beeindruckt.«

Garin biss sich auf die Lippe und starrte zu Boden. Er fühlte sich elender als je zuvor in seinem Leben.

»So«, fuhr Edward brüsk fort, »und nun kehrst du am besten in den Neuen Tempel zurück. Geh deinem Tagewerk nach wie immer. Wenn ich noch einmal mit dir über diese Reise sprechen muss, schicke ich Rook zu dir. Versteck das Gold an einem sicheren Ort, wo niemand es finden kann.« Edward ging zur Tür, drehte sich dort noch ein Mal um, sah auf Garin hinunter und legte ihm eine Hand fest auf die Schulter. »Falls du mit irgendjemandem über dieses Zusammentreffen sprichst, werde ich leugnen, dass es je stattgefunden hat, und dafür sorgen, dass du und deine Familie den Ausblick von der London Bridge genießen dürft. Haben wir uns verstanden?«

Garin nickte hastig. Vor seinem geistigen Auge stieg wieder das Bild der entstellten, madenzerfressenen Köpfe auf, die an den Pfosten gehangen hatten. Seine Blase war voll vom Wein, und er wollte nur noch von hier fort. »Ich werde nichts sagen, ich schwöre es.«

»Das hoffe ich in deinem Sinne.« Edward deutete auf die Tür. »Warte draußen. Rook wird dich wieder in den Hof hinunterbegleiten.«

Garin streckte die Hand nach dem Türknauf aus. Rook blieb einen Moment vor ihm stehen, seine Augen glitzerten bedrohlich. Dann grunzte er abfällig, gab den Weg frei und ließ den Jungen in den Gang hinauslaufen.

Rook schloss die Tür hinter ihm. »Glaubt Ihr, wir können uns darauf verlassen, dass die kleine Ratte wirklich den Mund hält?«

»Wenn ich das nicht glauben würde, hätte er diesen Raum nicht mehr lebend verlassen«, erwiderte Edward ruhig. »Uns bleibt keine andere Wahl, als ihn als Werkzeug zu benutzen. Mir wird sich nur diese eine Gelegenheit bieten, mir die Kronjuwelen zurückzuholen. Ich bezweifle, dass ich sie je wieder sehe, wenn sie sich erst einmal in den Gewölben des Ordenshauses von Paris befinden.«

»Meint Ihr, dieses kleine Stück Dreck hilft uns noch einmal, wenn wir ihn brauchen sollten?«

»Ich denke schon. Aber wir wollen ganz sichergehen. Finde so viel wie möglich über seine Familie heraus, damit wir ein Druckmittel gegen ihn in der Hand haben. Und wir müssen unseren Plan bald anlaufen lassen. Fünf Tage – viel Zeit bleibt uns nicht mehr.«

»Macht Euch keine Sorgen. Die Juwelen werden Paris nie erreichen.«

Edward lächelte. »Es freut mich, dass meine Anstrengungen, dich vor dem Galgen zu bewahren, nicht vergebens waren, Rook. Für einen Mann mit deinen Talenten habe ich immer Verwendung.«

Rook neigte unterwürfig den Kopf. »Mein Leben gehört Euch, Prinz.«

9

Neuer Tempel, Ordenshaus London
18. Oktober A.D. 1260

Will warf den Kopf in den Nacken, weil ihm eine Haarsträhne in die Augen fiel. Seine Aufmerksamkeit galt allein dem breitschultrigen Sergeanten vor ihm, einem Jungen namens Brian, der ein Jahr älter war als er selbst. Die eiserne Klinge wog schwer in seiner Hand, denn er war ja bislang nur an das hölzerne Übungsschwert gewöhnt gewesen. Er trug ein Wams aus steifem, auf der Brust mit Metallplättchen besetztem Leder; Lederschienen schützten seine Schienbeine und seine Unterarme. Lauernd umkreiste er den Sergeanten, gegen den er bis heute noch nie gekämpft hatte. Er hatte ihn mit einem Blick richtig eingeschätzt. Brian war stark, aber langsam.

Ohne auf die Anfeuerungsrufe vom Feldrand zu achten, blieb Will ruhig stehen und wartete auf Brians Angriff. Als dieser erfolgte, parierte er den Hieb, duckte sich unter einem zweiten hinweg, wirbelte herum, packte sein Schwert mit beiden Händen und stieß es dem Sergeanten in den Rücken. Zum Schutz vor ernsten Verletzungen waren die Spitzen der Klingen abgesägt worden, trotzdem sank Brian unter der Wucht des Stoßes grunzend auf die Knie. Will hob sein Schwert und ließ die Spitze auf den Nacken des Jungen herabsausen; ein Streich, der Brian getötet hätte, hätte Will ihn in einem Kampf auf Leben und Tod ausgeführt. Am Feldrand brandete so lauter Jubel auf, dass einige Vögel erschrocken aus einer in der Nähe stehenden Eiche aufflatterten. Der Herold rief Wills Namen. Brian rappelte sich hoch und umarmte seinen Bezwinger flüchtig, ehe er das Feld verließ.

Der Jubel ebbte ab, als Humbert de Pairaud sich erhob. Auf der Bank neben dem Ordensmeister von England saßen die Meister von Schottland und Irland. Auf dem Tisch vor ihnen lagen die Preise: ein Schwert für den Sieger der Gruppe der Älteren und für

Wills Altersgruppe eine bronzene Medaille mit dem Bild zweier gemeinsam auf einem Pferd sitzenden Ritter – eine Nachbildung des Ordenssiegels.

»Ich erkläre William Campbell, Sergeant von Sir Owein ap Gwyn, zum Sieger dieses Kampfes«, verkündete Humbert mit weithin vernehmlicher Stimme. »Campbell wird den Endkampf bestreiten.« Er sah Will an. »Du kannst das Feld verlassen, Sergeant.«

Will verneigte sich, dann rannte er zu einem am Feldrand aufgebauten Zelt hinüber.

Noch vor einer Stunde war er beim Wettrennen nur Fünfter seiner aus dreißig Sergeanten bestehenden Gruppe geworden und Vierter beim Zielreiten; er wäre einmal fast vom Pferd gefallen und hatte mit seiner Lanze den eisernen Ring drei Mal verfehlt. Aber nachdem Garin beide Wettbewerbe gewonnen und Will seinen Gesamtsieg in Gefahr gesehen hatte, hatte er sich zusammengenommen und im Schwertkampf drei Gegner besiegt. Sein Schwertarm fühlte sich taub an, doch das Triumphgefühl, das in ihm brannte, löschte seine Müdigkeit aus. Ein Kampf trennte ihn noch vom möglichen Turniersieg. Er wünschte, sein Vater wäre hier.

Als er das Zelt betrat, sah er Garin bei dem Tisch stehen, auf dem die Waffen lagen. Er erprobte das Gewicht eines Schwertes, indem er es leichthändig durch die Luft wirbeln ließ. In einer Ecke saß ein älterer Sergeant und löste die Riemen seines Wamses. Draußen auf dem Feld wurde zum nächsten Kampf aufgerufen.

Garin legte das Schwert auf den Tisch zurück und sah Will an. »Gut gemacht.«

»Danke.« Will bemerkte nicht, wie merkwürdig tonlos die Stimme seines Freundes klang. Mit einem Arm wischte er sich den Schweiß von der Stirn. »Mein Gegner war ein schwerer Brocken. Ich dachte zunächst nicht, dass ich mit ihm fertig werde.« Er grinste. »Wenn du das nächste Duell gewinnst, stehen wir im Endkampf.«

Garin nickte dumpf.

»Stimmt etwas nicht?«

»Alles bestens.« Garin hob die Schultern, als Will die Stirn runzelte. »Es gibt eben keinen Preis für den Zweitbesten.«

»Na und?«, erwiderte Will leichthin. »Wenn wir den letzten Kampf bestreiten, sind wir beide die Sieger des Tages, egal wer von uns nun gewinnt.« Er drehte sich um, als der ältere Sergeant sein Wams abstreifte und das Zelt verließ. »Wo warst du gestern?«, fragte er Garin mit gedämpfter Stimme.

»Nirgends«, gab Garin zurück. »In der Waffenkammer«, verbesserte er sich rasch, ging wieder zum Tisch und wählte ein anderes Schwert aus.

»Ich habe dich gesucht, ich wollte dich nämlich unbedingt etwas fragen.« Will hielt inne. »Wann war dein Onkel im Heiligen Land?«

»Er ist zurückgekommen, nachdem die Sarazenen Jerusalem eingenommen hatten und er bei Herbiya verwundet worden war. Wieso willst du das wissen?«

Will nagte an seiner Lippe. »Stand er dort mit irgendjemandem in Verbindung, einem Einheimischen vielleicht, der ihn hier besucht haben könnte?«

Garin wandte sich zu ihm. »Warum fragst du?« Er deutete auf das Feld. »Ich muss gleich da raus und kämpfen. Was ist denn los?«

In diesem Moment rief der Herold Garins Namen. »Ach, nichts«, wich Will aus. »Ich habe nur ein paar Fragen über das Heilige Land und dachte, ob er sie mir wohl beantworten würde. Du gehst jetzt besser.« Er legte seinem Freund eine Hand auf die Schulter. »Viel Glück.«

Garin blieb einen Moment an der Zeltklappe stehen und starrte auf das Feld hinaus, dann packte er sein Schwert fester und ging hinaus.

Sein Eröffnungsangriff bestand aus einer Reihe rasch aufeinanderfolgender kraftvoller Hiebe, mit denen er seinen Gegner zurücktrieb. Doch der andere Junge erholte sich schnell von seiner anfänglichen Überraschung und ging zum Gegenangriff über.

Totenstille legte sich über die Zuschauermenge, nur das Klirren der Schwerter war zu hören. Garin holte aus und schlitzte dem gegnerischen Sergeanten die Tunika auf. Seine Klinge hinterließ eine rote Schramme auf dessen Haut. Beifallsrufe ertönten. Will hatte seinen Freund noch nie so gut kämpfen sehen. Er bewegte sich behände und anmutig, jeder seiner Hiebe traf sein Ziel. Die Kräfte seines Gegners schienen rasch zu schwinden.

Garin wehrte ein paar kurze Schläge ab, beschrieb eine leichtfüßige Drehung und griff den Sergeanten von links an. Zwei blitzschnell geführte Hiebe brachten den Gegner zum Taumeln. Garin schlug eine rechte Finte, doch der andere Junge fiel nicht auf die List herein, sondern drang stattdessen mit seinem Schwert auf ihn ein. Beide prallten zusammen, Garin verlor das Gleichgewicht und sank auf die Knie. Der Kampf war noch nicht entschieden. Garin parierte die Angriffe des Sergeanten erbittert. Es gelang ihm, wieder auf die Füße zu kommen, und er ging erneut auf seinen Gegner los. Während er ihn immer weiter zurücktrieb, schielte er aus den Augenwinkeln heraus zur Kampfrichterbank hinüber. Jacques war in ein angeregtes Gespräch mit dem Ordensmeister von Irland verstrickt und schenkte ihm keinerlei Beachtung.

Mit einem Mal fühlte sich das Schwert zu groß für seine Hand an. Seine vorher fließend ineinander übergehenden Hiebe wirkten nun ungelenk, kamen langsamer, und die Paraden bereiteten ihm sichtlich Mühe. Will bemerkte, wie er die Gelegenheit zu einem Angriff von der Seite ungenutzt verstreichen ließ; es gelang ihm nur, einen niedrigen, gegen seinen Oberschenkel geführten Hieb abzuwenden. Seinem Gegner war seine plötzliche Schwäche nicht entgangen, er nutzte seine Chance und ging zum Angriff über. Die Sergeanten am Feldrand, die spürten, dass ein Sieg in der Luft lag, begannen, ihrem Kameraden zuzujubeln. Garin holte zu einem halbherzig geführten Schlag aus. Will sah, wie sein Griff um das Heft erlahmte; das Schwert entglitt seiner Hand. Garin versuchte, es wieder zu packen zu bekommen, war aber nicht schnell genug. Sein Gegner griff erneut an, die Klinge traf Garins

Brust und ritzte sein ledernes Wams. Der Sergeant brach in Triumphgeheul aus und hob sein Schwert, als der Herold ihn zum Sieger erklärte. Garin machte keine Anstalten, seine Waffe aufzuheben, er stand nur da und starrte Jacques an. Der Ritter war aufgesprungen. Seine Augen glitzerten kalt wie Eis. Mit gesenktem Kopf schlich Garin auf das Zelt zu. Will bahnte sich einen Weg durch die Menge der jubelnden Sergeanten, um ihm zu folgen, blieb jedoch stehen, als sein Name aufgerufen wurde. Der letzte Zweikampf begann. Nach kurzem Zögern machte er kehrt und betrat das Feld erneut.

Garin stürmte ins Zelt, riss sich das Wams vom Leib und ließ es zu Boden fallen. Dann stützte er beide Hände auf den Tisch. Seine Kehle war wie zugeschnürt, er meinte, kaum noch atmen zu können. Tränen brannten in seinen Augen. Ärgerlich wischte er sie fort. Wenn er ihnen jetzt freien Lauf ließ, würde er ihnen keinen Einhalt mehr gebieten können.

»Komm sofort heraus!«

Garin erstarrte beim Klang dieser Stimme. Jacques stand im Zelteingang, den er mit seiner mächtigen Gestalt fast ausfüllte. Das Licht hinter ihm war so grell, dass Garin sein Gesicht nicht sehen konnte, aber Jacques' Ton verriet ihm alles, was er wissen musste. Sein Magen krampfte sich vor Furcht zusammen. »Sir«, krächzte er mühsam. »Es tut mir leid … ich …«

»Spar dir deine Entschuldigungen«, herrschte Jacques ihn an. »Komm mit!«

»Aber das Turnier …« Garin wich zurück, als Jacques auf ihn zukam, und prallte gegen eine Bank.

Jacques packte ihn grob am Arm und zerrte ihn aus dem Zelt. Garin bemühte sich halb stolpernd, halb rennend, sich den weit ausgreifenden Schritten seines Onkels anzupassen. Während er zum Ordenshaus geschleift wurde, blickte er sich noch einmal um und sah Will auf dem Kampffeld auf- und abschreiten und sein Schwert über dem Kopf schwenken.

Im Hof war alles still, nur ein paar Diener huschten dort umher. Einige musterten Garin und Jacques neugierig. Garin hätte sie am liebsten angefleht, ihm zu helfen, aber er wusste, dass ihm seine Stimme nicht gehorcht hätte, außerdem war sein Stolz noch immer stärker als seine Angst. Sie erreichten die Unterkünfte der Ritter. Jacques stieß ihn den Gang entlang und riss die Tür seines Studierzimmers auf.

»Da hinein!« Wieder versetzte er Garin einen heftigen Stoß.

Garin drehte sich, seinen schmerzenden Arm reibend, um, als sein Onkel die Tür hinter sich schloss. »Sir, ich…« Weiter kam er nicht, denn Jacques schlug ihm mit dem Handrücken so hart ins Gesicht, dass er rücklings gegen den Tisch geschleudert wurde. Der Tisch erzitterte, ein Tintenfass fiel zu Boden und zerschellte auf den Fliesen. Garin prallte mit der Hüfte gegen eine scharfe Ecke und schrie laut auf, als der Schmerz den Schock durchdrang, den ihm die Ohrfeige versetzt hatte. Der zweite Schlag traf ihn noch unvermuteter; Jacques trat vor und schmetterte die Faust gegen seinen Hinterkopf. Garin hob schützend die Arme. »Bitte, Onkel!«, flehte er, dabei versuchte er, die auf ihn niederprasselnden Schläge so gut abzuwehren, wie es ihm möglich war. Obwohl ihm Blut aus der Nase rann und seine Lippe aufgeplatzt war, bot er all seine Kraft auf, um sich auf den Beinen zu halten. Wenn er zu Boden ging, würde sein Onkel mit seinen Stiefeln auf ihn eintreten. *»Bitte!«*

»Ich habe dir gesagt, ich will dich gewinnen sehen!«, brüllte Jacques, vor Anstrengung schwer atmend. »Was habe ich dir wieder und wieder eingebläut?«

»Ich sollte gewinnen«, schluchzte Garin. »Du wolltest, dass ich gewinne. Aber ich konnte nicht… ich…«

»Ich habe dich beobachtet, du elender kleiner Mistkerl!« Jacques schäumte vor Wut. »Du hast den Kampf absichtlich verloren, um mich lächerlich zu machen, nicht wahr?« Er packte Garin bei den Schultern und schüttelte ihn heftig. *»Nicht wahr?«*

»Nein«, protestierte Garin schwach.

Durch das Fenster wehte Jubel vom Kampffeld in den Raum. Jacques ließ Garin los. Als er hörte, wie die Herolde Campbells

Namen riefen, lief sein Gesicht dunkelrot an. Lauthals fluchend fuhr er zu seinem Neffen herum. »Hörst du das? Du hast diesen Bauernlümmel gewinnen lassen!«

Garin riss, von dem Jubel abgelenkt, seinen Arm eine Sekunde zu spät hoch, als sein Onkel ihm erneut brutal ins Gesicht schlug. Garin taumelte in die Ecke beim Fenster zurück. Dort blieb er einen Moment wie erstarrt stehen, dann sank er langsam zu Boden. Auf seiner Wange prangte der leuchtend rote Abdruck einer Hand, sein Gesicht war blutverschmiert und verschwollen, Rotzfäden hingen ihm aus der Nase.

»Steh auf!«

»Du hast ja noch nicht einmal zugesehen!«, stieß Garin hervor. Seine Brust hob und senkte sich heftig.

»Was?«

Garin blickte zu seinem Onkel auf, ohne sich die Mühe zu machen, seine Tränen abzuwischen. »Du hast mir nicht beim Kämpfen zugesehen! Ich habe dich beobachtet! Dir war es wichtiger, dich mit dem Ordensmeister von Irland zu unterhalten!«

»Ich habe ihm gesagt, wie beeindruckt ich von deinem Geschick im Umgang mit einem Schwert bin«, erwiderte Jacques sarkastisch.

Garin hob den Kopf. Er schluchzte jetzt bitterlich. »Es ist ja nicht nur heute, es ist immer so. Du willst, dass ich mein Bestes gebe, damit du stolz auf mich sein kannst.« Er zog sich auf die Füße und blieb leicht schwankend, aber trotzig entschlossen stehen. »Aber du bist nie zufrieden, auch wenn ich mich noch so sehr anstrenge. Was soll ich denn noch tun? Du hast mir ja nie wirklich eine Chance gegeben!«

»Ich habe dir alle Chancen der Welt gegeben, Junge! All die Chancen, die dein Vater und ich nie hatten, als wir …«

»Ich bin nicht du!«, brüllte Garin plötzlich. Mit geballten Fäusten trat er einen Schritt auf seinen Onkel zu. In seinen blauen Augen spiegelten sich Schmerz, Demütigung und Wut wider. »Ich bin nicht du und ich bin nicht mein Vater und ich bin nicht meine Brüder! Ich weiß, dass ich nie so sein werde wie sie, ich weiß

es, verstehst du? Aber ich habe immer versucht, mein Bestes zu tun!«

Jacques starrte seinen Neffen fassungslos an. Er hatte ihn noch nie so außer sich erlebt. Und als er das Blut, die Tränen und den Abdruck seiner eigenen Hand im Gesicht des Jungen sah, entstand plötzlich das Bild seines Bruders Raoul de Lyons vor seinen Augen.

Raoul lag sterbend im Staub einer Straße von Mansurah, sein Rückgrat war gebrochen, drei Pfeile ragten aus seiner Brust. Sein Pferd hatte ihn abgeworfen, als eine Truppe Mameluckensoldaten unter dem Befehl von Baybars Holzbalken von den Dächern der Häuser geschleudert hatten, um die schmalen Gassen zu blockieren und die Ritter so in eine tödliche Falle zu locken. Neben Raoul lagen seine beiden ältesten Söhne – gleichfalls tot. Das Kampfgetümmel hatte sich verlagert, die Straßen waren mit Leichen übersät, und in der Ferne waren Schlachtrufe und Schwertergeklirr zu hören, als Jacques neben seinem blutüberströmten Bruder niederkniete und ihn in die Arme schloss.

»Sorge für meine Frau und meinen Sohn, Bruder«, hatten Raouls letzte Worte gelautet. Er war gestorben, ehe Jacques ihm eine Antwort hatte geben können.

»Ich tue das alles nur für dich«, sagte Jacques merklich ruhiger, ohne den Blick von Garin abzuwenden. »Das musst du endlich begreifen.«

Garin brachte vor Schluchzen keinen Ton heraus.

»Garin.« Jacques trat zu dem Jungen und legte ihm beide Hände auf die Schultern. »Sieh mich an.« Garin versuchte, sich abzuwenden, aber Jacques nahm sein Kinn zwischen die Finger. »Glaubst du, es macht mir Spaß, dich so hart zu bestrafen? Du zwingst mich dazu, wenn du nicht das leistest, wovon ich weiß, dass du dazu fähig bist.«

Garin starrte zu ihm hoch. Sein rechtes Auge begann bereits zuzuschwellen. »Ich werde ein Ritter werden, Onkel«, sagte er heiser. »Ich werde unsere Familienehre wiederherstellen und meine Mutter glücklich machen. Sie braucht nicht bis an ihr Lebensende an diesem fürchterlichen Ort zu hausen, ich schwöre es!«

»Es geht nicht nur darum, dass du als Ritter in den Orden aufgenommen wirst«, erwiderte Jacques ungeduldig. »Ich erhoffe mir noch anderes für dich; Dinge, von denen du nichts weißt.« Er ging zum Fenster und stützte die Hände auf das Sims. Noch immer konnte er die Jubelrufe und immer wieder Wills Namen hören. Jacques drehte sich wieder zu seinem Neffen um. »Der Orden birgt Geheimnisse, die du nicht kennst.« Er schwieg einen Moment. »Ich gehöre zu einem Zirkel von Männern, *Brüdern*, der sich innerhalb der Templer gebildet hat. Wir sind nur noch wenige, aber noch immer sehr mächtig. Viele Männer haben uns im Laufe des letzten Jahrhunderts wissentlich oder unwissentlich beim Kampf für unsere Sache geholfen. Richard Löwenherz war eine Zeit lang einer unserer großzügigsten Förderer. Aber wir wirken im Verborgenen, und noch nicht einmal der Großmeister weiß von unserer Existenz. Wir nennen uns Anima Templi – die Seele des Tempels.«

Garin schüttelte verwirrt den Kopf. »Das verstehe ich nicht. Was ist das für ein Geheimbund? Und was genau hast du damit zu tun?«

Jacques hob eine Hand. »Ich kann dir jetzt nicht alles erklären, die Zeit ist noch nicht reif dafür. Momentan schweben wir alle in großer Gefahr. Uns wurde etwas gestohlen, das, wenn es in die falschen Hände gelangt, unseren Untergang herbeiführen könnte. Und vielleicht sogar den des gesamten Templerordens.«

»Was ist es?«

Jacques zögerte. Er rang sichtlich mit sich.

»Erzähl es mir, Onkel«, bat Garin. »Wenn ich nicht weiß, was du von mir verlangst, kann ich deinen Erwartungen niemals gerecht werden.«

Jacques sah ihn lange ernst an, dann begann er, mit ruhiger, leiser Stimme zu sprechen. »Es ist ein Buch. Das Gralsbuch. Es ist unser Kodex und enthält unsere Initiationsriten und unsere Pläne für die Zukunft – Pläne, die nicht bekannt werden dürfen, bevor wir bereit sind, sie auszuführen. Nachdem ich die Kronjuwelen nach Paris gebracht habe, werde ich in der Stadt bleiben und bei der Suche nach dem Buch helfen.« Er trat auf Garin zu. »Ich möchte, dass du bei mir bleibst und Bruder Everard kennen lernst, den Kopf unserer Gruppe. Weißt du, ich habe immer gehofft, dass du eines Tages meinen Platz in unserem Zirkel einnehmen wirst, aber ein Mitglied der Bruderschaft muss bestimmte Eigenschaften und Fähigkeiten mitbringen, wenn es in den Kreis aufgenommen werden will. Bruder Everard ist nicht leicht zu beeindrucken. Es tut mir leid, dass ich so grob mit dir umgesprungen bin, Garin. Es ist für mich nicht leicht, dir ein guter Lehrer zu sein. Weil ich immer Angst hatte, dich unbewusst zu bevorzugen, war ich vielleicht oft ungerecht zu dir. Aber ein Mitglied der Anima Templi trägt eine ungeheure Verantwortung auf seinen Schultern; eine Bürde, der die meisten Männer nicht gewachsen sind. Deshalb treibe ich dich zu Höchstleistungen an, und deshalb musst du besser sein als ein Junge wie Campbell. Deshalb habe ich dich auch immer so streng bestraft«, murmelte er, dabei strich er seinem Neffen sacht über die Wange, dann seufzte er schwer und zog den Jungen in die Arme.

Garin starrte zu Boden, während er dem Herzschlag seines Onkels an seinem Ohr lauschte. Als er die Augen schloss, hörte er wieder Prinz Edwards Stimme. *Wenn du mit irgendjemandem über dieses Zusammentreffen sprichst … werde ich dafür sorgen, dass du und deine Familie den Ausblick von der London Bridge genießen dürft.* Blut rann aus seiner gebrochenen Nase und tropfte auf den weißen Mantel seines Onkels.

Neuer Tempel, Ordenshaus London,
19. Oktober A. D. 1260

Elwen schritt mit vor der Brust verschränkten Armen in ihrer Kammer auf und ab. Sie trug ein Gewand aus blassgrünem Leinen, ein Gürtel aus goldener Seide schlang sich um ihre Taille. Der lange Rock ließ sie noch größer und schlanker erscheinen, als sie ohnehin schon war. Ihre Mittagsmahlzeit stand unberührt auf dem Tisch neben dem Bett. Ein Diener hatte sie vor einer Stunde gebracht, und inzwischen hatte sich auf dem dünnen Eintopf eine fettige Haut gebildet. Elwen rümpfte die Nase. Der den Unterkünften der Ritter angegliederte Raum, die Kleiderkammer des Ordens, war klein und spärlich möbliert. Owein hatte gesagt, der Schneider würde sie als Lager für seine Stoffe benutzen. Es roch nach Wolle und altem Leder. In der Ecke bei dem Fenster war eine Stange an der Wand angebracht, an der mehrere Gewänder und ein dunkelblauer Umhang hingen. Neben dem Tablett auf dem Tisch lagen ein Stickrahmen und ein Berg bunter Garnfäden. In dem Rahmen befand sich eine halb vollendete Arbeit – zwei grüne Hügel, zwischen denen ein tiefblauer Fluss hindurchfloss.

Elwen trat ans Fenster. Wolken jagten über den Himmel hinweg. Für einen Moment tauchte die Sonne dahinter auf, und sie schloss die Augen, weil das grelle Licht sie blendete. Als es an der Tür klopfte, drehte sie sich langsam um.

»Elwen?«

Als sie Oweins durch das dicke Holz gedämpfte Stimme erkannte, ging sie zur Tür, schob den Riegel zurück und öffnete. »Onkel«, begrüßte sie ihn lächelnd.

Owein trat ein und schloss die Tür hinter sich, dann zog er seine Nichte an sich und küsste sie auf das Haar. Nachdem er sie frei gegeben hatte, fiel sein Blick auf das Tablett mit den Speisen. »Du hast ja dein Essen gar nicht angerührt.«

»Ich habe keinen Hunger.«

Owein legte ihr eine Hand auf die Stirn. »Fühlst du dich nicht wohl?«

Elwen wich zurück. »Doch, Onkel. Ich bin nur …« Sie seufzte schwer. »Wie lange muss ich noch hierbleiben? Ich komme mir vor wie im Gefängnis. Gestern durfte ich mir noch nicht einmal das Turnier ansehen. Aber ich habe gehört, wie der Name deines Sergeanten genannt wurde. Hat er gewonnen?«

»Du musst in deiner Kammer bleiben«, mahnte Owein sanft,

aber bestimmt. »Wir dürfen die Großzügigkeit des Meisters nicht ausnützen. Wenn er sich nicht einverstanden erklärt hätte, dich hier zu beherbergen, hätte ich nicht gewusst, wo ich dich hinschicken sollte.«

»Ich bin ihm ja auch dankbar dafür.« Elwen ging zum Tisch und gab vor, ihre Stickerei zu begutachten. »Aber ich verliere den Verstand, wenn ich noch viel länger in diesem Raum eingesperrt werde.«

»Deswegen bin ich ja hier, Elwen. Du wirst bald abreisen.«

»Geht es meinem Vormund besser?«

Ein hoffnungsvoller Blick traf Owein. Der Ritter ergriff ihre Hand und führte sie zum Bett. »Leider nicht«, erwiderte er. »Dein Vormund ist gestorben, Elwen, das erfuhr ich heute im Hospital der Stadt. Der Arzt konnte nichts mehr für sie tun.« Owein nahm neben ihr auf der Bettkante Platz und legte einen Arm um ihre schmalen Schultern. »Es tut mir sehr leid, Liebes. Ich weiß, wie glücklich du dort warst.«

Elwen blickte auf ihre Hände hinab. »Ja.« Sie schwieg eine Weile, dann fuhr sie mit der Hand über die Augen und holte tief Atem. »Und was wird jetzt aus mir? Bleibe ich hier?«

Owein drückte sie an sich. »Nein, Elwen. Das Ordenshaus ist kein Ort für Frauen.«

»Ich meinte in London.« Elwen drehte sich zu ihm. Ihre großen Augen schimmerten feucht. »Ich möchte nicht nach Powys zurückkehren, Onkel.«

Owein lächelte. »Das musst du auch nicht. Ich habe einen Boten zu einem alten Kameraden von mir geschickt, der in Bath lebt. Charles ist aufgrund einer Verletzung vor einigen Jahren aus dem aktiven Dienst in unserem Orden ausgeschieden und verwaltet nun eines unserer Gehöfte, wo Pferde gezüchtet werden. Er besitzt ein Landgut außerhalb der Stadt und wird dich sicherlich gern bei sich aufnehmen.«

»Bath?« Elwens Stimme zitterte. »Aber mir gefällt es hier.«

Owein strich ihr über das Haar. »In drei Tagen breche ich nach Paris auf. Ich weiß nicht, wann ich zurückkomme, und ich habe keine Zeit, mich in der Stadt nach einer anderen passenden Unterkunft für dich umzusehen. Du wirst dich in Bath wohlfühlen, und du wohnst bei Charles wesentlich komfortabler als hier.« Er schenkte ihr ein aufmunterndes Lächeln. »Er hat drei Töchter, eine davon ist in deinem Alter. Unter seiner Obhut wirst du den Schliff bekommen, den eine junge Dame der Gesellschaft braucht.«

Elwen zupfte an einem losen Faden am Saum ihrer Decke herum. »Wie lange muss ich dort bleiben?«

»Bis du alt genug bist. Ein Jahr höchstens.«

»Alt genug?«, wiederholte sie langsam. »Alt genug wofür?«

»Um zu heiraten. Ich werde nach geeigneten Bewerbern Ausschau halten.«

»Onkel!« Elwen rang sich ein gequältes Lächeln ab. »Ich will nicht heiraten.«

»Jetzt natürlich noch nicht«, versuchte er, sie zu beschwichtigen.

»Nicht nur jetzt noch nicht«, widersprach Elwen heftig. »Überhaupt nicht!«

»Du wirst dich an den Gedanken gewöhnen«, sagte Owein mit fester Stimme.

»Habe ich denn gar keine andere Wahl?«

»Entweder du heiratest, oder du trittst in ein Kloster ein und beschließt dein Leben als Nonne.«

»Beides erscheint mir wenig verlockend.« Elwen stöhnte. »Lass mich doch wenigstens in London bleiben, bis du … einen Bewerber um meine Hand gefunden hast«, fügte sie dann hastig hinzu.

Owein nahm den Arm von ihrer Schulter. »Es tut mir leid, Elwen, aber du kannst nicht hierbleiben. In Bath bieten sich dir die besten Möglichkeiten für die Zukunft, die ich dir verschaffen kann. Du hast nie die strenge Hand eines Vaters kennen gelernt, und ich weiß, wie sehr du dich an deine Unabhängigkeit gewöhnt hast, aber du bist über das Alter hinaus, wo du tun und lassen und kommen und gehen kannst, wie du willst. Du musst lernen, dich so zu betragen, wie es sich für ein junges Mädchen schickt. Ich habe deiner Mutter versprochen, für dich zu sorgen, als wärst du meine eigene Tochter.« Elwen machte Anstalten, Einwände zu erheben, doch Owein schnitt ihr das Wort ab. »Mein Entschluss steht fest.« Er erhob sich von der Bettkante. »Ich schätze, ich werde in den nächsten Wochen von Charles hören. Wenn alles geklärt ist, brichst du nach meiner Rückkehr aus Paris nach Bath auf.« Er ging zur Tür, öffnete sie, drehte sich noch einmal zu ihr um, als wolle er noch etwas sagen, dann verließ er ohne ein weiteres Wort den Raum und schloss die Tür leise hinter sich.

Elwen blieb allein in der Mitte der kleinen Kammer stehen und schlang die Arme um den Oberkörper. Die Wände schienen sich immer enger um sie zu schließen. Als ihre verwitwete Mutter sich aufgrund ihrer zunehmenden Armut gezwungen gesehen hatte, eine dauerhafte Stellung als Magd bei einem wohlhabenden Grundbesitzer anzunehmen, war Owein zu ihnen gekommen, hatte Elwen hinter sich auf sein Pferd gesetzt und sie nach London gebracht. Als sie zu weinen begonnen hatte, hatte er gedacht, sie leide unter der Trennung von ihrer Mutter. In Wahrheit waren es Tränen der Erleichterung gewesen.

In Powys pflegte ihre Mutter jeden Tag im Morgengrauen blass und schweigend das Haus zu verlassen, um sich als Tagelöhnerin zu verdingen. Elwen kam ihren Pflichten – die beiden Räume der dunklen, feuchten Hütte zu putzen sowie die schlecht gelaunte Sau und die wenigen mageren Hühner zu füttern – so rasch wie möglich nach und lief dann auf die Felder hinaus, um auf Bäume zu klettern oder nach Kindern Ausschau zu halten, mit denen sie spielen konnte. Oft beobachtete sie, wie die Bauern mit ihren Söhnen nachmittags von den Feldern kamen. Im Laufe der Zeit wurde Elwens Mutter immer stiller und in sich gekehrter, bis sie einem Schatten glich, der am Leben ihres Kindes keinen Anteil mehr hatte. Eine erhobene Stimme oder gar Gelächter schienen ihr geradezu körperliche Schmerzen zu bereiten, und Elwen lernte schnell, ein Leben in absoluter Stille zu führen. Nach ihrer Ankunft in London hatte sie drei Tage lang auf der Schwelle des Hauses ihres Vormundes gesessen und den Geräuschen der Stadt gelauscht.

Die jahrelange Plackerei hatte ihre Mutter ausgehöhlt, bis nur noch eine leere Hülle übrig geblieben war; die Hülle einer Frau, die es verlernt hatte, noch etwas zu empfinden und die weder Liebe geben noch Liebe annehmen konnte. Es war wie ein langsames Sterben gewesen. Und das war etwas, was Owein nicht verstehen konnte. Er kannte nur eine Todesart – die durch ein scharfes Schwert.

»Will Campbell!«

Will, der gerade zwei Eimer Wasser in den Stall trug, um die Tröge zu füllen, sah zwei Sergeanten aus der Altersklasse unter ihm auf sich zukommen.

»Wir haben dich beim Turnier gesehen«, quiekte einer, ein kleiner, sommersprossiger Junge mit einer Stupsnase.

»Und?«

»Können wir die Medaille sehen?«, bat der andere.

Will seufzte ungeduldig, setzte aber den Eimer ab, langte in die Tasche seiner Tunika und zog seinen Turnierpreis hervor. »Hier.« Er hielt dem sommersprossigen Jungen die Medaille hin.

Der Junge nahm sie beinahe ehrfürchtig entgegen und beugte sich zusammen mit seinem Freund darüber. Will bemerkte, dass sich die Tür des gegenüberliegenden Gebäudes – der Krankenstube – öffnete und ein älterer Sergeant ins Freie trat.

»Wie hast du es nur geschafft, deinen letzten Gegner so schnell zu entwaffnen?«, wollte der sommersprossige Knirps wissen.

Will gab keine Antwort. Der Sergeant, der gerade die Krankenstube verlassen hatte, war Garin. Will erkannte ihn an seinem Haarschopf, denn Garins Züge waren nahezu unkenntlich. »Heilige Mutter Gottes!«, keuchte er, ohne auf die beiden jüngeren Sergeanten zu achten, die ihn angesichts dieser Blasphemie entgeistert anstarrten. Er riss die Medaille wieder an sich und rannte los. Das rechte Auge seines Freundes war zugeschwollen, das Lid leuchtend rot verfärbt, die Haut rund um das Auge schillerte in allen Regenbogenfarben. Auch Garins Unterlippe war aufgeplatzt und geschwollen, und die rechte Seite seines Gesichts sah aus, als habe er sich ein Stück Stoff in die Backe gestopft. »Garin?«, fragte Will behutsam. »Was um alles …«

»Lass mich in Ruhe«, nuschelte Garin. Das Sprechen bereitete ihm sichtlich Mühe.

Will schob die Medaille in seine Tasche zurück und packte Garin bei der Schulter. »Hat Zyklop das getan?«

»Nenn ihn nicht so!« Garin riss sich los und lief auf den Pfad zu, der zum Kai des Ordenshauses führte. Will folgte ihm.

Die *Endurance*, das Schiff, das sie nach Paris bringen sollte, dümpelte auf dem Wasser. Am Fockmast wehte die schwarzweiße Fahne der Templer – im Kampf das Zeichen für ihren Sammelpunkt. Die Wachposten an Deck blickten kurz auf, als die beiden Sergeanten zur Kaimauer hinuntergerannt kamen, vertieften sich aber gleich wieder in ihr Würfelspiel.

Garin blieb einen Moment lang mit geballten Fäusten vor der Mauer stehen, dann ließ er sich darauf niederplumpsen.

Will setzte sich neben ihn und blickte auf das Wasser hinaus. Das Sonnenlicht spiegelte sich in der Themse wie in einem zerbrochenen Spiegel; die Wasseroberfläche schien aus Tausenden glitzernder Scherben zu bestehen. »Wie konnte er das tun? Du bist doch sein eigen Fleisch und Blut?«

»Er war wütend, weil ich das Turnier nicht gewonnen habe.«

»Wann ist das passiert?«

»Gestern.«

Will nickte. »Ich habe dich beim Essen vermisst und mir schon Sorgen gemacht.«

Garin verzog keine Miene. »Ich hatte die Prügel verdient. Ich habe versagt.«

»Verdient?« Will schüttelte ungläubig den Kopf. »Was sagt denn Bruder Michael zu deinem Gesicht?«

»Dass ich wohl wieder sehen kann, wenn die Schwellung zurückgeht.«

»Großer Gott!«

»Vielleicht kann ich mir ja eine Augenklappe beschaffen.« Garin senkte den Blick. Dann zog er ein kleines Stoffsäckchen aus seiner Tunika. Es enthielt einen dunkelgrünen Brei, der einen beißenden Geruch verströmte. »Bruder Michael hat mir das hier gegeben, es soll gegen die Schwellung helfen.« Er betrachtete das Säckchen einen Moment lang, dann holte er aus, um es in den Fluss zu werfen.

Will packte ihn am Arm. »Nicht! Vielleicht heilt dein Auge damit wirklich schneller!«

Garin starrte ihn an, dann begann er zu lachen.

Das schrille, unnatürliche Geräusch zerrte an Wills Nerven, und er war froh, als es abrupt abbrach. »Ich könnte zu Owein gehen. Vielleicht spricht er mit deinem Onkel und bittet ihn, dich nicht mehr zu schlagen.«

»Das ist eine Familienangelegenheit«, erwiderte Garin scharf. »Es hat nichts mit Owein zu tun … oder mit dir. Belass es einfach dabei.«

»Diesmal ist dieser Hurensohn entschieden zu weit gegangen«, murmelte Will. »Ich wünschte, du würdest dich öfter gegen ihn wehren.«

»So wie du dich gegen deinen Vater gewehrt hast?«, fauchte Garin.

»Das ist etwas anderes«, widersprach Will. »Mein Vater hat mich nie geschlagen.«

»Du hast einmal gesagt, du wünschtest, er würde es tun«, erinnerte ihn Garin. »Seine Fäuste wären dir immer noch lieber als dieses ständige eisige Schweigen. Genau das waren deine Worte.«

Will biss die Zähne zusammen. »Wir sprechen hier aber nicht von mir.«

»Mein Onkel möchte aus mir nur einen guten Kommandanten machen. Er will das Beste für unsere Familie, genau wie ich. Er hat mich bestraft, weil ich ihn enttäuscht habe. Er ist kein schlechter Mensch, Will. Es ist meine Schuld, ich bin in seinen Augen ein Versager.«

»Wie kannst du so etwas sagen? Ich sehe nur, wie sehr du dich verändert hast, und das ist alles *seine* Schuld. Früher hatten wir so viel Spaß miteinander.«

»Ich bin fast vierzehn, Will, und du übrigens auch. Wenn Owein nicht so nachsichtig mit dir wäre, wärst du schon vor Monaten wegen all der Regeln, die du nur so zum Spaß übertreten hast, aus dem Orden ausgeschlossen worden. Du musst anfangen, dich wie ein Mann zu benehmen.«

»Wenn das bedeutet, überhaupt keine Freude mehr am Leben zu haben, dann bleibe ich lieber so, wie ich bin. Und die meisten Regeln sind unsinnig. Sie schreiben uns vor, wie wir beim Essen den Käse zu schneiden haben. Macht so etwas vielleicht einen guten Ritter aus?«

»Manchmal glaube ich, du willst gar kein Ritter werden.«

»Hör auf, das Thema zu wechseln«, sagte Will brüsk. Die Wendung, die das Gespräch genommen hatte, behagte ihm nicht. »Dein Onkel hätte dich nicht so zurichten dürfen. Das geht weit über das hinaus, was als Strafe üblich ist.«

Garin lachte freudlos auf. »Glaubst du, er ist der Erste, der mich schlägt? Meine Mutter hat mich mit einem Stock verprügelt, wenn ich etwas getan habe, womit sie nicht einverstanden war, und mein Lehrer … der bevorzugte andere Methoden. Wenn ich meine Aufgaben falsch gelöst habe, nahm er seinen Gürtel.« Seine Augen umwölkten sich. »Du weißt nicht, wie das ist, einen Namen zu tragen, dem du gerecht werden musst. An dich werden keine so hohen Anforderungen gestellt.« Er sah Will an. »Du verstehst mich nicht, Will. Du verstehst überhaupt nichts.«

»Hör zu, Garin«, erwiderte Will ruhig. »Vielleicht gibt es einen Weg, Jacques dazu zu zwingen, dich besser zu behandeln. Ich glaube, er führt irgendetwas im Schilde. Er hat jemandem sein Pferd geliehen, einem Mann, der …«

»Du wirst nie begreifen, warum er so mit mir umspringt«, unterbrach Garin, der Will gar nicht zugehört hatte. »Er möchte nur, dass ich gute Leistungen zeige. Wenn Owein dich härter anfassen würde, wärst du vielleicht auch ein besserer Sergeant.«

»Was sagst du da?« Will traute seinen Ohren nicht.

»Dir lässt man alles durchgehen, nur weil du gut mit einem Schwert umgehen kannst. Du nimmst nichts ernst, aber du wirst ja auch nicht eines Tages ein Kommandant des Ordens sein, so wie ich. Im Grunde genommen bist du ein Niemand.« Garins Worte hingen einen Moment in der Luft, dann seufzte der Junge schwer. »Ich habe es nicht so gemeint«, murmelte er. »Aber so denkt mein Onkel über dich. Er sagt, du wärst kein Umgang für mich, du würdest einen schlechten Einfluss auf mich ausüben, und wenn wir keine Kameraden auf dem Übungsfeld wären, würde er mir verbieten, mit dir zu sprechen. Er gibt dir die Schuld für vieles, was ich falsch mache.«

»So?« Will nagte an seiner Unterlippe. Dann hob er einen Stein vom Boden auf und schleuderte ihn gegen den Rumpf des Schiffes. Er traf mit einem leisen Klacken auf das Holz und fiel dann ins Wasser.

Will stand auf und schob eine Hand in die Tasche seiner Tunika. Seine Finger trafen auf die Medaille, seinen Preis. Er hatte sie seinem Vater geben wollen, als greifbaren Beweis dafür, so hatte er gedacht, dass James stolz auf ihn sein konnte. Dann würde er hoffentlich erkennen, dass Will ihm ein würdiger Sohn war. Aber sein Vater war nicht hier. Sein Vater hatte ihn nicht jeden Morgen bei Wind und Wetter stundenlang trainieren sehen; hatte nicht gesehen, wie er das Turnier gewonnen hatte; hatte ihn nicht des Nachts wach auf seiner Pritsche sitzen, das verdammte Schwert in den Händen halten und ins Dunkel starren sehen, weil ihn die Schatten der Vergangenheit nicht losließen. Will zögerte einen Moment, dann zog er die Medaille aus der Tasche und fuhr mit der Fingerspitze über die beiden Ritter auf dem Pferd, ehe er sie seinem Freund reichte. »Hier.«

Garin sprang auf und starrte die Medaille an. »Ich will deinen Preis nicht«, krächzte er.

»Jetzt ist es kein Preis mehr.« Will drückte Garin die Medaille in die Hand und schloss die Finger seines Freundes darum. »Sondern ein Geschenk.«

Garin schwieg eine Weile, dann nickte er. »Danke.«

Will nickte ebenfalls und schob die Hand wieder in seine Tunika. Garin öffnete den Mund, als wollte er noch etwas sagen, dann besann er sich, wandte sich wortlos ab und ging davon. Will setzte sich wieder auf die Mauer und beobachtete eine flussaufwärts segelnde Kaufmannskogge. Auf der Themse herrschte stets geschäftiges Treiben. Die Schiffe brachten Gewürze, Glas, Tuche und Wein aus Brügge, Antwerpen, Venedig oder gar Akkon nach England. Im letzten Frühjahr war der Kapitän eines genuesischen Handelsschiffes ganz nah an Will vorbeigesegelt und hatte ihm zwei große Orangen und eine Hand voll Datteln zugeworfen. An diesem Abend hatten er und Garin wie die Könige gespeist.

Er griff nach einem anderen Stein und warf ihn ins Wasser. Garin irrte sich; er übertrat die Regeln nicht, weil es ihm Spaß machte. Die endlosen Pflichten und Gebete und Mahlzeiten, die in ehrfürchtigem Schweigen abliefen, ließen ihm zu viel Zeit zum Nachdenken. Nur auf dem Kampffeld vergaß er die bitteren Gedanken, die ihn quälten, und genau so erging es ihm, wenn er etwas Verbotenes tat – die kribbelnde Erregung, die ihn dann befiel, verjagte die Schatten und ließ die Erinnerungen vorübergehend verblassen.

Als der Abend anbrach und die Temperaturen sanken, ging Will langsam den schmalen Pfad entlang, der zum Ordenshaus führte. Er schlenderte an der Waffenkammer vorbei auf die Kapelle zu. Eine Gestalt in einem dunkelblauen Umhang saß auf der niedrigen Mauer, die den Friedhof umgab: Elwen. Sie blickte über den Obstgarten hinweg; ihr langes Haar wehte im Wind. Will wollte sie erst gar nicht beachten, doch dann änderte er seine Meinung.

»Elwen?« Sogar im Dämmerlicht konnte er sehen, dass sie geweint hatte.

»Was willst du, Will Campbell?« Sie würdigte ihn keines Blickes.

Achselzuckend wandte er sich ab, um weiterzugehen.

»Warte!«, rief Elwen ihm nach. »Bleib doch und leiste mir einen Moment Gesellschaft.«

Will machte kehrt und setzte sich neben sie auf die Mauer. »Was hast du denn?«, fragte er. »Du machst so ein bedrücktes Gesicht.«

»Ich muss wohl bald abreisen.« Elwen kratzte einen Krümel Erde unter ihrem Fingernagel hervor, dann erzählte sie Will von ihrem Gespräch mit Owein.

»Das tut mir leid«, sagte er linkisch, als sie geendet hatte.

Sein Ton schien sie zu reizen. »Warum sollte dir das leid tun? Du wirst ja nicht mit irgendeinem hässlichen alten Mann verheiratet.«

»Ich meinte die Sache mit deinem Vormund. Es tut mir leid, dass sie gestorben ist.«

Elwen wischte sich mit dem Ärmel ihres Kleides über das Gesicht und wich seinem Blick aus. »Mir auch, aber ich…« Ihre Stimme wurde weicher. »Ich will nicht nach Bath.« Sie lachte bitter auf. »Das Heilige Land werde ich jetzt wohl nie sehen, nicht wahr?«

Wills Augen weiteten sich vor Staunen. »Du wolltest eine Pilgerfahrt machen?«

»Keine Pilgerfahrt.« Elwen strich ihren Umhang glatt. »In dem Dorf, in dem ich gelebt hatte, gab es einen Mann, der das Heilige Land bereist hat. Er sagte, dort gäbe es Städte mit Palästen und Türmen aus Gold, und das Meer wäre so blau, dass es in den Augen schmerzt. Er sagte, dort würde es nie regnen. In Powys hat es immer geregnet.« Elwens Augen schimmerten im letzten Tageslicht. »Ich möchte all das, wovon er erzählt hat, mit eigenen Augen sehen; alles, was ich mir in meinen Träumen unzählige Male ausgemalt habe. Wäre ich in Powys geblieben, hätte meine Mutter mich über kurz oder lang irgendeinem Bauern zur Frau gegeben. Ich müsste Schweine füttern und Kinder großziehen und bekäme nichts anderes zu sehen als die Felder rings um die elende Hütte, in der ich mein Leben fristen müsste. Ich hatte dort eine Freundin, die so alt war wie ich und einem zwanzig Jahre älteren Mann versprochen wurde. Niemand hat sie nach ihren Wünschen gefragt. Vermutlich ist sie inzwischen verheiratet und schrubbt seine Fußböden. Und dasselbe Schicksal erwartet mich hier.« Elwen erhob sich und schlang ihren Umhang um sich. »Ich möchte reisen und fremde Orte sehen, nicht alt und unglücklich werden und in bitterer Armut leben müssen wie alle Menschen dort, wo ich herkomme. Wie meine Mutter. Eher würde ich sterben wollen!«, fügte sie hitzig hinzu. Will setzte zu einer Erwiderung an, doch sie schnitt ihm das Wort ab. »Und versuch jetzt nicht, mir weiszumachen, dass nur Männer solche Reisen unternehmen können. Viele Frauen und auch junge Mädchen sind in das Heilige Land gegangen. Mein Vormund hat mir von dem Kinderkreuzzug erzählt.«

»Der Kinderkreuzzug zählt nicht. Sie sind nur bis Marseille gekommen, wo sie als Sklaven verkauft wurden. Aber das wollte ich ja gar nicht sagen. Ich wollte sagen, dass ich dich gut verstehen kann. Wenn es mir möglich wäre, würde ich schon morgen dorthin aufbrechen«, fügte er voller Inbrunst hinzu.

»Um dort in den Krieg zu ziehen?« Elwen schnaubte verächtlich.

»Nein.«

»Warum wirst du dann zu einem Krieger ausgebildet, wenn du nicht kämpfen willst?«

Will seufzte. »Wenn ich in das Heilige Land gehe, werde ich dort auch kämpfen müssen«, gab er zu. »Aber das ist nicht der Grund, der mich dorthin zieht.«

»Sondern?«

»Ich möchte meinen Vater wiedersehen«, gestand Will leise.

»Ich hatte also doch Recht. Du vermisst ihn, nicht wahr?«

Will stand gleichfalls auf. »Wieso bist du so sicher, dass du das Heilige Land nie sehen wirst? Owein sagte doch, du müsstest nur ein Jahr in Bath bleiben.«

»Bildest du dir ein, mein Mann würde mich gehen lassen, wenn ich erst einmal verheiratet bin? Nein«, seufzte sie. »Ich denke, ich werde dann zu sehr damit beschäftigt sein, Kinder zur Welt zu bringen und Brot zu backen. Das sind doch die Pflichten einer gehorsamen Ehefrau, nicht wahr?«

»Nicht nur, und nicht immer«, erwiderte Will unsicher.

»So? Wie sah denn das Leben deiner Mutter aus?«

»Ich meine ja nur, dass du nie wissen kannst, was die Zukunft dir bringt«, wich Will aus. Er fuhr herum, als eine Gruppe Sergeanten an ihm vorbeimarschierte. Einige warfen Elwen neugierige Blicke zu. »Und jetzt sollte ich besser gehen.«

»Es war schön, dich wieder zu sehen, Will Campbell.«

Will wandte sich ab, dann drehte er sich noch einmal zu Elwen um. »Owein hat mir einmal gesagt, dass ein Mann sein Schicksal in seine eigenen Hände nehmen kann. Warum sollte das nicht auch für eine Frau gelten?«

»Ja.« Elwen nickte mit einem wehmütigen Lächeln. »Warum eigentlich nicht?«

10

Honfleur, Normandie
22. Oktober A.D. 1260

Der Bug der *Endurance* durchschnitt die Wellen. Gischt spritzte über die Bordwände. Der wolkenlose Himmel leuchtete tiefblau, die dreieckigen Segel blähten sich im Wind. Knappe Befehle hallten über das Deck.

Die *Endurance* stand unter dem Befehl eines Templerkapitäns. Zur Besatzung zählten fünf Ritteroffiziere, der Rest setzte sich aus Sergeanten und angeheuerten Seeleuten zusammen. Will stützte die Arme auf die Bordwand und schaute über das Wasser hinweg. Er war schon mit Barken über die Themse gefahren, aber diese gemächlichen Fahrten ließen sich nicht mit dieser Reise vergleichen. Wohin er auch blickte, er sah nichts als ein weites, unendliches Blau. Fast kam er sich so vor, als würde er fliegen. In seiner Nähe beugte sich ein aschfahler Sergeant über Bord und erbrach sich geräuschvoll.

Will wandte sich ab und heftete den Blick auf die auf dem Quarterdeck über ihm sitzende Gestalt. Die langen Beine des Mannes baumelten über den Rand des Decks, seinen grauen Umhang hatte er eng um sich geschlungen. Im hellen Tageslicht trug die

Kapuze wenig dazu bei, sein Gesicht zu verdecken. Alles an ihm war dunkel: die Augen schwarz wie Kohlen, Haar und Bart dunkel und glänzend wie Rabenschwingen, die Haut mahagonifarben. Will war nicht der Einzige, der sich für ihn interessierte. Kurz zuvor hatte er gehört, wie sich zwei andere Templersergeanten mit gedämpften Stimmen über den Fremden unterhalten hatten.

»Er könnte ein Genueser sein«, hatte der eine dem anderen zugeflüstert. »Oder ein Pisaner. Aber was er hier tut, ist mir ein Rätsel. Ich hörte, wie einer der Ritter sagte, er sei ein Kamerad von Sir Jacques.«

»Das glaube ich nicht.« Der andere Sergeant hatte dem Mann in Grau einen finsteren Blick zugeworfen. »Ich halte ihn für einen Sarazenen.«

Daraufhin hatte sich der erste Sergeant bekreuzigt und die Hand auf den Griff seines Schwertes gelegt.

Will wandte den Blick ab und gab vor, das Wasser zu betrachten, als der Mann ihn ansah und lächelte. Als Will sich wieder zu ihm umdrehte, starrte er mit nachdenklichem Gesicht auf das Meer hinaus. Konnte er wirklich ein Sarazene sein? Will hielt das für eher unwahrscheinlich – ein Feind Gottes an Bord eines Templerschiffes? Aber dann dachte er an den Akzent des Mannes und den Brief, den er in Jacques' Studierzimmer gefunden hatte, und fuhr fort, über den seltsamen Fremden nachzugrübeln.

Irgendwann sah er zu Garin hinüber. Es drängte ihn, mit ihm über den Unbekannten zu sprechen. Sein Freund saß allein auf einer der Bänke im Heck. Die Schwellung in seinem Gesicht war etwas abgeklungen, aber sein rechtes Auge war noch immer halb geschlossen. Will trat einen Schritt auf ihn zu, ließ sich dann aber auf die Bank neben seinem Reisesack fallen, der seine wenigen Habseligkeiten enthielt: eine zweite Tunika, eine saubere Hose und sein Krummschwert. Im Laufe der letzten Tage hatte er mehrfach versucht, Garin in ein Gespräch zu verwickeln, aber der Freund hatte sich abweisend und wortkarg gezeigt. Schließlich hatte Will beschlossen, darauf zu warten, dass Garin zu ihm kam.

Will streckte die Beine aus und blickte zu der Kapitänskabine unterhalb des Quarterdecks hinüber. Die Tür stand halb offen. Die zehn Tempelritter saßen drinnen an einem Tisch, verzehrten ihre Mittagsmahlzeit und tranken Wein dazu. Auf dem Boden neben Oweins Stuhl stand eine große schwarze Truhe, auf deren Deckel in Gold das Wappen des Königs prangte. Vermutlich enthielt sie die Kronjuwelen. Königin Eleanor und ihr Gefolge waren in der angrenzenden Kabine untergebracht.

Nachdem sie die Themsemündung hinter sich gelassen hatten, war die Königin mit zweien ihrer Kammerfrauen an Deck erschienen. Ihr dunkelbraunes Haar wurde von einer Spitzenhaube bedeckt; ein paar vorwitzige Strähnen umrahmten ihr zartknochiges Gesicht. Ihr rotes Seidengewand war mit goldenen Lilien bestickt, dem königlichen Emblem Frankreichs. Eleanor, die als junge Frau zu Henry nach England gekommen war, war die Schwester von Marguerite, der Gemahlin von König Louis IX.

Während sie die Ostspitze Englands umsegelten, hatte sie besorgt den Horizont im Süden betrachtet und sich kurz darauf mit ihren Zofen in ihre Kabine zurückgezogen. Ab und zu waren Harfenklänge durch das mit roten Samtvorhängen verschlossene Fenster nach draußen geweht.

Will lehnte den Kopf gegen die Bordwand und schloss die Augen.

Etwas später wurde er vom Kreischen der Möwen geweckt. Als er gähnte, schmeckte er Salz auf den Lippen. Die Sonne stand tief am Himmel, die Wolken spiegelten sich rötlich im Wasser wider. Sie näherten sich der Küste. Ein grünes Band schlängelte sich zwischen niedrigen, sanft geschwungenen Hügeln und weißen Klippen hindurch. Will verspürte einen Stich der Enttäuschung. Er hatte sich Frankreich anders vorgestellt, aber die grünen Felder und die Kiesstrände hätten auch an der englischen Küste liegen können. Das Schiff umrundete eine schmale Halbinsel, die wie ein Finger ins Meer ragte, und als sie in eine breite Flussmündung einliefen, lauschte Will den Gesprächen der Besatzung und begriff, dass sie Honfleur erreicht hatten.

Die Hügel gaben den Blick auf einen kleinen, in einer geschützten Bucht auf der Steuerbordseite gelegenen Hafen frei. Dahinter bildeten ein paar Häuser einen Ring um einen großen Platz, auf dem ein Markt abgehalten wurde. Die Gesichter der Menschen glänzten golden im Schein der Abendsonne, bunte Wimpel flatterten über den Ständen im Wind. Gelächter, Musik und Worte in einer Sprache, die Will nicht verstand, wurden zu ihm herübergetragen. Er griff nach seinem Reisesack und hielt sich an der Bordwand fest, als das Schiff leicht gegen die Kaimauer stieß. Jacques und der Mann in Grau standen unter dem Quarterdeck und unterhielten sich leise miteinander. Will rückte ein Stück näher an sie heran, aber sie verstummten, als Oweins Stimme erklang.

»Sei gegrüßt, Bruder!«

Will sah einen kleinen, stämmigen Mann mit Tonsur und einem buschigen mausbraunen Bart den Kai entlangeilen. Er trug den schwarzen Umhang eines Templerpriesters.

Der Priester hob eine Hand, als er Oweins Ruf hörte. *»Pax tecum«*, schnaufte er. Schweißperlen glitzerten auf seiner Stirn.

Owein schritt die hölzernen Planken hinunter, um ihn zu begrüßen. »*Et cum spiritu tuo*. Ich nehme an, Ihr erwartet uns bereits.«

»Letzte Woche traf die Nachricht von Humbert de Pairaud hier ein. Die Gemächer für Ihre Majestät sind bereit.« Der Priester schürzte die Lippen. »Leider sind unsere Quartiere äußerst bescheiden, eher für gewöhnliche Reisende geeignet denn für eine Königin.«

»Für eine Nacht wird es schon gehen. Können wir morgen mit einem anderen Schiff weiterreisen?«

»Ja, Bruder.« Der Priester deutete zum Ende des Hafens hinüber. »Die *Opinicus* ist heute Morgen aus Paris eingetroffen.«

Will folgte dem Finger des Priesters mit den Augen und sah ein kleines, gedrungenes Schiff mit einem Mast und einem viereckigen Segel an der Anlegestelle liegen. Das Segel trug das Bild eines Opinicus; eines Wappentieres, das sich aus einem Löwen, einem Kamel und einem Drachen zusammensetzte.

»Ihre Besatzung nimmt bei uns eine kleine Mahlzeit ein. Unser

Ordenshaus liegt ganz in der Nähe.« Der Priester wies auf ein am Hang eines Hügels gelegenes, von einer verfallenen Mauer umgebenes graues Steingebäude. »Leistet Ihr uns beim Essen und beim Abendgebet Gesellschaft? Wir sind nur eine kleine Gemeinde und bekommen selten Besuch von unseren Mitbrüdern.« Er lächelte glücklich, verschränkte die Hände und legte sie auf seinen ausladenden Wanst. »Wir eifern dem heiligen Bernard de Clairvaux nach und dienen dem Orden vorwiegend auf spiritueller Ebene; wir ziehen es vor, uns als Mönche zu betrachten und nicht als Krieger. Aber«, fügte er hastig hinzu, »es wäre uns eine Ehre, in so erlauchter Gesellschaft zu speisen.« Er musterte das Schiff und seine Besatzung zweifelnd. »Obwohl es schwierig werden könnte, so viele Männer satt zu bekommen.«

»Wir werden sehen.« Owein blickte zum Himmel empor. »Wir werden noch ein paar Stunden warten und die Königin dann zu ihrer Unterkunft geleiten. Je weniger Aufmerksamkeit wir auf uns ziehen, desto besser. Die Besatzung der *Opinicus* soll uns bei ihrem Schiff treffen.«

Den Priester schien Oweins kurz angebundene Art zu kränken. »Wie Ihr wünscht, Bruder«, erwiderte er steif, ehe er davonwatschelte und dabei den Gürtel hochzog, der seinen Umhang zusammenhielt.

Einige Stunden später saß Will am Kai und bewachte einen stetig anwachsenden Stapel von Truhen, Kisten und Fässern, die die Seeleute und die restlichen Sergeanten von der *Endurance* heruntertrugen. Das meiste Gepäck gehörte der Königin, darunter befand sich auch die Harfe, deren Klänge er an Deck gehört hatte, aber einige Kisten sowie ein paar Fässer mit Ale und Salz waren für das Pariser Ordenshaus bestimmt. Als Will hinter sich Rufe und Kichern hörte, drehte er sich um und sah eine Schar von Kindern, die ihn neugierig anstarrten. Obwohl es schon fast Mitternacht war, herrschte auf dem Markt noch immer reger Betrieb. Überall brannten Fackeln. Ein köstlicher Duft von gebratenem Fleisch stieg Will in die Nase, woraufhin sein Magen vernehmlich zu knurren begann. Einer der älteren Sergeanten hatte ihm erzählt, dass heute die letzte Herbsternte gefeiert wurde. Viele der Frauen trugen Kränze aus Getreideähren auf dem Kopf, die Männer verbargen ihre Gesichter hinter grotesken, Hunden, Wölfen und Hirschen nachempfundenen Masken. Die im Fackellicht tanzenden Kreaturen boten einen gespenstischen Anblick.

Will wandte den Blick vom Markt ab. Zwei Seeleute hievten gerade eine schwere Kiste an Land. Hinter ihnen kämpfte eine schlanke Gestalt in einem dunkelblauen Umhang mit tief in die Stirn gezogener Kapuze mit einer Truhe. Als sie ins Stolpern geriet, sprang Will auf, um ihr zu helfen, doch die beiden Männer, die die Kiste am Kai abgestellt hatten, kamen ihm zuvor.

»Lasst mich das nehmen, Miss«, erbot sich einer.

Die Frau zögerte.

»Die Königin möchte sicherlich nicht, dass sich eine ihrer Zofen verletzt.« Der Mann nahm ihr die Truhe ab. »Oder dass ihre Besitztümer Schaden nehmen.« Mühelos wuchtete er die Truhe auf seine Schulter.

Will hörte Schritte hinter sich, fuhr herum und sah sich einem hochgewachsenen Mann in der Tunika eines Sergeanten gegenüber, den er noch nie gesehen hatte.

»Wo ist Sir Owein?« Der Mann blickte zum Schiff empor.

»An Bord«, erwiderte Will.

»Sag ihm, dass die *Opinicus* zu seiner Verfügung steht. Ich schicke ihm ein paar Leute, sie sollen euch zur Hand gehen.«

Wills Blick wanderte wieder zu dem Schiff. Die Besatzung der *Endurance* schleppte unermüdlich Kisten herbei. Die Zofe der Königin war verschwunden. Owein kam mit zwei Sergeanten von Bord. Einer davon war Garin, er trug die schwarze Truhe mit dem goldenen Wappen des Königs. Will richtete Owein aus, was der Mann von der *Opinicus* gesagt hatte.

»Gut.« Owein nickte zufrieden. »Sir Jacques wird das Beladen des Schiffes überwachen.« Er drehte sich um, als drei Ritter sowie die Königin und ihr Gefolge auf den Kai traten.

»Seid Ihr bereit, Mylady?«, wandte er sich an Eleanor, deren Leibwächter ihn argwöhnisch musterten.

»Ja«, erwiderte Eleanor ruhig. Ihre Stimme klang weich und melodisch. »Was ist mit meinem Gepäck?« Sie deutete auf den Stapel von Truhen und Kisten, den Will zu bewachen hatte.

»Es wird unverzüglich an Bord der *Opinicus* geschafft«, versicherte ihr Owein. »Kommt, Mylady, wir werden Euch jetzt zu Eurer Unterkunft geleiten.«

Garin und der andere Sergeant trugen die Truhe mit den Kronjuwelen zum Rest des Gepäcks hinüber.

Die Königin zögerte unschlüssig. »Es wäre mir lieber, wenn ich die Juwelen meines Mannes bei mir behalten könnte.«

Ein Klirren ertönte. Garin war die Truhe entglitten und hart auf dem Kai aufgeschlagen. »Ich verbürge mich dafür, Mylady …« Owein warf Garin, der sich mit hochrotem Gesicht bückte, um die Truhe wieder aufzuheben, einen giftigen Blick zu, »… dass die Juwelen bei uns absolut sicher sind.« Er funkelte die Kinder an, die die Königin und ihr Gefolge mit weit aufgerissenen Augen anstarrten. »Wir sollten jetzt gehen«, drängte er, dabei winkte er die drei Ritter zu sich.

Die Königin und ihre Begleiter schritten, flankiert von Owein und den Rittern, zur Hafenmauer hinüber. Die Kinder folgten ihnen aufgeregt schnatternd, bis einer der Ritter sie verscheuchte.

»Das ist die letzte Kiste«, verkündete Jacques, als er mit den restlichen Rittern und Sergeanten die *Endurance* verließ. Auch der Mann in Grau war bei ihnen. Die Besatzung der *Endurance* löste die Ankertaue. »Schafft die Sachen so schnell wie möglich hier weg«, bellte Jacques, dann befahl er zwei Rittern und zwei Sergeanten, ein Auge auf den Stapel zu haben, und ging mit den restlichen Männern zur *Opinicus* hinüber. Die Truhe mit den Kronjuwelen trug er selbst.

Will lud sich ein Salzfass auf die Schulter. Der Mann in Grau, wie er ihn bei sich nannte, ging direkt vor ihm. Er hatte sich einen Sack über den Rücken geworfen und sich ebenfalls ein kleines Fässchen unter den Arm geklemmt. Die Hafengegend wurde nur von ein paar Fackeln spärlich erleuchtet, die Steine waren so glitschig, dass die Männer ständig auszugleiten drohten. Die Gruppe kam an einigen Besatzungsmitgliedern der *Opinicus* vorbei, die sich beeilten, ihnen zu Hilfe zu kommen. Beim Schiff angelangt, setzte Will sein Fass ab, damit es verladen werden konnte. Die *Opinicus* war wesentlich kleiner als die *Endurance* und verfügte nur über eine einzige Kabine im Heck.

Jacques reichte die schwarze Truhe einem der Seeleute. »Lass das hier stehen, Hassan«, sagte er, dabei deutete er auf das Fass, das der Mann in Grau trug.

»Was habe ich dir gesagt?«, zischte ein Sergeant Will zu. »Hassan ist ein arabischer Name!«

»Campbell!«

Will riss den Blick von dem Mann in Grau los und sah, dass Jacques ihn finster anstarrte.

»Hilf de Lyons mit den restlichen Kisten!«

»Ja, Sir«, erwiderte Will knapp. Er lief über den Kai zurück zu dem Gepäckstapel, fand seinen Freund dort aber nicht mehr vor. »Wo ist Garin?«, fragte er einen anderen Sergeanten.

Dieser zuckte gleichmütig die Achseln. »Bei der *Opinicus*, denke ich.« Er wandte sich ab, hob eine Kiste auf und reichte sie einem seiner Kameraden.

Wills Blick schweifte suchend über den Kai. Vielleicht war er auf dem Rückweg an Garin vorbeigekommen, ohne ihn zu sehen. Als er zum Markt hinüberspähte, fiel ihm ein großer, schlanker Mann auf, der sich zwischen den Ständen hindurchschlängelte: Hassan. Will bückte sich und tat so, als rücke er einen Stiefel an seinem Fuß zurecht, als zwei Sergeanten an ihm vorübergingen, ließ den Mann in Grau dabei aber nicht aus den Augen. Hassan schlug einen Bogen um eine Gruppe aus vollem Hals grölender Betrunkener. Nachdem er sich noch einmal zu der *Opinicus* umgeblickt hatte, verschwand er im Getümmel. Wills Neugier siegte über seine Vernunft. Er huschte zum Marktplatz hinüber und duckte sich hinter ein paar nach Fisch stinkende Kisten, um von einem Ritter, der die Harfe der Königin trug, nicht bemerkt zu werden.

Nach dem dunklen, stillen Kai empfand er den Fackelschein, die Musik und den Gesang als ziemlich verwirrend. Eine schwer gebaute Frau tänzelte lachend mit schwingenden Röcken an ihm vorbei. Hassan stand ein Stück weiter an einer Bude und begutachtete die dort feilgebotenen Brote und Kuchen. Will schlich vorsichtig näher, sorgsam darauf bedacht, sich außer Sichtweite zu halten. Ganz in der Nähe jonglierte ein in bunte Lumpen gehüllter Mann mit Äpfeln; ein großer, struppiger Hund lag neben ihm. Der Jongleur schleuderte die Äpfel hoch in die Luft, schlug ein Rad und fing sie unter dem Jubel der Menge wieder auf. Will trat über den Hund hinweg, der ein gelbes Auge öffnete und ihn leise anknurrte, und stellte sich auf die Zehenspitzen, um über die Köpfe einiger Männer hinwegblicken zu können. Hassan hatte sich jetzt den hohen Gebäuden am Ende des Platzes genähert. Will bahnte sich einen Weg durch die Menschenmenge, doch als er sich zum Rand des Marktplatzes durchgekämpft hatte, war Hassan verschwunden.

Die Kirchenglocken schlugen Mitternacht. Will durfte nicht viel länger bleiben, Zyklop würde seine Abwesenheit bald bemerken. In der Nähe der Häuser war das Gewimmel nicht ganz so dicht. Will erhaschte einen Blick auf einen grauen Schatten, der zwischen den Gebäuden hindurchhuschte. Ohne zu überlegen, was er tun sollte, wenn er Hassan einholte, setzte Will ihm nach und blieb vor dem Eingang zu einer schmalen Gasse stehen, die nach Urin und verfaultem Gemüse stank. Als er angestrengt ins Dunkel spähte, schlug ihm eine Welle von Lärm und Aledunst entgegen. Zwei Männer kamen mit Krügen in den Händen aus dem Haus neben ihm getorkelt. Ein primitives Schild über der Tür verriet Will, dass es sich um eine Schänke oder ein Gasthaus handeln musste. Das Schild zeigte ein Bild, bei dem es sich um ein gelbes Schaf auf einem blaugrünen Feld handeln konnte. Die Glocke verstummte. Will schrie erschrocken auf, als ihn jemand von hinten packte und mit eisernem Griff festhielt. Er wurde unsanft die Gasse entlanggeschleift, obwohl er sich nach Kräften zur Wehr setzte und um sich trat, aber sein Gegner war zu stark für ihn. Will spürte, wie er gegen eine Hauswand geschleudert wurde. Als sich der Griff seines Häschers lockerte, wollte er die Gelegenheit zur Flucht nutzen, erstarrte aber, als etwas Kaltes, Hartes seine Kehle berührte. Er starrte den Mann an, der ihm seinen Dolch an den Hals gesetzt hatte. Im Halbdunkel der Gasse glühten Hassans Augen wie die eines der Hölle entsprungenen Dämons.

11

Al-Salihiya, Ägypten
23. Oktober A.D. 1260

Baybars betrat hinter zwei Dienern, die eine Platte mit Früchten und einen Krug Kumyss trugen, sein Zelt. Omar saß auf einem der Kissen, die auf einem Läufer vor der hölzernen Truhe lagen. Außer einem Bronzebecken mit glühenden Kohlen, das einen rötlichen Schein verbreitete, gab es keine weiteren Möbel im Zelt.

Die Armee war spät an diesem Abend in Al-Salihiya eingetroffen und hatte die Bewohner eine geraume Zeit, ehe sie die Stadtmauer erreichte, mit dem Dröhnen ihrer Trommeln aus dem Schlaf gerissen. Die ungefähr achtzehn Meilen von Kairo entfernt gelegene Stadt war zwölf Jahre zuvor von Sultan Ayub erbaut worden, damit seine Truppen auf dem Rückweg von Palästina an diesem Ort rasten konnten. Jetzt lebten hier eine Garnison Soldaten und ein paar einheimische Bauern mit ihren Familien, die beim Klang der Trommeln augenblicklich aus den Betten gesprungen waren und frische Vorräte für die vom Marsch erschöpften Soldaten zusammengetragen hatten. Die Mamelucken hatten auf einer silbern im Mondlicht schimmernden grasbewachsenen Ebene vor den Stadtmauern ihr Lager aufgeschlagen.

Baybars empfand sein kärglich eingerichtetes, stilles Zelt als wohltuenden Gegensatz zum Lärm und Menschengewirr im Lager ringsum. Kutus und sein Statthalter hatten angeordnet, ihre eigenen Zelte mit allem nur erdenklichen Luxus auszustatten, aber auf Komfort legte Baybars im Moment wenig Wert. Er nickte Omar zu, während er seinen Schwertgurt ablegte. »Wo ist Kalawun?«

»Er wird gleich hier sein, Amir. Er wollte ...« Ein viel sagender Blick traf die beiden Diener.

Baybars verstand. »Geht«, befahl er den Männern und deutete dabei zum Zelteingang.

Nachdem die Diener Platte und Krug abgestellt und das Zelt verlassen hatten, legte Baybars seinen Säbel auf den Läufer und kniete sich neben Omar. Ein Gähnen unterdrückend, fuhr er sich mit den Händen durch das Haar und massierte seine Kopfhaut. Kutus hatte ihn drei Stunden lang mit dem Aufbau des Lagers in Atem gehalten, und nun war es schon nach Mitternacht. Der neuntägige Marsch unter sengender Sonne durch den Sinai hatte auch an seinen Kräften gezehrt, seine Haut fühlte sich heiß an und juckte erbärmlich.

»Du solltest etwas essen, Sadik«, mahnte Omar.

Baybars musterte die Feigen und Orangenstücke auf der Platte. »Ich habe keinen Hunger.« Stattdessen griff er nach dem Krug mit Kumyss. »Aber meine Kehle brennt wie Feuer.«

Omar sah zu, wie er einen Becher mit Stutenmilch füllte und ihn in einem Zug leerte. »Kalawun trifft sich mit den letzten Statthaltern, von denen er glaubt, sie auf unsere Seite ziehen zu können.« Ein leises Lächeln spielte um seine Lippen. »Ich glaube, seine neue Rolle gefällt ihm.«

»Ja, er kann sehr überzeugend sein.« Baybars stellte den leeren Becher auf die Truhe zurück. »Die Männer hören auf ihn. Und«, gab er mit einem Achselzucken zu, »er spricht mit glatterer Zunge als ich.«

Beide blickten auf, als die Zeltklappen raschelten und Kalawun eintrat. Er verneigte sich vor Baybars.

»Amir.«

»Wie ist deine Unterredung mit den Statthaltern verlaufen?«

»Die beiden, mit denen ich gesprochen habe, werden dir nach

Kutus' Tod keine Steine in den Weg legen, wenn du den Sultansthron besteigen willst. Sie halten dich für einen besseren Sultan als unseren momentanen Herrscher.«

Baybars lächelte schief. »Wie viel kostet mich ihre Loyalität?«

»Nur einen Tropfen des Meeres von Reichtum, das dich in der Zitadelle erwartet.« Kalawun drehte sich um und öffnete die Zeltklappe. »Ich habe dort draußen etwas gefunden, was dir gehört, Amir.«

Khadir trat in das Zelt. Sein Gewand war feucht und mit Schlamm bespritzt, und er hielt einen toten Hasen an den Ohren. Er huschte in den Schatten hinter dem Kohlebecken, wo er den Hasen auf den Boden fallen ließ und sich auf alle viere kauerte. Mit seinen langen, knochigen Gliedern erinnerte er Omar auf beunruhigende Weise an eine Spinne, die darauf wartet, sich auf ihr im Netz zappelndes Opfer zu stürzen, aber er versuchte, sein Unbehagen zu verdrängen. Es war ihm ein Rätsel, wieso Baybars darauf bestand, dieser Kreatur eine so wichtige Rolle bei ihrem Plan zu übertragen; es ärgerte ihn und bereitete ihm gleichzeitig Sorgen.

»Wo warst du?«, herrschte Baybars Khadir an.

»Jagen«, erwiderte Khadir schmollend. Der Dolch mit dem goldenen Griff, der an der Kette um seine Taille hing, wies Blutflecken auf. Er streckte eine Hand aus und streichelte die Ohren des Hasen. »So weich«, murmelte er.

»Hast du in Erfahrung gebracht, was ich wissen wollte?«, fragte Baybars, während Kalawun sich auf ein Kissen sinken ließ und sich eine Feige von der Platte nahm.

»Ja, Herr.« Khadir sah die drei Männer an. »Der Schlüssel zum Thron kann im Schloss herumgedreht werden.«

»Was meint er mit dem Schlüssel zum Thron?«, raunte Omar Baybars zu.

»Aktai, den Hauptmann der Leibwache des Sultans. Er hat die Macht, mir nach Kutus' Tod zum Thron zu verhelfen.« Baybars maß Khadir mit einem scharfen Blick. »Bist du ganz sicher?«

»Ich habe ihn während der letzten Wochen genau beobachtet,

Herr. Der Mann ist ein Feigling und ein Narr dazu. Er wird zu uns überlaufen, wenn wir genug Druck auf ihn ausüben.« Khadir lächelte. »Die Zeit ist gekommen. Der rote Stern des Krieges beherrscht das Himmelszelt. Er lechzt nach Blut.«

»Dann soll sein Durst gestillt werden.« Baybars wandte sich an Omar und Kalawun. »Kutus hat verfügt, dass wir den ganzen morgigen Tag hier rasten. Zweifellos will er noch eine flammende Siegesrede halten, bevor er im Triumph nach Kairo zurückkehrt. Das königliche Zelt befindet sich direkt unterhalb der Stadtmauer. Nach dem Morgengebet bei Sonnenaufgang wird Kutus sein Fasten brechen und danach wie üblich eine Stunde schlafen«, fuhr er fort. »Dies ist die Zeit, zu der er am verwundbarsten ist, weil nur zwei Leibwächter bei ihm sind. Zwischen dem Zelt und der Mauer liegt ein Zitronenbaumhain mit dichtem Unterholz. Beim ersten Tageslicht werden wir uns dort verstecken, und wenn Kutus schläft, schlitzen wir das Zelt hinten auf und dringen in sein Privatgemach ein. Kalawun, du machst die beiden Mu'izziya unschädlich, die ihn bewachen, und beziehst dann vor dem Thron Posten. Omar, du deckst mir den Rücken, falls einer der Diener versuchen sollte, mich anzugreifen. Ich werde Kutus töten.«

Die beiden Offiziere nickten.

»Da uns nicht mehr viel Zeit bleibt, musst du unverzüglich zu Aktai gehen, Kalawun«, ordnete Baybars an. »Er muss zugegen sein, wenn die Tat ausgeführt ist, um mir als neuem Sultan zu huldigen. Droh ihm, oder bestich ihn, wenn er käuflich ist. Wie du ihn überzeugst, interessiert mich nicht, aber zieh ihn auf meine Seite.«

»Wie du befiehlst, Amir Baybars.« Kalawun erhob sich.

»Aktai hat sich vor einer Stunde in sein Zelt zurückgezogen.« Baybars blickte zu ihm auf. »Dort müsstest du ihn jetzt eigentlich antreffen.«

Kalawun huschte in die Nacht hinaus und eilte lautlos durch das Lager. Da die Armee nur einen Tag in al-Salihiya Rast machte, waren nicht alle Zelte aufgebaut worden, und viele Männer schliefen an kleinen Lagerfeuern unter freiem Himmel. Die Trommeln waren verstummt, eine friedliche Stille hatte sich über das Lager gelegt. Hier und da vernahm Kalawun Stimmengemurmel und die leisen Klänge einer Laute. Am Lagerrand ragten die gespenstischen Schatten der Kriegsgeräte und Karren auf. Eine Kamelherde wurde durch die Baumwollfelder zu einem der schmalen Flüsse getrieben, die die Ebene durchzogen. Er ging an dem königlichen Zelt vorbei, hinter dem er die niedrige Stadtmauer und die dahinter liegenden, aus Lehm und Ziegeln erbauten Häuser sehen konnte. Die schweren Vorhänge vor dem Zelteingang waren zurückgebunden und gaben den Blick auf das Podest frei, auf dem der Thron des Sultans stand. Einige Mu'izziya standen stocksteif und schweigend zu beiden Seiten des Eingangs. Kalawun achtete nicht auf sie, sondern steuerte auf ein etwas kleineres Zelt zu, in dem der Hauptmann der Leibwache schlief.

»Offizier Kalawun.«

Kalawun blieb stehen, drehte sich um und sah sich einem der Statthalter gegenüber, den er früher am Tag bestochen hatte.

»Ich muss mit dir sprechen«, flüsterte der Mann eindringlich.

Kalawun nickte. »Jetzt habe ich eine Audienz bei Aktai, aber danach können wir uns treffen.«

»Wenn du einen Verbündeten suchst...«, der Statthalter deutete auf Aktais Zelt, »... wirst du ihn dort nicht finden.«

»Wie meinst du das?«, fragte Kalawun stirnrunzelnd.

»Ich habe wertvolle Informationen für dich.«

Kalawun blickte sich nach allen Seiten um, dann bedeutete er dem Mann, ihm zu folgen. In sicherer Entfernung von Aktais Zelt blieb er stehen. »Ich höre.«

Der Statthalter lächelte verhalten. »Wie ich schon sagte... es sind wertvolle Informationen.«

»Du wirst angemessen entlohnt werden.«

Der Mann überlegte kurz, dann nickte er. »Der Sultan hat mit Hilfe seines Hauptmannes einen Jagdausflug geplant, der gleich nach dem Morgengebet stattfinden soll. Baybars wird dazu eingeladen werden. Kutus beabsichtigt, ihn zu töten.«

Kalawun sog scharf den Atem ein. »Aber warum? Hat er von dem drohenden Anschlag auf sein Leben erfahren?«

»Nein«, erwiderte der Statthalter. »Ich glaube, er plant Baybars' Tod schon seit längerer Zeit. Der Sultan weiß, dass Baybars bei den Soldaten großes Ansehen genießt, und zwar nicht nur bei den Männern des Bahri-Regiments. Kutus fürchtet, er könnte eines Tages eine Armee zusammenziehen und ihn mit Gewalt vom Thron stürzen.«

»Woher weißt du das?«

»Kutus denkt, ich wäre ihm nach wie vor treu ergeben. Er hat mich zu einer Besprechung mit Aktai dazugebeten, in deren Verlauf er die Einzelheiten des Mordplans festgelegt hat.«

Kalawun schüttelte den Kopf, während er diese Neuigkeit verarbeitete. »Wie viele Männer werden zu dieser Jagdgesellschaft gehören?«

»Kutus, sechs Mu'izziya und fünf Statthalter, mich selbst mit eingeschlossen.«

»Kannst du vor der Jagd mit den anderen Statthaltern sprechen und vielleicht auch die umstimmen, die Baybars noch nicht auf seine Seite gezogen hat?«

»Einen oder zwei vielleicht«, erwiderte der Mann vorsichtig.

»Baybars wird dafür Sorge tragen, dass du für deine Dienste reich entlohnt wirst.«

»Das erwarte ich auch.«

Kalawun dankte ihm und kehrte zum Zelt zurück. Dort fand er Baybars und Omar in ein leises Gespräch vertieft vor.

»Die Umstände haben sich geändert, Amir«, sagte er ruhig.

Baybars blickte auf.

12

Honfleur, Normandie
23. Oktober A.D. 1260

Hassan presste den Dolch fester gegen Williams Kehle. »Warum verfolgst du mich?«, zischte er. »Antworte!«

»Das habe ich doch gar nicht getan«, keuchte Will, riss den Blick von dem Dolch los und sah den Sarazenen an.

Um Hassans Mundwinkel zuckte ein Lächeln. »Ich merke es, wenn mir jemand auf den Fersen ist. Du beobachtest mich, seit wir England verlassen haben. Sei so gut und halte mich nicht für einen Narren.«

»Ich wollte sehen, wo Ihr hingeht. Ich habe einige meiner Kameraden über Euch reden hören. Sie sagten, Ihr wärt ein Sarazene, man dürfte Euch nicht trauen.«

»Verstehe«, erwiderte Hassan nachdenklich. »Also bist du mir gefolgt, um zu sehen, ob ich … ja, was denn eigentlich? Ein paar Christen umbringe, Nonnen schände und kleine Kinder fresse? Dafür sind wir Sarazenen doch berüchtigt, nicht wahr?« Will sah weiße Zähne aufblitzen, als der Mann breit grinste.

Dann trat er einen Schritt zurück, schob den Dolch in seinen Gürtel und holte etwas aus seinem Beutel. Will wagte sich nicht zu rühren.

»Hier.« Hassan hielt ihm einen Laib Brot hin. »Das habe ich getan – mir etwas zu essen gekauft.« Er verstaute das Brot wieder in dem Beutel. »Und jetzt schlage ich vor, dass du zum Schiff zurückgehst.« Sein Lächeln erstarb. »Dies ist kein sicherer Ort für Kinder, so kühn sie auch schon sein mögen.«

Ohne den Blick von Hassan abzuwenden, löste sich Will von der Wand, drehte sich mit wild klopfendem Herzen um und marschierte hoch erhobenen Hauptes die Gasse hinunter. Bei jedem Schritt spürte er Hassans Blick in seinem Rücken. Am Ende der Gasse spähte er über seine Schulter. Hassan stand noch immer da und beobachtete ihn. Will rannte zum Kai hinunter, wobei er fast mit einem schwarz gekleideten Mann zusammengeprallt wäre, der ihn hinter einer weißen Maske in Form eines Totenkopfes hervor wüst beschimpfte.

Die *Endurance* hatte inzwischen abgelegt und war vom Schwarz der Flussmündung verschluckt worden. Will griff nach einer der restlichen Kisten auf dem Kai und trug sie zur *Opinicus* hinüber. Zweimal musste er stehen bleiben, seine Last absetzen und warten, bis seine Kräfte zurückkehrten und seine Beine aufhörten zu zittern. Mit einem Übungsschwert gegen einen anderen Sergeanten zu kämpfen war eine Sache, von einem Mann mit einem Dolch bedroht zu werden eine wahrlich erschütternde Erfahrung.

Fackeln brannten in Haltern an den Bordwänden der *Opinicus* und beleuchteten das Deck und den darunter liegenden Teil des Kais. Will entdeckte Garin; er schleppte eine Truhe in die kleine Kabine, in der die Besitztümer der Königin verstaut wurden.

Owein spähte vom Deck zu ihm hinunter. »Sergeant!« Er hielt einen Reisesack in die Höhe. »Gehört der dir?«

Will erkannte das Bündel, das seine Kleider und sein Schwert enthielt. »Ja, Sir.« Er stellte die Kiste auf die Mauer.

»Lass deine Sachen nicht so achtlos herumliegen, sonst landen sie am Ende noch da, wo sie gar nicht hingehören.« Owein warf ihm das Bündel zu. »Und ich bezweifle, dass die Königin Verwendung für deine Hosen hat.«

Dann befahl er zwei anderen am Kai wartenden Sergeanten, eine weitere schwere Truhe an Bord zu bringen. Will überlegte, ob er Owein erzählen sollte, was gerade eben geschehen war. Hassan war bewaffnet und ohne Zweifel gefährlich. Aber wenn er ein Kamerad von Jacques war, dann kannte Owein seine Nationalität vielleicht schon. Will runzelte ratlos die Stirn. Stand der Brief, den er in dem Studierzimmer gefunden hatte, in irgendeinem Zusammenhang mit Hassan? Plötzlich erregte eine verdächtige Bewegung seine Aufmerksamkeit. Jemand schlich an den Holzhütten vorbei, die sich am Kai entlangzogen, immer darauf bedacht, sich im Schatten der Gebäude zu halten, und duckte sich dann hinter einen Stapel Aalreusen, als ein am Bug der *Opinicus* stehender Ritter zu den Hütten hinüberstarrte. Als der Mann sich abwandte, huschte die schattenhafte Gestalt weiter. Will behielt sie scharf im Auge. Hinter ihm ertönte ein Klirren, gefolgt von erschrockenem Rufen und Verwünschungen.

»Seid doch vorsichtig!«, hörte er Owein bellen.

Irgendetwas an der sich näher pirschenden Gestalt kam ihm seltsam vertraut vor; die Bewegungen, die Art, wie sie sich die Kapuze ihres Umhangs tief in die Stirn gezogen hatte. Plötzlich kam ihm die Erkenntnis – es war die Zofe der Königin, die auf der *Endurance* mit einer für sie viel zu schweren Truhe gekämpft hatte. Will löste sich aus dem Schatten und vertrat ihr den Weg.

»Was tust du hier?«

Sie wich ein Stück vor ihm zurück.

»Hat die Königin dich ausgeschickt, um irgendetwas zu besorgen?« Will folgte ihr.

Sie wich immer weiter zurück, bis sie über einen Haufen verknäuelter Netze hinter ihr stolperte und das Gleichgewicht verlor. Die Kapuze rutschte ihr vom Kopf, als sie rücklings zu Boden stürzte, und gab Elwens schimmernde Haarflut frei. Vom Schiff her erklang ein neuerliches Klirren, dann ein lautes Platschen und ein erstickter Aufschrei. Eine der Planken, die von der *Opinicus* zum Kai hinunterführte, war durchgebrochen, und die beiden Sergeanten waren samt der Truhe im Wasser gelandet. Owein brüllte sie an, die Truhe zu bergen, ehe sie unterging. Will stand einen Moment wie erstarrt da, dann trat er zu Elwen hin, die sich in den Netzen verfangen hatte, über die sie gestolpert war, und nun verzweifelt versuchte, sich daraus zu befreien. Als Will sich neben sie kniete, hörte sie auf zu strampeln und stieß einen kläglichen Knurrlaut aus. Will ließ seinen Reisesack fallen und kam ihr zu Hilfe. »Elwen, was um alles in der Welt tust du hier? Wie bist du überhaupt hierhergekommen?«

Elwen war aschfahl und zitterte am ganzen Leib. Ihr blauer

Umhang klaffte ein Stück auf. Auf der Vorderseite ihres Kleides prangte ein dunkler Fleck.

»Blut?«, fragte Will erschrocken, dabei streckte er eine Hand nach ihr aus.

»Nein.« Sie schob seine Hand unsanft fort und schlang ihren Umhang wieder um sich. »Ich… nun ja, ich war ziemlich seekrank.« Mühsam rappelte sie sich hoch.

Oweins Brüllen zerriss immer noch die Nachtluft. Die beiden in den Fluss gefallenen Sergeanten versuchten, mit der Truhe zur Kaimauer zu schwimmen. Einer der Seeleute hatte ihnen ein Seil zugeworfen.

»Was hast du dir nur dabei gedacht?« Will erhob sich ebenfalls und musterte Elwen forschend. »Und wie bist du überhaupt an Bord der *Endurance* gelangt?«

»Ich habe mich gestern Abend, als die Wachposten kurz abgelenkt waren, im Laderaum versteckt.« Elwens Brauen zogen sich zusammen. »Dieser Gestank dort! Es war so eng, und mir ging es so schlecht, ich dachte, ich müsste sterben.« Sie blickte zu Owein hinüber, der sich zu den Sergeanten hinunterbeugte und versuchte, die Truhe zu packen zu bekommen. »Aber ich dachte, wenn mein Onkel sieht, dass er mich nicht zwingen kann, nach Bath zu gehen, würde er vielleicht seine Meinung ändern und mich doch mitnehmen.« Sie zuckte die Achseln. »Sonst bleibe ich hier und versuche, auf eigene Faust nach Paris zu kommen.«

Will starrte sie ungläubig an, konnte aber nicht umhin, ihren Mut zu bewundern. »Du willst wirklich…« Er brach mitten im Satz ab, als sich eine Gruppe schwarz gekleideter Gestalten aus dem Dunkel löste. Ihre Totenschädelmasken schimmerten im Fackelschein. Sie stürmten auf die *Opinicus* zu, wobei sie alle zugleich ihre Schwerter aus der Scheide zogen.

Will stieß einen lauten Warnruf aus, aber die Ritter an Bord zogen gleichfalls bereits ihre Schwerter. Zwei der schwarzen Schatten lösten sich aus der Gruppe und gingen auf Owein los. Will schrie den Namen des Ritters, Elwen begann, lauthals zu kreischen. Owein fuhr herum. Sein Schwert blitzte auf, als einer der

Männer auf ihn eindrang. Klirrend trafen die Klingen aufeinander. Die zwei Sergeanten, die in den Fluss gestürzt waren, hatten die Mauer halb erklommen, als der Angriff erfolgte. Jetzt ließen sie die Truhe fallen und zogen sich an Land. Einer wurde sofort von einem Angreifer niedergestreckt, fiel mit einem gellenden Schrei ins Wasser zurück und versank in den Fluten.

»Die Juwelen!«, donnerte Owein, gleichzeitig stieß er einem der Männer sein Schwert in die Seite. »Schützt die Kronjuwelen!« Ein zweiter Angreifer stürzte sich auf ihn und wurde von Oweins Klinge durchbohrt.

Sechzehn der vermummten Gestalten stürmten über die Planken an Deck der *Opinicus* oder schwangen sich über die niedrige Bordwand. Überall brachen erbitterte Zweikämpfe aus. Zwei Besatzungsmitglieder kämpften an der Seite der Ritter und der drei bewaffneten Sergeanten, aber die restlichen ungeübten und unbewaffneten Seeleute waren keine ernst zu nehmenden Gegner für die Angreifer. Drei fielen gleich in der ersten Angriffswelle. Jacques setzte sich gegen zwei Feinde zugleich zur Wehr. Sein Schwert pfiff durch die Luft, während Garin sich mit angstverzerrter Miene gegen die Kabinentür presste und seinen Onkel nicht aus den Augen ließ. Einer der Ritter stieß einen qualvollen Schrei aus, als eine feindliche Klinge sein Gesicht traf und seine Wange bis auf den Knochen aufschlitzte. Sein Gegner warf sich gegen ihn und stieß ihn über Bord. Owein, ein anderer Ritter und der überlebende Sergeant setzten die drei Männer am Kai außer Gefecht und sprangen an Bord der *Opinicus*, um ihren Kameraden beizustehen.

Will rannte los, blieb dann aber abrupt stehen und blickte auf seine leere Hand. Elwen packte ihn am Arm.

»Was sollen wir tun?« Ihre Stimme klang schrill vor Furcht und Entsetzen. »Will! Was sollen wir nur tun?«

Will hielt den Atem an, als er sah, wie Owein von einem kräftig gebauten Mann mit einer Reihe von Hieben zurückgetrieben wurde. Der Ritter duckte sich, beschrieb eine halbe Drehung und stieß seinem Gegner sein Schwert in den Rücken, nachdem er selbst eine tiefe Wunde an seinem Schwertarm davongetragen hatte. Jacques hatte zwei Männer niedergestreckt und kämpfte jetzt gegen einen dritten. Ein weiterer Ritter sank leblos zu Boden, zwei der Angreifer fielen wenig später den Klingen ihrer Gegner zum Opfer. Ein unbewaffneter Seemann riss eine Fackel aus ihrer Halterung und schwenkte sie vor sich hin und her, um sich notdürftig vor den Schwerthieben zu schützen. Vom Heck des Schiffes her erklang ein Schrei – Garin wurde von einem breiten, schweren Mann grob von der Kabinentür weggezerrt. Sein Gegner riss die Tür auf, schlüpfte in die Kabine und stieß mit einem Fußtritt ein Fass um, um einem ihm nachsetzenden Sergeanten den Weg zu versperren. Will fuhr herum, als ihm sein Reisesack wieder einfiel, der noch immer neben den Netzen auf dem Boden lag. Er rannte zu ihm hinüber, riss ihn auf, zog sein Krummschwert hervor und stürmte auf das Schiff zu.

»Nein!«, kreischte Elwen hinter ihm. »*Will!*«

Will jagte die Planke hoch, sprang an Deck und duckte sich, als eine der schwarzen Gestalten, die gerade einen anderen Sergeanten getötet hatte, einen mächtigen Hieb gegen ihn führte. Der große Mann ging erneut auf ihn los, seine Augen glühten hinter der Totenkopfmaske wie die eines der Hölle entsprungenen Dämons. Will parierte den Angriff. Sein Arm erzitterte unter der Wucht des Schlages. Seine Finger schlossen sich fester um das Heft seines Schwertes, während er mit zusammengebissenen Zähnen weitere, immer schneller auf ihn niederprasselnde Hiebe abwehrte. Ringsum tobte das Chaos, doch er wandte den Blick nicht von seinem Gegner ab, der immer wieder versuchte, ihm sein Schwert in die Brust zu stoßen. Dann stieß er sich mit einem Ruck von der Bordwand ab und holte zum Gegenangriff aus. Der schwarz gekleidete Mann wirbelte herum und zog den Kopf ein, als das Krummschwert über ihn hinwegpfiff und seine Kopfhaut nur um Haaresbreite verfehlte.

Das vom Blut schlüpfrige, mit Leichen übersäte Deck war kein Übungsfeld, sein Gegner kein Sergeant seines Alters, und die Schwerter bestanden weder aus Holz noch waren ihre Spitzen gekappt. Will durchzuckte mit einem Mal die glasklare Erkenntnis, dass er sterben konnte – hier und jetzt.

Das Schwert seines Gegners fuhr langsam, fast träge auf ihn nieder; Will hatte mit seiner Waffe einen zu großen Halbkreis beschrieben, um den Schlag noch abwehren zu können. Er hatte der eisernen Klinge, die auf ihn zuschoss, nichts mehr entgegenzusetzen. Will wich zurück und schloss die Augen, dann glitt er in einer Blutpfütze aus, seine Beine gaben unter ihm nach, und der tödliche Hieb ging ins Leere, während er hart auf dem Deck aufschlug. Über ihm ertönte ein ersticktes Gurgeln, heißes Blut spritzte auf sein Gesicht, und er sah eine Schwertspitze aus dem Bauch seines Gegners ragen. Will rollte sich blitzschnell zur Seite. Hassan stand hinter dem Mann, riss sein Schwert aus dessen Leib und jagte dann über das Deck, während sein Opfer leblos zusammensackte. Will kämpfte sich auf die Füße, als unten vom Kai her der laute Schrei eines Mädchens an sein Ohr drang. Während er sich seines Angreifers erwehrt hatte, waren die restlichen zehn schwarzen Gestalten in die Kabine eingedrungen. Zwei hatten die Truhe mit den Kronjuwelen an sich gerissen, die anderen acht bahnten ihnen mit ihren Schwertern einen Weg über das Deck. Owein war von zwei Gegnern in eine Ecke gedrängt worden. Einer von ihnen fiel unter Jacques' Streichen, der Seite an Seite mit Hassan kämpfte, doch den beiden Männern mit der Truhe gelang es, die Planken hinunter auf den Kai zu flüchten, wo sie mit Elwen zusammenstießen, die gesehen hatte, dass Owein in Gefahr schwebte und auf das Schiff zugerannt war.

Elwen wurde von der Wucht des Zusammenpralls zu Boden geschleudert. Einer der Männer ließ die Truhe fahren, die krachend auf die Steine fiel. Will schrie auf, als der Mann mit erhobenem Schwert zu Elwen herumfuhr. Im nächsten Moment warf sich Garin mit voller Wucht auf ihn. Ein dumpfes Geräusch war zu hören, gefolgt von einem lauten Platschen. Der Mann war in den Fluss gestürzt und dabei mit dem Kopf hart gegen den Rumpf der *Opinicus* geschlagen. Will sprang an Land. Der zweite Mann hatte sein Schwert fallen lassen, die Truhe gepackt und damit die Flucht ergriffen, aber Owein und ein anderer Ritter waren ihm dicht auf den Fersen. Nach ein paar Schritten wurde er von Oweins Schwert durchbohrt, die Truhe entglitt ihm, zerschellte auf dem Boden, und der Inhalt ergoss sich über die Steine. Eine mit kostbaren Juwelen besetzte Krone rollte zur Kaimauer und blieb dort liegen, Ringe, ein schwerer goldener Reichsapfel und ein glitzerndes Zepter funkelten im Fackelschein.

Owein wirbelte herum. Sein Blick fiel auf Will und Garin, der das Schwert des Mannes in der Hand hielt, den er in den Fluss gestoßen hatte. »Beschützt die Juwelen!«, rief er ihnen zu, dann weiteten sich seine Augen in fassungslosem Staunen, als er die hinter den Sergeanten stehende Elwen entdeckte. Ein Schrei auf dem Schiff riss ihn aus seiner Erstarrung.

Auch Garin schrie auf, als er mit ansehen musste, wie sein Onkel von einem gegnerischen Schwert durchbohrt wurde. Der Mann, der den tödlichen Streich geführt hatte, fiel im nächsten Moment unter Hassans wuchtigen Hieben. Sechs der Angreifer sprangen auf den Kai. Drei stürmten auf Owein los, doch der Anblick der am Boden verstreuten Juwelen und der hinter ihnen von Bord springenden Ritter lenkte sie ab. Sie machten kehrt und flüchteten mit dem Rest ihrer Kameraden in Richtung des Marktes. Vier Ritter und zwei Sergeanten nahmen die Verfolgung auf, während Garin die Planken hinaufjagte und dabei laut Jacques' Namen rief. In einiger Entfernung von dem Schiff hatte sich eine kleine, vom Kampflärm angelockte Gruppe Schaulustiger versammelt, die sich aber rasch zerstreute, als die schwarz gekleideten Gestalten mit gezückten Schwertern auf sie zukamen.

Owein wandte sich an seine Nichte. »Elwen?«

Hinter ihm erklang ein Stöhnen. Er blickte sich um. Der Mann, dem er sein Schwert in den Rücken gestoßen hatte, zog sich langsam auf die Knie. Owein schritt auf ihn zu. Der Mann hob den Kopf und sah ihn flehend an.

»Pax!«, stieß er mühsam hervor. *»Pax!«*

»Steh auf.«

Der Mann gehorchte. Erst als er die Hände von seinen Seiten

löste, bemerkte Will den Dolch in seiner Hand. Er schrie auf, doch seine Warnung kam zu spät, der Mann stürzte sich schon auf den nichts ahnenden Ritter und stieß ihm die Klinge tief ins Herz. Oweins Schwert fiel klirrend auf die Steine; er sackte, die Hände um den Griff des Dolches gekrallt, in sich zusammen und blieb dann regungslos auf dem Kai liegen. Sein Angreifer wandte sich ab und taumelte davon, blickte sich aber über seine Schulter um, als er Schritte hinter sich hörte. Seine braunen Augen weiteten sich hinter der Totenschädelmaske vor Entsetzen, als er Wills auf ihn niedersausendes Krummschwert sah. Die Klinge fraß sich tief in die Schläfe des Mannes, eine Blutfontäne spritzte auf, dann sank er auf die Knie. Will zog sein Schwert zurück. Als sich ihre Blicke kreuzten, zögerte er einen Moment, der ihm wie eine Ewigkeit vorkam, dann trieb er seinem Gegner die Klinge tief in den Hals.

»Owein!«

Will fuhr herum und sah, wie Elwen sich über ihren Onkel beugte. Er riss sein Schwert aus dem Hals des Leichnams und rannte auf sie zu. Elwen hielt Oweins Kopf in beiden Händen und rief immer wieder seinen Namen. Der Dolchgriff ragte noch immer aus der Brust des Ritters. Blutiger Schaum quoll über seine Lippen, seine Augen standen offen. Will starrte ihn benommen an, dann betrachtete er das Krummschwert in seiner Hand. Die kurze Klinge war blutverschmiert. Er spürte, wie ihm sein Mageninhalt in die Kehle stieg. Elwens Schreie hallten in seinen Ohren wider. Will ließ das Schwert fallen, kauerte sich neben ihr nieder, packte sie bei den Schultern und versuchte, sie von Owein fortzuziehen. Ihre Hände starrten vor Blut.

»Komm weg hier!«

Sie reagierte nicht, sondern fuhr fort, Oweins Namen zu schreien.

»Elwen!«, brüllte er sie an, dabei riss er sie mit einem Ruck zu sich.

Oweins Kopf entglitt ihren Händen und rollte nach hinten. *»Nein!«*, kreischte Elwen aus vollem Hals und hämmerte mit den Fäusten gegen Wills Brust. *»Nein!«*

Will schloss sie in die Arme und drückte sie fest an sich. Über ihre Schulter hinweg warf er einen letzten Blick auf Oweins Gesicht, die schlaffen Lippen, die blicklos gen Himmel starrenden Augen, dann wandte er sich ab.

13

Al-Salihiya, Ägypten
23. Oktober A.D. 1260

Kutus saß auf seinem Thron und sah zu, wie sich der Himmel im Osten rötlich verfärbte. Es würde ein guter Tag für die Hasenjagd werden, vielleicht erlegten sie sogar ein paar Eber. Das Lager erwachte allmählich zum Leben, die Männer rollten ihre Decken zusammen, brachen ihr Fasten und versorgten ihre Pferde. Die fünf Statthalter und sechs Mu'izziya, die an der Jagd teilnehmen sollten, warteten vor dem Zelteingang. Von Baybars war nichts zu sehen.

Kutus erhob sich von seinem Thron, stieg von dem Podest herunter und ging zu der Gebetsmatte, die ein Diener auf dem Gras für ihn ausgebreitet hatte. Er kniete darauf nieder und wandte sich gen Mekka, als die ersten Sonnenstrahlen am Himmel aufflammten. Alle Männer seiner Armee taten es ihm nach. Ihre Stimmen wehten über die Ebene hinweg.

»Bismillah arrahman arraheem. Alhamdullilah, rabb al'alameen. Arrahman arraheem. Malik yawn adeem.«

Als er geendet hatte, berührte Kutus mit der Stirn den Boden und sog den Duft des feuchten grünen Grases ein, dann richtete er sich auf. Drei Männer kamen auf ihn zu. Kutus runzelte die Stirn, als er Omar und Kalawun an Baybars' Seite sah, und erhob sich.

»Amir«, begrüßte er Baybars knapp.

Baybars verneigte sich. »Herr.«

»Die Einladung galt eigentlich nur dir allein, Baybars«, bemerkte Kutus mit einem spöttischen Blick in Omars und Kalawuns Richtung.

Baybars täuschte überzeugend Überraschung vor. »Ich bitte um Entschuldigung, edler Sultan. Ich wusste nicht, dass diese Jagd privater Natur ist.« Er wandte sich an seine beiden Begleiter. »Lasst uns allein.«

»Wartet!« Kutus hob eine Hand. »Deine Offiziere dürfen sich uns selbstverständlich gerne anschließen, Amir.« Ein Lächeln spielte um seine Lippen. »Ich bin sicher, es gibt genug Beute für uns alle.« Er winkte einen Diener zu sich. »Sattle noch zwei Pferde.« Dann ging er zu seiner weißen Stute hinüber. »Lasst uns reiten!«, rief er seiner Truppe zu. Ehe er sich in den Sattel schwang, nahm er von einem Mu'izziya seinen leichten Jagdspeer entgegen und beugte sich zu dem Mann. »Sag den anderen, dass es heute drei Tote geben wird«, raunte er ihm zu.

Die Gruppe verließ das Lager und ritt in nördlicher Richtung über das golden in der Morgensonne daliegende Land hinweg. Die Pferde setzten über schmale Bäche und pflügten durch halb abgeerntete Baumwollfelder. Ein paar Bauern blickten von ihrer Arbeit auf und sahen ihnen nach.

Kutus passte sich dem Rhythmus seines Pferdes an und genoss die kühle Brise, die den Schweiß auf seiner Haut trocknete. Sie waren vier Monate von ihrer Heimat fern gewesen, doch die Zeit kam ihm viel länger vor. Als sie Ägypten verlassen hatten, hatte das Nilhochwasser gerade eingesetzt; der Fluss war über die Ufer getreten, hatte das Land überschwemmt und die Ströme und Kanäle anschwellen lassen. Nun war das Wasser zurückgegangen, und die Ebenen schimmerten grün, so weit das Auge reichte. Kutus unterdrückte einen zufriedenen Seufzer. Er kehrte im Triumph nach Ägypten zurück, und morgen würde sein Name in ganz Kairo in aller Munde sein.

Der Jagdtrupp erreichte den Mansalasee und passierte mit Binsen bewachsene Lagunen und kleine Wäldchen. Störche und andere Wildvögel flatterten auf, als sie durch das Unterholz brachen.

Am Seeufer, wo das Gras kurz und struppig war, grasten Büffel. Zwei Männer stießen Freudenrufe aus, als sie die ersten Hasen zum Wasser hinunterspringen sahen; ihre schlanken, geschmeidigen Körper hoben sich braun vom satten Grün des Grases ab. Kutus gab seinen Begleitern ein Zeichen. Diese hoben ihre Speere, und die Jagd begann. Drei Statthalter galoppierten los, um die Hasen einzukreisen, und bald war die Luft von Gejohle erfüllt, während ein Tier nach dem anderen erlegt wurde. Kutus schleuderte seinen Speer. Die Spitze durchbohrte den letzten Hasen, der sich noch einmal aufbäumte und dann nicht mehr regte.

Baybars trieb sein Pferd zu Omar und Kalawun hinüber, als der Sultan aus dem Sattel glitt und die Mu'izziya sich daranmachten, die toten Hasen einzusammeln. »Seid ihr bereit?«, fragte er mit einem viel sagenden Blick auf Kutus.

»Ja, Amir«, erwiderte Omar, sprang zu Boden und schloss die Hand um den Griff seines Säbels.

Kalawun nickte nur stumm.

Müßig schlenderte Aktai zu den Platten mit Speisen hinüber, die auf dem Tisch standen. Im Zelt war es heiß und stickig, und er fächelte sich mit einer Hand Luft zu, während er ein Stück Fleisch nahm, es in den Mund schob und das Fett von seinen Fingern leckte. Sein weißes Seidengewand klebte an seinem aufgeschwemmten Körper; große feuchte Flecken hatten sich unter seinen Armen gebildet. Seufzend schloss er die Augen, als ein kühler Luftzug in das Zelt wehte, dann stieß er einen unterdrückten Schrei aus, weil sich etwas Spitzes in seinen Rücken bohrte und sich eine Hand über seinen Mund legte.

Aktais Augen weiteten sich vor Entsetzen, als eine Stimme ihm etwas ins Ohr zischte. »Keinen Ton, oder du bist ein toter Mann!« Gleichzeitig grub sich die Klinge etwas tiefer in seinen Rücken. Aktai nickte mehrmals heftig. Als sich die Hand von seinem Mund löste, drehte er sich langsam um und sah sich Khadir gegenüber, der ihn tückisch angrinste. Der Wahrsager deutete mit einem Dolch mit goldenem Griff auf ihn.

»Was soll das?« Aktai wies mit zitternder Hand auf den Zelteingang und versuchte, seiner Stimme einen gebieterischen Klang zu verleihen; zu seinem Verdruss glichen die Worte jedoch eher einem ängstlichen Quieken.

Khadir drehte den Dolch zwischen den Fingern. Das Licht fing sich in dem dunkelroten Rubin im Griff. »Mein Herr schickt mich.« Er dämpfte seine Stimme zu einem Flüstern. »Ich soll dir eine Botschaft von ihm ausrichten.«

»Was für eine Botschaft?«

Khadirs Arm schnellte vor; der Dolch verharrte eine Haaresbreite vor Aktais Magengrube. Aktai wich zurück und stieß gegen den Tisch. Ein Weinkrug fiel um. »Bitte töte mich nicht«, krächzte er heiser.

»Wenn mein Herr von der Jagd zurückkehrt, sollst du ihn im königlichen Zelt erwarten.«

»Was will Amir Baybars denn von mir?«, stammelte Aktai, ohne den Dolch aus den Augen zu lassen.

»Amir Baybars existiert dann nicht mehr.« Khadir kicherte. »Nicht ihn wirst du treffen, sondern …« Er zog den Dolch zu Aktais Brust hoch. Die Spitze ritzte den dünnen Seidenstoff. »Sondern *Sultan* Baybars.«

»Was redest du denn …« Aktai brach ab. Seine Miene verfinsterte sich.

»Du wirst ihn im königlichen Zelt empfangen und ihn auffordern, als Sultan Ägyptens und Herrscher über die Mameluckenarmee den Thron zu besteigen.«

»Niemals!« Aktais Stimme überschlug sich fast. »Eher will ich Baybars hängen sehen!« Er warf sich zur Seite, wobei die Dolchklinge eine rote Schramme auf seiner Haut hinterließ, und wollte zum Zelteingang stürmen.

Doch Khadir war schneller. Er packte ihn und stieß ihn mit erstaunlicher Kraft zu Boden, dann stellte er sich breitbeinig über ihn und schlug sein schmutziges Gewand zurück. Der Hase, den er am Morgen erlegt hatte, war an den Ohren an einem Strick befestigt, der sich um die Taille des Wahrsagers schlang.

Khadir löste das Tier von dem Strick und hielt es über den keuchend am Boden liegenden Aktai. »Hiermit gebe ich dieser Kreatur einen Namen – den Namen Aktai.« Er hob den Dolch und schlitzte das Maul des Hasen auf. »Aktai wird nur sprechen, wenn wir es ihm erlauben.« Er schnitt dem Tier ein Ohr ab. »Aktai wird nicht dulden, dass Böses über Sultan Baybars gesprochen wird.« Dann stach er dem Hasen ein Auge aus. »Und Aktai wird nichts als die Macht und den Glanz seines neuen Herrn sehen.« Khadir ließ das Tier auf Aktais Brust fallen. »Und wenn Aktai nicht tut, was wir von ihm verlangen …« Blitzschnell schlitzte er dem Hasen den Bauch auf. Blut und Eingeweide besudelten Aktais Gewand. »Dann wird er sterben.«

Baybars schritt über das mit toten Hasen übersäte Gras. Die anderen Mitglieder der Jagdtruppe sammelten ihre Speere ein; Omar und Kalawun hatten sich hinter dem Sultan aufgebaut. Baybars ging auf Kutus zu, der sich bückte, um einen erlegten Hasen aufzuheben.

Kutus hielt das Tier an den Ohren in die Höhe. »Heute Abend gibt es ein Festmahl«, verkündete er. »Eine erfolgreiche Jagd, nicht wahr, Amir?«

»Ja«, erwiderte Baybars. »Eine sehr erfolgreiche Jagd.«

Kutus blickte an ihm vorbei zu den hinter dem Kommandanten stehenden beiden Mu'izziya hinüber und nickte ihnen unmerklich zu. Baybars, dessen Aufmerksamkeit allein Kutus galt, bemerkte nicht, dass die Leibwächter hinter seinem Rücken ihre Säbel zogen. Aber Omar entging dies nicht.

»Edler Sultan!«, rief er laut, sein eigenes Schwert zückend.

Kutus wandte sich zu ihm um. Sein Lächeln erstarb, als er das Schwert in Omars Hand sah.

Omar hob die Waffe und sah die restlichen Männer an. »Lasst uns unserem Sultan huldigen!«, rief er, ehe er vor Kutus auf die Knie sank.

Die Statthalter wechselten erstaunte Blicke, dann folgten sie Omars Beispiel, um nicht respektlos zu erscheinen. Kalawun tat es ihnen nach. Die Mu'izziya und Baybars, der Omar stirnrunzelnd musterte, blieben stehen. Doch nach einem Moment zogen sie gleichfalls ihre Schwerter und knieten im Gras nieder. Omars Augen wanderten zu Baybars, der hinter dem Sultan auf den Knien lag. Er lächelte leicht.

Kutus sah überrascht auf sie hinunter.

»Herr«, begann Omar ehrerbietig. »Gestatte, dass ich dir erneut den Treueeid schwöre.«

Kutus hielt ihm lachend eine Hand hin. »Es sei dir gestattet.«

Omar ergriff die Hand und küsste sie.

Kutus hörte einen Schrei, dann verspürte er einen sengenden Schmerz im Rücken. Er sank auf die Knie, blickte an sich hinunter und sah eine Säbelspitze aus seinem Bauch ragen. Der Säbel wurde zurückgezogen, Blut ergoss sich heiß über seine Schenkel, und eine Woge der Qual schlug über ihm zusammen. Ringsum hörte er das Klirren von Stahl und sah wie durch einen Nebel, wie Omar aufsprang und zusammen mit Kalawun seine Leibwächter angriff. Er wollte sich aufrichten, aber sein Körper gehorchte ihm nicht mehr und sackte stattdessen vornüber. Kutus hustete würgend und stützte sich mit beiden Händen im Gras ab. Ein Stiefelpaar kam in sein Sichtfeld. Er hob den Kopf, der sich so schwer anfühlte, als bestünde er aus Stein. Baybars stand über ihm, der Säbel in seiner Hand war blutverschmiert. Er trat gegen Kutus' Arm, woraufhin der Sultan zur Seite kippte und auf den Rücken rollte. Kutus spürte, wie die feuchte Kälte des Bodens in seinen Körper sickerte und hörte eine Stimme, die aus weiter Ferne zu kommen schien.

»Ich bin nicht mehr dein Sklave.«

Mit diesen Worten wandte sich Baybars ab und ging davon. Vier Mu'izziya waren tot, die anderen beiden hatten sich ergeben. Er trat zu Kalawun, der sein Schwert auf die beiden Statthalter gerichtet hatte, die ihre Waffen noch immer in den Händen hielten. »Lasst eure Schwerter fallen!«, herrschte Baybars sie an.

»Das kannst du nicht tun!«, protestierte einer der Männer.

»Ich habe es gerade getan.«

Die beiden Männer gehorchten, von ohnmächtiger Wut erfüllt. Kalawun hob ihre Schwerter auf und nickte dem Statthalter zu, der ihm Kutus' Pläne verraten hatte.

Baybars ging zum Ufer des Sees hinunter, ließ seinen Säbel in den Sand fallen und watete in das seichte Wasser, um sich das Blut von den Händen zu waschen. Dann legte er eine Hand vor die Augen, um sie vor der gleißenden Sonne zu schützen, und blickte über das Wasser. Eine Schar Flamingos zog wie eine rosafarbene Wolke über den See hinweg. Baybars begann zu lachen. All dies war sein; der See, die Ebene, die Vögel, alles gehörte jetzt ihm allein. Er fuhr mit der Hand durch das klare Wasser. Alles war sein. Zum ersten Mal seit Jahren, vielleicht zum ersten Mal überhaupt in seinem Leben, fühlte er sich frei.

Die nun wesentlich kleinere Gruppe kehrte zum Lager zurück. Omar und Kalawun ritten an der Spitze neben Baybars. Sie hatten die weiße Stute des Sultans und die Pferde der toten Leibwächter mitgenommen, doch Baybars hatte trotz der Proteste der überlebenden Mu'izziya und eines Statthalters Kutus' Leichnam im Gras neben dem See zurückgelassen und ihm ein Begräbnis verweigert. Die Soldaten im Lager hielten mit ihren jeweiligen Tätigkeiten inne, als der kleine Trupp vorbeiritt, und musterten die reiterlosen Pferde neugierig. Vor dem königlichen Zelt zügelte Baybars sein Pferd und sprang aus dem Sattel. Ein paar Offiziere eilten auf ihn zu, doch er achtete nicht auf sie, sondern betrat das offene Zelt. Aktai stand mit Khadir an seiner Seite blass und zitternd neben dem Thron auf dem Podest. Baybars nickte dem Wahrsager zu, stieg auf das Podest und drehte sich zu den Männern, die sich um das Zelt scharten. Immer mehr Soldaten kamen, von den Rufen ihrer Kameraden angelockt, herbeigeeilt.

Baybars' tiefe Stimme hallte durch das Lager. »Sultan Kutus ist tot!«

Auf einen Blick von Khadir trat Aktai vor. »Amir Baybars!«, rief er mit bebender Stimme. »Der Thron gehört dir!«

Das Raunen, das bei der ersten Ankündigung durch die Menge gelaufen war, steigerte sich zu einem Chor erschrockener Ausrufe und begeisterten Jubels. Baybars nahm auf dem Thron Platz und legte die Hände auf die goldenen Löwenköpfe am Ende der Lehnen.

Aktai sank vor ihm auf die Knie. »Ich leiste dir den Untertaneneid, Baybars Bundukdari, Sultan von Ägypten.«

Die Soldaten und Offiziere des Bahri-Regiments folgten seinem Beispiel als Erste, dann schlossen sich ihnen die anderen Regimenter und die Söldnerkompanien an. Die Mu'izziya-Krieger in ihren weißen Umhängen wechselten betretene Blicke, als sie erkennen mussten, dass sie ihren bisherigen Status verloren hatten; die königliche Leibwache wurde jetzt wieder von den Bahris gestellt. Doch einer nach dem anderen verneigten sie sich gleichfalls vor ihrem neuen Gebieter.

Kalawun und Omar postierten sich zu beiden Seiten des Throns. Kalawun hob sein Schwert. »Es lebe Baybars al-Malik al-Zahir!«

Die Mameluckenarmee stimmte in den Ruf mit ein. Baybars' Name erfüllte die Luft.

»Es lebe Baybars al-Malik al-Zahir! Es lebe Baybars, der siegreiche Sultan!«

Baybars erhob sich von dem Thron, trat an den Rand des Podestes und gebot der jubelnden Menge mit erhobenen Händen Schweigen. »Kutus hatte die Absicht, heute an meiner Stelle hier zu stehen und in seiner Rede unseren großen Sieg über die Mongolen zu preisen.« Erneut brandete Beifall auf. »Aber ich will nicht von unseren Triumphen sprechen, sondern von unserem Versagen.« Der Jubel ebbte ab. »Denn wir haben versagt.« Baybars' Stimme zerriss die Stille. »Zu lange haben wir uns unter das Joch unserer Besatzer gebeugt und nicht die Kraft aufgebracht, den Weg zu beschreiten, der uns zu unserem größten Sieg führt. Zu lange haben wir in unseren sicheren Festungen unsere Zeit vertan, während unserem Volk in Palästina keine andere Wahl blieb, als zu kämpfen und zu sterben. Zu lange haben wir zugelassen, dass sich der Westen wie ein dunkler Schatten über unser Land legt. Fast zweihundert Jahre lang sind die fränkischen Soldaten mit ihren Kreuzen und Schwertern in unsere Heimat eingefallen, um unsere

Heiligtümer zu schänden und uns zu vernichten. Sollen wir auf ewig ihre Sklaven bleiben?«

»Nein!«, erscholl die Antwort aus unzähligen Kehlen.

»Sollen wir dieses Treiben auch weiterhin widerstandslos dulden?«

»Nein!«

»Ich werde nicht länger tatenlos zusehen, wie unser Land von dieser Pest verseucht wird!«, dröhnte Baybars. Er zog seinen Säbel. Wieder erklang donnernder Beifall. »Die Zeit zum Handeln ist gekommen! Werdet ihr an meiner Seite gegen die Franken kämpfen?«

Die Mameluckenarmee bekundete brüllend und mit den Füßen stampfend ihre Zustimmung.

Baybars hob den Säbel. »Dann rufe ich hiermit den Dschihad aus!«

14

Ordenshaus Paris
26. Oktober A.D. 1260

Ein leichter Nieselregen fiel auf die gesenkten Köpfe der Männer und benetzte das schlaff herabhängende Segel. Auf dem Deck herrschte Totenstille, die Ruder glitten lautlos durch das Wasser, niemand sprach ein Wort. Die Stadt, die hinter der Flussbiegung auftauchte, lag unter einem Nebelschleier verborgen, der mit jedem Schlag der Ruder dichter zu werden schien. Vor ihnen teilte sich der Fluss in zwei Arme, die eine Insel umschlossen, auf der einige prächtige Bauwerke gen Himmel ragten. Das größte und prunkvollste war eine schimmernd weiße Kathedrale ganz am Ende der Insel. Die *Opinicus* bog in den linken Flussarm ein und glitt an einer Festung vorbei, deren Gärten sich bis zum Wasserrand hinunterzogen. Bäume tauchten wie bizarre Gespenster im

Nebel auf. Hinter der Festung kamen Kirchen, Klöster, Herrenhäuser und dann armselige Holzhütten, ein Marktplatz, Läden und Schänken in Sicht, zwischen denen schmale Gassen verliefen.

Will beobachtete die Menschen am Ufer, die die Schänken betraten oder aus den Kirchen kamen. Sie glichen im Schatten ihres Hügels herumwuselnden Ameisen. Alle waren schwarz gekleidet. Der Regen war stärker geworden; lautlos fiel er auf die Dächer und Türme und die Leichen der neun Männer an Deck des Schiffes. Sie waren in ihre Mäntel gehüllt – Weiß für die Ritter, Schwarz für die Sergeanten und Besatzungsmitglieder. Die schweren Tropfen wuschen das Blut von ihren Körpern; rote Pfützen bildeten sich auf den Planken. Elwen kniete neben Owein, die Fäuste in die Augen gebohrt. Das Blut auf Deck durchtränkte den dünnen Stoff ihres Gewandes.

»Komm weg da«, bat Will mit gepresster Stimme.

Der rote Fleck breitete sich auf der gesamten Vorderseite ihres Gewandes aus.

»Elwen«, drängte er. »Das Blut …«

Doch plötzlich stand sie vor ihm und strich mit einem Finger über seine Wange. Ihre grünen Augen leuchteten.

»Will Campbell«, tadelte sie ihn mit gespielter Strenge. »Dein Herr ist nicht tot.«

Will drehte sich zu Oweins Leichnam um und erkannte, dass sie Recht hatte.

»Wenn du ein Templer werden willst, musst du bereit sein, Opfer zu bringen«, sagte Owein, als er auf Will zukam.

Wills Blick blieb an dem in seiner Brust steckenden Dolch hängen.

»Du hast mich umgebracht, Sergeant.«

»Nein!«

»Du hast mich umgebracht!«

Will begriff, dass die Worte gar nicht aus Oweins Mund gekommen waren.

»Ich habe dich nicht umgebracht!«, rief er verzweifelt in der Hoffnung, Owein würde ihn hören.

Doch der Ritter war verschwunden.

Will stand am Ufer eines schwarzen Sees. Jemand schrie. Das Geräusch ging ihm durch Mark und Bein. Ganz in seiner Nähe tanzte ein kleines Mädchen mit honigblondem Haar so ausgelassen, dass seine roten Röcke flogen. Sie wirbelte auf ihn zu, näher und näher, bis ihre Röcke sie wie ein roter Schleier umgaben. Das Mädchen tänzelte an ihm vorbei, und als es nicht mehr zu sehen war, stand ein Mann vor Will. Braune Augen starrten ihn aus einer weißen, leeren Fläche dort an, wo das Gesicht hätte sein sollen. Langsam hob er eine Hand, griff nach einem Fetzen weißer Haut, der lose von seiner Schläfe herabhing, und zog daran. Will hörte einen Laut, der klang, als würde Pergament zerreißen. Als die Maske zu Boden fiel, schrie er auf.

»Du hast sie umgebracht«, schnarrte sein Vater, streckte eine Hand aus und packte ihn bei der Schulter.

»Soll das jetzt jede Nacht so gehen?«

Die Stimme kam von der Nachbarpritsche.

Der neben Will kauernde Sergeant drehte sich um. »Sei still, Hugues.« Er sah Will wieder an. »Deine Schreie haben uns geweckt.«

Will strich ein paar Haarsträhnen zurück, die ihm in die Augen fielen. Seine Decke hatte sich um seine Beine gewickelt, Hemd und Hose waren schweißdurchtränkt und klebten kalt an seiner Haut. Er schob die Hand des Sergeanten von seiner Schulter. »Mir fehlt nichts.«

Der junge Mann, der sich am Tag zuvor als Robert de Paris vorgestellt hatte, zuckte die Achseln und ging zu seiner Pritsche zurück.

Will schob die Decke fort und stellte die Füße auf den kalten Steinboden. Als er aufstand, ertönte von einer anderen Pritsche ein lautes Schnarchen. Der Sergeant namens Hugues schnaubte gereizt, rollte sich auf die Seite und zog sich seine Decke über die Ohren. Will ging zum Tisch, auf dem ein Wasserkrug, eine Waschschüssel und eine Kerze standen. Die Kerze war fast heruntergebrannt, geschmolzenes Wachs, das sich bereits zu verhärten begann, bildete eine Pfütze rund um den Stummel. Will tauchte die Hände in den Krug und spritzte sich Wasser ins Gesicht, dann trat er zu dem runden Fenster der Kammer und setzte sich auf das Sims. Ein eisiger Luftzug traf ihn. Er drehte sich um, als ein neuerlicher Schnarchlaut ertönte und Hugues einen ärgerlichen Seufzer ausstieß. Will war hier ein Außenseiter, der den Alltagstrott der anderen Sergeanten durcheinanderbrachte und die vertrauliche Atmosphäre zwischen ihnen störte, das wusste er. Er hatte ihnen von dem Kampf in Honfleur erzählt, nicht aber von all dem, was danach geschehen war, von dem Chaos am Kai und den Tagen auf dem Schiff, die in fast völligem Schweigen verstrichen waren.

Nach dem Kampf waren die Männer, die die sechs geflüchteten Angreifer verfolgt hatten, zurückgekehrt und hatten berichtet, dass sie zwei getötet, die restlichen vier jedoch aus den Augen verloren hatten. Die Ritter hatten bleiben wollen, um herauszufinden, wer sie geschickt hatte, doch der Kapitän der *Opinicus* bestand darauf, den Hafen so schnell wie möglich zu verlassen.

»Das waren Söldner, gedungene Mörder!«, hatte einer der Ritter, ein Mann mittleren Alters namens John, voller Ingrimm widersprochen. »Wir müssen in Erfahrung bringen, wer ihr Auftraggeber war!«

Die Leichen der Angreifer waren durchsucht worden, ohne dass jedoch ein Hinweis darauf gefunden worden war, wer sie waren und woher sie gewusst hatten, dass sich die Kronjuwelen an Bord befanden. Die restlichen Besatzungsmitglieder warfen die Toten dann vom Deck auf den Kai hinunter. Zwei Totenschädelmasken trieben auf dem Wasser; identische weiße Fratzen, die auf den Wellen tanzten.

»Drei meiner Leute sind tot«, erwiderte der Kapitän bitter. »Ich will mein Schiff von hier fortbringen, solange ich noch genug Männer habe, die die Segel setzen können.«

»Es wird kein zweiter Überfall mehr erfolgen. Um Himmels willen, wir haben die meisten von ihnen getötet. Lasst uns die Sache zu Ende bringen!«

»Vielleicht lauern in der Stadt noch mehr von diesen Ratten«, gab der Kapitän zu bedenken.

»Wir müssen die Hintermänner finden«, beharrte John.

Einer der Sergeanten zog sein Schwert. »Vielleicht sollten wir *ihn* einmal danach fragen.« Er deutete mit der Klinge auf Hassan, der die Auseinandersetzung schweigend verfolgte.

Ein paar Ritter und der Kapitän drehten sich zu Hassan um, der den Blick nicht von dem Sergeanten wandte. »Hast du einen Grund, mich zu beschuldigen?«, fragte er ruhig.

»Ihr seid ein Sarazene!« Der junge Mann spie die Worte förmlich aus. »Einen anderen Grund brauche ich nicht. Niemand weiß, warum Ihr hier seid. Niemand kennt Euch.«

»Sir Jacques kannte mich. Reicht das Wort eines Ritters nicht aus?«

»Sir Jacques ist tot!«

»Genug jetzt.« John trat vor und legte dem Sergeanten eine Hand auf die Schulter.

Der Wortwechsel dauerte noch eine Weile an, bis sich der Kapitän der *Opinicus* durchsetzte und ein Sergeant zum Ordenshaus geschickt wurde, um die Königin zu wecken. Diese traf wenig später mit ihrem Gefolge, dem Priester und sieben Ordensbrüdern am Kai ein.

Der rundliche kleine Priester rang die Hände und blickte sich so ungläubig um, als rechne er damit, dass die Toten jeden Moment wieder zum Leben erwachten. »Herr, erbarme dich«, murmelte er immer wieder. »Herr, erbarme dich.«

Die Königin betrachtete die Stätte des Gemetzels mit vor den Mund geschlagener Hand. Noch immer wimmelte es im Hafen von Schaulustigen, die der Lärm angelockt hatte. Sie starrten Eleanor mit großen Augen an und tuschelten leise miteinander.

»Was ist mit den Juwelen?«, fragte Eleanor mit brüchiger Stimme. Sie konnte den Blick nicht von den an Deck und am Kai liegenden Leichen losreißen.

»Die Juwelen sind in Sicherheit, Mylady«, erwiderte John.

Die Kronjuwelen waren inzwischen vom Kai aufgesammelt

und in einem schmucklosen Kasten verstaut worden, der in der Kabine des Schiffes stand.

Nachdem die Königin und ihr Gefolge an Bord der *Opinicus* gegangen waren, traten zwei Ritter zu Oweins Leichnam. Bislang hatte niemand Elwen stören wollen, die noch immer neben der Leiche ihres Onkels kniete. Will hatte versucht, sie dazu zu bewegen, mit ihm an Deck zu gehen, aber keinen Erfolg gehabt.

Die Ritter gingen weniger sanft mit ihr um.

»Sie ist Sir Oweins Nichte?«, wandte sich einer von ihnen an Will.

Will nickte.

»Was in Gottes Namen hat sie hier zu suchen?«

Will sah keinen Grund zu lügen. Er berichtete dem Ritter, dass Elwen sich heimlich an Bord der *Endurance* geschlichen hatte.

Der Mann fluchte unterdrückt und schüttelte angewidert den Kopf. Dann bückte er sich und packte Elwen bei den Armen. »Steh auf, Mädchen!«

Will trat unwillkürlich einen Schritt vor, als Elwen zu schreien begann.

»Misch dich nicht ein, Sergeant!«, bellte der zweite Ritter, ehe er seinem Kameraden half, Elwen davonzuzerren. »Owein ist tot. Ihr Geheul macht ihn auch nicht wieder lebendig!«

Die Ritter nahmen Elwen in ihre Mitte und schleiften sie an Bord der *Opinicus*, wo sie sie auf eine der Bänke fallen ließen. Angesichts dieser rücksichtslosen Behandlung waren ihre Tränen versiegt, sie saß in erschöpftem Schweigen da und sah mit leerem Blick zu, wie Oweins Leichnam an Bord geschafft und mit seinem weißen Mantel bedeckt wurde.

Dann machten sich drei Ritter zusammen mit dem Priester und den Ordensbrüdern auf, um den Hafen nach den vier überlebenden Attentätern zu durchkämmen, kamen aber bald mit leeren Händen zurück. Sir John wies die Brüder an, die Suche im Morgengrauen fortzusetzen, doch niemand hegte große Hoffnung, die Flüchtigen aufzuspüren. Der Priester wurde angewiesen, die toten Söldner zu begraben.

»Aber nicht in geweihter Erde«, befahl John ihm scharf.

»Aber Bruder«, widersprach der Priester entgeistert. »Sie müssen doch Gelegenheit bekommen, sich vor Gott für ihre Sünden zu verantworten!«

»Über die wird in der Hölle gerichtet werden«, schnitt ihm John in einem Ton, der keinen Widerspruch duldete, das Wort ab.

Will zögerte einen Moment, dann hob er Oweins noch immer am Kai liegendes Schwert auf, kletterte an Deck und legte es neben den toten Ritter. Sein Blick fiel auf Garin, der neben Jacques' Leichnam kniete. Er hatte den Mantel vom Gesicht seines Onkels gezogen und starrte sein im Tode zu einer Grimasse verzerrtes Gesicht an. Die Wangen des Jungen schimmerten feucht, seine Hände waren zu Fäusten geballt. Eine Hand näherte sich der Augenklappe des Toten und schwebte einen Moment darüber. Als Will ihm eine Hand auf die Schulter legte, schrak Garin heftig zusammen und fuhr herum. Seine Augen waren vor Kummer umwölkt. »Fass mich nicht an!«

Angesichts des Zorns in seiner Stimme wich Will erschrocken zurück, dann ließ er Garin mit seinem toten Onkel allein, ging zu einer Bank, ließ sich darauf sinken und barg den Kopf in den Händen.

Die Stille, die sich nach dem Kampf über die flussabwärts segelnde *Opinicus* legte, zerrte an Wills Nerven – eine Stille, die sich wie eine Faust immer fester um die Reisenden zu schließen schien. Die Leibwächter und die Pagen der Königin saßen zusammen mit den Rittern und den Sergeanten stumm auf den Bänken. Die Königin und ihre Kammerzofen hatten sich in die mit Truhen und Kisten vollgestopfte Kabine zurückgezogen, die kaum genug Platz für alle bot. Elwen schien als Einzige im Stande, ihrem Kummer Ausdruck zu verleihen. Ihr Schluchzen setzte in der Nacht ein und dauerte bis zum Morgengrauen, bis sogar Will, der ihren Schmerz um Owein teilte, es nicht länger ertragen konnte. Endlich fuhr ein Sergeant sie barsch an, sie möge den Mund halten. Seine Stimme hallte ohrenbetäubend laut durch die Stille. Einen Moment später öffnete sich die Kabinentür, und Königin Eleanor erschien auf der Schwelle. Ihre Augen funkelten vor Zorn.

»Hast du kein Herz im Leib?«, fuhr sie den Sergeanten an, der sie mit offenem Mund anstarrte.

Dann half sie Elwen auf, wobei sie tröstend auf sie einsprach. Ihr Tonfall erinnerte Will an den, den Simon immer anschlug, wenn er die Pferde in den Ställen des Neuen Tempels während eines Sturms beruhigte. Eleanor führte Elwen in ihre Kabine, wo sie für den größten Teil der Reise blieb. Die Zeit schien gar nicht verstreichen zu wollen; für Will gab es nichts zu tun, als dazusitzen und die langsam vorüberziehende Landschaft oder die Fliegen zu beobachten, die die Leichen umschwirrten.

Als die *Opinicus* spät abends in Paris anlegte, wurde ein Bote zum Ordenshaus geschickt, um dafür zu sorgen, dass Karren für den Transport der Ale- und Salzfässer sowie der Toten zum Kai gesandt wurden. Die Königin befahl zweien ihrer Leibwächter, unverzüglich zum Palast zu gehen und ihre Schwester, Königin Marguerite, von ihrer Ankunft in Kenntnis zu setzen. Kurz darauf trafen eine prächtige, von vier Rapphengsten gezogene Kutsche und ein Ochsenkarren ein. Elwen bestieg zusammen mit Eleanors Zofen und der Königin selbst die Kutsche, während Eleanors Gepäck auf den Karren geladen wurde.

»Ich nehme das Mädchen mit in den Palast«, teilte Eleanor Sir John kühl mit. »Euer Ordenshaus ist kein Ort für eine junge Frau – schon gar nicht für eine, die vor Trauer halb von Sinnen ist«, fügte sie mit einem Blick auf den Sergeanten hinzu, der Elwen auf dem Schiff so grob angefahren hatte.

Nachdem sich die Kutsche in Bewegung gesetzt hatte, hatten sich die Ritter und Sergeanten zu Fuß auf den Weg zum Templerhaus gemacht, der sie durch die gewundenen Gassen der Stadt führte, vorbei an Werkstätten, Läden, dem Ordenshaus der Hospitaliter und dann die Rue de Temple hoch, bis sie das inmitten weitläufiger grüner Felder gelegene riesige Gebäude erreichten. Will war so erschöpft gewesen, dass er seiner Umgebung kaum Beachtung geschenkt hatte. Im Ordenshaus angekommen, war er sofort in einen Schlafsaal geführt worden, wo er auch den größten Teil des nächsten Tages verbracht hatte.

Heute war sein zweiter Tag in Paris; der Tag von Oweins Begräbnis.

Als die Glocke zur Matutin schlug, blieb Will auf dem Fenstersims sitzen, während sich die anderen Sergeanten gähnend und miteinander flüsternd von ihren Pritschen erhoben. Ihr Akzent klang fremd in Wills Ohren, aber er konnte sie verstehen, da sie Latein sprachen. In den Ordenshäusern, in denen viele Ritter und Sergeanten aus verschiedenen Ländern zusammenlebten, war Latein zur gemeinsamen Sprache geworden.

Die jungen Männer zogen ihre schwarzen Tuniken über ihre Beinkleider und Hemden und wuschen sich nacheinander an der Waschschüssel Hände und Gesicht. Draußen war es noch stockfinster. Robert trat an den Tisch, tauchte die Hände in das eiskalte Wasser, trocknete sich das Gesicht mit einem Zipfel seiner Tunika ab und strich sein feines blondes Haar zurück, dann nickte er Will freundlich zu.

»Kommst du nicht mit in die Kapelle?«, fragte er, ging zu einem Schrank in der Ecke des Raumes hinüber und öffnete die Tür.

Will schüttelte den Kopf.

»Lass ihn doch hierbleiben, wenn er das will, Robert.«

Will sah zu Hugues hinüber, der seine Tunika glattstrich.

Hugues musterte ihn giftig. »Vielleicht solltest du ein bisschen schlafen, während wir fort sind, dann kommen wir heute Nacht nicht schon wieder in den zweifelhaften Genuss deiner Albträume.«

Robert verdrehte die Augen. Er hatte einen Zweig von einem Bord des Schrankes genommen und bearbeitete damit seine ungewöhnlich weiß schimmernden Zähne. »Achte gar nicht auf ihn«, sagte er zu Will, nachdem er den Zweig aus dem Mund genommen hatte. »Hugues braucht seine ungestörte Nachtruhe, sonst wird er unleidig.«

Hugues funkelte ihn finster an. »Sprich nicht über mich, als wäre ich gar nicht da! Das tust du andauernd!«

Wills Lippen krümmten sich zu einem leisen Lächeln, während er die beiden beobachtete. Die zwei Jungen, die ein Jahr älter waren als er selbst, hätten verschiedener nicht sein können. Robert war groß und schlank, hatte fast frauenhaft weiche Züge, hohe Wangenknochen und fein geschwungene Brauen. Hugues war klein und rundlich, unter seinem struppigen schwarzen Haarschopf blickten eng beieinander stehende dunkle Augen über einer stumpfen Nase hervor.

Hugues kehrte ihnen beiden den Rücken zu, ging ebenfalls zum Schrank und nahm einen schwarzen Umhang heraus, den er sich um die Schultern schlang.

»Nimm es ihm nicht übel«, raunte Robert Will zu. »Er misstraut jedem, den er nicht kennt.« Als Will keine Antwort gab, fügte er hinzu: »Wegen seines Namens.«

»Seines Namens?«, wiederholte Will verwirrt.

»Hugues de Pairaud. Humbert, der Ordensmeister von England, ist sein Onkel. Die Familie de Pairaud dient dem Templerorden schon seit vielen Jahren, und Hugues hat Angst, Sergeanten weniger edler Abstammung könnten versuchen, sich seine Freundschaft zu erschleichen, um sich Vorteile zu verschaffen.«

»Was habt ihr denn da zu flüstern?«, erkundigte sich Hugues argwöhnisch, strich noch einmal seinen Umhang glatt und wandte sich zur Tür.

Robert drehte sich zu ihm. »Ich habe Will erzählt, dass du eines Tages das Amt des Großmeisters bekleiden wirst.«

»Das ist richtig«, erwiderte Hugues von oben herab. »Oder zumindest das des Visitators von Frankreich. Dazu werde ich schließlich er …«

»Wenn du noch einmal ›erzogen‹ sagst, drehe ich dir den Hals um«, fuhr Robert ihm über den Mund. Er warf den Zweig auf seine Pritsche und schob Hugues auf die Tür zu. »Komm jetzt, Hugues. Gott hat dir eine Seele gegeben. Wir wollen sehen, ob Er auch noch ein bisschen Herz für dich übrig hat.« Er zwinkerte Will zu, ehe er mit seinem Freund die Kammer verließ.

Kurz darauf verstummte die Glocke, was bedeutete, dass die

Matutin begonnen hatte. Will blieb auf dem Sims sitzen. Seit vier Jahren war er erst gemeinsam mit seinem Vater, dann im Neuen Tempel vor Tagesanbruch aufgestanden, um den ersten Gottesdienst zu besuchen. Heute würde er ihn zum ersten Mal versäumen. Versonnen sah er zu, wie der Himmel langsam heller wurde, und lauschte dem vergnügten Zwitschern der Vögel.

Die Unterkünfte der Sergeanten zogen sich in einem Viertelkreis um die Ställe herum. Hinter dem Stalldach sah er von knorrigen Eichen und silbrigen Birken gesäumte Felder. Auf einem davon stand eine Reihe von Bienenkörben; hier wurde scheinbar der Honig für das Ordenshaus produziert. Ein kleiner Fluss plätscherte durch das Gras zu einer Wassermühle hinunter. Hinter der Mühle lagen Fischteiche, in denen sich der fahle Himmel und die Umrisse der Scheunen und Nebengebäude widerspiegelten; hier waren, wie Robert ihm erzählt hatte, die Schlafkammern der Dienstboten, die Waffen- und Kleiderkammern, die Bäckerei und der Kornspeicher untergebracht. Es gab sogar einen Töpferschuppen. Wenn Will sich weit genug aus dem Fenster lehnte, konnte er die hohen Türme des Donjons sehen. Das Pariser Templerhaus, das Hauptordenshaus des Westens, war viel größer und beeindruckender als der Neue Tempel, der Will im Vergleich ziemlich bescheiden vorkam.

Als sein Rücken und seine Beine von dem verkrampften Sitzen zu schmerzen begannen, glitt Will vom Fenstersims herunter. Er betrachtete seinen Reisesack, den er auf das Fußende seiner Pritsche gelegt hatte, dann bückte er sich, schnürte ihn auf und entnahm ihm sein Schwert sowie die Tunika und die Hose, die er während des Kampfes getragen hatte. Die Blutflecken waren mittlerweile in dem Stoff eingetrocknet. Will tauchte die Kleider in die Wasserschüssel und begann, sie auszuwaschen. Das Wasser verfärbte sich rasch rötlich braun. Will rieb fester an den Flecken herum. Wasser schwappte über den Rand der Schüssel, bildete Pfützen auf dem Tisch und tropfte zu Boden. Der Ekel erregende kupfrige Gestank von Blut breitete sich in der Kammer aus. Wills Magen krampfte sich zusammen, er schluckte hart. Wieder sah er, wie sich die Augen des Söldners hinter der Totenkopfmaske weiteten, als sich seine Klinge in den Kopf des Mannes fraß. Es erschreckte ihn, wie leicht es war, einen Menschen zu töten; wie wenig Fleisch und Knochen einer tödlichen Klinge entgegenzusetzen hatten. Doch war er froh, dass er wenigstens das Gesicht seines Gegners nicht gesehen hatte. Er hätte es sich ansehen können, die Leichen der gefallenen Söldner waren nach dem Überfall ihrer Masken beraubt und am Kai von Honfleur nebeneinander aufgereiht worden, aber er hatte es nicht getan. Ein Mann mit einer Maske erschien ihm irgendwie weniger menschlich als ein Gesicht, dem er in Gedanken eine Familie, eine Lebensgeschichte und eine mögliche Zukunft hätte zuordnen können.

Im Gang vor der Kammer erklang eine Jungenstimme, Schritte hallten von den Wänden wider und verklangen. Will legte die Kleider auf dem Fenstersims zum Trocknen aus, dabei fragte er sich, ob es irgendjemandem auffallen würde, dass er den Gottesdienst versäumt, ja, dass er den Schlafsaal überhaupt nicht verlassen hatte. Aber außer Garin kannte er hier niemanden, und sie hatten sich seit ihrer Ankunft, wo sie verschiedenen Unterkünften zugeteilt worden waren, nicht mehr gesehen.

Er machte sich daran, das Krummschwert zu säubern. Die Waffe war nun nicht länger das Spielzeug eines Kindes, das in die Rolle eines Soldaten schlüpfte, oder das Geschenk eines liebenden Vaters, sondern ein Instrument des Todes. Als er das verkrustete Blut von der Klinge abwusch, versuchte Will, sich vorzustellen, sein Vater säße neben ihm und würde ihm versichern, dass er das Richtige getan hatte; dass es nötig gewesen war, den Angreifer zu töten; dass er nur seine Pflicht erfüllt hatte. Aber alles, was er hörte, war die Stimme seines Vaters, die in jenem monotonen Ton, der seine wahren Gefühle Lügen strafte, zu ihm sagte, es sei nicht seine Schuld gewesen, sondern ein Unfall, für den er seinen Sohn nicht verantwortlich mache.

Die Glocke läutete, als die Ritter und Sergeanten dem Priester, der die Totenmesse gelesen hatte, aus der Kapelle folgten. Will schritt hinter Oweins Sarg her, der von vier Rittern des Neuen Tempels getragen wurde. Die zwei anderen Ritter, die den Kampf überlebt hatten, die Besatzung der *Opinicus*, Garin und eine Schar von Rittern, Priestern und Sergeanten, die Will nicht kannte, trugen die restlichen acht Särge oder gingen stumm hinter ihnen her. Auch Robert und Hugues waren unter ihnen, aber von Elwen war nichts zu sehen. Will ärgerte es, dass so viele Menschen, die Owein überhaupt nicht gekannt hatten, an seiner Beerdigung teilnahmen; es schmälerte die Bedeutung seiner eigenen Person. Immerhin war er Oweins Sergeant gewesen.

Der Priester führte die Prozession auf den von einer Mauer umfriedeten Friedhof. Neben ihm schritt der Visitator von Frankreich, der nur allein dem Großmeister unterstellt war; ein würdevoll wirkender Mann mit einem Bart, der wie ein Dreizack geschnitten war. Auf der anderen Seite des Friedhofs waren neun nebeneinander liegende Gräber ausgehoben. Die Männer bildeten einen Kreis darum, als die Särge in der Erde versenkt wurden. Will wandte den Blick ab. Er wollte nicht mit ansehen, wie Oweins Sarg Zoll für Zoll in der Grube verschwand.

Der Priester stimmte einen feierlichen Gesang an. *»Requiem aeternam dona eis, domine, et lux perpetua luceat eis.«* Schenk ihnen ewige Ruhe, o Herr, und lass das immer währende Licht über ihnen erstrahlen.

Nachdem er sein Gebet beendet hatte, bückte sich der Priester, hob eine Hand voll Erdreich auf und warf es auf Oweins Sarg, dann ging er von einem Grab zum nächsten, um dort dasselbe zu tun.

»Erde zu Erde, Asche zu Asche, Staub zu Staub.«

Der Visitator trat vor, zog sein Schwert, umfasste das Heft mit beiden Händen und hob die Waffe. »Für alle Opfer, die wir auf Erden bringen müssen, werden wir dereinst im Himmel reich entlohnt werden. Mögen unsere Brüder Frieden in den Armen unseres Herrn finden.« Er schob das Schwert in die Scheide zurück und trat neben den Priester, als die Totengräber nach ihren Spaten griffen. Dem dumpfen Geräusch, mit dem die Erdbrocken auf die

Särge fielen, haftete etwas furchtbar Endgültiges an, dachte Will benommen.

Er blieb bei Oweins Grab zurück, während der größte Teil der Gruppe, unter ihnen auch Garin, den Friedhof wieder verließ. Garin hatte kein Wort mit ihm gewechselt; hatte während der Zeremonie noch nicht einmal in seine Richtung geblickt. Will fühlte sich zu erschöpft, um seinem Freund zu folgen. Er kniete sich in das feuchte Gras, das seine Hose durchweichte. Damals in Honfleur hatte er Garin von dem Brief erzählen wollen, den er in Jacques' Studierzimmer gefunden hatte. Aber angesichts dessen, was sich im Lauf der letzten Tage ereignet hatte, waren seine Bedenken hinsichtlich Jacques' seltsamer Verbündeter unwichtig geworden. Er bemerkte, wie der Visitator zu einem der Ritter des Neuen Tempels hinüberging.

»Übermorgen werden wir nach London aufbrechen«, verkündete John, der Mann, der im Kampf das Kommando übernommen hatte. »Die Juwelen sind sicher in Euren Gewölben untergebracht, unsere Brüder ruhen in Frieden, also besteht für uns kein Grund, noch länger hierzubleiben. Der Meister von England muss erfahren, was geschehen ist. Eine genaue Untersuchung dieses Vorfalls muss unverzüglich eingeleitet werden.« Er senkte die Stimme. »Obwohl ich fürchte, dass sich dies als schwierig erweisen könnte. Niemandem außerhalb des Ordens war unsere genaue Reiseroute bekannt, aber König Henry hat kein Hehl daraus gemacht, dass er uns die Juwelen nur mit äußerstem Widerstreben überlässt. Es besteht die Möglichkeit, dass er versucht hat, sie wieder an sich zu bringen. Wir müssen in diesem Fall mit größter Diskretion vorgehen.«

»Ich werde ein Schiff für Euch bereit machen lassen«, erwiderte der Visitator. »Teilt Master de Pairaud mit, dass wir ihn bei seinen Untersuchungen nach Kräften unterstützen werden. Er hat in dieser Angelegenheit völlig freie Hand. Ich werde Großmeister Bérard in Akkon entsprechend in Kenntnis setzen.«

»Ich danke Euch, Sir.«

Als das letzte Grab zugeschüttet war, verschlossen Steinmetze die Gruben mit Granitblöcken. Um die Reise der Seelen der Toten gen Himmel nicht zu stören, würden sie erst tags darauf die Umrisse der Schwerter der Ritter in den Stein meißeln.

Will blickte auf, als ihn jemand an der Schulter berührte. Robert stand hinter ihm.

»Möchtest du, dass ich noch eine Weile bleibe?«

»Nein.« Will wandte sich ab und wischte sich mit dem Ärmel seiner Tunika über die Augen.

»Ich habe den Rest des Tages in der Waffenkammer zu tun. Du findest mich dort, wenn dir nach Gesellschaft zumute ist.«

Robert ging davon, aber Will stellte fest, dass er trotzdem nicht allein war. Ein Priester lehnte links von ihm an einem Baum. Sein Gesicht wurde teilweise von einer Kapuze verborgen, trotzdem sah Will, dass der Mann alt war; älter als jeder andere Mensch, der ihm je begegnet war. Weiße Haarsträhnen, fein wie Spinnweben, flossen über seinen Nacken, sein Bart wies am Kinn eine Lücke auf, wo eine hässliche Narbe seinen Mund zu einem ständigen höhnischen Schnarren verzerrte. Er war gebeugt, stand so still da wie eine Statue und ließ durch nichts erkennen, dass er Notiz von Will genommen hatte.

Will berührte flüchtig die frisch aufgeworfene Erde von Oweins Grab, dann erhob er sich. Die stumme Gegenwart des Priesters flößte ihm Unbehagen ein. »Warte!« Er trabte Robert hinterher. »Ich komme mit dir.«

Robert nickte, sagte aber nichts. Während sie den Pfad entlanggingen, drehte sich Will noch einmal zu dem Priester um. »Wer ist das?«

Robert folgte seinem Blick. »Vater Everard de Troyes.« Er lächelte. »Aber lass dich von seinem gebrechlichen Äußeren nicht täuschen. Ich käme lieber dem Teufel in die Quere als ihm.«

»Wie meinst du das?«

»Hast du seine Hand gesehen? Die, an der zwei Finger fehlen?«

Das hatte Will nicht, trotzdem nickte er.

»Er hat sie in Jerusalem verloren, als die Chorezmier die Heilige Stadt vor sechzehn Jahren zurückeroberten und er ganz allein zehn Krieger tötete. Als der Angriff erfolgte, befand er sich in der Grabeskirche und musste sich drei Tage lang unter den Leichen der getöteten Priester verbergen, um der Gefangennahme zu entgehen.« Roberts Ton war ernst, aber Will hatte das Gefühl, als ob er es genoss, diese Geschichte zu erzählen. »Kannst du dir das vorstellen? Drei Tage in dieser Hitze, diesem Gestank und den Fliegenschwärmen? Es heißt, er sei der einzige Christ, der das Massaker überlebt hat.«

Ehe sie durch den Bogen traten, der den Zugang zum Friedhof bildete, drehte sich Will ein letztes Mal zu dem alten Mann um, der noch immer reglos neben den Gräbern stand, und dachte bei sich, ein Windstoß müsse den zerbrechlichen Priester fortwehen, der einst zehn Krieger bezwungen hatte.

Templerhaus Paris, 27. Oktober A.D. 1260

Am nächsten Tag, seinem letzten in Paris, besuchte Will nach der Non noch einmal Oweins Grab, da er nicht wusste, was er sonst mit sich anfangen sollte. Er war froh, morgen in die Vertrautheit des Neuen Tempels zurückkehren zu können – und er fürchtete sich zugleich davor. Als er um die Ecke der Kapelle bog, wo ihn ein moosüberwucherter Wasserspeier an einem Pfeiler zähnefletschend angrinste, sah er Elwen mit einem Strauß Lilien in der Hand vor Oweins Grab knien. Sie trug ein schlichtes schwarzes, an den Säumen mit Weiß abgesetztes Gewand und hatte ihr Haar unter einer Haube verborgen. Als er näher kam, blickte sie kurz auf, dann starrte sie wieder auf das Grab.

»Glaubst du, er ist mir böse, weil ich nicht zu seiner Beerdigung gekommen bin?«

»Nein.« Will kniete neben ihr nieder.

»Niemand hat mir Bescheid gesagt, wann das Begräbnis stattfindet. Ich bin seine Nichte, ich hätte dabei sein sollen.« Elwen legte die Lilien behutsam auf den Grabstein. »Ich fragte Königin Eleanor, ob ich heute herkommen dürfe. Einer ihrer Leibwächter hat mich begleitet.« Sie streckte eine Hand aus, um eine der Lilien zurechtzuzupfen. »Wie war sie denn … die Zeremonie?«

Will hob die Schultern. »Nicht anders als andere Beerdigungen auch.«

»Ich frage mich immer, ob er auch gestorben wäre, wenn ich nicht dort gewesen wäre. Vielleicht wäre er vorsichtiger gewesen, hätte den Dolch eher bemerkt oder …«

»So darfst du nicht denken.« Will sah zu, wie sie mit dem Finger über eine Stelle des Grabsteins strich, wo Quarzsplitter im Granit schimmerten. Staub von den eingemeißelten Umrissen von Oweins Schwert blieb an ihrer Fingerkuppe haften. »Was willst du nach deiner Rückkehr nach London tun?«

»Ich gehe nicht nach London zurück.« Elwen faltete die Hände im Schoß. »Ich bleibe hier.«

»Im Ordenshaus?«, fragte Will verblüfft.

»Nein, im Palast. Als ich Königin Eleanor erzählte, dass ich nicht zu meiner Mutter zurückkönnte und nicht wüsste, wo ich hingehen soll, meinte sie, aus dieser Tragödie dürfe nicht noch mehr Leid erwachsen. Sie sprach mit ihrer Schwester, Königin Marguerite, und sie willigte ein, mich in ihre Dienste zu nehmen. Jetzt bin ich eine ihrer Kammerzofen.« Elwen sah Will an. »Du solltest den Palast sehen! Er ist so groß, dass ich meine Kammer nicht ohne einen Diener als Begleiter verlassen kann, sonst würde ich mich verlaufen. Am Flussufer gibt es Gärten, wunderschöne Rasenflächen und Hunderte von Bäumen. Es kommt mir vor wie das Heim, nach dem ich mich immer gesehnt habe; ein Heim voller Menschen, Wärme und Lachen.« Sie nickte zu Oweins Grab hinüber. »Und ich bin in seiner Nähe.«

»Owein würde sich ganz ohne Zweifel für dich freuen«, erwiderte Will tonlos. Seine eigene trostlose Situation lastete schwer auf ihm. Er hatte keinen Herrn mehr, keinen Ort, wohin er gehörte, und musste sich bemühen, sich seinen Neid nicht anmerken zu lassen. »Du hast wirklich Glück gehabt.« Als er Schritte hinter sich hörte, blickte er sich um und sah Garin auf die Gräber zusteuern.

Beim Anblick von Will und Elwen blieb er wie angewurzelt stehen.

Elwen erhob sich. »Du bist Garin de Lyons, nicht wahr?«

»Ja«, erwiderte Garin steif.

Elwen trat zu ihm. »Ich möchte dir danken«, sagte sie ernst. »Du hast mir das Leben gerettet. Ich hörte, du hast in dem Kampf auch ein Familienmitglied verloren?«, fügte sie mitfühlend hinzu. »Deinen Onkel?«

»Ja.« Ohne ein weiteres Wort wandte Garin sich ab.

»Garin!« Will schob sich an Elwen vorbei, die sich auf die Lippe biss und Garin nachsah, und holte seinen Freund ein. »Was ist denn los mit dir?«

»Nichts.« Garins Augen flackerten. »Ich möchte allein sein.«

»Dann gehen wir jetzt besser.« Will blickte Elwen an. Diese nickte.

»Nicht nötig. Ich gehe.« Garin setzte sich wieder in Bewegung.

Will vertrat ihm den Weg. »Garin, bitte … du hast seit dem Überfall nicht mehr mit mir gesprochen. Habe ich dir etwas getan?«

Garins Züge verhärteten sich. »Ich will nicht mit dir reden.«

»Warum nicht?«

Garin schob ihn weg und rannte um die Gräber herum. »Lass mich einfach in Ruhe!«

Will folgte ihm, bekam ihn bei Oweins Grab zu packen und umschloss seinen Arm fester, als er beabsichtigt hatte. »Ich habe auch einen Menschen verloren, der mir nahestand, ich weiß, wie das ist.«

»Du hast keine Ahnung, wie das ist!«, schrie Garin. Als er sich mit einem Ruck aus Wills Griff befreite, fiel ihm etwas aus der Hand.

Will bückte sich, um es aufzuheben. Es war Jacques' Augenklappe. Das zerdrückte Leder fühlte sich noch warm von Garins Hand an.

Garin stürzte sich auf ihn und entriss ihm die Klappe. »Das ist alles nur deine Schuld!«, brüllte er.

»Was sagst du da?« Will starrte seinen Freund fassungslos an.

»Immer hast du dich in Schwierigkeiten gebracht!« Garins Stimme klang schrill. Sein Gesicht war verzerrt und rot angelaufen. »Und immer hat Owein dich mit ein paar Ermahnungen davonkommen lassen! Und ich? Was war mit mir?«

»Das ist doch nicht meine ...«

»Ich habe all die Strafen bekommen, die eigentlich dir hätten gelten müssen!«

Elwen beobachtete die beiden Jünglinge.

»Nicht ich habe dich so streng bestraft, sondern Jacques«, verteidigte sich Will. »Und das hätte er auch getan, wenn ich gar nicht da gewesen wäre.«

»Das stimmt nicht! Wenn du nicht gewesen wärst, hätte mein Onkel gar keinen Grund gehabt, mich zu bestrafen, und ich hätte niemals ...« Garin brach ab. Seine Augen füllten sich mit Tränen. »Er ist tot. Mein Onkel ist tot, und du bist daran schuld!«

»Wieso gibst du mir die Schuld an seinem Tod?«, erkundigte sich Will ehrlich erstaunt. »Ich habe doch gar nichts getan.«

»Dich trifft nie irgendeine Schuld, denn du machst ja nie etwas falsch, nicht wahr?«, zischte Garin. Sein zerschundenes Gesicht glich einer wütenden Fratze. »Owein war sogar dann noch stolz auf dich, wenn du ungehorsam warst. Und dein Vater? Er hat dir noch einen Platz in diesem Orden verschafft, nachdem du deine Schwester umgebracht hast!«

Ein roter Zornesschleier legte sich vor Wills Augen. Er holte aus und versetzte Garin einen Kinnhaken. Elwen schrie auf, als Garin zurücktaumelte, an der Kante von Oweins Grabstein hängen blieb, rücklings auf den Granitblock fiel und dabei die Lilien zerdrückte, die Elwen darauf gelegt hatte. Will trat mit erhobenen Fäusten auf ihn zu, wich aber sofort wieder zurück, als er sah, dass Garins Lippe blutete. »Garin, ich ... ich wollte nicht ...«

Er verstummte, als Garin sich aufrichtete und die Hand von seinem Mund nahm. Er starrte erst das Blut an seinen Fingern, dann Will an, daraufhin schlurfte er ohne ein weiteres Wort mit Jacques' Augenklappe in der Faust davon.

Will zuckte zusammen, weil sich eine Hand auf seinen Arm legte.

»Warum hast du ihn geschlagen?«, flüsterte Elwen. »Was hat er mit der Bemerkung über deine Schwester gemeint?«

Will zog die Brauen zusammen, als sein Blick auf die zerquetschten Lilien auf Oweins Grab fiel. »Ich ... es tut mir leid.« Er machte sich von ihr los und rannte davon.

15

Ordenshaus Paris
27. Oktober A. D. 1260

Will saß auf seiner Pritsche; seine Atemzüge klangen in dem leeren Schlafsaal unnatürlich laut. Seine Knöchel begannen von dem Schlag, den er Garin versetzt hatte, bereits rot anzulaufen. Garin war der einzige Mensch, dem er jemals von seiner Schwester erzählt hatte; noch nicht einmal Simon kannte die furchtbare Wahrheit. Er konnte es nicht fassen, dass sein Freund dieses Wissen als Waffe gegen ihn benutzt hatte. Garin ... Will ließ schamerfüllt den Kopf hängen, als er an das Blut dachte, das aus der aufgeplatzten Lippe des Jungen gequollen war. Mit zitternden Fingern wühlte er in seinem Reisesack herum und zog einen zusammengefalteten Pergamentbogen hervor. Kurz vor ihrer Abreise nach Paris hatte er den Brief an seine Mutter begonnen, ihn aber noch nicht zu Ende gebracht. Er setzte sich wieder auf seine Pritsche und starrte blicklos auf die Worte in seiner kleinen, säuberlichen Handschrift.

Ein paar Stunden später verkündete die Glocke das Ende der Vesper, und wenig später kam Robert in den Raum.

»Ich habe mich schon gewundert, wo du wohl steckst. Gleich gibt es Essen.«

Will saß noch immer auf seiner Pritsche. Die Decke war mit

Pergamentfetzen übersät. Er fuhr sich mit dem Ärmel über das Gesicht, als Robert zu ihm kam und vor ihm stehen blieb.

»Was ist passiert?«, fragte er mit einem viel sagenden Blick auf das zerrissene Pergament.

»Ich möchte nicht darüber sprechen.«

Robert hob die Schultern und nahm am Fußende der Pritsche Platz. »Wie du willst.«

Will hob den Kopf. »Warum gibt er mir die Schuld?«

»Wer?«

»Garin. Er sagt, ich wäre schuld am Tod seines Onkels.«

»Meine Mutter starb, als ich ein kleiner Junge war«, sagte Robert. »Eine Zeit lang gab mein Vater allen möglichen Leuten die Schuld daran, obwohl niemand etwas dafür konnte. Und er tat das, weil er sich so hilflos fühlte. Sie war schwer krank gewesen. Nichts und niemand hätte ihr helfen können, er nicht, der Arzt nicht, niemand.«

»Jacques wurde ermordet. Irgendjemanden trifft also die Schuld daran.« Will legte sich zurück und sah zur Decke empor. »Vielleicht bin ich tatsächlich dieser Jemand.«

Robert stützte sich auf einen Ellbogen. »Wie kommst du denn darauf?«

»Ich habe mir oft gewünscht, dass Jacques eines Tages für all das büßen muss, was er Garin angetan hat. Vielleicht hat dieser Wunsch ja seinen Tod herbeigeführt.« Will fuhr mit einem Finger langsam über seine geschwollenen Knöchel.

Robert deutete auf die roten Male. »Gibt es jemanden, der die dazu passenden blauen Flecken im Gesicht trägt?«

»Ja – Garin.«

»Warum habt ihr euch geprügelt?«

»Er hat etwas über meine Schwester gesagt.« Will setzte sich auf. »Etwas, was er nicht hätte sagen dürfen.«

Robert wartete geduldig darauf, dass er weitersprach.

»Ich habe meine Schwester umgebracht«, stieß Will plötzlich hervor.

Die Worte schienen in der Kammer eine geradezu greifbare Gestalt anzunehmen. Fast meinte er, Robert müsse ihre schwarzen, verzerrten Schatten in den Ecken lauern sehen.

Endlich brach Robert das Schweigen. »Wie ist sie gestorben?«

Will gab keine Antwort.

»Wie ist sie gestorben?«, wiederholte Robert sanft.

Will schloss die Augen. »Mein Vater nannte sie seinen Engel. Er brachte ihr immer bunte Haarbänder aus Edinburgh mit und spielte stundenlang mit ihr.« Er zog die Knie an die Brust. »Aber Mary war alles andere als ein Engel. Sie stahl immer Brot aus der Küche und behauptete, ich wäre es gewesen; sie ließ die Hühner aus dem Stall oder zerbrach absichtlich die Eier, oder sie schmollte, weil sie etwas tun sollte, was sie nicht wollte.

Ich erinnere mich, wie ich mir oft gewünscht habe, sie würde verschwinden ... nicht sterben, einfach nur nicht mehr da sein. Aber ich habe es eigentlich nicht ernst gemeint.« Will schlug die Augen wieder auf und sah Robert an. »Es passierte in dem Sommer, bevor ich in den Neuen Tempel eintrat. Mein Vater war in Balantrodoch. Ich ging zum See, um an dem Boot weiterzuarbeiten, das wir gemeinsam bauten. Wir wollten damit zum Fischen hinausfahren. Ich wollte es fertig machen, als Überraschung für meinen Vater, wenn er nach Hause kam. Mary lief mir nach. Ich sagte, ich wollte nicht, dass sie mitkommt, da ich wusste, dass sie mir nur im Weg sein würde, aber sie ließ sich nicht abschütteln. Wir erreichten den See, und ich begann, an dem Boot herumzuschnitzen. Es war sehr heiß an diesem Tag. Mary fing an, sich zu langweilen und ging Muscheln sammeln. Ich wollte den ganzen Tag dort draußen verbringen, sonst wäre das Boot nicht fertig geworden, doch Mary begann zu quengeln, dass sie nach Hause wollte. Ich sagte ihr, dann solle sie gehen, aber sie tat so, als wüsste sie den Weg nicht. Auf der anderen Seite des Sees gab es einen kleinen Wald. Ich ging hinüber, um nach Ästen zu suchen, aus denen ich Ruder schnitzen konnte, und Mary kam mit. Sie stichelte immer wieder, unser Vater würde sich über die Muscheln, die sie gefunden hatte, viel mehr freuen als über mein dummes Boot.« Will barg den Kopf in den Händen. »Wir standen auf einem

Felsen oberhalb des Wassers. Mary sagte ... ich kann mich nicht mehr erinnern, aber sie sagte irgendetwas besonders Gemeines und bewarf mich mit den Muscheln, und ich wurde wütend.« Er hielt einen Moment inne. »Und dann gab ich ihr einen Stoß, einen festeren, als ich beabsichtigt hatte. Sie verlor das Gleichgewicht, stürzte vom Felsen in das Wasser und schlug dabei mit dem Kopf gegen eine scharfe Steinkante. Ich sprang sofort hinunter, um nach ihr zu sehen. Sie lag im Wasser und rührte sich nicht, und ich ...«

Will schüttelte den Kopf. »Ich zog sie aus dem Wasser und trug sie nach Hause. Der Weg war lang, und sie war schwer. Ich sprach die ganze Zeit auf sie ein, aber sie kam nicht wieder zu Bewusstsein, und ihr Kopf war hinten eingedrückt und blutig ... ich weiß noch, dass ich mit jedem Schritt mehr Angst bekam. Mein Vater war inzwischen nach Hause gekommen; er ging mit einem Eimer Wasser, den er am Fluss geholt hatte, über den Hof. Ich glaube, er wollte ein Bad nehmen. Als er mich sah, lächelte er und winkte mir zu, und dann fiel sein Blick auf Mary. Er ließ den Eimer fallen, rannte zu mir und nahm sie mir ab.« Will schluckte hart. Allzu deutlich erinnerte er sich an das unterdrückte Schluchzen seines Vaters, der seine tote Tochter in den Armen gewiegt hatte, und an seine Mutter, die barfuß über den Hof gestürmt war. »Später ging er mit mir nach draußen und fragte mich, was passiert war, und ich sagte, Mary wäre gestürzt.« Will senkte den Kopf. »Aber er bohrte immer weiter, und endlich musste ich ihm die Wahrheit gestehen. Es kam mir so vor, als hätte er schon alles vorher gewusst. Er nickte nur, stand auf und ging ins Haus zurück, ohne mich noch einmal anzusehen.

Nachdem wir Mary begraben hatten, weinte meine Mutter monatelang. Sie bekam noch ein Kind, ein Mädchen namens Ysenda, trotzdem lachte und lächelte sie nie wieder so, wie sie es früher getan hatte. Mein Vater war danach kaum noch zu Hause. Er schickte mich auch nicht nach Balantrodoch, wie er es mir versprochen hatte, sondern nahm mich mit nach London, als er dort für einen kranken Ordensbruder einspringen musste.« Will erhob sich und schlang die Arme um die Brust. »Er brachte mich nach London, um mich loszuwerden. Ich bekam ihn fast nie zu Gesicht, er vergrub sich mit Garins Onkel in seinem Studierzimmer und arbeitete wie ein Besessener. Wir hätten nach Hause zurückkehren können, als es dem kranken Bruder besser ging, oder wir hätten im Neuen Tempel bleiben können, aber er legte sein letztes Gelübde ab, wurde ein Ritter, ließ sich ins Heilige Land versetzen und ließ mich einfach zurück. Ich habe seit achtzehn Monaten nichts mehr von ihm gehört.«

Robert erhob sich gleichfalls. »Sie ist dir auf die Nerven gegangen, deshalb hast du ihr den Stoß versetzt, aber du wolltest sie keinesfalls umbringen. Das muss doch auch deinem Vater klar gewesen sein.«

»Warum hasst er mich dann?«, fragte Will mit erstickter Stimme.

Die Tür öffnete sich, und Hugues kam in den Raum. »Was ist denn hier los?« Er trat neben Robert und schnalzte mit der Zunge, als er die Pergamentfetzen sah. »Was für eine Schweinerei.«

Robert warf ihm einen warnenden Blick zu. »Hugues …«

Hugues musterte seinen Freund mit gerunzelter Stirn. »Und wieso bist du hier bei ihm und nicht beim Essen? Warum kümmerst du dich um ihn? Er kehrt doch morgen wieder nach London zurück.«

Ehe Robert etwas erwidern konnte, drängte sich Will an Hugues vorbei und stürzte aus der Kammer.

Mit wild hämmerndem Herzen rannte er ins Freie, seine Füße wirbelten kleine Staubwölkchen auf. Eine Gruppe Ritter war gerade auf dem Weg zur Großen Halle; in ihren weißen Mänteln wirkten sie im Zwielicht wie über den Boden schwebende Geister. Will lief an ihnen vorbei, obwohl ihm einer der Männer mit scharfer Stimme befahl, stehen zu bleiben. Er hetzte an den Unterkünften der Ritter, dem langen Schatten des Donjon, der Schreibstube und der Waffenkammer vorbei, ohne zu wissen, wo er eigentlich hinwollte. Schweiß strömte ihm über den Rücken, seine Lunge brannte, und seine Beine begannen zu schmerzen, als er über den Friedhof und dann den Pfad hinunterlief, der zur Kapelle führte.

Die Kapelle wurde nur von ein paar rund um den Altar platzierten Kerzen erleuchtet. Von einem Rauchfass, in dem während der Vesper Weihrauch verbrannt worden war, stiegen dünne Schwaden auf. Will schloss die Tür hinter sich, schritt langsam den Gang entlang und strich dabei über die Lehnen der Bänke und die marmornen Pfeiler. Vor dem Altar, vor dem ein hölzernes Kruzifix stand, blieb er stehen. Auf dem Altartuch lagen noch ein paar Krümel – Überreste der Hostien, die der Priester verteilt hatte. Wills Magen begann zu knurren. Seit dem Morgen hatte er nichts mehr gegessen. Er pickte ein paar Krümel auf und schob sie in den Mund, dann schlenderte er ruhelos zur Sakristei hinüber, deren Tür einen Spalt offen stand. Auf einem Tisch in der Ecke brannte eine Kerze. Schwerer Weihrauchduft erfüllte den Raum. Auf einer Bank unter dem Fenster stapelten sich in *vellum* gebundene Bücher. Will blieb an der Tür stehen. Sein Blick wanderte über die Weinkrüge auf dem Regal hinter dem Tisch hinweg, auf dem eine Pyxis aus Eichenholz und der Abendmahlskelch standen.

Nach kurzem Zögern betrat er die Sakristei, ging zum Regal und nahm einen halb vollen Weinkrug herunter. Der Wein glühte im Kerzenlicht rubinrot. Will füllte den Kelch, dann hob er den Deckel der Pyxis und griff nach einem Stück Brot. Das Blut und der Leib Christi, dachte er grimmig, ehe er sich mit untergeschlagenen Beinen auf den Boden setzte und den Kelch an die Lippen hob. »Unser Vater«, prustete er, dann brach er in lautes Gelächter aus. Nachdem er den Kelch in einem Zug geleert hatte, stopfte er sich das Brot in den Mund, blickte zu der gewölbten Decke empor und wartete darauf, dass Gott ihn strafte – forderte Ihn geradezu auf, ihn Seinen Zorn spüren zu lassen. Aber nichts geschah. Nachdem er seine Mahlzeit beendet hatte, lehnte er sich gegen ein Tischbein und zog die Knie an die Brust. Mit einem Mal überkam ihn eine abgrundtiefe Müdigkeit. Er würde bis zum letzten Gottesdienst hierbleiben, beschloss er, und sich dann auf dem Friedhof verstecken. Wenn die anderen Sergeanten zu Bett gegangen waren, konnte er sich in den Schlafsaal schleichen und bis zum Morgen schlafen. Und morgen? Will rollte sich auf dem kalten Steinboden zusammen und legte den Kopf auf einen Arm. Darüber würde er morgen nachdenken.

»Wach auf, habe ich gesagt!«

Will kam langsam wieder zu sich. Jemand stieß unsanft gegen sein Bein. Er schlug die Augen auf und setzte sich benommen auf. Sein Schädel dröhnte, und er spürte einen säuerlichen Geschmack im Mund. Er wusste nicht, wie lange er geschlafen hatte, aber draußen vor dem Sakristeifenster war es jetzt stockfinster. Der Mann, der vor ihm stand, trug den schwarzen Umhang eines Priesters. Es war Everard de Troyes, der alte Mann vom Friedhof. Seine Kapuze war zurückgeschlagen, und Will bemerkte als Erstes die ungewöhnlich lange Narbe, die sich von der Lippe bis zum Kinn zog. Die Haut des Priesters spannte sich straff über den Wangenknochen, schlug aber unter den Augen Falten wie ein schlecht sitzendes Kleidungsstück. Seine Hände waren verkrümmt, und dort, wo zwei Finger hätten sein sollen, befanden sich nur noch knochige Stümpfe. Er musterte Will aus seinen hellen, rot geränderten Augen eindringlich. Will kam es so vor, als könne der alte Mann bis auf den Grund seiner Seele blicken.

»Wer bist du?« Everards Stimme glich einer trockenen Brise, aber die Schärfe, die darin lag, verhieß nichts Gutes.

Will zog sich mühsam auf die Beine, blieb leicht schwankend stehen, starrte zu Boden und zögerte, als sein Blick auf den leeren Kelch und die Brotkrumen fiel.

»Antworte mir!«, zischte der Priester.

»Mein Name ist William. Ich bin mit der *Opinicus* hergekommen. Mein Herr, Sir Owein, ist während des Überfalls in Honfleur getötet worden.«

»Was hast du hier drinnen zu suchen?«

»Einer der Sergeanten hat mich beauftragt, eine neue Kerze für unseren Schlafsaal zu holen.« Will setzte die Unschuldsmiene auf, von der sich Owein stets hatte täuschen lassen.

Everard lächelte humorlos. Unbehagen stieg in Will auf.

Dann beugte sich der Priester zu ihm und schnüffelte viel sagend. »Hast du getrunken, Sergeant?«

»Nein, Sir.«

»Nein?« Everard sog erneut schnuppernd die Luft ein. »Ich bin sicher, dass ich billigen Wein rieche.« Er betrachtete den Kelch auf dem Boden. »Vielleicht hast du die Nachwirkungen des Abendmahls ausgeschlafen? Das Blut Christi ist ein starker Trunk. Vor allem dann«, fügte er drohend hinzu, »wenn es wie ein Humpen Ale hinuntergestürzt und nicht im Rahmen eines heiligen Aktes in tiefster Demut zu sich genommen wird.«

Will öffnete den Mund, um sich zu verteidigen, aber der Priester legte ihm eine knochige Hand auf die Schulter und schob ihn zur Tür.

»Wo bringt Ihr mich hin?« Will versuchte, entrüstet zu klingen, hörte aber zu seinem Verdruss, dass seine Stimme vor Furcht zitterte.

»Zum Visitator«, grollte Everard. »Ich habe nicht die Befugnis, einen Ordensausschluss anzuordnen.«

Will überlegte fieberhaft, wie er den Priester umstimmen konnte, aber sein Kopf fühlte sich bleischwer an, und er brachte nur ein paar gestammelte Entschuldigungen hervor, die allesamt auf taube Ohren stießen.

Das Gemach des Visitators lag unter dem Hauptturm des Gebäudes. Überall eilten Ritter umher, die ihre Abendmahlzeit beendet hatten und nun vor dem letzten Gottesdienst ihr Tagewerk zu vollenden suchten. Will zwang sich, den Kopf hoch erhoben zu halten, als sie das Gebäude durch eine weitläufige Vorhalle betraten, einen Gewölbegang hinuntergingen und vor einer schwarzen Flügeltür stehen blieben. Everard klopfte zwei Mal an.

»Herein«, ertönte eine tiefe Stimme.

Everard öffnete die Tür und stieß Will über die Schwelle.

Die Kammer war geräumig und üppiger eingerichtet als alle, die Will im Neuen Tempel zu Gesicht bekommen hatte. An einer Wand standen ein polierter Tisch, darum herum vier Stühle sowie ein thronähnlicher, mit Kissen bedeckter Lehnsessel. Der schwere Samtvorhang vor dem großen Fenster war halb zugezogen, dicke Läufer bedeckten den Boden. Kerzen flackerten in eisernen Haltern, und im Kamin brannte ein helles Feuer; die Flammen leckten gierig an einem riesigen, würzig duftenden Holzscheit.

Der Visitator saß auf dem thronähnlichen Sessel hinter dem Tisch und hatte ein aufgeschlagenes Buch vor sich liegen. »Bruder Everard?« Sein Blick wanderte von dem Priester zu Will. »Was gibt es?«

»Dieser junge Schurke hat das heilige Sakrament entweiht. Ich ging in die Kapelle, um alles für die Komplet vorzubereiten, und da ertappte ich ihn dabei, wie er den Rausch ausschlief, den ihm der gestohlene Abendmahlswein beschert hat.«

Der Visitator runzelte die Stirn. Will senkte den Kopf. Er vermochte dem strengen, missbilligenden Blick des Mannes nicht standzuhalten. »Das ist allerdings ein schweres Vergehen.« Er wandte sich an Everard. »Wir werden uns in der nächsten Kapitelversammlung damit befassen.«

Will schöpfte neue Hoffnung, die Everard jedoch sofort zunichtemachte.

»Unter anderen Umständen hätte ich auch so lange gewartet, Bruder, aber der Bursche hier stammt aus England. Er reist morgen ab, und ich lasse nicht zu, dass er unsere Kapelle ungestraft mit einer Weinschänke verwechselt.«

Der Visitator überlegte einen Moment, dann klappte er das Buch zu und verschränkte die Hände auf dem Tisch; eine Geste, die Will schmerzlich an Owein erinnerte.

»Was hast du zu deiner Verteidigung vorzubringen, Sergeant?«

Will öffnete den Mund, brachte jedoch keinen Ton heraus. Er räusperte sich und versuchte es erneut. »Ich bin in die Kapelle gegangen und dort eingeschlafen, Sir. Aber das war keine Absicht.«

Der Visitator verzog keine Miene. »Es geht hier nicht darum, dass du in der Kapelle geschlafen hast. Ich will wissen, was dir eingefallen ist, das Sakrament zu entweihen.«

Will starrte betreten zu Boden.

Der Visitator legte die Daumen gegeneinander. »Du bist einer der Sergeanten des Neuen Tempels, nicht wahr?«

»Ja, Sir«, erwiderte Will leise. »Mein Herr Owein starb in Honfleur.«

»Wie ist dein Name?«

»William Campbell, Sir.«

»Campbell? James Campbells Sohn?«

»Ja, Sir.« Will hob den Kopf.

»Ich habe deinen Vater ein paar Mal getroffen, wenn er unser Ordenshaus besuchte. Im Moment ist er in Akkon stationiert und untersteht Großmeister Bérard, glaube ich.« Der Visitator schüttelte den Kopf. »Ich bin sehr enttäuscht von dir, William. Vom Sohn eines so formidablen Ritters hätte ich ein solches Benehmen nicht erwartet.«

»Einen Moment, Bruder«, mischte sich Everard ein. Er war einen Schritt vorgetreten. »Könnte ich kurz unter vier Augen mit Euch sprechen?«

»Natürlich.« Der Visitator erhob sich sichtlich verwirrt. »Warte draußen«, befahl er Will.

Als Will den Raum verließ, fiel ihm auf, dass Everard ihn interessiert beobachtete, und das fand er aus irgendeinem Grund entschieden beunruhigender als die finsteren Blicke, mit denen ihn der Priester zuvor bedacht hatte.

Garin legte sich auf seine Pritsche und betastete behutsam seine aufgeplatzte Lippe. Der Schlafsaal war dunkel und leer; die Sergeanten hatten ihre Abendmahlzeit beendet und gingen jetzt vor dem Gottesdienst ihren letzten Pflichten des Tages nach. Die Pritsche war unbequem, der harte Strohsack drückte sich durch sein Hemd in seinen Rücken. Nach einem Moment stand er auf und ging zum Fenster. Er wollte nicht warten, bis das Boot im Morgengrauen ablegte; am liebsten hätte er Paris sofort verlassen. Seufzend starrte er auf die Männer hinab, die im von Fackeln erleuchteten Hof umherhuschten.

Die Tür ging auf. Ein Diener in brauner Tunika betrat mit einigen Decken unter einem Arm und einer flackernden Kerze in der anderen Hand den Schlafsaal und schlurfte mit gesenktem Kopf zu dem Tisch hinüber. Garin wandte sich wieder zum Fenster und fuhr fort, an seinem Daumennagel zu knabbern, der schon bis auf das rohe Fleisch abgenagt war. Der Diener entzündete die Kerze auf dem Tisch mit seiner eigenen, dann ging er von Pritsche zu Pritsche und wechselte die Decken. Plötzlich hörte Garin das Rascheln von Stroh, danach Münzgeklimper. Er fuhr herum. Der Mann stand an seiner Pritsche und durchwühlte seinen Reisesack.

»Was soll das?« Garin sprang mit einem Satz auf ihn zu, als der Diener einen kleinen Samtbeutel aus dem Sack zog. »Leg das auf der Stelle wieder …« Die Worte blieben ihm im Hals stecken, als der hohlwangige Mann mit dem struppigen Haarschopf zu ihm aufblickte und grinste, wobei er eine Reihe brauner Zahnstümpfe entblößte.

»Was soll ich weglegen?« Rook hielt den Beutel in die Höhe. »Das hier?« Er schüttelte die Münzen sacht.

»Was tut Ihr …« Garin blickte zur Tür. Sie war geschlossen. »Wie seid Ihr hier hereingekommen?«

»Dienstboten …« Rook folgte seinem Blick. »Sind in den Augen von Rittern nahezu unsichtbar.« Er deutete auf seine braune Tunika. »Sie haben mir überhaupt keine Beachtung geschenkt. Ein freundlicher Sergeant hat mir gesagt, wo ich dich finde.« Er hob seine Tunika und legte den Dolch mit der gekrümmten Klinge frei, der in einer Scheide an seinem Gürtel hing und völlig von den Falten des viel zu großen Kleidungsstückes verborgen wurde. »Du hast dir doch nicht wirklich eingebildet, dass wir dich einfach so davonkommen lassen würden, oder?«

Garin sah fassungslos zu, wie Rook den Beutel neben seinem Dolch an seinem Gürtel befestigte. »Das Gold gehört mir!«, protestierte er schwach.

»Dir?«

Garin wich zurück und presste sich gegen das Fenstersims, als Rook den Dolch zückte und drohend auf ihn zukam.

»Das Gold war der Lohn für deine Dienste, hast du das vergessen?« Er beschrieb mit der Klinge einen Kreis in der Luft und ließ die Spitze dann über Garins Herz schweben. »Aber du hast nicht uns gedient, Junge, sondern dir selber.«

»Ich habe genau das getan, was Prinz Edward von mir verlangt hat! Ich habe ihm die Reiseroute verraten und seine Männer im Goldenen Vlies in Honfleur getroffen, um ihnen zu sagen, dass die *Endurance* abgelegt hat.« Garin war zu Tode erschrocken gewesen, als Rook ihm zwei Tage vor der Reise eine Nachricht von Edward überbracht und ihn angewiesen hatte, sich in die Aleschänke in Honfleur zu begeben, in der sich die Söldner versteckt hielten, und ihnen das Zeichen zum Angriff zu geben. Bis zu diesem Moment hatte Garin inbrünstig gehofft, dass der Prinz die Informationen, die er ihm geliefert hatte, nicht verwenden, sondern die Angelegenheit auf sich beruhen lassen würde. »Es war nicht meine Schuld, dass Eure Männer gestorben sind«, krächzte er, als sich die Dolchspitze in seine Haut bohrte.

»Unsere Männer waren auf den Tod vorbereitet. Womit sie nicht gerechnet hatten, war, von einem Kind angegriffen zu werden. Einem Kind, das, nachdem es ihnen treu und brav mitgeteilt hatte, dass die *Endurance* den Hafen verlassen hatte, den Mann tötete, der die Juwelen bei sich trug, und den Rittern so genug Zeit verschaffte, seinen Kameraden den Fluchtweg abzuschneiden. Und zufälligerweise«, er kniff Garin grob in die Wange, »zufälligerweise haben die vier Überlebenden dich ganz genau beschrieben. Ein blondes, blauäugiges, pferdegesichtiges kleines Stück Scheiße, so hat sich einer von ihnen ausgedrückt.«

»Der Kerl wollte ein Mädchen umbringen!« Wut flammte in Garin auf und verdrängte seine Furcht. »*Er* hat mir versprochen, dass niemand zu Schaden kommt!«

Rook lachte spöttisch auf.

»Er hat versprochen, dass niemand zu Schaden kommt! Dass ich nicht lache!«

»Ihr habt meinen Onkel getötet!«, schrie Garin und versetzte Rook einen so heftigen Stoß gegen die Brust, dass der Mann zurücktaumelte. »Ich habe getan, was von mir verlangt wurde, *und Ihr habt ihn getötet*!«

Rook gewann seine Fassung rasch zurück, packte Garin und schleuderte ihn gegen die Wand.

Garin stockte der Atem, als die Dolchspitze die Haut auf seiner Brust ritzte. »Und jetzt«, zischte Rook, »wirst du dich zu ihm gesellen.«

Garin versuchte, sich zur Wehr zu setzen, doch Rook presste ihm einen Arm gegen den Hals und schnürte ihm die Luft ab. Garin spürte Blut über seine Haut rinnen.

Rook beugte sich zu ihm. Sein fauliger Atem streifte Garins Gesicht. »Du hast die Ritter gewarnt, du kleiner Scheißer. Du hast ihnen verraten, was mein Herr vorhat.«

»Nein!« Garin begann, nach Atem zu ringen. Seine Lippen verfärbten sich bläulich. »Ich … gebe Euch … mein Wort darauf!«

»Dein Wort bedeutet mir genauso wenig wie dein Leben.«

»Ich habe niemandem etwas gesagt.« Garin sackte schlaff gegen die Wand.

»Benimm dich wie ein Mann, du jämmerlicher Feigling! Hast du die Ritter gewarnt oder nicht?«

»Nein!«

»Wegen dir haben wir die Juwelen wieder verloren.«

»Ich … ich bekomme keine Luft mehr!« Panikerfüllt zerrte Garin an Rooks Arm. Ein grauer Schleier begann, sich vor seine Augen zu legen. »O Gott, bitte nicht! Bitte tötet mich nicht!«

»Warum sollte ich dich am Leben lassen?«

»Weil ich ein Geheimnis kenne! Ein Buch wurde gestohlen … es war sehr wichtig für den Orden … und … es gibt da eine Gruppe innerhalb des Ordens … niemand weiß davon … König Richard war auch in die Sache verstrickt und …«

»Was faselst du da für einen Unsinn?« Rook verzog angewidert das Gesicht, lockerte seinen Griff aber ein wenig.

»Innerhalb des Ordens existiert eine Art Geheimbund«, keuchte Garin. »Diesen Männern wurde ein Buch gestohlen, hier aus diesem Ordenshaus. Wenn es in die falschen Hände gelangt, könnte es den Untergang des Ordens herbeiführen.« Er schüttelte den Kopf. »Warum, weiß ich nicht.«

»Was für ein Blödsinn.« Rook zog den Dolch zurück. »Ich weiß, dass du die Ritter gewarnt hast.«

Garins Augen flammten auf. »Dann tötet mich doch!«, fauchte er. »Worauf wartet Ihr noch? Aber ich habe nichts verraten, ich schwöre es!« Er schloss die Augen und wappnete sich für den tödlichen Stoß, den feurigen Schmerz, schlug sie jedoch mit einem Ruck wieder auf, als er einen schnaubenden Laut hörte. Rook war einen Schritt zurückgetreten und lachte in sich hinein.

»Ich bin nicht gekommen, um dich umzubringen, Junge.« Sein Lachen erstarb. »Aber ich musste herausbringen, ob du uns verraten hast, und wer Angst hat, sagt meistens die Wahrheit.« Er schob den Dolch in die Scheide zurück. »Der Verlust der Juwelen hat meinen Herrn sehr erzürnt, aber er glaubt trotz allem, deine Dienste könnten ihm auch weiterhin von Nutzen sein – wenn dir nicht noch einmal ein solcher Fehler wie der in Honfleur unterläuft.«

»O nein.« Garin wischte sich mit einer zitternden Hand über seine feuchten Wangen. »Da spiele ich nicht länger mit. Ich werde den Orden nicht verlassen.«

Rooks Augen wurden schmal. »Das verlangt auch niemand von dir. Auch wenn du nur Sergeant bist, verleiht dir dein Status eine gewisse Macht über andere, die mein Herr sich zunutze machen möchte.«

»Nein«, wiederholte Garin bestimmt. »Mein Onkel ist auf seinen Befehl hin gestorben. Ich werde nichts mehr für ihn tun.«

»Und ob du das wirst, Junge!«, grollte Rook. »Und du solltest deinem Schöpfer dafür dankbar sein.« Sein Ton wurde weicher. »Was erwartet dich denn jetzt, wo dein Onkel tot ist, wohl in London?«

Garin zuckte zusammen. »Ich … ich weiß es nicht.«

»Oh, ich denke, das weißt du sehr wohl.« Rook lächelte. »Sir Jacques war ein mächtiger Mann; ein Mann mit großem Einfluss. Es gibt nicht viele andere, die dir eine so glorreiche Zukunft bieten können, wie er es getan hat, und du bist für seinen Tod genauso verantwortlich wie der, auf dessen Befehl hin dieser Überfall erfolgte.«

»Die Söldner haben ihn getötet! Es war nicht meine Schuld!«

»Ihre Schwerter führten den tödlichen Streich, aber deine Zunge lieferte die Informationen, die den Angriff überhaupt erst ermöglichten.« Rook seufzte. »Und so hast du dich selbst um die beste Gelegenheit gebracht, die Ehre deiner Familie wiederherzustellen. War es nicht das, was du wolltest? Hat mein Herr dir nicht gesagt, er könne dir dabei helfen?« Rook hob seine Tunika und löste den Samtbeutel von seinem Gürtel. »Hier.« Er warf Garin den Beutel zu. Der Junge fing ihn auf. »Mein Gebieter ist ein gerechter Mann. Behalte das Gold. Tust du alles, was er dir befiehlt, wird er dich dafür belohnen; widersetzt du dich ihm, kann ich nicht sagen, was geschehen wird. Auch er verfügt über nicht geringen Einfluss; er kann dir das Leben leicht oder unerträglich machen.«

Garin starrte den Beutel einen Moment an, dann gab er ihn Rook zurück. »Es war mein Onkel, der alles darangesetzt hat, unserer Familie wieder zu Wohlstand und Ansehen zu verhelfen. Aber jetzt ist er tot, und für mich hat das alles keine Bedeutung mehr.«

Rook schwieg einen Moment. »Und was ist mit deiner Mutter?«, fragte er dann leise. »Hat es für sie auch keine Bedeutung mehr?«

Garin erstarrte. »Was wisst Ihr schon von meiner Mutter?«

Rook blickte gedankenverloren zur Decke empor. »Lady Cecilia ist groß, für meinen Geschmack ein bisschen zu dünn, und sie hat blondes Haar.« Er sah Garin lauernd an. »Wunderschönes Haar, nicht wahr? Sie trägt es für gewöhnlich unter einer Haube verborgen, aber mir gefällt es besser, wenn es ihr offen über den Rücken fällt.«

»Ihr seid ihr doch noch nie begegnet!«

Rook legte eine Hand auf sein Herz. »Ich habe sie erst vor ein paar Tagen gesehen. Mein Herr legt Wert darauf, alles über die

Leute zu wissen, die in seinen Diensten stehen.« Seine Züge verhärteten sich. »Und wo sie verwundbar sind. Am Tag, nachdem du eingewilligt hast, mit uns gemeinsame Sache zu machen, hat er mich nach Rochester geschickt, um alles über deine Mutter in Erfahrung zu bringen.«

»Ihr lügt«, flüsterte Garin.

»Ich sagte ja schon, dass deine Mutter eine hübsche Frau ist, aber mit ihrer Mildtätigkeit gegenüber den Armen ist es nicht weit her. Als ich als um ein Almosen flehender hungriger Bettler an ihre Tür klopfte, ließ sie mich von einem ihrer Diener fortjagen.« Er beugte sich näher zu Garin. »Wenn ich noch einmal bei ihr vorstellig werden muss, wird sie sich gezwungen sehen, mich etwas höflicher zu behandeln. Genauer gesagt wird sie mir einige Gefälligkeiten erweisen, die du dir lieber nicht ausmalen solltest.« Er drückte Garin den Beutel mit Gold in die Hand. »Du siehst, du tust gut daran, meinem Herrn auch weiterhin treu zu dienen.«

Garin blickte mit aschfahlem Gesicht und am ganzen Leibe zitternd zu ihm auf.

»Nicht wahr?«, schnurrte Rook.

Garin nickte kläglich.

»Sag es, Junge.«

»Ja«, zischte Garin.

»Das ist schon besser. Ich werde dich noch im Lauf dieses Monats im Neuen Tempel aufsuchen. Mein Herr hat noch ein paar Aufträge für dich. Und du kannst ihm von dem Buch erzählen, von dem du eben gesprochen hast.« Rook wandte sich mit einem leisen Kichern zur Tür. »Das wird ihn sicher brennend interessieren.«

»Wenn du es wagst, ihr auch nur ein Haar zu krümmen, bringe ich dich um«, knirschte Garin.

Rook würdigte ihn keines Blickes mehr.

Nachdem sich die Tür hinter ihm geschlossen hatte, warf Garin den Beutel auf seine Pritsche. Sein Blick fiel auf den Tisch, auf dem die Kerze brannte. Mit einer weit ausholenden Armbewegung fegte er sie vom Tisch. Die Flamme erlosch, und der Raum wurde ins Dunkel getaucht.

Will drehte sich um, als die schwarze Flügeltür aufschwang und ein Ritter aus dem Gemach des Visitators trat. Es war Sir John. Will stand schon seit über einer Stunde im Gang. Kurz nachdem Everard ihn hinausgeschickt hatte, hatte auch der alte Priester den Raum verlassen und war kurz darauf mit dem Ritter zurückgekehrt. Sir John warf ihm einen missbilligenden Blick zu, ehe er den Gang hinunterschritt. Wills Magen krampfte sich zusammen, als Everard auf der Schwelle erschien und ihm bedeutete, wieder einzutreten. Will gehorchte und schloss die Tür hinter sich. Everard trat ans Feuer und hielt seine knorrigen Hände über die Flammen.

»Setz dich.« Der Visitator deutete auf die Stühle vor dem Tisch.

Will durchquerte den Raum. Seine Schritte wurden von den dicken Läufern gedämpft. Er nahm auf einem Stuhl Platz und stützte die Hände auf die Knie. »Es tut mir leid, dass ich den Abendmahlswein getrunken habe, Sir«, begann er mit der Rede, die er sich vor der Tür zurechtgelegt hatte. »Ich hatte das Mittagessen versäumt und war durstig. Aber es tut mir wirklich aufrichtig leid und …« Er brach ab und presste die Lippen zusammen, als er die steinerne Miene des Visitators sah.

»Es freut mich, dass du dich bußfertig zeigst, Sergeant, aber ich fürchte, das ist nicht genug. Du hast dich eines schweren Vergehens schuldig gemacht. Unter anderen Umständen wärst du vor die wöchentliche Kapitelversammlung befohlen und aus dem Orden ausgeschlossen worden.«

»Unter anderen Umständen?«, wiederholte Will heiser.

Der Visitator lehnte sich zurück und strich über seinen Bart. »Du hast in Honfleur Mut und Einsatz gezeigt, wie ich hörte. Außerdem sollst du ein junger Mann mit vielen Talenten sein. Hast du nicht das Turnier im Neuen Tempel gewonnen?«

Will nickte.

»Ich möchte den Orden nicht eines Sergeanten mit deinen Fähigkeiten berauben«, fuhr der Visitator fort. »Und wie es aussieht, wacht Gott der Herr über dich.« Will entging nicht, dass er einen flüchtigen Blick mit Everard wechselte.

»Sir?«

»Unter Berücksichtigung dieser Umstände«, schloss der Visitator, ohne auf Wills Einwurf zu achten, »lautet meine Entscheidung wie folgt. Du wirst in fünf Jahren nicht wie die anderen Sergeanten deine Gelübde ablegen, sondern den Mantel erst ein Jahr und einen Tag später erhalten.«

Wills Finger schlossen sich um die Lehne seines Stuhls. Sechs Jahre? Sechs Jahre sollte er darauf warten, als Ritter in den Orden aufgenommen zu werden?

»Außerdem wirst du mit zehn Peitschenhieben bestraft. Wenn du dich wie ein Hund benimmst, sollst du auch wie einer behandelt werden. Ich dulde nicht, dass angehende Krieger Christi sich üblen heidnischen Lastern hingeben. Bruder Everard hat sich bereit erklärt, die Züchtigung durchzuführen.« Er nickte Everard zu. »Nimm ihn mit, Bruder.«

Will meinte, einen Anflug von Triumph im verwitterten Gesicht des Priesters aufleuchten zu sehen. Dann verneigte sich Everard vor dem Visitator und öffnete die Tür. Benommen folgte Will ihm den Gang hinunter und in den Hof hinaus, wo sie schweigend zu der Kapelle hinübergingen. Mit jedem Schritt wuchs Wills Furcht. Er war noch nie zuvor geschlagen worden.

Nachdem Everard die Tür der Kapelle hinter sich zugezogen hatte, schob er Will auf den Altar zu. »Beeil dich, Junge. Ich habe nicht die ganze Nacht Zeit.«

Will schlurfte langsam vorwärts.

»Wo ist sie nur?«, murmelte Everard, klopfte sein schwarzes Gewand ab und verschwand dann in der Sakristei. Die Stille schien in Wills Ohren zu dröhnen. Als Everard zurückkam, hielt er etwas in der Hand. Will erstarrte, als er eine Lederpeitsche erkannte.

»Zieh deine Tunika aus und berühre mit der Stirn den Boden.«

Will streifte sich Tunika und Hemd über den Kopf. Die kühle Luft prickelte auf seiner Haut. Er beugte sich vor, presste die Stirn gegen die Steine und stützte sich mit den Händen ab. »Warum hat mich der Visitator nicht ausgeschlossen?«, fragte er, um den Moment, wo die Peitsche auf ihn niedersauste, noch etwas hinauszuzögern. »Das hätte er doch leicht tun können.«

»Wir sind übereingekommen, dass mit deinem Ausschluss niemandem gedient ist«, erwiderte Everard ruhig. »Und auf diese Weise entsteht uns beiden ein Vorteil.«

»Wie meint Ihr das?« Will wollte sich aufrichten, aber Everard setzte ihm einen Fuß auf den Rücken und drückte ihn wieder zu Boden.

»Du bleibst ein Sergeant dieses Ordens, und ich …« Er zog den Fuß weg. »Ich bekomme einen Lehrling.«

»Einen Lehrling?« Will zuckte zusammen, als er die Peitsche über sich durch die Luft pfeifen hörte. Als kein Schmerz folgte, begriff er, dass Everard nur ihren Zug erprobt hatte. Er sog scharf den Atem ein.

»Ich meine«, entgegnete Everard betont langsam und deutlich, »dass du nun ein Sergeant des Pariser Ordenshauses bist. Und *ich* bin dein neuer Herr.«

Wieder pfiff die Peitsche durch die Luft. Ein sengender Schmerz durchzuckte Wills Rücken. Er unterdrückte einen Schrei, krallte die Finger in die Ritzen zwischen den Steinen, holte tief Atem und versuchte zu sprechen, doch ehe er einen Ton herausbringen konnte, traf ihn bereits der nächste Schlag. Diesmal war der Schmerz noch schlimmer, weil er darauf vorbereitet war. Hieb um Hieb prasselte auf ihn nieder. Will schloss die Augen. Tränen tropften auf den Boden, und er spürte, wie Übelkeit in ihm aufstieg.

Endlich rollte Everard die Peitsche zusammen und bekreuzigte sich vor dem Altar. Will presste die Wange gegen den kühlen Stein, auf dem Tränen und Speichel eine kleine Pfütze gebildet hatten.

»Steh auf.«

Wills Rücken brannte wie Feuer, wogegen seine Beine aus Wasser zu bestehen schienen. Er erhob sich mühsam, streifte seine

Tunika wieder über und stöhnte leise, weil der Stoff auf seiner wunden Haut scheuerte. Am liebsten hätte er sich in einer Ecke verkrochen und seinen Tränen freien Lauf gelassen, aber diesen Triumph gönnte er dem Priester nicht, sein Stolz verbot es ihm.

Auf Everards bleichen Wangen leuchteten zwei rote Flecken. »Warum …« Will biss die Zähne zusammen, weil eine neuerliche Schmerzwelle über ihm zusammenschlug. »Wozu benötigt Ihr als Priester einen Sergeanten?«

»Ich sammle und übersetze Manuskripte; Abhandlungen über Mathematik, Geometrie, Astronomie und solche Dinge«, erklärte Everard, dabei ließ er die Peitsche achtlos auf eine Bank fallen. »Aber die siebzig Jahre, die ich nun schon auf dieser Welt weile, haben mir zwar geistige Weisheit geschenkt, aber mit meinem Körper sind sie nicht so gnädig verfahren.« Everard tippte sich gegen die Schläfe. »Meine Sehkraft lässt nach. Ich brauche einen Schreiber.«

»Einen Schreiber«, wiederholte Will tonlos.

»Ich habe den Visitator schon vor Monaten darum gebeten, aber er sah sich nicht in der Lage, einen Sergeanten für diesen Dienst abzustellen.« Ein schwer zu deutendes Lächeln spielte um Everards Lippen. »Für mich war es ein Glück, dass du hergekommen bist.« Das Lächeln wurde breiter. »Und dumm genug warst, dich an meinem Abendmahlswein zu vergreifen.«

Will starrte den Priester voll ungläubigen Entsetzens an. »Ein Schreiber?«, flüsterte er noch einmal.

»Im Gegensatz zu den meisten deiner Kameraden kannst du doch lesen und schreiben, nicht wahr?«

»Ich werde zu einem Ritter ausgebildet, nicht zu einem Schreiber!«

»Glaubst du, ein Templer braucht nur ein Schwert, Junge?« Everard schüttelte den Kopf. »Dein früherer Herr hat dich gelehrt, deinen Schwertarm zu benutzen. Ich werde dich lehren, deinen Verstand zu gebrauchen.« Er musterte Will aus schmalen Augen. »Falls du überhaupt welchen hast.« Er wandte sich ab. »Und jetzt geh in deine Unterkunft zurück. Morgen nach der Matutin findest du dich in meiner Kammer ein. Du kannst deinen Dienst damit beginnen, den Fußboden zu schrubben. Dem Geruch nach zu urteilen, ist wieder eine Katze hereingekommen.«

»Nein.«

»Nein?«

»Das werde ich nicht tun.«

»Dann geh zu dieser Tür hinaus.«

Will öffnete den Mund, schloss ihn wieder und starrte den Priester an. »Wie bitte?«

»Geh. Ich kann dich nicht aufhalten.«

Will schielte zur Tür. »Ist das ein Scherz?«

»Nein.«

»Na schön«, sagte Will nach einem Moment. Er trat einen Schritt auf die Tür zu. »Das werde ich tun.«

»Geh durch diese Tür, Junge«, erklang die Stimme des Priesters hinter ihm, »und dann immer weiter, bis du das Gelände des Ordenshauses verlassen hast. Du bist kein Sergeant des Templerordens mehr. Ich entbinde dich von deinem Eid.«

»Aber das will ich doch gar …«

»Wenn du deinem Herrn nicht gehorchen kannst, ist hier kein Platz für dich.«

Will blieb unschlüssig im Gang zwischen Tür und Altar stehen. Er hatte sich nie wie andere Sergeanten, die er kannte, brennend gewünscht, ein Ritter zu sein; im Namen des Christentums gegen die Ungläubigen zu kämpfen; Ruhm und Ehre zu erlangen; Gott zu dienen und nach der Macht und den Privilegien zu streben, die eine Ritterschaft mit sich brachte. Aber Owein hatte ihm erklärt, dass ein Mann wiedergeboren und von all seinen Sünden losgesprochen werden würde, sobald er den Mantel anlegte, und das hatte Will tief beeindruckt. Ihm ging es nicht um den Mantel als solchen, sondern um die damit verbundene Absolution. Sein Vater sollte ihn in diesem Kleidungsstück sehen; sollte sehen, dass er in der Tat wiedergeboren worden und somit nicht mehr der Junge war, der seine Schwester getötet hatte. »Nein«, flüsterte er. »Ich werde bleiben.«

»Dann, Sergeant Campbell, sehe ich dich morgen bei Tagesanbruch.«

Everard sah Will nach, als dieser die Kapelle verließ, dann begann er, leise vor sich hinmurmelnd den Altar für die Komplet herzurichten.

Kurz darauf öffnete sich die Tür erneut, und ein hochgewachsener Mann in einem grauen Umhang trat ein.

»Ah, da bist du ja.« Everard spähte ins Halbdunkel. »Ich nehme an, du hast dem Visitator den Kampf aus deiner Sicht geschildert?«

»Ja, Bruder.« Hassan trat zu ihm. »Ich sagte ihm, ich sei in London gewesen, um einen Verbindungsmann von dir zu treffen, einen Bücherhändler.«

»Er hat es dabei bewenden lassen? Gut.« Everard legte das Brevier, das er in der Hand hielt, auf den Altar. »Wir können weitere Schwierigkeiten wahrlich nicht brauchen. Jacques' Tod war ein schwerer Schlag für uns. Trotzdem müssen wir die Suche nach dem Buch so schnell wie möglich fortsetzen. Falls Rulli es schon weitergegeben hatte, bevor du ihn getötet hast, könnte derjenige, in dessen Besitz es sich jetzt befindet, sich noch in der Stadt aufhalten. Hat Jacques mit dir über seine Vermutungen gesprochen, während du im Neuen Tempel warst?«

»Er fürchtet genau wie du, dass derjenige, der Rulli gezwungen hat, das Gralsbuch zu stehlen, es dazu benutzen will, die Existenz der Anima Templi und ihre Pläne bloßzulegen.« Hassan setzte sich auf die Bank, sah die Peitsche, die darauf lag, und griff danach. »Hat sich noch jemand in Schwierigkeiten gebracht?«

Everard grunzte, dann nahm er die Peitsche wieder an sich. »Das möchte ich meinen. James Campbells Sohn.«

»James' Sohn?«

»William. Ein Sergeant des Neuen Tempels. Er kam mit dem Schiff aus London hierher. Ich habe ihn gerade als Lehrling angenommen.«

Hassan hob eine Braue. »William? Dann ist er der Junge, von

dem ich dir erzählt habe – der, den ich in Honfleur dabei ertappt habe, wie er mir folgte. Glaubst du, er weiß Bescheid?«

Everard überlegte kurz, dann schüttelte er den Kopf. »James weiß, was auf dem Spiel steht. Er hätte seinen Sohn nicht eingeweiht. Und der Junge weiß nicht, wer ich bin, da bin ich mir ganz sicher. Er war einfach nur neugierig, denke ich. Du hast ja schon des Öfteren die Neugier anderer Menschen erweckt oder ihnen Angst eingejagt, Hassan.« Everard schlurfte zur Sakristei hinüber. »Zumindest kann er sich nützlich machen, solange er hier ist.«

Hassan sah zu, wie Everard die Peitsche auf ein Regal legte. »Ich weiß, dass du schon lange einen Gehilfen suchst, Bruder. Aber nimm es mir nicht übel, wenn ich dir sage, dass James meiner Meinung nach etwas anderes im Sinn hatte, als er dich bat, dich um seinen Sohn zu kümmern.«

»Gibt es einen besseren Weg, ein Auge auf ihn zu haben?«, erwiderte Everard kurz. »Er hat keinen Herrn mehr. Was wäre James wohl lieber – dass ich ihn allein nach England zurückschicke oder ihn hier bei mir behalte?«

Hassan nickte bedächtig; wohl wissend, dass es wenig Sinn hatte, den alten Mann noch weiter zu bedrängen. »Vielleicht sollten wir uns doch mit dem Rest der Bruderschaft in Verbindung setzen und ihnen vom Diebstahl des Buches berichten.«

»Unsere Brüder im Osten haben genug eigene Probleme. Zwischen den Mamelucken und unseren Truppen droht ein Krieg auszubrechen. Sie werden all ihre Kraft brauchen, um die Prüfungen zu ertragen, die ihnen, wie ich fürchte, bald auferlegt werden.«

»Aber ohne ihre Hilfe wird es sich als schwierig, wenn nicht gar unmöglich erweisen, das Gralsbuch wiederzufinden. Wenn der Dieb es dazu benutzt, die Existenz der Anima Templi ans Tageslicht zu bringen, dann kann innerhalb kürzester Zeit alles zunichtegemacht werden, wofür wir so hart gearbeitet haben. Und das halte ich für die größere Bedrohung.«

»Ich trage die Verantwortung für dieses Buch«, sagte Everard mit fester Stimme. »Also werde ich diese Angelegenheit auch selbst in die Hand nehmen.« Er rieb sich ärgerlich die Stirn. »Verwünschter Armand!«, zischte er plötzlich. »Der Großmeister legte entschieden zu viel Wert auf prunkvolle Zeremonien, nicht wahr?« Seufzend sah er Hassan an. »Seit seiner Fertigstellung hängt dieses Buch wie ein Mühlstein an meinem Hals. Als Armand in Herbiya starb, hätte ich es vernichten sollen, statt es nach Paris zurückzubringen. Meinetwegen steht nun alles auf dem Spiel, was wir bislang erreicht haben. Unser großes Werk darf nicht zerstört werden, Hassan!«

»Es ist nicht deine Schuld, Bruder.«

»Nicht? Ich habe dieses Machwerk verfasst. Wenn die Schuld nicht bei mir liegt, wüsste ich nicht, bei wem sonst. Stolz und Eitelkeit haben mich dazu verleitet, es zu behalten.« Everard schüttelte den Kopf. »Stolz und Eitelkeit.«

Hassan schwieg eine Weile; er wusste nichts darauf zu erwidern. Endlich zog er ein zerknittertes gelbliches Pergament aus seiner Tasche und reichte es Everard. »Das habe ich Jacques nach seinem Tod abgenommen. Ich wollte nicht, dass es in falsche Hände gelangt.«

Everard nahm ihm den Bogen ab. »Hat er das gelesen?«

»Ja. Er war sehr zufrieden, dass James innerhalb so kurzer Zeit im Mameluckenlager so viel erreicht hat.« Hassan zögerte. »Wirst du deinen neuen Lehrling in unser Geheimnis einweihen? Ihm verraten, worin die eigentliche Tätigkeit seines Vaters besteht?«

»Nein«, erwiderte Everard knapp, zerriss das Pergament und stopfte die Stücke in die Tasche. »Der Junge hat noch viel zu lernen.«

Zweiter Teil

16

Safed, Königreich Jerusalem
19. Juli A. D. 1266

James Campbell erhob sich und bekreuzigte sich vor dem Altar. In der Kapelle war es kühl und still, der Tag brach gerade erst an, und die meisten Bewohner der Festung schliefen entweder noch oder bemannten die Mauern. James war früh aufgestanden, denn er liebte den Frieden in der leeren Kapelle – ein Frieden, der ihn vorübergehend vergessen ließ, wo er sich befand. Wenn die Glocke zur Matutin schlug, würden sich die Bänke mit Menschen füllen, so vielen, dass diejenigen, die zuletzt kamen, draußen knien mussten. Seit drei Wochen ging das jeden Morgen so. Davor hatten nur die fünfzig Ritter und dreißig Sergeanten der Garnison Safed den ersten Gottesdienst des Tages besucht. Doch jetzt hatte jedermann Grund zum Beten, und die Priester brachten es nicht über das Herz, die Gläubigen abzuweisen. »In den kommenden Tagen werden wir jedes Gebet brauchen«, hatte Bruder Joseph gesagt.

James wandte sich vom Altar ab und schritt den Gang hinunter. Vor einer Statue, die die Tür bewachte, blieb er stehen. Die Augen des Heiligen Georg waren genau wie sein triumphierend erhobenes Schwert zu der gewölbten Decke gerichtet. Auf seiner Brust prangte ein geschnitztes Kreuz, unter seinem linken Fuß zermalmte er eine Schlange, die im Todeskampf das Maul weit aufsperrte. James berührte den Fuß des Heiligen. »Beschütze uns«, flüsterte er.

Die Tür öffnete sich, und ein großer Mann in einem weißen Mantel betrat die Kapelle. Im Kerzenschein schimmerten das von der Sonne gebleichte Haar und der dichte Bart des Ritters wie Gold. »Ich dachte mir schon, dass ich dich hier finde«, sagte er lächelnd. Seine von langen Wachen auf der Mauer sonnenverbrannte Haut legte sich um seine Augen herum in kleine Fältchen. »Glaubst du, dass Gott dich heute gehört hat, Bruder?«

James blickte zu dem Ritter auf, der gut einen Fuß größer war als er selbst. »Gott hört uns immer zu, Mattius.«

»Ich frage mich manchmal, wie Er alle Menschen, die zu Ihm beten, gleichzeitig erhören kann.« Mattius zuckte die Achseln. »Aber ich hoffe, du hast Recht. Wir bereiten uns auf einen weiteren Angriff vor. Der Kommandant glaubt, dass er im Morgengrauen erfolgen wird. Wir werden auf den Mauern gebraucht.«

James rang sich ein zuversichtliches Lächeln ab und nickte zur Tür hinüber. »Sobald wir den Feind zurückgetrieben haben, wirst du sehen, dass Er unsere Gebete erhört.«

Die beiden Männer verließen die Kapelle und traten in die innere Enceinte hinaus. Die Kapelle, die Lagerräume und Zisternen wirkten angesichts der mächtigen Steinmauer, die sie umgab, geradezu zwergenhaft klein. Am einen Ende der Umfriedung erhob sich der Bergfried, in dem sich die Unterkünfte der Ritter, Priester und Sergeanten sowie die Große Halle befanden. Die anderen Türme, die sich an der Mauer entlangzogen, beherbergten die Krankenstube, die Waffen- und die Kleiderkammer und die Küchen.

Die beiden Ritter steuerten auf eine Tür am Fuß der Mauer zu. Von der äußeren Enceinte drang das schwache Klirren von Hämmern zu ihnen herüber, und in der Krankenstube schrie ein Mann gellend auf. Die Tür führte zu einem feuchten, modrigen Gang, der sich durch die dreizehn Fuß dicke Mauer zog. Fackelschein fiel durch eine vergitterte Öffnung im Dach des Ganges, durch die von einer darüber liegenden Galerie brennendes Öl auf etwaige Eindringlinge gegossen werden konnte. Mattius öffnete die Tür am anderen Ende dieses Ganges. Die Männer, die sie bewachten, fuhren herum und griffen nach ihren Waffen, ließen sie aber wieder sinken, als sie die beiden Ritter erkannten.

»Freut mich, dass ihr doch noch wach seid.« Mattius schloss die außen mit Eisenplatten verstärkte Tür wieder und schlug einem der Wächter so fest auf den Rücken, dass der Mann nach Luft rang. »Ich glaube allerdings nicht, dass uns vom Inneren dieser Festung her Gefahr droht.«

»Vielleicht wirst du diese Worte bald zurücknehmen müssen, Mattius«, meinte James trocken. »Die meisten Festungen fallen durch Feinde von innen, nicht von außen.«

Mattius grunzte etwas Unverständliches, als er ihm durch die äußere Enceinte folgte; durch schmale Gänge, die in Höfe führten, wo Menschen an Lagerfeuern kauerten oder sich auf den Türschwellen der Türme zusammengerollt hatten. Ein beißender Geruch nach Tiermist hing in der Luft. Das unaufhörliche Gehämmer der Steinmetze, die das beschädigte Außenwerk ausbesserten, übertönte die Rufe der Wachposten, das Gemurmel der den neuen Tag beginnenden Festungsbewohner und das Wiehern der Pferde. Die gelben Flammen der Fackeln züngelten über die Schatten der auf den Brustwehren umherhuschenden Bogenschützen und die dort aufgebauten großen Steinschleudern hinweg. In Friedenszeiten und während einer Belagerung diente die äußere Enceinte als Baracke für die Soldaten und Dienstboten. Sollte es dem Feind gelingen, eine Bresche in die Außenmauern zu schlagen, verwandelte sie sich in eine Todesfalle, in der die Eindringlinge mit Öl übergossen und mit Steinen und Pfeilen beschossen wurden. Fiel die äußere Enceinte, so zog sich die Garnison in die innere zurück; dann wurde aus Safed eine Festung innerhalb einer Festung – das am schwersten einzunehmende Bollwerk der Kreuzritter in Outremer und der ganze Stolz des Templerordens.

James' Blick wanderte über die Gruppen von Menschen, von denen einige mit einer Mischung aus Furcht und Hoffnung zu ihm aufblickten. Außer den Rittern, Sergeanten und Dienern beherbergte Safed auch noch eine Garnison von eintausendsechshundert syrischen Soldaten christlichen Glaubens – leicht bewaffnete

Söldner, die dafür bezahlt wurden, die Festung zu bemannen. Aber in den letzten Tagen hatten hier auch zahlreiche Flüchtlinge Schutz gesucht; Bauern mit ihren Familien, die ihre Höfe im Stich gelassen hatten, weil sie sich innerhalb der Festungsmauern sicherer fühlten. James schätzte rasch ihre Zahl ab. Seit er London verlassen hatte, hatte er keine Schreibfeder mehr zur Hand genommen, aber all die Jahre, die er in Balantrodoch die Bücher geführt hatte, hatten ihn geprägt, und er betrachtete nach wie vor alles aus der nüchternen Sichtweise eines Buchhalters. Alles im Leben war eine Frage von Zahlen und dem Verhältnis, in dem sie zueinander standen. Eine bestimmte Menge Getreide konnte eine bestimmte Anzahl Menschen eine bestimmte Zeit lang ernähren; je mehr Mäuler es zu stopfen galt, desto kürzer wurde diese Zeit. Noch herrschte kein Mangel an Wasser und Nahrung, aber niemand wusste, wie lange sie hier ausharren mussten – ohne eine Möglichkeit, die Festung zu verlassen oder Verstärkung anzufordern. Belagerungen konnten Monate dauern.

»Wenn sie wenigstens ein paar nützliche Dinge mitgebracht hätten«, brummte Mattius, dabei deutete er auf einen Mann, der mit seiner Frau und drei mageren Kindern auf einer Decke an einem der Feuer hockte.

James folgte seinem Blick. Neben der Familie stapelten sich einige Töpfe und Pfannen. Der Mann hielt eine Hand schützend auf den Stapel gelegt, als fürchte er, jemand könne ihm diese kärglichen Habseligkeiten stehlen.

»Als die ägyptischen Truppen nach der Schlacht von Mansurah König Louis' Lager stürmten, wurde der Bruder des Königs von Köchen, die sich mit Bratpfannen gegen die Feinde zur Wehr setzten, vor dem sicheren Tod gerettet. Man kann fast alles als Waffe benutzen«, belehrte ihn James.

Mattius schürzte die Lippen und blickte zum Himmel, als hoffe er auf eine Erleuchtung. »Eine Feder?«

James grinste, dabei leuchteten seine Augen auf, die Furchen in seinem Gesicht glätteten sich, und er wirkte mit einem Mal um Jahre jünger. »Aus einer Feder kann man ein Schreibgerät schnitzen und damit das Todesurteil eines Mannes unterzeichnen, Gesetze erlassen oder einem anderen Volk den Krieg erklären.«

Sie stiegen eine schmale Treppe hinauf, die auf die Brustwehr führte. »Ich dachte eher an ein unserer momentanen heiklen Lage angemesseneres Beispiel«, widersprach Mattius, als sie an einer Reihe von Bogenschützen vorbeikamen, die vor Schießscharten in der Mauer knieten.

»Ich denke doch«, erwiderte James, der an dem Spiel Gefallen zu finden begann, »dass die Spitze einer Feder scharf genug ist, um einen Mann zu blenden.«

»Was ist mit einer Blume?«

James wollte gerade zu einer Antwort ansetzen, als sein Blick auf eine Gruppe junger Männer fiel, die vor ihnen auf dem Fußweg standen. Die fünf Templersergeanten waren vor zwei Monaten von Akkon nach Safed versetzt worden. Er sah, wie sie Haltung annahmen, als Mattius und er an ihnen vorbeigingen. Der Fackelschein fiel auf ihre blassen, bartlosen Gesichter. »Großer Gott, Mattius, sie sind ja noch jünger als mein Sohn!«

Mattius bemerkte, wie eine Ader an James' Schläfe zu pochen begann, als er die Zähne zusammenbiss. Seine gute Laune war verflogen. »Und wie geht es dem Jungen?«, erkundigte er sich rasch. »Ich glaube, in seinem letzten Brief schrieb er, er habe die Gelübde abgelegt, nicht wahr?« Er kannte die Antwort auf diese Frage bereits, denn James hatte ihm den Brief gleich nach Erhalt vorgelesen.

Auch James durchschaute den Versuch seines Kameraden, ihn aus seiner trüben Stimmung zu reißen, und war ihm dankbar dafür. »William geht es ausgezeichnet, Bruder, und ja, er ist jetzt ein Ritter. Die Nachricht, die er mir geschickt hat, als ich in Akkon stationiert war, hat mir Sorgen bereitet, das gebe ich zu. Der Tod seines Mentors Owein war ein schwerer Schlag für ihn, und er schien sich in Paris überhaupt nicht wohl zu fühlen. Aber jetzt hat er sich anscheinend eingelebt, und sein neuer Lehrer Everard hat ihm einiges beigebracht. Sein Schreibstil und seine Handschrift sind besser als meine.«

»Immer der Gelehrte«, stellte Mattius grinsend fest.

»Ich wünschte, ich hätte bei der Aufnahmezeremonie dabei sein können, Mattius. Es kommt mir vor wie eine halbe Ewigkeit, seit ich ihn zum letzten Mal gesehen habe.«

»Du wirst ihn schneller wiedersehen, als dir lieb ist. Sobald im Westen bekannt wird, was hier geschehen ist, wird dein Sohn mit einer Armee zu uns stoßen, um an unserer Seite zu kämpfen.«

James sah sich noch einmal zu den Sergeanten um. »Und wir werden viel miteinander zu besprechen haben.« Er verfiel in Schweigen, als sie über die Brustwehr auf einen Eckturm zugingen.

James war zunächst überglücklich gewesen, als Will ihm in seinem Brief berichtet hatte, er sei nun als Ritter in den Orden aufgenommen worden, aber schon bald hatten sich Bedauern und Neid in diese Freude gemischt. Dabei musste er dankbar sein, dass Everard seinen Sohn in seine Obhut genommen hatte. Nachdem Jacques de Lyons, von seinem diplomatischen Geschick und seinen Arabischkenntnissen beeindruckt, ihn für die Anima Templi gewonnen hatte, war James Everard nur ein einziges Mal begegnet, bevor dieser ihn gebeten hatte, eine Mission im Osten zu übernehmen, die für die angestrebten Ziele der Anima Templi von entscheidender Bedeutung war – Ziele, denen er sich mittlerweile ebenfalls mit Leib und Seele verschrieben hatte. Da er eine gute Chance auf Erfolg gesehen hatte, hatte er unter der Bedingung eingewilligt, dass Everard ein Auge auf Will hatte und, falls ihm, James, etwas zustieß, dafür Sorge trug, dass sein Sohn bis zu seiner Mündigkeit einem Vormund unterstellt wurde. Aber obwohl er froh war, dass sich Everard nach Oweins Tod um Will gekümmert hatte, belastete es ihn stark, dass nicht er, sondern der alte Priester seinen Sohn hatte aufwachsen sehen und bei seiner Aufnahmezeremonie zugegen gewesen war.

Im Laufe der letzten Wochen waren James' Gedanken immer häufiger um Will gekreist – vielleicht aufgrund seiner wachsenden Furcht, den Jungen nie wieder zu sehen; ihn nie wieder in die

Arme schließen und ihm sagen zu können, wie leid es ihm tat, dass er ihn allein in England hatte zurücklassen müssen. Am Kai des Neuen Tempels hätte er seinen Sohn gern an sich gezogen und ihm versichert, dass ihn keine Schuld an Marys Tod traf; dass er ins Heilige Land ging, weil dort wichtige Aufgaben auf ihn warteten und nicht, weil er Wills Anblick nicht mehr ertragen konnte. Aber er hatte sich nicht dazu durchringen können, sondern nur stumm die Hand des Jungen gedrückt.

Während sie auf den Eckturm zugingen, musterte James den Hünen an seiner Seite. Mattius war ihm in all den Jahren ein guter Freund geworden, kannte aber weder den eigentlichen Grund, weshalb er sich im Heiligen Land aufhielt, noch wusste er, was er zwischen seiner Arbeit in den Ordenshäusern und seinen verschiedenen Abkommandierungen zu Garnisonen wie Safed tat. Manchmal meinte James, seine Einsamkeit kaum noch ertragen zu können. Er vermisste seine Töchter, den Duft ihres Haares und ihr fröhliches Lachen; er vermisste den warmen Körper seiner Frau nachts neben sich, und er vermisste seinen Sohn. In solchen Momenten musste er sich immer selbst mahnen, dass seine Mission wichtiger war als seine Familie oder seine Freunde oder seine Pflichten gegenüber dem Orden.

James stieß die Tür am Fuß des Turms auf und stieg mit Mattius die steile Wendeltreppe empor. Ein kalter Wind schlug ihnen entgegen und trieb ihnen Staubkörnchen in die Augen. Durch ein Loch gelangten sie auf das zinnenbewehrte Dach des runden Turmes. Der Himmel wurde schon hell, die Sterne verblassten zu einem fahlen Blau. Ein untersetzter Mann mit wettergegerbtem Gesicht drehte sich zu ihnen um. Bei ihm waren acht weitere Templer, zwei Sergeanten und der Befehlshaber der syrischen Soldaten.

»Guten Morgen, Brüder.«

James neigte den Kopf. »Kommandant.«

»Ich hoffe, ihr habt gut geschlafen. Das könnte heute ein langer Tag werden.«

»Mattius sagte mir, Ihr würdet mit einem Angriff rechnen, Sir?«

Der Kommandant nickte zur Brustwehr hinüber. »Kommt und seht selbst.«

James folgte ihm und spähte über die Mauer. Safed, eine der vielen Kreuzritterburgen im Jordantal, lag auf einem breiten, hohen Felshügel, von dem aus man das gesamte Land von allen Seiten überblicken konnte. Die Festung überwachte die Straße von Damaskus nach Akkon und die Jakobsfurt, den nördlichsten Übergang über den Jordan. Im Tageslicht sah man die zwischen den Hügeln und Weiden verstreuten Dörfer, die unter Safeds Herrschaftsgebiet fielen. Fünf Meilen südlich mündete der Jordan in den See von Galiläa, und die Felder zogen sich zu den staubig rötlichen Bergen empor. Doch im Dunkeln konnte James nichts anderes ausmachen als die riesige Mameluckenarmee, die unterhalb der Festung lagerte. Tausende Fackeln warfen ein gespenstisch flackerndes Licht über die Zelte, Karren, Pferde, Kamele und im Wind flatternden Banner. Männer in bunten Umhängen mit Turbanen auf dem Kopf huschten zwischen den Belagerungsgeräten umher, die wie schwarze Ungeheuer auf der Ebene lauerten.

»Es sieht noch größer aus als gestern«, murmelte James. »Haben sie Verstärkung bekommen?«

»Keine Verstärkung«, erwiderte der Kommandant bitter. »Nachdem Ihr Euch gestern Abend in Eure Kammer zurückgezogen habt, haben sie Herolde zu uns geschickt, um uns mitzuteilen, dass sie in den umliegenden Dörfern weitere zweihundert Christen gefangen genommen haben. Wir haben gesehen, wie sie in Käfigen hierhergebracht wurden.«

»Großer Gott!«, entfuhr es James entsetzt.

»Sie hätten fliehen sollen, als sie noch die Möglichkeit dazu hatten. Wir können nichts für sie tun.«

James lag eine heftige Erwiderung auf der Zunge, aber er schluckte sie hinunter. So schroff die Worte des Kommandanten auch klangen, er hatte Recht, und sie beide wussten es.

Der Kommandant deutete auf eine Stelle unweit des Fußes des Hügels, wo ein steiler, gewundener Pfad zum Außenwerk führte, das das Festungstor schützte. »Seht einmal genau hin.«

James und Mattius folgten der Richtung seines Fingers. Als James angestrengt ins Dunkel spähte, erkannte er die Schatten einiger Männer, die um ein langes, rechteckiges Gebilde herumliefen.

»Sie haben eine Raupe gebaut!«

Der Kommandant nickte. »Das könnte sich als Problem erweisen. Wir sind gerade erst nach den letzten beiden Angriffen mit den Reparaturarbeiten am Außenwerk fertig geworden.« Er lachte freudlos auf. »Und darauf hatten sie noch nicht einmal gezielt. Wenn der Stein nicht so weit daneben gegangen wäre…« Er schüttelte den Kopf. »Auf jeden Fall wissen sie jetzt, wo unsere Schwachstelle liegt.«

James fiel erst jetzt auf, dass die Hämmer verstummt waren – die Steinmetze hatten ihre Arbeit beendet. Stirnrunzelnd betrachtete er die Raupe, ein massives Holzgestell auf Rädern mit einem spitzen Dach. Es musste zum Fuß der Mauer geschafft werden, wenn es zum Einsatz kommen sollte. Unter seinem Schutz würden die Mameluckenkrieger das Tor mit Spitzhacken oder einem mit einer Eisenspitze versehenen, an Ketten vom Dach herabhängenden Rammbock bearbeiten. Diese Waffe konnte ihnen in der Tat gefährlich werden. Aber es gab Mittel, sie außer Gefecht zu setzen.

»Feuer?«, schlug James vor.

»Darauf dürften sie vorbereitet sein. Ich schätze, sie schützen das Dach mit grünen Häuten.«

James nickte zustimmend: grüne Häute – ungegerbte, in Essig eingeweichte Tierhäute – ließen sich nur schwer in Brand setzen. »Dann vielleicht Greifhaken?«

»Ich habe schon welche bereitlegen lassen. Gestern Nacht bemerkten wir verstärkte Aktivität im Lager, was auf einen geplanten Angriff im Morgengrauen schließen lässt. Also schickten wir ein paar Syrer in einen der Tunnel unter der Festung, dessen versteckter Ausgang sich in der Nähe der feindlichen Belagerungsgeräte befindet. Die Syrer konnten sich nicht nahe genug heranschleichen, um zu verstehen, was die Soldaten sagten, ohne Gefahr zu laufen, entdeckt zu werden, aber sie haben gesehen, wie sie die Katapulte beladen haben.«

Der Kommandant deutete zur linken Seite des feindlichen Lagers hinüber.

Dort hatte man siebenundzwanzig Steinschleudern postiert, die die Mamelucken als Mandjaniks bezeichneten. Jeder der beiden langen, beweglichen Arme war diagonal über einem Holzrahmen befestigt. An dem in die Luft ragenden Ende waren Seile festgemacht, das andere, zu einer schalenförmigen Vertiefung ausgehöhlte, ruhte auf dem Boden. In diese Vertiefung konnte ein bis zu dreihundert Pfund schwerer Stein eingelegt werden. Im Falle eines Angriffs wurde ruckartig an den Seilen am einen Ende gezogen, das Ende mit dem Stein traf gegen ein Querholz oberhalb des Gestells, und die Ladung flog auf die Mauern von Safed zu.

James riss den Blick von den Schleudern los, als der Kommandant weitersprach.

»Für den Hauptangriff werden die Mamelucken wieder diese Schleudern auffahren; sie hoffen, eine Bresche in die Mauern schlagen zu können. Wir werden unsere Bogenschützen und unsere eigenen Kriegsgeräte gegen sie einsetzen. Noch befinden sie sich außerhalb der Schussweite, aber im Kampf werden sie näher rücken müssen.«

»Seid Ihr sicher, dass diese Festung einem länger andauernden Angriff standhalten kann, Kommandant?«

James, Mattius und der Templerkommandant drehten sich um. Die Frage kam von dem Hauptmann der syrischen Christensoldaten, in dessen braunen Augen Zweifel standen.

»Wäre es nicht besser, wenn wir uns ergeben würden, solange noch die Möglichkeit dazu besteht?«

»Uns ergeben?« Der Kommandant schnaubte verächtlich. »Gleich zu Anfang? Wir haben sie schon zweimal zurückgeschlagen, ohne selbst größere Verluste zu erleiden.«

»Ich habe mich in den letzten Jahren eingehend mit der Kampftaktik unserer Feinde befasst, Kommandant. Und ich war vor drei Jahren in Akkon, als der Sultan die Stadt angriff.«

»Auch ich war damals dort«, warf James, der sah, wie sich die Züge des Kommandanten verhärteten, rasch ein. »Der Kampf war hart, ja, aber der Sultan hat die Stadt nicht einnehmen können, genausowenig wie letzten Monat, wo er es erfolglos noch einmal versuchte.«

Der Blick des Syrers schweifte über die Armee unter ihnen hinweg. »Seine Soldaten nennen ihn die Armbrust. Sie sagen, er wird nicht ruhen, bis er den letzten Christen in diesem Land getötet hat. Aber ich bin hier geboren, meine Männer und ich haben ein älteres Recht auf das Land als er.«

»Ein Grund mehr, gegen ihn zu kämpfen«, gab der Kommandant scharf zurück. »Es ist pure Feigheit, sich einem Feind zu ergeben, gegen den wir uns bislang immer behauptet haben.«

»Ich bin beileibe kein Feigling, Kommandant, aber diese Festung wurde schon einmal von Saladin eingenommen, und der war ein ehrenhafter Mann. Der jetzige Sultan hat keinen Funken Ehre im Leib.«

Der Kommandant verschränkte die Arme vor der Brust. »Safed wurde uns vor sechsundzwanzig Jahren zurückgegeben. In dieser Zeit haben wir ein Vermögen für die Verstärkung der Verteidigungsanlagen aufgewendet. Wir können hier Monate, sogar Jahre ausharren. Der Sultan will keine lange Belagerung, sie kostet ihn zu viel Geld, und ich gönne ihm nicht den Triumph eines schnellen Sieges.« Er klopfte auf den Rand der Brustwehr und lächelte kalt. »In diesen Mauern steckt nicht nur Mörtel, sondern auch die Macht Gottes.«

Als die Kapellenglocke zur Matutin schlug, blickte James ein letztes Mal nach unten. Safeds mächtige Mauern wurden von zahllosen Türmen und Soldaten bewacht. Bei diesem Anblick keimte neue Hoffnung in ihm auf. Doch dann musterte er Sultan Baybars' riesige Armee: die Belagerungstürme, Waffen und Bogenschützen. Der Kundschafter, den er heimlich ausgeschickt hatte, hatte seinen Kontaktmann im Lager nicht finden können. Hoffnung schien vergebens.

17

St.-Denis-Tor, Paris
19. Juli A.D. 1266

»Vertraust du mir?«

»Natürlich.«

»Dann schließ die Augen.«

Seufzend fügte sich Will und lehnte sich auf den Ellbogen gestützt zurück. Das Gras kitzelte ihn im Nacken. »Können wir nicht einfach ganz in Ruhe essen?« Er öffnete ein Auge einen Spalt und sah Elwen in dem Beutel wühlen, den sie mitgebracht hatte. Sie kniete sich neben ihn, ihr weißes, am Saum und an den Ärmeln mit Spitzen verziertes Kleid fiel in reichen Falten um ihre schlanke Gestalt. Ihre Haube hatte sie abgenommen, sodass ihre Haarflechten im Sonnenlicht schimmerten. Es war ein herrlicher Tag. Die Felder erstreckten sich bis zur Stadtmauer, wo die lilafarbenen Köpfe fast mannshoher Disteln sacht im Wind nickten. Hinter den Mauern glitzerte Paris wie ein weißer Edelstein in der Sonne. Aus dieser Entfernung, weit weg von Schmutz und Lärm, war es eine schöne Stadt. Will lächelte und kniff das Auge zusammen, als Elwen sich zu ihm drehte.

»Warum lächelst du?«

»Wegen deiner seltsamen Einfälle.«

»Wenn dir mein Spiel nicht gefällt …«

»Doch, doch«, versicherte er ihr rasch, denn ihr Ton verriet ihm, dass sie sich gekränkt fühlte. »Ich spiele mit, und ich werde gewinnen.«

»Würdest du darauf wetten?«

»Was sollte ich denn einsetzen? Im Gegensatz zu dir werde ich für meine Arbeit nicht entlohnt.« Ein Schatten wanderte über ihn hinweg und verdunkelte die hinter seinen Lidern rot glühende Sonne. Dann streifte Elwens Ärmel seine Wange.

»Wie wäre es mit deinem Herzen?«

Er grinste, obwohl ihre Worte ihm einen Schauer über den Rücken jagten. Etwas Hartes wurde gegen seine Lippen gepresst. Er öffnete den Mund, biss hinein und kaute genüsslich. »Ein Apfel. Das war leicht.«

»Das Nächste wird schwieriger.«

Will lauschte dem Summen der Bienen im Gras, während Elwen erneut in ihren Beutel griff. »Wann erwartet dich die Königin zurück?«

»Überhaupt nicht«, erwiderte sie. »Ich habe den ganzen Nachmittag für mich.«

Will schüttelte ungläubig den Kopf. Er beneidete Elwen um ihre Freiheit. Die meisten Frauen waren mit neunzehn schon fünf oder sechs Jahre verheiratet, ihre Ländereien waren als Mitgift in den Besitz ihrer Ehemänner übergegangen, und Rechte besaßen sie überhaupt keine. Der unverheirateten Elwen wurden als Zofe von Königin Marguerite viele Privilegien zugestanden, und sie konnte sogar das Geld, das sie verdiente, in Landbesitz anlegen, wenn sie das wünschte. Dies und die enge Vertrautheit, die sich zwischen ihr und der Königin im Laufe der Jahre gebildet hatte, hatten dazu geführt, dass Elwen eine wesentlich größere Freiheit genoss als Will, der an Everard und den Orden gebunden war.

»Ich muss für kleine Vergünstigungen schwer arbeiten«, fügte Elwen hinzu, die seinen Gesichtsausdruck richtig gedeutet hatte. »Und jetzt hör auf zu blinzeln.« Sie schob ihm etwas Krümeliges, süß Schmeckendes zwischen die Lippen.

Das Spiel nahm seinen Fortgang. Will erriet den Mandelkuchen, das Ei, den Käse und verzog das Gesicht, als er in eine Zitrone biss, was Elwen ein Kichern entlockte.

»Jetzt reicht es«, sagte er endlich, nachdem er eine Prise Salz ausgespuckt hatte, schlug die Augen auf und blinzelte in die Sonne. »Ich schätze, ich habe gewonnen, oder nicht?«

»Nein«, protestierte Elwen. »Nur einen Versuch noch.«

»Elwen«, stöhnte er.

»Einmal noch.«

»Na schön.« Will maß sie mit einem misstrauischen Blick. »Aber nicht wieder die Zitrone.«

Sie lächelte nur.

Will schloss ergeben die Augen. »Wo hast du all die Sachen überhaupt her? Verspeisen wir etwa das Abendessen des Königs?«

Elwen gab keine Antwort. Will spürte, wie sie sich über ihn beugte. Sein Herz begann zu hämmern, als ihre Hand die seine streifte. Einen Moment später berührte etwas Weiches seine Lippen. Er öffnete sie, obwohl er nur zu gut wusste, dass er nicht mit Kuchen oder Früchten zu rechnen hatte, sondern mit etwas viel, viel Angenehmerem. Will erschauerte, als sich Elwens Mund über den seinen legte und ihre Zungen sich berührten. Er hatte gewusst, dass es dazu kommen würde, seit er ihre Botschaft erhalten hatte, in der sie ihn bat, sie am St.-Denis-Tor zu treffen. Die Leidenschaft siegte über die Vernunft, und er zog Elwen an sich. Ihr Haar floss über seine Hände und sein Gesicht, seine Finger verfingen sich in den weichen Locken; er meinte, in ihrer Umarmung zu ertrinken. Und wenn dies eine Sünde war, dann schmeckte sie so süß wie Honig.

Ein Falke, der auf Beutesuche über dem Feld kreiste, stieß mit einem heiseren Schrei auf das Gras herab. Der Laut riss Will aus seiner Versunkenheit. Er schob Elwen sacht von sich. »Elwen …«

»Was ist denn?« Sie setzte sich stirnrunzelnd auf.

Will richtete sich gleichfalls auf, wich dabei aber ihrem Blick aus. »Das weißt du ganz genau. Wir haben geschworen, so etwas nicht mehr zu tun. Um unserer Freundschaft willen, da waren wir uns doch einig.«

»*Du* hast das geschworen«, stellte Elwen richtig, erhob sich und blickte über die Stadt hinweg. »Und ich glaube, dir ging es mehr um deinen kostbaren Mantel als um unsere Freundschaft.«

Will sprang auf. »Um welchen Mantel?«

Elwen war an seine plötzlichen Stimmungsumschwünge gewöhnt, erschrak aber trotzdem jedes Mal. Sie trafen sie wie Blitze aus heiterem Himmel.

Will krallte die Finger in seine schwarze Tunika. »Sieht das vielleicht aus wie der Umhang eines Ritters?«

Elwen seufzte. »Will«, murmelte sie kopfschüttelnd. »Es tut mir leid, ich hätte das nicht sagen sollen.«

Aber Will ließ sich nicht beschwichtigen. Er hielt ihr seine Handflächen hin. »Sehen so Hände aus, die ein Schwert führen?« Seine Fingerspitzen waren schwarz. Er hatte sie während der letzten Jahre morgens und abends geschrubbt, alle möglichen Kräutermischungen ausprobiert und Elwen gebeten, ihm vom Markt übel riechende Seife mitzubringen, aber sosehr er sich auch bemühte, die Tintenflecken blieben. Elwen hatte einmal gesagt, er sähe damit aus wie ein Universitätsprofessor. In seinen Augen waren die Flecken Brandzeichen; eine ständige Mahnung an seine zunichte gemachten Hoffnungen und Träume. »Nun?«

Elwen biss sich auf die Lippe. »Nein, vielleicht nicht, aber das ist doch gar nicht so wichtig.«

»Nicht wichtig? Du weißt doch, wie sehr es mich belastet, abzuwarten und zusehen zu müssen, wie meine Freunde ihre Gelübde ablegen und den Kapitelsaal als Ritter verlassen. Als Männer! Ich habe meinen Vater belogen, Elwen. Ich habe ihm geschrieben, ich wäre als Ritter in den Orden aufgenommen worden, weil ich ihm meine Schande nicht gestehen konnte.« Er wandte sich ab. »Er denkt auch so schon schlecht genug von mir.«

Elwen trat zu ihm. Das trockene Gras kitzelte ihre bloßen Füße. »Es ist unwichtig, ob du Schwarz oder Weiß trägst oder ein Schwert oder eine Schreibfeder in der Hand hältst. Was in dir steckt, dein Herz und dein Geist, das sind die Dinge, die zählen.«

Will schnaubte abfällig, ließ aber zu, dass sie seine Hand nahm und Küsse auf seine tintenfleckigen Fingerspitzen hauchte. Ein Teil seines Zornes verrann.

»Verzeih mir«, flüsterte sie. »Ich weiß, wir sind übereingekommen, nur Freunde zu bleiben, aber es fällt mir oft schwer.«

»Es gibt nichts zu verzeihen.« Will löste seine Hand vorsichtig aus der ihren. »Für mich ist es auch hart, aber es ist am besten so.« Er hielt einen Moment inne. »Für uns beide.«

»Ja«, stimmte Elwen zu, ohne ihn anzusehen. »Vermutlich hast du Recht.«

»Wir sollten jetzt gehen.« Will schnallte den Gürtel, an dem sein Krummschwert hing, wieder um. Sergeanten pflegten nur zu bestimmten Zwecken Waffen zu tragen, aber Will hatte sich vor einigen Monaten angewöhnt, das Schwert ständig bei sich zu führen. Damit hatte er Everard zu verstehen geben wollen, dass er nicht auf ewig der Diener eines Priesters bleiben würde, aber es hatte nichts gefruchtet, Everard hatte überhaupt keine Notiz von dem Schwert genommen. Doch außer ein paar Briefen aus dem Osten, in denen James hauptsächlich von einem seiner Kameraden namens Mattius berichtete, stellte die Waffe die einzige greifbare Verbindung zwischen Will und seinem Vater dar, also trug er sie auch weiterhin.

Er bückte sich und hob den Beutel auf. Er war schwer; sie hatten kaum etwas gegessen. »Ich muss zum Pergamentmacher, und wenn ich zur Vesper wieder im Ordenshaus sein will, muss ich mich beeilen.«

»Es kann auch nichts schaden, wenn ich etwas früher zurückkomme.« Elwen rang sich ein Lächeln ab. »Der ganze Palast ist in Aufruhr, seit der König Pierre de Pont-Evêque gebeten hat, Allerheiligen für ihn aufzutreten. Seitdem wird nur noch geklatscht und getratscht, und die Arbeit bleibt liegen. Die Königin ist nicht gerade in bester Stimmung.«

»Pierre wer?«

Elwens Brauen schossen in die Höhe.

»Will, ich weiß ja, dass du in einem Kloster lebst, aber ab und an solltest du auch einmal mit der Welt außerhalb eurer Mauern in Berührung kommen.« Sie seufzte angesichts seiner verwirrten Miene. »Pierre ist ein Troubadour. Ein sehr berühmter noch dazu.«

»Ach ja?«, erwiderte Will wenig beeindruckt. Er teilte Elwens Vorliebe für Romanzen nicht.

»Er hat im Süden schon für einige Aufregung gesorgt, er soll nämlich recht… unkonventionelle Stücke in seinem Repertoire haben.« Elwen klopfte das Gras von ihren Röcken. »Ich denke, das wird ein interessanter Abend werden.«

Schweigend schlenderten sie durch die Felder. Als sie sich der Stadt näherten, füllte sich die Straße mit Kutschen und Reitern; die Räder und Hufe wirbelten Staubwolken auf. Die Straße schlängelte sich in nördlicher Richtung auf die Abtei St.-Denis zu; die königliche Nekropole, wo seit Zeiten Dagoberts I die Könige bestattet wurden. Will zog Elwen zur Seite, als ein Ochsenkarren hügelaufwärts auf sie zurumpelte. Sie gingen weiter, vorbei an einigen Gehöften, süß duftenden Weinfeldern, einem prächtigen Herrenhaus, zwei kleinen Kapellen und einem Hospital.

Die Stadtmauer war vor mehr als siebzig Jahren zur Herrschaftszeit von Philippe-Auguste errichtet worden, doch Paris war seither stark angewachsen und hatte sich weit im Umland ausgebreitet. Vor dem St.-Denis-Tor hatte sich eine Gruppe Vagabunden versammelt. Die Wachposten am Tor hielten ein scharfes Auge auf die abgerissenen Gestalten, die zwischen den Karren und Pferden umherhuschten und den Leuten, die das Tor passierten, ihre Almosenschalen hinhielten. Will und Elwen stellten sich in der kleinen Schlange an.

»Verwünschtes Bettlerpack!«

Will drehte sich um und sah einen feisten Mann in einem Samtumhang, der die zerlumpte Gruppe finster anfunkelte. Er sprach die *langue d'oil*, die Sprache des Nordens. Will hatte während seiner Zeit in Paris genug davon gelernt, um zu verstehen, was der Mann sagte, wünschte aber bald, dem wäre nicht so.

»Man kann heutzutage kaum einen Schritt gehen, ohne von Vagabunden und Vogelfreien belästigt zu werden«, wetterte der Dicke weiter. Seine Hängebacken bebten. »Zur Hölle mit ihnen allen!« Einige Leute in der Schlange blickten zu ihm hinüber. Von der wachsenden Aufmerksamkeit der Zuhörer angespornt, stürzte sich der Mann in eine Schimpftirade über Beutelschneider, Huren und Tagediebe, die seine einst so stolze, strahlende Stadt verpesteten.

Will wandte den Blick ab. Wäre er ein Ritter, müsste er nicht warten, sondern könnte ungehindert und ohne Fragen beantworten zu müssen das Tor passieren. Missmutig nagte er an seiner Lippe. In der letzten Zeit schien sich alles verschworen zu haben, ihn an seinen niedrigen Rang zu erinnern.

Wills achtzehnter Geburtstag, der Tag, an dem er mündig geworden war, war verstrichen; ein Meilenstein, der ihn ständig mahnte, dass noch ein langer Weg vor ihm lag. Im nächsten Januar, ein Jahr und einen Tag später, hatte er gedacht, sein Warten habe nun ein Ende. Doch jetzt, noch einmal sechs Monate später, war er immer noch nichts als der Schreiber eines alten Priesters. Er hatte seine Strafe für die Entweihung des Sakraments vor so vielen Jahren abgebüßt und nahezu klaglos alles getan, was Everard ihm aufgetragen hatte, mochten die Aufgaben auch noch so langweilig oder unangenehm sein. Aber von Everard zu erfahren, warum ihm die Ritterschaft noch immer verwehrt blieb, hatte sich als so fruchtlos erwiesen wie der Versuch, Wasser aus einem Stein zu pressen, und schließlich hatte Will es aufgegeben. Doch sein Groll nagte jeden Tag an ihm – wenn er sich mit den anderen Sergeanten in den Schlafsaal zurückzog, während sich seine Kameraden zu den Unterkünften der Ritter begaben; wenn er in der Kapelle auf dem Boden kniete und seine Freunde ein Stück von ihm entfernt auf ihren Bänken saßen, und wenn er seine Mahlzeiten einnahm und dabei nie vergaß, dass sie aus den Resten dessen bestanden, was den Rittern vorgesetzt worden war.

Nachdem sie das Tor durchquert hatten, gingen sie die Rue St.-Denis entlang. Die Straße wimmelte von Händlern und Gauklern, die versuchten, die Aufmerksamkeit der Passanten auf sich zu lenken. Heute fand ein Viehmarkt statt, der Boden war mit dem Dung der Tiere bedeckt, der einen Ekel erregenden Gestank verströmte. Will, der vor den Stadtmauern in der relativen Abgeschiedenheit des Ordens lebte, vergaß oft, wie sehr die Stadt stank – nach Schweiß, Gerbereiabfällen, Unrat und dem Inhalt der Nachttöpfe, der achtlos aus den Fenstern gekippt wurde. »Willst du auf eine Droschke warten?«, fragte er Elwen.

Elwen blickte zum Himmel empor. »Der Tag ist viel zu schön,

um in einer muffigen Kutsche zu sitzen. Ich gehe lieber zu Fuß.« Sie setzte ihre Haube auf. Ein paar Locken umspielten ihr Gesicht.

Will streckte eine Hand aus, um sie zurückzustreichen, hielt dann aber mitten in der Bewegung inne. Die einst ganz natürliche Geste erschien ihm mit einem Mal unschicklich. Er ließ die Hand wieder sinken. »Ich sollte jetzt besser auch gehen.«

»Wir können zusammen gehen«, schlug Elwen vor, die vorgab, sein Unbehagen nicht zu bemerken. »Du sagtest doch, du müsstest zum Pergamentmacher. Ich kann dich bis zur Cité begleiten.«

»Ich gehe heute nicht ins Quartier Latin«, sagte Will rasch. »Dem Händler, von dem Everard für gewöhnlich sein Pergament bezieht, sind die Vorräte ausgegangen. Ich versuche mein Glück bei einem am Tempeltor.«

»Oh.« Elwen rückte ihre Haube zurecht, um ihre Enttäuschung zu verbergen. »Wann können wir uns denn wieder einmal treffen?«

»Wenn es mir gelingt, dem alten Drachen zu entwischen.«

»So schlimm kann Everard doch gar nicht sein.«

»Du musst ja nicht für ihn arbeiten.«

»Er kann dir den Mantel nicht ewig verwehren. Du hast ein Anrecht darauf.«

»Und ob er das kann«, murmelte Will, als Elwen in der Menge verschwunden war. Einen Moment später bog er in eine der parallel zur Hauptstraße verlaufenden Straßen ein. Everard hatte ihm Geld für eine Droschke gegeben, aber die Wege waren so mit Menschen und Tieren verstopft, dass er zu Fuß schneller vorankommen würde. Er fühlte sich schuldig, weil er Elwen belogen hatte, und kam sich nun vor wie ein Narr, weil er eine Straße von ihr entfernt in dieselbe Richtung ging wie sie. Aber nach diesem Kuss konnte er ihre Nähe nicht ertragen, es war zu qualvoll für ihn. Er schlug einen Bogen um den Viehmarkt und ging zur Seine hinunter. Seine Gedanken lasteten so schwer auf ihm wie die Mittagshitze.

An seinem und Elwens Tagesablauf hatte sich seit ihrer beider Ankunft in Paris wenig geändert. Elwen hatte sich rasch im Palast eingelebt, er sich weniger rasch an sein Dasein als Everards Lehrling gewöhnt. Äußerlich hatten sie sich beide verändert: Will war gewachsen; ein kurzer schwarzer Bart milderte die scharfen Kanten von Kinn und Wangenknochen. Elwen war zu einer bezaubernden, gertenschlanken jungen Frau gereift. Aber die tiefgreifendste Veränderung hatte zwischen ihnen beiden stattgefunden, und zwar so allmählich, dass sie es anfangs gar nicht bemerkt hatten.

Erst im Laufe der Monate, die zu Jahren wurden, war Will nach und nach klar geworden, dass die aus dem Kummer über Oweins Tod heraus geborene Kameradschaft sich zu etwas anderem, Erregendem, schwer zu Beschreibendem entwickelt hatte. Er hatte seine Gefühle tief in seinem Inneren verschlossen und sich damit begnügt, Elwen verstohlene Blicke zuzuwerfen, wenn sie sich unbeobachtet glaubte, und ihren Anblick wie Nektar in sich aufzusaugen. Elwen war kühner gewesen, sie hatte ihm eines Tages ein Buch gezeigt, das sie im Palast gefunden hatte. Will hatte es für eine der Romanzen gehalten, die sie so liebte, aber dann hatte sie den verwitterten Lederband aufgeschlagen. Die Seiten waren mit Bildern halb nackter Männer und Frauen in verschiedenen Stadien leidenschaftlicher Umarmung bedeckt gewesen. Sie hatten beide über die Darstellungen gelacht, aber Will war nicht entgangen, dass Elwen das Blut in die Wangen gestiegen war, als sie von den Bildern zu ihm geblickt hatte. In diesem Moment hatte er begriffen, dass sie seine Gefühle erwiderte, und danach hatten sie sich immer wieder heimlich getroffen und Küsse getauscht, die Wills Seelenfrieden erheblich beeinträchtigten.

Während er an den prächtigen Häusern der Kaufleute aus der Lombardei und der Juden vorbeiging, die direkt am Flussufer lagen, versuchte er sich vorzustellen, wie es sein mochte, Elwen anzusehen, ohne dass ihm dabei ein Schauer über den Rücken rann. Es gelang ihm nicht. Aber er durfte seinen Gefühlen nicht nachgeben. Wenn er es tat, beging er eine Sünde und setzte die

Ritterwürde, die er eines Tages erlangen würde, aufs Spiel. Und wenn sie heirateten, wie es Elwen einmal vorgeschlagen hatte, würde er nie den weißen Mantel erringen, sondern für immer das Schwarz menschlicher Verfehlungen tragen müssen.

Energisch verdrängte er Elwen aus seinen Gedanken und überquerte die breite Brücke zur Ile de la Cité, dem Herrschaftssitz des Königs. Die Straßen rings um Notre Dame waren mit den staubigen Fußabdrücken der Steinmetze übersät, die an der Kathedrale arbeiteten und jetzt Schutz vor der Mittagshitze suchten. Will folgte den Abdrücken eine Weile, ehe er über eine kleinere Brücke zum linken Ufer wechselte.

Im Quartier Latin, das viele der der Universität angegliederten Lehranstalten beherbergte, herrschte wie immer geschäftiges Treiben. Im Laufe der letzten eineinhalb Jahrhunderte waren viele dieser mit Spenden finanzierten Schulen errichtet worden, und aus Frankreich, England, dem deutschen Reich und Holland strömten Männer hierher, um Medizin, Rechtswissenschaften, Kunst und Theologie zu studieren. Will bahnte sich einen Weg durch die Menge der Lehrer, Priester und Studenten und bog in die Rue Saint-Jacques ein, in der der Pergamentmacher seinen Laden hatte. Zwei Männer versperrten ihm den Weg. Die bloßen Füße, das schäbige schwarze Gewand und das hölzerne Kreuz um seinen Hals wiesen den einen als Dominikaner aus. Der andere, ein untersetzter, stämmiger junger Bursche, sprach stockend auf ihn ein. Will schob sich an ihnen vorbei.

»Ich wollte nicht unhöflich sein, Sir«, hörte er den jungen Mann sagen. »Ich möchte zum Ordenshaus, zu den Templern …« Er winkte frustriert ab und sagte dann etwas in gebrochenem Latein.

Der Dominikaner gab eine barsche Antwort, die der junge Mann offenbar nicht verstand, und rauschte dann die Straße hinunter.

»Teufelsdreck!«, schimpfte der Mann, dabei blickte er dem Ordensbruder finster nach. »Aus diesen Priestern ist einfach keine klare Antwort herauszubekommen.«

Will bemerkte, dass der Fremde die Tunika eines Templersergeanten trug. Er ging auf ihn zu, um sich zu erbieten, ihm den Weg zu beschreiben, blieb dann aber überrascht stehen. Der junge Mann war größer, als er ihn in Erinnerung hatte, obgleich im Vergleich zu ihm selbst noch ziemlich klein. Ein dichter Bart zierte sein rundes Gesicht, die Brust war noch breiter als früher, aber die funkelnden braunen Augen und den zottigen Haarschopf erkannte Will sofort wieder. »Simon!«

Simon fuhr herum. Nach einem Moment grinste er breit. »Mein Gott! *Will*!«

Will umarmte ihn lachend, ohne auf das Murren eines vorbeikommenden Studenten zu achten, der ihnen ausweichen musste. »Was tust du denn hier?« Er trat einen Schritt zurück und musterte seinen alten Freund von Kopf bis Fuß.

Simon wuchtete den Sack, den er bei sich trug, höher auf seine Schulter. »Ich bin gerade mit einer Gruppe von Rittern aus London hier angekommen. Eigentlich wollte ich mit ihnen zum Ordenshaus gehen, aber ich habe mich kurz in einem Laden umgeschaut, und als ich wieder herauskam, waren sie weg.«

»Und jetzt hast du dich verlaufen«, stellte Will fest. »Das Ordenshaus erreichst du über das rechte Ufer. Wir sind hier auf dem linken.«

Simon kratzte sich am Kopf. »Ich habe ja nach dem Weg gefragt, aber niemand schien mich zu verstehen.«

Will feixte. »Das wundert mich nicht. Du hast gerade einen der Inquisitoren gefragt, wie du zum Kuhstall seiner Frau kommst.«

»Das war ein Inquisitor?« Simon blies die Wangen auf und starrte die Straße hinunter. »Na so etwas.« Er schüttelte voll ungläubiger Verwunderung den Kopf. »Du glaubst nicht, wie ich mich freue, dich zu sehen, Will, obwohl ich gedacht hätte, du würdest schon längst die Sarazenen das Fürchten lehren.« Er deutete auf Wills Tunika, schwarz wie seine eigene. »Als Brocart letztes Jahr aus Paris zurückkam, erzählte er mir, du wärst nicht zum Ritter geschlagen worden, aber er wusste nicht, warum nicht.«

Etwas von Wills Freude über das Wiedersehen mit seinem alten

Kameraden schwand. Während Brocarts Aufenthalt im Ordenshaus war er dem jungen Mann, den er als Sergeant im Neuen Tempel gekannt hatte, bewusst aus dem Weg gegangen. »Das ist eine lange Geschichte.«

»Die höre ich mir an, während du mir den Weg zum Ordenshaus zeigst.«

»Ich habe eine bessere Idee«, meinte Will plötzlich. Er langte in den Beutel, der neben seinem Krummschwert an seinem Gürtel hing, und zeigte Simon die Münzen, die Everard ihm für die Droschke gegeben hatte. »Lass uns in eine Schänke gehen.«

»Nichts dagegen einzuwenden.« Simon grinste.

Wills Blick schweifte über die Schilder über den Türen der Gebäude. Nach kurzer Zeit hatte er gefunden, was er suchte. Die beiden jungen Männer betraten einen nach Schweiß und Hammelfleisch stinkenden Schankraum. Will empfand es als zutiefst befriedigend, aus seinem eintönigen Alltagstrott auszubrechen.

Nachdem sie bei dem mürrischen Wirt einen Krug vom billigsten Wein und einen Laib Brot bestellt hatten, setzten sie sich auf eine Bank unter den halb offen stehenden Fensterläden. Fliegen schwirrten über die schmierigen Platten der Tische, an denen Gruppen von Priestern saßen, Ale schlürften und mit schwerer Zunge über die korrekte Verabreichung von Hostien oder die Spannweite von Engelsflügeln diskutierten. Einige dieser Schänken waren Gerüchten zufolge nur Tarnfassaden für weitaus anrüchigere Etablissements, wo der Preis für eine Frau noch unter dem für einen Humpen Ale lag.

»Du zuerst.« Simon brach das Brot in der Mitte durch. »Was ist passiert, nachdem du nach Paris gekommen bist?«

»Wenig.« Will trank einen Schluck Wein. Er war so sauer, dass er auf der Zunge brannte. »Ich habe mich während der letzten sechs Jahre überwiegend mit Schreibfedern und einem übellaunigen alten Priester herumgeschlagen.«

»Brocart erzählte mir, dass du für einen Priester arbeitest. Es hat mir leid getan, von Sir Oweins Tod zu hören«, fügte Simon leise hinzu. »Er war ein guter Mann.«

»Ja«, stimmte Will bekümmert zu. »Das war er.« Er vermisste seinen früheren Herrn noch immer schmerzlich, vor allem deshalb, weil sein jetziger so unangenehm war.

Simon reichte ihm ein Stück Brot. »Ich erinnere mich noch genau, wie König Henry kurz nach der Rückkehr der Ritter, die als Eskorte für die Juwelen abgestellt waren, ins Ordenshaus gestürmt kam. Er schäumte vor Wut und war puterrot im Gesicht. Kaum dass er aus dem Sattel gesprungen war, brüllte er auch schon Master Humbert an, er hätte sich nie auf eine so irrwitzige Forderung einlassen dürfen, und Humbert hätte die Kronjuwelen und die Königin in größte Gefahr gebracht.« Simon pfiff durch die Zähne. »Wir haben schon Wetten darauf abgeschlossen, wer als Erster zuschlägt – Humbert oder der König. Sie haben Henry verhört, wusstest du das?«

Will nickte. »Aber man konnte ihm nicht beweisen, dass er die Attentäter geschickt hat.«

»Die Templer hatten ja auch wenig Gelegenheit, die ganze Sache eingehender zu untersuchen. Als der Bürgerkrieg ausbrach, wurde der Fall abgeschlossen.« Simon schüttelte den Kopf. »Es waren seltsame Jahre, Will. Wir waren im Ordenshaus relativ sicher, niemand behelligte uns. Aber in London herrschte Chaos, und im Königreich … die Hälfte der Zeit wussten wir gar nicht, wer nun eigentlich gerade an der Macht war. Einen Tag war es der König, am nächsten Simon de Montfort und die Barone. Es dauerte nicht lange, bis die Barone sich offen gegen ihn auflehnten und mehr Macht für das Volk verlangten. Sie nahmen Gloucester ein, die Cinque Ports und einen Teil von Kent, dann traten sie dem König und seiner Armee bei Lewes entgegen.«

»Wir haben von dieser Schlacht gehört.«

»Das wundert mich nicht. In England wurde monatelang von nichts anderem gesprochen. Es heißt, Prinz Edward hätte wie ein Held gekämpft und wäre an der Spitze seiner Männer auf die Rebellen losgestürmt.«

»Deswegen haben sie die Schlacht wohl auch verloren, nicht wahr?«

Will biss in das harte Brot. »Weil Edward so überstürzt zum Angriff geblasen hat.«

Simon hob die Schultern. »Ich kann nur wiedergeben, was ich selbst gehört habe. Aber nach seiner Festnahme gelang Edward die Flucht aus de Montforts Kerker; er kämpfte bei Evesham gegen die Rebellen, tötete de Montfort mit seinen eigenen Händen und befreite seinen Vater. Danach flohen die meisten Rebellen oder ergaben sich.«

»Ist der Krieg nun vorüber?«

»Ein paar von de Montforts treuen Anhängern harren noch in Kenilworth aus, aber König Henrys Armee belagert sie seit Monaten. Sie werden bald aufgeben müssen.« Simon leerte seinen Becher und schenkte sich Wein nach.

Eine Weile herrschte betretenes Schweigen zwischen ihnen; sie waren einander fremd geworden.

»So.« Simon richtete sich auf. »Ist Sir Oweins Nichte noch hier?« Er kicherte. »Wir haben alle wilde Geschichten von ihr gehört.«

Will verschluckte sich fast an seinem Wein. »Was für Geschichten?«

»Dass sie sich an Bord eures Schiffes versteckt hat.«

»Hm.« Will nickte und räusperte sich.

»Ist sie immer noch in Paris?«

»Ja.« Will spürte, wie ihm das Blut in die Wangen stieg. Er lehnte sich zurück und fuhr sich betont lässig mit den Händen durchs Haar. »Elwen ist Kammerzofe in den Diensten von Königin Marguerite. Wir sehen uns manchmal, wenn unsere Pflichten es erlauben. Aber du hast mir ja noch gar nicht erzählt, was dich hierher führt.«

»Ich bin befördert worden. Der Marschall des Pariser Ordenshauses hat mich hierher abberufen.« Simon wirkte leicht verlegen. »Er war vor ein paar Monaten in London, und sein Pferd wurde krank. Ich habe es retten können.« Er zuckte die Achseln. »Es war nicht weiter schwer, ich musste ihm nur ein paar fiebersenkende Kräuter verabreichen und dafür sorgen, dass es sich nachts nicht hinlegte. Aber scheinbar hat ihn das beeindruckt, denn er schrieb Master Humbert, er wolle mich als Stallmeister nach Paris holen.«

»Meinen Glückwunsch.« Will rang sich ein Lächeln ab. Simon, der Sohn eines Gerbers aus Cheapside, bekleidete jetzt ein angeseheneres Amt als er selbst.

»Danke«, erwiderte Simon bescheiden.

Will trank seinen Wein aus und stand auf. Ihm war ein wenig schwindelig. »Ich werde dir jetzt den Weg zum Ordenshaus beschreiben. Ich habe noch etwas zu erledigen, was eine Weile dauern wird, und du musst beim Marschall vorstellig werden. Du bist mit einer Gruppe von Rittern gekommen, sagst du? Sie dürften doch jetzt schon längst im Ordenshaus sein.«

»Ja, und …« Simon stockte. »Fast hätte ich es vergessen – auf dem Schiff war doch noch jemand, den du kennst. Garin de Lyons.«

»Garin?«

»Ja.« Simon erhob sich schwankend und hielt sich am Tisch fest. »Heilige Mutter Gottes, ich bin betrunken. Ja, Garin … natürlich hielt er es für unter seiner Würde, auf einen wie mich zu warten. Vermutlich wäre ich tagelang hier herumgeirrt, wenn ich dich nicht getroffen hätte.«

»Garin ist jetzt Ritter?«, fragte Will, obwohl er die Antwort kannte.

Simon nickte. »Allerdings.« Er schlug Will auf die Schulter. »Morgen können wir unsere Kopfschmerzen kurieren, und du kannst mir erzählen, warum du immer noch Sergeant bist. Nicht, dass ich deswegen enttäuscht wäre«, fügte er fröhlich hinzu. »Wer will denn schon Ritter sein?«

»Ja, wer wohl?«

Nachdem er Simon den Weg zum Ordenshaus erklärt hatte, trottete Will die Rue St.-Jacques hinunter. Der Wein brannte in seinem Magen, und Simons Neuigkeiten verdrossen ihn zutiefst. Sosehr er sich auch freute, seinen alten Freund wiederzusehen … dass zwei seiner ehemaligen Kameraden nun hier in Paris waren und die Männern ihres Alters und Status zukommenden Positionen bekleideten, steigerte den Groll, der an ihm fraß, noch. Er versuchte, sich Garin als Ritter vorzustellen, sah aber nur einen dünnen goldhaarigen Jungen mit Blutergüssen im Gesicht vor sich. Elwens Worte kamen ihm wieder in den Sinn. *Er kann dir den Mantel nicht ewig verwehren.* Vor einem Monat hatte sich Everard erneut geweigert, mit ihm über seine Initiation zu sprechen, und da hatte Will sich geschworen, noch vor Ende des Jahres ins Heilige Land zu reisen. Er wusste, dass sein Vater in Safed stationiert war. Wenn er innerhalb des nächsten Monats den Mantel erhielt, konnte er seine Versetzung dorthin beantragen. Will berührte den Griff seines Krummschwertes. Lange genug hatte er jetzt gewartet.

Er bog in die schmale Gasse ein, in der der Laden des Pergamentmachers lag. Ein großer Mann kam aus einer Schänke vor ihm getorkelt, sie stießen unsanft zusammen, Ale schwappte über den Rand des Humpens, den der Fremde in der Hand hielt, und ergoss sich über dessen Brust.

»Hölle und Teufel!«, fluchte der Mann erbost.

»Tut mir leid.« Will trat zurück und erkannte aufgrund des weißen Kreuzes auf dem schwarzen Überwurf des Mannes, dass er einen Ritter des Johanniterordens vor sich hatte, einen Hospitaliter. »Ich habe Euch nicht gesehen.«

»Du hast mich nicht gesehen?« Der Ritter versuchte vergebens, das Ale abzuklopfen, das seinen Überwurf durchtränkte. »Bist du blind?«

»Ich sagte doch schon, dass es mir leid tut.«

Als Will sich abwenden wollte, packte ihn der Hospitaliter am Arm.

»Das reicht mir nicht, Freundchen!« Sein Blick blieb auf Wills Tunika haften, und er schnaubte abfällig. »Ein Templer, eh?« Aus seinem säuerlichen Atem und den glasigen Augen schloss Will, dass das verschüttete nicht das erste Ale des Ritters gewesen war. »Was gedenkst du, deswegen zu unternehmen?« Er schwenkte den Humpen hin und her.

Will riss sich von ihm los. »Ich habe mich entschuldigt. Zu mehr besteht meiner Ansicht nach kein Anlass.«

»Was gibt es, Rasequin?«

Beim Klang der zweiten Stimme drehte sich Will um. Vier weitere Ritter kamen aus der Schänke. Auch sie hielten Humpen in den Händen und waren scheinbar genauso betrunken wie ihr Kamerad.

Der Hospitaliter deutete auf Will. »Diese kleine Templerratte hat mein Ale verschüttet und glaubt, sich vor dem Zahlen drücken zu können.«

»Entschuldige dich bei unserem Kameraden!«, verlangte einer der Ritter, ein pickliger junger Mann, der kaum älter war als Will.

»Das habe ich schon getan.« Will knirschte mit den Zähnen. »Und wenn Euer Kamerad nicht so stur wie ein Maulesel wäre, hätte er meine Entschuldigung angenommen.«

»Du unverschämter kleiner Mistkerl!«, nuschelte Rasequin, schleuderte den Humpen fort und griff nach seinem Schwert.

Seine Kameraden kamen näher, als er die Waffe mit zittrigen Fingern aus der Scheide zu ziehen versuchte.

»Lass den Jungen in Ruhe, Rasequin«, sagte einer, der älter zu sein schien als die anderen. »Er ist nur ein Sergeant.«

Will schoss das Blut ins Gesicht. Seine Finger schlossen sich um den Griff seines eigenen Schwertes.

»Komm schon, Rasequin«, beharrte der ältere Ritter nachdrücklich. »Ich besorge dir einen frischen Humpen Ale.«

»Erst nachdem …« Rasequin gelang es endlich, sein Schwert zu ziehen. »Erst nachdem ich diesem Flegel eine Lektion erteilt habe.«

Will zückte sein Krummschwert, als Rasequin auf ihn zutaumelte.

»Nicht«, sagte der ältere Ritter zu ihm. »Ich regele das.« Er packte Rasequin bei der Schulter. »Komm jetzt, Bruder.«

Der pickelgesichtige junge Bursche zeigte auf Wills Schwert. »Seht euch diese Klinge an!« Er kicherte höhnisch. »Die muss aus dem vorigen Jahrhundert stammen.«

Doch das Lachen verging ihm, als Will sein Schwert hob und sich auf Rasequin stürzte. Drei der Hospitaliter wichen zurück. Die Spitze der Klinge war auf den Hals ihres Kameraden gerichtet. Will nahm nichts mehr von dem wahr, was um ihn herum vorging, er konzentrierte sich nur auf das Gesicht des Mannes vor ihm. Heiße Wut wallte in ihm auf.

»Na komm doch«, forderte er Rasequin mit einem Zähnefletschen heraus. »Komm und kämpf!«

Rasequin, der zu betrunken war, um Wills eiserne Entschlossenheit richtig zu deuten, hob seine Waffe.

»Schluss jetzt!«, befahl der ältere Ritter mit scharfer Stimme. »Hör auf!«, fuhr er dann Will an, der mit seinem Krummschwert weit ausholte, als wolle er zuschlagen.

Will spürte plötzlich, wie sich eine Hand fest um sein Handgelenk schloss. Er drehte sich um und setzte zu einer hitzigen Bemerkung an, besann sich aber, als er sah, dass ihn ein Templer gepackt hielt.

»Gleich werde ich dich loslassen, Sergeant«, sagte der Ritter ruhig. »Und dann wirst du augenblicklich dein Schwert in die Scheide zurückschieben.«

Will, der vor Vorfreude auf den bevorstehenden Kampf kaum noch an sich halten konnte, zögerte einen Moment, dann nickte er.

Der Templer gab ihn frei und sah zu, wie Will sein Schwert in seinen Gürtel zurückschob, dann wandte er sich an die fünf Hospitaliter. »Was ist hier vorgefallen?«

Rasequin hatte beim Anblick des Templers sein Schwert sinken lassen, musterte Will aber immer noch hasserfüllt.

Der ältere Ritter neigte höflich den Kopf. »Ein Missverständnis. Der Bursche hier«, er deutete auf Will, »hat das Ale unseres Kameraden verschüttet.«

Der Templer betrachtete Will nachdenklich. Seine kühlen, hellblauen Augen standen in auffallendem Gegensatz zu seinem langen schwarzen Haar und Bart. Er mochte Mitte vierzig sein, hatte kräftige, ansprechende Züge und olivfarbene Haut, die den Schluss nahelegte, dass er viel Zeit in wärmeren Ländern verbracht hatte. »Nun?«

Will hielt seinem Blick stand. Er hatte den Ritter schon im Ordenshaus gesehen, war ihm aber nie vorgestellt worden und kannte daher den Namen des Mannes nicht. »Es war ein Missgeschick, Sir.«

»Wäre eine Entschuldigung nicht eine bessere Lösung gewesen als ein Duell?«

Will öffnete den Mund, um sich zu verteidigen, besann sich dann aber eines Besseren. »Ja, Sir.«

Der Templer griff in den ledernen Beutel an seinem Gürtel, entnahm ihm eine Goldmünze, ging zu Rasequin und drückte sie ihm in die Hand. »Ich denke, das sollte Euch für alle Unannehmlichkeiten entschädigen.«

Rasequin grunzte etwas Unverständliches, nahm die Münze aber an.

»Es ist mehr als genug, Bruder«, sagte der ältere Ritter. Er nickte dem Templer zu und wandte sich dann an seine Kameraden. »Lasst uns gehen.« Sie nahmen den schwankenden Rasequin in ihre Mitte und gingen die Gasse hinunter.

Will sah ihnen starr vor Staunen über den glimpflichen Ausgang der Angelegenheit nach. Die Hospitaliter hätten sich an höherer Stelle über ihn beschweren oder auf einem Duell bestehen können, um den Streit beizulegen. Es hätte ihn nicht überrascht, wenn sie es getan hätten. Hospitaliter waren nicht gerade für ihre Nachsicht gegenüber Tempelrittern bekannt. Sie nutzten jede sich bietende Gelegenheit, um dem Templerorden Scherereien zu bereiten; sie beschwerten sich bei den städtischen Beamten, dass eine Wassermühle der Templer ihre Felder überschwemmt hatte; dass die Wollstände der Templer auf dem Markt mehr Platz beanspruchten als die ihren; dass die Templer kirchliche Würdenträger bestochen hätten, um eine verlassene Kirche in Besitz nehmen und Almosen sammeln zu können. Und trotz alldem übernahmen sie viele Praktiken des Templerordens. Der zwanzig Jahre vor den Templern, vor dem ersten Kreuzzug gegründete Johanniterorden hatte sich ursprünglich nur um kranke Pilger im Osten kümmern sollen. Doch nach der Gründung des Templerordens hatten die Hospitaliter ihren Rivalen in militärischer und wirtschaftlicher Hinsicht nachzueifern begonnen, Festungen und Burgen gebaut, Aufnahmezeremonien kopiert, und sogar ihre Mäntel mit dem weißen Kreuz waren in den Augen der Templer Nachahmungen ihrer eigenen Mäntel.

»Was ist nur in dich gefahren, Sergeant?«

Will sah den Ritter an. »Es tut mir leid, Sir. Ich habe falsch und übereilt gehandelt und…« Er trat gegen einen auf dem Boden liegenden Stein. »Nein, das ist falsch. Es tut mir nicht leid. Ich habe mich entschuldigt, und er wollte meine Entschuldigung nicht annehmen. Der Hospitaliter hat als Erster sein Schwert gezogen.«

»Also hast du zu deiner Waffe gegriffen, um dich zu verteidigen?«

»Nein«, gab Will nach kurzem Zögern zu. »Im Zorn. Ich wollte ihn verwunden«, fügte er hinzu. »Ich…« Er brach ab. Es war ein gutes Gefühl gewesen, sein Schwert zu zücken. Allein zu trainieren, ließ sich mit einem Kampf Mann gegen Mann nicht vergleichen, und er vermisste den Nervenkitzel mehr, als er sich eingestehen mochte. Aber nun kam er sich vor wie ein Narr.

»Es wäre ein ziemlich ungleicher Kampf geworden«, meinte der Ritter trocken. »Dein Gegner konnte sich ja kaum auf den Beinen halten.«

»Ich weiß. Ich wollte ihn demütigen, denke ich.«

»Aquila non captat muscas.«

»Ein Adler jagt keine Fliegen?«

»Genau.« Der Ritter streckte ihm eine Hand hin. »Mein Name ist Nicolas de Navarre.«

»William Campbell.« Will schüttelte die vom Führen eines Schwertes schwielige Hand des Mannes.

Nicolas nickte. »Ich habe dich im Ordenshaus gesehen. Du bist der Sergeant von Everard de Troyes, nicht wahr?«

»Ihr kennt Sir Everard?«

»Ich kenne seine Werke. Ich sammle selber Bücher – oder habe sie gesammelt, ehe ich in den Orden eingetreten bin, und ich habe schon ein paar Mal versucht, mit Bruder Everard zu sprechen, aber er scheint etwas ...«

»Mürrisch und unumgänglich zu sein?«, half Will aus.

»Zurückhaltend«, verbesserte Nicolas ihn lächelnd, dann nickte er die Gasse hinunter. »Was willst du eigentlich hier?«

»Frische Häute besorgen. Wir arbeiten an ein paar neuen Übersetzungen.«

»Ist etwas Interessantes dabei?«

»Nur wenn Ihr unbedingt wissen wollt, wie Olivenbäume richtig gepflanzt und gepflegt werden.«

Nicolas lachte. »Nun, dann will ich dich nicht länger aufhalten. Einen schönen Tag noch.« Er hielt inne. »Und ein guter Rat, Sergeant Campbell. Achte in Zukunft sorgfältiger darauf, wen du zum Kampf forderst. Dein nächster Gegner könnte sich weniger leicht davon abbringen lassen, dein Blut zu vergießen.«

»Darf ich Euch noch etwas fragen?«, bat Will, als der Ritter sich zum Gehen wandte. »Habt Ihr vor, Sir Everard von diesem Zwischenfall zu erzählen?«

»Welchem Zwischenfall?« Nicolas grinste, dann schlenderte er die Gasse hinunter.

18

Vor den Mauern von Safed, Königreich Jerusalem
19. Juli A.D. 1266

Omar blickte zu der mächtigen, grauweißen, majestätisch auf ihrem Felsvorsprung thronenden Festung auf. Aus dieser Entfernung wirkten die Soldaten auf Safeds Brustwehren nicht größer als Ameisen, doch diese Ameisen hatten scharfe Zähne, und bei einem einzigen Angriff der Mamelucken waren über fünfzig Männer ihren Pfeilen zum Opfer gefallen. Omar musterte die schier uneinnehmbar erscheinenden Mauern. Wenn man den Franken für eines Respekt zollen musste, dann für ihre Kunst, Festungen zu bauen. Ihre Architektur bestach nicht durch Schönheit und Eleganz wie die der Mamelucken, sondern war nüchtern und hart wie die Franken selbst. Omar wandte sich ab und ging zu dem in der Mitte des Lagers aufgestellten Zelt hinüber.

Baybars blickte auf, als er eintrat. Zwei seiner Eunuchen streiften dem Sultan gerade sein poliertes Kettenhemd über, ein anderer stand mit seinem Schwertgurt und den Säbeln bereit. Außer den Dienern schien sich niemand sonst im Zelt aufzuhalten. Hinter Baybars stand sein leerer Thron, das Laternenlicht fing sich in den goldenen Köpfen der Löwen.

Plötzlich hörte Omar einen Grunzlaut, spähte in die Schatten an der Zeltwand und machte die Umrisse des auf einer Matte zusammengerollten Khadir aus. Der Wahrsager murmelte etwas im Schlaf, rollte sich auf die andere Seite und begann zu schnarchen.

»Edler Sultan.« Omar verbeugte sich ehrerbietig vor Baybars.

Baybars entließ die Eunuchen und schloss die Spange am Hals seines Kettenhemdes. »Omar«, begrüßte er seinen Offizier stirnrunzelnd. »Schön, dass du doch noch Zeit für mich gefunden hast.«

Omar senkte den Kopf. »Ich habe zu lange geschlafen, Herr. Es tut mir leid.«

Baybars lachte. Seine blauen Augen glitzerten. Er umarmte Omar. »Du schnappst immer noch nach jedem Köder, den ich dir hinwerfe.« Er trat zurück und ging zu einem Haken, an dem sein goldener, mit Koransprüchen bestickter Umhang hing.

Omar sah zu, wie er den Umhang um seinen muskulösen Körper schlang. Baybars hatte sich in den sechs Jahren, die er nun schon auf dem Sultansthron von Ägypten saß, äußerlich kaum verändert, nur ein paar graue Strähnen durchzogen jetzt sein Haar und seinen Bart, und ein paar Furchen hatten sich in sein Gesicht gegraben. Die Veränderungen, die mit ihm vorgegangen waren, hatten in seinem Inneren stattgefunden, wie Omar nur zu gut wusste.

Er hatte gehofft, Baybars' brennender Ehrgeiz würde gestillt sein, sobald er erst einmal auf dem Thron saß, und er würde der Verantwortung gerecht werden, die auf den Schultern eines Sultans lastete. Doch als Sultan war Baybars noch unberechenbarer, grausamer und vom Wunsch, alle Franken vom Angesicht der Erde zu tilgen, besessener als je zuvor geworden. Noch nicht einmal die Geburt seines Sohnes hatte etwas daran geändert. Der fünfjährige Thronerbe Baraka Khan war im Jahr nach Baybars' Thronübernahme zur Welt gekommen. Seither hatte sein Vater ihm keinerlei Aufmerksamkeit geschenkt; er behauptete, das Kind gehöre zu seiner Mutter, bis es alt genug war, für den Kampf gegen die Franken ausgebildet zu werden.

Omar wusste, dass er seinen alten Freund noch nicht ganz verloren hatte, aber es kam ihm so vor, als hätte sich Baybars' Persönlichkeit gespalten. Ein Teil von ihm war immer noch gewillt, Gerechtigkeit walten zu lassen, liebte alles Schöne und war zutiefst gläubig, aber diese Hälfte wurde zunehmend von seiner anderen, der skrupellosen, verschlagenen und erbarmungslosen Seite verdrängt.

Im Jahr nach seiner Thronbesteigung hatte Baybars Aktai und den Rest von Kutus' alten Anhängern hinrichten lassen und dem Statthalter von Aleppo, den Kutus eingesetzt hatte, die Stadt unter dem Vorwand, der Mann habe einen Aufstand anzetteln wollen, wieder entrissen. Danach hatte er Damaskus, Kerak und Homs ihren jeweiligen Herrschern abgerungen und sich mit einem mongolischen General verbündet, um sich den Weg für seinen Kampf gegen die Christen zu ebnen. Seitdem war er an der Spitze seiner Armee dreimal von Kairo aus vorgestoßen, um wie ein tödlicher Hammer auf die Franken herabzufahren.

Omar hegte selbst keine große Liebe für die Franken, er war wie jeder seiner Landsleute zu allem bereit, um sie aus seinem Land zu vertreiben, und Krieg und Tod gingen nun einmal Hand in Hand. Aber die Freude, die Baybars an den Qualen seiner Opfer fand, bereitete ihm Sorgen. Er fürchtete um das Seelenheil seines Freundes.

»Du siehst aus wie ein Mann, der eine schwere Last zu tragen hat, Omar.« Baybars schnallte seinen Schwertgurt um.

»Nein, Sadik. Ich bin nur müde.«

»Wenn alles gut geht, wirst du heute Nacht besser schlafen. Ich habe mit den Statthaltern gesprochen. Die Regimenter haben die ihnen zugewiesenen Positionen bezogen. Wir werden unseren Angriff auf das Tor konzentrieren, das im Lauf des letzten Kampfes beschädigt wurde, und auf die Außenmauern am anderen Ende der Festung. Diese Angriffe werden zeitgleich stattfinden, so zwingen wir die Franken, ihre Truppen aufzuteilen, was es uns erlaubt, nahe genug an die Festung heranzurücken, um einen dritten Schlag gegen den Mittelteil zu führen. Wenn es uns gelingt, eine Bresche in die Mauer zu schlagen, wird eines unserer Regimenter bereitstehen, um in das Außenwerk einzufallen. Sie werden zahlreiche Ritter töten, ehe diese Zeit finden, sich in den Bergfried zurückzuziehen. Außerdem plane ich eine kleine Überraschung für sie, die sie zwar nicht töten, aber ihren Kampfgeist erheblich schwächen wird.« Baybars brach ab und musterte Omar forschend. »Du hast Bedenken?«

Omar wich Baybars' Blick aus. »Sie haben uns schon zweimal zurückgeschlagen. Kann dieser Plan gelingen, ohne dass wir erneut eine große Zahl unserer Männer verlieren? Wenn Amir Kalawun aus Kilikien wieder zu uns stößt und unsere Armee mit seinen Truppen verstärkt, hätten wir weit bessere Aussichten …«

»Kalawuns Feldzug gegen die armenischen Christen wird noch einige Zeit in Anspruch nehmen. So lange können wir nicht warten. Als wir in den Kampf zogen, war es unser Ziel, das Machtbollwerk der Franken in Akkon zu zerstören. Dies ist uns nicht gelungen, und die Männer brauchen einen Sieg. Ich habe Safed bewusst als Angriffsziel ausgewählt, weil die Festung so schwer einzunehmen ist. Trotz unserer Triumphe über die Franken in den letzten Jahren begegnen sie uns nach wie vor mit Arroganz und leisten unvermindert Widerstand. Wir haben ihnen nur Nadelstiche versetzt, sie fürchten uns nicht so, wie sie sollten.«

»Wirklich?«, zweifelte Omar, der sich an das nackte Grauen auf dem Gesicht eines jeden Christen erinnerte, den er niedergemetzelt hatte.

»Denk daran, was geschah, als ich den Christenhunden einen Gefangenenaustausch vorschlug, Omar. Die Templer und die, die sich Hospitaliter nennen, lehnten glattweg ab. Sie sagten, die muslimischen Gefangenen wären als Sklaven zu wertvoll, um in die Freiheit entlassen zu werden.« Baybars schritt erregt im Zelt auf und ab. Seine Erbitterung wuchs. »Sie nehmen uns nicht ernst. Aber das werden sie noch, so wahr mir Allah helfe. Wir haben einige ihrer Städte und Dörfer ausgeplündert und niedergebrannt, nun gut, aber der Fall einer ihrer bedeutendsten Festungen wird ihnen einen schweren Schlag zufügen.« Er ballte grimmig die Fäuste. »Ich werde ihnen beweisen, dass keine Festung uneinnehmbar und kein Ritter unangreifbar ist.«

Omar trat zu ihm und legte ihm eine Hand auf die Schulter. »Da bin ich mir ganz sicher, Herr.«

Nach einem Moment legte Baybars seine Hand über die seines Freundes und nickte. »Dann komm. Es wird Zeit.«

Die beiden Männer verließen das Zelt, als sich die erste Morgenröte über das Jordantal breitete. Sie stießen zu dem Rest des Bahri-Regiments, stiegen auf ihre Pferde und ritten zur Spitze der Truppe. Die Augen aller Männer waren auf Baybars, die Armbrust, gerichtet, als er sich im Sattel aufstellte und seinen Säbel hob. Sein goldener Umhang wehte im Wind.

Safed, Königreich Jerusalem, 19. Juli A. D. 1266

James befand sich mit einer Gruppe von Rittern auf der Brustwehr, als er den Sultan an den Reihen seiner Männer vorbei zur Spitze seiner Armee reiten sah.

»Macht euch bereit!«, rief er den Männern ringsum zu.

Die Bogenschützen nahmen die Truppen unten am Boden fest ins Visier und spannten die Sehnen, die syrischen Soldaten an den Steinschleudern verstärkten ihren Griff um die Seile, mit denen die Balken nach unten gerissen wurden. Die ersten Sonnenstrahlen flammten im Osten auf, die Hitze brandete wie eine glühende Woge über sie hinweg. James blickte gen Süden, um zu sehen, wie die Berge erst orange, dann rot erglühten. Diese Sonnenaufgänge hatten früher immer ein überwältigendes Glücksgefühl in ihm ausgelöst; er hatte gespürt, dass er in Gottes Land stand und ein Wunder miterleben durfte. Aber nun erschienen ihm die fernen Berge wie ein böses Omen. Dort hatten die Muslime vor über zwanzig Jahren unterhalb zweier Felstürme, die als Hörner von Hattin bekannt waren, eine christliche Armee ausgelöscht. Noch weiter südlich lag Herbiya, die Stätte einer weiteren christlichen Niederlage. Überall ringsum waren ihre Truppen von den Verteidigern des Islams vernichtend geschlagen worden.

James fing einen Blick von Mattius auf, der mit einem anderen Trupp von Männern in einiger Entfernung von ihm auf der Brustwehr stand. Mattius hob sein Schwert. James erwiderte den Gruß, dann richtete er seine Aufmerksamkeit wieder auf die feindliche Armee.

»Herr, steh uns bei«, murmelte er.

Das Donnern Tausender Mameluckenstimmen, die in den Kriegsruf ihres Sultans einfielen, übertönte seine Worte. Und dann brach der erste Angriff wie ein Sturm über sie herein.

Die Mandjaniks wurden, gedeckt von Mameluckenbogenschützen, die den Pfeilhagel erwiderten, der auf sie niederprasselte, vorwärtsgezogen. Von beiden Seiten schwirrten Wurfgeschosse durch die Luft, trafen Stein, Schilde, Gras und Fleisch. James duckte sich, als ein Pfeil über die Brustwehr flog und hinter ihm auf dem Fußweg landete. Auf die Pfeile folgten Steine. Die Balken der Mandjaniks schossen in die Höhe, senkten sich wieder und sandten ihre Ladung in Richtung der Festung. Viele Geschosse prallten von den Mauern ab und zerschellten, ein Stein traf jedoch den Eckturm mit voller Wucht, so hart, dass James spürte, wie die

Mauer unter ihm erzitterte. Der Stein fiel zu Boden und nahm eine Ecke des Turmes mit sich. James' Augen weiteten sich vor Entsetzen, als Soldaten, die sich drinnen auf der Treppe befunden haben mussten, durch die Lücke gerissen wurden. Gestein und menschliche Leiber wurden am Boden zerschmettert. Er ballte die Fäuste, als er einen Sergeanten, kaum mehr als ein Kind, in den Abgrund stürzen sah, und schloss die Augen, als der Junge unten auf dem Felsen aufschlug. Am liebsten hätte er dem Kampf sofort Einhalt geboten, aber im Moment bestand keinerlei Hoffnung auf Verhandlungen mit dem Feind. Jeder hier kämpfte um sein Leben.

Die Raupe rumpelte über den Pfad auf das Tor zu; die Mamelucken legten sich mit aller Kraft in die Seile. Ein Pfeil traf einen von ihnen in den Nacken, er taumelte mit einem Aufschrei zurück und stürzte den steilen Hang hinunter, doch sein Platz wurde sofort von einem seiner Kameraden eingenommen. Die Raupe verschwand aus James' Blickfeld. Einen Moment später drang vom Außenwerk ein rhythmisches Dröhnen zu ihm herauf. Es klang, als hämmere ein Riese mit der Faust gegen das Tor.

»Herr!«

Einer der Syrer deutete über die Brustwehr. James blickte in die Richtung, in die er zeigte, und sah, wie sieben Mandjaniks auf den Mittelteil der Festung zugeschoben wurden – den Teil, für den er verantwortlich war. Der größte Teil der Truppen war zum Tor und zu der äußersten Ecke abgezogen worden, die Punkte, auf die sich die zwanzig weiteren Kriegsmaschinen der Mamelucken konzentrierten. James fluchte unterdrückt, dann wandte er sich an die Soldaten, die auf seine Befehle warteten. »Die Bogenschützen sollen sich bereithalten«, sagte er ruhig. Er nickte den Soldaten an den Steinschleudern neben ihm zu. »Feuert nur auf meinen Befehl hin.« Dann drehte er sich zu Mattius um, um ihn zu warnen, aber sein Kamerad hatte die Gefahr bereits bemerkt; seine Kompanie hatte längst Position bezogen. James musterte die näher rückenden Kriegsgeräte und hob eine Hand. »Wartet!«, befahl er seinen Männern, während die Mandjaniks in Stellung gebracht wurden und die Mamelucken sich hinter ihnen aufstellten. »Wartet.« Die Mamelucken griffen nach den Seilen, und James ließ seine Hand sinken. »Feuer!«

Der Balken des Katapults neben ihm flog fast gleichzeitig mit denen der anderen beiden auf der Mauer in die Höhe. Zugleich schwirrte ein Pfeilhagel über die Brustwehr und ergoss sich über die Feinde unten am Boden. Ein paar Mamelucken erkannten die Gefahr und versuchten zu fliehen, aber es war zu spät. Ein Geschoss verfehlte sein Ziel, die anderen erwiesen sich als Volltreffer. Ein grelles Licht flammte empor, als Geräte und Männer in einem Flammenmeer aufgingen. Die Katapulte waren mit irdenen Gefäßen bestückt gewesen – mit griechischem Feuer darin, eine Mischung aus Naphta, Pech und schwarzem Schwefelpulver, die sofort in Brand geriet und alles verzehrte, woran sie haftete. Die syrischen Soldaten oben auf der Mauer brachen in Jubelrufe aus, als sich die Mamelucken kreischend wie menschliche Fackeln am Boden wanden.

»Deus vult!«, riefen sie wie aus einem Mund. Gott will es so.

»Großer Gott«, murmelte James. Er blickte zu Mattius und seinen Männern hinüber, die gleichfalls siegestrunken johlten, während sein Freund mit gefletschten Zähnen und zu einer Grimasse verzerrtem Gesicht wieder und wieder ihren Kriegsruf ertönen ließ. James verstand, wie sie sich fühlten, es war unmöglich, nicht zu triumphieren, wenn das eigene Leben verschont geblieben war, selbst wenn dies auf Kosten anderer Menschenleben geschehen war. Aber James war nicht nach Feiern zumute. Mattius grinste ihn an und öffnete den Mund, um ihm etwas zuzurufen. Doch dann änderte sich sein Gesichtsausdruck, sein Grinsen verschwand, Mund und Augen öffneten sich weiter. Zugleich hörte James ein leises Pfeifen, das rasch näher kam. Noch in dem Moment, den es ihn kostete, sich umzudrehen, erinnerte ihn das Geräusch an die Windböen, die über die Moore in seiner Heimat Schottland hinwegfegten. Sein Blick heftete sich auf den großen, dunklen Schatten, der auf ihn zugeflogen kam. Sie hatten nicht alle Schleudern zerstört; eine mit einem riesigen

Stein bestückte war noch funktionsfähig. James rief den noch immer grölenden und die Fäuste gen Himmel hebenden Soldaten eine Warnung zu, dann rannte er los. Seine Füße schienen wie mit Bleigewichten beschwert, er hatte erst ein paar Schritte zurückgelegt, als der Einschlag erfolgte. Ihm blieb keine Zeit mehr, aufzuschreien, als eine Welle aus Stein und Blut seinen Rücken traf und ihn nach vorne schleuderte. Er landete hart auf dem Bauch. Der Aufprall verschlug ihm den Atem. Im nächsten Augenblick ging ein schauriger Regen aus abgerissenen Gliedern, an denen noch Kleiderfetzen klebten, einer Hand, Knochensplittern und Fleischstücken auf ihn nieder – mehr war von dem syrischen Soldaten hinter ihm nicht übrig geblieben. James drehte den Kopf zur Seite und versuchte, sich auf die Hände zu stützen, dann verließen ihn seine Kräfte, und er brach zusammen.

Er wusste nicht, wie lange er so dagelegen hatte. Später hieß es, es seien nur Sekunden gewesen, aber ihm kam es wie eine Ewigkeit vor, bis kräftige Hände seine Arme packten und ihn in die Höhe zogen. »Bin ich tot?«, fragte er den Mann, dessen weißbärtiges Gesicht vor ihm auftauchte.

»Noch nicht, dem Himmel sei Dank.«

James' Kopf wurde allmählich klarer. Er wandte sich an den Mann, der einen Arm fest um ihn gelegt hatte und ihn über die Brustwehr schleppte. »Mattius«, stöhnte er. »Was ist passiert?«

Mattius schleifte ihn weiter. »Nicht hier. Du musst in die Krankenstube.«

»Nein.« James machte stolpernd Halt. »Nein«, wiederholte er mit festerer Stimme, schob Mattius' Arm von seiner Schulter und lehnte sich gegen die Brustwehr. »Mir fehlt nichts.«

Unter ihnen flogen noch immer Pfeile und Steine vom Schlachtfeld zum anderen Ende der Festung empor, aber da sechs von sieben Steinschleudern nur noch rußgeschwärzte Gerippe waren, konnten die Mamelucken keinen wirkungsvollen Angriff gegen das Haupttor von Safed mehr führen.

»Ich bin kein Arzt.« Mattius legte ihm eine Hand auf die Schulter. »Aber ich halte es für unwahrscheinlich, dass einem blutüberströmten Mann nichts fehlt.«

James sah an sich hinunter und stellte fest, dass sein einst weißer Mantel jetzt rot und zerfetzt war. »Das Blut stammt nicht von mir«, erwiderte er, dann blickte er zu der Stelle hinüber, wo er mit dem Soldaten gestanden hatte, und murmelte ein Gebet, als ihm klar wurde, wie glücklich er sich schätzen konnte, noch am Leben zu sein.

In der Seite der Brustwehr klaffte ein riesiges gezacktes Loch, das aussah, als hätte ein Ungeheuer ein Stück aus der Mauer herausgebissen. Der Fußweg war mit Geröll und Leichen übersät, einige hingen halb über der Brüstung, andere waren auf den Felsen hinuntergestürzt. Es war den Mamelucken zwar gelungen, eine Bresche in die Mauer zu schlagen, aber an einer Stelle, die ihnen nicht von Nutzen sein konnte. James zuckte zusammen, als Mattius seine Schulter losließ, und sah durch einen Riss in seinem Mantel, dass ein Steinsplitter in seinem Oberarm steckte.

Mattius folgte seinem Blick. »Das sieht böse aus, James. Komm mit, ich bringe dich zur Krankenstube.« Auf der Mauer über dem Tor ertönte ein Schrei. Mattius beugte sich über die Brustwehr. »Wir haben die Raupe erwischt!«

Gemeinsam spähten sie vorsichtig über die Mauer. Eine Gruppe Mamelucken rannte den Pfad hinunter. Den Männern mit den Haken war es gelungen, diese in den Rammbock zu schlagen und ihn unschädlich zu machen, und den schwarzen Qualmwolken nach zu urteilen, hatten sie die Mamelucken unter dem Dach ausgeräuchert, indem sie mit Schwefel bedeckte Wergballen an Stricken zu ihnen hinuntergelassen hatten. Mattius und James beobachteten, wie die meisten der flüchtenden Mameluckensoldaten von fränkischen Pfeilen durchbohrt zu Boden sanken.

Wieder erhob sich ein Schrei, diesmal kam er vom Mameluckenlager. Die vordersten Linien der Bogenschützen begannen, sich zurückzuziehen.

»Sie weichen zurück«, rief Mattius und lachte. »Verschwindet, ihr Bastarde!«

»Warte.« James legte ihm eine Hand auf den Arm. »Schau doch.«

Die Katapulte am anderen Ende der Festung wurden neu beladen. James und Mattius verfolgten schweigend, wie die Mamelucken die Schleudern zum letzten Mal an diesem Morgen betätigten. Doch diesmal kamen keine Steine über die Mauern geflogen, sondern Leichen. Dreißig Leichname der Christen, die in den umliegenden Dörfern gefangen genommen worden waren, regneten auf die äußere Enceinte herab. Die dort zusammengepferchten Bauern schrien auf, als die Körper ringsum zu Boden schlugen. Jedem war ein rotes Kreuz auf die Brust gemalt worden, um die Christen in der Festung zu verhöhnen.

Vor den Mauern von Safed, Königreich Jerusalem, 19. Juli A. D. 1266

Baybars riss sich seinen Schwertgurt herunter, als er in das Zelt stürmte. Er funkelte die Eunuchen an, die Anstalten machten, ihm seinen Umhang abzunehmen. »Hinaus mit euch!«, brüllte er.

Die Diener stürzten erschrocken aus dem Zelt.

»Herr …«, begann Omar, während Baybars zu dem Podest schritt, auf seinem Thron Platz nahm und die Hände um die Löwenköpfe schloss. »Noch ist nicht alles verloren. Das war erst unser dritter Angriff.«

»Ich wollte Safed heute einnehmen!«

»Die Christen haben erbitterten Widerstand geleistet.«

»Wenn unsere Katapulte nicht getroffen worden wären, wäre Safed gefallen.« Baybars trommelte mit den Fingern auf den Löwenköpfen herum. »Sie haben ihre Truppen gut eingesetzt.« Er schüttelte den Kopf. »Wie ein Eber seine Hauer.«

»Der Hügel soll von unterirdischen Gängen durchzogen sein, Herr. Vielleicht können wir durch sie unbemerkt in die Festung eindringen …«

»Nein.« Baybars runzelte die Stirn. »Wir müssen diesen Eber

hinterrücks angreifen, wenn wir verhindern wollen, dass er seine Hauer noch einmal gegen uns richtet. Wir werden seine verwundbare Stelle finden.« Er erhob sich und sprang von dem Podest herunter. »Und ich habe auch schon eine Ahnung, wo sich diese Stelle befindet.« Baybars schritt zum Zelteingang. »Bestelle die Statthalter zu mir«, herrschte er einen Bahri-Soldaten an, der vor dem Zelt Wache stand. »Und schick mir die Herolde.«

Safed, Königreich Jerusalem, 19. Juli A. D. 1266

James zuckte zusammen, als der syrische Arzt den Steinsplitter aus seiner Haut zog. Die Wunde hatte schon begonnen, sich zu schließen, und nachdem der Splitter entfernt worden war, floss ein dickes Blutrinnsal an seinem Arm hinunter. Der Arzt reichte ihm ein Stück Leinen und wandte sich dem nächsten Patienten zu. Der Hof vor der Krankenstube wimmelte von Soldaten mit leichteren Verletzungen – Schürfwunden, Verbrennungen, Pfeilstreifschüssen. Die Schwerverwundeten waren in der Krankenstube selbst untergebracht. James wickelte das Leinentuch um seinen Arm, um die Blutung zu stillen, lehnte sich mit dem Rücken gegen die Mauer und hob den Splitter auf, den der Arzt hatte fallen lassen.

»Den solltest du aufheben.« Mattius reichte ihm einen Becher Wein. »Nimm ihn mit nach Hause und zeig ihn später deinen Enkeln.«

James verstaute den Splitter mit einem leisen Lächeln in dem Beutel an seinem Gürtel. »Ich werde ihn meinem Sohn geben.« Er blickte zum strahlend blauen Himmel empor. Sie hatten den ganzen Nachmittag damit verbracht, die Verwundeten in die innere Enceinte zu schaffen, die Schäden abzuschätzen und die Reparaturarbeiten zu überwachen. James wäre auch noch länger auf der Mauer geblieben, aber Mattius hatte gedroht, ihn eigenhändig in die Krankenstube zu tragen, wenn er sich nicht freiwillig dorthin begab. Seit dem Kampf hatten sie aus dem Mameluckenlager außer monotonen Gebeten kein Lebenszeichen mehr vernommen.

James' Mantel war steif von Blut. Er sehnte sich danach, sich endlich in seine Kammer zurückziehen zu können, aber er musste nach der Vesper mit Mattius noch die erste Wache auf der Mauer übernehmen.

»Glaubst du, sie werden heute Abend noch einmal angreifen?«

James sah, dass ihn ein syrischer Soldat mit unverhohlener Furcht in den Augen anstarrte.

»Nein«, beruhigte er den Mann. »Sie brauchen ein paar Tage, um wieder zu Kräften zu kommen und sich eine neue Angriffsstrategie zurechtzulegen.« Er hob den Kopf, als jemand seinen Namen rief, sah den Kommandanten mit sechs Rittern auf sich zukommen und erhob sich.

»Wir haben ein Problem.« Der Kommandant blieb vor James stehen.

»Was ist passiert, Herr?«, fragte der neben James stehende Mattius.

Der Kommandant blickte zu den syrischen Soldaten hinüber, die sich leise miteinander unterhielten, ehe er mit gedämpfter Stimme antwortete: »Baybars hat einen Herold zu uns geschickt. Er bietet allen einheimischen Soldaten, die sich ihm ergeben, freien Abzug an. Sie haben zwei Nächte Zeit, um zu überlegen, ob sie Safed verlassen und leben oder hierbleiben und sterben wollen.«

»Christus und alle Heiligen«, murmelte Mattius entgeistert.

»Spätestens in einer Stunde hat jeder hier von Baybars' Angebot erfahren«, fuhr der Kommandant fort. »Wenn es uns nicht gelingt, die Ordnung aufrechtzuerhalten, könnte es morgen früh zu einem Aufstand kommen.«

19

Ordenshaus Paris
20. Juli A. D. 1266

Im Raum war es heiß und stickig. Die kleine Gruppe von Rittern, die rund um den Tisch saß, schwitzte in ihren wollenen Umhängen; die Männer bemühten sich, sich nicht ständig zu kratzen. Nur Everard, der wie ein schwarzer Rabe auf seinem Stuhl hockte, schien die Hitze nichts auszumachen. Aber er brannte darauf, endlich den Grund für die Anweisung, sich im Gemach des Visitators einzufinden, zu erfahren. Ein Bote hatte sie ihm überbracht, als er gerade dabei gewesen war, einen äußerst komplizierten griechischen Text zu übersetzen, mit dem er sich schon seit Wochen herumschlug.

Alltägliche Probleme wurden in der wöchentlichen Kapitelversammlung besprochen, zu der sich alle Brüder einfanden. Ein privates, ohne jede Erklärung einberufenes Treffen einiger ausgewählter Ritter hatte es, soweit sich Everard erinnern konnte, noch nie gegeben. Er hatte versucht, anhand der im Raum versammelten Männer Rückschlüsse auf mögliche Gründe zu ziehen, aber obwohl die fünf Ritter alle einen hohen Rang bekleideten, fielen sie ansonsten nicht weiter aus dem Rahmen. Wenn jemand fehl am Platze wirkte, dann er selbst.

Everard und die Ritter drehten sich um, als die Tür geöffnet wurde und ein Diener mit einem Tablett voller Becher und einem Weinkrug die Kammer betrat, gefolgt von dem Visitator und einem jungen Mann, der kaum mehr als zwanzig Jahre zählen mochte und dessen Anblick Everard dazu veranlasste, sich aufzurichten und die Stirn zu runzeln. Der junge Mann hatte ein scharf geschnittenes Gesicht und ernste dunkle Augen. Sein schwarzes Gewand war zerschlissen und schmutzig, die bloßen Füße mit Staub bedeckt, und um seinen Hals hing ein großes Holzkreuz. Er sah aus wie ein gewöhnlicher Bettler, trat aber so gebieterisch auf wie ein Edelmann – er war ein Dominikanermönch, ein Hund Gottes, ein Inquisitor.

»Seid gegrüßt, Brüder.« Nachdem der Diener den Raum verlassen hatte, schloss der Visitator die Tür hinter ihm. Dann nickte er dem Dominikaner zu und deutete auf einen freien Stuhl. »Nehmt Platz, Bruder Gilles.«

Der junge Mann lächelte. »Ich ziehe es vor, stehen zu bleiben.«

Der Visitator verzog keine Miene. »Wie Ihr wünscht.« Er schritt um den Tisch herum und ließ sich auf seinen thronähnlichen Stuhl sinken, während der Dominikaner stocksteif in der Mitte des Raumes stehen blieb; dann wandte er sich an die versammelten Ritter. »Ich muss mich dafür entschuldigen, euch nicht früher von dieser Besprechung in Kenntnis gesetzt zu haben, Brüder, aber Bruder Gilles kann nicht lange bleiben. Er hat mir sein Problem zunächst unter vier Augen geschildert, sich aber bereitgefunden, die Diskussion in eurer Gegenwart fortzusetzen, da ihr ihm vielleicht behilflich sein könnt.« Der Blick des Visitators heftete sich auf Everard. »Auf Euren Rat lege ich besonderen Wert, Bruder Everard, da Ihr bekanntlich auf den verschiedensten Gebieten über großes Fachwissen verfügt.«

Everard erwiderte nichts darauf, aber die Furchen auf seiner Stirn vertieften sich.

»Bitte beginnt, Bruder Gilles«, begann der Visitator.

Gilles trat einen Schritt vor, sodass alle Ritter ihn sehen konnten, und maß sie mit einem eindringlichen Blick, der Everard ein böses Lächeln entlockte. Gilles schien in der Redekunst bewandert zu sein; zweifellos kam er, wie der alte Priester verächtlich dachte, frisch von der Universität von Paris, wo er Theologievorlesungen besucht hatte.

»Während der letzten Monate hat sich mein Orden eingehend mit einem Troubadour befasst, der den Süden des Königreiches bereist«, begann Gilles. »Er trägt eine so genannte Gralsromanze vor, die auf der Parsifalsage basiert, und hat sich damit im Land schon einen Namen gemacht.«

»Meint Ihr Pierre de Pont-Evêque?«

Der Einwurf kam von Nicolas de Navarre.

»Ihr habt von ihm gehört, Bruder?« Der Visitator musterte Nicolas nachdenklich.

»Flüchtig«, erwiderte dieser. »Ich interessiere mich sehr für diese Romanzen«, fügte er hinzu.

Gilles richtete seine dunklen Augen auf den schwarzhaarigen Ritter. »Dann interessiert es Euch vielleicht auch, dass wir beabsichtigen, ihn wegen Ketzerei verhaften zu lassen.«

»Ketzerei?«

»Als eines unserer Ordenshäuser im Süden von den gottlosen Äußerungen erfuhr, die der Troubadour in seine Vorstellung einfließen ließ, setzten sich die Brüder dort mit unserem Haupthaus in Paris in Verbindung. Wir wandten uns mit einer Petition an den Hof von Aquitanien, der den Troubadour eingeladen hatte, und es gelang uns, dort ein Auftrittsverbot für ihn zu erwirken. Einige meiner Brüder hofften, ihn dort festnehmen zu können, aber er muss gewarnt worden sein, denn er ließ sich nicht blicken. Kürzlich erfuhren wir, dass König Louis ihn gebeten hat, im Herbst am königlichen Hof aufzutreten.« Gilles' Brauen zogen sich zusammen. »Noch dazu an einem hohen Feiertag. Zwar ersuchten wir den König, die Einladung zurückzunehmen, doch er schlug uns diese Bitte rundweg ab. Wir haben unseren Brüdern im Königreich mitgeteilt, dass de Pont-Evêque festzunehmen ist, aber das Land ist groß, und wir verfügen über nicht genug Männer für ein solches Unterfangen. Wenn es uns nicht gelingt, den Troubadour vorher zu ergreifen, werden wir ihn verhaften, wenn er im Palast eintrifft. Und hier …« Gilles wandte sich an die Ritter. »Hier würden wir Eure Hilfe brauchen. Wenn der Templerorden uns in dieser Angelegenheit unterstützt, wird sich der König unseren Forderungen beugen müssen.«

Everard konnte nicht länger an sich halten. »Die Gralsromanzen mögen ja auf manche Menschen übermäßig derb und zotig wirken, aber ihr Verhaltenskodex verbietet es den Troubadouren, die Grenzen der Schicklichkeit zu übertreten. Ich bin ehrlich erstaunt, dass sich die Inquisition dieses Falles angenommen hat. Haben die Hunde Gottes nichts Besseres zu tun, als einen gewöhnlichen Komödianten zu jagen?«

»Bruder Everard«, tadelte der Visitator.

Gilles hob eine Hand. »Nein, Bruder Everard hat Recht. Normalerweise würden wir uns mit einer scheinbar belanglosen Angelegenheit nicht befassen. Aber dieser Fall ist ernster, als es zunächst aussehen mag. Pierre de Pont-Evêques Vorstellung ist nicht nur obszön, sondern grenzt, wie ich schon sagte, an Gotteslästerung. Er spricht von Männern, die auf das Kreuz spucken und urinieren und Blut aus Abendmahlskelchen trinken. Ferner beschreibt er ausführlich heidnische Riten – Hexerei, Götzenanbetung, Tier- und Menschenopfer und andere gottlose Praktiken, die zu widerwärtig sind, um näher darauf einzugehen.« Sein Blick schweifte durch den Raum. »Vielleicht erinnert Ihr Euch noch daran, dass wir Tausende Angehörige der Katharersekte vom Antlitz dieser Erde getilgt haben, nachdem wir sie solcher Verderbtheiten für schuldig befunden hatten. Pierre de Pont-Evêque hat im Süden eine große Anhängerschar gewonnen; just in dem Teil des Landes, wie ich hinzufügen möchte, wo die Katharer ihrem schändlichen Treiben nachgegangen sind. Er hält sich nicht an den Verhaltenskodex und wird dafür nicht geächtet, sondern bewundert und gefeiert. Unserer Erfahrung nach werden Bauern von vulgären Zoten, wie er sie von sich gibt, angezogen wie Fliegen von einem Misthaufen, und es ist unsere Pflicht als Männer Gottes, ihre Seelen vor Schaden zu bewahren. Ich muss ja wohl keinem der Anwesenden ins Gedächtnis rufen, dass die Katharer im Begriff waren, der Kirche in puncto Beliebtheit beim Volk schon fast den Rang abzulaufen. Hätten wir nicht so hart und entschlossen durchgegriffen, weiß Gott der Herr allein, wie viele unserer Schäfchen wir an diese … Sekte verloren hätten.

Unser Orden wurde von seinem Gründer, dem heiligen Dominikus, ins Leben gerufen, um ein einziges Ziel zu verfolgen – die Ausrottung der Katharer. Seit seinem Tod ist die Zahl unserer Brüder beträchtlich gewachsen; unser Orden kämpft in der Schlacht gegen die Ketzerei an vorderster Front. Wir betrachten es als unsere Aufgabe, das Christentum von allen heidnischen Praktiken zu säubern, selbst wenn sie …«, Gilles' kalter Blick streifte Everard, »manchen Menschen auch noch so harmlos erscheinen. Es liegt auch im Interesse des Templerordens, dass dem Treiben dieses Mannes Einhalt geboten wird.«

Ein anderer Ritter ergriff das Wort. »Ich bin sicher, niemand in diesem Raum wird sich gegen eine Festnahme aussprechen, wenn das, was Ihr sagt, zutrifft. Aber warum sollte sie im Interesse des Templerordens liegen?«

»Diese Frage lässt sich leicht beantworten«, erwiderte Gilles. »Im Rahmen seiner Vorstellung spricht er auch von einem Ritterorden, der Parsifal durch eine Reihe äußerst frevelhafter Initiationsriten führt. Diese Ritter tragen seiner Beschreibung zufolge weiße Mäntel mit roten Kreuzen darauf.«

Ein paar Templer scharrten unruhig mit den Füßen. Everard fuhr sich mit der Hand über die Stirn. Ihm war der Schweiß ausgebrochen.

»Ihr wollt ihn also verhaften, wenn er in Paris eintrifft?«, fragte Nicolas.

»Ganz recht.«

»Liegen ausreichende Beweise gegen ihn vor?«

Gilles hob die Brauen. »Abgesehen von den Aussagen Tausender Zeugen, die seine ketzerischen Vorträge gehört haben?« Er legte eine kleine Pause ein. »Aber ja, es gibt in der Tat auch noch andere Beweise; etwas, was wir selbst erst kürzlich herausgefunden haben. Wir glauben nicht, dass Pierre de Pont-Evêque seine Romanze selbst geschrieben hat. Vor zehn Jahren hatte er eine Anstellung am Königshof, aber er erfreute sich keiner großen Beliebtheit, und der König entließ ihn wieder. Unsere Informanten bezweifeln, dass er im Stande ist, ein so …«, Gilles knirschte mit den Zähnen, »… ausgefeiltes Stück zu verfassen. Aber wir wissen, dass er sich im Besitz eines Buches befindet, aus dem er während seiner Auftritte vorliest. Er behauptet, ein Engel hätte es aus einem versiegelten Gewölbe unter der Grabeskirche in Jerusalem genommen und ihm geschenkt. Blasphemie, versteht sich, aber wir vermuten, dass er aus diesem Buch viele Ideen bezieht. Es wird unser Hauptbeweisstück gegen ihn sein. Vielleicht stammt es ja sogar noch von den Katharern.«

»Habt Ihr eine Beschreibung dieses Buches?«, fragte der Visitator.

»Es ist kunstvoll gearbeitet und in *vellum* gebunden. Die Worte sollen mit roter Tinte geschrieben sein, der Titel ist in Goldlettern in das *vellum* geprägt.«

»Der Titel?«, wiederholte Everard tonlos.

Gilles sah ihn an. »Ja. Es heißt ›Das Gralsbuch‹.«

»Hast du schon einmal davon gehört, Bruder?«, wollte der Visitator von Everard wissen.

Der alte Priester räusperte sich. »Nein. Noch nie.«

»Nun, das sind äußerst beunruhigende Nachrichten.« Der Visitator lehnte sich zurück. »Der Templerorden ist auf die Unterstützung von Königen und Edelleuten angewiesen. Wir wollen diese Einnahmen nicht aufs Spiel setzen, indem wir das Risiko eingehen, dass unser guter Ruf Schaden nimmt – vor allem jetzt nicht, wo die Lage im Osten so unsicher ist.« Er wandte sich an Gilles. »In dieser Angelegenheit sage ich Euch meine volle Unterstützung zu.«

Zwei Stunden später seufzte Everard, der es aufgegeben hatte, an seiner Übersetzung zu arbeiten, und stattdessen ruhelos in seiner Kammer auf- und abschritt, erleichtert auf, als es an der Tür klopfte. Einen Moment später betrat eine in Grau gekleidete Gestalt den Raum.

»Ich hatte schon befürchtet, du kommst gar nicht mehr«, knurrte Everard. Er trat zu einem kleinen Tisch am Fenster, griff nach einem Weinkelch und wischte mit dem Saum seines Gewandes darüber.

»Ich bin so schnell gekommen, wie ich konnte.« Hassan schloss die Tür hinter sich. »Was ist passiert, Bruder?«, fragte er, als Everard sich Wein einschenkte. Die Hand mit den fehlenden Fingern zitterte leicht, sodass er ein paar Tropfen verschüttete.

»Es sieht so aus, als ob du Recht hättest«, sagte Everard abrupt.

Hassan sah ihn verwirrt an.

»Was den Troubadour betrifft. Möge die Hölle ihn verschlingen.« Everard ließ sich schwer auf den Schemel unter dem Fenster sinken. »Setz dich, Hassan. Wir kennen uns lange genug, um auf Förmlichkeiten verzichten zu können.«

Everard berichtete Hassan von der Besprechung mit dem Dominikaner. »Ich hätte dich schon vor Wochen auf die Spur des Troubadours setzen sollen – gleich nachdem du mir von ihm erzählt hast.«

»Damals gab es keinen Beweis dafür, dass die Romanze irgendetwas mit unserem Kodex zu tun hat. Meinen Quellen zufolge existierten nur gewisse Übereinstimmungen. Es war schon richtig, dass du warten wolltest, bis wir handfeste Beweise haben.«

»Und jetzt sind ihm die Inquisitoren auf den Fersen«, stöhnte Everard.

»Nach dem zu urteilen, was du gesagt hast, wollen sie de Pont-Evêque erst in Paris verhaften und nicht versuchen, ihn vorher aufzuspüren.«

Everard grunzte nur, wirkte aber etwas zuversichtlicher.

»Was glaubst du, wie der Troubadour in den Besitz des Gralsbuches gekommen ist?«, fragte Hassan.

»Ich kann mir nur vorstellen, dass er derjenige ist, der den Schreiber dazu angestiftet hat, es aus dem Gewölbe zu stehlen.«

Hassan schien wenig überzeugt. »Wir dachten damals, der, der den Diebstahl veranlasst hat, müsse von der Existenz der Anima Templi und unseren Plänen gewusst haben, und wir fürchteten, dieser Mann würde das Buch als Druckmittel gegen uns einsetzen. Wenn die Inquisitoren Recht haben, dann hat der Troubadour lediglich Teile des Gralsbuches in seiner Romanze verwendet. Das sieht nicht danach aus, als wollte er uns verraten oder unter Druck setzen; er bringt das Buch ja gar nicht mit dem Templerorden in Verbindung, sondern behauptet, ein Engel habe es ihm überlassen.«

»Ich werde aus dieser Geschichte genauso wenig schlau wie du, Hassan, aber wenn dieser Troubadour hinter dem Diebstahl steckt und über uns Bescheid weiß, könnte er, falls er gefasst wird, den Dominikanern für uns verhängnisvolle Informationen liefern. Und sie haben sehr … überzeugende Methoden, um Leute zum Sprechen zu bringen.« Everard erhob sich und schritt erneut erregt in der Kammer auf und ab. »Du hättest Bruder Gilles hören sollen.« Sein Gesicht verzerrte sich vor Zorn. »Alles, womit sie nicht einverstanden sind, bezeichnen sie als Ketzerei. Man könnte fast meinen, nicht Gott, sondern die Dominikaner hätten die Heilige Schrift verfasst. Denk nur an all die, die auf dem Scheiterhaufen geendet sind, weil sie eine von den Lehren der Kirche abweichende Meinung vertraten. Diese Teufel sind es, die brennen sollten!« Everard war das Blut in die Wangen gestiegen, seine Narbe leuchtete flammend rot, seine Stimme klang immer schärfer. »Wie viele Väter und Söhne müssen wegen ihrer Arroganz noch im Kampf ihr Leben lassen? Wie viele Frauen müssen im Namen unseres Herrn noch zu Witwen, wie viele Kinder zu Waisen werden?« Er schüttelte den Kopf. »Nur damit sie sich ihre Taschen füllen können!«

»Bruder«, versuchte Hassan ihn zu beschwichtigen.

Everard fuhr zu ihm herum. »Wer hätte gewagt, das zu tun, was die Anima Templi getan hat, Hassan? Niemand, das kannst du mir glauben. Alle denken nur an ihren eigenen Vorteil. Sogar unser Orden.« Er beruhigte sich ein wenig. »Wenn den Dominikanern unser Buch in die Hände fällt und sie von unseren Plänen erfahren, werden sie uns vernichten. Was wir zu erreichen hoffen, widerspricht allem, woran die Kirche und fast jeder Christ glauben. Niemand würde uns verstehen, Hassan, das weißt du so gut wie ich.«

»Uns bleiben noch einige Monate, bis de Pont-Evêque in der Stadt erwartet wird. Das ist reichlich Zeit, um …«

»Dieser Troubadour muss unbedingt gefunden werden. Trotz all unserer Macht bin ich nicht sicher, ob unser Orden im Stande ist, der Inquisition die Stirn zu bieten und auch noch ungeschoren davonzukommen. Der Papst mag ja der Einzige sein, dem wir Rechenschaft schuldig sind, aber er ist den Dominikanern gewogen.« Everard trat zu einer großen Truhe, der er einen Beutel voll Münzen entnahm. »Wenn dieser de Pont-Evêque das Gralsbuch in seinem Besitz hat, dann bring es an dich.« Er reichte Hassan den Beutel. »Und wenn er für den Diebstahl verantwortlich ist…«

»Ich verstehe, Bruder«, schnitt ihm Hassan das Wort ab. »Der Troubadour wird Paris nie erreichen.« Er ging zur Tür, blieb dort aber noch einmal stehen. »Da wäre noch etwas, worüber ich mit dir sprechen möchte. Jetzt scheint mir der richtige Zeitpunkt dafür zu sein.«

»Was meinst du?«

Hassan zögerte.

Everard runzelte die Stirn. »Wenn du etwas zu sagen hast, dann sag es.«

»Es geht um deinen Sergeanten. Ich denke, du solltest ihn einweihen. Wir können Hilfe wahrlich gut gebrauchen, und nun, wo ich wieder in Paris bin, werden wir uns zweifellos öfter über den Weg laufen. Als ich das letzte Mal hier war, hat er mich immer noch mit Argwohn beobachtet.«

Everard winkte ab. »Er ist nur neugierig. Ich bin sicher, dass er keinen Verdacht geschöpft hat. Ich habe ihm dasselbe gesagt wie allen anderen, die mich gefragt haben. Du bist ein konvertierter Christ, der mir hilft, arabische Manuskripte für meine Übersetzungen ausfindig zu machen. Das klingt durchaus glaubhaft. Das Ordenshaus in Akkon beschäftigt viele arabische Sekretäre.«

»Verzeih mir, wenn ich anmaßend sein sollte, aber Campbell hat dir jetzt sechs Jahre treu und ergeben gedient, obwohl du ihm ohne Grund noch immer die Ritterwürde verweigerst.«

»Die endgültige Aufnahme in den Orden sollte nicht überstürzt werden, auch wenn die jungen Männer heutzutage anderer Meinung zu sein scheinen.«

»Du hast mir selbst gesagt, wie unersetzlich er für dich geworden ist.«

»Campbells Ausbildung ist noch nicht beendet«, erwiderte Everard knapp. »Und solange ich nicht der Meinung bin, dass er bereit ist, wird er nicht in unsere Geheimnisse eingeweiht werden.«

»Er wird nie seine Fähigkeiten unter Beweis stellen können, wenn du ihm keine Gelegenheit dazu gibst. Du unterdrückst ihn, und das mit voller Absicht. Er könnte dir nützlich sein. *Uns* nützlich sein. Ich weiß, wie sehr James sich freuen würde, wenn du ihn in unseren Kreis aufnimmst. Und, Bruder«, fuhr Hassan sanft fort, »du bist nicht mehr so jung, wie du denkst. Wer wird unser Werk hier weiterführen, wenn du nicht mehr unter uns weilst? Ich kann es nicht tun – nicht hier im Westen. Unsere Arbeit – das Zusammentragen und Weitergeben von Wissen – ist wichtig, aber du musst so bald wie möglich in den Osten zurückkehren. Unsere Brüder brauchen ihren Meister, zumal sich der Konflikt dort stetig zuspitzt. Es müssen neue Mitglieder angeworben und eingeschworen werden.«

»Darauf brauchst du mich nicht aufmerksam zu machen, Hassan«, erwiderte Everard erschöpft. »Wäre das Buch nicht gestohlen worden, wäre ich schon vor Jahren nach Akkon zurückgekehrt. Ich weiß, dass ich dort gebraucht werde und dass wir neue Männer rekrutieren müssen, um die zu ersetzen, die wir verloren haben. Aber ich habe nur das Beste für meinen Sergeanten im Sinn, deshalb habe ich bislang geschwiegen. Wird ein Mann in die Bruderschaft aufgenommen, kann er nie wieder voll und ganz ein Teil dieser Welt sein. Er wird immer auf seine Weise ein Außenseiter bleiben.«

»Ist es vielleicht nicht eher so, dass du unsere Geheimnisse nun schon so lange gehütet hast, dass du Angst hast, sie mit anderen zu teilen? Hüte dich davor, dich zu sehr an deine Ideale zu klammern.« Hassan zog sich seine Kapuze über den Kopf. »Großmeister Armand hat dir übel mitgespielt. Ich verstehe das, Bruder. Aber es ist an der Zeit, die Vergangenheit ruhen zu lassen und in die Zukunft zu blicken. Die Bruderschaft wird ihre Ziele nur erreichen, wenn sie genug Mitglieder für sich gewinnen kann.

Gelingt es uns nicht, neue Männer anzuwerben, wird die Anima Templi mit unserer Generation erlöschen.«

Die Sonne war schon fast untergegangen, als Will seine Übersetzung beendete. Er hatte den ganzen Tag allein in seinem Schlafsaal verbracht und gearbeitet, und jetzt schmerzte seine Hand vor Überanstrengung. Er legte seine Schreibfeder fort, griff nach zwei Pergamentbögen, von denen einer mit einem säuberlich verfassten Text, der andere mit seiner eigenen fließenden Handschrift bedeckt war, und verließ den Raum. Will hatte wochenlang an der arabischen Abhandlung gearbeitet, oft im Licht einer Kerze bis spät in die Nacht hinein, wenn das Kratzen seiner Schreibfeder vom Schnarchen seiner Kameraden übertönt worden war. Weil er heute in Eile gewesen war, war die Tinte auf dem letzten Bogen leicht verschmiert und einige Zeilen ein wenig schief geraten. Er hatte vorgehabt, die Ränder mit den kunstvollen Ornamenten zu verzieren, für die Everard eine besondere Vorliebe hegte, aber nach dem gestrigen Treffen mit Simon war er von einer inneren Unruhe befallen worden. Die fertige Übersetzung lieferte ihm einen guten Vorwand, ein Gespräch mit dem Priester zu suchen.

Will trat aus den Unterkünften der Sergeanten ins Freie. Der Himmel leuchtete blutrot, die Luft war feucht und drückend. Als er auf den Haupthof zusteuerte, sah er einen Mann in Grau auf den Donjon zugehen. Will verlangsamte seine Schritte und behielt Hassan im Auge, der den Gang entlangschritt, der am Donjon vorbei zum Haupteingang des Ordenshauses führte. Nach ein paar Sekunden befand er sich außer Sichtweite. Stirnrunzelnd setzte Will seinen Weg fort. Er erreichte die Unterkünfte der Ritter und wollte gerade die Tür aufstoßen, als diese nach hinten schwang. Ein Ritter kam heraus und wäre fast mit ihm zusammengeprallt. Es war Garin de Lyons.

Garin trat einen Schritt zurück. »William.« Mehr brachte er nicht heraus. Die beiden jungen Männer musterten einander schweigend.

Garin wirkte älter als seine neunzehn Jahre und sehr attraktiv.

Sein Bart schimmerte in einem etwas dunkleren Blond als sein goldfarbenes Haar. In Garins dunkelblauen Augen sah Will sein Spiegelbild – seine zerknitterte und mit Flecken übersäte Tunika, die abgewetzten Stiefel, die Haarsträhnen, die ihm ins Gesicht fielen. Als das Schweigen zwischen ihnen unerträglich wurde, zwang er sich zu einem Lächeln und streckte Garin die Hand hin. »Simon hat mir erzählt, dass du hier bist. Wir haben uns lange nicht gesehen.«

Nach kurzem Zögern ergriff Garin die ihm dargebotene Hand. »Allerdings. Geht es dir gut?«

»Ja. Und dir?«

»Mir auch.«

Wieder trat eine lange Pause ein.

»Wie sieht es in London aus?«, fragte Will, der nicht wusste, was er sonst hätte sagen sollen.

»Es ist schmutzig, stinkig und überfüllt.« Garins Mundwinkel zuckten. »Also so wie immer.«

»Was tust du denn hier?« Die Worte klangen barscher, als Will es beabsichtigt hatte.

»Ich habe um eine Versetzung gebeten. In London gibt es nur sehr wenige Möglichkeiten, um vorwärtszukommen. Hier unter dem direkten Befehl des Visitators habe ich größere Aussichten, Kommandant zu werden.« Garins Blick heftete sich flüchtig auf Wills Tunika. »Jetzt, wo ich ein Ritter bin. Wie ich hörte, arbeitest du als Schreiber?«

Will bemühte sich, sich seine Scham nicht anmerken zu lassen. »Ja. Mein Herr Everard ist Priester hier.«

»Everard?« Garin runzelte die Stirn. Ein Ausdruck des Wiedererkennens, gemischt mit Abneigung, trat auf sein Gesicht.

»Kennst du ihn?«

Garin schüttelte den Kopf, und der seltsame Ausdruck verschwand. »Nein, ich habe ihn mit einem anderen verwechselt. Nun ja.« Er ging weiter. »Ich habe eine Besprechung mit dem Visitator, also sollte ich mich besser beeilen.«

»Hör zu, Garin«, sagte Will rasch. »Ich weiß, dass es Jahre her ist, aber ich hatte nie Gelegenheit, dir zu sagen, wie leid es mir tut, dass ich dich an jenem Tag geschlagen habe. Dem Tag auf dem Friedhof, meine ich.«

»Das ist vergessen.« Garin hielt inne. »Wir haben damals beide Dinge getan, die wir heute bedauern.« Er nickte Will zu, dann rauschte er davon. Der Saum seines weißen Mantels schleifte über den Boden.

Will sah ihm nach. Dann rollte er die Schultern, die sich überraschend verspannt anfühlten. Es hatte ihm einen Schock versetzt, seinen alten Freund so viel älter wirkend zu sehen. Ihm kam es noch gar nicht so lange vor, seit sie im Neuen Tempel auf Bäume geklettert waren und Obst gestohlen hatten.

Vor Everards Kammer blieb er stehen, klopfte dreimal an die Tür und wartete auf die Aufforderung, einzutreten. Everard hatte ihm schon vor langer Zeit sein persönliches Klopfzeichen genannt – Wills Meinung nach ein weiteres Mittel des Priesters, ihn auf seinen Platz zu verweisen.

Nach einer kurzen Pause erklang eine heisere Stimme. »Herein.«

Everard zählte zu einer Hand voll ausgewählter Männer, die über eine eigene Kammer verfügten. Will war es nie gelungen, herauszufinden, warum dem Priester dieser Luxus zugestanden wurde. An die hintere Wand, oberhalb des schmalen Bettes, war eine Karte des Heiligen Landes gemalt – Jerusalem in der Mitte, darüber die Städte Akkon und Antiochia. Immer wenn Will das Bild betrachtete, musste er an einen Ritter im Neuen Tempel denken, der ihm von Antiochia erzählt hatte; einer der fünf heiligsten Stätten des Christentums, wo die ersten Christen vom heiligen Petrus selbst geleitete Gottesdienste abgehalten hatten. Der Ritter hatte von einer prächtigen, von einer achtzehn Meilen langen Mauer umgebenen Stadt mit einer so hoch auf einem Berggipfel gelegenen Zitadelle gesprochen, dass sie fast die Wolken berührte. Will hatte nicht geglaubt, ein Gebäude könne wirklich so hoch sein, dass es an die Wolken heranreichte, aber als er zum ersten Mal das Gemälde mit der Burg auf dem Berg gesehen hatte, hatte er gedacht, es könne doch etwas Wahres an der Erzählung des Ritters sein.

Bruder Everard saß an dem Tisch, an dem er an seinen Übersetzungen arbeitete. Er beugte sich gerade über ein Buch, die Strähnen seines weißen Haares fielen ihm wie Spinnweben in die Stirn. Eine einzelne Kerze flackerte in der leichten Brise, die unter dem Vorhang vor dem Fenster hindurchwehte. Der Priester blickte auf, als Will die Tür hinter sich schloss, runzelte die Stirn und widmete sich dann wieder seinem Buch. »Was willst du, Sergeant?«

Will hielt die Pergamentbögen in die Höhe. »Meine Übersetzung von Ibn Ismails Abhandlung. Ich bin fertig.«

Everard befasste sich noch einen Moment mit dem Buch, dann winkte er Will zu sich. »Gib sie mir.«

»Warum ist Hassan hier, Sir?«

»Er muss einige Dinge für mich erledigen.« Everard schnippte mit den Fingern. »Nun mach schon.«

Will brannte darauf, herauszubringen, warum Hassan sich in Paris aufhielt. Er hatte den Mann seit über einem Jahr nicht mehr gesehen, ahnte aber, dass er von Everard heute keine Antworten auf seine Fragen bekommen würde. Der Priester schien noch schlechterer Laune zu sein als sonst. Will blieb unschlüssig an der Tür stehen. Vielleicht war dies nicht der beste Moment, um mit dem alten Mann über seine Initiation zu sprechen. Aber Everard wartete. Will trat zu ihm und reichte ihm die Pergamentbögen.

Everard legte das Original behutsam auf den Tisch, dann überflog er Wills Übersetzung. Seine Brauen zogen sich finster zusammen.

»Ich wollte etwas mit Euch besprechen, Sir«, begann Will zögernd.

»Sag mir, was das arabische Wort *asal* bedeutet, Sergeant.«

»Wie bitte?«

Everard sah zu ihm auf.

»Honig«, erwiderte Will verdutzt.

»Und warum steht in deiner Übersetzung dann, dass statt *Honig* mit Olivenöl und Nelken der Flügel eines Bussards mit Olivenöl ein gutes Mittel zum Senken von Fieber ist?« Everard hob die Brauen. »Ich bin kein Heilkundiger, aber ich wäre nicht sehr angetan davon, mit einem solchen Gebräu traktiert zu werden.«

»Ich habe Euch doch gesagt, dass der Text kaum zu entziffern war.«

»Vielleicht hättest du die Worte bei Tageslicht besser lesen können. Vermutlich wimmelt deine Arbeit von Fehlern wie diesem, weil du sie zweifellos zu Ende gebracht hast, als es schon zu dunkel war, um die Hand vor Augen sehen zu können.« Everard warf Will das Pergament vor die Füße. »Mach das noch einmal.«

In diesem Moment hätte Will den Priester am liebsten zu Boden geschlagen. Er zwang sich zur Ruhe. »Ich habe Stunden über dieser Übersetzung ge…«

»Warst du gestern in einer Schänke, Sergeant?«

»Ich? Natürlich nicht.«

»Merkwürdig. Als ich mit dem Visitator sprach, kam ein junger Mann, ein Stallbursche, und meldete, dass er gerade aus London eingetroffen sei. Ich hörte, wie er mit dem Marschall sprach. Er schien sehr erfreut zu sein, seinen alten Freund Will Campbell in der Stadt getroffen zu haben, und außerdem war er offenbar ziemlich betrunken. Und wir beide wissen, dass du einem guten Schluck nicht abgeneigt bist, nicht wahr, Sergeant?« Everard deutete auf die Tür. »Geh jetzt. Lass mich allein.«

»Warum brecht Ihr *jedes* Gespräch einfach ab?«

Everard musterte Will ob dieses Ausbruchs erstaunt, dann schlug er mit der Faust auf den Tisch. »Du scheinst zu vergessen, wer der Meister ist und wer der Lehrling!« Er sprang auf und trat auf unsicheren Beinen auf Will zu. »Ich habe dich schon ein Mal ausgepeitscht, Junge. Glaub nur nicht, dass ich es nicht auch ein zweites Mal tun würde.«

Doch diesmal bot Will ihm die Stirn. »Glaubt Ihr, ein paar Minuten Schmerz könnten schlimmer sein als sechs Jahre in Euren Diensten?«

Everards Augen weiteten sich verblüfft, dann brach er in bellendes Gelächter aus, das in einem Hustenanfall endete. »So«, keuchte er erstickt, »wenn Auspeitschen … zu nachsichtig ist … sollte deine Strafe vielleicht darin bestehen …« Er holte rasselnd Atem. »Dass ich dich in irgendeine … gottverlassene Garnison an vorderster Kriegsfront schicke.«

»Meint Ihr die Gegend, in der mein Vater kämpft? Nur zu, schickt mich nur dorthin. Es wäre keine Strafe, sondern ein Geschenk für mich.«

Everard umfasste die Tischkante. Schweißperlen glitzerten auf seiner Stirn und ließen seine Haut wie schmelzendes Wachs erscheinen. »Törichter Junge«, flüsterte er. »Was weißt du schon vom Krieg? Du hast noch nie auf einem Schlachtfeld gestanden und gespürt, wie dein Arm unter dem Gewicht des Schwertes immer schwerer wird; bist noch nie vom Blut deiner Kameraden besudelt worden und wusstest nie, wann dich der tödliche Streich eines Feindes wohl zu unserem Herrn schicken würde.«

»Ich war dreizehn, als ich zum ersten Mal einen Mann getötet habe«, murmelte Will.

»Nichts, was du in deinem kurzen Leben je gesehen oder erlebt hast, kann dich *darauf* vorbereiten.« Everard sank schwer in seinen Stuhl.

»Dann lehrt es mich doch!« Will trat zu dem Priester und legte beide Hände auf den Tisch. Die Kluft zwischen ihnen erschien ihm viel größer als die zwei Fuß Holz, die sie trennten. »Bereitet mich darauf vor. Ich will es wissen.«

»Nein«, knurrte Everard. Seine Hand zitterte, als er die Seiten des Buches umblätterte. »Du bist noch nicht bereit, alles zu erfahren.«

»Was habe ich nur getan, um Eure Geringschätzung zu verdienen? Habe ich je Eure Befehle missachtet? Und wenn ja, sagt mir, wie ich es wiedergutmachen kann. Alles, was ich mir je ersehnt habe, ist, als Tempelritter an der Seite meines Vaters zu kämpfen. Warum verwehrt Ihr mir das? Ich begreife es einfach nicht. Was habt Ihr dabei zu gewinnen?«

Everard gab keine Antwort.

»Ich habe alles getan, was Ihr mir aufgetragen habt«, fuhr Will heiser fort. Zu seinem Entsetzen brannten Tränen hinter seinen Lidern, aber er hielt sie eisern zurück. »Ich habe Eure Böden gefegt und Eure Kammer gesäubert, obwohl es genug Diener gab, die dies hätten tun können. Ich habe für Euch Botschaften überbracht und entgegengenommen. Und ich habe Gott weiß wie viele schlecht geschriebene, unleserliche, langweilige Abhandlungen über …« Will griff nach dem Buch, das Everard las. »*Anleitung zum Verständnis der wundersamen Natur des Regens*. Himmel!« Er warf das Buch auf den Tisch.

»Und wie bist du deinen Pflichten nachgekommen?«, herrschte Everard ihn an. »Von gutem Willen erfüllt und ohne zu klagen?«

»Wenn ich mich beklagt habe, dann nur, weil ich eine Ausbildung zum Ritter angestrebt habe. Aber Ihr habt mich gezwungen, Euer Schreiber zu werden – oder den Orden zu verlassen. Nach meinen Wünschen wurde überhaupt nicht gefragt.«

»Ha!« Everard deutete anklagend mit dem Finger auf ihn. »Du versuchst also, mir die Schuld zu geben. Wie steht es denn mit deinem früheren Herrn? Hast du Sir Owein gehorcht und ihm Respekt entgegengebracht? Dich niemals beschwert, wenn er dir einen Auftrag erteilt hat, der dir nicht passte?«

Will senkte den Blick. »Damals war ich noch jung und töricht.« Er sah Everard wieder an. »Ich habe mich geändert. Das wisst Ihr ganz genau.«

»Dein Problem besteht darin, dass du dich für etwas Besseres hältst«, grollte Everard. »Du bist dir zu gut, um einen Boden zu fegen. Das wusste ich vom ersten Moment an, wo ich dich sah. Da haben wir einen hochnäsigen jungen Herrn, der es gewohnt ist, immer seinen Willen durchzusetzen, sagte ich mir.«

»Das stimmt nicht! Ich bin kein Edelmann, sondern der Sohn einer Kaufmannstochter und eines Ritters, dessen Vater für seine Aufnahme in den Orden bezahlt hat, und ich bin stolz darauf. Als ich noch bei meiner Familie lebte, habe ich ohne zu murren alles getan, was mir aufgetragen wurde.«

»Und du bist immer noch sehr von dir eingenommen!«, fuhr

Everard ihn an. »Deswegen bist du auch so zornig, weil du immer noch Sergeant bist. Aus verletztem Stolz!«

»Nein. Das ist nicht …«

»Du betrachtest den Ritterstand lediglich als eine Möglichkeit, deinen persönlichen Ehrgeiz zu befriedigen. Du kannst es nicht ertragen, rangmäßig unter deinen Freunden zu stehen.«

»Es ist schwierig für mich, das gebe ich zu, aber nicht der Grund, warum ich die Gelübde ablegen möchte. Ich sagte Euch doch schon, dass mein Vater …«

»Dein Vater! Dein *Vater*!« Everard warf die Hände in die Höhe. »Er ist nicht hier, Junge. Warum willst du ein Ritter werden? Wegen deines Vaters oder um denselben Rang zu bekleiden wie deine Kameraden? Warum willst du unbedingt ein Ritter sein?« Als Will keine Antwort gab, schüttelte der Priester den Kopf. »Warum sollte ich mich dann für dich einsetzen?«, fuhr er etwas ruhiger fort.

Will stand da und starrte in Everards zerfurchtes Gesicht. Die Stille im Raum tat ihm in den Ohren weh. Nichts wünschte er sich mehr, als seinen Vater wiederzusehen, ihn um Verzeihung zu bitten und wieder sein Sohn zu sein. Seit dem Tod seiner Schwester hatte er sich niemandem mehr zugehörig gefühlt – nicht seiner Familie, nicht dem Orden. Und während der vergangenen sieben Jahre hatte ihn nur der Wunsch aufrechterhalten, diese Verbindung wiederherzustellen. Wenn ihm das gelang, würde alles wieder gut werden, daran glaubte er fest. Er würde ein Ritter sein, wie sein Vater es gewollt hatte, er könnte die Vergangenheit hinter sich lassen und wäre wieder frei. Das Einzige, was zwischen ihm und diesem Ziel stand, war der gebrechliche, erbarmungslose alte Mann vor ihm.

Langsam begann er, die Bögen mit seiner Übersetzung vom Boden aufzuklauben. Dann richtete er sich auf und sah Everard fest in die Augen. »Weil ich, wenn Ihr das nicht tut, zum Visitator gehen und ihn bitten werde, mich nach Safed zu schicken.« Er wunderte sich selbst, wie ruhig und entschlossen seine Stimme klang. »Ich werde ihm sagen, dass ich gegen die Sarazenen kämpfen und für Gott und das Christentum das Kreuz nehmen möchte. Dort werden immer Männer gebraucht. Wenn Ihr verhindert, dass ich als Ritter dorthin gehe, gehe ich eben als Sergeant.«

»Mach dich nicht lächerlich«, schalt Everard.

Aber Will wandte sich nur wortlos ab, verließ die Kammer und schlug die Tür so heftig hinter sich zu, dass der Rahmen splitterte.

20

Safed, Königreich Jerusalem
21. Juli A.D. 1266

James beobachtete die in die Große Halle strömenden Soldaten. Als sein Blick an dem syrischen Hauptmann an der Spitze der Gruppe hängen blieb, wusste er, dass ihnen Schwierigkeiten bevorstanden. Der Gesichtsausdruck des Mannes zeugte von grimmiger Entschlossenheit. Er sah keinen der dreißig Ritter an, die auf einer auf einem Podest aufgestellten Reihe von Bänken saßen, sondern stolzierte steifbeinig auf die Stühle auf dem Boden gegenüber des Podestes zu, wo er mit seinen Offizieren sitzen sollte. Fünfzig Templersergeanten und vier Priester saßen an einer Seite des Raumes. Die syrischen Soldaten, die die Versammlung einberufen hatten, nahmen ihre Sitzplätze ringsum ein. James wandte sich zu dem neben ihm sitzenden Mattius. Der hünenhafte Ritter hob eine Braue, als wollte er sagen: Das wird eine interessante Besprechung werden. Zu seiner anderen Seite hörte James den Kommandanten seufzen.

Wie der Kommandant es vorhergesagt hatte, hatte Baybars' Versprechen, gegenüber den syrischen Soldaten Gnade walten zu lassen, wenn sie sich ergaben, augenblicklich für Aufruhr inmitten ihrer Reihen gesorgt. Der Kommandant hatte gestern Morgen, nachdem sich die Nachricht wie ein Lauffeuer verbreitet hatte, eine Ratsversammlung einberufen, um die Wogen zu glätten, die Versammlung aber abbrechen müssen, weil die Männer sich nur noch gegenseitig angebrüllt hatten. James wusste, dass sie mehr Zeit brauchten; die Soldaten waren nach dem letzten Angriff der Mamelucken noch zu erregt, um klar denken zu können. Aber morgen beim ersten Tageslicht würde Baybars eine Antwort verlangen, und den Rittern blieb nur der heutige Tag, um die Syrer zu überreden, zu bleiben und zu kämpfen.

Als alle ihre Plätze eingenommen hatten, erhob sich der Kommandant. Sein Gesicht trug Spuren tiefer Erschöpfung, seine Augen waren in die Höhlen gesunken, seine Wangen wirkten unter der Sonnenbräune bleich, aber er hielt sich sehr gerade, und sein Blick flackerte nicht, als er ihn auf den syrischen Hauptmann richtete.

»Hauptmann, wir wollen hoffen, dass ein paar Stunden Schlaf die Gemüter etwas beruhigt haben.« Er hielt inne. »Ich schlage vor, wir lassen heute unseren Verstand und nicht unsere Herzen sprechen.«

»Keiner von uns wünscht einen Streit, Kommandant«, erwiderte der Hauptmann. »Ich möchte nur die beste Entscheidung zum Wohl meiner Männer treffen.«

»Und ich die zum Wohl der meinen.«

Danach herrschte einen Moment lang Schweigen.

Der Kommandant setzte sich wieder. »Vielleicht möchtet Ihr uns erst einmal erklären, warum Ihr der Meinung seid, Ihr solltet Baybars' Angebot annehmen.«

»Nun gut«, entgegnete der Hauptmann nach einer kurzen Pause. Er stand auf. »Wie ich gestern schon ausführte, besteht unsere einzige Überlebenschance darin, Baybars' Forderung zu erfüllen und uns zu ergeben. Fällt Safed, so müssen wir damit rechnen, hingerichtet oder eingekerkert zu werden. Ich bin für eintausendsechshundert Männer verantwortlich; ich will nicht tatenlos zusehen, wie sie niedergemetzelt werden, wenn es eine Möglichkeit gibt, sie zu retten.«

Der Kommandant gebot den Rittern, durch deren Reihen ein

Raunen lief, und den zustimmend nickenden Syrern mit erhobener Hand Schweigen. »Wieso denkt Ihr, Baybars würde sein Wort halten? Ihr habt selbst gesagt, dieser Mann habe im Gegensatz zu Saladin keinen Funken Ehre im Leib. Wieso seid Ihr so sicher, dass er euch nicht alle töten lässt, sobald ihr die Festung verlasst?«

»Ich habe Euch auch gesagt, dass ich die Vorgehensweise des Sultans genau kenne. Er vernichtet nur die, die eine Gefahr für ihn darstellen oder sich ihm widersetzen. Wir können ihm nicht wirklich gefährlich werden, und anderen gegenüber, die sich ihm ergeben haben, hat er sein Wort gehalten. Wenn wir nicht auf sein erstes Angebot eingehen, wird er ob unseres Widerstandes erzürnt sein. Ich glaube nicht, dass er uns dann noch eine zweite Chance gibt.«

»Bei Arsuf lag die Sache ganz anders«, erwiderte der Kommandant. »Damals hat Baybars sein Versprechen gebrochen und zweihundert Hospitaliter abgeschlachtet, die alle genau wie Ihr dachten, sie würden verschont werden, wenn sie sich ergeben.«

Der Hauptmann blickte betreten zu Boden, dann sah er den Kommandanten an. »Das waren Franken«, entgegnete er leise. »Baybars hegt gegen sie einen wesentlich stärkeren Groll als gegen uns.«

Einer der Ritter auf dem Podest sprang auf. »Jetzt zeigt Ihr uns Euer wahres Gesicht, Hauptmann. Ihr und Eure Männer mögt ja im Namen desselben Gottes kämpfen wie wir, aber ich denke, beim Verteilen des Mutes war Er am Boden des Fasses angelangt, als Er zu den Syrern kam!«

»Friede, Bruder«, befahl der Kommandant, als sich das Gesicht des Hauptmanns vor Wut verzerrte und einige seiner Offiziere gleichfalls aufsprangen. »Setzt Euch!«, herrschte er den Ritter an, der widerstrebend gehorchte, ohne den Blick von dem Hauptmann zu wenden. »Es bringt uns nicht weiter, wenn wir uns gegenseitig beleidigen. Wir haben keine Zeit, uns wie kleine Kinder zu streiten.« Er wandte sich an den Hauptmann. »Ohne Eure Truppen können wir einem weiteren Angriff nicht standhalten.

Safed ist zu groß, um nur von einer Hand voll Männern gehalten zu werden, so tapfer sie auch sein mögen. Gemeinsam sind wir stark, aber wenn wir uns entzweien, werden wir untergehen. Wir verfügen über ausreichende Vorräte, um eine monatelange Belagerung zu ertragen. Wenn wir unseren Glauben nicht verlieren, wird Gott uns den Sieg schenken.« Seine Augen bohrten sich in die des Hauptmanns. »Von Soldat zu Soldat und als Krieger Christi beschwöre ich Euch, mit uns auch weiterhin gegen die Ungläubigen zu kämpfen.«

Der syrische Hauptmann musterte seine Männer, in deren Augen sich dieselbe Furcht und dieselben Zweifel widerspiegelten, die auch er empfand. Es waren gute Männer, aber ihnen fehlte genau wie ihm selbst der bedingungslose Glaube der westlichen Ritter. Sie stampften auf ihrem verblendeten Kreuzzug durch das Land und trachteten einzig und allein danach, alle Ungläubigen auszulöschen. Wer sich ihnen dabei in den Weg stellte, wurde niedergetrampelt. Sie betrachteten das Land als Gottes Land, aber in seinen Augen war es das Land seines Volkes, ihr einziges Land, und jedes zerstörte Dorf, jeder Mann, jede Frau und jedes Kind, die im Namen dieser so genannten heiligen Sache getötet wurden, stellten einen schmerzlichen Verlust für ihn und die Seinen dar. Sie waren keine rückständigen Bauern ohne Willen und Verstand, denen man vorschreiben musste, wie sie Gott zu dienen hatten, und diese anmaßenden Fremden hatten ihnen überhaupt nichts zu befehlen. Sie konnten ihre eigenen Entscheidungen treffen. Der Hauptmann straffte sich. »Ich kann Eurer Bitte nicht stattgeben, Kommandant. Das käme einem Selbstmord gleich.«

Der Kommandant senkte den Kopf, als ringsum in der Halle ein Tumult ausbrach.

»Ihr seid von Anfang an nicht mit dem Herzen dabei gewesen!«, rief einer der Ritter den Syrern zu. »Schon vor Baybars' Angebot habt Ihr Euch vor einem Kampf gefürchtet!«

»Der Hauptmann hat seine Entscheidung getroffen«, gab ein syrischer Offizier zurück. »Ihr habt kein Recht, uns der Feigheit zu bezichtigen! Habt Ihr uns hierherbestellt, um mit uns zu verhandeln oder um uns zu zwingen, uns Eurem Willen zu fügen?«

»Baybars ist nicht unbesiegbar, das habe ich schon mehrmals gesagt.«

»Wir müssen uns das nicht länger anhören, Hauptmann!«

»Dann verschwindet doch!«, schrie einer der Templersergeanten, sich und seinen Rang vergessend. »Hunde, die vor Angst den Schwanz einziehen, können wir hier nicht brauchen!«

Einige der Syrer sprangen von ihren Bänken auf und zogen ihre Schwerter. Ein Templerpriester versuchte, sich über den Lärm hinweg Gehör zu verschaffen, wurde aber von den Syrern und den Sergeanten, von denen einige gleichfalls ihre Waffen gezückt hatten und sich den einheimischen Soldaten drohend näherten, übertönt. Der Kommandant brüllte sie an, Ruhe zu bewahren, doch niemand achtete auf ihn. Im hinteren Teil der Halle kam es zu handgreiflichen Auseinandersetzungen, als ein Sergeant einem Syrer einen Fausthieb versetzte. Der Soldat stürzte zu Boden, Blut strömte aus seiner Nase. Drei seiner Kameraden kamen ihm zu Hilfe und droschen auf den Sergeanten ein.

James erhob sich. »Wir tun genau das, was Baybars will! Er beabsichtigt ja, Zwietracht zwischen uns zu …« Weiter kam er nicht, seine Worte gingen im Getöse unter.

»Ruhe!«

Dem gedonnerten Befehl folgte ein krachendes Geräusch, das in der ganzen Halle widerhallte. Die Streithähne verstummten, alle Augen richteten sich auf Mattius, der sich neben James aufgebaut hatte. Das Gesicht des Ritters war hochrot angelaufen, seine Augen sprühten Feuer. Das Krachen stammte von seiner Faust, mit der er auf den Tisch geschlagen hatte. Er wandte sich an James. »Fahr bitte fort, Bruder«, sagte er etwas ruhiger.

James lächelte schwach. »Danke, Mattius.« Dann sah er den syrischen Hauptmann an. »Baybars hat Euch dieses Angebot unterbreitet, weil er weiß, dass er Safed mit Waffengewalt nicht so schnell einnehmen kann, wie er möchte. Hauptmann, ich weiß Eure Sorge um Eure Männer zu schätzen, aber wenn Ihr auf Baybars' Bedingungen eingeht, spielt Ihr ihm direkt in die Hände. Der Sultan sucht nach dem schnellsten, einfachsten und billigsten Weg zum Sieg. Jetzt ist die heißeste Zeit des Jahres, und seine Männer sind erschöpft und ausgelaugt. Je länger er hierbleiben muss, desto schwerer wird es für ihn, ihren Kampfgeist anzufachen. Wenn wir ihn zu einer langen Belagerung zwingen, werden seine Vorräte knapp werden, und er wird sich ein leichter zu überwältigendes Opfer suchen.« Er blickte den Kommandanten an. »Mit Eurer Erlaubnis schlage ich vor, dass wir diese Diskussion beenden.« Als der Kommandant matt nickte, drehte sich James wieder zu dem Hauptmann um. »Ich denke, Ihr und Eure Offiziere sollten sich jetzt zurückziehen, um die Angelegenheit allein zu besprechen. Dann geht in ein paar Stunden zum Kommandanten und redet unter vier Augen mit ihm. Trefft Eure Entscheidung, aber trefft sie, wenn die Gemüter nicht mehr so erhitzt sind.«

Aus den Reihen der Syrer ertönte gemurmelte Missbilligung, aber der Hauptmann neigte den Kopf. »Ich werde allein mit Euch sprechen, Kommandant, wie es Euer Ritter vorschlägt. Aber ich glaube nicht, dass sich an meinem Entschluss etwas ändert.«

James nahm wieder Platz, als sich die Versammlung aufzulösen begann. Die Sergeanten durchbohrten die aus der Halle strömenden Syrer mit finsteren Blicken und begannen, unmutig miteinander zu tuscheln. »Ich hoffe, ich habe mir nicht zu viel herausgenommen, Sir«, sagte er zu dem Kommandanten.

Dieser schenkte ihm ein flüchtiges Lächeln. »Du hast klug und bedacht gesprochen, Bruder. Vielleicht gelingt es uns doch noch, die Situation zu retten. Wenn ich mit dem Hauptmann allein sprechen kann, denke ich, dass ich ihn zur Vernunft bringen werde.« Er erhob sich. »Ich möchte, dass diese jungen Heißsporne streng bestraft werden«, fügte er mit einem Blick in Richtung der Sergeanten, die die syrischen Soldaten angegriffen hatten, hinzu. »Ein solches Betragen dulde ich nicht, egal unter welchen Umständen. Wir sind Männer Gottes und keine gewöhnlichen Söldner.«

Erschöpft und erleichtert zugleich streifte James an diesem Abend seinen Mantel und sein Kettenhemd ab und sank auf seine Pritsche. Er hatte gebadet, und sein noch feuchtes Haar klebte an seinem Kopf. Ein Strahl orangefarbenen Lichtes fiel durch die Schießscharte und tauchte den kahlen grauen Raum in einen warmen Schein. Vom Mameluckenlager her drangen leise Gebetsfetzen an sein Ohr. Er schob seine Decke fort und kostete die kühle Brise aus, die über seine bloße Brust strich. Meistens war die Hitze trocken und drückend, doch an diesem Abend lag eine stickige Feuchtigkeit in der Luft, die jede Bewegung zu einer kräftezehrenden Qual werden ließ. James fragte sich, ob wohl ein Sturm aufziehen würde. Regen hatte er schon lange nicht mehr gesehen. Er schloss die Augen und dachte an die rasch dahinfließenden Flüsse Schottlands; das klare Wasser, das über braune Steine hinweggurgelte; an sattgrüne Moore und nebelumwaberte Seen. Und er sah Isabel mit gerafften Röcken in einen Strom waten. Das Wasser umspielte ihre nackten Beine, ein Lachen erleuchtete ihr Gesicht. Das Haar seiner Frau schimmerte im Sonnenschein, als sie sich zu ihm umdrehte und winkte …

»James!«

James schrak hoch und stellte fest, dass der Raum jetzt im Halbdunkel lag und Mattius sich über ihn beugte. Er kam rasch zu sich, als er sah, wie besorgt das Gesicht seines Freundes im Mondschein, dem das orangefarbene Sonnenlicht gewichen war, jetzt wirkte.

»Was ist denn?«, fragte er und schwang dabei die Beine über den Rand der Pritsche.

»Sie machen sich aus dem Staub«, grollte Mattius. Er reichte James sein Hemd.

»Wer?« James streifte sich das Hemd über den Kopf.

Mattius schritt rastlos in der Kammer auf und ab, während James sein Kettenhemd vom Haken nahm. »Die Syrer. Sie desertieren.«

»Aber der Hauptmann hat sich doch einverstanden erklärt, Baybars um eine längere Bedenkzeit zu bitten! Es sind Herolde ausgesandt worden. Wir waren uns einig, noch ein paar Tage zu warten, bevor wir dem Sultan unsere Entscheidung mitteilen.«

»Wie es aussieht, brauchte der Hauptmann nur ein paar Stunden. Er hat noch nicht einmal Baybars' Ultimatum abgewartet. Die Syrer haben begonnen, sich davonzustehlen, als die meisten von uns in unseren Kammern oder auf den äußeren Mauern waren. Sie verlassen die Festung durch eine Seitenpforte in der südlichen Mauer – mit erhobenen weißen Fahnen!«

»Haben unsere Offiziere nicht versucht, sie von ihrem Vorhaben abzubringen?« James griff nach seinem Mantel.

»Der Kommandant hatte eine kurze Unterredung mit dem Hauptmann, aber der ließ sich nicht umstimmen. Sein Widerstand wurde noch dadurch bestärkt, dass seine Männer von Baybars' Truppen relativ freundlich aufgenommen wurden. Die Mamelucken haben den Syrern nur ihre Waffen abgenommen, als sie ihr Lager betraten, und sie dann gehen lassen, ohne ihnen ein Haar zu krümmen. Es heißt, einige von ihnen wären sogar zu den Sarazenen übergelaufen.«

»Wie viele Männer haben wir eingebüßt?«

»Der Kommandant schätzt, dass bis morgen früh über tausend Syrer die Festung verlassen haben werden.«

»Großer Gott! Und der Hauptmann?«

Mattius schnaubte verächtlich. »Hat die Beine in die Hand genommen und ist mit seinen Offizieren gleichfalls geflüchtet.« Er nickte zur Tür. Mit einem Mal wirkte er verhärmt und erschöpft. »Komm mit. Der Kommandant braucht uns.«

Als James und Mattius die äußere Mauer erreichten, fanden sie dort den Kommandanten vor, der die Reihen der syrischen Soldaten, die im fahlen Mondlicht den steilen Hang hinabstiegen, mit einem Schwall von Flüchen überschüttete.

»Bastarde!«, zischte er, dann fuhr er herum, als er James auf dem Fußweg sah.

»Kommandant«, grüßte James ihn ernst.

»Seht sie Euch an!« Der Kommandant hieb mit einer Hand auf die Brustwehr. »Diese ehrlosen Feiglinge!«

Eine Gruppe von Rittern und Sergeanten stand mit ihm auf der Mauer. Einige tuschelten miteinander, andere beobachteten die Syrer finster. James spürte Verzweiflung in sich aufsteigen. Sie hatten Baybars' Truppen jetzt kaum noch etwas entgegenzusetzen; sie waren so wenige, und die Festung war so groß.

»Herr«, wandte sich Mattius an den Kommandanten. »Was ist denn mit den Bauern und ihren Familien? Es kann doch nicht so schwer sein, ihnen beizubringen, eine Steinschleuder zu bedienen.«

Der Kommandant unterbrach seine Flut von Verwünschungen, starrte ihn an und seufzte dann. »Das sind keine Krieger, Bruder. Sie würden uns nur zusätzliche Schwierigkeiten bereiten, weil wir sie im Kampf ständig im Auge behalten müssten. Außerdem«, fügte er bitter hinzu, »hat ein guter Teil von ihnen zusammen mit den Soldaten die Festung verlassen. Eine Massenflucht wurde nur verhindert, weil sie schnell begriffen, dass die Mamelucken Frauen und Kinder sofort gefangen nehmen. Baybars ist längst nicht so großherzig, wie sie wohl gedacht haben. Törichte Narren«, knurrte er.

»Kommandant, Herr«, meldete sich ein verängstigt wirkender junger Mann zu Wort. Er war einer der jüngsten Sergeanten und hatte den Wutausbruch des Kommandanten mit offenem Mund verfolgt. Als sich der Kommandant stirnrunzelnd umdrehte, senkte er den Kopf.

»Was gibt es, Sergeant?«

»Wir könnten doch … nun ja … ich dachte, dass Ihr vielleicht …«

»Heraus mit der Sprache, Junge.«

Der Sergeant holte tief Atem. »Könnten wir uns nicht wie die Syrer kleiden und mit ihnen gehen? Ich meine, ohne sie können wir die Festung doch nicht halten, Herr.«

Ein paar andere Sergeanten blickten bei seinen Worten auf. Hoffnung glomm in ihren Augen auf.

»Die Festung verlassen?«, bellte der Kommandant. »Safed kampflos in die Hände des Feindes fallen lassen? Niemals!«

Der Sergeant räusperte sich verlegen, dann starrte er auf seine Füße. Der Kommandant funkelte ihn an. Er hatte Mühe, sein Temperament zu zügeln. »Die Mamelucken würden diese List sofort durchschauen. Wir sprechen die Sprache der Ungläubigen nicht.«

»Einige von uns schon.« Einer der Ritter trat vor. »James beherrscht ihre Sprache fast so gut wie sie selbst.«

»Ich dulde nicht, dass auch nur ein Mann seinen Posten verlässt«, erwiderte der Kommandant, dabei bedachte er den Ritter mit einem bösen Blick.

»Aber wenn einer oder zwei von uns unbemerkt entkommen können«, fuhr der Ritter unbeirrt fort, »dann könnten sie sich nach Akkon durchschlagen, eine Botschaft an Großmeister Bérard senden und ihn bitten, uns Verstärkung zu schicken.«

»Bérard kann nicht innerhalb weniger Wochen tausend Männer zusammenbringen«, entgegnete der Kommandant. »Und selbst wenn ihm das gelänge, müssten sich die Truppen erst durch die Reihen der Sarazenen kämpfen, um zu uns zu gelangen.«

Alle verfielen in Schweigen und hingen ihren eigenen Gedanken nach.

Endlich ergriff James das Wort. Seine Stimme durchschnitt die bedrückende Stille. »Ich denke, uns bleiben nur zwei Möglichkeiten. Entweder bleiben wir hier und kämpfen einen Kampf, den wir nicht gewinnen können, oder wir verhandeln mit den Mamelucken über die Bedingungen für eine Kapitulation.« Er blickte über das von Fackeln und Feuern erleuchtete Mameluckenlager unterhalb der Mauern Safeds hinweg. »Ich fürchte den Tod nicht, Kommandant, aber ich bin auch noch nicht bereit, vor meinen Schöpfer zu treten, wenn es in dieser Welt noch so viel zu tun gibt.«

Safed, Königreich Jerusalem, 22. Juli A. D. 1266

Lange Zeit weigerte sich der Kommandant, eine Kapitulation überhaupt in Betracht zu ziehen. Der Verrat der Syrer hatte ihn tief getroffen, und als Reaktion darauf hielt er hartnäckig an seiner Überzeugung fest, Safed keinesfalls aufzugeben. Aber die Mehrheit der Ritter stand auf James' Seite, und als die Morgendämmerung anbrach und er feststellen musste, dass sich über eintausendzweihundert Syrer in Baybars' Lager geflüchtet hatten, gab er nach. James erbot sich, in das Lager zu gehen, um die Bedingungen für eine Kapitulation der Templer auszuhandeln. Dem Kommandanten gefiel dieser Vorschlag nicht, aber da er keine bessere Möglichkeit sah, mit den Mamelucken zu verhandeln, stimmte er zu.

Nach der Prim ging James den breiten Gang entlang, der zu einer Pforte führte, die zum Hang des Hügels hinausging. Sein Pferd war bereits gesattelt worden und wurde von einem Stallburschen durch den dunklen, unebenen Tunnel geführt. Der Kommandant und zwei weitere Ritter begleiteten ihn.

»Bist du sicher, dass du dieses Wagnis eingehen willst, Bruder?«, fragte der Kommandant besorgt. »Sie könnten dich auf der Stelle töten.«

»Ich hoffe nur, mir fällt das arabische Wort für Kapitulation ein«, erwiderte James leichthin, obgleich ihm nun selbst Bedenken kamen.

»Das muss es nicht, Bruder!«

James und der Kommandant wandten sich um und sahen Mattius den Gang entlangeilen. Bei ihm war ein kleiner, knochiger Syrer mit einer Hakennase und einem dünnen Bart.

»Das ist Leo«, schnaufte Mattius, auf den Syrer deutend. »Er wird an deiner Stelle zu dem Sultan gehen.«

James schüttelte den Kopf, während er den Soldaten musterte. Er fragte sich, ob Mattius den Mann dafür bezahlt hatte, dass er diese heikle Aufgabe übernahm, oder ob er sich freiwillig gemeldet hatte. »Ich habe meine Entscheidung getroffen, Mattius.«

»Und ich die meine«, erwiderte Mattius bestimmt. »Ich möchte die nächsten Tage nicht damit verbringen, deinen Kopf auf einem Pfahl zu betrachten. Auf diese Weise ist es sicherer. Leo mag ein Syrer sein, aber er ist uns gegenüber loyal, nicht wahr, Leo?« Er klopfte dem Mann auf den Rücken.

»Ja, Herr«, bestätigte der Syrer mit einer für einen so kleinen, schmächtigen Mann ungewöhnlich tiefen Stimme. »Ich bin mit der Handlungsweise meiner Kameraden und meines Hauptmanns nicht einverstanden und dankbar dafür, auf diese Weise Wiedergutmachung leisten zu können.«

James öffnete den Mund, um Einwände zu erheben, aber der Kommandant schnitt ihm das Wort ab. »So soll es sein. Ich möchte nicht einen meiner besten Männer verlieren, wenn es eine andere Lösung gibt.«

Damit war die Angelegenheit erledigt. Leo stieg auf James' Pferd und verließ Safed. Er hatte eine Schriftrolle bei sich, die die Bedingungen für eine Kapitulation der Templer enthielt. James, Mattius und der Kommandant verließen den Gang, um von der Mauer aus den Lauf der Ereignisse zu verfolgen. Doch als sie auf die Brustwehr traten, teilten ihnen die wachhabenden Ritter mit, Leo sei zum Zelt des Sultans geführt worden. Danach konnten sie nichts mehr tun, nur warten.

James betrachtete den menschenleeren Hang, während die Minuten verstrichen. Der Kommandant schritt auf dem Fußweg auf und ab, Mattius trommelte mit den Fingern auf der Brüstung herum. Fast eine Stunde war vergangen, seit Leo das Zelt des Sultans betreten hatte. Erneut blickte James über die Brüstung. »Glaubst du, er lässt sie gehen?«, raunte er Mattius zu, während sein Blick über die Männer, Frauen und Kinder in der äußeren Enceinte schweifte.

»Die Frauen und Kinder sind die wertvollsten Beutestücke in dieser Festung. Um ehrlich zu sein, wäre ich sehr erstaunt, wenn er auf sie verzichten würde.«

»Ich auch«, gestand James niedergeschlagen.

»Seht nur dort!«, rief plötzlich einer der Ritter.

James und Mattius beugten sich über die Brustwehr und sahen Leo hügelaufwärts auf die Festung zureiten.

»Zumindest ist er noch am Leben«, meinte ein anderer Ritter. »Das ist doch ein gutes Zeichen, nicht wahr?«

Wenig später trat Leo auf die Mauer.

»Nun?«, fragte der Kommandant, als der Syrer, flankiert von zwei Templersergeanten, den Fußweg entlangeilte. James fiel auf, dass der Soldat bleich und nervös wirkte.

»Es ist gelungen, Herr«, sagte Leo. »Sultan Baybars ist auf Eure Bedingungen eingegangen. Wenn Ihr Safed ohne weiteren Widerstand aufgebt, lässt er Euch frei. Ihr dürft nach Akkon zurückkehren, ohne dass Euch etwas geschieht. Die restlichen Soldaten und Bauern können in ihre Dörfer zurückgehen. Er gibt Euch für den Rest des Tages Zeit, die Räumung der Festung in die Wege zu leiten. Heute Abend sollt Ihr herauskommen. Die Soldaten und Bauern sollen innerhalb der Mauern warten, bis Baybars' Truppen ihnen gestatten, Safed zu verlassen.«

Der Kommandant runzelte nachdenklich die Stirn. »Das verlief glatter, als ich gedacht habe.«

»Das ist Irrsinn, Herr«, mischte sich einer der Ritter ein. »Auf das Wort eines Feindes kann man sich nicht verlassen.«

»Natürlich nicht«, pflichtete Mattius ihm bei. »Aber wie James so treffend bemerkte, ist es besser, ein Gefangener als ein Leichnam zu sein. Draußen haben wir eine Chance, am Leben zu bleiben. Hier drinnen zögern wir das Unvermeidliche nur hinaus.«

»Der Sultan wünscht einen schnellen Sieg«, warf Leo ein. »Er sagte, er schere sich nicht um eine Hand voll westlicher Barbaren.« Er hob entschuldigend die Schultern. »Ihm liegt nur daran, die Festung von Euch zu säubern, damit sie bis auf die Grundmauern niedergebrannt werden kann und nicht länger ein Schandfleck in seinem Land ist.«

Die Furchen auf der Stirn des Kommandanten vertieften sich. »Westliche Wilde?« Er strich mit der Hand über die glatten Steine der Brustwehr. »Es hat Jahre gekostet, dieses Bauwerk zu errichten, und nun wird es innerhalb weniger Wochen zerstört werden. Ich kann es einfach nicht fassen.«

»Wünscht Ihr, dass ich dem Sultan Eure Antwort überbringe, Kommandant?«, fragte Leo.

Der Kommandant blickte auf, zu James und Mattius hinüber

und sog scharf den Atem ein. »Tu das«, befahl er schroff. »Sag ihm, ich stimme zu. Wir wollen es hinter uns bringen.«

Die Priester schritten vor der Gruppe von Menschen auf und ab, murmelten Gebete und schlugen Kreuzzeichen. Safed erhob sich über dem Außenwerk; die Mauern und Türme schimmerten rötlich in der Abendsonne. Einst war die Festung ein Zeugnis der Macht Gottes und Seiner Diener auf Erden gewesen, aber nun hatte die Welt des Krieges ihre Mauern erreicht, und die Flut konnte nicht länger eingedämmt werden. Der Heilige Georg hatte versagt, Safed würde nun in Baybars' Hände fallen, aber die Ritter hatten dafür gesorgt, dass er darin wenig von Wert finden würde. Die Leichen der Christen, die die Mamelucken über die Mauern geschleudert hatten, waren in den Zisternen versenkt worden, um das Wasser zu vergiften. Die Vorräte an Getreide und Nahrungsmitteln waren in hoch auflodernden Feuern verbrannt worden. Die Schmiede und Steinmetze hatten den Auftrag erhalten, die Waffen zu zerstören – die Steinschleudern zu zerhacken, die Klingen der Schwerter durch Hammerschläge zu verbeulen und die Bogen und Pfeile zu zerbrechen. Was blieb, war nur noch nackter Stein. Und eine furchterfüllte Versammlung von Soldaten und Bauern.

James drehte sich um, als hinter ihm gedämpfte Stimmen erklangen. Die fünf jüngsten Soldaten der Garnison musterten die Priester ängstlich.

James konnte sich den Grund für ihre Angst denken. »Ihr braucht euch keine Sorgen zu machen«, versicherte er ihnen ruhig. »Die Gebete sind lediglich eine Vorsichtsmaßnahme.«

»Herr Ritter«, wisperte einer von ihnen. »Meine Kameraden und ich fragen uns, wie wir denn ohne Pferde und Proviant nach Akkon kommen sollen?«

»Es sind nur ungefähr dreißig Meilen.« James klopfte auf den Wasserschlauch an seinem Gürtel und lächelte. »Wir haben genug Wasser. Auf alles andere können wir verzichten.«

Der Sergeant nickte und entspannte sich ein wenig.

»Amen«, schloss James zusammen mit dem Rest der Männer, als die Priester ihre Gebete beendet hatten.

Der Kommandant trat vor. »Zeigt Stärke, Männer, und haltet im Angesicht des Feindes den Kopf hoch erhoben. Zeigt ihnen, dass Krieger Christi nichts und niemanden fürchten außer Gott. Seht denen, die unsere Besitztümer zerstören wollen, in dem Wissen, dass wir eines Tages mit der gesamten Armee unseres Ordens zurückkehren und Rache nehmen werden, stolz in die Augen. Sucht Trost in eurem Glauben und schöpft Mut daraus.« Sein Blick ruhte einen Moment lang auf der Festung. »Und nun lasst uns gehen.«

Hintereinander schritten die Ritter, Sergeanten und Priester unter dem Bogen des Außenwerks hinweg und dann durch das Tor. Die syrischen Soldaten zogen das Fallgitter hoch. James und Mattius gingen direkt hinter dem Kommandanten. Am Fuß des Hügels wurden sie von einer Armee erwartet.

Als die Ritter das feindliche Lager durchquerten, folgten ihnen die feindseligen Blicke der Mameluckensoldaten. Einige lachten höhnisch, andere fixierten die Christen mit vor der Brust verschränkten Armen stumm. James' Haut begann zu prickeln. In allen Augen las er nichts als abgrundtiefe Verachtung. Nachdem sie zwischen einer Reihe von Zelten und Karren hindurchgeführt worden waren, gelangten sie auf eine freie Fläche, die von Soldaten in goldenen Umhängen gesäumt wurde. James erkannte die Bahri-Krieger, die mameluckische königliche Leibgarde. In ihrer Mitte stand ein hochgewachsener, muskulöser Mann mit kurzem, an den Schläfen von Silberfäden durchzogenem Haar und den kältesten blauen Augen, die James je gesehen hatte. Eine eisige Faust schloss sich um sein Herz, als sich sein und Baybars' Blick kreuzten. Ein alter Mann in einem schäbigen, schmuddeligen Gewand kauerte zu den Füßen des Sultans und betrachtete die Ritter voll boshafter Freude.

Baybars erteilte dem Soldaten an seiner Seite einen knappen Befehl.

Der Soldat trat vor. »Waffen ablegen!«, bellte er in fließendem Latein.

Der Kommandant wirkte verwirrt, fasste sich aber sofort und runzelte die Stirn. »Es war vereinbart, dass wir nicht entwaffnet werden.«

Der Soldat wiederholte den Befehl.

James sah den Kommandanten an. »Vielleicht sollten wir lieber tun, was sie verlangen. Je eher wir freikommen, desto besser.«

Der Kommandant machte Anstalten, Einwände zu erheben, nickte dann aber. »Na schön.« Er nahm seinen Schwertgurt ab und legte ihn auf den Boden.

Die Ritter und Sergeanten folgten seinem Beispiel. Einige Mamelucken begannen, die Waffen einzusammeln. Baybars wartete, dann winkte er einen anderen Soldaten zu sich. Diesmal sprach er laut genug, dass James ihn hören konnte.

»Schickt die Männer hinein. Ich nehme an, die Ritter haben alle Dinge von Wert vernichtet, aber durchsucht die Festung trotzdem. Wenn ihr sie gesichert habt, tötet die Syrer, die sich geweigert haben, Safed auf meinen Befehl hin zu verlassen. Und nehmt die Frauen und Kinder gefangen.«

James starrte ihn entgeistert an. »Ihr habt uns Euer Wort gegeben!«, rief er auf Arabisch.

Baybars fuhr herum. Sein Blick fiel auf James, als die Soldaten davoneilten, um seine Befehle auszuführen. »Deine Zunge besudelt die Sprache meines Volkes, Christ«, sagte er nach einer Pause. »Ich verbiete dir, sie zu sprechen.«

Der Kommandant blickte von Baybars zu James. »Was sagt er?«

»Wir sind in eine Falle getappt, Herr«, erwiderte James.

Die Bahri-Soldaten kamen mit schweren Ketten und Handfesseln auf sie zu. Einige Ritter stießen zornige Rufe aus, als sie sie sahen, und griffen instinktiv nach ihren nicht mehr vorhandenen Waffen. Einer der jüngeren Sergeanten versuchte, die Flucht zu ergreifen. »Bleib, wo du bist!«, schrie James aus vollem Hals.

Aber der Junge war so außer sich vor Panik, dass er die Warnung nicht beachtete. Er kam nur ein paar Schritte weit, dann wurde er von den Mamelucken gepackt. Seine Schreie gellten durch die Luft, als sie ihn mit ihren Schwertern zu Boden stießen und er in ihrer Mitte verschwand. Nach kurzer Zeit erstarben die Schreie. Als die Mamelucken zurückwichen, verhärteten sich James' Kinnmuskeln angesichts des blutüberströmten Leichnams, den sie zurückgelassen hatten. Die Hände des Sergeanten waren von seinen vergeblichen Versuchen, die Schwerter abzuwehren, völlig zerschnitten. Sein Gesicht war eine blutige Masse klaffender roter Wunden, sein Körper von zahlreichen Klingen durchbohrt. James stimmte ein leises Gebet an, in das seine Kameraden einfielen.

Den Rittern wurden ihre Mäntel, Kettenhemden und Hemden abgenommen. James, der neben dem Kommandanten auf die Knie gezwungen wurde, sah zu, wie sein weißer Mantel ins Feuer geworfen und seine Rüstung einem Mameluckenkrieger als Trophäe übergeben wurde. Dann wurde er in Ketten gelegt. Das Eisen fühlte sich kalt auf seiner bloßen Brust an.

Nachdem sämtliche Ritter, Sergeanten und Priester gefesselt waren, trat Baybars vor und blickte auf James hinunter. »Ich mag vielleicht mein Wort nicht gehalten haben, Christ, aber ich handele nicht unüberlegt.« Er hielt inne, dann nickte er zufrieden, denn James' Gesichtsausdruck verriet ihm, dass der Ritter ihn verstanden hatte. »Ich werde Euch allen eine Wahl lassen. Übersetzt meine Worte Eurem Kommandanten.«

Während Baybars sprach und James zuhörte, stieg Übelkeit in ihm auf. Als Baybars geendet hatte, senkte er den Kopf.

»James?«, drängte der Kommandant, der den Wortwechsel angespannt verfolgt hatte. »Was geschieht mit uns? Ist es so, wie ich befürchtet habe? Werden wir als Sklaven nach Kairo gebracht?«

Einen Moment lang vermochte James keinen Ton hervorzubringen, seine Stimme gehorchte ihm nicht mehr. Dann zwang er sich, den Kopf zu heben und wandte sich an den Kommandanten, hielt den Blick dabei aber auf Baybars gerichtet. »Nein, wir werden nicht als Sklaven verkauft. Der Sultan hat uns vor eine Wahl gestellt.« Er sprach so laut, dass jeder ihn hören konnte. »Wir können dem christlichen Glauben abschwören und zum Islam übertreten, oder wir können als christliche Märtyrer sterben. Er lässt uns diese Nacht Zeit, die Entscheidung zu treffen, ob wir uns retten oder enthauptet werden wollen.«

Vor den Mauern von Safed, Königreich Jerusalem,
23. Juli A. D. 1266

Die heiße, stickige Nacht verstrich quälend langsam. Die Ritter und Sergeanten knieten gemeinsam auf dem Boden. Während der ersten Stunden hatten sie zumeist schweigend ihren eigenen Gedanken nachgehangen und den Geräuschen des Lagers, dem Murmeln der Männer, die sie bewachten, und den aus der Ferne herüberwehenden Schreien aus Safed gelauscht, wo die Männer niedergemetzelt und die Frauen und Kinder zusammengetrieben und gefesselt wurden. Es war nach Mitternacht, als die Stimme des Kommandanten die Stille zerriss.

»Es ist Zeit.«

Alle Augen richteten sich auf ihn. Der Zorn des Kommandanten war verraucht. Seine Stimme klang nun ruhig, wenn auch ein wenig heiser.

»Wir müssen unsere Wahl treffen. Meine Entscheidung steht bereits fest, aber als Brüder müssen wir uns einig sein.«

Niemand sprach ein Wort. Die jüngeren Sergeanten musterten ihn forschend, aber die älteren sowie die Ritter, die dem Orden schon seit vielen Jahren dienten, wandten den Blick ab. Sie wussten, wie diese Entscheidung ausgefallen war.

»Vor zwanzig Jahren kniete ich vor der Kapitelversammlung in Paris und wurde als Ritter in den Templerorden aufgenommen, und obwohl die nachfolgenden Jahre meinem Körper viele Prüfungen auferlegt haben, haben sie meinen Glauben nicht erschüttern können. Die Gelübde, die ich abgelegt habe, gelten für mich noch immer. Ich wusste, was mir abverlangt wurde. Das wussten wir alle, Brüder, auch jene, die nie den Mantel getragen haben.« Einige der älteren Sergeanten nickten beifällig. »Wir haben geschworen, unser Leben für den Orden zu geben.« Die Stimme des Kommandanten zitterte vor mühsam unterdrückten Emotionen. »Ich werde diesen Eid nicht brechen. Selbst wenn der Teufel selbst und alle Heerscharen der Hölle es von mir verlangen würden, würde ich Christus nicht verleugnen.« Er brach ab, als einige Ritter und Sergeanten murmelnd ihre Zustimmung bekundeten.

»Wir stehen zu Euch, Kommandant«, sagte einer der Priester. Mitfühlend sah er die verängstigten jungen Sergeanten an. »Im Tode werden wir wiedergeboren. Unser Opfer ist ein geringer Preis für die Belohnungen, die uns im Himmel erwarten.«

Ein Sergeant, dessen Lippe bedenklich zitterte, ergriff das Wort. »H… Herr, könnten wir nicht vorgeben …« Er blickte seine Kameraden unterstützungsheischend an, aber alle schlugen die Augen nieder. »Könnten wir nicht sagen, wir konvertieren zum Islam und uns von diesem Glauben sofort wieder abwenden, wenn wir sicher in Akkon sind? Können wir nicht behaupten, wir schwören Christus ab, ohne dies in unseren Herzen wirklich zu meinen?«

»Christus zu verleugnen, ob nur im Wort oder auch im Geist, wäre die größte Gotteslästerung überhaupt«, erwiderte der Kommandant ruhig. »Wer dies tut, dem werden die Pforten des Himmels auf ewig verschlossen bleiben. Wir werden uns unseren Feinden nicht beugen. Wir werden unser Schicksal annehmen und den Ungläubigen die Macht des wahren Gottes vor Augen führen. Das Fleisch ist vergänglich, der Geist jedoch unsterblich.«

Der Sergeant starrte betreten zu Boden.

Nachdem die Entscheidung gefallen war, verstummten auch die Furchtsamsten angesichts der entschlossenen Gesichter der Ritter. Den Rest der Nacht verbrachten sie damit, leise von ihren Familien zu sprechen und zu beten. James starrte zum sich verfärbenden Himmel empor, als die Männer ihre Frauen und Kinder erwähnten. »Es tut mir so leid.«

Mattius berührte ihn an der Schulter. »Was tut dir leid, Bruder?«

Erst jetzt merkte James, dass er die Worte laut ausgesprochen hatte. Er legte eine Hand über die von Mattius. »Kannst du dir vorstellen, wie es ist, das eigene Kind zu hassen? Ich habe meinen Sohn wegen dem, was meiner Tochter zugestoßen ist, gehasst, und ich habe mich selbst gehasst, weil ich dieses Gefühl nicht unterdrücken konnte. Mein Herz war zerrissen, eine Hälfte gebrochen, die andere von Schmerz um meinen Sohn erfüllt. Mir kam es so vor, als hätte ich an jenem Tag zwei meiner Kinder verloren.« James umfasste Mattius' Hand. »Aber das hatte ich nicht, ich war nur zu blind, um es zu sehen.«

»Das verstehe ich nicht, James. Du hast mir doch erzählt, deine Tochter wäre ertrunken?«

»Ich war so eigensüchtig. Ich habe mir eingeredet, ich wäre hier, um meine Pflicht gegenüber Gott und dem Orden zu tun; dass ich das, was ich hier tue, auch für ihn tun und er mir am Ende dankbar dafür sein würde. Aber in Wirklichkeit war ich nur um meinetwillen hier, nicht wahr? Ich war hier, um meiner Pflicht zu entkommen. Ich hätte ihn nie verlassen dürfen.« Eine Träne schimmerte in James' Augenwinkel. Er zwinkerte sie fort. »Großer Gott, wer wird jetzt für meine Familie sorgen?«

Mattius legte ihm einen Arm um die Schulter, denn er spürte, dass sein Freund jetzt Trost und keine Antworten brauchte. »Der Orden wird sie nicht im Stich lassen.« Er umarmte James kurz. »Mach dir keine Sorgen um sie.«

James lehnte sich gegen den hünenhaften Ritter, wobei er sich wie ein Kind vorkam, und fiel in einen gnädigen Halbschlaf. Er träumte, sein Vater würde ihn bei der Hand nehmen und mit ihm zum Fischen an einen See gehen. Als er erwachte, waren seine Wangen feucht.

Kurz vor Tagesanbruch kroch Bruder Josef, der älteste Priester, mühsam auf den Knien von einem Mann zum anderen und machte kurz vor jedem Halt. Da er kein Öl zur Verfügung hatte, benutzte er die letzten Tropfen Wasser aus einem der Schläuche, um die Männer zu salben, während er die letzten Rituale vollzog.

Als die ersten Sonnenstrahlen über die Gipfel der Berge in der Ferne fielen, kam Baybars zu ihnen. James meinte, Überraschung und sogar einen Anflug von Respekt in seinem Gesicht zu lesen, als er dem Sultan mitteilte, sie hätten den Tod gewählt. Einer nach dem anderen wurden die achtundvierzig Ritter, Priester und Sergeanten auf die Füße gezogen und marschierten hintereinander aus dem Lager. Die Langsameren wurden mit Schwertspitzen zur Eile angetrieben. Als sie einen Flecken nackter Erde erreichten, wurden sie auf die Knie gezwungen.

James kniete neben Mattius. Er musterte die Männer in den goldenen Umhängen, die neben Baybars standen. Seinen Kontaktmann hatte er noch nie von Angesicht zu Angesicht gesehen, erkannte aber an der Kleidung der Soldaten, dass der einzige Mann, der ihn vielleicht hätte retten können, nicht unter ihnen war. Aber er hatte nicht versagt. Er war in das Heilige Land gekommen, um etwas zu tun, woran er aus tiefster Seele glaubte, und er hatte seine Aufgabe erfüllt, auch wenn der Preis dafür sein Leben und seine Familie waren. Er würde nie das Ergebnis seiner Bemühungen sehen, aber vielleicht war dies eines Tages seinen Kindern und Enkeln beschieden. Eines Tages würde das Blut trocknen, das auf dieser Erde vergossen worden war, und Blumen würden hier blühen. Die Welt, die er zu schaffen versucht hatte, war nicht für ihn bestimmt, sondern für zukünftige Generationen. Nach dieser Erkenntnis überkam ihn eine seltsame Ruhe, aus der er von Mattius gerissen wurde.

»Bei Gott, du elender Judas!«, brüllte sein Freund, dabei versuchte er verzweifelt, auf die Füße zu gelangen.

James hielt nach dem Grund für die Wut seines Kameraden Ausschau. Er musste nicht lange suchen. Leo, der Syrer, den sie mit den Bedingungen für ihre Unterwerfung zu Baybars geschickt hatten, stand neben dem Sultan und sah zu, wie die Mamelucken ihre Schwerter zogen.

Leo starrte den Hünen an, der von drei Mamelucken zu Boden gestoßen wurde. »Ich habe euch nicht verraten«, verteidigte er sich. »Ich habe eure Worte so, wie ihr es mir aufgetragen habt, an den Sultan weitergegeben. Ich wusste nicht, dass er sein Versprechen brechen würde…«

»Und das sollen wir dir glauben, wo du als freier Mann neben unseren Henkern stehst?«

»Ich bin zum Islam übergetreten«, gestand Leo. »Aber auch euch wurde das Leben angeboten. Es war eure freie Entscheidung, den Tod zu wählen.«

Mattius wand sich wie wild im Griff der Soldaten und brüllte wie ein gefangener Bär, musste aber hilflos zusehen, wie Leo sich vor Baybars verneigte und davonging.

»Ruhig, Bruder«, bat James, dem die Raserei seines Freundes mehr Sorgen bereitete als die hinter ihnen aufgereihten Soldaten mit den Schwertern in den Händen. Er beugte sich vor und packte Mattius' Handgelenk. »Bitte, Mattius. Du kannst nicht mit einem solchen Zorn in dir sterben. Du musst deine Seele auf ihre letzte Reise vorbereiten. Schone deine Kräfte!«

Mattius' Wut ebbte langsam ab, sein Körper entspannte sich. Die Soldaten gaben ihn frei und traten zurück, hielten aber ihre Schwerter auf ihn gerichtet. Er zog sich auf die Knie und wischte sich mit seinen gefesselten Händen Staub von der Wange.

James wechselte einen Blick mit ihm, als Baybars befahl, mit den Hinrichtungen zu beginnen. »Ich bedaure nur, dass wir nicht gemeinsam nach Jerusalem reisen konnten, wie wir es geplant hatten, Bruder.«

Mattius stieß ein grollendes Lachen aus. »Was ist schon die Heilige Stadt im Vergleich zum Paradies?«

»Gott mit dir, mein Freund.«

»Und mit dir.«

James wandte sich ab, als die Schwerter niederzusausen begannen. Unter ihm zog sich der Jordan wie ein goldenes Band durch das Tal, und die Berge im Süden glühten rot im Morgenlicht. Er trank diesen Anblick in sich hinein wie ein Verdurstender in der Wüste den letzten Tropfen Wasser. Das dumpfe Geräusch von Klingen, die Knochen und Fleisch durchtrennten, mischte sich mit dem angestrengten Grunzen der Henker; der Gestank von Blut und Urin verpestete die Luft. James schloss die Augen, als der Kommandant an die Reihe kam, dachte an Isabel und seine drei

Töchter in Schottland und versuchte, sich ihre Bilder einzuprägen, um etwas von ihnen in seinem letzten Moment mit sich zu nehmen. *Gott, sorg dafür, dass sie in Sicherheit leben können.* Zwei weitere Ritter fielen, dann Mattius. James dachte an seinen Sohn in Paris, der jetzt den weißen Mantel trug. Ein Windstoß, der nach Hibiskusblüten duftete, fuhr durch sein Haar und kühlte seine erhitzte Haut. Er schlug die Augen auf und lächelte. »Ich bin stolz auf dich, William«, murmelte er, als der Schatten des Schwertes auf ihn fiel.

21

Gasthaus Zu den Sieben Sternen, Paris
29. Oktober A. D. 1266

Garin sah zu, wie die langen, schlanken Finger der Frau an den Bändern seiner Hose herumzupften. Das Kerzenlicht tanzte über Adelas geschmeidigen nackten Körper und ließ ihre milchweiße Haut schimmern. Er wandte den Blick nicht von ihr, als sie sein Hemd öffnete und ihre kühlen Hände über seine Brust strichen. Durch die Ritzen in den Bodendielen drangen laute Gesprächsfetzen und schlechtes Fiedelspiel zu ihnen empor, im Nebenraum erklang das tiefe Stöhnen eines Mannes, gefolgt von hellem Mädchengekicher. Ein schwerer Weihrauchgeruch hing in der Luft, konnte aber den Gestank nach Schweiß, schalem Ale und ranzigem Fleisch nicht überdecken, der das ganze Gebäude durchzog. Adela beugte sich mit einer trägen, schlangengleichen Bewegung vor, um seinen Hals zu küssen. Ihr dichtes schwarzes Haar fiel über seine Schultern, ihre Zunge fuhr leicht wie eine Feder über sein Ohr.

»Warum behältst du immer die Augen auf?«, fragte sie leise. Ihr warmer Atem jagte ihm einen Schauer über den Rücken.

Ihm war schon aufgefallen, dass sie stets leise sprach, wenn sie sich mit ihm in dieser Kammer befand – vielleicht, um die fast männliche Schroffheit zu verbergen, die in ihrer Stimme mitschwang, wenn sie sie hob.

Als er keine Antwort gab, lehnte sie sich zurück und musterte sein ausdrucksloses Gesicht forschend. »Du bist schon ein merkwürdiger Kauz.«

»Ich bezahle dich nicht fürs Reden.« Garin strich sich ihr Haar aus dem Gesicht. Er fand ihre Augen faszinierend. Sie waren groß, leuchtend und so dunkelgrünblau, dass sie fast violett schimmerten.

»Wofür bezahlst du mich dann?«, murmelte Adela, dabei ließ sie sich auf ihn sinken, bis ihre Brüste seine Brust berührten.

»Das weißt du sehr gut.«

»O ja.« Adela glitt zu seinem Bauch hinunter und löste die Bänder seiner Hose. »Das weiß ich allerdings.«

Als sie sich vorbeugte und ihr Haar sich über seine Haut ergoss, blickte Garin an ihr vorbei zu einer Ecke des Raumes, der größer war als die restlichen Kammern des Hauses. Ein Wandschirm aus Flechtwerk verbarg zur Hälfte eine Arbeitsplatte auf zwei Böcken und einen hölzernen Stuhl – Adelas Arbeitsbereich. Auf den Regalen an der Wand standen Krüge und Tiegel neben hohen, schlanken irdenen Flaschen. Bei seinem ersten Besuch vor zwei Monaten hatte er sie neugierig in Augenschein genommen, daher wusste er, dass sie die verschiedensten Arten von Kräutern enthielten. Neben all ihren anderen Talenten war Adela auch eine Heilerin. Er biss die Zähne zusammen, als ihre Bewegungen schneller wurden; seine Finger krallten sich in die zerschlissene Matratze, aus der Strohhalme herausquollen.

Die neunzehnjährige Adela, Besitzerin des einst einen guten Ruf genießenden Gasthauses im Quartier Latin, war die erste Frau, mit der Garin je zusammen gewesen war, und es verblüffte ihn stets aufs Neue, wie einfach die Dinge schienen, wenn er in ihrem Bett lag. Er war seit drei Monaten in Paris und hatte bislang nur zweierlei erreicht – er hatte eine kurze Unterredung mit dem Visitator geführt, in deren Verlauf dieser ihm mitgeteilt hatte, dass er nur im Heiligen Land darauf hoffen durfte, einen Kommandantenposten zu erringen, und er hatte sein Keuschheitsgelübde gebrochen. Er hatte gedacht, wenn er London entfloh, könnte er hier ein neues Leben beginnen; weit weg von den Erinnerungen an seinen Onkel, die ihn dort ständig peinigten.

Nach Jacques' Tod war Garin einem älteren Ritter als Sergeant zugeteilt worden; einem Mann, der das Ordenshaus nur selten verließ. Er hatte sich auf seine Kampfübungen konzentriert und jedes Turnier im Neuen Tempel gewonnen, aber das war nicht genug gewesen. Das Leben, das er verabscheute; das Leben, das sein Vater und seine Brüder geführt hatten, deren Platz er auf Wunsch seines Onkels und seiner Mutter einnehmen sollte, erschien ihm mit einem Mal äußerst verlockend. Als der Bürgerkrieg ausbrach, empfand er dies anfangs als Segen; wäre das nicht geschehen, hätte er ohne Zweifel mehr Aufträge für Prinz Edward übernehmen müssen als die wenigen, die Edward ihm seither erteilt hatte – hauptsächlich das Überbringen von Nachrichten. Aber Edwards Einkerkerung hatte nicht nur zur Folge gehabt, dass Garins Dienste nicht länger benötigt wurden, sie hatte auch verhindert, dass der Prinz ihn angemessen belohnen konnte. Edward hatte versprochen, ihn zu einem Lord zu machen. Trotz der Schuldgefühle, die ihn nach Jacques' Tod plagten, träumte Garin immer noch insgeheim davon. Er malte sich aus, Herr eines großen Landsitzes mit einem Heer von Dienstboten, Ställen und einem eigenen Turm für seine Mutter zu sein. Aber er hatte bald erkennen müssen, dass er seine Ziele aus eigener Kraft würde verwirklichen müssen. Auf den Prinzen durfte er sich dabei nicht verlassen.

Der Umzug nach Paris war keineswegs die Lösung all seiner Probleme gewesen, wie er gehofft hatte. Nachdem der Visitator ihm gesagt hatte, er müsse sich erst im Kampf beweisen, ehe er auf einen Kommandantenposten hoffen konnte, hatte Garin einige Wochen lang die Möglichkeit, an einem Kreuzzug teilzunehmen, erwogen. Er hatte von Rittern gehört, die in Palästina in den Adelsstand erhoben worden waren und nun prächtige Villen, Sklaven und einen Harem ihr Eigen nannten. Aber Outremer war so weit weg, und er hatte Angst, ganz allein dorthin zu reisen.

Adelas geschickte Berührungen fachten seine Begierde an, bis er nicht länger an sich halten konnte. Seine Hand schloss sich um ihren Nacken, er packte eine Hand voll ihres nach Jasmin duftenden Haares, zog sie an sich und küsste sie gierig auf den Mund. Er hatte es gern, wenn sie die Kontrolle über sich verlor, während er die seine behielt und sich langsam und bewusst bewegte. Aber nicht heute Abend. Garin rollte sich über sie, zog ihre Beine über seine Hüften und drang ungeduldig in sie ein; so heftig, dass Adela zusammenzuckte. Während er wieder und wieder in sie hineinstieß und Erfüllung suchte, schwanden seine Ängste und Zweifel. Die Welt ringsum existierte nicht mehr, war auf diesen Raum und diese Frau zusammengeschrumpft.

Hinterher sackte Garin schlaff über ihr zusammen. Sein Atem ging schwer, und einen Moment lang schien sein Kopf völlig leer zu sein. Endlich schob ihn Adela an den Schultern zurück und wand sich unter ihm hervor. Sie stöhnte leise, als sie sich aufsetzte.

Garin hörte es und berührte sie an der Schulter. »Habe ich dir wehgetan?«, fragte er, wohl wissend, dass dem so war, aber nun, da er sein Vergnügen gehabt hatte, empfand er einen Anflug von Reue und wollte, dass sie ihm verzieh.

Adela sah sich im Raum um. »Ein bisschen.«

»Das tut mir leid.«

»Schon gut.«

»Gar nichts ist gut«, widersprach er. »Entschuldige bitte.«

»Halb so schlimm, Garin. Glaub mir, ich hatte schon viel ... stürmischere Kunden.«

Garin packte sie am Handgelenk, als sie aufstehen wollte. »Bleib bei mir.«

»Ich habe heute Abend noch mehr Freier.«

Er hielt sie fest. »Nur noch ein Weilchen.«

Adela zögerte, dann ließ sie sich zurücksinken. Garin legte den Kopf auf ihre Brust, spürte, wie sie sich bei jedem Atemzug hob und senkte. Er empfand die gleichmäßige Bewegung als seltsam beruhigend. Draußen wurde es allmählich dunkel. Bald würde er zum Ordenshaus zurückkehren müssen.

Adela strich mit der Hand sacht über seine Schulter, dann barg sie ihr Gesicht in seinem Haar. Er roch so warm und sauber.

»Ich wünschte, du würdest das nicht tun«, murmelte Garin.

»Was nicht tun?«

»Dich mit anderen Männern abgeben.«

Adela gab keine Antwort.

Tower von London, 21. Oktober A. D. 1266

»Ihr habt ihn nur ein einziges Mal gesehen?«

»Ja, Mylord. In Carcassonne, vor ungefähr acht Monaten. Es hatte sich eine große Menschenmenge dort versammelt, wie immer bei einer Krönung.« Philippe, ein junger Edelmann aus der Provence, sah zu, wie Prinz Edward die goldene Brust des Falken auf seiner Faust streichelte. Der Prinz saß auf der Kante eines Tisches in einem Flecken Sonnenlicht, das durch ein schmales Fenster fiel. Philippe kauerte auf einem niedrigen Stuhl und fühlte sich in der Gegenwart des hochgewachsenen Prinzen klein und unbedeutend. Mit siebenundzwanzig hatte Edward seine volle beeindruckende Größe erreicht und war zwar schlank, aber Turnierkämpfe, regelmäßige Jagdausritte und die kürzlich bestrittenen Schlachten hatten ihm zu stählernen Muskeln verholfen. »Was für ein schöner Vogel«, unterbrach er das Schweigen.

Edward sah ihn an. »Sie gehörte meinem Onkel Simon de Montfort. Nachdem er bei Evesham getötet wurde, habe ich sie zu mir genommen.« Er hob seine von einem gepolsterten Lederhandschuh geschützte Hand. Das Falkenweibchen kreischte, schlug mit den Schwingen und zerrte an der Seidenschnur an ihrem Bein, deren anderes Ende Edward in seiner freien Hand hielt. Wieder kreischte sie schrill auf, schüttelte ihr Gefieder, dann beruhigte sie sich wieder. »Sie ist noch ein bisschen scheu.«

Philippe schielte zur Tür. Der Mann, der ihn zu dieser düsteren, zugigen Kammer im Tower geführt hatte, stand immer noch dort. Sein abstoßendes pockennarbiges Gesicht zeigte keinerlei Regung. »Erkundigt Ihr Euch aus einem bestimmten Grund nach Pierre de Pont-Evêque, Mylord?«, wagte Philippe einen zaghaften Vorstoß.

»Ich habe Euch eines Abends an der Tafel meines Vaters von ihm erzählen hören, und das hat mein Interesse geweckt.«

Philippe nickte und entspannte sich ein wenig. »Der Ruhm des Troubadours verbreitet sich immer weiter, scheint es. Seit ich hier bin, haben mich schon viele Leute nach ihm gefragt, aber ich sagte immer, sie müssten seinen Auftritt selber sehen, um sich ein Urteil bilden zu können. Ich hatte gehofft, ihn noch einmal sehen zu können, wenn er im Königspalast in Paris für König Louis aus seinen Werken liest, aber da mein Aufenthalt hier länger dauert als geplant, wird mir dies leider nicht möglich sein.«

»Erzählt mir von diesem Buch«, bohrte Edward weiter. »Ihr sagtet, es trüge einen Titel. Das Gralsbuch.«

»Ja«, erwiderte Philippe. »Während seines Auftritts liest er daraus vor. Aus diesem Buch stammen die anzüglicheren und respektloseren Teile seines Vortrags.« Der junge Edelmann zuckte die Achseln. »Aber ich kann eigentlich nichts Schlimmes daran finden; ich denke nicht, dass er irgendetwas von dem, was er sagt, ernst meint.«

»Und die Templer werden in diesem Buch erwähnt?«

»Nicht direkt, aber jeder weiß, auf wen er anspielt, wenn er von Männern in weißen Mänteln mit einem roten Kreuz auf der Brust spricht. Manche glauben, er wäre selbst ein Templer gewesen, der aus dem Orden ausgestoßen wurde, aber ihre geheimen Initiationsriten kennt.« Philippe kicherte leise. »Aber niemand stört sich an der Art, wie er die Ritter darstellt. Viele Leute sind der Meinung, es wäre höchste Zeit, dass die Tempelritter eine Lektion in Demut erteilt bekommen. Sie treten so stolz auf wie Gottes Stellvertreter auf Erden und stellen sich über alle anderen Menschen, aber ich habe schon so manchen Mann nach zu viel Wein behaupten hören, er wäre so betrunken wie ein Templer. Und ihr Keuschheitsgelübde? Gerüchten zufolge vögeln sie genauso viele Frauen wie andere Männer auch. Sie nennen sich die Armen Ritter Christi, aber jeder weiß von den Schätzen in den Gewölben unter ihren Kirchen.«

Bei der letzten Bemerkung verfinsterte sich Edwards Miene, und Philippe verstummte. Erneut stieg Unbehagen in ihm auf. Nach seiner Ankunft in London hatte er König Henry viel älter und schwächer vorgefunden, als er ihn von früheren Besuchen her in Erinnerung hatte; ausgebrannt von der langen Zeit im Kerker während Simon de Montforts Rebellion und von der anstrengenden Belagerung von Kenilworth, die erst kürzlich beendet worden war. Die Köpfe der gefallenen Rebellen zierten jetzt die London Bridge. Philippe hatte Palastgeflüster vernommen, dem zufolge Edward und nicht Henry das Land regierte, das er den Abtrünnigen wieder entrissen hatte. Nun, da er den Prinzen leibhaftig vor sich sah, konnte er verstehen, wieso diese Gerüchte aufgekommen waren.

»Wisst Ihr, wann genau der Troubadour an König Louis' Hof auftreten soll?«, erkundigte sich Edward.

»In weniger als zwei Wochen. Wollt Ihr der Vorstellung beiwohnen, Mylord?«

Edward blickte zu dem an der Tür stehenden Rook hinüber und lächelte leicht. »Ein Freund wird mich vertreten.« Er wandte sich wieder an den Edelmann. »Ihr könnt gehen, Philippe. Danke, dass Ihr mir Eure Zeit geopfert habt.«

Philippe erhob sich hastig und verneigte sich. »Es war mir ein Vergnügen, Mylord.« Wieder verbeugte er sich, dann eilte er zur Tür.

»Glaubt Ihr, das ist es, wonach wir suchen?«, fragte Rook, nachdem er die Tür wieder geschlossen hatte.

»Der Titel ist derselbe, und es enthält, wie er sagte, offenkundige Anspielungen auf die Templer. Das stimmt mit dem überein, was wir bislang wissen.« Edward trat zum Fenster, schloss die Augen und genoss die Wärme der Sonne auf seinem Gesicht. Sein

Haar, das in seiner Jugend sehr hell gewesen war, war in den letzten Jahren nachgedunkelt und wies stellenweise schwarze Strähnen auf.

Als er vor sechs Jahren erst von Rook und dann von dem verängstigten Garin de Lyons von einem Geheimbund innerhalb des Templerordens erfahren hatte, hatte Edward augenblicklich Rook beauftragt, herauszufinden, ob diese Geschichte der Wahrheit entsprach. Jacques de Lyons hatte seinem Neffen erzählt, dass diesem Zirkel, der Anima Templi, ein Buch gestohlen worden war, das detaillierte geheime Pläne enthielt, die sich, sollten sie enthüllt werden, für sie und den Orden als überaus verhängnisvoll erweisen konnten. Rook hatte weder etwas über die Herkunft des Buches noch darüber, wo es sich jetzt befand, herausbringen können, hatte aber bestätigt, dass es einen Mann namens Everard gab, der Garin zufolge der Kopf der Gruppe sein sollte. Dem Prinzen war es auch gelungen, einen Beweis dafür zu finden, dass sein Großonkel Richard Löwenherz Verbindungen zu diesem Zirkel unterhalten hatte; er hatte ein von Richard verfasstes Dokument in den Archiven von Westminster gefunden, das den Titel *Die Seele des Tempels, die ich mit meinem Leben zu schützen geschworen habe* trug. Edward hatte vorgehabt, mehr Männer anzuheuern, die Rook bei seinen Nachforschungen über die Anima Templi zur Hand gehen sollten, aber der Bürgerkrieg und seine darauf folgende Haft hatten dies verhindert.

»Wann soll ich nach Paris aufbrechen?«

Edward wandte sich vom Fenster ab. »Innerhalb der nächsten Tage.« Rooks zweifelnde Miene entging ihm nicht. »Was ist?«

»Bei allem Respekt, Sir … ich glaube, wir setzen viel zu große Hoffnung auf ein kleines Buch, das vielleicht gar nichts mit einem Geheimbund zu tun hat, der nur laut Aussage eines rotznäsigen Bürschchens existiert.«

»Von dem, was uns Garin erzählt hat, hat sich zu viel als wahr erwiesen, als dass wir alles als Hirngespinste abtun könnten.«

Rook wollte Einwände erheben, aber Edward hob eine Hand. »Was soll ich denn sonst tun? Einen Überfall auf das Pariser

Ordenshaus anzetteln, um mir meine Juwelen zurückzustehlen? Die Söldner, die ich beim letzten Mal ausgeschickt habe, haben ja schon versagt, als sie ein paar Ritter auf einem Kai unschädlich machen sollten.« Seine Stimme klang ruhig, aber seine Augen glitzerten vor Zorn. »Mein Vater wird immer schwächer. Es dauert nicht mehr lange, bis ich seinen Platz einnehmen werde. Ich muss jetzt meine Autorität unter Beweis stellen; es gibt viele, die versuchen werden, sie zu untergraben, wenn ich erst zum König gekrönt worden bin. Ich habe schon nicht zugelassen, dass mein Onkel, den ich viele Jahre geliebt und bewundert habe, mir die Macht entreißt. Ehe ihm dies gelang, habe ich ihn töten, ihm Kopf und Glieder vom Rumpf trennen und seinen blutigen Torso den Hunden auf dem Schlachtfeld von Evesham zum Fraß vorwerfen lassen. Glaubst du wirklich, ich würde mich von den Templern beherrschen lassen? Ich will meine Juwelen zurück, Rook, und wenn ich sie nur zurückbekomme, indem ich ein für sie kostbares Tauschobjekt an mich bringe, dann soll es so sein.«

Rook nickte. »Wie soll ich vorgehen?«

»Ich denke, es ist an der Zeit, dass du unserem jungen Freund einen kleinen Besuch abstattest.«

»Garin?«, erwiderte Rook säuerlich. »Er ist im Sommer nach Paris gereist.«

»Dann ist er ja schon an Ort und Stelle und kann dir helfen. Du wirst ihn brauchen, Rook. Außerdem haben wir ihn viel zu lange unbehelligt gelassen.« Edward strich über die Brust seines Falken. »Wir wollen ja nicht, dass er vergisst, wer sein Herr ist.«

Ordenshaus Paris, 21. Oktober A. D. 1266

»Du verkrampfst dich ja schon wieder!«

Simon runzelte die Stirn, lockerte seinen Griff, schwang das Schwert und versuchte, Wills fließende Bewegungen aus dem Handgelenk heraus nachzuahmen. Die Waffe flog ihm aus der

Hand, und Will konnte sich gerade noch rechtzeitig ducken, als sie auf ihn zuschwirrte.

»Heilige Mutter Maria!« Simon warf die Hände in die Höhe. »Will! Das wollte ich nicht, es tut mir leid!«

»Nichts passiert«, beruhigte ihn Will, richtete sich auf und betrachtete das Krummschwert, dessen Spitze sich in einen Heuballen gebohrt hatte. Er stieß zischend den Atem aus, als er es herauszog.

»Es hat keinen Sinn, ich lerne es nie.«

»Du brauchst nur mehr Übung.«

Simon versuchte, seinen Unmut zu verbergen, als Will ihm das Schwert reichte.

»Herr!«, rief ein junger Stallbursche, der schüchtern um die Ecke des Stalls spähte. »Ich kann den Striegel nicht finden.«

»In der Sattelkammer«, sagte Simon. »Auf dem zweiten Regal, da, wo du ihn liegen gelassen hast.«

»Danke, Herr.« Der Junge errötete und zog sich zurück.

»Herr?« Will grinste Simon an. »Du scheinst dich ja gut in deine neue Rolle hineinzufinden.«

»Ja, ja.« Simon deutete mit großer Geste über die Stallungen hinweg. »Ich bin der Herr der Mistforken.« Er zeigte auf einen Stapel Heuballen in der Ecke. »Warum machen wir nicht eine kleine Pause?« Er rieb mit gespielt gequälter Miene sein Handgelenk. »Ich muss mir da etwas gezerrt haben.«

Will lachte. »Dir sind die Kampfübungen wirklich zuwider, nicht wahr?«

Simon ließ sich schwer auf einen Ballen sinken und legte sich Wills Schwert über den Schoß. »Ich glaube nur nicht, dass ich jemals gut genug werde, um ein halbwegs ebenbürtiger Partner für dich zu sein.«

Will setzte sich neben ihn. »Ich kann weder Robert noch Hugues bitten, mit mir zu trainieren. Jetzt, wo sie Ritter sind, haben sie keine Zeit dazu, und Everard lässt mich nicht an den Übungskämpfen teilnehmen. Nicht«, fügte er bitter hinzu, »dass mir etwas daran läge. Die Sergeanten in den Gruppen sind alle viel jünger als ich. Ich könnte ihr Ausbilder sein.« Er formte seine Hände zu einer Schale und blies hinein. Die Haut war vom eisigen Wind rau und rissig geworden.

Während der letzten Monate war jeder Mann im Ordenshaus mit der Ernte und den Vorbereitungen für den Winter beschäftigt gewesen. Die Ställe und Schuppen waren gesäubert worden, damit die Hühner, Schweine und Ziegen bei Anbruch der kalten Tage hineingetrieben werden konnten. Die Bäume im Obstgarten waren abgeernet, die Früchte lagerten in Vorratskammern, damit später Wein und Kompott daraus bereitet werden konnte. Fische aus den Teichen hingen gesalzen und getrocknet an den Deckenbalken, Honig aus den Bienenstöcken füllte große Tontöpfe. Nachdem die Vorratslager gefüllt waren, hatte während der Atempause zwischen Herbst und Winter für kurze Zeit eine friedliche, entspannte Atmosphäre im Haus geherrscht.

Will hatte sich mit einigen neuen Abhandlungen befasst, die Everard für die Bibliothek des Ordenshauses erworben hatte, und der Priester hatte ihm darüber hinaus aufgetragen, einen Stapel Bücher neu zu binden. Will hatte tagelang im Obstgarten gesessen, die beschädigten Bücher auf den Knien balanciert und eine Nadel sorgfältig durch das Leder am Rücken gezogen. Oft hatte Simon ihm dabei Gesellschaft geleistet, und auch Robert hatte sich zwischen Gottesdiensten und Besprechungen manchmal Zeit genommen, um sich mit ihm zu unterhalten. Robert, dem Wills wachsende Niedergeschlagenheit darüber, dass ihm die Ritterschaft noch immer verwehrt wurde, nicht entging, versuchte, ihn zum Lachen zu bringen, indem er zum Beispiel von einer Kapitelversammlung erzählte, die er gerade besucht hatte und in der sich Bruder Sowieso drei Stunden lang darüber ausgelassen hatte, mit welchem Stichmuster der Schneider die Löcher in ihren Hosen flicken sollte. Mit Garin hatte Will dagegen kaum ein Wort gewechselt. Zwischen ihnen herrschte eine Art verlegener Spannung, die früher nicht da gewesen war, daher versuchte er, dem Ritter nach Möglichkeit aus dem Weg zu gehen, was ihm nicht weiter schwerfiel, denn Garin war nicht oft im Ordenshaus anzutreffen.

»Mach dir wegen des Übens keine Sorgen«, sagte Simon. »Ich werde mir alle Mühe geben, und wenn es mich umbringt.« Er kratzte sich am Kopf. »Oder dich.«

Beide blickten auf, als eine schmale Gestalt in den Stall stürmte. Will sprang erschrocken auf, als Elwen ihn angrinste. Sie trug einen schwarzen, am Hals mit einer Brosche in Form einer Rose zusammengehaltenen Umhang. Das Haar fiel ihr offen über die Schultern.

»Was tust du denn hier?«

Elwen missfiel sein schroffer Ton sichtlich. »Ich wollte dich sehen.«

Simon sah unsicher von ihr zu Will.

Will nahm sie am Arm und zog sie vom Eingang weg, sodass niemand, der sich zufällig im Hof aufhielt, sie sehen konnte. »Wie bist du hier hereingekommen?«

Ihr Grinsen kehrte zurück. »Durch den Dienstboteneingang. Keine Angst«, fügte sie hinzu, als sie seinen Gesichtsausdruck bemerkte. »Niemand hat mich gesehen.« Sie zog sich die Kapuze ihres Umhangs so tief in die Stirn, dass ihr Haar und der größte Teil ihres Gesichts verdeckt wurden. »Ich habe einen Sergeanten gefragt, wo ich dich finden kann.« Sie schlug einen tiefen, männlichen Tonfall an, dann schlug sie die Kapuze lachend zurück und blickte sich naserümpfend im Stall um. »Wie haltet ihr diesen Gestank hier nur aus?«

»Pferde riechen nun mal ein bisschen streng.« Simon erhob sich von dem Heuballen. Seine Stimme klang seltsam verzerrt.

Elwen lächelte ihm zu. »Du bist Simon, nicht wahr? Wir sind uns einmal in London begegnet, als ich vorübergehend im Neuen Tempel wohnte. Will hat mir schon erzählt, dass du hier bist.«

»Hat er das?« Simon warf Will einen schwer zu deutenden Blick zu.

»Ich bin Elwen.«

Simon wandte sich wieder zu ihr. »Das dachte ich mir schon.«

Unter seinem forschenden Blick fühlte sie sich unbehaglich. Sie spürte, dass sie gewogen und scheinbar für zu leicht befunden wurde. »Freust du dich denn gar nicht, mich zu sehen?«, fragte sie Will, um das Schweigen zu brechen.

Als sie ihm dabei einen langen Seitenblick zuwarf, spürte Will, wie in seinem Magen ein paar Schmetterlinge zu tanzen begannen. Er konnte einfach nicht begreifen, wieso sie ihn nur auf eine bestimmte Weise ansehen musste, und schon schienen seine Eingeweide zu Wasser zu werden. »Natürlich freue ich mich«, murmelte er. »Aber wenn du entdeckt wirst, bekomme ich den Ärger, nicht du.« Er sah zu, wie Simon nach einem Besen griff und begann, den Stall auszukehren. »Du kannst nicht einfach so herkommen. Es ist zu riskant.«

Elwen seufzte. »Ich wäre auch nicht gekommen, wenn du mir in der letzten Zeit nicht so offensichtlich aus dem Weg gegangen wärst. Du antwortest kaum mehr auf meine Nachrichten oder besuchst mich im Palast. Ich dachte, wir wären Freunde, Will.«

»Das sind wir auch.« Will lehnte sich gegen eine Bank und verschränkte die Arme vor der Brust.

Angesichts dieser lässigen Haltung zogen sich ihre Brauen zusammen. »Und außerdem würde ich, wenn mich jemand anhält, sagen, ich wollte das Grab meines Onkels besuchen.«

»In den Ställen?«

Elwen verdrehte die Augen. »Ich würde sagen, ich hätte dich nach dem Weg zum Friedhof gefragt.«

»Ich darf Everard keinen weiteren Vorwand mehr liefern, meine Initiation hinauszuzögern, Elwen, das weißt du genau. Es ist nicht so, dass ich mich nicht mit dir treffen möchte, ich kann einfach nicht. Nicht jetzt. Lass mir Zeit, die Dinge zu regeln.«

»Zeit? Du hattest Jahre. Wolltest du nicht mit dem Visitator über deine Aufnahme sprechen? Das hast du jedenfalls bei unserem letzten Treffen gesagt. Will, ich kann es nicht ertragen, dass du einfach so kampflos aufgibst.« Sie warf ungeduldig ihr Haar zurück. »Irgendetwas zu tun, ist doch sicher besser, als gar nichts zu tun!«

Will malte mit dem Fuß einen Kreis in den Staub. »Er wollte mich nicht empfangen«, murmelte er.

Das war eine Lüge. Nach der Auseinandersetzung mit Everard, während der er dem Priester sein Ultimatum gestellt hatte, war Will nie zum Visitator gegangen. Sein Vater hielt ihn für einen Ritter. Wie stünde er denn da, wenn er als Sergeant bei ihm auftauchte und zugeben müsste, gelogen zu haben? Sein Vater würde ihn bestimmt nicht mit offenen Armen aufnehmen und ihm die Lüge verzeihen.

»Hör zu.« Elwen trat zu ihm. »Ich habe den größten Teil meines Verdienstes gespart. Ich möchte auch ins Heilige Land reisen, das war schon immer mein Traum. Nächstes Jahr ungefähr habe ich genug Geld beisammen, um die Überfahrt für uns beide zu bezahlen. Wir können zusammen fahren, wenn Everard dir auch weiterhin den Mantel verwehrt.«

Will sah sie an. Ihr Vorschlag klang verlockend, ärgerte ihn aber zugleich. Er wollte nicht als Pilger ins Heilige Land gehen, sondern als Ritter, und der einzige Ort, der ihn dort interessierte, war die Festung, in der sein Vater stationiert war. »Danke«, entgegnete er, »aber das ist etwas, was ich allein tun muss. Ich muss nur einen Weg finden, Everard dazu zu bringen, sich für meine endgültige Aufnahme in den Orden einzusetzen, aber ich hatte bislang noch keine Zeit, um darüber nachzudenken.« Er rang sich ein Lächeln ab. »Doch mir wird schon irgendetwas einfallen.«

Ordenshaus Paris, 24. November A. D. 1266

»Uns bleibt nicht mehr viel Zeit.«

»Ich weiß, Bruder. Ich habe versagt. Vergib mir.«

»Ich gebe dir keine Schuld, Hassan.« Everard, der unruhig in seiner Kammer auf- und abschritt, blieb stehen. »Es war keine leichte Aufgabe.«

»Ich habe schon schwierigere bewältigt, und das in wesentlich kürzerer Zeit als drei Monaten.« Hassan fuhr sich mit der Hand durch sein schwarzes Haar. »In manchen Gasthäusern, in denen er übernachtet hat, hat der Troubadour seinen richtigen Namen angegeben, aber in anderen muss er einen falschen benutzt haben. Ich glaube, er hat die großen Straßen gemieden und ist lieber über Waldwege geritten. Nur verstehen kann ich das nicht, ich bin sicher, er hatte keine Ahnung, dass ich ihm auf den Fersen bin. Ich war sehr vorsichtig.«

»Das bist du immer.«

»Ich hätte noch länger nach ihm gesucht, wenn ich nicht befürchtet hätte, er würde vor mir hier eintreffen, wenn ich noch mehr Zeit vertrödele.«

»Du hast die richtige Entscheidung getroffen. Es kann einfach nur Pech gewesen sein, dass du ihn nicht aufgestöbert hast, aber Pierre de Pont-Evêque hat allen Grund, vorsichtig zu sein.« Everard nahm neben Hassan unter dem Fenster Platz. »Bruder Gilles war gestern hier, um sich davon zu überzeugen, dass alle nötigen Vorbereitungen getroffen worden sind. Nicolas de Navarre wird den Trupp anführen, der sich zum Palast begibt. Sie wollen den Troubadour kurz vor seinem Auftritt festnehmen, um sicherzugehen, dass er das Buch bei sich hat. Wir müssen ihnen zuvorkommen, oder wir werden es für immer verlieren.« Everard schüttelte den Kopf. »Ich fragte den Visitator, ob ich die Erlaubnis erhalten könnte, es zu studieren, aber sowohl das Buch als auch de Pont-Evêque unterliegen jetzt der Gerichtsbarkeit der Dominikaner. Unsere Ritter sind gerade dabei, den König davon abzubringen, persönlich in die Sache einzugreifen.«

»Ich könnte die südlichen Tore bewachen und de Pont-Evêque in der Stadt überwältigen, sobald er sie betritt.«

»Der Troubadour kann zu jedem beliebigen Zeitpunkt während der nächsten fünf Tage eintreffen, und wenn ein Mann deines Äußeren sich bei den Stadtmauern herumdrückt, würde das den Verdacht der Wächter erregen. Außerdem werden die Tore nach Anbruch der Nacht verschlossen. Er darf sie nur bei Tage passieren, und dann sind die Straßen zu belebt, um einen Überfall wagen zu können. Nein, wir müssen rasch und unauffällig zuschlagen.«

»Ich könnte um eine Unterredung mit ihm bitten, wenn er im Palast ist.«

»Der König bringt Fremden keine große Liebe entgegen, Hassan.« Everard hielt inne. »Aber mich wird man vielleicht etwas freundlicher empfangen. Ich besitze einige Werke, die Louis liebend gern seiner Sammlung einverleiben würde. Ich könnte mir unter dem Vorwand, dem König ein kostbares Manuskript zum Kauf anbieten zu wollen, Zutritt zum Palast verschaffen, und dann könnte ich …«

»Nein.«

Everard runzelte die Stirn. »Nein?«

»Ich werde nicht zulassen, dass du dich in Gefahr begibst, wenn mein Versagen der Grund für unsere missliche Lage ist.« Everard öffnete den Mund, um zu protestieren, doch Hassan schnitt ihm das Wort ab. »Wie willst du dem Troubadour das Buch denn abnehmen? Es ihm stehlen? Ein bekannter Templerpriester, der durch die Palastgänge schleicht, fällt sofort auf. Oder willst du Gewalt anwenden? Du hast seit über zwanzig Jahren kein Schwert mehr in der Hand gehabt.«

»In diesem Körper steckt noch immer mehr Kraft, als du ahnst«, fauchte Everard. »Auch wenn er dir gebrechlich erscheinen mag, mein junger Chorezmiersoldat!«

Hassan schwieg lange. »Damit war es vorbei, als ich dich kennen lernte. Ich bin kein Soldat mehr, Everard.«

»Nein«, schnarrte Everard. »Du bist mein Bluthund, und Hunde sollten zu ihrem Herrn aufblicken, statt sich ihm zu widersetzen.«

Hassan wandte den Blick ab. Seine dunklen Augen glitzerten.

Everard schnaubte und trat zu einem Tisch, auf dem ein Weinkrug stand. Er goss die letzten Tropfen in einen Becher und stürzte sie hinunter. »Mein Leben, dein Leben … sie zählen nicht. Eines Tages müssen wir beide sterben. Aber unsere Sache, für die wir kämpfen, muss weiterleben, Hassan.« Er erschauerte, als eine kühle Brise durch den Raum wehte. Die Flamme der fast heruntergebrannten Fackel flackerte leicht. »Wir müssen alles tun, was in unserer Macht steht, um zu verhindern, dass wir untergehen.«

»Was ist denn mit deinem Sergeanten?«, schlug Hassan vor.

»Wenn wir Campbell unter irgendeinem Vorwand in den Palast schicken, könnte er vielleicht …«

»Ich habe Campbell noch nicht eingeweiht«, unterbrach Everard. Er stellte den leeren Becher auf den Tisch zurück.

»Du hattest eingewilligt, mit ihm über uns zu sprechen, Bruder.«

»Nein«, berichtigte Everard. »Ich hatte eingewilligt, darüber nachzudenken. Nun, ich habe darüber nachgedacht, und ich denke, er ist noch nicht so weit.«

»Findest du?«, murmelte Hassan.

»Ich brauche einen neuen Weinkrug.«

»Ich hole ihn dir.«

»Nein.« Everard wandte sich bereits zur Tür. »Ich brauche auch frische Luft.«

Nachdem sich die Tür hinter ihm geschlossen hatte, ging Hassan langsam zum Schrank und fuhr mit dem Finger über die Maserung des Holzes. Seit Everard den Raum verlassen hatte, erschien ihm dieser dunkler als zuvor. Hassan kam sich wie ein Eindringling vor. Diese Kammer und alles, was sie enthielt, waren so sehr ein Teil des alten Priesters – jeder mit seiner zierlichen Handschrift bedeckte Pergamentbogen; jedes mit seinen Fingerabdrücken übersäte Möbelstück; jede Bodenfliese, die seine Fußabdrücke trug. Hassan selbst hatte nie eine Heimat gekannt. Ein Jahr vor seiner Geburt hatten Dschinghis Khans Truppen Chorezmien zerstört, das Heimatland seiner Familie und den bedeutendsten muslimischen Staat im Osten. Chorezmien war dem mongolischen Kaiserreich einverleibt worden, und die Überlebenden hatten sich in alle Winde zerstreut. Hassans Vater, ein hochrangiger Militärkommandant, hatte seinen Sohn im entlegenen Nordsyrien zum Krieger erzogen. Dort hatten sie ein kärgliches Leben gefristet, sich von dem ernährt, was das Land ihnen schenkte, sich als Söldner verdungen und ihre Rache geplant. Aber Hassan hatte niemals Bitterkeit über den Verlust eines Landes empfunden, das er nie gesehen hatte, und sich stets gegen das Soldatendasein gesträubt.

Vor zweiundzwanzig Jahren hatte Ayub, der Sultan von Ägypten, einen Feldzug geplant, um die Franken aus Palästina zu vertreiben, und die Chorezmier um ihre Unterstützung gebeten. Der damals neunzehnjährige Hassan war mit einer zehntausend Mann starken Armee nach Jerusalem gezogen. Sein Vater und die anderen Krieger glühten geradezu vor Rachedurst. Sie hofften, ihre Belohnung würde ausreichen, um einen eigenen Feldzug unternehmen zu können, der sich, wenn nicht gegen die Mongolen, gegen Ägypten selbst richten sollte. Die Chorezmierarmee stürmte wie ein schwarzer Wind durch Jerusalem. Berge von Leichen pflasterten ihren Weg. Tausende von Christen flohen aus der Stadt und versuchten, sich zur Küste durchzuschlagen, doch Hassans Vater befahl, die Fahne der fränkischen Ritter auf der Brustwehr zu hissen, und viele der geflüchteten Christen kehrten daraufhin in dem Glauben, gerettet zu sein, nach Jerusalem zurück. Auf Hassan wirkten sie wie verwirrte Schafe, die auf die Schlachtbank geführt werden sollten, und genau das geschah dann mit ihnen. Männer, Frauen und Kinder wurden erbarmungslos niedergemetzelt; nicht ein Christ blieb verschont. Um ihren Sieg und die Befreiung der Stadt aus den Händen der Franken zu feiern, plünderten die Chorezmier die Grabeskirche und töteten alle Priester, die sich darin aufhielten – alle bis auf einen, der sich unter den Leichen verbarg, nachdem er zehn Krieger niedergestreckt hatte.

Hassan hatte an diesem Tag Dinge getan, für die er nie würde Buße tun können, auch wenn er Allah seither jeden Tag in seinen Gebeten um Vergebung angefleht hatte. Die siegreichen Krieger hatten dann die brennende Stadt verlassen und waren nach Herbiya gezogen, wo sie mit dem Mameluckenkommandanten Baybars und seiner Armee zusammentreffen sollten, um die fränkischen Truppen zurückzuschlagen, die dort gegen die östlichen Krieger kämpften. Hassan hatte sich auf der Brustwehr verborgen und ihnen nachgeblickt. Sein Vater war unter Triumphgeschrei an der Spitze der Kolonne marschiert. Als er an jenem Abend benommen durch die zerstörte Stadt gewandert war, hatte Hassan Everard entdeckt, und der Priester hatte dem Leben des Deserteurs einen Sinn gegeben.

Als Everard in den Westen zurückgekehrt war, hatte Hassan ihn begleitet. Der Priester hatte ihm klargemacht, worin seine Lebensaufgabe liegen konnte. Als Christ hatte er den größten Teil seines neuen Lebens auf Reisen verbracht und Informationen und Dokumente gesammelt und Geheimnisse ausfindig gemacht. Er war immer unterwegs gewesen, hatte sich stets im Schatten gehalten, hier in einem Stall und dort auf einem Feld geschlafen. Hassan glaubte mit jeder Faser seines Herzens an den Traum der Anima Templi, aber in der letzten Zeit dachte er immer häufiger darüber nach, wie es wohl sein mochte, das Wanderleben aufzugeben, zur Ruhe zu kommen und Zeit für seine Erinnerungen zu haben. Einst hatte er in Syrien eine Frau gehabt. Manchmal fragte er sich, wie das Leben ausgesehen hätte, das er aufgegeben hatte. Wie wohl seine Kinder aussehen mochten.

Die Tür öffnete sich, und Everard trat mit einem Krug in der Hand in den Raum. »Die verwünschten Dienstboten haben doch tatsächlich versucht, mir irgendeine einheimische Pisse als Gascognewein anzudrehen!«

Hassan fiel auf, dass sich die Stimmung des Priesters deutlich gebessert hatte.

»Was ist geschehen?«

Everard drehte sich um. Seine Lippen krümmten sich zu einem Lächeln. »Mir ist eine Idee gekommen.«

22

Der Königspalast, Paris
27. Oktober A.D. 1266

Elwen ging durch den Raum und setzte sich auf die Kante des Bettes, das sie mit einer der anderen Kammerzofen teilte. Sie blickte sich in der leeren Kammer um, dann griff sie in ihre Schürzentasche und nahm ihren Fund heraus. Sie hielt die Perle zwischen Daumen und Zeigefinger und bewunderte in dem Lichtstreifen, der durch das Fenster fiel, die cremefarben schimmernde Oberfläche. Elwen hatte die Perle an diesem Morgen gefunden, als sie der Königin aufwartete. Sie musste sich vom Gewand ihrer Herrin gelöst haben; sie hatte in einer Ritze zwischen den Bodenplatten im Gemach der Königin gelegen. Während Marguerite vor ihrem silbernen Spiegel gestanden und die kunstvollen Zöpfe bewundert hatte, war es für Elwen ein Leichtes gewesen, sie unbemerkt vom Boden aufzuheben. Sie betrachtete das nicht als Diebstahl, denn sie kannte das Gewand, von dem die Perle stammte – Hunderte davon spähten wie winzige Augen aus den Falten der Röcke hervor. Diese eine würde niemand vermissen.

Elwen griff unter das Bett und zog ein schwarz lackiertes, mit silbernen Blumen verziertes längliches Holzkästchen hervor. Sie hatte es vor einem Jahr auf dem Markt entdeckt und zwei Monate lang ihren Lohn gespart, um es erwerben zu können. Wieder und wieder war sie zum Stand des Händlers zurückgegangen, stets voller Angst, ein anderer könnte es inzwischen gekauft haben. Es war der einzige Luxus, den sie sich je geleistet hatte, jeder andere Penny, den sie verdiente, wurde für die Reise ins Heilige Land gespart. Der Wunsch, dorthin zu reisen – den sie schon hegte, seit sie ein kleines Mädchen war –, war nie vergangen. Sie war fasziniert von den Geschichten, die zu Besuch weilende Edelleute erzählten; Geschichten, die sie hörte, wenn sie eines der Gewänder der Königin ausbesserte oder die Kissen in ihrem Schlafzimmer mit frischen Gänsedaunen füllte. Keine der anderen Zofen und keiner der Diener konnte verstehen, was sie in dieses Land zog. Wenn du keine Pilgerfahrt machen willst, pflegten sie zu fragen, was willst du denn dann dort? Aber Elwen konnte ihre Gefühle nicht in Worte fassen. Sie kam sich vor, als hätte jemand in ihrem Herzen einen Strick befestigt, an dem sie unaufhörlich Richtung Osten gezogen wurde. Am stärksten empfand sie diesen Drang immer zu dieser Zeit des Jahres, wenn Nebel und Kälte den Palast wie ein Leichentuch umschlossen und sie darin einhüllten.

Sie kauerte sich vor das Kästchen, dann nahm sie ihre Halskette ab, an der ein winziger Schlüssel hing. Das Schloss öffnete sich mit einem leisen Klicken, und sie hob den Deckel. Das Innere des Kästchens war in kleine Fächer unterteilt. Der Händler hatte gesagt, es diene zum Aufbewahren von Gewürzen, aber Elwen hatte es nie zu diesem Zweck benutzt. In jedem Fach ruhte ein Schatz: ein scharlachrotes Band von einer Zofe, die den Palast verlassen hatte, um zu heiraten; eine schneeweiße Taubenfeder aus dem Palastgarten; eine verbogene Goldmünze, die sie halb im Schlamm verborgen am Flussufer gefunden hatte. Ein anderes Fach barg einen zusammengefalteten Streifen blauen Leinens, der eine getrocknete, süß duftende Jasminblüte enthielt – ein Talisman, den Will ihr gegeben hatte. Elwen nahm nie etwas an sich, was vermisst werden könnte; nichts, was für irgendjemanden von wirklichem Wert war. Die Perle bildete eine Ausnahme, war aber ein zu kostbarer Fund gewesen, um liegen gelassen zu werden.

Als Kind in Powys hatte sie eine ähnliche Sammlung besessen, nur stammten ihre Beutestücke damals samt und sonders aus der freien Natur. Sie hatte sich für jeden Fund eine eigene Geschichte ausgedacht: ein blau gesprenkelter Stein war das Geschenk eines Ritters an die Tochter eines Sultans; ein merkwürdig geformter Zweig war Teil eines Schiffes, das vor der Küste Arabiens gesunken war. Diese Dinge hatten ihr über die langen Nächte hinweggeholfen, wenn nur das klägliche Jammern ihrer Mutter im Schlaf und das Heulen des Windes, der gegen die Wände ihrer Hütte hämmerte, zu hören gewesen waren. In den Jahren, seit sie Powys verlassen hatte, hatte sich Elwens Leben geändert, aber der Drang, Schätze zu horten, war geblieben.

Elwen legte die Perle in das Fach mit der Goldmünze, dann schloss sie den Deckel. Nachdem sie das Kästchen wieder verschlossen hatte, schob sie es unter das Bett zurück. Sie streifte sich gerade die Kette wieder über den Kopf, als die Tür aufflog und die Zofe, mit der sie die Kammer teilte, in den Raum stürmte.

»Da bist du ja! Ich habe dich überall gesucht!« Die Wangen des Mädchens glühten, als sei sie schnell gelaufen.

»Was ist denn, Maria?« Elwen schob die Kette in den Ausschnitt ihres Kleides.

»Am Dienstboteneingang wartet jemand auf dich.« Maria, ein kleines, hellhaariges Mädchen von ungefähr sechzehn Jahren, grinste, als sie die Tür hinter sich schloss. »Er kommt vom Ordenshaus der Templer, das hat mir jedenfalls der Botenjunge gesagt.«

»Vom Ordenshaus?« Elwen nahm ihre Schürze ab. »Bist du sicher?«

»Natürlich.« Elwens Überraschung entlockte Maria ein Kichern. »Wann wirst du mir endlich verraten, wer der Mann ist, mit dem du dich heimlich triffst?«

Elwen strich ihr elfenbeinfarbenes Gewand glatt. »Vorerst jedenfalls noch nicht.«

»Aber wir stehen uns so nah wie Schwestern! Du kannst mir alles anvertrauen.« Maria griff nach Elwens Hand. »Willst du ihn heiraten? Wenn ja, musst du das tun, bevor er zum Ritter geschlagen wird, nicht wahr? Sonst würde er ja seine Gelübde brechen.«

»Ich schweige wie ein Grab«, beharrte Elwen.

Maria gab ihre Hand frei und schob schmollend die Unterlippe vor. »Dann verrate ich dir mein Geheimnis auch nicht.«

Elwen lächelte, blieb aber stumm.

Maria ließ sich seufzend auf das Bett sinken. »Na schön, ich sage es dir, obwohl du es nicht verdienst.« Ihre Augen funkelten vor Aufregung. »Der Troubadour ist hier!«

»Du hast ihn gesehen?« Elwens Interesse war augenblicklich geweckt. Wie alle Mitglieder des königlichen Haushaltes – und viele Bürger der Stadt – hatte sie dem Eintreffen des berühmten Pierre de Pont-Evêque mit großer Spannung entgegengefiebert.

»Das habe ich«, erwiderte Maria stolz. »Und er sieht wirklich nicht aus wie der Teufel, für den ihn manche zu halten scheinen. Mir gefiel er sehr gut.«

»Dir gefallen fast alle Männer.«

»Stimmt«, gab Maria freimütig zu. »Aber obwohl meine Augen Vielfalt zu schätzen wissen, verlangt mein Herz nur nach einem einzigen Mann.«

Elwen gab das Lächeln zurück. Sie wusste, dass Maria von Ramon sprach, einem glutäugigen Küchenburschen aus Galizien, der von ihrer heimlichen Anbetung jedoch nichts ahnte.

»Ich kann es gar nicht abwarten, bis er endlich auftritt.« Maria ließ sich rücklings auf das Bett fallen. »Wir haben wirklich Glück.«

Elwen nickte. Die Königin hatte vier ihrer Zofen, darunter Elwen und Maria, erlaubt, sich die in fünf Tagen stattfindende Vorstellung anzusehen. Sie würden hinter einem schweren Vorhang sitzen, der den Dienstboteneingang an einer Seite der Großen Halle verdeckte, und alles genau verfolgen können. Sie rückte ihre Haube zurecht. »Wie sehe ich aus?«

»So hübsch wie eine Taube.«

Elwen rümpfte die Nase. »Eine Taube?«

»Tut mir leid.« Maria verdrehte die Augen. »Ich hatte vergessen, wie sehr du alles Sanfte und Süße verabscheust.«

»Das stimmt doch gar nicht«, widersprach Elwen. »Ich würde nur lieber …« Sie hob die Schultern. »Mit einem Raben oder einer Eule verglichen, oder mit etwas …«

»Männlicherem.« Maria schüttelte den Kopf.

Elwen maß sie mit einem tadelnden Blick. »Mutigerem.«

»Ich mache doch nur Spaß.« Maria kicherte und stützte sich auf die Ellbogen. »Du siehst aus wie eine der Frauen in den Romanzen, die du so liebst. Schön und mutig und ohne die geringste Ähnlichkeit mit einer Taube.«

Elwen lächelte, als sie zur Tür ging. »Wir sehen uns später.«

»Gib deinem Liebsten einen Kuss von mir«, rief Maria ihr nach.

Elwen lief an einem Koch mit einem Korb voll Gemüse in der Hand und zwei Palastwachen in scharlachroten Livreen vorbei zum Dienstbotentor und trat auf die gepflasterte Gasse hinaus, die rund um die Palastmauern verlief. Eine Abzweigung führte zu den Hauptstraßen, die andere zum Flussufer hinunter. Elwen schlenderte die Gasse entlang, dabei fragte sie sich, warum Will sie so plötzlich sehen wollte, und hoffte, er wäre endlich zur Vernunft gekommen und würde zugeben, was er für sie empfand. Dann trat sie durch einen Bogen in der niedrigen Mauer hindurch und ging zum Ufer hinunter. Eine Reihe knorriger Eichen säumte den Wasserrand. Herabgefallenes Laub bildete eine goldbraune Decke auf dem morastigen Untergrund. Elwen blieb stehen. Sie sah nur einen alten, schwarz gekleideten Mann neben einer der Eichen stehen und auf das Wasser hinausblicken, aber kein Zeichen von Will. Suchend blickte sie sich um. Nichts.

»Elwen.«

Sie fuhr herum, als sie die brüchige, dünne Stimme hörte, und sah den alten Mann auf sich zukommen. Ihr Herz machte einen erschrockenen Satz, als sie ihn erkannte. Es war Wills Herr, Everard de Troyes.

Gasthaus Zu den Sieben Sternen, Paris,
27. Oktober A. D. 1266

Adela schlug ihr Kräuterbuch auf und blätterte die verwitterten Seiten behutsam um. Als sie die Seite fand, die sie suchte, fuhr sie mit dem Finger die Zutatenliste entlang. Im kleinen Kamin glomm ein niedriges Feuer, aber der Abzug war verstopft, und der größte Teil des Rauches quoll in den Raum zurück und brannte in ihren Augen. Durch einen Spalt in der Sackleinwand vor dem Fenster fiel trübes Licht in die Kammer. Von der Straße drangen vielfältige Geräusche zu ihr herauf – Hufgetrommel, das Rumpeln von Karrenrädern, Männerstimmen, Hundegebell, das Quäken eines Säuglings. Adela drehte sich um, als Garin hinter sie trat.

»Komm wieder ins Bett«, murmelte er, schmiegte sich an sie und fuhr mit den Händen über ihre runden, festen Brüste und ihren straffen Bauch.

Adela hielt seine Hände fest. »Ich muss diese Arzneien fertig machen, sonst habe ich morgen auf dem Markt nichts zu verkaufen.«

Garin spähte über ihre Schulter hinweg in das Kräuterbuch. Auf einer Seite wurde beschrieben, wie man einen faulen Zahn dazu brachte, sich aus dem Kiefer zu lösen, indem man einen Frosch dagegen presste, und wie man ein Neugeborenes, das die Brust verweigerte, zum Saugen reizte, indem man die Brustwarzen der Mutter mit Honig bestrich. »Warum tust du das?«, fragte er verstimmt.

»Was meinst du?«, fragte Adela abwesend, den Blick auf die Regale mit den Kräutern gerichtet.

»Warum stellst du diese Heilmittel her?« Er senkte den Mund zu ihrem Hals und liebkoste ihn mit den Lippen. »Bezahle ich dir denn nicht genug?«

»Leider nein«, erwiderte sie, schlängelte sich zwischen ihm und dem Tisch hervor, trat zum Regal und nahm zwei Tongefäße herunter. Als sie Garins finstere Miene sah, erklärte sie: »Das, was ich und meine Mädchen verdienen, deckt kaum unsere Kosten. Schau dich doch hier um. Du siehst ja selbst, in welchem Zustand das Haus ist. Wenn ich nicht bald ein paar Reparaturen vornehmen lasse, habe ich keine Werkstatt und kein Heim mehr. Als ich dieses Haus eröffnete, war es das beliebteste im ganzen Viertel. Jetzt wird die Konkurrenz immer größer.« Seufzend stellte sie die Tiegel neben ihren Mörser und Stößel auf den Tisch.

Wie enttäuscht ihr Vater wäre, wenn er sehen könnte, wie sehr sie das Gasthaus heruntergewirtschaftet hatte! Als er es geführt hatte, waren sie geradezu wohlhabend gewesen. Das Problem bestand darin, dass der größte Teil der Gäste Priester und Gelehrte gewesen waren, die die Sorbonne und die umliegenden Lehranstalten besuchten. Nachdem sie das Geschäft übernommen hatte, waren diese Gäste nach und nach ausgeblieben; vermutlich fanden Priester und Lehrer es unziemlich, im Haus einer Frau zu übernachten. Als sie die Steuern nicht länger aufbringen konnte, waren ihr nur zwei Möglichkeiten geblieben – das Haus zu verkaufen oder das Gewerbe zu wechseln. Da sie den Gedanken, das Heim ihrer Kindheit zu verlieren, nicht ertragen konnte, hatte sie sich für Letzteres entschieden, und da sie kein Handwerk erlernt und auch keine Zeit hatte, eine Lehre zu machen, hatte sie mit sechzehn beschlossen, die einzige Ware zu verkaufen, die sie besaß – ihren Körper.

»Mir bleibt gar nichts anderes übrig, als diese Tränke und Pulver zu mischen«, beharrte sie. »Und wenn ich eine andere Möglichkeit hätte, wäre mir das Herstellen von Arzneien immer noch lieber als alles andere.«

»Meinst du mich damit?«

»Nein«, erwiderte sie ruhig, dabei nahm sie sein Gesicht in beide Hände. »Jeden anderen, aber nicht dich.«

Garin legte seine Hände über die ihren. Nach einem Moment machte sich Adela sacht von ihm los und setzte sich auf ihre Bank. Garin ging zu seiner Hose, die zerknüllt auf dem Boden lag. Als er sie aufhob, fiel der kleine Samtbeutel, der darauf gelegen hatte, klirrend auf die Dielen. Garin hob ihn auf und wog ihn in der Hand. Er fühlte sich erschreckend leicht an. Früher hatte er jeden Penny, den Prinz Edward ihm gezahlt hatte, ängstlich gehütet. Nun war sein Vermögen fast dahin, eine Münze nach der anderen war in Adelas Hand gewandert, wenn sie ihm ihre Tür geöffnet hatte. Er sah sie an. Sie schüttete gerade Mohnsamen in ihren Mörser. Sein Blick wanderte über die glatte weiße Haut, den sanft geschwungenen Rücken und den Spalt zwischen ihren Schenkeln, bei dessen Anblick sich immer sein Magen zusammenzog. Ihre Brüste pressten sich gegen die Tischkante, als sie sich vorbeugte und nach ihrem Stößel griff. Stein knirschte auf Stein, als sie begann, die Samen zu zerstampfen. Sie wirkte völlig konzentriert, die violetten Augen leuchteten, die Mundwinkel waren leicht nach unten gebogen, die Brauen zusammengezogen. Garin erkannte, dass Adela so aussah, wenn sie etwas tat, was ihr wirklich Vergnügen bereitete. Wenn sie mit ihm im Bett lag oder mit anderen Kunden scherzte, wirkte sie glücklich genug. Aber als er sie jetzt betrachtete, erkannte er, dass das meiste nur gespielt war. Seine Lippen krümmten sich zu einem leisen Lächeln. Es gefiel ihm, dass er der Einzige war, dem sie ihr wahres Gesicht zeigte. War es das, was Ehepaare verband? Hatte sein Vater je zugeschaut, wenn seine Mutter eine vertraute Tätigkeit verrichtete; zufrieden damit, sie nur anzusehen, ohne sie zu berühren? Er wusste es nicht. Aber einen Moment lang erhaschte er einen Blick in seine mögliche Zukunft; eine Zukunft, in der zwei Menschen viele Jahre in Ruhe und Frieden miteinander verbrachten und der eine sich an der Gesellschaft des anderen erfreute.

Als Adela aufstand, um eine Holzflasche von dem Regal zu nehmen, ließ Garin Hose und Beutel fallen und ging zu ihr.

»Garin…«, begann sie, als er sie zu sich drehte. Sie hatte die Flasche wieder weggestellt und hielt nun ein Büschel Lavendelblüten in der Hand, die einen süßen Duft verströmten.

»Ich kann doch nichts dafür, dass ich so verrückt nach dir bin.« Garin beugte sich vor und küsste ihren Nacken. Sein Mund glitt heiß und hungrig über ihre Haut. »Es ist nicht meine Schuld.«

»Hör auf«, keuchte sie.

»Nein«, flüsterte er in ihr Ohr.

Im nächsten Moment wurde die Tür mit einem Ruck aufgestoßen.

Garin fuhr nackt wie er war erschrocken herum, als ein Mann in die Kammer stapfte.

Rook nahm die Szene mit einem lüsternen Grinsen in sich auf. »Damit verbringen Ritter also ihre Tage? Kein Wunder, dass sich Jerusalem noch immer in den Händen der Sarazenen befindet!«

Garin war mit drei Schritten bei ihm und schob ihn zur Tür. *»Raus!«*

Rooks Grinsen verblasste. Er stieß Garins Fäuste beiseite, eine seiner Hände schloss sich mit eisernem Griff um Garins Hals. »Ich habe es dir doch wirklich oft genug gesagt, du kleiner Scheißer. Tu nie so, als stündest du wer weiß wie hoch über mir!«

»Lasst ihn sofort los!«

Beim Klang der kalten, heiseren Stimme wandte Rook den Kopf. Adela starrte ihn böse an. Sie war noch immer nackt, machte jedoch keine Anstalten, sich zu bedecken. »Verschwinde, Hure«, grollte er, dabei nickte er zur Tür hinüber.

Der Druck auf seine Luftröhre raubte Garin fast den Atem. Er packte Rooks Hand und versuchte, den Mann von sich wegzuschieben.

Adela trat unbeeindruckt auf Rook zu. Ihre violetten Augen glitzerten gefährlich. »Ich gehe nirgendwo hin, *Monsieur*. Dies ist mein Haus, und Ihr seid hier nicht erwünscht!«

»Dein Haus?«, höhnte Rook.

Adela gab keine Antwort, sondern verrenkte den Hals und spähte an ihm vorbei zur Tür. »Fabien!«, rief sie laut.

»Lass ihn bleiben, Adela«, krächzte Garin, ohne den Blick von Rook zu wenden.

Nach einem Moment ertönten Schritte im Gang. Die Tür flog auf. Rook musterte den Koloss von einem Mann mit buschigen schwarzen Brauen, der mit grimmiger Miene den Raum betrat, mit einem Ausdruck milder Überraschung. Dann blickte er von Garin zu Adela.

»Bist du sicher?«, fragte Adela Garin.

Rook lockerte langsam den Griff um Garins Hals, ohne den riesenhaften Leibwächter aus den Augen zu lassen.

Garin holte tief Atem und nickte. »Könntest du uns einen Moment allein lassen?«

Nach kurzem Zögern entließ Adela den Diener mit einer Handbewegung. Er verließ wortlos den Raum, und Adela ging ohne besondere Eile zu dem Flechtwandschirm, der ihren Arbeitsbereich abteilte, nahm ein daran hängendes rotes Seidengewand herunter und streifte es über, ohne auf Rooks giftige Blicke zu achten. Männer wie ihn hatte sie in ihrem Gewerbe schon oft gesehen; verschlagene, brutale Kerle, die nur die Sprache der Fäuste verstanden. Als sie zur Tür ging, fing sie Garins Blick auf. »Ich bleibe in der Nähe.«

Nachdem sie den Raum verlassen hatte, musterte Rook Garin, der seine Hose vom Boden aufgehoben hatte, hineinstieg und die Bänder zuschnürte. »Die kleine Schlampe hat ein ziemlich großes Mundwerk. Aber das weiß sie ohne Zweifel noch anderweitig einzusetzen.« Er grinste höhnisch. »Nun, wie es aussieht, hast du mittlerweile alle Gelübde gebrochen, die du dem Orden geleistet hast, nicht wahr? Von Armut und Gehorsam hast du dich ja schon vor längerer Zeit verabschiedet, und von Keuschheit kann jetzt wohl auch keine Rede mehr sein. Sie ist aber wirklich ein saftiges Stück Fleisch. Wenn sie den Mund hält.« Er nickte zur verschlossenen Tür hin. »Vielleicht probiere ich sie selber einmal aus.«

»Das werdet Ihr nicht tun! Eher bringe ich Euch um!«

Garins Antwort kam so schnell und heftig, dass Rooks Augen schmal wurden. Dann begann er, schallend zu lachen. Es klang bitter und hasserfüllt. »Sie hat es dir angetan, wie? Du, ein hochwohlgeborener Templer, liebst eine Hure? Ein Krieger Christi und eine billige Schlampe! Das ist das Beste, was ich seit langem gehört habe!«

Rooks Worte brannten wie Feuer in Garins Ohren. »Wie habt Ihr mich gefunden?«, fragte er mit zusammengebissenen Zähnen.

Rooks Gelächter verstummte. »Das war nicht weiter schwer. Ich bin dir vom Ordenshaus gefolgt. Dort weiß vermutlich niemand, was du so treibst, eh?«

»Was tut Ihr hier?«, fragte Garin rasch, ehe Rook weitere anzügliche Bemerkungen machen konnte.

Rook setzte sich auf die Pritsche, zog einen seiner schlammbespritzten Stiefel aus und massierte seinen knochigen, schwarzsohligen Fuß. Die Zeit war nicht freundlich mit ihm umgegangen, und obwohl er Garin nur zehn Jahre voraus war, wirkte er wesentlich älter. Er inspizierte ein Stück gelblicher Hornhaut an seiner Ferse, dann zupfte er daran herum. »Wir haben etwas zu besprechen, du und ich. Unser Herr hat einen Auftrag für dich.« Er blickte zu Garin auf und grinste. Seit Garin ihn zuletzt gesehen hatte, waren noch mehr seiner Zähne der Fäulnis zum Opfer gefallen. Sein Gaumen war geschwollen und entzündet. »Du hast doch wohl nicht geglaubt, wir hätten dich vergessen?«

Garin gab keine Antwort. Rooks bloßer Anblick verursachte ihm Übelkeit.

»Erinnerst du dich noch an das Buch, von dem du dem Prinzen erzählt hast? Dem, das den Templern gestohlen wurde?«

Garin entschied, dass es besser war, das Spiel mitzuspielen, statt sich zu sträuben. Je rascher er Rooks Fragen beantwortete, desto schneller war er den Mann wieder los.

»Wir glauben, wir wissen, wo es ist.« Rook zog einen Wurm aus schwarzem Schmutz zwischen seinen Zehen hervor. »Es gibt da einen Troubadour, der in Kürze vor dem König auftreten wird. Wir denken, dass er das Buch hat. Ich habe mich ein wenig umgehört und erfahren, dass er schon in der Stadt ist und Allerheiligen seine Vorstellung geben wird.« Er wischte den Schmutz von seinem Fuß an der Pritsche ab. »Was weißt du über einen Mann namens Everard de Troyes?«

»Er ist ein Priester des Ordenshauses. Wahrscheinlich der Mann, von dem mein Onkel sagte, er wäre der Kopf der geheimen Bruderschaft. Außerdem ist er der Herr eines ehemaligen Kameraden von mir aus London, Will Campbell.«

Rook runzelte die Stirn. »Glaubst du, dieser Campbell weiß über die Anima Templi Bescheid?«

Garin zuckte verdrossen die Achseln. »Woher soll ich das wissen?«

Rook funkelte ihn finster an. »Sprich höflicher mit mir, oder du wirst deiner Hure wenig Vergnügen mehr bereiten können, wenn ich dir ihr Spielzeug abschneide. Ich habe gehört, dass die Dominikaner versucht haben, den Auftritt des Troubadours zu verhindern. Meiner Quelle zufolge haben sie die Templer um Hilfe gebeten. Sind dir in der letzten Zeit irgendwelche ungewöhnlichen Besucher im Ordenshaus aufgefallen?«

Garin schwieg einen Moment. »Ja«, erwiderte er endlich. »Ich habe einen Dominikaner gesehen. Und einen alten Bekannten meines Onkels, einen Mann namens Hassan.«

Rook lächelte zufrieden. »Das bestätigt unseren Verdacht. Hassan hat sowohl mit deinem Onkel als auch mit dem Priester zu tun. Wir halten ihn für eine Art Söldner dieses Geheimbundes.« Mit einem leisen Grunzen zog er seinen Stiefel wieder an und stand auf. »Unser Herr nimmt an, dass der Priester versuchen wird, dem Troubadour das Buch irgendwie abzunehmen.«

»Woher wollt Ihr das wissen?«

»Nun, ich denke, alles hängt davon ab, ob das, was du uns erzählt hast, der Wahrheit entspricht, nicht wahr?« Rook trat ein paar Schritte auf Garin zu. »Wenn dieses Buch für die Templer so kostbar ist, wie du behauptest, wollen sie es zweifellos zurückhaben. Und wenn es sich in unserem Besitz befindet, werden sie mit uns über eine Rückgabe verhandeln müssen.«

»Ich habe Euch genau das gesagt, was mein Onkel mir erzählt hat. Wenn einiges davon nicht zutrifft, ist das seine Schuld, nicht meine.« Garin hielt inne. »Was passiert, wenn das Buch den Dominikanern in die Hände fällt?«

»Das wäre uns gar nicht unlieb. Es ist einfacher, es aus ihrem Ordenshaus zu stehlen als aus den Gewölben des Tempels.« Rook grunzte. »Damit befassen wir uns, wenn es so weit ist. Bis zum Auftritt des Troubadours bist du unser Auge und Ohr im Templerhaus. In den nächsten Tagen wirst du den Priester und seinen Sarazenenfreund nicht aus den Augen lassen. Wenn es ihnen gelingt, dem Troubadour das Buch zu entwenden, wirst du auf eine günstige Gelegenheit warten, es ihnen zu stehlen.«

»Und was macht Ihr, während ich all dies tue?«, protestierte Garin.

Rook nickte zur Tür. »Ich leiste deiner Liebsten Gesellschaft.« Er bedachte Garin mit einem verschlagenen Grinsen. »Und sorge dafür, dass du gute Arbeit leistest. Ist mein Herr mit dir zufrieden, winkt dir ein Adelstitel. Und das hier.« Er griff in seinen rostbraunen Umhang, zog einen Beutel heraus und hielt ihn in die Höhe, damit Garin sein Gewicht abschätzen konnte. »Beschaff uns das Buch, und du kannst deine Hure ein ganzes Jahr lang vögeln.« Er verstaute den Beutel wieder in seinem Umhang und ging zur Tür. »Zieh dich an. Ich sehe zu, dass eines der hübschen Mädchen da unten mir etwas zu essen macht. Wir sprechen ausführlich über unser Vorhaben, wenn ich fertig bin.« Rook trat in den Gang hinaus und drängte sich unsanft an der dort wartenden Adela vorbei.

Sowie er außer Sicht war, stürzte Adela in den Raum. »Wer um alles in der Welt war denn das?«

Garin, dessen Wangen hochrot leuchteten und dessen Atem in kurzen, abgehackten Zügen kam, gab keine Antwort. Er nagte an einem Fingernagel, dann zog er sein Hemd vom Wandschirm. Seine Hände schlossen sich um den dünnen Stoff. Er wollte ihn in Fetzen reißen und sich dabei vorstellen, er würde Rooks Hals brechen. Ein leiser Schrei hilfloser Wut entfuhr ihm.

»Beruhige dich doch.« Adela trat zu ihm und entwand ihm das Hemd. Sie ließ es zu Boden fallen, schlang die Arme um seinen Hals, stellte sich auf die Zehenspitzen und küsste ihn auf den Mund.

Garin reagierte zunächst nicht, dann zog er sie langsam in die Arme, vergrub das Gesicht an ihrem Hals und sog den Duft ihres Haares ein. Es roch nach Orangen und einem Gewürz, das er nicht zuordnen konnte; ein warmer, exotischer Geruch, der ihn an seine Mutter erinnerte.

Nach dem Tod ihres Mannes, nachdem sie gezwungen gewesen war, ihren Landsitz in Lyons aufzugeben, hatte Lady Cecilia die wenigen wertvollen Besitztümer, die sie nach Rochester hatte mitnehmen können, wie ihren Augapfel gehütet. Dazu gehörte auch ein Kästchen mit Gewürzen, das sie auf dem Tisch neben ihrem Bett aufbewahrte. Sie pflegte ein Spiel mit Garin zu spielen, wenn er besonders brav gewesen war oder seine Aufgaben gut gemacht hatte. Er durfte sich auf ihr Bett setzen und musste die Augen schließen, dann nahm sie eine kleine Prise der verschiedenen Gewürze aus dem Kästchen und hielt sie ihm unter die Nase, und er musste erraten, worum es sich handelte. Lag er richtig, durfte er den Rest von der Fingerspitze seiner Mutter lecken. Es störte ihn nicht, dass die meisten Gewürze ihr Aroma weitgehend eingebüßt hatten, weil das Kästchen so oft geöffnet worden war, er genoss den weichen Klang der Stimme seiner Mutter und ihre sanfte Berührung. Diese seltenen, innigen Momente waren die einzigen, in denen er spürte, dass sie ihn wirklich liebte.

Garin gab Adela abrupt frei. »Ich muss mich anziehen.« Er ging zum Tisch und griff nach seinem Ledersack, den er dort abgelegt hatte.

»Wer war das, Garin?«, wiederholte Adela hinter ihm.

Garin gab keine Antwort.

»Sag es mir!«

»Kümmere dich um deine eigenen Angelegenheiten, verdammt noch mal!«

Adelas veilchenfarbene Augen begannen zu funkeln. »Ich kann euch ganz leicht *beide* hinauswerfen lassen!«

»Entschuldige, ich habe es nicht so gemeint. Ich ... könntest du mich wohl einen Moment allein lassen?« Garin blickte sich wie ein gehetztes Tier im Raum um. »Bitte.«

Nach kurzem Zögern nickte sie, verließ die Kammer und schloss leise die Tür hinter sich.

Garin streifte sein Hemd über und schnürte den Sack auf. Ganz zuunterst lag sein zerknitterter weißer Mantel. Er berührte den weichen Stoff mit einem Finger – das Symbol der Reinheit eines Ritters. Rooks Worte hallten in seinen Ohren wider. *Du, ein hochwohlgeborener Templer, liebst eine Hure?* Diese Feststellung kam der beunruhigenden Erkenntnis, die ihn plagte, seit er Adela kannte, bedenklich nahe. Aber wenn er in Adelas Bett lag, zählte sein Status für ihn nicht, nichts zählte außer ihr, ihrem Duft, ihrer weichen Haut, ihrer Umarmung. Manchmal fragte er sich, ob sie ihm heimlich einen Trank verabreichte, der bewirkte, dass er immer wieder zu ihr zurückkam, immer von neuem hungrig nach ihr; ein Hunger, der scheinbar nie gestillt werden konnte. Als er den Mantel ausschüttelte, fiel etwas aus den Falten. Es war die Augenklappe seines Onkels. Er hob sie auf und strich mit dem Daumen über das verwitterte Leder. Dann hielt er sich die Klappe vor ein Auge und starrte sich lange in dem verstaubten silbernen Spiegel an der Wand von Adelas Kammer an.

23

Der Königspalast, Paris
1. November A.D. 1266

Elwen raffte ihre Röcke und hüpfte leichtfüßig durch den Matsch. In der Nacht hatte es zu regnen begonnen, und der Boden rund um die Kapelle war aufgeweicht. An diesem feuchten Morgen wirkte das majestätische Gebäude grau und trist, die steinernen Gesichter an den Wänden hatte der Regen dunkel gefärbt. Gegenüber dem Eingang stand eine alte Eibe. Elwen kauerte sich unter die tief herabhängenden buschigen Zweige und wartete, den Blick unverwandt auf die Tür der Kapelle gerichtet.

Im Rahmen ihres Dienstes für die Königin war Elwen schon mehrmals in Sainte-Chapelle gewesen, doch das erste Mal würde ihr unvergesslich bleiben. Zwei Tage nach ihrer Ankunft in Paris hatte sie das hinter einer Mauer verborgene, von Bäumen umgebene zweistöckige Gebäude entdeckt, war zur Tür geschlichen, hatte neugierig hineingespäht und war dabei von König Louis überrascht worden. Voller Angst vor einer Bestrafung war sie mehr als erstaunt gewesen, als der König sie angelächelt und sie aufgefordert hatte, mit ihm zusammen die Kapelle zu besichtigen. Sie hatte versucht, das gesamte Innere zugleich in sich aufzunehmen, während der König sie durch das untere Geschoss geführt hatte – die prachtvollen Buntglasfenster, die bunten Wandbilder, die lebensechten Statuen an den Wänden. Im oberen Geschoss, dem Privatgemach des Königs, stand vor dem Altar ein Marmorsockel, auf dem ein kleines, gebogenes Stück Holz lag. Sie hatte es erst nicht glauben wollen, als Louis ihr erzählt hatte, dass dieses scheinbar wertlose Holzstückchen, das aus Konstantinopel stammte, den König dazu veranlasst hatte, diese Kapelle zu erbauen. Aber als Louis ihr mit unüberhörbarer Ehrfurcht in der Stimme erklärt hatte, es sei ein Teil von Christus' Dornenkrone, hatte Elwen sofort begriffen. Mit diesem Stück Holz verhielt es sich wie mit den

Schätzen, die sie selbst sammelte – es war nicht einfach ein Holzstück, sondern es verkörperte alles, was dem König wichtig war – seinen Glauben, seine Träume, seine Hoffnungen. Fast eine Stunde lang hatten sie vor der Reliquie gebetet, und Elwen hatte sich noch nie so warm und geborgen gefühlt wie an jenem Tag, an dem sie an der Seite des Königs von Frankreich auf dem eiskalten Steinboden gekniet hatte; sie in ihrem schlichten weißen Kleid, er in seinem zinnoberroten, mit Hermelinpelz gesäumten Umhang. Danach hatte der König nur selten von ihr Notiz genommen, aber für Elwen war diese eine Stunde genug gewesen.

Fröstelnd schlang sie die Arme um ihren Oberkörper. Hoffentlich nahm die Schönheit von Sainte-Chapelle den Troubadour nicht noch sehr viel länger gefangen. Seit vier Tagen lauerte sie auf eine Gelegenheit, mit Pierre de Pont-Evêque zu sprechen, aber er war stets von einer Schar schnatternder Hofdamen und neugieriger Edelleute umgeben. Everard hatte gesagt, sie müsse das Gralsbuch an sich bringen, bevor Pierre mit seiner Vorstellung begann.

Die Große Halle wurde bereits hergerichtet, die Tische wurden mit Platten und Weinkelchen gedeckt, die Wände mit Bannern behängt, die Fackeln entzündet. Festtagsstimmung lag in der Luft, denn heute war Allerheiligen; der Hof und die zu Besuch weilenden Edelleute würden mit dem König und seiner Familie an einem speziellen Vespergottesdienst in Sainte-Chapelle teilnehmen, danach folgten der Auftritt des Troubadours und ein Bankett.

In der Stadt war die Ankunft Pierre de Pont-Evêques mit gemischten Gefühlen aufgenommen worden. Viele Leute, die es kaum erwarten konnten, ihn zu sehen, hatten zu ihrer Enttäuschung erfahren müssen, dass Pierre nur vor dem König auftreten würde. Andere, hauptsächlich Priester der hiesigen Lehranstalten, hatten – angeführt von den Dominikanern – darauf bestanden, dass er verbannt werden müsse. Louis hatte sich das heutige Fest eine stolze Summe Geld kosten lassen und war nicht gewillt, die Vorstellung abzusagen und seine Gäste zu verärgern, aber die Königin hatte Elwen unter dem Siegel der Verschwiegenheit anvertraut, dass er insgeheim zu der Erkenntnis gelangt war, einen großen Fehler gemacht zu haben, als er Pierre an seinen Hof einlud. Er hatte versucht, die aufgebrachten Gemüter zu beschwichtigen, indem er versprochen hatte, die Vorstellung sofort abzubrechen, wenn der Troubadour die Grenzen der Schicklichkeit überschritt.

Geh einfach in seine Kammer, solange er sich in der Kapelle aufhält, und nimm es an dich.

Aber Elwen blieb, wo sie war. Außer der Nervosität, die dieser Gedanke in ihr auslöste, gab es noch einen anderen Grund, weshalb sie den Diebstahl des Buches hinauszögern wollte. Everard hatte ihr nicht alles gesagt, was er wusste, und die fehlenden Einzelheiten sowie die offenkundige Verzweiflung des Priesters hatten ihre Neugier geweckt. Im Gegenzug für ihre Hilfe hatte Elwen Everard das Versprechen abgerungen, Will den Mantel nicht länger zu verwehren, und dem alten Priester war nichts anderes übrig geblieben, als darauf einzugehen. Aber abgesehen davon, dass sie diese gefährliche Aufgabe übernommen hatte, um sich Wills Dankbarkeit zu sichern und ihm zur Verwirklichung seines Herzenswunsches zu verhelfen, empfand sie bei dem Gedanken an das, was sie vorhatte, eine kribbelnde Erregung. Sie fühlte sich wie eine der Heldinnen in den Geschichten, die sie so gierig verschlang. Vermutlich trägt er das Buch ohnehin bei sich, sagte sie sich, dabei stampfte sie mit den Füßen auf, um die Kälte zu vertreiben, die sich in ihre Knochen schlich.

Kurz darauf öffnete sich die Kapellentür, und zwei Männer kamen heraus. Elwen beobachtete sie unter gesenkten Lidern hervor. Die Männer standen unter dem Vordach und unterhielten sich. Pierre de Pont-Evêque war, wie Maria gesagt hatte, ein gut aussehender Mann, zwar eher klein und zart gebaut, aber er machte seine mangelnde Körpergröße durch seine Haltung wieder wett – aufrecht und selbstsicher wie ein Mann von Welt. Er hatte feines braunes Haar und hellblaue Augen, die von innen her zu leuchten schienen. Elwen wandte den Blick ab, als sich diese Augen plötzlich auf sie richteten.

»Ich freue mich schon darauf, Euch heute Abend unterhalten zu dürfen, Mylord«, hörte sie den Troubadour sagen. Seine Stimme klang tief und volltönend. »Bitte richtet Seiner Majestät meinen Dank dafür aus, dass ich seine private Kapelle besichtigen durfte. Sie ist wirklich ein Wunder der Baukunst.«

Sein Begleiter trat unter dem Vordach hervor und fluchte, als der Regen auf ihn niederprasselte. Elwen sah mit angehaltenem Atem zu, wie Pierre auf sie zukam. Regentropfen glitzerten auf seiner blauen Hose und seiner Samttunika.

»Und dort, am nebelumwogten See, steht sie, Guinevere, und wartet auf den edlen *Sir* Lancelot.« Pierre lächelte, als er die Zweige der Eibe auseinanderschob. »Sagt mir, Mademoiselle, ist es dort drinnen trockener als hier draußen? Und falls ja, darf ich Euch Gesellschaft leisten?«

»Ich muss Euch leider enttäuschen.« Elwen duckte sich unter den Zweigen hinweg. »Der Baum bietet kaum Schutz vor dem Regen.«

Pierre musterte sie forschend. Er war kleiner als sie, aber Elwen meinte, unter seinem eindringlichen Blick zu schrumpfen.

»Warum steht Ihr dann halb erfroren dort, statt Euch in den warmen Palast zu retten?«

Elwen fiel keine Antwort darauf ein.

»Ihr seid eine der Kammerzofen der Königin?«

Elwen erschrak. Wenn er ihre Stellung bei Hof kannte, wusste er vielleicht auch, aus welchem Grund sie hier auf ihn gewartet hatte. War er vielleicht ein Hexenmeister? »Ja«, gab sie zu. Ihre Zuversicht schwand weiter. »Woher wisst Ihr das?«

»Ich habe mich erkundigt, wer der hübsche Schatten ist, der mir während der letzten Tage ständig gefolgt ist. Überall, wo ich war, wart Ihr auch.«

»Oh.« Elwen war geknickt; sie hatte sich eingebildet, äußerst vorsichtig vorgegangen zu sein.

»Wie ist Euer Name?«

»Grace.«

»Wie überaus passend.« Pierres blaue Augen schimmerten.

»Und, Grace, wollt Ihr nun wissen, ob die Gerüchte, die über mich im Umlauf sind, der Wahrheit entsprechen? Ob meine Romanze vom Leibhaftigen persönlich verfasst wurde? Ob ich ein böser Magier bin, der den König mit seinen Hexenkünsten betören und dazu bringen will, sich von Gott abzuwenden?«

»Unsinn.« Elwen straffte sich und zwang sich, ihm in die Augen zu sehen. »Ich möchte in die Geheimnisse eines Poeten eingeweiht werden.«

Pierre wirkte sichtlich überrascht. »So?« Er lächelte, dann dachte er einen Moment nach. »Nun, ich habe noch etwas Zeit, bis ich mich auf meinen Auftritt vorbereiten muss. Ihr könnt mir Eure Fragen stellen, Mademoiselle Grace, aber bitte an einem trockeneren Ort. Vielleicht können wir uns in meine Kammer zurückziehen?« Er bedeutete ihr mit einem Kopfnicken, sie solle vorausgehen. »Und uns in aller Ruhe über Poesie unterhalten.«

Auf dem Weg durch den Palast hielt Elwen den Kopf gesenkt und hoffte, niemand würde sie grüßen. Die Gänge wimmelten von Dienstboten, Sekretären, Schreibern und Höflingen. Einige halfen bei den Vorbereitungen für die Vorstellung, andere gingen ihren täglichen Pflichten nach. Bei jedem Schritt hörte Elwen die Schritte des Troubadours hinter sich, spürte seinen Blick in ihrem Rücken. Als sie seine Kammer in einem Turm, der auf den Fluss hinausging, erreichten, hämmerte ihr Herz so wild in ihrer Brust, dass sie meinte, es müsse jeden Moment davonflattern wie ein Vogel. Pierre blickte flüchtig den leeren Gang entlang, dann öffnete er die Tür und bat sie herein. Während er die Tür wieder schloss, sah sich Elwen in der Kammer um. An einer Wand waren ein paar Truhen aufgestapelt, auf der Pritsche lag eine halb unter der Decke verborgene Ledertasche.

»Die Aussicht entschädigt für den Mangel an Bequemlichkeit.«

Elwen drehte sich um, als Pierre hinter sie trat.

»Bitte setzt Euch doch.« Er deutete auf eine Bank am Fenster.

Elwen nahm Platz, dann blickte sie aus dem Fenster. Tief unter ihr floss die Seine dahin, das Wasser so grau wie der Himmel.

Hinter dem Ufer lag die Stadt in Nebelschwaden verborgen. Sie erschauerte, als Pierre sich neben sie setzte.

»Ihr friert«, murmelte er, nahm eine ihrer Hände zwischen die seinen und rieb sie sacht.

»Ich war froh, als ich erfuhr, dass Ihr hier auftreten werdet.« Elwen sah zu, wie seine Hände langsame Kreise über der ihren beschrieben. »Ich habe Romanzen immer geliebt; ich habe einige Werke von Chrétien de Troyes und die Gedichte von Arnaut de Mareuil gelesen, aber ich hatte noch nie Gelegenheit, einen Dichter zu fragen, woher er seine Inspirationen bezieht.«

»Und das ist Eure Frage an mich, Mademoiselle?« Pierre zog ihre Hand an die Lippen und blies darauf. »Woher ich meine Inspirationen beziehe?«

Sie nickte. Sein Atem strich warm über ihre eiskalte Haut.

»Meine Inspirationen haben viele Gesichter.« Pierre ließ ihre Hand sinken und griff nach der anderen. »Ein geflüstertes Gespräch, der Geruch von Regen auf herabgefallenen Blättern…« Wieder wehte sein Atem über ihre Haut.

»Und was ist mit den Werken anderer?« Elwen entzog ihm sacht ihre Hand und legte sie in ihren Schoß. »Ich habe gehört, dass viele Dichter sich von ihresgleichen inspirieren lassen.«

»Manchmal trifft das zu.« Pierre lehnte sich gegen das Fenstersims. »Zum Beispiel legen manche Poeten ihren Gedichten alte Sagen und Legenden zugrunde, die von mutigen Männern und schönen Frauen handeln. Aber ich benötige nicht die Worte anderer Männer, um zu wissen, wie ich die Liebe in meine Werke einfließen lassen soll.« Er lächelte. »Daher entspringt das meiste, was ich schreibe, meinem Herzen und meiner Seele.« Pierre musterte sie mit schief gelegtem Kopf forschend. »Ist Eure Frage damit beantwortet, Mademoiselle?«

Elwen ließ nicht locker. »Ich frage nur, weil mir Gerüchte zu Ohren gekommen sind, denen zufolge Eure Romanze gar nicht Euer eigenes Werk ist.«

»Wie bitte?« Pierres Augen wurden schmal. »Wo habt Ihr das denn gehört?«

»Von irgendjemandem im Palast«, erwiderte Elwen. Sein plötzlicher Stimmungsumschwung verwirrte sie. Sein träges Gebaren war verflogen, jetzt wirkte er so wach und angespannt wie ein Hirsch, der den Jäger wittert. »Einem Diener vermutlich.«

»Und was genau hat dieser Diener gesagt?«

»Dass Ihr das Buch, aus dem Ihr lest, gestohlen haben könntet«, entgegnete sie zögernd, dann schnappte sie nach Luft, als Pierre sie am Arm packte.

»Ich bin kein *Dieb*!«

»Nein«, bestätigte sie rasch, dabei schüttelte sie den Kopf. »Ich bin sicher, dass Ihr kein Dieb seid. Ich erzähle Euch nur, was ich gehört habe.«

Er gab sie langsam frei. »Ich bin kein Dieb«, wiederholte er mit Nachdruck. »Auch kein Hexenmeister oder Teufelsanbeter.«

Er beugte sich vor und stützte die Arme auf die Knie. Plötzlich kam er ihr vor, als sei alle Energie aus seinem Körper gewichen. Das Feuer in seinen Augen war erloschen, jetzt blickten sie stumpf und glanzlos.

»Wenn man Erfolg hat, versuchen die, die keinen haben, einen zu vernichten. Neid ist ein äußerst wirksames Gift. Es sickert in die Herzen der Menschen und verwandelt sie in Schlangen. Ich habe mein halbes Leben mit dem Versuch verbracht, Ruhm zu erlangen, und nun, wo ich ihn mir erkämpft habe, bin ich mir gar nicht mehr sicher, ob ich ihn überhaupt will.« Er sah Elwen an. »Nein, ich habe das Gralsbuch nicht selbst geschrieben.« Sein Tonfall wurde wieder härter. »Aber ich habe es auch nicht gestohlen. Das Gerücht, das Ihr gehört habt, entspricht nicht der Wahrheit, und ich möchte Euch bitten, nie wieder davon zu sprechen.«

»Das werde ich nicht tun. Ich verspreche es.« Die plötzliche Wandlung, die mit Pierre vorgegangen war, hatte sie nervös gemacht. »Es tut mir leid«, sagte sie, sich erhebend. »Es war ein Fehler, Euch Eure Zeit zu stehlen. Ich lasse Euch jetzt allein, damit Ihr Euch in Ruhe auf Euren Auftritt vorbereiten könnt.«

»Wartet!«, rief Pierre, als sie sich zur Tür wandte.

Elwen drehte sich unschlüssig um.

»Geht nicht.« Pierre schenkte ihr ein trauriges Lächeln. »Seit meiner Ankunft im Palast haben viele Höflinge meine Gesellschaft gesucht – Damen, die in Gedichten gepriesen werden wollten; Adelige, die versucht haben, mich als Zierde ihres Haushalts in ihre Dienste zu nehmen. Ich muss gestehen, dass mir die Vorstellung, vor so erlesenem Publikum aufzutreten, noch dazu an einem Ort, wo ich einst verhöhnt und fortgejagt wurde, großes Unbehagen eingeflößt hat. Aber Eure Gegenwart und Euer Interesse an meiner Kunst entschädigen mich dafür. Ich bitte um Verzeihung, dass ich so unwirsch war, als Ihr darauf angespielt habt, dass ich die Romanze nicht selbst geschrieben habe, aber seit ich auf Reisen bin, stoße ich immer wieder auf üble Gerüchte und Beschuldigungen, und ich bin mir ziemlich sicher, dass ich verfolgt wurde.«

»Verfolgt?« Elwen täuschte Überraschung vor. Everard hatte ihr gesagt, dass er jemanden auf die Spur des Troubadours gesetzt hatte.

»In zahlreichen Gasthäusern, die ich während meiner Reise vom Süden hierher besucht habe, hörte ich, dass ein Mann Fragen bezüglich meiner Person gestellt hat – ein Ausländer, wie man mir sagte.«

»Vielleicht wollte er nur herausbekommen, wo Ihr auftretet.«

»Vielleicht.« Pierre klang wenig überzeugt. »Ich war einige Wochen bei einem Freund in Blois, deshalb bin ich diesem Mann wohl nie begegnet.« Er klopfte auf die Bank. »Wollt Ihr Euch nicht wieder setzen, Mademoiselle?«

Elwen zögerte, dann nahm sie wieder auf der Bank Platz. Ein Teil ihrer Selbstsicherheit war zurückgekehrt. Plötzlich kam ihr ein Gedanke. »Würdet Ihr mir wohl eine Decke leihen? Ich bin nass bis auf die Haut.«

»Selbstverständlich«, erwiderte Pierre galant, ging zur Pritsche, zog die Decke weg und legte sie ihr fürsorglich um die Schultern.

Elwen hielt die Decke mit einer Hand fest, nahm mit der anderen ihre durchnässte Haube ab und schüttelte ihr Haar. Ihr entging nicht, dass Pierres Blick wie gebannt an den wirren goldenen Locken hing. Männer sahen sie oft auf diese Weise an; Händler auf dem Markt, Wächter in den Gängen des Palastes, Will, wenn er sich unbeobachtet wähnte. Sie mochte das, es verlieh ihr das Gefühl, unbesiegbar zu sein, obgleich es sie zugleich danach verlangte, erobert zu werden. Immer wenn sie diesen bestimmten Ausdruck in den Augen der Männer sah, wurde ihr bewusst, dass in einer von Männern beherrschten Welt sie, eine Frau, die eigentliche Macht in den Händen hielt.

Lächelnd rückte sie ein Stück näher an Pierre heran. »Wir sprachen vorhin von Euren Inspirationen für Eure Werke. Ich würde gern noch mehr darüber erfahren.«

»Ach ja, meine Werke.« Pierres Augen leuchteten auf. Er ging zu seiner Pritsche, griff nach der Tasche, die darauf lag, und zog ein in *vellum* gebundenes Buch sowie einige lose Pergamentbögen heraus. Als er zur Bank zurückkam, erkannte Elwen, dass Everards Beschreibung auf dieses Buch genau zutraf. »Diese Gedichte stammen von mir.« Pierre legte das Gralsbuch zur Seite und reichte ihr die Pergamentbögen. »Es sind meine ureigenen Werke.«

Elwen riss den Blick von dem Buch los, griff rasch nach den Pergamenten und las die in zierlicher Handschrift geschriebenen Worte auf dem ersten Bogen. Es war ein sehr sinnliches, einer Frau namens Catherine gewidmetes Gedicht. »Eure Werke sind sehr … leidenschaftlich«, sagte sie, als sie Pierre die Bögen zurückgab. Sie spürte, dass ihr das Blut in die Wangen gestiegen war.

»Es ist Leidenschaft ohne Stimme.« Pierre lächelte leicht. »In einer Zeit vor der unseren schrieben die Dichter, deren Werke Ihr gelesen habt, mit einem solchen Feuer. Sie schrieben von Männern, die sich vor Liebe verzehren; von der Qual des Wartens und den Freuden des Herzens und des Fleisches. Aber heute? Heute gilt das Gesetz der höfischen Minne; die Dichter beschreiben nur noch Männer, die sich diese Freuden um der Reinheit des Geistes willen versagen und ihre Sehnsüchte unterdrücken.« Er schüttelte den Kopf. »Aber Liebe lässt sich weder unterdrücken noch einsperren. Sie kennt den Begriff Sünde nicht, und sie fragt nicht nach Vernunft, denn sie ist ein wildes, gieriges Raubtier, das einen Menschen zerfleischt.«

Elwen schwieg, nickte aber. Pierre griff nach dem Gralsbuch und drehte es in den Händen. Die goldenen Lettern auf dem Einband schimmerten hell im trüben Tageslicht.

»Dieses Buch gehörte meinem Bruder. Ich nahm es an mich, als er vor zwei Wintern am Fieber starb. Einen Teil des Inhalts habe ich dazu verwandt, die Parsifalsage neu zu erschaffen: eine neue Romanze für ein neues Zeitalter. Ich wusste, dass ich auch meinen eigenen Gedichten eine Stimme würde verleihen können, wenn es mir nur gelänge, mir einen Namen zu machen. Dieses Buch hat mir dazu verholfen.« Er schlug es auf und blätterte die Seiten um. »Seither kommen die Leute von weither, um mich zu sehen.«

»Hat Euer Bruder dieses Buch verfasst?«

»Himmel, nein«, erwiderte Pierre mit einem müden Lächeln. »Antoine konnte kaum seinen Namen schreiben. Mein Bruder hat mit Wein gehandelt.«

»Wie ist er dann in den Besitz des Buches gekommen?«

Pierre sah sie ernst an. »Ich muss Euch bitten, mit keiner Menschenseele darüber zu sprechen.«

»Ihr habt mein Wort darauf«, murmelte Elwen. Als Pierre noch immer zögerte, legte sie ihm verschwörerisch eine Hand auf das Knie. »Ich verspreche es bei allem, was mir heilig ist.«

Pierre betrachtete sie lächelnd. »Er hat es auf seiner Türschwelle gefunden.« Er nickte, als er Elwens verdutztes Gesicht sah, und lachte leise. »Ich glaube, meine Version, ein Engel habe es mir gegeben, klingt noch glaubhafter als das, nicht wahr? Fragt mich nicht, wie es dorthin gelangt ist. Er zeigte es mir einmal, als ich ihn besuchte. Ich blätterte es flüchtig durch, aber damals hatte ich jegliches Interesse am Schreiben verloren. Nachdem ich diesen Hof in Schimpf und Schande verlassen musste, kehrte ich heim zu meiner Familie in Pont-Evêque, wo mich mein Vater beschwor, einen ehrbaren Beruf zu ergreifen. Er hatte nie Verständnis für die Dichtkunst, nannte sie ein brotloses Gewerbe. Und ich war nach meinem Scheitern bei Hof so entmutigt, dass ich schon begann, ihm Glauben zu schenken. Aber nach Antoines Tod begann die Muse wieder zu mir zu sprechen, und als mein Vater und ich nach Paris kamen, um uns um seinen Nachlass zu kümmern, nahm ich das Buch an mich. Ich hoffte, es würde mir zu neuen Inspirationen verhelfen.« Pierre blickte auf seine Hände. »Es schien mir die beste Möglichkeit zu sein, die sich mir je bieten würde. Ich behielt recht. Das Buch bescherte mir größere Erfolge, als ich sie mir je erträumt habe.«

»Aber habt Ihr denn gar keine Angst? Wie ich hörte, seid Ihr vom Hof von Aquitanien verbannt worden. Und haben die hiesigen Priester und Gelehrten nicht versucht, Euren Auftritt zu verhindern? Euch gar mit der Exkommunikation gedroht?«

»Meine früheren Vorstellungen sind für zart besaitete Gemüter wohl etwas deftig gewesen, das gebe ich zu. Aber ich habe sie ein wenig abgemildert.« Pierre erhob sich abrupt und nahm die Pergamentbögen und das Gralsbuch wieder an sich. »Außerdem erwarten die Höflinge hier meinen Auftritt mit großer Spannung, wie man mir sagte. Die Dominikaner werden den König wohl kaum noch umstimmen können.«

Elwen fluchte stumm, als er das Buch und die Gedichte wieder in die Tasche zurückschob. Das Objekt ihrer Begierde hatte direkt vor ihrer Nase gelegen!

»Und so verderbt, wie behauptet wird, ist das Buch gar nicht. Der Teufel ist nicht aufgetaucht. Noch nicht.«

Es klopfte an der Tür.

Pierre starrte die Tür einen Moment an, dann öffnete er sie kopfschüttelnd einen Spalt.

»Man sollte Euch Bescheid geben, wenn die Große Halle hergerichtet ist, Herr«, hörte Elwen eine Männerstimme sagen. Vermutlich stand ein Palastdiener draußen.

Pierre blickte über seine Schulter hinweg zu Elwen. »Entschuldigt mich, Mademoiselle«, bat er, dann huschte er zur Tür hinaus und schloss sie hinter sich. »Ihr habt den Platz frei gehalten, wie ich es angeordnet habe?«

»Ja, Herr. Ihr werdet direkt vor dem königlichen Thron auftreten.«

Elwen lauschte den gedämpften Stimmen, während sie die Bank verließ und zur Pritsche hinüberschlich, und spitzte die Ohren, um das Knarren der Tür nicht zu überhören.

»Und der Rest der Halle? Ist alles so angeordnet, wie ich es gesagt habe?«

»Ja, Herr.«

»Ich bin nämlich einmal in der Nähe von Cluny aufgetreten, und da hatten die Diener die Bänke falsch herum aufgestellt, sodass mir das Publikum den Rücken zukehrte, während ich sang.«

»Wir haben uns genau nach Euren Anweisungen gerichtet, Herr.«

»Ausgezeichnet. Ich komme gleich hinunter.« Pierre öffnete die Tür wieder. Er wirkte ein wenig verwirrt, als er Elwen vor sich stehen sah, fasste sich aber rasch wieder und lächelte. »Ich muss jetzt leider auf Eure Gesellschaft verzichten, Mademoiselle. Es gibt einige Dinge, um die ich mich noch kümmern muss.«

»Ich muss auch gehen.« Elwen gab das Lächeln zurück. »Wenn ich mit meiner Arbeit nicht fertig werde, verpasse ich Euren Auftritt. Aber ich danke Euch, dass Ihr mir so viel von Eurer Zeit gewidmet habt. Ich fühle mich sehr geehrt«, fügte sie listig hinzu, »dass Ihr mich in Euer Vertrauen gezogen habt.«

»Dann würdet Ihr mir vielleicht die Freude machen, Euch noch einmal mit mir zu treffen, wenn meine Vorstellung beendet ist, Mademoiselle Grace?«

»Wenn meine Pflichten es erlauben, gern.«

Pierre griff nach seiner Tasche, warf sie sich über die Schulter und öffnete Elwen die Tür. »Das hoffe ich sehr.« Er trat in den Gang hinaus. »Oh! Einen Moment noch!« Er machte auf dem Absatz kehrt. »Ihr habt etwas, was mir gehört.«

Elwen erstarrte. »Was denn?«

»Meine Decke.« Pierre trat auf sie zu. »Ohne sie werde ich in dieser eisigen Gruft vermutlich erfrieren.«

»Aber sie ist nass!«, protestierte Elwen. »Und ohne sie werde *ich* vermutlich erfrieren. Ich lasse Euch von einem Diener eine andere bringen, oder am besten gleich zwei.«

Pierre verneigte sich. »Dann behaltet sie mit meinen besten Empfehlungen.«

Elwen wartete einen Moment, dann schlenderte sie in der entgegengesetzten Richtung davon. Ein prickelndes Triumphgefühl keimte in ihr auf. Unter der Decke hielt sie das Gralsbuch fest an ihre Brust gedrückt.

Als sie in ihre Kammer kam, wartete eine aufgeregte Maria schon auf sie.

»Wo warst du?«, greinte sie, als sie vom Bett aufsprang. »Die Königin ist äußerst ungehalten. Du solltest sie nach ihrem Bad ankleiden!«

Elwens Augen weiteten sich erschrocken. »Ich dachte, ich hätte heute keine Pflichten mehr.«

Maria warf entnervt die Hände in die Höhe. »Wie kann man nur so vergesslich sein!«

»Wird sie mich bestrafen?«

Maria warf ihr einen strengen Blick zu. »Ich habe ihr gesagt, du hättest dich mit Magenschmerzen ins Bett gelegt, und deine Arbeit mit übernommen. Und keine Sorge, du verpasst den Auftritt des Troubadours nicht. Ich habe der Königin gesagt, du hättest vermutlich etwas Falsches gegessen, wärst aber heute Abend bestimmt wieder auf den Beinen.«

»Ich kann wirklich froh sein, eine Freundin wie dich zu haben.«

»Das finde ich auch«, stimmte Maria zu. Dann deutete sie auf die Decke um Elwens Schultern. »Wo kommt denn dieser alte Fetzen her? Und wo ist deine Haube?« Sie runzelte die Stirn. »Elwen, du bist ja völlig durchnässt!«

»Ich muss dich um etwas bitten.«

Maria hob die Brauen. »Hast du deinen Liebsten draußen im Regen getroffen, während ich deine Arbeit getan habe?« Sie grinste. »Jetzt musst du mir aber verraten, wer er ist.«

»Es ist wichtig, Maria.«

Marias Lächeln erstarb. »Worum geht es?«, fragte sie.

»Ich ziehe dich wirklich ungern in diese Sache mit hinein, aber mir bleibt keine andere Wahl. Du hast mir heute schon einmal geholfen, und ich verspreche, dass ich das wiedergutmache, aber du musst noch etwas für mich tun, und ich kann dir noch nicht einmal sagen, warum ich dich darum bitten muss.«

Maria nickte bedächtig. »Was soll ich tun?«

»Ich muss so schnell wie möglich eine Botschaft zum Ordenshaus der Templer schicken. Du sollst zu Ramon gehen. Ich denke, ich kann ihm vertrauen, und er dürfte keine Schwierigkeiten haben, den Palast unbemerkt zu verlassen. Und ich weiß, dass er die Nachricht überbringen wird, wenn du ihn darum bittest.«

Maria errötete. »Da wäre ich mir nicht so sicher. Er nimmt ja kaum Notiz von mir.«

»Aber er ist doch trotzdem dein Freund.«

»Vielleicht. Ja, eigentlich schon.«

»Ich möchte die Botschaft nicht aufschreiben. Ramon muss sie mündlich ausrichten.«

»Für wen ist sie bestimmt?«

»Für einen Priester. Everard de Troyes.«

»Ein Priester! Sag nicht, dass du dich in einen Mann Gottes verliebt hast!«

»Nein«, erwiderte Elwen rasch. »Das eine hat nichts mit dem anderen zu tun.«

Die Zofe seufzte. »Was soll ich Ramon sagen?«

»Er soll dem Priester ausrichten, dass ich habe, was er will. Er soll seinen Boten schicken; er soll sich eine halbe Stunde vor der Vesper mit mir treffen. Er weiß schon, wo.«

»So lautet die Botschaft?«

»Genau so.«

Maria verstummte und musterte Elwen eindringlich. »Bist du in Schwierigkeiten?«

Elwens Lachen klang ein wenig schrill. »Wann bin ich das nicht?« Sie wurde wieder ernst. »Tust du mir den Gefallen?«

»Ja.«

»Dann stehe ich noch tiefer in deiner Schuld.«

»Allerdings«, meinte Maria, halb im Spaß, halb im Ernst. Sie machte sich Sorgen um ihre Freundin, freute sich aber zugleich über den Vorwand, Ramon zu sehen.

Nachdem Maria gegangen war, zog Elwen ihr schwarzes Kästchen unter dem Bett hervor. Es bot gerade genug Platz für das Buch, wenn sie es flach über die Fächer legte. Sie verschloss den Kasten wieder, schob ihn mit dem Fuß an seinen Platz zurück und ging zum Schrank, um ein trockenes Kleid herauszunehmen.

Pierre schenkte sich einen weiteren Becher Wein ein und schlenderte zu dem Podium hinüber, das am anderen Ende der Großen Halle aufgebaut worden war. Er setzte sich auf die Bretter, lehnte sich zurück, stützte sich auf die Ellbogen und ließ den Blick durch den riesigen Raum wandern. Auf dem Weg zur Halle war er von einem Adeligen aufgehalten worden, der darauf bestanden hatte, dass er einen Schluck Wein mit ihm trank, und wegen der Verzögerung blieb ihm kaum noch Zeit für seine Vorbereitungen. Aber die Große Halle war zu seiner vollen Zufriedenheit hergerichtet worden, wie er feststellte.

Auf dem Podest standen der Thron des Königs und der der Königin. Auf jedem lag ein mit Federn gefülltes Seidenkissen. Dahinter hing König Louis' blaues Banner an der Wand, die goldenen Lilien schimmerten im Licht Hunderter Kerzen. Weitere Banner mit den Wappen der Adelshäuser, deren Vertreter an der Veranstaltung teilnahmen, schmückten den Raum. Der Platz vor dem Podest, wo Pierre auftreten würde, war mit süß duftenden getrockneten Rosenblättern bestreut. Die langen Holztische waren mit bernsteinfarbenem, leuchtend rotem und goldenem Herbstlaub dekoriert, in der Mitte standen juwelenbesetzte Weinkrüge. Nach der Vorstellung sollte Pierre zu Ehren ein Allerheiligenbankett stattfinden.

Pierre trank seinen Wein aus und stand auf. Seine Tasche mit dem Gralsbuch und seinen Gedichten lag auf einem der Tische. Er wandte sich an die Diener, die die Blätter auf der langen Tafel verteilten. »Meine Damen, meine Herren«, rief er mit weithin vernehmlicher Stimme. »Darf ich mich erkühnen, Euch einen Vers des Rolandliedes vorzutragen?« Er räusperte sich und schloss die Augen. Die Akustik in der Halle war ausgezeichnet.

Die meisten Diener hielten mit ihren Tätigkeiten inne, um Pierres Gesang zu lauschen. Die Worte hallten kristallklar durch den gewölbeähnlichen Raum.

»Es weicht der Tag, die Nacht folgt auf den Abend. Der Kaiser schläft, der Mächtige, Erhabene …«

»Pierre de Pont-Evêque?«

Pierre schlug die Augen wieder auf und blickte ungnädig auf die Störenfriede hinunter. Zwei Männer in zerschlissenen schwarzen Gewändern kamen quer durch die Halle auf das Podest zu. Sie waren barfuß und trugen große Holzkreuze um den Hals. Pierre erkannte sofort, wen er da vor sich hatte. Den beiden Dominikanern folgten fünf andere Männer, deren Erscheinung sogar noch legendärer war. Pierres Blick blieb an den Schwertern der Tempelritter hängen. Kalte Furcht stieg in ihm auf. Die Diener wichen vor den Eindringlingen zurück und flüsterten miteinander.

»Ich bin Pierre. Was wünscht Ihr von mir, meine guten Brüder?«

»Wir sind nicht deine Brüder!« Einer der Dominikaner trat vor, der Rest der Gruppe hielt sich im Hintergrund.

Der junge Mann hatte stechende dunkle Augen, die, wie es Pierre vorkam, direkt durch ihn hindurchblickten. Er richtete sich zu seiner vollen Größe auf, wobei es sich als hilfreich erwies, dass er auf dem Podest stand. »Worum auch immer es geht, bitte fasst Euch kurz. Ich habe leider nicht viel Zeit für müßige Unterhaltung.«

»Pierre de Pont-Evêque«, fuhr der Dominikaner fort, als hätte Pierre gar nichts gesagt. »Auf Befehl des Jakobinerhauses in Paris, das dem Heiligen Orden der Dominikaner angehört, der vom Instrument Gottes, Papst Gregor IX. ermächtigt wurde, die Ketzerei in unserem Land auszurotten, steht Ihr hiermit unter Arrest.«

»Festgenommen? Wessen beschuldigt man mich?«

»Ihr seid der Ketzerei angeklagt.«

»Hört zu«, sagte Pierre rasch. »Ich weiß nicht, welche Gerüchte Euch zu Ohren gekommen sind, aber ich kann Euch versichern, dass nichts Wahres daran ist. Ich bin kein Ketzer!«

»Ihr werdet mir unverzüglich das Buch aushändigen, das sich in Eurem Besitz befindet... dieses Teufelswerk... und dann mit uns kommen.«

»Das könnt Ihr nicht tun!«, schrie Pierre, von aufkeimender Panik erfüllt. »Ich bin Gast Seiner Majestät! Er hat mich eingeladen, heute Abend hier aufzutreten!«

»Wo ist das Gralsbuch?«

»Fasst das nicht an!« Pierre war ein hochgewachsener, schwarzhaariger Templer aufgefallen, der gerade nach seiner auf dem Tisch liegenden Tasche griff.

Der Dominikaner fuhr herum. »Monsieur de Navarre!«, bellte er. »Tretet zurück! Ich übernehme das.«

Nicolas de Navarre zögerte. Seine Hand schwebte über der Tasche. »Wie Ihr wünscht, Bruder Gilles«, sagte er dann, trat einen Schritt zurück und nickte zu der Tasche hinüber.

Als Gilles sein Holzkreuz abnahm, es auf die Tasche legte und ein Gebet anstimmte, sprang Pierre vom Podest herunter.

»Ergreift ihn!«, befahl der zweite Dominikaner.

»Holt den König!«, rief Pierre den verwirrten Dienern zu, wurde aber von einem heftigen Schlag einer mit einem Kettenhandschuh bewehrten Hand zum Schweigen gebracht.

»Das wird dich lehren, Schmutz über uns zu verbreiten«, zischte ihm ein Tempelritter zu.

Pierre hing schlaff in seinem Griff, während Gilles sein Gebet beendete und dann vorsichtig eine Hand in die Tasche schob. »Dazu habt Ihr kein Recht«, stöhnte der Troubadour verzweifelt.

»Ihr habt gegen Gott gesündigt und das Christentum mit Euren verderbten Schriften besudelt«, verkündete der zweite Dominikaner. »Aber in unserem Haus werdet Ihr Gelegenheit bekommen, für Eure Sünden zu büßen. Wir werden versuchen, Eure Seele aus der Finsternis zu erretten, in der sie gefangen ist, und das Böse austreiben, das in Euch wohnt. Diejenigen, die von Gottes Wegen abweichen, müssen einen hohen Preis dafür entrichten. Wenn Ihr Euch mit Satan verbündet, dürft Ihr nicht auf Gnade …«

»Hier ist es nicht.«

Der Dominikaner drehte sich um.

Pierre hob benommen den Kopf, als Gilles die Tasche, die er über dem Tisch geleert hatte, fallen ließ. Seine Gedichte lagen am Boden verstreut, doch vom Gralsbuch war nichts zu sehen. Nicolas de Navarre begann, die Pergamentbögen durchzusehen, während Gilles sich vor Pierre aufbaute.

»Wo ist es?«

»Wo ist was?«, murmelte Pierre.

Gilles' Hand schoss vor und schloss sich um Pierres Kinn. Grob zwang er den Kopf des Troubadours in die Höhe. »Wo ist das Buch?«

Pierre gab ein paar gurgelnde Geräusche von sich. Sein Adamsapfel hüpfte wild auf und ab.

»Bruder Gilles.«

Der Dominikaner wandte sich ärgerlich um. Nicolas de Navarre hatte die Pergamente zur Seite gelegt und war zu den Rittern getreten, die Pierre festhielten.

»Vielleicht solltet Ihr mich die Befragung fortführen lassen«, schlug er vor.

Gilles verzog missmutig das Gesicht, nickte aber und trat ein paar Schritte zurück.

Pierres Augen weiteten sich angsterfüllt, als Nicolas auf ihn zukam. Am Gürtel des Ritters hingen eine Armbrust, ein Dolch und sein Schwert. »Es ist in meiner Tasche!«, stieß er hervor, noch ehe Nicolas ein Wort gesagt hatte.

»Ich fürchte, das stimmt nicht«, erwiderte Nicolas milde.

Pierres Augen schwammen in Tränen. »Bitte! Ich habe es nicht geschrieben, das schwöre ich!«

»Ich glaube Euch ja.« Nicolas dämpfte seine Stimme zu einem Flüstern. »Wenn Ihr mit den Dominikanern kooperiert, habt Ihr eine Chance, mit dem Leben davonzukommen, aber Ihr müsst ihnen sagen, wo das Buch ist. Tut Ihr das nicht, werden sie Euch als Ketzer hinrichten lassen und die Suche nach dem Buch ohne Eure Hilfe fortsetzen. Und sie werden mit dieser Suche zweifellos bei Eurer Familie in Pont-Evêque anfangen.«

»Bei meiner Familie?«, krächzte Pierre.

Nicolas senkte seine Stimme weiter, bis sie nur noch wie ein Hauch über Pierres Wange strich. »Wenn die Dominikaner das Buch dort nicht finden, werden sie allen Bewohnern Eures Elternhauses die Kleider vom Leib reißen und sie an Pfähle binden – Euren Vater Jean, Eure Mutter Eleanor, Eure Schwestern Aude und Kateline. Sie werden ihre Leiber mit Öl übergießen und sie über einem Kohlenfeuer rösten, so langsam, dass sie zusehen können, wie ihr Fleisch Blasen wirft und sich dann langsam von ihren Knochen löst …«

»Nein! Tut das nicht! Ich habe es in meine Tasche gesteckt! Ich begreife nicht, warum es nicht dort ist! Ich war in meiner Kammer und habe es für meinen Auftritt in meine Tasche gesteckt. *Ich schwöre es bei Gott und allen Heiligen!*«

Gilles, der Nicolas' Worte nicht hatte verstehen können, hob angesichts dieses Ausbruchs beeindruckt die Brauen. »Wo ist es dann jetzt?«, wollte er wissen, als Nicolas sich aufrichtete.

»Ich weiß es nicht! Ich habe es nicht herausgenommen. Es müsste in der Tasche sein, ich kann mir nicht erklären, wieso …« Pierre hielt inne.

»Ja?«, ermunterte Nicolas ihn rasch.

Pierre hob den Kopf. »Da war dieses Mädchen … eine Kammerzofe. Sie kam in meine Kammer, weil sie mit mir über meine Dichtkunst sprechen wollte.«

»Sie könnte es genommen haben? Wolltet Ihr das sagen?«

»Ich habe die Kammer einmal verlassen, nicht lange, aber …« Pierre nickte. »Ja, sie könnte es genommen haben.«

»Wie heißt sie?«, fauchte Gilles.

»Grace.«

»Einen Moment, Bruder.« Nicolas hielt Gilles, der schon zur Tür stürmen wollte, am Ärmel seiner Kutte zurück. »Wie sieht das Mädchen aus?«, fragte er Pierre.

»Groß. Schlank. Langes goldblondes Haar. Sehr hübsch.«

Nicolas wandte sich an Gilles. »Im Palast muss es Hunderte von Dienstboten geben, Bruder«, sagte er ruhig. »Ich werde den Haushofmeister suchen und ihn nach diesem Mädchen fragen. Und ich schlage vor, dass Ihr den Troubadour in seine Kammer bringt und sie durchsucht, um sicherzugehen, dass er das Buch nicht versehentlich dort liegen gelassen hat – oder lügt, was die Kammerzofe betrifft, und es irgendwo versteckt hat. Außerdem denke ich, dass der König inzwischen von unserer Ankunft erfahren hat. Er wird Antworten von uns verlangen.«

Gilles runzelte ob Nicolas' Eigenmächtigkeit finster die Stirn, nickte aber steif. »Nun gut. Aber wenn Ihr das Mädchen gefunden habt, bringt sie zu mir. Ich möchte sie selbst befragen.«

»Wie Ihr wünscht.«

Nicolas wartete,bis die anderen Ritter und die beiden Dominikaner Pierre gewaltsam aus der Halle geschleift hatten, dann verließ auch er den Raum. Nachdem er einen der immer noch im hinteren Teil der Halle herumlungernden Diener nach dem Weg zur Kammer des Haushofmeisters gefragt hatte, eilte er durch die breiten Gänge, ohne auf die neugierigen Blicke zu achten, die sein weißer Mantel auf sich zog. Doch als er die Unterkunft des Haushofmeisters erreichte – eine kleine, aber luxuriös ausgestattete Kammer –, fand er sie leer vor. Nicolas blieb einen Moment draußen im Gang stehen und überlegte, ob er warten oder anderswo im Palast nach dem Mann suchen sollte. Eine kühle Brise wehte durch die Fenster zu beiden Seiten des langen, düsteren Ganges und brachte den feuchten, modrigen Geruch des Flusses mit sich. Die Dämmerung brach herein, dunkle, von Regen kündende Wolken zogen über den Himmel hinweg. Die Fensterreihen gingen auf eine schmale, von Mauern umgebene Gasse hinaus, die rund um das Palastgelände verlief und es zur einen Seite vom Fluss, zur anderen von den Straßen der Cité trennte. In die Mauer waren bogenförmige Öffnungen eingelassen, von denen eine zum Flussufer führte. Nicolas spähte gelangweilt zu der Gasse hinunter. Sein Blick fiel auf einen Mann in einem grauen Umhang, der scheinbar aus dem Palast gekommen war, mit schnellen Schritten das Palastgelände verließ und auf eine Reihe mächtiger Eichen am Flussufer zusteuerte. Immer wieder blickte er sich wachsam um, dann verschwand er zwischen den Bäumen. Sogar im schwachen Licht der Abenddämmerung konnte Nicolas seine dunkle Haut deutlich erkennen.

24

Die Straßen von Paris
1. November A. D. 1266

Nachdem er am Seineufer entlang eine Abkürzung zur Brücke genommen hatte, überquerte Hassan den Fluss und gelangte in das Straßengewirr der Innenstadt. In der einbrechenden Dunkelheit eilte er rasch an den Menschentrauben vorbei, die nach vollbrachtem Tagewerk nach Hause strömten. Der Wind, der im Lauf des Nachmittags aufgekommen war, zerrte an seinem Umhang. Der Boden war mit glitschigem Matsch bedeckt und mit Fuß- und Hufspuren sowie den tiefen Furchen von Karrenrädern übersät. Niedrige zusammengeballte Wolken verhießen Regen. Hassan wandte sich Richtung Norden, wo die Stadtmauer lag, und betrat das Labyrinth von Seitengassen, die das Händlerviertel bildeten. Das Gralsbuch steckte hinten in seiner Hose, es wurde von seinem Umhang verborgen. Da ihm nicht entgangen war, dass vor den Palasttoren Templerpferde angebunden waren, hatte er beschlossen, die Hauptstraßen zu meiden.

Die meisten Werkstätten und Läden im Viertel waren schon geschlossen; die Eigentümer waren in ihre Häuser zurückgekehrt, um sich auf den Allerheiligengottesdienst vorzubereiten. Nur ein paar Handwerker gingen noch ihrer Arbeit nach. Hassan kam an einer Schmiede, einer Seilerei und einer Gerberei vorbei, hinter deren geschlossenen Fensterläden noch Feuer flackerte. Hammerschläge, das Rascheln eines Besens auf Steinfliesen und das Kratzen und Zischen, mit dem Fleischreste von Häuten geschabt wurden, drangen an sein Ohr. An einer Kreuzung blieb er stehen. Der schnellste Weg lag direkt vor ihm: eine lange, gewundene Gasse, die an einer Kirche vorbeiführte. Doch wurde der Zugang teilweise von einem Haufen großer Steine und einem Gerüst versperrt, das an einer Seite der Kirche errichtet worden war. Nach kurzer Überlegung zwängte sich Hassan an den Steinen vorbei und schlängelte sich zwischen den Gerüstpfählen hindurch. Der Staub kürzlich durchgeführter Steinmetzarbeiten brannte in seinen Augen. Vor ihm warfen flackernde Fackeln gespenstische Schatten an die Wände. Plötzlich hörte er Stimmen, Gelächter und lautes, zorniges Gekrähe. Als er zwischen den letzten Gerüstpfählen heraustrat, sah er, dass eine Gruppe junger Burschen seinen Weg blockierte. Einige standen, andere kauerten auf dem Boden und bildeten vor einem offenen Steinmetzschuppen einen kleinen Kreis. Alle trugen weiße Schürzen. Das Krähen kam von zwei Hähnen. Hassan trat näher. In diesem Moment wurden die Vögel in die Mitte des Kreises geworfen. Das Gekreische wurde immer lauter, die Hähne begannen, einander flügelschlagend zu umtanzen, hackten aufeinander ein und versuchten, einander mit den Krallen zu packen. Ein Stück hinter den Burschen mündete die Gasse in einen offenen Platz, und dahinter lag das Tempeltor.

Hassan hielt sich dicht an der Mauer und drückte sich an der Gruppe vorbei, während sich einer der Vögel im Todeskampf wand. Ein paar der jungen Kerle brachen in Jubelgeschrei aus, andere fluchten laut, als der Hahn regungslos liegen blieb und Münzen auf ein Fass geworfen wurden. Einer spie wütend auf den Boden, dann lehnte er sich verdrossen gegen die Wand. Er war hager, hatte ein wölfisches Gesicht, einen dünnen schwarzen Bart und wässrige, tief in den Höhlen liegende Augen.

Ein leichter Regen setzte ein, die Fackeln zischten, als Tropfen in die Flammen fielen. »Entschuldigung«, murmelte Hassan, als er sich zwischen dem hageren Schwarzhaarigen und dem Rest der Gruppe hindurchzwängte. Ein paar der jungen Burschen blickten neugierig zu ihm hin.

»He.«

Hassan drehte sich langsam um.

Der an der Wand lehnende Bursche musterte ihn mit deutlichen Anzeichen von Misstrauen. Seine Augen glitzerten. »Ihr hättet hier nicht entlanggehen sollen, Ihr hättet das Gerüst beschädigen können!«

»Das tut mir leid. Ich werde das nächste Mal einen anderen Weg nehmen.«

Eine lange Pause entstand.

»Wo kommt Ihr eigentlich her?«, fragte der junge Mann schließlich herausfordernd.

Hassan gab keine Antwort, sondern drückte sich an den letzten Steinmetzen vorbei, die gerade ihre Gewinne einstrichen.

»He!«

Hassan blickte über die Schulter und sah zu seinem großen Missbehagen, dass sich der hagere Bursche von der Wand gelöst hatte und ihm folgte. Seine Kameraden beobachteten ihn gespannt.

»Ich habe gefragt, wo Ihr herkommt!«

»Aus Lissabon«, erwiderte Hassan, dabei nickte er dem jungen Mann höflich zu. »Einen schönen Abend noch.«

»Wenn du aus Lissabon kommst, komme ich geradewegs aus dem Paradies!«

Hassan ging unbeirrt weiter. Hinter sich hörte er unzusammenhängendes Stimmengemurmel und hämisches Kichern.

»Solche wie dich habe ich schon öfter gesehen, Dunkelhaut.« Die Stimme des jungen Steinmetzen war lauter geworden und klang jetzt unüberhörbar bedrohlich. Seine Stiefel verursachten schmatzende Geräusche im Schlamm. »Und die stammten nicht von dieser Seite des Meeres.«

Ehe Hassan das Ende der Gasse erreichte, sah er sich ein letztes Mal um. Der Steinmetz folgte ihm immer noch langsam, nicht gewillt, von seinem Opfer abzulassen. Ein paar seiner Kameraden hatten sich ihm angeschlossen. Hassan beschleunigte seine Schritte, doch bevor er auf den Platz hinaustreten konnte, tauchten drei weitere junge Burschen mit Steinmetzschürzen vor ihm auf. Sie waren leicht außer Atem. Hassan erkannte in ihnen Mitglieder der Gruppe wieder, die den Hahnenkampf inszeniert hatten. Sie hatten ihm eine Falle gestellt; sie mussten eine parallel verlaufende Gasse entlanggerannt sein, um ihm von der anderen Seite den Weg abzuschneiden. Seine Wachsamkeit wich kalter Angst. Einer der Jungen wirkte sichtlich nervös und hielt sich im Hintergrund, doch die anderen trugen grimmige, feindselige Mienen zur Schau.

Hassan blieb stehen. »Was wollt Ihr von mir?«, fragte er so ruhig, wie es ihm möglich war.

»Er klingt auch nicht so, als ob er aus Lissabon wäre, Gui«, sagte einer der jungen Männer, die ihm den Weg versperrten, zu dem Hageren.

Gui kam näher, bis er und seine Kameraden Hassan vollständig umzingelt hatten. Es waren insgesamt neun, zwei hielten Fackeln in den Händen. Der Regen war stärker geworden. Am anderen Ende des Platzes saß ein kleines Mädchen auf den Stufen eines verfallenen Hauses. Es spielte mit einer Holzpuppe, die es über seine Beine marschieren ließ. Sonst war niemand zu sehen.

»Ich kenne Ritter, die im Heiligen Land waren«, zischte Gui Hassan zu. Hass und Verachtung schwangen in seiner Stimme mit. »Sie haben mir erzählt, was deine Leute christlichen Männern und Frauen antun. Und da glaubst du, du kannst einfach so herkommen und durch die Straßen unserer Stadt spazieren? Der König hat befohlen, dass Juden ein Zeichen tragen, damit wir sofort wissen, mit wem wir es zu tun haben. Wo ist dein Zeichen, Sarazene?«

»Ich bin ein Christ«, erwiderte Hassan. Er bewahrte immer noch Ruhe, konnte aber die Gefahr spüren, die wie ein kalter Wind von Gui ausging. Innerlich erschauerte er.

Gui spie vor ihm aus. »Bildest du dir ein, unser Gott würde einen wie dich wollen? Ein schwarzes Schaf in Seiner Herde?« Er rückte ein Stück näher. »Letzten Monat kam ein Bote vom Ordenshaus der Hospitaliter zum Haus meiner Mutter. Er teilte ihr mit, dass ihr Sohn«, Gui tippte sich mit dem Finger gegen die Brust, »*mein* Bruder umgekommen ist, als ihre Festung in Arsuf im Königreich Jerusalem von den Sarazenen erobert wurde. Er war dort Steinmetzlehrling.« Seine Augen funkelten im Fackelschein. »Ich habe ihn noch nie so glücklich gesehen wie an dem Tag, an dem er an Bord eines der Hospitaliterschiffe ins Heilige Land aufbrach. Nachdem euer Sultan – der, den sie die Armbrust nennen – die Festung eingenommen hatte, tötete er alle, die sich darin aufhielten. Meinem Bruder wurde der Kopf vom Rumpf gehackt und sein Leichnam den Fliegen und Maden überlassen. Meine Mutter hat vor Kummer seither kein Wort mehr gesprochen. Und da kommst du, einer seiner Mörder, und nistest dich hier in unserer Stadt ein!«

»Es tut mir aufrichtig leid, das zu hören«, erwiderte Hassan ruhig. »Ich weiß, wie viele Unschuldige diesem Krieg zum Opfer gefallen sind. Aber ich versichere Euch, dass Baybars Bundukdari nicht mein Sultan ist. Ich habe weder für ihn gekämpft noch ihm die Treue geschworen. Meine Heimat ist hier, und das schon seit vielen Jahren.«

»Er lügt, Gui«, schnarrte eine Stimme hinter ihm.

»Ich schwöre es«, versicherte Hassan dem grimmig dreinblickenden jungen Mann, der gesprochen hatte. »Ich bin …« Seine Worte endeten in einem Grunzen, als jemand ihm von hinten einen heftigen Stoß versetzte. Hassan verlor das Gleichgewicht und fiel auf die Knie. Eisiger Matsch durchtränkte seine Hose. Er rappelte sich hoch, brach aber sofort mit einem erstickten Keuchen erneut zusammen, als ein Stiefel seine Seite traf. Er krümmte sich zusammen, spürte weitere Tritte gegen seinen Kopf, seine andere Seite und seinen Rücken, wo das Gralsbuch die Wucht etwas abmilderte. Der Gestank fauligen Schlamms und menschlichen Unrats würgte ihn in der Kehle, sein Gesicht und seine Hände waren mit schwarzem Schleim verschmiert. Gui beugte sich über ihn. Seine Züge waren vor Hass und Schmerz verzerrt. Wieder schoss der Stiefel auf ihn zu, traf ihn mitten ins Gesicht, und Hassan spürte, wie seine Nase mit einem Ekel erregenden Knirschen brach. Blut stieg ihm in die Kehle. Er begann, keuchend zu husten. Über sich hörte er eine Stimme.

»Gui, hör auf! Du hast gesagt, du wolltest ihm nur einen Schreck einjagen!«

Hassan rollte sich zur Seite. Tränen strömten aus seinen Augen. Die verschwommene Silhouette von Gui ragte über ihm auf. Er griff in seinen Umhang, seine Finger schlossen sich um den Griff des Dolches, er riss ihn aus seinem Gürtel, zwinkerte Blutstropfen aus seinen Augen und richtete die Klinge auf Guis Beine.

»Vorsicht, er hat ein Messer!«, rief einer der Steinmetze warnend.

Gui wich dem Dolch gerade noch rechtzeitig aus und sprang zurück. Die anderen jungen Männer wichen gleichfalls zurück. Hassan, dem das Blut aus einer Platzwunde an der Stirn und aus Mund und Nase strömte, kämpfte sich mit gezückter Waffe mühsam auf die Beine. Halb blind und fast von Sinnen vor Schmerz, taumelte er auf seine Peiniger zu, die immer noch das Ende der Gasse blockierten, ihm aber beim Anblick der Klinge den Weg freigaben. Doch als Hassan so schnell, wie es seine schwindenden Kräfte zuließen, auf die Lücke zurannte, glitt er im Matsch aus und stürzte erneut zu Boden. Der Dolch entglitt seiner Hand. Einer der Steinmetze heulte triumphierend auf, packte ihn und zerrte ihn an den Armen hoch, ehe er die Waffe wieder zu fassen bekam.

»Nein!«, schrie ein anderer voller Entsetzen, als er sah, dass Gui nach dem Dolch griff.

Doch Gui hatte die Waffe schon gepackt und stürzte sich damit auf Hassan, der sich verzweifelt im eisernen Griff seines Häschers wand.

Hassan spürte einen sengenden Schmerz in seiner Seite, als Gui ihm die Klinge in den Leib bohrte, und sah, wie der Hass in Guis

Augen noch einmal kurz aufloderte und dann nackter Furcht wich. Der junge Mann torkelte zurück. Der Dolchgriff ragte leicht zitternd aus Hassans Seite.

»Jesus, Gui!«, jammerte einer seiner Kameraden. »Was hast du getan?«

»Nichts wie weg hier!« Ein anderer Steinmetz packte Gui am Arm. »Nun mach schon!«

Hassan sackte auf dem Boden zusammen, als der Mann, der ihn festhielt, ihn abrupt losließ und zusammen mit dem Rest der Gruppe die Flucht ergriff. Er versuchte, sich aufzurichten; kämpfte mit aller Kraft gegen die Wellen der Übelkeit, die über ihn hinwegfluteten, und die unerträglichen Schmerzen an, schaffte es aber nur, ein kleines Stück auf den Platz zu kriechen. Seine Finger krallten sich um den Griff des Dolches, aber es gelang ihm nicht, die Klinge aus seinem Körper zu ziehen. Heißes Blut strömte über seine eiskalten Hände. Wieder zerrte der Wind heftig an seinem Umhang. Das kleine Mädchen auf den Stufen des gegenüberliegenden Hauses starrte ihn an.

»Hilf mir!«, krächzte er mit ersterbender Stimme.

Der Mund der Kleinen formte sich zu einem erschrockenen Oval, dann stieß sie einen gellenden Schrei aus und stürzte, ihre Holzpuppe fest an sich gedrückt, ins Haus zurück. Hassan sank stöhnend im Matsch zusammen, als die Tür des Hauses ins Schloss fiel. Er dachte an Everard, der im Ordenshaus auf ihn wartete. Das Gralsbuch fühlte sich wie ein Stein auf seinem Rücken an, der ihn zu Boden drückte. Er spürte, wie sein Bewusstsein allmählich schwand. Der Regen durchweichte sein Haar, rann über seine Wangen und vermischte sich dort mit Blut und Tränen. In der Ferne begannen die Glocken von Notre-Dame zur Vesper zu läuten; die Glocken der anderen Kirchen in der Stadt fielen ein und riefen die Bürger von Paris zum Festtagsgottesdienst.

»Irgendwo hier muss es sein, wenn die Angaben stimmen.« Der Sprecher, ein sehniger Mann namens Baudouin mit dichtem sandfarbenem Haar und kantigem Gesicht, sprang von seinem Pferd und reichte einem seiner beiden gleichfalls berittenen Kameraden die Zügel. Sein scharlachroter Umhang, der ihn als Mitglied der königlichen Leibwache auswies, war völlig durchweicht. »Gib mir die mal, Lucas«, sagte er, dabei deutete er auf die Fackel, die einer der beiden anderen Männer in der Hand hielt.

»Wir hätten doch die Profose schicken sollen«, knurrte Lucas, der Jüngste der drei, ärgerlich, als er Baudouin die Fackel reichte.

»Die sind für Mord nicht zuständig.« Baudouin sah sich um. Über dem stockfinsteren Platz lag eine gespenstische Stille. Die Fenster der umliegenden verwahrlosten Häuser waren dunkel; die meisten Bewohner waren noch beim Abendgottesdienst in der Kirche. Baudouin hielt die Fackel in die Höhe und tastete sich ein paar Schritte vor. »Diese unerfreuliche Aufgabe fällt leider uns zu.« Er drehte sich zu seinen Kameraden um und schnitt eine Grimasse. »Befehl unseres hochverehrten Hauptmanns.«

»Den würde ich jetzt auch gern hier draußen in dieser Sintflut sehen«, grollte der dritte Mann. »Stattdessen sitzt er im Palast gemütlich auf seinem fetten Arsch am Feuer.«

»Ich denke, er hat im Moment genug um die Ohren, Aimery. Der ganze Palast ist wegen dieses Troubadours in heller Aufregung. Heute Abend muss er sich seinen Lohn redlich verdienen, das kannst du mir glauben.«

»Ja«, warf Lucas aufgeregt ein, »was war da eigentlich los? Kurz ehe wir losgeritten sind, habe ich ein paar Templer beim König gesehen. Sie haben ziemlich heftig gestritten.«

Baudouin zuckte gleichmütig die Achseln. »Der Troubadour soll ein Ketzer sein, heißt es. Die Inquisitoren haben ihn mitgenommen, um ihn zu verhören.«

Lucas erschauerte. »Armer Kerl. Ich möchte jetzt nicht in seiner Haut stecken.«

»Was ist das da?«

Baudouin drehte sich um und sah, dass Aimery auf den Eingang einer schmalen Gasse zeigte. Auf dem Boden lag etwas, das wie ein großes schwarzes Bündel aussah. Er trat näher heran. Die Fackelflamme flackerte im Wind. Das Bündel erwies sich als menschlicher Körper. Baudouin bückte sich, umfasste die Schulter des Mannes und schüttelte ihn leicht. Als dieser keine Reaktion zeigte, runzelte er die Stirn. »Halt mal eben.« Er reichte die Fackel an Aimery weiter, der gleichfalls vom Pferd gestiegen war und auf ihn zukam, dann drehte er den Toten um.

»Heiliger Christus!«, entfuhr es Aimery. Er bekreuzigte sich hastig, als das Gesicht des Mannes sichtbar wurde. »Das ist ja ein Sarazene!«

Baudouin sah den Griff eines Dolches aus der Seite des Mannes ragen. Seine Augen waren offen, starrten blicklos in den Regen, sein mit Straßenschlamm verschmiertes und mit Prellungen übersätes Gesicht hatte eine graubläuliche Farbe angenommen, der Bart war mit Blut verklebt. »Arme Seele.« Baudouin schlug den Umhang des Mannes zurück und tastete ihn flüchtig ab, konnte aber außer einer leeren Scheide, die aussah, als passe sie zu dem Dolch, nichts Ungewöhnliches entdecken. »Sieht aus, als wäre er mit seinem eigenen Dolch erstochen worden. Wir sollten uns in der näheren Umgebung ein wenig umhören. Vielleicht hat jemand etwas gesehen.«

»Die Leute sind fast alle in der Kirche«, erwiderte Aimery missmutig. »Die Frau, die den Vorfall gemeldet hat, sagte nur, sie hätte Schreie gehört und ihn dann in der Gasse liegen sehen. Weitere Angaben konnte sie nicht machen. Wir werden dem Hauptmann Bericht erstatten, und er soll entscheiden, ob wir den Fall weiter untersuchen. Aber ich bezweifle, dass er Zeit oder Männer auf diese Sache verschwenden will.« Er musterte den Leichnam und hob die Schultern. »Ich glaube kaum, dass irgendjemand den vermissen wird.«

Baudouin seufzte, dann nickte er und wischte mit dem Ärmel über sein regennasses Gesicht. »Fasst mal mit an. Wir binden ihn auf mein Pferd. Er muss schließlich irgendwo begraben werden, wir können ihn ja nicht einfach hier liegen lassen.«

»Aber wo?« Aimery scheute davor zurück, näher an den Toten heranzutreten.

»Nicht auf einem christlichen Friedhof, so viel steht fest.« Lucas gesellte sich zu ihnen. Er hatte die Pferde vor einer Gerberei an einem Pfosten angebunden.

»Wohin dann mit ihm?«, fragte Baudouin.

»Auf den Aussätzigenfriedhof«, schlug Aimery nach kurzer Überlegung vor.

Lucas schüttelte den Kopf. »Das Lazarushospital wird ihn nicht nehmen.«

»Wir sagen, er hat die Lepra. Dann müssen sie ihn nehmen.«

Aimery und Lucas sahen Baudouin an. Da ihm selbst keine bessere Lösung einfiel, nickte dieser resigniert. »Na schön. Dann helft mir, ihn auf das Pferd zu laden.«

Ordenshaus Paris, 2. November A. D. 1266

Nachdem die Prim zu Ende war, verließ Will gähnend die Kapelle. Der Gottesdienst hatte besonders lange gedauert, denn heute war Allerseelen, der Tag der Toten, und während jeder Messe wurden für die Dahingeschiedenen zusätzliche Gebete gesprochen. Im Vergleich zu dem fröhlichen Allerheiligen war es ein düsteres Fest, zu dem das Wetter allerdings überhaupt nicht passen wollte. Nach den letzten windigen, regnerischen Tagen war ein herrlicher Morgen angebrochen; der Himmel hatte sich von schwarz zu einem Türkiston und dann zu einem strahlenden Blau verfärbt. Aber der Preis dafür war ein plötzlicher Temperaturabfall. Im Morgengrauen hatten die Stallburschen eine Eisschicht aufhacken müssen, die sich während der Nacht auf den Wassertrögen der Pferde gebildet hatte. Der Schlamm auf dem Boden war gefroren, das Gras mit silbrig weißem Raureif bestäubt.

Die Ritter machten sich auf den Weg in die Große Halle. Da Will zusammen mit den anderen Sergeanten warten musste, bis sie ihr Frühstück beendet hatten, ehe er sein Fasten brechen durfte, ging er zur Kleiderkammer, um Everards Gewand abzuholen, das er dem Schneider vor ein paar Tagen zum Flicken gebracht hatte.

»Sergeant Campbell?«

Will drehte sich um. Ein Diener in einer braunen Tunika eilte auf ihn zu, dabei blickte er sich immer wieder verstohlen zu den Rittern um. »Ja?«

»Jemand wartet am Tor auf Euch«, murmelte der Mann.

»Wer?«

Der Diener gab keine Antwort, sondern spähte flüchtig über seine Schulter, dann hielt er Will eine Hand hin. Auf der Handfläche lag ein zerdrücktes Stück blaues Leinen.

Will nahm es stirnrunzelnd entgegen. »Was hat das denn zu bedeuten?« Er öffnete das Stoffpäckchen und starrte die darin enthaltene getrocknete Jasminblüte verdutzt an.

»Sie wollte ihren Namen nicht nennen«, raunte der Diener ihm zu. »Bat mich nur, Euch das zu geben. Sie wartet draußen auf der Straße.« Er senkte den Kopf und huschte davon.

Wills Faust schloss sich um das Stück Stoff. Sein Herz begann zu hämmern, zugleich stieg ein Anflug von Ärger in ihm auf. Hatte er Elwen nicht erst letzte Woche gesagt, sie könne nicht einfach so aus einer Laune heraus herkommen? Nach kurzem Zögern überquerte er den Hof und ging den Gang entlang, der am Donjon vorbei zum Haupttor führte. Er war noch nicht weit gekommen, als sich ihm ein Ritter näherte. Garin. Die restlichen Männer waren bereits in der Halle verschwunden.

Garin lächelte ihm zur Begrüßung zu, doch das Lächeln erreichte seine Augen nicht, und als er zu sprechen begann, klang sein freundlicher Tonfall aufgesetzt. »Ich hatte gehofft, dich hier zu treffen.«

»Was gibt es denn?« Will stopfte das Leinenstück in die Tasche seiner Tunika.

»Ich bin mir nicht sicher, aber ich dachte, ich hätte gestern hier einen alten Kameraden meines Onkels gesehen. Einen Mann namens Hassan.«

Will nickte. »Ja, Hassan ist hier.«

»Robert sagte mir, er wäre auch ein guter Freund deines Herrn?«

»So würde ich es nicht ausdrücken. Everard beauftragt Hassan manchmal, bestimmte Manuskripte ausfindig zu machen, die er kaufen möchte. Warum fragst du?«

»Nur so.« Garin zuckte die Achseln und lachte, aber wieder spürte Will die unter diesem Lachen verborgene Anspannung. »Ich wollte ihm nur dafür danken, dass er damals bei Honfleur versucht hat, meinem Onkel das Leben zu retten. Nach dem Überfall bin ich nicht mehr dazugekommen, aber ich habe es ihm nie vergessen, dass er damals an unserer Seite gekämpft hat.« Er hielt inne. »Weißt du, wo er ist?«

»Ich habe ihn gestern Abend kurz gesehen, aber wo er jetzt steckt – keine Ahnung. Ich glaube, er hat sich in der Stadt eine Kammer gemietet. Mehr kann ich dir nicht sagen.« Will wandte sich ab. »Und jetzt entschuldige mich bitte, ich bin in Eile.«

»Verlässt du das Ordenshaus?«

»Ich muss für Everard einige Besorgungen machen. Wenn ich Hassan sehe, sage ich ihm, dass du ihn suchst.«

Will löste sich aus dem langen Schatten des Donjon und lief die Rue du Temple hinunter, die von einem Baldachin miteinander verflochtener Kastanienzweige verdeckt wurde. Unter einem dieser Bäume stand Elwen knöcheltief in einem Meer rötlicher Blätter. Sie trug ein weißes Kleid und hatte sich einen blauen Schal um die Schultern geschlungen. Will rief ihren Namen. Ein Windstoß, der durch die Zweige über ihm fuhr, riss ihm das Wort von den Lippen. Elwen drehte sich langsam um. Erleichterung malte sich auf ihrem Gesicht ab. Sie rannte auf ihn zu und blieb erst dicht vor ihm stehen. Als Will Tränen in ihren Augen schimmern sah, verrauchte sein Zorn augenblicklich.

»Was ist passiert?«, fragte er besorgt.

Elwen barg das Gesicht in den Händen.

»Elwen, was ist denn?« Will fasste sie sanft bei den Schultern. »Sprich doch mit mir.«

Nach einem Moment ließ sie die Hände sinken. Ihre Wangen waren feucht. »Ich weiß gar nicht, wo ich anfangen soll. Will, ich habe etwas Furchtbares getan.« Sie schüttelte den Kopf. »Aber ich dachte wirklich nicht, dass jemand dabei zu Schaden kommt.«

»Wovon redest du eigentlich?«

Elwen holte tief Atem, dann machte sie sich von Will los. »Und das Schlimmste ist, dass ich mir vorkomme, als hätte ich dich hintergangen.«

Will hörte schweigend zu, während sie erzählte, wie Everard sie im Palast aufgesucht und sie gebeten hatte, dem Troubadour Pierre de Pont-Evêque ein Buch zu entwenden; ein Buch, das laut den Worten des Priesters vor sechs Jahren aus dem Ordenshaus gestohlen worden war. Dann berichtete sie von dem Handel, den sie mit Everard abgeschlossen hatte – dass Everard als Gegenleistung für ihre Hilfe Will endlich zu dem weißen Mantel verhelfen sollte.

Will überlegte eine Weile, nachdem sie geendet hatte. »Everard hat dir aufgetragen, das Buch zu stehlen?«

»Es tut mir leid, dass ich mich hinter deinem Rücken mit deinem Herrn verbündet habe, Will, aber ich weiß doch, wie sehr du dich danach sehnst, endlich ein Ritter zu werden, und ich dachte, hier böte sich mir eine Gelegenheit, dir zu helfen. Außerdem war das Buch ja auch nicht das rechtmäßige Eigentum des Troubadours.« Sie biss sich auf die Lippe und starrte zu Boden. »Dann kamen die Dominikaner in den Palast, und ich hatte solche Angst, sie könnten herausfinden, was ich getan hatte, dass ich nur noch versucht habe, es so schnell wie möglich loszuwerden. Sie haben den Troubadour letzte Nacht kurz vor seinem Auftritt verhaftet.«

»Aus welchem Grund?«

»Weil das Gralsbuch Gotteslästerungen enthalten soll. Das behaupten jedenfalls die Dominikaner.«

Wills Züge verhärteten sich. »Wie dem auch sei – Hauptsache, dir ist nichts geschehen.«

»Aber ich habe große Schuld auf mich geladen, Will. Was passiert denn jetzt mit dem Troubadour? Als die Dominikaner das Buch nicht finden konnten, hat er ihnen von einer Kammerzofe erzählt, die ihn besucht hat und es dabei an sich genommen haben könnte, aber sie haben ihm nicht geglaubt. Dabei hat er doch die

Wahrheit gesagt. Diese Kammerzofe war ich, ich habe ihm einen falschen Namen angegeben.«

»Dein Glück, dass du so gescheit warst, Elwen, und du trägst an dem, was da passiert ist, überhaupt keine Schuld.« Will schüttelte den Kopf. »Ich glaube einfach nicht, dass er das wirklich getan hat«, murmelte er.

»Pierre ist kein Ketzer. Er hat das Buch nach dem Tod seines Bruders gefunden und behalten, er wollte einiges von dem Inhalt für seine Gedichte verwenden. Die Dominikaner werden ihn hinrichten, nicht wahr?«

»Was war mit seinem Bruder?«

Elwen bemühte sich, sich an alles zu erinnern, was Pierre über Antoine gesagt hatte. »Everard dachte, Pierre könnte derjenige sein, der das Buch aus dem Gewölbe gestohlen hat, aber er ist unschuldig. Sein Bruder Antoine hat es vor seiner Haustür gefunden. Keiner der beiden ahnte, dass es etwas mit dem Templerorden zu tun hat.«

»Wo ist das Buch jetzt?«

»Ich habe gestern Abend wie vereinbart Everards Boten getroffen und es ihm übergeben.«

»Everards Boten?«

»Hassan«, erwiderte sie tonlos. »Er sagte, ich hätte meine Sache gut gemacht und Everard würde sehr zufrieden sein. Ich fragte ihn, aus welchem Land er stammt, und er sagte, aus Syrien. Daraufhin erzählte ich ihm, wie gerne ich ins Heilige Land reisen würde, und er meinte, das sollte ich unbedingt tun, es sei ein wunderschönes Land.«

»Hassan hat das Buch hierhergebracht? Zu Everard?«

»So lautete zumindest sein Auftrag. Aber Will, kurz nachdem Hassan und ich uns getrennt hatten, gingen ein paar königliche Leibwächter auf ihre abendliche Streife, und da fanden sie einen Toten. Und als ich heute Morgen das Wasser für das Bad der Königin holte, hörte ich, wie Baudouin – das ist einer der Wächter – seinem Hauptmann Bericht erstattete. Ich fragte ihn, was geschehen sei, und er sagte, in einer Seitengasse sei ein Sarazene verprügelt und dann erstochen worden.« Tränen lösten sich aus ihren Augen und strömten über ihre Wangen. »Er sagte, sie hätten ihn zum Lazarushospital vor dem St.-Denis-Tor gebracht, damit er dort begraben werden kann. Bei diesem Toten kann es sich doch nur um Hassan handeln, nicht wahr?«

»Meinst du dieses Aussätzigenhospital?«

»Ja. Sie haben ihn dorthin geschafft, weil er Sarazene war. Ein Ungläubiger.«

»Everard hat mir erzählt, Hassan wäre ein konvertierter …« Will brach ab und fuhr sich mit den Händen durch das Haar. Er hatte Hassan anfangs nicht über den Weg getraut, aber Everard hatte seine Bedenken schroff als unbegründet abgetan. Doch wenn der Priester so viele Dinge vor ihm geheim gehalten und sich sogar hinter seinem Rücken an Elwen gewandt hatte, nur um dieses Buch zurückzubekommen, dann hatte er vielleicht auch in Bezug auf Hassan gelogen. Unwillig verdrängte er diese Überlegungen und wischte mit dem Daumen eine Träne von Elwens Wange. »Ich muss jetzt gehen, Elwen.« Er nahm ihre Hand und drückte das Leinenpäckchen mit der Jasminblüte hinein. »Und du siehst jetzt zu, dass du zum Palast zurückkommst. Sprich mit niemandem über das, was du mir gerade erzählt hast. Du darfst auf keinen Fall die Aufmerksamkeit der Dominikaner auf dich lenken.«

»Hasst du mich jetzt?«, fragte Elwen kläglich.

»Natürlich nicht«, murmelte er, schloss sie in die Arme und zog sie eng an sich. »Ich bin dankbar, dass du versucht hast, mir zu helfen, aber ich ärgere mich, weil Everard dich in Gefahr gebracht hat.« Will spürte, wie ihr Körper sich entspannte. Er strich ihr über das Haar, dann gab er sie frei und küsste sie auf die Wange. »Ich besuche dich, sobald ich kann, ich verspreche es dir.«

Garin verbarg sich im Eingang des Donjon, als Will die Straße zum Ordenshaus hinaufgestürmt kam.

Gestern Abend hatte er beobachtet, wie Hassan das Ordenshaus verlassen hatte, und da er wusste, dass der Troubadour an diesem Abend auftreten sollte, war er davon ausgegangen, dass der Sarazene versuchen wollte, das Buch an sich zu bringen. Garin hatte sich gerade an seine Fersen heften wollen, als er vom Visitator aufgehalten worden war, der ihm von einem Posten berichten wollte, der im Ordenshaus in Zypern frei geworden war. Es handelte sich um einen hochrangigen Posten – den des Stellvertreters des Marschalls – und der Visitator hatte wissen wollen, ob Garin daran interessiert war. Doch Garin konnte nur an Rook denken, der in den Sieben Sternen bei Adela war, und an Hassan, dessen Vorsprung immer größer wurde. Er erklärte sich hastig einverstanden, das Amt zu übernehmen, und der Visitator wies ihn sichtlich zufrieden an, so schnell wie möglich zum Hafen von Marseille aufzubrechen, um noch vor Einsetzen der Winterstürme an Bord eines Schiffes gehen zu können. Als der Visitator ihn endlich allein ließ, um einen Brief an den Meister des Ordenshauses in Zypern aufzusetzen, war von Hassan nichts mehr zu sehen. Garin erwog, direkt zum Palast zu gehen, aber wenn Hassan zurückkehrte und er ihn verpasste, verpasste er damit zugleich auch seine letzte Chance, das Buch in die Finger zu bekommen, und so beschloss er, zu bleiben, wo er war, und abzuwarten.

Als eine Gruppe von Rittern unter Führung von Nicolas de Navarre zum Ordenshaus zurückkam, zog Garin, der sie früher am Abend zusammen mit zwei Dominikanermönchen hatte davonreiten sehen, einen von ihnen, einen jungen Ritter, mit dem er sein Quartier teilte, vor den Ställen beiseite.

»Was war denn im Palast los, Etienne?«, fragte er den jungen Mann leise.

»Das darf ich dir nicht erzählen«, erwiderte Etienne, während er dem Stallburschen die Zügel seines Pferdes reichte.

»Geheimnisse lassen sich hier nur schwer bewahren, das weißt du so gut wie ich.«

Nach einem Blick zu Nicolas de Navarre, der im Hof mit dem Visitator sprach, beugte sich Etienne näher zu Garin. »Wir haben den Troubadour verhaftet, und die Dominikaner haben ihn mitgenommen.«

»Sehr gut.« Garin setzte ein grimmiges Lächeln auf. »Ich bin froh, dass dieser Hurensohn seinen Schmutz nicht länger verbreiten kann.«

Etienne nickte. »Ich bezweifle, dass wir je wieder etwas von ihm hören.«

»Und was ist mit diesem Buch? Dem, das angeblich der Teufel verfasst haben soll?«

»Wir haben es nicht gefunden. Der Troubadour versuchte, uns weiszumachen, eine der Kammerfrauen habe es ihm gestohlen, aber Bruder Nicolas fand keine Beweise, die seine Geschichte untermauert hätten.«

»Nicht?«

»Er sagte, ihr Name sei Grace gewesen, aber laut Aussage des Haushofmeisters ist kein Mädchen dieses Namens im Palast beschäftigt, und die Beschreibung des Troubadours – hübsch und goldhaarig – brachte uns auch nicht weiter.«

»Bruder Etienne.«

Nicolas' strenge Stimme ließ Etienne herumfahren. »Ich muss gehen.«

Für den Rest der Nacht fand Garin keinen Schlaf. Er begann zu befürchten, dass Hassan mit dem Buch überhaupt nicht in das Ordenshaus zurückkehren, sondern es auf Geheiß des Priesters an einem geheimen Ort verstecken würde.

Nachdem er mit Will gesprochen hatte, war Garin ihm gefolgt und hatte voller Interesse registriert, dass er von der Straße abgebogen war, statt Richtung Stadt weiterzugehen. Erst nach einer Weile hatte er die Frau erkannt, mit der sich Will unter den Bäumen getroffen hatte. Elwens Verwandlung vom flachbrüstigen Gerippe von einem Mädchen, dem er bei Honfleur das Leben gerettet hatte, zu einer bildhübschen jungen Frau versetzte ihn in Staunen. Er stand nicht nahe genug bei den beiden, um das Gespräch mit anhören zu können, sah aber, dass sie den Tränen nah und er sichtlich erregt war. Etiennes Beschreibung der geheimnisvollen Unbekannten kam ihm wieder in den Sinn; das Blut begann, schneller durch seine Adern zu fließen. Elwen war Kammerzofe im Palast. Will hatte ihm während des Gesprächs größtenteils den Rücken zugekehrt, und sie standen so weit von ihm entfernt, dass Elwen ihm mühelos einen kleineren Gegenstand hätte zustecken können, ohne dass er, Garin, es bemerkte. Wieder waren der altvertraute Groll und Neid in Garin aufgestiegen, als er darüber nachgegrübelt hatte, ob Will jetzt wohl den Platz in Everards geheimem Zirkel einnahm, den sein Onkel eigentlich ihm zugedacht hatte.

Als Will mit nichts Gutem verheißender Miene an ihm vorbeistürmte, drückte sich Garin enger gegen die Wand. Er musste dieses Buch in seinen Besitz bringen. Gelang ihm das nicht, würden Rook und Edward ihm das Leben zur Hölle machen, daran hegte er keinen Zweifel.

Will klopfte nicht an, als er vor Everards Kammer stand, sondern stieß die Tür auf und marschierte hinein. In einer Hand hielt er Everards Gewand. Nach dem Treffen mit Elwen war er in die Kleiderkammer gegangen, wie er es vorgehabt hatte, um das ausgebesserte Kleidungsstück zu holen und sich etwas Zeit zu verschaffen, sich zu beruhigen, bevor er Everard zur Rede stellte. Aber sein Plan war nicht aufgegangen, seine Wut war mit jedem Schritt gewachsen und lag ihm jetzt wie ein harter, heißer Stein im Magen.

Everard blickte verdutzt auf, als die Tür gegen die Wand krachte. Will hatte ihn weder bei der Matutin noch bei der Prim gesehen. Der Priester kauerte auf der Bank unter dem Fenster, hatte den Vorhang zur Seite geschoben und offensichtlich hinausgespäht, bis Will ihn gestört hatte. Er war leichenblass, dunkle Ringe lagen unter seinen Augen. Er sah aus, als hätte er die ganze Nacht kein Auge zugetan.

Will warf Everard die schwarze Robe vor die Füße. »Wie kann ein so eigensüchtiger, hinterhältiger Mann wie Ihr nur mit gutem Gewissen ein solches Gewand tragen!«

»Was hat das zu bedeuten?«, krächzte Everard. Er zog den Vorhang wieder zu, sodass die Kammer in Halbdunkel getaucht wurde.

»Genau das sollt Ihr mir sagen.«

»Wovon redest du eigent…«

»Ich habe gerade Elwen getroffen«, schnitt Will ihm das Wort ab. »Wollt Ihr wissen, was sie mir erzählt hat?«

»Elwen?« Der Priester erhob sich. Seine Knie zitterten. »Wo ist sie?«

Mit leichter Bestürzung registrierte Will den drängenden Unterton, der in Everards Stimme mitschwang, doch dann fasste er sich wieder und fuhr fort: »Sie hat mir gesagt, was Ihr von ihr verlangt habt. Dass Ihr zu ihr gegangen seid und sie gebeten habt, diesem Troubadour, von dem die ganze Stadt spricht, ein Buch zu stehlen.«

»Hat sie gesagt, ob sie das Buch hat? Oder Hassan erwähnt?«

»Hassan ist tot.« Will bereute sofort, dem Priester die Nachricht nicht schonender beigebracht zu haben, als sich das Gesicht des alten Mannes vor Schreck und Schmerz verzerrte.

»Was sagst du da?«

»Hassan ist tot«, wiederholte Will etwas ruhiger. »Das glaubt sie jedenfalls. Die königlichen Leibwächter haben gestern Nacht in der Stadt einen ermordeten Araber gefunden.«

Everard blieb einen Moment lang stocksteif stehen, dann taumelte er zu seiner Pritsche und ließ sich schwer darauf niedersinken. Sein Atem ging flach. »Nein«, flüsterte er. »Großer Gott, nein.«

Angesichts des nackten Entsetzens in Everards Augen verflog Wills Zorn schlagartig. Er ging zu dem Tisch, auf dem Everard immer einen Krug Wein stehen hatte, schenkte einen Becher voll und reichte ihn dem Priester.

Nachdem Everard ein paar Schlucke getrunken hatte, lehnte er den Kopf gegen die Wand und atmete ein paar Mal tief durch. Jeder Atemzug wurde von einem rasselnden Pfeifton begleitet. Er deutete matt auf einen Stuhl neben dem Fenster. »Setz dich.«

»Ich stehe lieber.«

Schweigen breitete sich im Raum aus. Nur das Geräusch des Windes, der den Vorhang blähte, war zu hören.

Everard sah Will an. »Und was ist mit dem Buch?«, erkundigte er sich endlich. »Hat sie es Hassan gegeben?«

»Was hat es mit diesem Buch überhaupt auf sich?« Wills Ärger flammte erneut auf, als der Priester das leidige Thema wieder zur Sprache brachte. »Welcher Teufel hat Euch geritten, hinter meinem Rücken zu der Frau zu gehen, die ich…« Er brach ab und verbesserte sich hastig: »Zu Elwen zu gehen und ihr aufzutragen, es für Euch zu stehlen?«

»Ich hatte keine andere Wahl.«

»O doch, die hattet Ihr. Ihr hättet mich bitten können. Ich hätte es sofort getan, und sei es auch nur, um zu verhindern, dass Elwen sich in Gefahr begibt. Und das alles nur um Eurer kostbaren Texte willen?«

»Du hättest doch gar keine Gelegenheit bekommen, es an dich zu nehmen«, erwiderte Everard müde. »Sie war die Einzige, die nahe genug an de Pont-Evêque herankommen konnte, ohne Verdacht zu erregen. Ich muss den Rest auch noch wissen, Sergeant. Wiederhole mir ganz genau, was sie dir erzählt hat.«

»Ich sollte zum Visitator gehen und Euch melden. Ihr hattet kein Recht, sie um eine so riskante Gefälligkeit zu bitten!«

Everards Augen wurden schmal. »Du weißt doch, dass leere Drohungen bei mir nicht verfangen.«

»Das ist keine leere Drohung.«

»Du hast ja keine Ahnung, was auf dem Spiel steht!«, stieß der Priester hervor. Seine Stimme klang brüchig.

Will machte Anstalten, etwas zu erwidern, doch dann schüttelte er den Kopf. »Was tue ich überhaupt hier? Es sieht ja nicht so aus, als wolltet Ihr Euch entschuldigen oder eine Erklärung abgeben, nicht wahr?«

Er wandte sich ab und ging zur Tür.

»William.«

Will drehte sich um. Everards Gesicht war umwölkt, seine Brauen bildeten buschige Bögen über den hellen Augen, die Unterlippe war dort, wo die Narbe begann, zu der üblichen finsteren Grimasse verzogen. Will musterte dieses Gesicht forschend, fand aber keinen Hinweis darauf, warum Everard ihn zum ersten Mal in all den Jahren, in denen er dem Priester nun schon diente, beim Vornamen nannte.

»Bleib hier«, sagte Everard leise. »Bitte. Ich werde dir alles erklären.«

25

Aleppo, Syrien
1. November A.D. 1266

Baybars stand vor dem breiten bogenförmigen Fenster seines Palastes. Der Wüstenwind wehte warm über seine bloße Haut. Sein vom Bad feuchtes Haar klebte an seiner Kopfhaut. Der Wind trug den Geruch nach Rauch, Gewürzen und Mist vom Pferdemarkt zu ihm herüber. Unterhalb der mächtigen Mauer, die die Zitadelle umgab, erstreckte sich die Stadt Aleppo, das Juwel seiner syrischen Krone. Die Abendsonne ließ die weißen Kuppeln der Moscheen golden erstrahlen, und die juwelenbesetzten Spitztürme der Minarette funkelten wie Leuchtfeuer. Im staubigen Hof der Zitadelle war ein Polospiel im Gange. Die Gestalten auf den Pferden wirkten aus dieser Entfernung winzig. Baybars liebte dieses Spiel wegen seiner Schnelligkeit und Wildheit; er war einer der Besten auf dem Feld.

Er sah dem Spiel eine Weile zu, dann zog er sich in die wohltuende Kühle seiner Privatgemächer zurück. Die weitläufigen Räume waren nur kärglich möbliert; ihre Schönheit bestand allein in ihrer Architektur. Rote und schwarze Marmorsäulen erhoben sich von den Mosaikfußböden zu den vergoldeten Decken, die Wände waren mit verziertem Holz getäfelt, dicke Läufer zierten die Fliesen.

Baybars trat zu einem Marmorsockel, auf dem ein goldener Becher und ein Krug standen, schenkte sich Kumyss ein und ließ sich auf seiner mit Kissen bedeckten Liege nieder, sprang aber sofort wieder auf, nachdem er den Becher geleert hatte.

Seit seinem Sieg bei Safed verlief sein Feldzug gegen die Franken seiner Meinung nach enttäuschend schleppend, obwohl Kalawun ihn darauf hingewiesen hatte, dass die Christen ihm in diesem Punkt ganz bestimmt nicht zustimmen würden. Nach Safed hatte Baybars eine zweite Templerfestung eingenommen, die innerhalb weniger Tage gefallen war. Eine Woche später hatte er ein Dorf dem Erdboden gleichgemacht und dabei erfahren, dass einige der einheimischen Christen die Franken in Akkon über die Bewegungen seiner Armee auf dem Laufenden gehalten hatten. Danach war er mit seinen Truppen zur Küste hinuntermarschiert, um seine Stärke unter Beweis zu stellen. Sie hatten jeden Christen getötet, auf den sie gestoßen waren. Dazu kamen die überwältigenden Siege in Kilikien. Während Baybars die Templer in Safed angegriffen hatte, hatte Kalawun, den er zum Befehlshaber der syrischen Truppen ernannt hatte, die Hälfte der Armee im Norden gegen die armenischen Christen in die Schlacht geführt. Kalawun hatte die Berge überquert, war dem Feind in den Rücken gefallen und hatte das Königreich der Christen erobert. Dann war er mit Karren voller Gold und vierzigtausend neuen Sklaven nach Aleppo zurückgekehrt und hatte die Städte der Franken als rußgeschwärzte Ruinen zurückgelassen.

Und seither – nichts.

Baybars' Ungeduld wuchs mit jedem Tag. Während sich seine Offiziere und Soldaten von den Strapazen der letzten Kämpfe ausruhten, berief er Unterredungen mit den obersten Befehlshabern seiner Regimenter und mit seinen Verbündeten ein und verbrachte viele Stunden damit, Strategien für seinen nächsten Feldzug gegen die Franken auszuarbeiten. Aber seine Statthalter waren von den Siegen des Sommers so übersättigt, dass sie nicht länger nach weiteren Schlachten gierten. Baybars war im höchsten Maße unzufrieden. Und er hatte seine hochrangigen Offiziere an diesem Abend zu sich befohlen, um ihnen dies mitzuteilen.

Er drehte sich um, als er Schritte hörte. Eine Schar Diener betrat den Raum. Die Eunuchen, die Tabletts mit Kämmen, Messern und Phiolen mit Öl trugen, näherten sich ihm mit gesenkten Köpfen. Einer hielt Baybars' gelbgoldenen Umhang und seinen Turban in den Händen.

»Edler Sultan, wir sind gekommen, um dich anzukleiden.«

»Das sehe ich selbst.«

Baybars schloss die Augen und stand still da, während die Diener mit ihrer Arbeit begannen. Auch nach sechs Jahren fiel es ihm immer noch schwer, sich damit abzufinden, von vorne bis hinten bedient zu werden. Er hatte es stets vorgezogen, sich ohne Hilfe anzukleiden, aber als Sultan war dies unter seiner Würde. Die Hände der Eunuchen flatterten leicht wie Schmetterlingsflügel über seinen Körper und seinen Kopf. Sie kämmten sein Haar, stutzten seinen Bart und rieben wohlriechendes Öl in seine Haut. Nachdem sie ihn in eine weiße Seidentunika, eine ebensolche Hose und weiche Lederstiefel gekleidet hatten, hüllten sie ihn in seinen Umhang und schlangen zwei mit seinem Namen und seinem Titel bestickte Bänder um seine Oberarme. Einer hielt einen Spiegel in die Höhe. Baybars betrachtete sein Bild in dem polierten Metall. Der Mann, der ihm entgegensah, strahlte eine nahezu greifbare Macht aus. Sein hartes, kantiges Gesicht war von der Sonne gebräunt; die stahlblauen Augen hatten Niederlagen und Triumphe gesehen; die geschmeidigen, kräftigen Hände waren vom Führen eines Schwertes mit Schwielen übersät. Unter all dem höfischen Putz war er noch immer ein Krieger. Diese Erkenntnis bewirkte, dass er sich ein wenig entspannte. Seine Stimmung hob sich.

»Herr?«

Baybars wandte sich vom Spiegel ab, als Omar, angetan mit einem goldenen Umhang und mit geöltem Haar und Bart sein Gemach betrat und sich ehrerbietig verneigte. »Der Thronsaal ist hergerichtet. Soll ich die Statthalter rufen lassen?«

»Nein«, erwiderte Baybars nach kurzer Überlegung. Er trat zu Omar und legte seinem Freund eine Hand auf die Schulter. »Geh ein Stück mit mir.«

»Gerne«, stimmte Omar überrascht und erfreut zugleich zu.

Baybars führte ihn durch die breiten Gänge, an den Kammern der Ratgeber und Offiziere vorbei und durch die mit Marmor ausgekleidete Empfangshalle, wo Soldaten, Diener und Sklaven ihre jeweiligen Tätigkeiten unterbrachen und sich vor ihrem Sultan verneigten. Kurz darauf gelangten sie zu einem Säulengang, der in einem von Balkonen gesäumten Hof endete. Wasser ergoss sich aus einem Springbrunnen in der Mitte des Hofes in die Kanäle, die den Boden durchzogen. Es war ein kühles, grünes Refugium; hohe, schlanke Bäume spendeten Schatten, exotische Pflanzen und Blumen verströmten einen süßen Duft. Das Gezwitscher der Vögel in einer großen Voliere übertönte das Plätschern des Wassers. Baybars blieb stehen, nahm eine Hand voll Körner aus einem hölzernen Eimer und warf sie in die Voliere. »Diese Zitadelle ist ein beeindruckendes Bauwerk, findest du nicht, Omar?«, sagte er, während er zusah, wie die Vögel sich um die Körner zankten.

»Das fand ich schon immer, edler Sultan.«

Baybars lächelte. »Mir wäre es lieber, du würdest mich ›Freund‹ nennen, wenn wir allein sind. ›Edler Sultan‹ klingt aus dem Mund eines Mannes, der mich schon so lange kennt, unangemessen formell.«

Omar gab das Lächeln zurück. »Ja, Sadik.«

»Aber«, kam Baybars auf sein ursprüngliches Thema zurück, »sie ist nicht annähernd so prächtig wie die Zitadelle, die sich Saladin in Kairo hat bauen lassen. Sie war nicht nur der Sitz seiner Macht, sondern auch das Symbol dafür. Ich möchte gerne etwas Vergleichbares bauen.« Omar fiel auf, dass ein abwesender Ausdruck in den Augen des Sultans lag. »Etwas, das Generationen überdauert.«

»Du hast doch schon so viel gebaut. Du hast Kairo befestigt und Schulen und Hospitäler errichten lassen …«

»Ich spreche nicht von Gebäuden aus Stein«, schnitt Baybars ihm das Wort ab. Er wandte sich von der Voliere ab und stieg ein paar Stufen empor, die an den Balkonen vorbei auf einen Fußweg auf der Mauer führten. Von hier aus bot sich den beiden Männern ein herrlicher Blick über Aleppo. Baybars stützte die Arme auf die Brustwehr. »Ich bin heute Morgen in der Stadt gewesen.«

»Allein? Du solltest vorsichtiger sein.«

»Weißt du, was ich dort gesehen habe?« Baybars ging auf Omars Einwurf nicht ein. »Ich sah von westlichem Wein trunkene Soldaten; Händler, die Wolle und Salz feilboten und Bücher voll lateinischen Gedankenguts. In den Gassen verkaufen sich westliche Frauen an unsere Männer. Saladin war ein fähiger Herrscher, das lässt sich nicht leugnen. Er wusste, wie man Schlachten gewinnt und ein Volk vereint und es regiert. Trotzdem hat er letztendlich versagt. Unser Land ist noch immer von westlichen Lastern verseucht.«

»Der Tod pflegt den Plänen eines Mannes meist ein vorzeitiges Ende zu setzen.«

»Nicht der Tod ist der Grund, warum es Saladin nicht gelungen ist, uns endgültig von all unseren Feinden zu befreien. Er war bereit, mit ihnen zu verhandeln und all jene zu verschonen, die sich ihm unterwarfen, und er tötete nur, wenn es sich nicht vermeiden ließ. Und weil er diese Gnade hat walten lassen, sind wir bis heute immer noch nicht frei. Saladin mag das Schwert gewesen sein, Omar, aber ich bin die Armbrust. Mein Arm reicht weiter. Ich möchte eine Zukunft ohne westliche Einflüsse schaffen.«

»Gegen die Armeen der Christen zu kämpfen, ist eine Sache. Aber ihren Einfluss vollständig auszulöschen? Wie willst du das bewerkstelligen?«

»Ganz einfach. Morgen werde ich Befehl geben, jede Schänke in Aleppo zu schließen. Dann werde ich sämtliche Huren aus der Stadt verbannen. Ich werde sie in der Wüste ihrem Schicksal überlassen. Von mir haben sie keine Gnade zu erwarten.« Baybars machte kehrt und schritt die Treppe zum Hof wieder hinunter.

»Aber unsere Männer haben sich an all diese Dinge gewöhnt«, gab Omar, der Mühe hatte, mit ihm Schritt zu halten, zu bedenken.

»Dann werden sie lernen müssen, darauf zu verzichten. Allah verbietet uns den Genuss von Alkohol!«

»Allerdings … was die Frauen betrifft … unsere Männer brauchen die Erleichterung, die sie ihnen verschaffen. Besser, die westlichen Christinnen sind die Objekte ihrer niederen Begierden als unsere eigenen Frauen.«

»Die Bauern sollen sich an ihre eigenen Weiber halten, und die Soldaten und Offiziere haben für diese Zwecke Sklavinnen.«

»Viele Sklavinnen stammen aus dem Westen. Wo liegt da der Unterschied?«

Baybars blieb stehen. »Sklavinnen dürfen nicht nach Belieben durch unsere Straßen streifen und mitten unter uns ihr lasterhaftes Gewerbe ausüben. Sie sind unser Eigentum, darin liegt der Unterschied.« Seine Stimme klang unerbittlich. »Außerdem werden unsere Soldaten nach der Versammlung heute Abend Wichtigeres zu tun haben, als sich mit gemeinen Huren abzugeben.«

»Du willst den Männern tatsächlich deine nächsten Schritte und Pläne darlegen? Ich rate dir dringend davon ab, Sadik. Sie kommen gerade von einem Feldzug und brauchen Zeit, um sich auszuruhen. Genau wie du.«

»Zeit ist das Einzige, was wir nicht haben, Omar. Die Franken werden danach trachten, Vergeltung für Safed zu üben, daran hege ich nicht den geringsten Zweifel. Wir müssen zuschlagen, ehe es ihnen gelingt, eine starke Armee zusammenzuziehen. Ich will ihnen noch eine verheerende Niederlage beibringen, ehe ihr Kampfgeist wieder erwacht. Und dazu muss ich sie überrumpeln.«

»Aber das Ziel, das du dir ausgesucht hast …« Omar hob die Hände und spreizte die Finger. »Hoffentlich hast du dir nicht zu viel vorgenommen.«

Ehe Baybars etwas erwidern konnte, hallten hastige Schritte im Gang wider. Eine junge Frau mit wehendem schwarzem Haar kam auf sie zugestürmt. Sie zerrte einen kleinen Jungen hinter sich her. Beide wurden von zwei Bahri-Soldaten verfolgt. Die Frau machte vor Baybars und Omar Halt. Der Junge rang nach Atem, starrte die Krieger, die in respektvoller Entfernung von ihrem Sultan stehen geblieben waren, furchtsam an, schniefte und wischte sich mit dem Ärmel seiner goldgelben Tunika über die Nase. Baybars musterte diese Tunika argwöhnisch. Sie schien aus demselben Stoff zu bestehen, aus dem sein Umhang gefertigt war.

»Ruf deine Hunde zurück«, fauchte die Frau erbost. »Ich will mit dir reden!«

»Verzeih mir, Herr«, schnaufte einer der Bahris. »Wir wussten, dass du nicht gestört werden willst, aber wir konnten sie nicht aufhalten.«

Baybars entließ die Soldaten mit einem knappen Nicken, dann wandte er sich an seine Frau. »Was willst du von mir, Nizam?«

»Ich möchte, dass du deinem Sohn mehr Aufmerksamkeit schenkst.«

Baybars wich unwillkürlich zurück, als Nizam den Jungen zu ihm hinschob. Die Nase Baraka Khans, seines sechsjährigen Sohnes, war gerötet und lief, seine eng beieinander stehenden Augen, dunkel wie die seiner Mutter, schimmerten feucht. Sein braunes, lockiges Haar klebte schweißnass an seiner Stirn, und er hatte die Unterlippe schmollend vorgeschoben. Baybars bedachte seine Frau mit einem Unheil verkündenden Blick, dann zwang er sich zu einem Lächeln und fuhr seinem Sohn mit der Hand durch das Haar. Baraka Khan schmollte noch stärker und versuchte, das Bein seiner Mutter zu umklammern. Baybars lachte gutmütig, packte den Jungen und schwang ihn hoch in die Luft, wie er es einige seiner Soldaten mit ihren Kindern hatte tun sehen. Aber während diese Kinder vor Wonne gekreischt und um mehr gebettelt hatten, begann sein eigener Sohn zu seiner Enttäuschung laut zu weinen. Er stellte den Jungen wieder auf die Füße und gab ihm einen Klaps auf das Gesäß. »Dann lauf wieder zu deiner Mutter.« Er richtete sich auf und fixierte Nizam scharf. »Was trägt er denn da?«, fragte er, auf die Tunika des Jungen deutend, die seiner eigenen Kleidung so ähnelte. Mit einem Mal empfand er einen Anflug von Scham, konnte sich aber nicht erklären, weshalb.

»Dieselben Kleider wie du«, erwiderte Nizam, nahm den Jungen auf den Arm, wiegte ihn sacht und sprach beruhigend auf ihn ein, dann funkelte sie Baybars zornig an und presste die vollen, sinnlichen Lippen zu einem dünnen Strich zusammen. »Schließlich ist er dein Sohn und Thronerbe, Baybars.«

Baybars spürte, wie sein Temperament in Wallung geriet. Er nahm ihr seinen Sohn ab und stellte ihn auf den Boden, woraufhin das Kind lauthals zu brüllen begann. Omar betrachtete angelegentlich einen Gobelin an der Wand des Ganges. Baybars packte Nizam am Arm und zog sie zu einem großen Fenster, das auf den Hof hinausging. Als seine Frau in einem Flecken Sonnenlicht stehen blieb, bemerkte er, dass ihr weißes Gewand nahezu durchsichtig war. Er konnte die weichen Konturen ihrer Hüften, ihre langen braunen Beine und die Rundungen ihrer vollen Brüste erkennen. Rasch wandte er den Blick ab. »Wenn Baraka Khan alt genug ist, wird er als Krieger und mein Erbe an meiner Seite stehen. Aber bis dieser Tag kommt, gehört er zu dir, das habe ich dir oft genug gesagt.«

»Ich möchte noch einen Sohn, Baybars«, murmelte Nizam. »Du bist nicht nur Soldat und Sultan, sondern auch Ehemann und Vater. Vergiss nicht, dass du mir gegenüber Pflichten hast.«

Baybars' Augen verengten sich. »Ich habe dir so viel von meiner Zeit gewidmet, wie es mir möglich war. Ich hätte Tausende von Sklavenmädchen haben können, aber ich habe nicht eine Einzige angerührt.«

»Hättest du sie genauso behandelt wie mich?«

»Ich weiß wirklich nicht, was du meinst. Du wohnst in einem Palast und hast so viele schöne Kleider und Diener, wie du nur willst. Ich behandele dich nicht schlecht, Nizam.«

»Ich bin schon lange nur noch Luft für dich. Ein Sultan sollte mehr als nur einen Erben haben, Baybars. Vernachlässige mich nicht länger, dann werde ich dir noch einen Sohn schenken.«

Baybars lehnte sich gegen die Wand und schloss die Augen. Krieg zu führen war entschieden einfacher, als eine Frau zufrieden zu stellen – sie waren verschlagen wie Schlangen und bereiteten einem Mann nur Scherereien. Er fürchtete Begegnungen mit seiner Frau, weil jede unweigerlich mit einer nervenzermürbenden Auseinandersetzung endete. Seine erste Frau, die bei der Geburt ihrer Tochter gestorben war, war genauso herrisch und anspruchsvoll gewesen wie Nizam, aber bei weitem nicht so gerissen. Seine dritte Frau Fatima hatte ihm bislang noch kein Kind geboren, und Nizam war sich der Stärke ihrer eigenen Position nur allzu gut bewusst. Aber obwohl Baybars ihr dankbar dafür war, dass sie ihm einen Sohn geschenkt hatte, war er nicht im Stande, sie zu lieben – was ihn nicht sonderlich störte, solange er sich nicht in ihrer Gegenwart befand. »Ich werde dich bald besuchen«, brummte er. »Und jetzt geh. Lass mich allein.«

Nizams Augen wurden schmal. Sie öffnete den Mund, um Einwände zu erheben, besann sich dann aber, holte tief Atem und nickte. »Bald«, echote sie, wandte sich ab, nahm ihren wimmernden Sohn bei der Hand und schritt hoch erhobenen Hauptes den Gang hinunter.

Baybars sah den beiden nach und erkannte dabei plötzlich, dass sein unterschwelliges Schamgefühl nicht von Baraka Khans Kleidung herrührte. Der Junge selbst war der Grund dafür.

Die Söhne seiner Statthalter und sogar einige ihrer Töchter rannten den ganzen Tag auf dem Palastgelände herum, kletterten auf Bäume und trugen mit Holzschwertern spielerische Kämpfe aus. Außerdem folgten sie aufmerksam dem Unterricht in der Madrasa und konnten schon ganze Suren des Korans auswendig hersagen. Sein eigener Sohn dagegen schien körperliche Ertüchtigung zu scheuen und auch wenig Interesse am Lernen zu zeigen. Daran war er selbst wohl nicht ganz unschuldig, dachte Baybars bedrückt. Er hatte den Jungen viel zu lange bei seiner Mutter im Harem gelassen. Nizam hatte Recht. Sein Sohn brauchte die Gesellschaft anderer Jungen und erwachsener Männer, sonst würde nie ein Krieger aus ihm werden. Aber ihm selbst ließen seine vielseitigen Pflichten keine Zeit, den Jungen zu unterrichten …

»Omar, ich möchte, dass du einen Hauslehrer für Baraka Khan ausfindig machst.«

26

Ordenshaus Paris
2. November A.D. 1266

»Hast du schon einmal von Gérard de Ridefort gehört?«, begann Everard.

Will drehte sich mit einem tiefen Seufzer um, schloss aber die Tür nicht wieder hinter sich. »Er war vor fast einem Jahrhundert ein Großmeister des Templerordens. Was ist mit ihm?«

»Setz dich«, befahl Everard schroff, dabei schnippte er mit den Fingern und deutete auf den Stuhl. Als Will dennoch an der Tür stehen blieb, runzelte er ärgerlich die Stirn. »Willst du jetzt hören, was ich zu sagen habe, oder nicht?«

Will schloss die Tür und nahm auf dem Stuhl Platz.

»Wenn du irgendjemandem gegenüber auch nur ein einziges Wort von dem verlauten lässt, was ich dir gleich erzählen werde ...« Everard leerte seinen Weinbecher und fixierte Will aus blutunterlaufenen Augen. »Dann bringe ich dich eigenhändig um, das schwöre ich dir bei Gott, Jesus und allem, was mir auf dieser Welt heilig ist.« Erschauernd griff er nach seiner Decke. »Gérard de Ridefort trat in den Templerorden ein, nachdem er einige Jahre im Heiligen Land als Ritter unter Raymond III., dem Grafen von Tripolis, gedient hatte. Ich hörte das erste Mal von ihm, als ich vor über fünfzig Jahren in den Orden aufgenommen wurde. Laut Aussage derjenigen, die ihn gekannt haben, hegte de Ridefort einen tief sitzenden Groll gegen Graf Raymond, weil dieser ihm ein großes Lehen in Aussicht gestellt und das Land dann an einen Italiener vergeben hatte. De Ridefort soll ein sehr von sich eingenommener, eigensüchtiger und aufbrausender Mann gewesen sein, der seine Bedeutung innerhalb des Ordens und in der Welt außerhalb stark überschätzte. Vielleicht haben ihm diese Überheblichkeit und die autoritäre Ausstrahlung, die oft mit einem solchen Temperament einhergeht, bei seinem raschen Aufstieg im Orden geholfen. Jedenfalls beschloss die Generalkapitelversammlung in Jerusalem, das damals noch unter christlicher Herrschaft stand, ihn nach dem Tod seines Vorgängers zum Großmeister zu ernennen.

Ein Jahr später starb der König von Jerusalem. Sein Nachfolger, sein Neffe, war noch ein Kind, und um die Interessen des jungen Königs zu schützen, wurde ein Regent eingesetzt – ebenjener Raymond III., Graf von Tripolis und Gérards ehemaliger Herr. Kurz darauf wurde dem Grafen die Kontrolle über den Thron wieder entzogen, denn der neue König starb, ohne einen Erben zu hinterlassen. Und somit war der Weg für seine Mutter Sibylla frei, eine mit einem französischen Ritter verheiratete Prinzessin. Sie brachte ihre Anhänger dazu, ihren Anspruch auf den Thron zu untermauern, und ließ sich und ihren Gatten Guy de Lusignan in Jerusalem krönen, dem höchsten Machtsitz aller vier christlichen Staaten Outremers. Ihr Hauptmitstreiter in dieser Sache war Gérard de Ridefort, der um jeden Preis verhindern wollte, dass Raymond die Krone an sich riss.

Zu jener Zeit herrschte zwischen den Franken und dem muslimischen Sultan Saladin ein Waffenstillstand. Aber als dieser gebrochen wurde, weil einige Anhänger der neuen Königin eine arabische Handelskarawane überfielen, geriet der Frieden in Gefahr.« Everard hustete und spie in seine Hand, dann hielt er Will auffordernd seinen leeren Becher hin.

Will erhob sich gehorsam, trat zum Weinkrug und füllte den Becher erneut bis zum Rand.

Nachdem er seine Kehle angefeuchtet hatte, fuhr Everard fort: »Graf Raymond, der im Gegensatz zu de Ridefort ein gelehrter, mit den Sitten der Araber vertrauter Mann war, setzte alles daran, um den Waffenstillstand mit Saladin wiederherzustellen. Saladin, der noch immer wegen des Angriffs auf seinen Handelsweg vor Wut schäumte, erklärte sich zur Wiederaufnahme der Verhandlungen bereit, machte aber zur Bedingung, dass der Graf seinem Sohn und einem Bataillon ägyptischer Soldaten gestattete, das Land zu durchqueren, das Raymond in Galiläa besaß. Raymond willigte ein und wies seine Truppen an, die muslimischen Reisenden nicht zu behelligen. Aber eine von de Ridefort und dem Großmeister der Hospitaliter angeführte Gruppe von Rittern erfuhr von dieser Abmachung, widersetzte sich auf Geheiß de Rideforts Raymonds Befehl und unternahm einen Vorstoß, um die Ägypter zu überrumpeln.

Die ägyptischen Truppen sollen fast siebentausend Mann umfasst haben. De Ridefort und der Hospitalitergroßmeister hatten hundertfünfzig Ritter bei sich. Einem Überlebenden zufolge wollten die Hospitaliter angesichts der ungeheuren Übermacht des Gegners einen Rückzieher machen, aber de Ridefort verhöhnte den Großmeister als Feigling und blies zum Angriff. Nur er selbst und zwei andere Männer kamen mit dem Leben davon. Der Großmeister der Hospitaliter fiel im Kampf. Dieser Tag war für unsere beiden Orden ein Nagel zu unserem Sarg.«

»Für unsere beiden Orden?«, wunderte sich Will, als Everard innehielt, um noch einen Schluck Wein zu trinken. »Soweit ich weiß, sind die Hospitaliter nicht unbedingt unsere engsten Verbündeten.«

»Dann kennst du weder unsere Geschichte noch die Ordensregel. Wessen Banner trägst du in der Schlacht, wenn unser eigenes fällt?« Everard wartete Wills Antwort nicht ab. »Das der Johanniter. Nein, Sergeant, trotz all unserer Differenzen oder genauer gesagt trotz all unserer Gemeinsamkeiten waren wir viele Jahre lang Verbündete. Und das wäre auch heute noch so, wenn nicht ...« Er brach ab und runzelte die Stirn. »Willst du jetzt alles hören oder nicht? Wenn ja, unterbrich mich nicht laufend.«

Will schwieg betreten.

»Nach de Rideforts eigenmächtigem Handeln war es mit dem Frieden zwischen den Franken und Saladin endgültig vorbei. Graf Raymond blieb keine andere Wahl, als sich damit abzufinden, dass die Verhandlungen mit dem Sultan gescheitert waren, und Saladin erklärte uns den Krieg. Guy, der König von Jerusalem, rief alle kampffähigen Männer in Outremer zu den Waffen, und sobald er alle verfügbaren Truppen zusammengezogen hatte, rückte er gegen Saladins Armee vor, die sich bei der Stadt Tiberias versammelt hatte. Graf Raymond, dessen Frau und Kinder von Saladin in der Stadt als Geiseln gehalten wurden, riet dem König, abzuwarten, bis die Sommerhitze die Kräfte der Muslime geschwächt hatte, obwohl er wusste, dass er dadurch das Leben seiner Familie aufs Spiel setzte. De Ridefort überschüttete den Grafen mit Hohn und Spott, beschuldigte ihn des Verrats und drängte den König zum Angriff. König Guy, ein schwacher, leicht beeinflussbarer Mann, der meinte, dem Großmeister Dankbarkeit zu schulden, weil dieser ihm zum Thron verholfen hatte, fügte sich Gérards Willen.

Am nächsten Tag marschierte die Armee durch eine karge Hügellandschaft ohne Wasserlöcher. Die Soldaten boten ein leichtes Ziel für die muslimischen Bogenschützen, die sie immer wieder angriffen. Als die Vorhut am späten Nachmittag von den Bogenschützen zahlenmäßig dezimiert und von der Hitze ausgedörrt die Gegend um Tiberias erreichte, machte sie auf einer Hochebene zwischen den Hörnern von Hattin oberhalb des Sees von Galiläa Halt. Am Ufer dieses Sees wartete Saladin mit vierzigtausend Kriegern.« Everard leerte den Becher in einem Zug. »Der Hauptteil der Armee stieß zu unserer Vorhut, und nach einer Nacht ohne einen Tropfen Wasser erwachten unsere Soldaten und stellten fest, dass das Gras der Ebene in Flammen stand. Sie irrten orientierungslos im Rauch umher und wurden dabei wieder und wieder von Saladins Kriegern angegriffen. So ging das den ersten Tag lang und auch noch den nächsten.

Und dann begannen unsere Soldaten zu sterben wie die Fliegen; sie starben am Wassermangel oder fielen den feindlichen Schwertern zum Opfer. Raymond und seinen Getreuen gelang die Flucht, aber der Rest unserer Truppen wurde getötet oder gefangen genommen. Zahllose Soldaten mussten an jenem verhängnisvollen Tag auf beiden Seiten grundlos ihr Leben lassen.«

»Grundlos? Wir müssen doch unser Land und unser Volk verteidigen! Die Sarazenen schlachten unsere Männer ab, schänden unsere Frauen und versklaven unsere Kinder!«

»Tun wir etwa nicht dasselbe?«, fuhr Everard ihn an. »Wer hat diesen Krieg begonnen, Junge?«, fragte er dann bissig. »Die Muslime? Nein. Wir haben das getan. Wir sind in ihr Land eingefallen, haben ihre Städte geplündert, Familien aus ihrer Heimat vertrieben und Männer, Frauen und Kinder niedergemetzelt, bis die Straßen rot vom Blut Unschuldiger waren. Wir haben ihre Moscheen niedergebrannt und an deren Stelle unsere Kirchen gebaut, weil wir in dem Wahn gefangen waren, unser Gott sei der einzig wahre Gott.«

»Aber das denken die Muslime auch«, konterte Will. »Genau wie die Juden. Wir alle sind davon überzeugt, dass nur unser Gott der einzig wahre Gott ist. Wer von uns hat denn nun Recht?«

»Vielleicht wir alle, vielleicht keiner von uns«, erwiderte Everard knapp, dann seufzte er. »Ich weiß es nicht. Aber ich weiß, dass wir im Krieg alle gleich sind. Wir schänden Frauen, wir plündern und brandschatzen, wir morden, wir entweihen Heiligtümer. Es ist unerheblich, in wessen Namen wir all diese Dinge tun, wir begehen alle Verbrechen an Unschuldigen. Bei Hattin haben wir nicht unser Land und unser Volk verteidigt, sondern Gérard de Rideforts persönlichen Kreuzzug gegen Graf Raymond unterstützt. Deshalb wurden unsere Truppen auf dieser Ebene so vernichtend geschlagen. Sie hätten überhaupt nicht dort sein sollen! Schuld daran war nur die Kriegstreiberei unseres Großmeisters. Ironischerweise überlebte er als Saladins Gefangener, während über zweihundert unserer Brüder vom Sultan enthauptet wurden. Und weil so viele unserer Soldaten an jenem Tag fielen, gelang es Saladin und den Muslimen, Jerusalem wieder einzunehmen. Ich bin nur froh«, fügte Everard mit ungewohnter Heftigkeit hinzu, »dass de Ridefort lange genug gelebt hat, um mit anzusehen, wie die Heilige Stadt seinem gierigen Griff entrissen wurde!«

Es versetzte Will einen Schock, den Priester so despektierlich über einen ehemaligen Großmeister sprechen zu hören. Er hatte noch nie einen der Köpfe des Ordens persönlich kennen gelernt, aber Thomas Bérard, der in Akkon stationierte momentane Großmeister des Ordens, war für ihn immer eine ferne, gottgleiche

Gestalt gewesen, von der stets mit größtem Respekt gesprochen wurde. Für ihn kam es Blasphemie gleich, einen Mann zu verunglimpfen, der einst dieses Amt bekleidet hatte, selbst wenn er schon viele Jahre tot war.

»De Rideforts Herrschaft über den Orden brachte uns nichts als Tod und Verderben«, fuhr Everard fort. »Aber sein Tod leitete den Beginn einer außergewöhnlichen Ära ein.

Vier Jahre nach der Schlacht von Hattin, um die Zeit herum, wo ich geboren wurde, wurde ein Mann namens Robert de Sablé zu de Rideforts Nachfolger bestimmt. De Sablé stand mit dem englischen König Richard Löwenherz auf sehr vertrautem Fuß und hatte mit diesem viele bemerkenswerte Eigenschaften gemein, namentlich einen aufrichtigen Respekt für Saladin, der nach Hattin Jerusalem eingenommen und dabei weit weniger Blut vergossen hatte als unsere Truppen vor einem Jahr, als sie durch die Tore der Stadt marschiert sind. Vom Krieg profitiert nur der Sieger, vom Frieden profitieren alle. Robert de Sablé wusste das nur zu gut. Er wusste auch um die Macht, die ihm sein neues Amt bescherte.

Der Templerorden war damals die mächtigste und einflussreichste Bruderschaft der Welt, und daran hat sich bis heute nichts geändert. In den eineinhalb Jahrhunderten, seit unser Gründer Hugues de Payns erstmals den Mantel anlegte, haben wir Könige auf den Thron gebracht und wieder abgesetzt; Kriege geführt und gewonnen; mitgeholfen, Königreiche aufzubauen und uns selbst ein eigenes Imperium geschaffen. Der Templerorden muss sich nur vor dem Papst verantworten, und als von der heiligen Mutter Kirche geweihte Krieger Christi verkörpern wir die Macht Gottes auf Erden. Wir sind das himmlische Schwert, und der Großmeister ist die Hand, die dieses Schwert führt. Das bedeutet eine immense Verantwortung für jeden Einzelnen von uns.

De Ridefort hat seine Macht für seine eigenen Zwecke, für eine Fehde gegen einen anderen Mann eingesetzt – einen Rachefeldzug, der zum Tod Tausender Menschen und einer instabilen politischen Lage in Outremer geführt hat. De Sablé wollte dafür sorgen, dass es nie zu einer zweiten Schlacht von Hattin kommen würde; dass kein Großmeister sich je wieder der Macht des Ordens bedienen konnte, um seine eigenen Interessen zu verfolgen. Er wollte uns wieder den Händen Gottes überantworten. Und deshalb gründete er innerhalb des Ordens einen Geheimbund, den er Anima Templi nannte: die Seele des Tempels. De Sablé wählte als Mitglieder hochrangige Brüder des Ordens aus; gebildete Männer, die ihren Status nutzten, um die Ziele der Anima Templi ohne Wissen ihrer Mitbrüder nach und nach zu verwirklichen. Dieser Bund setzte sich aus neun Rittern, zwei Priestern und einem Sergeanten zusammen, entsprechend der Zahl der Jünger Christi. Deren Aufgabe war es, die christlichen Glaubenslehren zu verbreiten; die Aufgabe unserer Brüder bestand darin, dafür zu sorgen, dass der Orden nicht vom rechten Weg abkam. Es gab noch ein dreizehntes Amt; das des Hüters. Der Hüter, ein vertrauenswürdiger Mann, der der Welt außerhalb des Ordens angehören musste, sollte bei Zwistigkeiten zwischen den Brüdern vermitteln, Ratschläge erteilen und den Templern finanzielle und militärische Hilfe gewähren. De Sablé übertrug dieses Amt seinem guten Freund Richard Löwenherz. Seine ursprüngliche Absicht bestand darin, den Orden vor jenen zu schützen, die seine Macht für ihre eigenen selbstsüchtigen Zwecke missbrauchen wollten. Später setzte er die Anima Templi gezielt dazu ein, Frieden zu schaffen.

Ich sagte ja schon, er hatte von Anfang an begriffen, dass von Kriegen nur die Sieger profitieren, ein dauerhafter Frieden aber allen zum Vorteil gereicht. Er wollte die Handelsbeziehungen zwischen Osten und Westen fördern sowie Wissen erweitern und weitergeben, denn er wusste, dass uns die Araber auf vielen Gebieten wie zum Beispiel Medizin, Geometrie und Mathematik weit überlegen waren. Also schlossen die Brüder Freundschaft mit einflussreichen Männern aus den verschiedensten Kulturkreisen, lernten dazu und ließen das Erlernte anderen zugute kommen. Der Orden war die Maske, hinter der sie sich verbargen; seine Schatztruhen und seine Macht die Werkzeuge, derer sie sich bei ihrem Tun bedienten. Sie flüsterten die richtigen Worte in die richtigen Ohren, wenn ein Waffenstillstand gebrochen zu werden drohte, und nutzten das Geld aus den Schatzkammern dazu, eine Seite für Vergehen zu entschädigen, die die andere begangen hatte. Sicher, es wurden noch immer Kämpfe ausgetragen, aber viele konnten dank der vereinten Bemühungen unserer Brüder abgewendet werden. Drei Jahre später starb de Sablé, aber sein Werk lebte weiter. Nach ihm hat kein weiterer Großmeister von unserer Existenz erfahren, bis vor vierunddreißig Jahren Armand de Périgord dieses Amt übernahm.«

»Warum wirkte die Anima Templi im Verborgenen?«, warf Will ein. Er wollte unbedingt, dass der Priester weitersprach, hatte sich die Frage jedoch nicht verkneifen können. »Die Brüder taten doch nur Gutes, warum haben sie sich denn dann nicht offen dazu bekannt?«

»Weil wir dadurch der Korruption Tür und Tor geöffnet und machthungrige Männer wie de Ridefort geradezu dazu eingeladen hätten, Zwietracht unter den Unsrigen zu säen. Um unser Werk vor Feinden innerhalb des Ordens zu schützen, mussten und müssen wir uns heute noch im Schatten halten. Und als sich unsere Ziele und unser Kurs zu ändern begannen, wurde absolute Geheimhaltung immer zwingender notwendig. Wir wussten, dass viele Mitglieder des Templerordens und auch andere außerhalb unserer Mauern nicht verstehen würden, was wir zu erreichen hoffen. Für sie stellen unsere Ziele einen Verstoß gegen die Lehre der Kirche dar. Wenn unser endgültiger Plan enthüllt würde, würde das das Ende unserer Bruderschaft und wegen unserer engen Verbindung zum Templerorden auch das Ende der Templer bedeuten. Aber die Bruderschaft kann ohne den Orden und die Macht, die er uns verleiht, nicht fortbestehen.«

»Ihr verstoßt gegen die Lehren der Kirche?« Will runzelte verwirrt die Stirn. »Das verstehe ich nicht. Was meint Ihr damit? Und von welchen Plänen habt Ihr eben gesprochen?«

»Nur Geduld«, mahnte Everard. »Als Armand zum Großmeister ernannt wurde, gehörte er bereits zur Bruderschaft und blieb ihr auch weiterhin treu. Damals waren die Brüder über seine Wahl hocherfreut. Wenn der Großmeister auf ihrer Seite stand, so dachten sie, könnten sie noch mehr erreichen als bisher. Armand war …« Everard zog die Brauen zusammen. »Er war ein äußerst charismatischer Mann. Ich ließ mich von seiner Begeisterung und Tatkraft sofort mitreißen.« Er lächelte sarkastisch. »Obwohl ich damals doppelt so alt war, wie du jetzt bist, und es besser hätte wissen müssen. Aber ich war zum ersten Mal in Outremer, und das Land hatte mich in seinen Bann geschlagen. Für mich war es das Paradies auf Erden. Akkon, wo ich stationiert war, war die schönste Stadt, die ich je gesehen hatte, ein wahres Fest für die Augen. Das Meer schimmerte so unwahrscheinlich blau …« Von seinen Erinnerungen überwältigt, schüttelte er den Kopf. »Als Gott diese Erde schuf, muss Er mit Palästina begonnen haben; da waren alle Farben auf Seiner Palette noch warm und leuchtend, nicht stumpf und verwässert wie später, als Er zum Westen kam.

Ich war nach Akkon gekommen, um nach einem von einem namhaften arabischen Gelehrten verfassten seltenen Aufsatz über Astrologie zu suchen. Während meiner Ausbildung an der Universität von Paris hatte ich ein starkes Interesse an den verschiedensten Wissensgebieten entwickelt, das ich zum Glück auch weiter befriedigen konnte, nachdem ich geweiht und in den Orden aufgenommen wurde. Ich hatte es mir in den Kopf gesetzt, ein Buch zu verfassen, das alles bislang erworbene Wissen dieser Welt enthalten sollte. Aber ich erkannte bald, dass ich mir eine nicht zu bewältigende Aufgabe gestellt hatte, und konzentrierte mich stattdessen darauf, Manuskripte für die Bibliothek des Ordens zu sammeln und zu übersetzen. Während dieser Zeit hörte ich zum ersten Mal von der Anima Templi. Trotz ihrer Bemühungen, ihre Existenz innerhalb und außerhalb des Ordens geheim zu halten, hatten die Brüder nicht verhindern können, dass Gerüchte bezüglich ihrer Aktivitäten aufgekommen waren. Die Leute sprachen von einer Gruppe von Rittern, die angeblich mit einem Wort einen Krieg verhindern oder auslösen konnten. Die Loyalität dieses Zirkels, so hieß es, galt nur seinen eigenen Mitgliedern, und sie strebten ihre ganz eigenen unbekannten Ziele an. Die Templer wiesen diese Behauptungen entschieden zurück und beharrten darauf, dass es eine solche Gruppe nicht gab und die Tempelritter nur Gott und dem Orden die Treue hielten. Es wurde sogar eine Untersuchung eingeleitet, aber man fand keine Beweise, die die Anschuldigungen erhärtet hätten, und hauptsächlich dank Armands Eingreifen wurde die ganze Geschichte schließlich als Hirngespinst abgetan.

Armand de Périgord zeigte sich von meiner Arbeit sehr beeindruckt, und nachdem ich sechs Monate in Outremer verbracht hatte, führte er mich in den Kreis der Anima Templi ein, deren Kopf er war. Er hatte das Amt des Hüters abgeschafft, denn er wollte unser Werk auf die Mauern des Ordenshauses beschränken. Einige Mitglieder, darunter auch ein Priester, der älter war als ich, gehörten noch zu den ursprünglichen Zwölf, die de Sablé eingeschworen hatte. Sie erinnerten sich an Hattin, und sie erinnerten sich an de Ridefort. Armand flößte ihnen Unbehagen ein. Er verwischte die Grenze zwischen dem Orden und der Anima Templi, die bislang zwei eigenständige, strikt voneinander getrennte Organisationen gewesen waren. Aber in meinen Augen war er ein Visionär, der über den nötigen Ehrgeiz und die Energie verfügte, uns in ein neues Stadium der Aufklärung und Erleuchtung zu führen. Er teilte mein Interesse am Zusammentragen von Wissen, ermunterte mich, meine Studien fortzuführen und gestand mir Freiheiten und Privilegien zu, die anderen Mitgliedern verwehrt blieben. Damals erkannte ich noch nicht, dass er mich gezielt auf eine ganz bestimmte Aufgabe vorbereitete; auf die Verwirklichung einer Idee, die ihm schon lange im Kopf herumging.

Armand war von der Artussage regelrecht besessen. Er stellte sich ein einzig und allein für den Orden geschaffenes Königreich vor, in dem die Templer autonom regierten. In Palästina wollte er ein neues Camelot aufbauen, mit ihm selbst als Artus und den Brüdern der Anima Templi als Ritter der Tafelrunde, die die Ideale des Ordens an künftige Generationen weitergeben und ihm so zur Unsterblichkeit verhelfen sollten. Bislang waren potenzielle Mitglieder von der Bruderschaft ausgewählt und sorgfältig abgeschätzt worden, ehe man an sie herantrat und sie einlud, dem Zirkel beizutreten. Armand aber schwebte eine formelle Initiation vor.

Einige Jahre nach meiner eigenen Aufnahme in den Kreis der Brüder trug er mir auf, einen Kodex zu verfassen, in dem unsere Ziele und Ideale dargelegt wurden und der der nächsten Generation als Leitfaden dienen sollte. Er sollte auch bestimmte Initiationsriten für neue Mitglieder enthalten. Diese Riten sollten auf der Parsifalsage basieren, und die darin verwendeten Sinnbilder, die auch in so vielen Gralsromanzen auftauchten, sollten die wahren Ziele und Absichten der Anima Templi verschleiern. Ein Postulant würde sich bestimmten Prüfungen unterziehen müssen, um wie Parsifal auf seiner Gralssuche seinen unerschütterlichen Glauben unter Beweis zu stellen.« Everard seufzte, als er Wills verständnislose Miene sah. »Man reichte ihm zum Beispiel den Abendmahlskelch und sagte ihm, er sei mit dem Blut seiner Mitbrüder gefüllt. Dann wurde er aufgefordert, den Kelch zu leeren.«

»Er musste Blut trinken?«, fragte Will entgeistert.

Everard schnalzte missbilligend mit der Zunge. »Nein, Wein. Ich sagte doch schon, dass die im Gralsbuch beschriebenen Riten nur sinnbildlich und nicht wörtlich zu verstehen sind. Aber der Postulant wusste das nicht. Dadurch, dass er tat, was von ihm verlangt wurde, bewies er sein absolutes Vertrauen in die Bruderschaft.« Everard schüttelte den Kopf. »Ich stimmte Armand in diesem Punkt nicht zu; ich hielt die ganze Inszenierung im besten Fall für kabbalistischen Unsinn und im schlimmsten für eine Gefahr für unseren Zirkel, aber Armand ließ sich nicht umstimmen, also fügte ich mich seinem Wunsch und schrieb das Buch.« Er lächelte leicht. »Das Gralsbuch wurde mein Meisterwerk. Ich glättete die Kalbshaut mit Bimsstein, bis sie fast durchsichtig war, und schnitt jede Haut auf exakt dieselbe Länge und Breite zu. Für den Text benutzte ich rote Tinte, die Titelzeilen waren in Gold und Silber gehalten und jede Seite mit kunstvollen Illustrationen verziert. Vier Jahre habe ich daran gearbeitet.

Während dieser Zeit begann Armand, sich zu verändern, so schleichend, dass nur wenige von uns es anfangs bemerkten. Doch nach einer Weile konnten wir unsere Augen nicht länger vor dieser Veränderung verschließen. Armands Bestreben, unsere Ideale zu erhalten, hatte sich zu der rücksichtslosen Entschlossenheit, allein über die Bruderschaft, den Orden und Outremer selbst zu herrschen, gewandelt. Er begann, Siege und Triumphe über Frieden und Macht über Freundschaft zu stellen, und dieser alles verzehrende Ehrgeiz gipfelte in einem hinterhältigen und erbarmungslosen Angriff auf unsere früheren Verbündeten, die Johanniterritter.

In Akkon war ein Streit zwischen den regierenden Edelleuten, Kaufleuten und Rittern aus verschiedenen westlichen Königreichen, die die Stadt kontrollierten, und dem deutschen Kaiser Friedrich II. ausgebrochen. Friedrich beharrte darauf, dass Akkon rechtmäßig seiner Herrschaftshoheit unterlag, und die Hospitaliter unter Führung ihres Großmeisters Guillaume de Châteauneuf unterstützten ihn dabei. Die Templer unter Armand widersetzten sich ihm. Der Zwist eskalierte und endete damit, dass Armand, der unbedingt seine Macht unter Beweis stellen wollte, befahl, die Hospitaliterfestung in Akkon zu belagern. Diese Belagerung dauerte sechs Monate, und während dieser Zeit riegelten wir die Festung so gut ab, dass weder Nahrungsmittel und Arzneien hineingelangen noch auch nur ein einziger Ritter das Bollwerk verlassen konnte.« Everard senkte den Blick. »Ich weiß noch, wie unsere Ritter gelacht haben, als die verzweifelten Männer zum Tor gekommen sind und sie um Essen angefleht haben, und wie sie dann verfaulte Früchte über die Mauer geworfen haben. Viele starben vor Hunger oder siechten dahin, und trotzdem verweigerten wir ihnen noch immer jegliche Hilfe. Sie haben uns nie verziehen.« Er sah Will wieder an. »Einige von uns protestierten vehement gegen diese grausame Vorgehensweise, doch andere aus unserem Zirkel sprachen sich dafür aus. Armand schloss zwei unserer Brüder, die sich gegen ihn stellten, aus der Anima Templi aus, und seine restlichen Gegner konnten nichts anderes tun, als seine Willkür zu dulden; wir wussten nicht, was wir gegen ihn unternehmen sollten. Da kein Hüter mehr da war, der zwischen den Parteien hätte vermitteln können, wurde die Kluft zwischen uns immer größer, auch nachdem die Belagerung beendet war. Und dann kam es 1244 zu der Schlacht, die uns beinahe endgültig vernichtet hätte.

Sie hätte vermieden werden können, hätte Armand den Brüdern gestattet, mit dem damaligen ägyptischen Herrscher Sultan Ayub zu verhandeln. Aber unser Großmeister hatte bereits ein Bündnis mit dem Prinzen von Damaskus geschlossen, einem Erzfeind Ayubs, und als Gegenleistung einige unserer Festungen zurückerhalten, also untersagte er es uns strikt, Verbindung mit dem Sultan aufzunehmen. Ich war zu dieser Zeit nicht in Akkon. Wäre ich dort gewesen, hätte ich mich vermutlich über diesen Befehl hinweggesetzt. Aber ich hielt mich in Jerusalem auf, der Stadt, die wir einige Jahre zuvor von den Muslimen zurückerobert hatten. Und während meines Aufenthaltes dort wurde Jerusalem auf Befehl Sultan Ayubs von der Chorezmierarmee angegriffen. Wie oft habe ich mir gewünscht, ich wäre nicht dort gewesen und hätte dieses Massaker nicht mit ansehen müssen!« Everard betrachtete seine Fingerstümpfe. »Es war schieres Glück, dass ich mit dem Leben davonkam. In jener Nacht begegnete ich Hassan. Er war aus der Chorezmierarmee desertiert und erklärte sich bereit, mich nach Akkon zu bringen.« Ein Ausdruck tiefsten Kummers malte sich auf dem Gesicht des alten Priesters ab, und es dauerte einen Moment, bis er weitersprechen konnte. Als er es tat, klang seine Stimme heiser und brüchig.

»Als ich in Akkon eintraf, war Armand mit dem Rest der Armee nach Herbiya weitergezogen. Vor der Stadt lagerte die größte christliche Armee seit Hattin, und sie wurde genauso vernichtend geschlagen wie unsere Truppen damals. Mehr als fünftausend unserer Soldaten fielen. Armand kehrte nie zurück, er wurde von dem Mamelucken-Kommandanten Baybars gefangen genommen. Nach Herbiya versuchte ich zusammen mit einigen anderen Brüdern, die Anima Templi wiederaufleben zu lassen, aber die Kluft, die Armand aufgerissen hatte, war zu breit, um überbrückt werden zu können. Es war das Ende unseres Zirkels; er wurde aufgelöst – das dachten zumindest die anderen. Ich für mein Teil war fest entschlossen, Robert de Sablés Werk fortzuführen. Ich wusste, dass ich fünf von den ursprünglichen zwölf Brüdern bedingungslos vertrauen konnte; sie waren unserer Sache stets treu geblieben. Einen von ihnen kanntest du. Jacques de Lyons.«

»Jacques? Garins Onkel?«, vergewisserte sich Will ungläubig.

»Ebender. Diese fünf Männer waren bereit, mit mir zusammen auch weiterhin für unsere Ziele zu kämpfen. Ich wurde zum Oberhaupt der Bruderschaft gewählt und kehrte mit Hassan nach Paris zurück, um mich darauf zu konzentrieren, Manuskripte zu sammeln und erneut so viel Wissen zusammenzutragen, wie es mir möglich war. Jacques folgte mir einige Jahre später. Die anderen blieben in Akkon.

Durch Hassan stand ich mit ihnen in regelmäßiger Verbindung. Aber nun ist Jacques tot, ich lebe in der Isolation – wir sind zu wenige, um noch Großes bewirken zu können. Im Laufe der letzten Jahre habe ich gesehen, wie Brücken, die wir geschlagen haben, unter den Füßen von Baybars' Kriegerarmee zu bröckeln begonnen haben. Die Eigensucht unserer führenden Offiziere, die sich weigern, mit ihm zu verhandeln, hat das Ihre dazu beigetragen. Ich wäre schon vor langer Zeit nach Akkon zurückgekehrt, um zu versuchen, etwas von dem, was zerstört wurde, wieder aufzubauen, aber dann wurde das Gralsbuch gestohlen.

Ich kann mir selbst nicht erklären, warum ich es behalten habe. Benutzt habe ich es nie. Ich glaube, ein törichter Teil von mir fürchtete, wenn ich es zerstörte, würde ich zugleich die Anima Templi zerstören. Also verbarg ich es in unseren Gewölben; ich dachte, dort wäre es sicher. Aber irgendjemand – wer, weiß ich nicht – zwang einen Schreiber, es zu stehlen, und seitdem blieb es verschwunden, bis es plötzlich im Besitz des Troubadours wieder auftauchte.« Everard schüttelte den Kopf. »Gestern Abend berichtete mir der Visitator, die Dominikaner hätten Pierre de Pont-Evêque festgenommen. Wenn er irgendetwas mit dem Diebstahl des Buches zu tun hat, ist es möglich, dass die Bruderschaft nun, wo es sich in den Händen der Dominikaner befindet, erneut in großer Gefahr schwebt.«

»Er hat es nicht gestohlen. Sein Bruder hat es gefunden.«

Everard blickte auf. »Was? Wessen Bruder?«

Will wiederholte wortgetreu, was Elwen ihm erzählt hatte.

»Es ist vier Jahre lang in einer Weinhandlung verstaubt?«, vergewisserte sich Everard. »De Pont-Evêque war für den Diebstahl also nicht verantwortlich? Was ist mit dem Buch geschehen?«, fragte er dann. »Hatte Hassan es bei sich, als er starb? Weißt du, wo es jetzt ist?«

»Elwen hat es Hassan übergeben. Wenn er der Mann ist, der letzte Nacht ermordet wurde …«

»Er ist es«, schnitt Everard ihm das Wort ab. »Sonst wäre er auf jeden Fall zu mir zurückgekommen.«

»Die Wächter haben seinen Leichnam zum Lazarushospital vor dem St.-Denis-Tor gebracht. Wenn er das Buch bei sich hatte, ist es wohl mit ihm begraben worden – oder wird es bald.« Will hob die Schultern. »Es sei denn, die Wächter haben es gefunden.«

»Dann sollten wir uns besser sputen«, sagte Everard nach einer langen Pause.

Will kam es so vor, als hätte er, seit der alte Priester zu sprechen begonnen hatte, den Atem angehalten. Da er erkannte, dass er einige Zeit brauchen würde, um das volle Ausmaß der Bedeutung dessen, was er gehört hatte, zu erfassen, verdrängte er die zahlreichen Fragen, die ihm im Kopf herumgingen, und beschränkte sich auf eine einzige. »Wenn das Buch nur für die Anima Templi wichtig ist – wenn es Euren Kodex in Sinnbildern enthält –, dann kann doch sonst niemand etwas damit anfangen. Warum sollte jemand diesen Schreiber dazu anstiften, es zu stehlen?«

»Ich sagte dir doch, dass in diesem Buch die Ziele und Ideale der Anima Templi aufgeführt sind. Es könnte zusammen mit der Aussage eines Zeugen, der in unsere Geheimnisse eingeweiht ist, als Beweis für unsere Existenz und unser Wirken dienen und somit unseren Untergang herbeiführen.«

»Und worin besteht Euer Wirken genau?«

Everard schlug die Decke zurück, erhob sich von seinem Bett, winkte unwirsch ab, als Will ihm behilflich sein wollte, und schlurfte durch den Raum zu seinem Nachttopf. »Ich habe dir erzählt, was ich dir erzählen darf.« Er schnürte seine Hose auf. Ein dunkelgelber Urinstrahl ergoss sich in das Gefäß. »Wirst du mir helfen, Sergeant?«, fragte er schroff.

»Wollt Ihr mich auch noch in diese Sache verwickeln?« Will sprang gleichfalls auf. »Reicht es nicht, dass Ihr schon Elwen benutzt habt, ohne einen Gedanken an ihre Sicherheit zu verschwenden? Ihr habt mir alles und nichts erzählt. Und Ihr habt gesagt, die Ziele der Anima Templi würden in den Augen der Welt gegen die Lehren der Kirche verstoßen. Warum sollte ich Euch helfen, einen Zirkel vor der Vernichtung zu bewahren, der sich gegen die Kirche stellt?«

Everard drehte sich um und schnürte seine Hose zu. »Weil dein Vater auch zu uns gehört.«

Will starrte ihn fassungslos an. »Das glaube ich Euch nicht.«

»Ich sagte dir doch, ich habe das Gralsbuch nie für Initiationsriten benutzt, aber ich habe dennoch ein neues Mitglied in unseren Kreis eingeführt.«

Will schüttelte den Kopf und machte Anstalten, etwas zu erwidern, doch Everard kam ihm zuvor. »Deswegen ist James in das Heilige Land gegangen – auf meinen Wunsch hin, um der Anima Templi dort zu dienen. Und deswegen habe ich dich auch als Lehrling angenommen. Du hast mir während der letzten sechs Jahre bei meiner Arbeit für die Bruderschaft geholfen. All diese Übersetzungen hast du für uns angefertigt.«

»Ich glaube Euch kein Wort!« Wills ganze Welt war mit einem Schlag aus den Fugen geraten. Er wollte von Everard hören, dass sein Vater ihn eines Tages von sich aus ins Vertrauen gezogen, dass James seinen Sohn doch sicherlich in ein so schwer wiegendes Geheimnis eingeweiht hätte. Aber er dachte an die enge Vertrautheit zwischen seinem Vater und Jacques de Lyons im Neuen Tempel, an die Reisen nach Frankreich und den plötzlichen Aufbruch nach Palästina, und ihm wurde klar, dass sein Vater nichts dergleichen getan hätte.

»Ich habe ihn mit einer Mission dorthin geschickt.« Everard beobachtete Will, auf dessen Gesicht widersprüchliche Gefühle miteinander kämpften, sehr genau. »Er sollte dazu beitragen, diesen unseligen Krieg zu beenden. Bezüglich der Verhandlungen mit den Mamelucken hat er große Fortschritte gemacht und einen Vertrauten von Sultan Baybars als Kontaktmann gewonnen – einen Mann, der vielleicht helfen kann, die Krise in Outremer beizulegen. Wir müssen mit den Mamelucken Frieden schließen, sonst ist unser Untergang besiegelt.«

»Mein Gott.« Will ließ sich schwer auf seinen Stuhl sinken. Der Brief, den er im Studierzimmer im Neuen Tempel gefunden hatte, kam ihm wieder in den Sinn. *Die Brüder. Unser Kreis.* »Er stammte also von ihm«, wisperte er tonlos.

»Wenn wir das Buch nicht wiederfinden, wenn wir nicht dafür sorgen, dass es nie wieder in falsche Hände gerät, dann könnte alles zunichte gemacht werden, wofür dein Vater bisher so hart gearbeitet hat. Ohne die Bruderschaft wird dieser Krieg seinen Fortgang nehmen, und das Ende ist ungewiss. Das ist alles, was du im Moment wissen musst. Ich werde dir den Rest erzählen, wenn der richtige Zeitpunkt dafür gekommen ist, aber bis dahin bitte ich dich, mir einfach zu vertrauen. Wir müssen dieses Buch zurückbekommen.«

Will hob plötzlich den Kopf. »Weiß er, dass ich nicht zum Ritter geschlagen worden bin? Habt Ihr es ihm geschrieben?«

»Dazu habe ich keinen Anlass gesehen. Wir beschränken unseren Kontakt auf ein Minimum an Nachrichten, so gehen wir das geringste Risiko ein, enttarnt zu werden.«

Will beugte sich vor, stützte die Ellbogen auf die Knie und barg den Kopf in den Händen. Ihm war, als hätte er bislang in einem Spiegelbild der Welt gelebt, das nun in tausend Stücke zersprungen war und die dahinter verborgene wahre Welt enthüllte. Er hatte immer nur ein Zerrbild der Realität gekannt, nicht die Realität selber. Aber obgleich Schock, Verwirrung und Zorn in ihm tobten, spürte er, wie ein zaghafter Hoffnungsschimmer in ihm aufglomm. Wenn Everard die Wahrheit sagte und James im Auftrag der Anima Templi ins Heilige Land gegangen war, dann hatte er London nicht verlassen, weil er Wills Anblick nicht mehr ertragen konnte. Der Schimmer loderte zu einer hellen Flamme auf. Wenn sein Vater gar nicht seinetwegen fortgegangen war, dann bestand doch noch eine reelle Chance, dass er seine Schuld am Tod seiner Schwester abbüßen und eines Tages wieder James Campbells Sohn sein konnte. Will hob den Kopf und sah Everard an. »Ich werde Euch helfen. Aber als Gegenleistung erwarte ich von Euch, dass Ihr mir endlich zu dem Mantel verhelft. Und dann werde ich nach Outremer reisen, um meinen Vater wiederzusehen.«

»Wir gehen zusammen, William«, erwiderte Everard. »Du hast mein Wort darauf.«

Garin stand in einer Ecke des Hofes gegenüber den Unterkünften der Ritter und trat von einem Fuß auf den anderen. Endlich sah er Will und Everard aus dem Gebäude kommen. Ungeduldig und von einer nervenzermürbenden inneren Unruhe erfüllt, hatte er gewartet, seit er Will durch die Tür hatte gehen sehen. Sein Herzschlag beschleunigte sich, als die beiden auf die Ställe zusteuerten. Der Priester stützte sich schwer auf Will. Als sie im Stall verschwanden, schlich Garin vorsichtig zu dem langen Holzschuppen hinüber. Er konnte Stimmen hören – Wills und eine andere, die er als die von Simon erkannte. Durch eine Ritze im Holz sah er sie durch den Stall gehen. Garin huschte zum Eingang und schlüpfte hinein. Simon führte Will und Everard zu den im hinteren Teil gelegenen Boxen, in denen die leichteren Reitpferde standen. Alle drei kehrten ihm den Rücken zu. Draußen ertönten Schritte, die rasch näher kamen. Garin verbarg sich hastig in einer leeren Box und presste sich eng gegen die Wand. In dem dämmrigen Licht, das hier herrschte, würde man ihn schwerlich bemerken. Er hörte, sah aber nicht, wie ein weiterer Mann den Stall betrat. Irgendwo ganz in seiner Nähe knarrte die Tür einer Box.

Ein paar Minuten verstrichen, dann vernahm Garin Hufschlag

und erneut Wills und Simons Stimmen. Er spähte vorsichtig um die Boxenwand. Simon führte zwei gesattelte Pferde auf den Hof. Das musste irgendetwas mit dem verschwundenen Buch zu tun haben, überlegte Garin freudig erregt. Vielleicht hatte Elwen es Will gegeben, und jetzt schafften Will und sein Herr es fort; an einen sicheren Ort, wo es nicht gefunden werden konnte. Der gebrechliche alte Mann würde das Ordenshaus sicherlich nicht ohne zwingenden Grund verlassen. Hier bot sich ihm die beste und vermutlich einzige Gelegenheit, das Buch an sich zu bringen. Will war unbewaffnet, und der alte Priester stellte keine Gefahr für ihn dar.

Als Will auf eines der Pferde stieg, verließ Garin die leere Box, wobei er sorgfältig darauf achtete, sich außer Sichtweite zu halten, nahm einen Sattel von einer Bank und öffnete die Tür einer anderen Box. Darin stand ein riesiges schwarzes Schlachtross. Garin schnalzte beruhigend mit der Zunge, während er dem Pferd den Sattel auf den Rücken legte, dann spähte er über den Rand der Box hinweg zum Hof hinüber. Simon bückte sich gerade und verschränkte die Hände, um Everard beim Aufsitzen behilflich zu sein. Garin beugte sich vor, um den Sattelgurt unter dem Bauch des Pferdes festzuzurren, als er hinter sich das Rascheln von Stroh und leise Atemzüge hörte. Er richtete sich auf und wollte sich gerade umdrehen, als etwas Hartes seinen Hinterkopf traf. Die Welt ringsum wurde schwarz, und Garin sackte bewusstslos auf dem Boden zusammen.

27

Lazarushospital, Paris
2. November A.D. 1266

Will und Everard ritten den Pfad entlang, der in nordwestlicher Richtung vom Ordenshaus fortführte. Die Morgensonne blendete sie, und der Wind peitschte ihnen ins Gesicht. Die Felder lagen kahl und braun da, die ihrer Blätter beraubten Bäume hoben sich wie schwarze Gerippe vom blauen Himmel ab. Beide Männer ritten schweigend nebeneinander her; die Hufe ihrer Pferde klapperten auf dem gefrorenen Boden. Wills Gedanken kreisten um seinen Vater und Everards Enthüllungen, der Priester starrte in Grübeleien versunken vor sich hin.

Nachdem sie eine halbe Meile zurückgelegt hatten, hallte das Glockengeläut vom Ordenshaus hinter ihnen, das zur Terz rief, hohl über die Felder. Everard brachte sein Pferd zum Stehen, Will zügelte das seine, als der Priester ungelenk aus dem Sattel glitt.

»Warum haltet Ihr an?«

»Um zu beten.« Everard runzelte die Stirn, als habe er selten eine so dumme Frage gehört.

Will ärgerte sich über die Verzögerung. Hatte der Priester nicht vor kurzem noch zur Eile gedrängt? Aber er sprang gleichfalls zu Boden, schlang die Zügel seines Pferdes um ein paar Zweige eines Weißdornbusches, hob die Zügel des anderen Tieres auf, die Everard achtlos zu Boden hatte fallen lassen, und band es gleichfalls fest, während der Priester mit gefalteten Händen am Wegesrand kniete. Von Rittern, Priestern und Sergeanten wurde erwartet, dass sie ihre Gebete auch dann verrichteten, wenn sie sich außerhalb des Ordenshauses aufhielten und deshalb nicht am Gottesdienst teilnehmen konnten. Statt die Messe zu hören, würden sie nun sieben Vaterunser beten.

Als Will niederkniete, bemerkte er in einiger Entfernung dort, wo der Pfad anstieg, ehe er in das Tal abfiel, in dem er und Everard sich gerade befanden, einen weiteren Reiter. Er saß auf einem schwarzen Pferd – der Größe nach zu urteilen, einem Schlachtross. Der Fremde verlangsamte sein Tempo, als er merkte, dass Will ihn beobachtete, hielt dann an, stieg ab und verschwand aus Wills Blickfeld. Will senkte den Kopf und begann, das Vaterunser in seine gefalteten Hände zu murmeln; einen Strom unzusammenhängender Worte, den sein gemarterter Verstand überhaupt nicht erfasste.

»So«, sagte Everard, nachdem sie geendet hatten, erhob sich

und klopfte den Staub von seinem Gewand. Seine Miene hatte sich aufgehellt, als hätte er in den Gebeten Trost gefunden. »Du bist so still, Sergeant«, bemerkte er, als Will ihm in den Sattel half.

Will traute seinen Ohren nicht. Wortlos stieg er auf sein eigenes Pferd. Was erwartete Everard eigentlich von ihm? »Ihr habt mich belogen!«, platzte er heraus, nachdem sie ein paar Minuten stumm weitergeritten waren. »All diese Jahre wusstet Ihr, warum mein Vater London verlassen hat, und Ihr habt mir nie etwas gesagt. Die ganze Zeit lang dachte ich, er wäre gegangen, weil …« Er brach ab. Soweit er wusste, ahnte Everard nichts von dem tragischen Tod seiner Schwester, und er hatte nicht die Absicht, dem Priester sein schwärzestes Geheimnis anzuvertrauen. »Ihr wusstet doch, wie sehr ich ihn vermisst habe«, schloss er lahm.

»Wenn ich dir das erzählt hätte«, gab Everard barsch zurück, »dann hätte ich dir auch den Rest erzählen müssen, und du warst noch nicht bereit, all das zu hören.«

»Und jetzt? Wenn Hassan Euch das Buch gebracht und Elwen mir nie gesagt hätte, was Ihr von ihr verlangt habt, dann hätte ich die Wahrheit nie erfahren, nicht wahr? Ihr habt sie mir jetzt nur gestanden, weil Ihr meine Hilfe braucht. Vielleicht wart Ihr es, der noch nicht bereit war, mich ins Vertrauen zu ziehen!«

Everard warf ihm einen schwer zu deutenden Blick zu, sagte aber nichts.

»Und wie sieht es mit meinen endgültigen Gelübden aus?«, fuhr Will fort. Er hatte Mühe, sich den Ärger, der in ihm aufwallte, nicht anmerken zu lassen. Am liebsten hätte er dem Priester eine schallende Ohrfeige versetzt. Jahrelang hatte er Demütigungen und ständige Kritteleien ertragen müssen und war überdies noch übel getäuscht worden. Aber ein großer Teil seines Zorns richtete sich nicht gegen Everard, sondern gegen seinen Vater, der ihn in dem Glauben gelassen hatte, er sei der Grund für dessen überstürzten Aufbruch ins Heilige Land. Da er innerlich noch nicht bereit war, sich mit seinen widersprüchlichen Gefühlen auseinanderzusetzen, verdrängte er sie entschlossen und fuhr fort: »Wann hättet Ihr mich denn zum Ritter geschlagen, wenn Ihr nicht diese Abmachung mit Elwen getroffen hättet? Ihr befürwortet meine Aufnahme jetzt ja auch nicht, weil Ihr meint, die Zeit sei reif dafür, sondern nur, weil Ihr Elwen Euer Wort gegeben habt.« Will maß den Priester mit einem eisigen Blick. »Falls Ihr überhaupt beabsichtigt, Euer Versprechen zu halten, versteht sich.«

»Ich stehe zu meinem Wort«, erwiderte Everard knapp. »Aber lass dir eins gesagt sein, Sergeant. Ich habe viele junge Heißsporne wie dich in den Krieg ziehen sehen, sobald sie den Ritterschlag empfangen hatten. Nur sehr wenige sind wieder zurückgekommen. Hör auf meinen Rat und überstürze diese Reise nicht. Meistens führt dieser Weg direkt in den Tod. Und genau aus diesem Grund habe ich deine Initiation bislang immer hinausgezögert. Ich wusste, dass du im selben Moment, wo du den Mantel erhältst, auch schon Reisevorbereitungen treffen würdest.«

»Rührend, dass Euch mein Wohl so am Herzen liegt«, versetzte Will sarkastisch.

»Nein, William. Ich wollte einen so herausragenden Schreiber wie dich nicht verlieren.«

Will musterte den Priester aus schmalen Augen; forschte in seinen Zügen nach Anzeichen dafür, dass er ihn verspottete, fand aber keine.

»Du musst eines verstehen«, fuhr Everard ruhig fort. »Ich habe diese Geheimnisse viele Jahre lang gehütet. Es fällt mir sehr schwer, sie jetzt preiszugeben. Einem anderen Menschen zu vertrauen. Ich habe Armand damals vertraut und dadurch beinahe unseren Untergang herbeigeführt.«

»Wollt Ihr mir weismachen, dass Ihr mir vertraut?«

Everard ging nicht darauf ein, sondern trieb sein Pferd an. »Wir sollten uns beeilen, Sergeant.«

Kurz nachdem sie die Rue St.-Denis überquert hatten, erreichten sie das Lazarushospital. Es lag größtenteils hinter einem kleinen Eichenwald verborgen, sodass sie beinahe den schmalen, von einem Baldachin aus Baumkronen überschatteten Pfad übersehen hätten, der zum Tor emporführte. Drei große Steingebäude wurden von einer niedrigen Mauer umringt, rechts neben den sorgfältig gepflegten Gärten stand eine Kapelle. Das Anwesen sah aus wie eine sehr viel kleinere, aber tadellos in Ordnung gehaltene Ausgabe ihres eigenen Ordenshauses, was Will überrascht zur Kenntnis nahm. Die Aussätzigen, die er vor den Stadttoren um Almosen hatte betteln sehen, hatten in ihren zerlumpten Kleidern und Handschuhen und mit dem verfilzten, zottigen Haar und den oft grotesk entstellten Gesichtern einen grässlichen Anblick geboten. Nie hätte er gedacht, dass sie in einer so geordneten Gemeinschaft leben könnten.

Als sie vor dem Tor von ihren Pferden stiegen, trat ein Mann aus einem der Gebäude und kam auf sie zu. Die Handschuhe, die er trug, wiesen ihn als Leprakranken aus, aber sein Gesicht zeigte noch keine Spuren des Aussatzes.

»Kann ich Euch behilflich sein?«, fragte er mit kaum verhohlenem Misstrauen. Sein Blick blieb auf den roten Kreuzen auf ihren Umhängen haften. »Ich bin hier der Pförtner.«

Everard reichte Will die Zügel seines Pferdes. »Ich suche einen guten Freund von mir. Er starb letzte Nacht, und ich glaube, er wurde hierhergebracht, um auf Eurem Friedhof bestattet zu werden. Ich bin gekommen, um ihm die letzte Ehre zu erweisen.«

Der Blick des Pförtners wanderte zu Will.

»Das ist mein Knappe«, fügte Everard hinzu, dabei nickte er Will herrisch zu, woraufhin sich dieser eine hitzige Antwort verkniff und sich abwandte, um die Pferde anzubinden.

»Letzte Nacht ist tatsächlich ein Toter gebracht worden«, erwiderte der Pförtner. »Allerdings würde ich sagen, dass er eher an dem Dolch in seinen Eingeweiden als an der Lepra gestorben ist. Die königlichen Leibwächter, die ihn hier abgeladen haben, behaupteten, er wäre ein Aussätziger, aber er wies keine Wunden und Geschwüre auf.«

»Er befand sich noch im Frühstadium der Krankheit«, erklärte Everard.

»Nun gut, dann kommt mit mir.« Der Pförtner öffnete das Tor. »Aber denkt daran, dass Ihr Euch hier in unserem ureigenen

Reich befindet. Hier gelten nicht dieselben Regeln, an die wir uns außerhalb dieser Mauern halten müssen. Wenn ein Pfad so schmal ist, dass zwei Männer nicht aneinander vorbeigehen können, dann seid Ihr es, der zur Seite treten wird. Ihr müsst jeglichen Körperkontakt zu den Mitgliedern unserer Gemeinschaft unbedingt vermeiden.«

»Wir werden daran denken«, erwiderte Everard ungerührt.

Will widerstand dem Drang, eine Hand vor den Mund zu schlagen, als sie das Hospitalgelände betraten. Es hieß, Lepra würde durch sündhaftes Verhalten übertragen, vor allem durch ungezügelte Fleischeslust, aber man konnte sich auch anstecken, wenn man einen Kranken berührte, Speisen und Wasser mit ihm teilte oder sogar nur dieselbe Luft wie er atmete. Aus diesen Gründen war es Aussätzigen verboten, anderen Menschen zu nahe zu kommen oder sich an stark bevölkerten Orten wie Kirchen und Märkten aufzuhalten, außerdem mussten sie in der Öffentlichkeit ihre Münder bedecken. Da der Pförtner keine Anstalten machte, dies zu tun, atmete Will so flach wie möglich durch die Nase und achtete darauf, sich windwärts von dem Mann zu halten, während dieser sie an den Hospitalgebäuden vorbei durch den Garten führte.

Ein paar Männer bewässerten eine Reihe junger Apfelbäume neben einem scheinbar erst kürzlich abgeernteten Gemüsefeld. Die meisten hatten sich Leinenstreifen um die Teile ihres Körpers und ihrer Gesichter gebunden, die nicht von Kleidung bedeckt wurden, und alle trugen Handschuhe. Will fiel auf, dass bei einigen von ihnen kaum Anzeichen der Krankheit zu sehen waren, höchstens hier und da eine kleine offene Wunde oder eine leichte Verformung der Hand. Andere befanden sich im fortgeschrittenen Stadium; sie mussten schon seit Jahren an der Lepra leiden. Der Anblick dieser Männer war schwer zu ertragen. Die Bandagen verbargen zwar den größten Teil der nässenden Schwären auf ihrer Haut, doch die Ausbeulungen zeichneten sich mit grausamer Deutlichkeit unter dem dünnen Stoff ab. Manchen hatte die Seuche die Nase weggefressen; andere hatten ihre Zähne verloren, sodass ihre Münder eingefallen und fratzenhaft wirkten; bei wieder anderen hatten sich die Hände zu Klauen verformt, und ihnen fehlten Finger oder, dem unsicheren Gang nach zu urteilen, auch ein paar Zehen. Der Ekel erregende Gestank faulenden Fleisches mischte sich mit dem säuerlichen Geruch unreifer Äpfel und würgte Will in der Kehle.

Wenn bei einem Kranken Lepra diagnostiziert wurde, wurde er gezwungen, sich in ein offenes Grab zu stellen, während ein Priester die Totenmesse für ihn las. Will musterte die lebenden Toten im Garten nachdenklich. Es gab keine Frauen unter ihnen, weiblichen Leprakranken verweigerte das Hospital die Aufnahme, sodass ihnen nichts anderes übrig blieb, als auf den Straßen vor der Stadt ein armseliges Leben als Bettlerinnen zu fristen.

»Zum Glück haben wir gestern zufällig ein frisches Grab ausgehoben.« Der Pförtner steuerte die Kapelle an. »Unser Freund Bertrand wird nämlich bald vor seinen Schöpfer treten. Aber da er die letzte Nacht überstanden hat, haben wir Euren Freund in das für ihn bestimmte Grab gelegt. Wo stammte er doch gleich her? Aus Genua?«

Everard sah ihn an. »Genua?«

»Euer Freund.« Der Pförtner trat durch eine Öffnung in der niedrigen Flintsteinmauer, die die Kapelle und den Friedhof einfriedete. »Die Wächter sagten, er käme aus Genua. Er sah so fremdländisch aus.«

Everard schwieg einen Moment, dann nickte er. »Das ist richtig. Er kam aus Genua.«

In der äußersten Ecke des Friedhofes sah Will unter einer Stechpalme ein frisch zugeschüttetes Grab. »Hier liegt er«, verkündete der Pförtner, als sie näher traten. »Viel Wesens haben wir aber nicht um ihn gemacht. Einer der Totengräber und ich haben ihn in die Erde gelegt und ein Gebet gesprochen. Es war dunkel, und es hat geregnet«, fügte er hinzu, als er Everards finstere Miene sah.

»Ich werde selbst für seine Seele beten.« Der Priester kauerte sich neben dem Grab nieder, dann blickte er zu dem Pförtner auf. »Könnt Ihr mich eine Weile allein lassen?«

»Nehmt Euch so viel Zeit, wie Ihr braucht«, erwiderte der Mann. »Findet Ihr ohne Hilfe wieder hinaus?«

Everard nickte. Er wartete, bis der Pförtner hinter der Kapelle verschwunden war, dann wandte er sich wieder zu dem Grab, riss das kleine Holzkreuz vom Kopfende des Erdhügels und schleuderte es von sich, ehe er sich erhob. »Dort drüben sehe ich einen Spaten, Sergeant.«

Will wandte den Blick von dem Kreuz ab, das in einem Büschel Nesseln gelandet war, und lief zu der Stelle, auf die Everard deutete. Einen Moment später kehrte er mit dem Spaten zurück, der an einem moosüberwucherten, verwitterten Grabstein gelehnt hatte und mit einer dicken Lehmschicht überzogen war. Everard trat zurück und hielt Wache, während Will zu graben begann. Trotz der Kälte brach ihm der Schweiß aus, und sein Rücken begann zu schmerzen. Der Haufen schwerer, feuchter Erde neben ihm wurde immer höher. Endlich traf der Spaten auf etwas Weiches. Will bückte sich und kratzte loses Erdreich von dem in ein leinenes Leichentuch gehüllten Leichnam, den er freigelegt hatte. Als er damit fertig war, kauerte er sich auf die Fersen und wartete ab.

Everard zögerte kurz, dann trat er an das Grab, kniete nieder und schlug behutsam, fast liebevoll das Tuch von Hassans Kopf zurück. Will schloss die Augen und schluckte hart, als Hassans Gesicht sichtbar wurde – schwarz von geronnenem Blut, grotesk verzerrt und in der Qual erstarrt, die er in den letzten Momenten seines Lebens durchlitten haben musste. Everard beugte sich vor, legte eine Hand auf Hassans Stirn und begann, ein Gebet zu flüstern.

»Ashadu an la ilaha illa-llah. Wa ashadu anna Muhammadan rasul-Ullah.«

Will schlug die Augen wieder auf, als er den musikalischen Singsang hörte. Es war Arabisch. Er kannte die Bedeutung der Worte, denn er war in einigen Manuskripten, die er im Lauf der letzten Jahre übersetzt hatte, darauf gestoßen.

Es gibt keinen Gott außer Gott. Mohammed ist sein Prophet.

Es war die Schahada – das Glaubensbekenntnis, das jedem

Moslem in der Stunde seines Todes ins Ohr gemurmelt wurde, so wie ein Christ die Sterbesakramente empfing. Und dies bestätigte Wills Verdacht, dass Everard bezüglich Hassans Übertritt zum christlichen Glauben gelogen hatte. Aber als er jetzt in Hassans zerschlagenes, blutiges Gesicht blickte, empfand er keinen Abscheu, keinen Zorn, nur tiefe Scham darüber, ein Landsmann derjenigen zu sein, die den Mann, der ihm einst das Leben gerettet hatte, so grausam ermordet hatten.

»Was glaubt Ihr, wer ihm das angetan hat?«

»Ein Mensch, der keine Seele hat«, erwiderte Everard, ohne die Hand von Hassans Stirn zu nehmen. »Ein Mensch, der von Hass und Furcht verzehrt wird und nur den Feind sieht, der ihn von außen bedroht, nicht den Feind in seinem Inneren.«

»Sein Tod kommt mir so sinnlos vor«, murmelte Will.

Everard sah ihn an. Seine hellen, rot geränderten Augen schimmerten feucht. »Hassan starb im Kampf für eine Sache, an die er glaubte. Wie vielen Männern wird diese Gnade zuteil?«

Will schluckte die sarkastische Bemerkung, die ihm auf der Zunge lag, hinunter und nickte. Der hoffnungsvolle Ausdruck in Everards Augen verriet ihm, dass der Priester um diesen Trost förmlich flehte. »Nicht vielen«, stimmte er zu.

Endlich fuhr sich Everard mit dem Handrücken über die Augen. »Hilf mir«, sagte er, dabei zog er den Rest des Leichentuches fort.

Will ging zur anderen Seite des Grabes und bückte sich, als er sah, dass das Tuch an irgendeinem Hindernis hängen blieb. Nachdem er es gelöst hatte, sah er den Griff eines Dolches aus Hassans Seite ragen. Übelkeit stieg in ihm auf, trotzdem streckte er eine Hand aus, um ihn zu entfernen, aber Everard hielt ihn zurück.

»Lass es gut sein. Dort, wo er jetzt ist, spürt er keine Schmerzen mehr.«

Sie schlugen Hassans grauen Umhang zurück. Everard tastete den Toten ab. Besorgnis begann, sich auf seinem Gesicht abzumalen, doch dann schob er eine Hand unter den Rücken des Arabers, und seine Miene hellte sich auf. »Gott sei Dank, da ist es.«

Will drehte Hassan auf die Seite, damit der Priester ein schmutziges, in *vellum* gebundenes Buch unter ihm hervorziehen konnte. Das Pergament war feucht, der Einband mit Erde verschmiert, trotzdem waren noch einige Goldlettern deutlich zu erkennen; sie glitzerten im Licht. Everard schloss die Augen und murmelte ein kurzes Gebet, dann stieß er einen Seufzer abgrundtiefer Erleichterung aus.

»Es ist vollbracht«, sagte er, als er die Augen wieder aufschlug. »Endlich kann ich nach Akkon zurückkehren und mein Lebenswerk vollenden.« Er betrachtete Hassan kummervoll. »Ehe ich dorthin gehe, wo er jetzt ist.«

»Gebt mir das Buch, Everard«, erklang eine eiskalte Stimme hinter ihnen. »Oder Ihr leistet ihm eher im Jenseits Gesellschaft, als Ihr glaubt.«

Beide Männer fuhren erschrocken herum. Nicolas de Navarre stand vor ihnen. Er hielt eine geladene Armbrust in der Hand, die er auf Everard richtete. Über seinem weißen Mantel trug er einen schwarzen Umhang, sein langes schwarzes Haar hatte er im Nacken zusammengebunden.

»Bruder Nicolas?« Everard drückte das Buch an sich. Er spähte über die Schulter des Ritters; rechnete damit, Gilles und die Dominikaner dort zu sehen, aber der Friedhof war leer.

»Ich wusste, dass Ihr Euren Bluthund losschicken würdet, um dem Troubadour das Buch abzunehmen. Aber ich muss zugeben, dass ich nie auf den Gedanken gekommen wäre, Ihr könntet den Diebstahl von einer Kammerzofe ausführen lassen. Ihr müsst wirklich zutiefst verzweifelt gewesen sein.« Nicolas musterte Hassans Leichnam, ohne die geringste Gemütsbewegung zu zeigen. »Ich hörte, dass gestern Nacht ein Sarazene ermordet worden sei, und als Hassan nicht ins Ordenshaus zurückkehrte, dachte ich mir, dass er dieser Tote sein musste. Wirklich eine Schande. Ich wollte ihn als zusätzlichen Beweis für Eure verderbten Machenschaften vorführen. Er war kein Christ, nicht wahr, Everard?«

»Was hat das alles zu bedeuten, Bruder?« Everard versuchte,

seiner Stimme einen festen Klang zu verleihen, konnte aber nicht verhindern, dass sie leicht zitterte.

»Ich bin nicht Euer Bruder. Gebt mir das Buch.« Nicolas zielte mit der Armbrust auf Everards Hals. »Ich sage es nicht noch einmal.«

Everards Blick wanderte langsam zu der Waffe. »Mein Gott, Ihr steckt hinter all dem«, keuchte er. »Ihr habt Rulli gezwungen, das Buch aus dem Gewölbe zu stehlen, und ihn dann in dieser Gasse getötet. Deswegen seid Ihr auch allein hier. Ihr handelt nicht im Auftrag des Visitators oder der Dominikaner, Ihr verfolgt einzig und allein Eure eigenen Ziele!«

Will schielte zu dem Dolch, der aus Hassans Seite ragte. Während Nicolas Everard nicht aus den Augen ließ, schlich er einen Schritt näher an das Grab heran.

»Ohne Hassans Eingreifen hätte ich den Schreiber vielleicht am Leben gelassen«, schnarrte Nicolas. »Aber ich konnte nicht zulassen, dass er meine Identität enthüllte.«

»Wie habt Ihr von dem Buch erfahren?«, wollte Everard wissen.

»Ich habe mit einigen Männern gesprochen, die sich von Eurem Zirkel lossgesagt haben, nachdem Armand die absolute Macht an sich gerissen hatte. Ich weiß alles über Euch, Everard; ich kenne Eure schmutzigen Geheimnisse und weiß auch, was Ihr getan habt.«

»Ihr habt also die ganze Zeit wie eine Schlange in unserer Mitte gelebt?« Everards Stimme klang jetzt ganz ruhig, aber er wandte den Blick nicht von der Armbrust ab.

»Seit über sieben Jahren warte ich auf diesen Augenblick. Vor sieben Jahren habe ich meine Heimat verlassen, um in dieses Land zu kommen; ich musste diesen widerwärtigen Mantel anlegen und vorgeben, einer der Euren zu sein. Euer Bruder.« Nicolas' Augen funkelten hasserfüllt. »Lange genug hat es gedauert, aber nun ist die Zeit der Vergeltung gekommen. Zu lange haben sich die Templer und ihre Anführer hinter dem Rücken des Papstes versteckt. Wenn er von Euren Initiationsriten erfährt und liest, was in Eurem gotteslästerlichen Kodex steht, wird ihm gar nichts anderes übrig bleiben, als Euren Orden aufzulösen und Euch bis auf den letzten Mann auszulöschen. Ihr werdet alle auf dem Scheiterhaufen enden.« Nicolas' olivfarbene Haut glühte vor Triumph. »Ihr seid ein belesener Mann, Everard. Zweifellos ist Euch auch die Geschichte von David und Goliath bekannt.«

Everard erwiderte nichts darauf.

»David hat den Riesen Goliath mit einem kleinen Stein bezwungen. Und ich werde den mächtigen Templerorden mit nichts anderem als einem Buch vom Angesicht der Erde tilgen.«

Will rückte unauffällig noch ein Stück näher an das Grab heran.

»Warum tut Ihr das?«, murmelte Everard. »Wer seid Ihr wirklich?«

»Ich bin einer der Männer, die Euer Orden in Akkon verraten hat. Einer der Männer, die in der Festung darben mussten, die Ihr und Eure Brüder auf Befehl dieses Bastards Armand belagert habt. Ihr habt uns Nahrung und Arzneien verweigert und noch nicht einmal den Kranken und Sterbenden freien Abzug gewährt. Ich bin ein Ritter des Johanniterordens – und der Mann, der Euer Ende herbeiführen wird.«

Will starrte den Ritter an. Ihm fiel wieder ein, wie mühelos Nicolas ihn aus der heiklen Lage befreit hatte, in die er vor einigen Monaten geraten war, als er den betrunkenen Hospitaliter provoziert hatte.

»Ich und einige andere Mitglieder unserer Bruderschaft haben Armand damals inständig gebeten, diesem Wahnsinn Einhalt zu gebieten«, hörte er Everard sagen. »Wir haben alles versucht, aber Armand ließ sich nicht umstimmen. Was er getan hat, ist unentschuldbar, das gebe ich zu, aber wir konnten ihn nicht daran hindern.«

»Ihr habt versucht, ihn umzustimmen? Während Ihr das *versucht* habt, Everard, musste ich mit ansehen, wie meine Freunde und Mitbrüder an Verletzungen und Krankheiten starben, die unter anderen Umständen nicht tödlich verlaufen wären. Wir haben die Templer damals angefleht, uns wenigstens Arzneien und Essen für die Kranken bringen zu lassen, aber sie weigerten sich. Und als unsere Kameraden starben, gestatteten sie uns noch nicht einmal, die Toten vor den Toren der Festung zu begraben. Monatelang mussten wir im Gestank des verwesenden Fleisches unserer Brüder ausharren. Unentschuldbar?« Nicolas' Stimme klang unerbittlich. »Mir fällt kein Wort ein, das dieser Ungeheuerlichkeit gerecht wird.«

»Und jetzt wollt Ihr die Rechnung begleichen, indem Ihr weitere Unschuldige opfert?«

»Es ist ein Anfang.« Nicolas streckte seine freie Hand aus. »Das Buch, Everard!«

»Ihr wisst überhaupt nichts über unsere Bruderschaft.« Everard umklammerte das Gralsbuch fester. »Sonst würdet Ihr nicht alles daransetzen, mich und meine Brüder zu vernichten. Wir tragen keine Schuld an der Belagerung Eurer Festung. Und Armand ist tot, Ihr könnt ihn nicht mehr zur Rechenschaft ziehen.«

»Ihr und die anderen Templerkommandanten und Euer Geheimbund habt seinen Verrat tatenlos hingenommen, und dafür werdet Ihr bezahlen. Wenn die vom König erlassenen Gesetze keine Strafe für Eure Sünden vorsehen, dann werden wir Hospitaliter die Bestrafung vornehmen.«

»Wenn Ihr unseren Orden vernichtet, sind wir alle dem Untergang geweiht!«

Während der Priester Nicolas diese letzten Worte entgegenschleuderte, packte Will den Dolch und zog ihn aus Hassans Leib. Eine entsetzliche Sekunde lang ließ er sich nicht lösen, dann glitt er mit einem schmatzenden Geräusch aus dem Fleisch des Toten. Will fuhr herum und richtete die Klinge auf Nicolas.

Dieser reagierte blitzschnell, schwang die Armbrust herum und zielte damit auf Will. Die beiden Gegner starrten sich an. In Nicolas' Augen entdeckte Will keine Spur des Humors und der gutmütigen Offenheit, die er an jenem Tag vor dem Laden des Pergamentmachers darin gelesen hatte. Er kam sich vor, als stünde er einem völlig fremden Mann gegenüber.

»Ich habe dich schon einmal gewarnt, vorschnell zu einer Waffe zu greifen, Campbell.« Als Will den Dolch nur noch fester umklammerte, wandte sich Nicolas an Everard. »Sagt Eurem Sergeanten, er soll den Dolch wegstecken, Everard, sonst sehe ich mich gezwungen, ihn zu töten.«

Will spürte, wie sich eine Hand auf seine Schulter legte.

»Tu, was er sagt«, murmelte Everard. Resignation schwang in seiner Stimme mit.

Will zögerte, doch als sich Everards Finger fester in seine Schulter gruben, ließ er den Dolch widerstrebend sinken.

Im selben Moment warf Everard Nicolas das Gralsbuch vor die Füße. »Ihr wisst nicht, was Ihr tut!«, zischte er.

Nicolas bückte sich und hob das Buch auf. »Da irrt Ihr Euch gewaltig.« Er wich zurück, hielt dabei aber die Armbrust immer noch auf Will gerichtet. Als er die Kapelle erreichte, drehte er sich um und rannte los. Innerhalb weniger Sekunden war er nicht mehr zu sehen.

Will schickte sich an, die Verfolgung aufzunehmen.

»Warte, Sergeant.« Everard hielt ihn zurück.

Will starrte ihn verständnislos an. »Wenn wir uns nicht beeilen, entkommt er uns!«

»Im Moment können wir nichts gegen ihn unternehmen. Wir werden uns später mit ihm befassen.« Everard nahm Will den Dolch aus der Hand und legte ihn auf Hassans Brust. »Es tut mir leid, mein Freund«, flüsterte er, als er das Leichentuch wieder über den Araber breitete. »Komm«, sagte er dann zu Will. »Begrabe unseren Freund wieder. Danach kehren wir zum Ordenshaus zurück.«

Doch als sie zum Tor kamen, stellten sie fest, dass ihre Pferde verschwunden waren.

Gasthaus Zu den Sieben Sternen, Paris,
2. November A. D. 1266

Garin stürmte, zwei Stufen auf einmal nehmend, die baufällige Treppe empor. Seine Schläfen pochten heftig, auf seinem Hinterkopf hatte sich eine große Beule gebildet, und er kämpfte gegen eine immer stärker werdende Übelkeit an. Sieben Türen säumten den düsteren Gang des oberen Stockwerks, eine achte befand sich ganz am Ende davon. Licht schimmerte unter einigen Schwellen hervor, gedämpfte Schreie und lustvolles Stöhnen drangen an Garins Ohr. Die morschen Dielen knarrten bedrohlich unter seinen Stiefeln, als er den Gang entlangstapfte, den Blick unverwandt auf die Tür am Ende gerichtet. Ehe er sie öffnete, holte er tief Atem, wappnete sich für das, was ihn dahinter erwarten mochte, und betrat den Raum. Rook saß an Adelas Arbeitstisch und nagte an einem Hühnerschenkel. Sein Kinn glänzte vor Fett, kleine Fleischfetzen klebten an seinen stoppeligen Wangen. Er war allein.

Garin schloss die Tür hinter sich. »Wo ist Adela?«, fragte er, dabei blickte er sich nervös in der Kammer um.

»Im Hof«, nuschelte Rook mit vollem Mund. »Hast du das Buch?«

Garin gab keine Antwort. Durch das offene Fenster hörte er ein dumpfes Poltern, gefolgt von Adelas Stimme. Vermutlich ließ sie frische Fässer für den Abend in den Schankraum schaffen. Seine Anspannung ließ etwas nach. »Nein«, teilte er Rook knapp mit. »Ich habe es nicht.«

Rook ließ den Hühnerschenkel auf den Tisch fallen. »Wo ist es dann?«, bellte er, stand auf und wischte sich mit dem Handrücken über den Mund. »Mein Informant hat mir berichtet, der Troubadour wäre gestern Abend verhaftet worden, aber man hätte kein Buch bei ihm gefunden. Wenn du es also nicht hast, dann hoffe ich für dich, dass du weißt, wo es ist.«

»Ich habe heute Morgen Everards Sergeant Will Campbell gesehen«, erwiderte Garin. Er stand noch immer an der Tür und blinzelte in die verräucherte Kammer. »Er hat sich vor dem Ordenshaus mit Elwen getroffen.«

»Mit wem?«

»Sie kennen sich vom Neuen Tempel in London her. Elwen ist Kammerzofe im Palast.« Garin schwieg einen Moment. »Ich glaube, sie hat das Buch genommen, nicht Hassan.« Er erzählte Rook, was Etienne über das Mädchen gesagt hatte, das den Troubadour in seiner Kammer besucht und ihm dabei einen falschen Namen genannt hatte. »Der Beschreibung nach kann es sich nur um Elwen handeln. De Pont-Evêque hat sie beschuldigt, das Buch gestohlen zu haben. Und ich glaube, sie hat es an Will weitergegeben«, schloss er.

»Und?«, fragte Rook ungeduldig.

»Will und Everard haben vor zwei Stunden das Ordenshaus verlassen. Ich wollte ihnen folgen, aber…« Garin brach ab und presste die Lippen zusammen. »Aber dann hat mir jemand eins über den Schädel gegeben, und ich… ich habe keine Ahnung, wer das gewesen sein könnte«, stammelte er. Rooks unheilvolles Schweigen zerrte an seinen Nerven.

»Verstehe.« Rook umrundete den Tisch und kam auf Garin zu. »Also ist unsere Chance, das Buch in die Hände zu bekommen, dahin, nicht wahr? Und das nur, weil du so dumm warst, dich überrumpeln zu lassen.« Er packte Garin bei den Schultern und stieß ihn grob gegen die Tür.

Garin schrie auf, als sein ohnehin schon schmerzender Kopf gegen das harte Holz prallte. »Nicht, Rook!«

»Tut weh, was?« Rook krallte die Finger in Garins blondes Haar und stieß ihn erneut gegen die Tür. *»Nicht wahr?«*

Ein Sternenmeer explodierte vor Garins Augen. Sein Magen hob sich, und er begann zu würgen. »Ich glaube nicht, dass sie weit gekommen sind«, krächzte er. »Sie hatten keinen Proviant bei sich, und Will war nicht bewaffnet. Wo auch immer sie hingeritten sein mögen, sie haben die Stadt bestimmt nicht verlassen. Wir können das Buch noch immer finden!«

»Und wie willst du das anstellen?«

»Mir wird schon etwas einfallen.«

»Das hoffe ich, denn wenn du mir das Buch nicht beschaffst, wirst du es bereuen. Du und diese großmäulige Schlampe da unten.«

Garin starrte ihn an. Der Hass auf diesen Mann schnürte ihm fast die Kehle zu.

Er, Garin, war ein Tempelritter, ein Edelmann, der einem uralten Adelsgeschlecht entstammte, Rook dagegen nichts als ein gemeiner Dieb, in den Straßen von Cheapside geboren; Mitglied einer berüchtigten Verbrecherbande, die die Bevölkerung Londons jahrelang terrorisiert hatte, bis sie von der eigenen Mutter eines ihrer Mitglieder angezeigt worden waren. Alle Männer waren festgenommen und zum Tod am Galgen verurteilt worden, doch dann hatte Prinz Edward eingegriffen, Rook vor dem Strick des Henkers bewahrt und ihn aus der Gosse geholt. Trotzdem war und blieb er nichts anderes als ein räudiger Straßenköter.

Garin versuchte, sich auf die Belohnung zu konzentrieren, die ihn erwartete, wenn er diesen Auftrag ausgeführt hatte. Er würde dafür sorgen, dass Rook die Stadt verlassen musste … »Egal wie wir vorgehen, wir müssen äußerste Vorsicht walten lassen«, sagte er, dabei betastete er behutsam seine Kopfhaut. Als er die Hand zurückzog, waren seine Fingerspitzen blutverschmiert. »Ich weiß nicht, wer mich im Stall niedergeschlagen hat. Entweder war derjenige auch hinter dem Buch her, oder er hat bemerkt, dass ich den Priester beobachtet habe, und wollte mich daran hindern, ihm zu folgen.« Er schüttelte den Kopf. »Vielleicht war es Hassan. Ich habe ihn seit gestern Abend nicht mehr gesehen.« Ein Gedanke nahm in seinem Kopf Gestalt an, doch er scheute sich, ihn laut auszusprechen. Schlug er diesen Weg ein, konnte es sich als schwierig, wenn nicht gar unmöglich erweisen, ihn wieder zu verlassen. »Ich denke, wir sollten uns etwas eingehender mit Will befassen«, meinte er schließlich, als ihm klar wurde, dass es keine andere Lösung seines Problems gab und er weitere Schmerzen nicht würde ertragen können. »Ich bin sicher, dass er weiß, wo sich das Buch jetzt befindet.« Garin holte tief Atem. Er dachte an das Landgut, von dem er schon so lange träumte, an einen Titel und Reichtümer; daran, wie stolz seine Mutter auf ihn sein würde, und er dachte an Adela, die dann nur ihm allein gehören und das Bett mit ihm teilen würde, wann immer er es wünschte. Endlich stieß er vernehmlich den Atem aus und traf seine Entscheidung. »Wir werden ihn herlocken, dann könnt Ihr ihn selbst nach dem Verbleib des Buches fragen.«

»Und wie willst du ihn dazu bringen, in diese Spelunke zu kommen?«, fragte Rook nach einer kurzen Pause.

Garin sah ihn an. Abscheu vor sich selbst stieg in ihm auf. »Indem ich Elwen als Köder benutze.«

28

Paris
3. November A.D. 1266

»Willst du mir nicht erklären, was hier eigentlich vor sich geht?«, keuchte Simon, während er neben Will die Straße entlangtrabte und sich an den Menschentrauben vorbeischlängelte, die ihnen den Weg versperrten. Es war Markttag, und die Stadt wimmelte von Händlern und Kauflustigen. »Ich sehe es dir doch an, dass du mir noch nicht alles gesagt hast.«

»Ich habe dir alles gesagt, was ich weiß«, erwiderte Will. Er fühlte sich schuldig, weil er Simon in diese Sache mit hineingezogen hatte, aber Everard hatte darauf bestanden, dass er einen Begleiter mitnahm, der ihm notfalls den Rücken decken konnte, und Simon war der Einzige, dem er voll und ganz vertraute. Mit dem kräftigen Stallburschen an seiner Seite fühlte er sich etwas sicherer.

»Tritt de Navarre nicht allein entgegen«, hatte der Priester gewarnt, als Will sein Krummschwert an seinem Gürtel befestigt hatte, und ihm eine klauenähnliche Hand auf die Schulter gelegt.

»Ich verlasse mich auf dich. Bring mir das Buch zurück, und ich schlage dich zum Ritter. Ich schwöre es.«

»Nicolas de Navarre soll ein Verräter sein?«, schnaufte Simon. Sein Gesicht war vor Anstrengung gerötet und verschwitzt. »Ich kann es einfach nicht fassen. Und was für ein Buch ist das, das er gestohlen hat?«

»Ein wertvolles Manuskript, das Everard gehört. Wir glauben, er hat vor, es zu verkaufen, deshalb müssen wir uns beeilen.«

»Und er hat uns losgeschickt, um es zurückzuholen?« Simon schüttelte den Kopf. »Das begreife ich nicht. Warum hat er nicht ein paar bewaffnete Ritter damit beauftragt?« Er musterte das Schwert an Wills Seite besorgt. »Müssen wir mit Schwierigkeiten rechnen? Du weißt doch, was für ein schlechter Kämpfer ich bin.«

»Zu einem Kampf wird es nicht kommen. Wenn de Navarre sieht, dass er es mit uns beiden zu tun hat, verzichtet er wahrscheinlich darauf, mir Scherereien zu machen.« Zumindest hoffte Will das. Er wusste, dass er gut mit einem Schwert umgehen konnte, kannte aber Nicolas' Fähigkeiten auf diesem Gebiet nicht und rechnete sich gegen eine Armbrust ohnehin keine großen Chancen aus. Falls Nicolas überhaupt zum Ordenshaus der Hospitaliter geritten war. Wenn nicht, hatte Will keine Ahnung, wo er ihn suchen sollte.

»Zu Pferd wären wir schneller vorangekommen«, murrte Simon.

Will erwiderte nichts darauf. Simon war nicht im Stall gewesen, als er und Everard ohne ihre Pferde vom Lazarushospital zurückgekehrt waren. Everard hatte dem Oberstallmeister erklären müssen, dass ihnen die Tiere gestohlen worden waren, woraufhin dieser verfügt hatte, dass der Priester ohne Erlaubnis des Visitators keine Pferde mehr aus dem Stall holen durfte – weshalb Simon und er jetzt zum Ordenshaus der Hospitaliter rannten statt ritten.

Es bedrückte Will, seinen Freund in Gefahr zu bringen, aber trotz seiner Schuldgefühle war er entschlossen, den Weg, der jetzt klar und deutlich vor ihm lag, zu Ende zu gehen. Seine Initiation war in Sicht, und zum ersten Mal seit Jahren verfolgte er wieder ein fest umrissenes Ziel im Leben. Er hatte sich geschworen, ins Heilige Land zu reisen und seinen Vater wiederzusehen, und diesen Schwur würde er bald in die Tat umsetzen können. Und was noch schwerer wog… endlich tat er etwas, was ihm den Stolz seines Vaters eintragen würde. Gab es einen besseren Weg, für seine Sünden zu büßen, als die Anima Templi zu retten und Outremer den Frieden zu bringen? Dann würde auch sein Vater ihm vergeben. Was auch immer geschehen mochte, er würde dieses Buch zurückholen. Er würde nicht zulassen, dass Nicolas de Navarre die in greifbare Nähe gerückte Aussöhnung mit seinem Vater zunichte machte, auch wenn er die Motive des Mannes gut verstehen konnte. Hatte er nicht ebenfalls viele Jahre auf diesen Augenblick gewartet?

Nachdem sie das lebhafte Treiben auf dem Viehmarkt hinter sich gelassen hatten, beschleunigten sie ihr Tempo. Vor ihnen ragten über den Dächern der Häuser schon die grauen Türme des Ordenshauses auf. Will schlang seinen schwarzen Umhang enger um sich, um das rote Kreuz auf seiner Tunika zu verdecken, und bog in eine schmale Gasse ein, die in die an dem Ordenshaus vorbeiführende Straße mündete. Simon bemühte sich, mit ihm Schritt zu halten. Will kniff die Augen zusammen. Er sah, dass die Tore des Gebäudes offen standen, und blieb schwer atmend stehen. Im nächsten Moment sprengten vier Ritter auf Schlachtrössern durch das Tor. Sie hatten schlichte Reiseumhänge angelegt, trugen darunter aber lange schwarze Überwürfe mit dem aufgestickten weißen Kreuz der Hospitaliter. Zwei der Männer erkannte er sofort. Einer war Rasequin, der Mann, mit dem er vor dem Laden des Pergamentmachers Streit bekommen hatte. Doch jetzt wirkte Rasequin nicht betrunken, sondern wachsam und angespannt. Eine Hand lag auf dem Heft seines Schwertes, als er die Straße hinunterritt. Schlammbrocken spritzten unter den Hufen seines Schlachtrosses auf. Neben ihm ritt Nicolas de Navarre. Auch er trug die Kleidung eines Hospitaliters.

Will rief den Männern etwas nach, doch das Trommeln der Hufe war zu laut, als dass die Ritter ihn hören konnten. Sie hatten Decken und große Lederbeutel hinter ihre Sättel geschnallt, traten also offensichtlich eine längere Reise an. Will fluchte unterdrückt, als sie um eine Ecke bogen und aus seinem Blickfeld verschwanden. Die Tore des Ordenshauses wurden wieder geschlossen.

Simon beugte sich nach Atem ringend vor und stützte die Hände auf die Knie. »Das war doch Nicolas de Navarre, oder? Wieso war er wie ein Hospitaliter gekleidet?«

»Er wurde von seinem Orden ausgeschickt, um das Buch an sich zu bringen«, gab Will nach kurzem Zögern zu. Doch ehe Simon ihm weitere Fragen stellen konnte, deutete er auf eine Seitenstraße, die entlang der Mauer des Ordenshauses verlief. »Wir gehen jetzt da hinein und finden heraus, wo die Ritter hinwollen.«

»Aber das ist die falsche Richtung«, protestierte Simon, als Will ihn mit sich zog. »Das Tor ist da drüben!«

»Ich weiß nicht, wer von den Leuten da drinnen über Nicolas Bescheid weiß. Vielleicht stecken sie alle in dieser Sache mit drin.« Will blieb stehen und blickte an der Mauer hoch, hinter der er eine Reihe von Bäumen und den Turm der Kapelle des Ordenshauses erkennen konnte. »Wir können da nicht so einfach hineinspazieren.«

»Da komme ich aber nie hoch«, stöhnte Simon, als Will begann, an der Mauer hochzuklettern und sich dabei an den gezackten, vorspringenden Steinen festklammerte.

Oben angelangt, setzte er sich rittlings auf die Mauer und spähte an der anderen Seite hinunter. Hinter den Bäumen lag ein mit steinernen Kreuzen übersätes Stück offenen Geländes – der Friedhof der Ritter. Hinter der Kapelle sah er einen Hof und mehrere hohe Gebäude. Ein paar Männer hielten sich im Hof auf, aber der Teil der Mauer, auf den Will sich geschwungen hatte, wurde zum größten Teil von den Bäumen verborgen; er und Simon konnten nur entdeckt werden, wenn jemand direkt in ihre Richtung blickte. »Na komm schon«, drängte er Simon, der ängstlich zu ihm aufblickte.

»Bei allen Heiligen«, brummte sein Freund, begann aber, sich ungelenk an den Steinen emporzuziehen. »Du führst noch einmal meinen vorzeitigen Tod herbei«, keuchte er, zuckte zusammen, als er sich die Knöchel an einem rauen Stein aufschürfte, und versuchte, einen Fuß in eine Lücke zu zwängen, um Halt zu finden, aber der Spalt war für seinen Stiefel zu klein, und er drohte abzurutschen.

Will packte ihn am Handgelenk, umklammerte die Mauer mit den Schenkeln und zog den Freund zu sich hoch, wobei er unter Simons Gewicht ächzte. Einen Moment lang blieb Simon, am ganzen Leibe zitternd und nach Atem ringend, neben ihm sitzen, dann sprangen beide zu Boden und schlichen im Schutz der Bäume an der Mauer entlang.

»Ich weiß nicht, wie du auf den Gedanken kommst, irgendwer hier würde dir verraten, wo Nicolas hingeritten ist«, knurrte Simon, seine Fingerknöchel reibend. »Wenn die Hospitaliter alle in den Diebstahl des Buches verstrickt sind, werden sie sich hüten, dir Auskunft zu geben.« Er nickte zu den Türmen des Hauptgebäudes hinüber. »Vermutlich werfen sie uns in eins ihrer Verliese.«

»Ich habe nicht vor, einen der Ritter zu fragen.« Will steuerte auf einen langen Holzschuppen am Rand des Hofes zu, vor dem einige Strohballen aufgestapelt waren: der Stall. Vor dem gegenüber der Stalltür liegenden Gebäude standen einige Ritter. Will vergewisserte sich, dass die Kreuze auf seiner und Simons Tunika nicht zu sehen waren, dann begann er, den Hof zu überqueren. »Benimm dich, als gehörtest du hierhin«, raunte er Simon zu, der voller Unbehagen zu den Rittern hinüberschielte. Keiner der Männer nahm Notiz von ihnen, als sie über den Hof gingen und im Stall verschwanden.

Will blickte sich um. Es dauerte einen Moment, bis sich seine Augen an das Dämmerlicht gewöhnt hatten. Ein Stück von ihm entfernt stand ein ungefähr zwölfjähriger Junge an einem grob gezimmerten Tisch und polierte einige Sättel. »Sieh dich mal ein bisschen hier um«, flüsterte er Simon zu, ehe er sich dem Jungen näherte.

»Hier umsehen?«, wiederholte Simon verwirrt. »Warum denn?«

»Um dich davon zu überzeugen, dass außer uns niemand hier ist.«

Will lächelte den Jungen an, der mit seiner Arbeit innegehalten hatte und ihn ansah.

»Kann ich Euch behilflich sein, Herr?«, fragte er mit hoher, kindlicher Stimme.

»Das hoffe ich«, erwiderte Will noch immer lächelnd. »Du hast gerade eben für vier Ritter Pferde gesattelt, nicht wahr?«

Der Junge nickte. »Ja, Herr.«

»Kannst du mir sagen, wo sie hinwollten?«

Der Junge musterte Simon, der durch den Stall ging und über den Rand jeder Boxentür spähte, argwöhnisch. »Wer seid Ihr?«, fragte er. »Ich habe Euch hier noch nie gesehen.«

»Wir sind neu«, entgegnete Will. »Und jetzt sag mir, wo diese Ritter hinwollten.«

Der Stalljunge legte den Lappen weg, den er in der Hand hielt. »Ich glaube, Ihr solltet lieber den Marschall fragen.« Er wollte sich an Will vorbeidrängen. »Ich werde ihn sofort holen.«

Wills Hand schoss vor und schloss sich hart um den Arm des Jungen. »Es besteht kein Grund, ihn zu behelligen.«

»Lasst mich los!« Die Augen des Jungen weiteten sich panikerfüllt. »Ihr tut mir weh!«

»Will!«, zischte Simon, als Will sein sich sträubendes Opfer weiter in den Stall hineinzerrte und gegen die Tür einer Box drückte.

»Ich werde dir nichts tun«, murmelte Will. »Aber ich muss unbedingt wissen, was diese Ritter vorhaben. Es ist sehr wichtig für mich.«

»Bitte lasst mich los«, flehte der Junge mit sich überschlagender Stimme. Seine Lippen begannen zu zittern.

»Will …«, mahnte Simon, der die Szene entsetzt verfolgte.

Will funkelte ihn so böse an, dass er erschrocken verstummte.

»Mach endlich den Mund auf!«, zischte er dann, dabei schlug

er seinen Umhang zurück, damit der Junge sein Krummschwert sehen konnte.

»La Rochelle«, stieß dieser hervor, ohne den Blick von der Klinge zu wenden. »Sie wollen nach La Rochelle. Ich habe gehört, wie sie von Akkon und dem Großmeister sprachen.«

»Akkon?«

»Mehr weiß ich nicht«, schluchzte der Junge. »Wirklich nicht.«

Will musterte ihn forschend, dann nickte er. »Da hinein«, befahl er, dabei schob er den Riegel der Boxentür zurück, gegen die er den Jungen gedrückt hatte, und stieß sie auf.

Der Junge gehorchte. Will und Simon konnten ihn noch immer schluchzen hören, als sie den Stall verließen.

»Warum bist du nur so grob mit ihm umgesprungen? War das wirklich nötig?«, knurrte Simon, als sie über den Friedhof zur Mauer zurückliefen.

»Er wird sich schon wieder beruhigen«, erwiderte Will geistesabwesend.

Simon blieb stehen. »Du hättest ihm nicht solche Angst einjagen müssen.«

Will drehte sich zu ihm. »Komm weiter, Simon. Wir müssen zum Ordenshaus zurück.« Er legte Simon eine Hand auf die Schulter. »Ich wollte ihn nicht so einschüchtern, aber es ging nicht anders. Hätte ich ihn nicht festgehalten, wäre er losgerannt und hätte den Marschall geholt, und wo wären wir dann jetzt? Genauso schlau wie vorher und vermutlich in einer Zelle, so wie du es prophezeit hast.«

Simon erwiderte nichts darauf, folgte ihm aber, als er sich wieder in Bewegung setzte.

Es war bereits früher Nachmittag, als sie das Tempeltor passierten und die Rue du Temple hinaufhasteten. Der Wind hatte aufgefrischt, große weiße Wolken türmten sich im Osten auf, zogen rasch über den Himmel hinweg und warfen Schatten über die Hügel. Als sie das Ordenshaus fast erreicht hatten, begann die Glocke der Kapelle zu läuten.

Es war nicht das bedächtige Läuten, das die Männer sonst zum

Gebet rief; die Glocke schlug schnell, wild hämmernd – das bedeutete Alarm. Das Geräusch jagte Will einen eisigen Schauer über den Rücken.

Als er und Simon auf den Hof traten, sahen sie eine große Anzahl von Rittern in den Kapitelsaal strömen. Andere eilten über den Hof, um sich ihnen anzuschließen. Die Glocke läutete immer noch.

»Campbell!«

Will fuhr herum und sah Robert de Paris auf sich zustürmen.

Robert strich sich das Haar aus der Stirn und nickte zum Kapitelsaal hinüber. »Weißt du, was passiert ist?«

Will schüttelte den Kopf. »Nein, woher denn? Ich bin gerade aus der Stadt zurückgekommen.« Eine Gruppe anderer Ritter, darunter auch der Visitator, Everard und Hugues de Pairaud, näherte sich ihnen. In ihrer Begleitung befanden sich einige Ritter, die Will nicht kannte. Ihre Mäntel waren mit Staub bedeckt und mit Flecken übersät; sie schienen eine längere Reise hinter sich zu haben. Will trat vor und machte Anstalten, Everard beim Namen zu rufen, aber etwas in den Gesichtern der Männer hielt ihn davon ab. Die Ritter gingen an ihm und Robert vorbei und verschwanden im Kapitelsaal, nur Hugues blieb auf ein Zeichen Roberts zurück.

Robert lief zu ihm hinüber. »Was ist geschehen?«, hörte Will ihn fragen.

Durch die offene Tür des Saales drang erschrockenes Stimmengewirr zu ihm herüber. Inmitten des Tumults hörte Will Hugues etwas zu Robert sagen, was ihn Nicolas de Navarre und das Gralsbuch augenblicklich vergessen und ihm das Blut in den Adern gefrieren ließ. Mit drei Sätzen stürmte er zu den beiden Freunden hinüber.

Roberts Gesicht umwölkte sich. »Will …«, begann er zögernd.

»Hast du eben Safed erwähnt?«, unterbrach Will ihn.

»Ja«, antwortete Hugues an Roberts Stelle. Jahrelange harte körperliche Kampfübungen hatten seine Körperfülle beträchtlich schmelzen lassen, aber mit seinen kleinen dunklen Augen und der stumpfen Nase hatte er noch immer fatale Ähnlichkeit mit einem Schwein. »Safed ist gefallen.«

Will öffnete den Mund, brachte aber keinen Ton heraus. Er schüttelte nur den Kopf und starrte Hugues an, als habe er nicht richtig gehört.

»Bruder Marcel ist gerade von unserer Basis in La Rochelle hier eingetroffen«, fuhr Hugues fort. Er deutete auf einen von der Sonne dunkel gebräunten Mann, der im Eingang des Kapitelsaals stand. »Er ist der Kapitän eines unserer Kriegsschiffe, das letzte Woche im Hafen eingelaufen ist; er war in Akkon stationiert. Großmeister Thomas Bérard hat ihn zu uns geschickt, gleich nachdem er die Nachricht vom Fall Safeds erhalten hat. Der Mameluckensultan Baybars hat die Festung im Juli eingenommen. Es gab keine Überlebenden.«

»Woher wisst Ihr dann, dass die Festung gefallen ist?«, fragte Simon.

»Baybars hat Großmeister Bérard eine Botschaft zukommen lassen, in der er das Schicksal unserer Brüder sehr anschaulich beschrieb. Er hat die gesamte Garnison enthaupten und ihre Köpfe auf Pfähle spießen und rund um die Festung aufstellen lassen.« Hugues lachte bitter auf. »Er wollte uns wohl allen zu verstehen geben, was uns erwartet. Kapitän Marcel hat nur so viele Männer aus Akkon mitgebracht, wie nötig waren, um das Schiff zu bemannen. Der Rest unserer Truppen in Outremer wurde eingesetzt, um unsere anderen Garnisonen im Königreich Jerusalem zu verstärken. Alle Männer, die hier entbehrlich sind, sollen in den Osten geschickt werden.«

»Hugues«, murmelte Robert und berührte ihn leicht an der Schulter.

Hugues sah ihn an, sprach aber, an Will und Simon gewandt, ernst weiter. »Baybars hat sich mit seiner Armee in sein Basislager in Aleppo zurückgezogen, aber er wird uns erneut angreifen, das steht fest. Er hat den Dschihad ausgerufen. Den Christen den heiligen Krieg erklärt.«

»Hugues«, wiederholte Robert, diesmal etwas bestimmter.

»Was ist denn?«, knurrte Hugues.

»Sei still.«

Beide sahen hilflos zu, wie Will sich plötzlich abwandte, davontaumelte und sich in den Schlamm übergab.

29

Aleppo, Syrien
2. November A.D. 1266

Baybars beobachtete die im Thronsaal versammelten Männer schweigend und voll verhaltenem Zorn. Die Statthalter räkelten sich auf weichen Kissen oder gingen von einer Gruppe Soldaten zur nächsten und blieben nur ab und an stehen, um Becher mit Fruchtsaft von den Tabletts zu nehmen, die die Diener herumreichten. Musikanten spielten wehmütige Weisen, Tänzerinnen in fließenden Gewändern wirbelten durch die Halle, Männerblicke hingen wie gebannt an den anmutigen Gestalten, die plötzlich auseinanderstoben, als ein alter Mann in einem zerlumpten Gewand Jagd auf sie zu machen begann. Einige der jüngeren Soldaten sahen lachend zu, wie Khadir die Mädchen zwischen den Säulen umherscheuchte und dabei ihre hohen, spitzen Schreie nachäffte. Der Boden war mit den Überresten des Festmahls übersät: mit Knochen, Honigkuchenkrümeln, im eigenen Fett erstarrten Ziegenfleischstückchen, Spargelenden und gezuckerten Mandeln.

In der Nähe des Thrones stand Omar und unterhielt sich mit Kalawun und einem Statthalter. Baybars räusperte sich, und als Omar zu ihm hinschaute, winkte er ihn gebieterisch zu sich.

Omar ließ die beiden anderen Männer augenblicklich stehen und stieg die Stufen zum Thronpodest empor. »Herr?«

»Ich denke, wir sollten das Fest jetzt beenden.«

»Willst du damit nicht noch etwas warten?«, schlug Omar vor.

»Lass den Männern doch ihr Vergnügen, sie haben es sich redlich verdient.«

»Du hast gehört, was ich gesagt habe, Omar.«

»Natürlich, Herr.«

Das Stimmengewirr ebbte ab, als einer der Diener zum Zeichen dafür, dass die von Baybars einberufene Kriegsversammlung jetzt begann, eine kleine goldene Glocke läutete. Die Musikanten und Tanzmädchen verließen den Saal. Alle Augen richteten sich auf den Sultan, der sich von seinem Thron erhob. »Ich hoffe, das Fest hat euch gefallen.« Verhaltener Beifall folgte auf seine Worte. »Im nächsten Jahr werden noch viele andere Feste folgen«, fuhr Baybars fort, woraufhin der Beifall stärker wurde. »Denn dann werden wir noch größere Siege zu feiern haben als die, die wir bislang errungen haben.« Er nickte Kalawun zu. »In den letzten Wochen habe ich mit einigen von euch über unsere nächsten Feldzüge gesprochen. Und jetzt habe ich mich entschlossen, welches Ziel wir zuerst ins Auge fassen.« Er verstummte und musterte die erwartungsvollen Gesichter der Offiziere. »Wir werden die Stadt Antiochia erobern.«

Ein überraschtes Raunen ging durch die Menge, dann wurden erste Bedenken laut.

»Edler Sultan«, begann einer der Statthalter, ein ehrgeiziger Mann, der immer als einer der Ersten das Wort ergriff. »Dazu wäre ein groß angelegter Angriff erforderlich. Antiochia ist die am massivsten befestigte Stadt Syriens.«

»Und genau deshalb lässt sie sich auch schwer verteidigen«, erwiderte Baybars. »Ich habe Pläne dieser Stadt genau studiert, und ich glaube, eine kleine Armee kann sie in weniger als einer Woche einnehmen. Mehr als drei Regimenter sind dazu nicht nötig.«

»Und wann soll dieser Angriff stattfinden, Herr?«, fragte ein Regimentskommandant.

»Die Ernte ist vollständig eingebracht. Die Truppen können mit ausreichenden Vorräten versehen werden und gegen Ende der Woche aufbrechen. Khadirs Voraussagen für diese Zeit sind günstig.«

Ein paar Männer warfen dem Wahrsager, der unter dem Tisch hockte und an einem Knochen nagte, argwöhnische Blicke zu.

Baybars, der sah, dass sein Vorhaben auf weit weniger Begeisterung stieß, als er gehofft hatte, wurde ärgerlich. »Habe ich euch nicht weitere Siege versprochen?«

»Und niemand von uns zweifelt an deiner Fähigkeit, dieses Versprechen zu halten.« Kalawuns Stimme erhob sich über das Gemurmel im Saal. »Aber viele unserer Krieger sind gerade erst aus Kilikien zurückgekehrt. Vielleicht wäre es besser, wenn wir uns für den Rest des Winters auf kleinere militärische Bollwerke beschränken würden, ehe wir ein Ziel wie Antiochia in Angriff nehmen.«

Baybars bedachte ihn mit einem finsteren Blick, ließ sich wieder auf seinem Thron nieder und funkelte den Rest seiner Zuhörer drohend an. Die meisten zogen es vor, den Kopf zu senken und ihm nicht in die Augen zu blicken. »Begreift ihr nicht, worin meine Absicht besteht?« Seine Stimme klang hart. »Dann lasst es mich euch erklären. Wenn wir Antiochia einnehmen, entreißen wir den Christenhunden nicht nur eine Stadt, sondern ein ganzes Fürstentum.« Er schwieg einen Moment, um seinen Worten Nachdruck zu verleihen. »Ohne Antiochia werden die wenigen Ansiedlungen und Festungen, die den Franken in dieser Gegend bleiben, zu bloßen Inseln in einem von uns beherrschten Meer. Ich bezweifle, dass sie uns überhaupt Widerstand leisten werden.«

»Ich gebe dir recht«, stimmte einer der Generäle nach kurzer Überlegung zu. »Wir würden den Franken einen schweren Schlag zufügen. Antiochia ist eine der ersten Städte, die sie in unserem Reich gegründet haben.«

»Und nach Akkon ihre reichste«, meinte ein anderer.

»Noch dazu eine heilige Stadt«, fügte Baybars hinzu. »Edessa haben sie schon verloren. Wenn wir Antiochia erobern, bleiben den Franken nur noch Tripolis und Jerusalem, und auch dort haben sie bereits Festungen und kleinere Städte eingebüßt. Es ist nur eine Frage der Zeit, bis wir sie in das Meer zurücktreiben, über das sie gekommen sind.«

Die Mienen einiger Statthalter hatten sich bei der Aussicht auf reiche Beute aufgehellt, aber die meisten Männer ließen noch immer den Kampfgeist vermissen, den Baybars sich erhofft hatte. Am Ende der Beratung hatte er ihnen jedoch ihre widerstrebende Zustimmung zu seinen Plänen abgerungen und drei Befehlshaber ausgewählt, die den Angriff auf Antiochia durchführen sollten. Nachdem er die Versammlung aufgehoben hatte, verließ er den Thronsaal, ohne seinen Sekretären, die ihm Dokumente zur Unterschrift vorlegen wollten, und Omar, der versuchte, seinen Blick aufzufangen, Beachtung zu schenken.

Nachdem er einen dunklen Umhang angelegt hatte, verließ Baybars die Zitadelle durch einen kleinen Seitenausgang und ging in die Stadt hinunter. Es war ein milder Abend, und er spürte, wie seine innere Anspannung allmählich nachließ. Nach einiger Zeit gelangte er zu einer staubigen, von niedrigen, aus Lehm und Ziegeln erbauten Häusern gesäumten Straße, an deren Ende ein weiß getünchtes Gebäude lag. Es war größer und solider als die umliegenden Häuser. Laternenschein schimmerte hinter den Fenstern, helles Kinderlachen erklang. Baybars bog um die Ecke und schlenderte langsam zum hinteren Teil des Hauses. Dahinter stand eine verfallene Scheune, die scheinbar niemandem gehörte und um die sich nie jemand kümmerte. Das halbe Dach fehlte, herabgefallene Latten lagen auf dem Boden. Baybars hatte sich schon oft gefragt, warum die Bewohner der anderen Häuser das Holz nicht als Brennmaterial benutzten. Jedes Mal, wenn er hierher kam, rechnete er mehr oder weniger damit, die Scheune nicht mehr vorzufinden. Er pflückte eine Hibiskusblüte von dem Busch, der neben dem Eingang wuchs, und betrat dann den Ort, von dem niemand – weder seine Frauen noch seine Statthalter noch Omar und Kalawun – etwas wusste. Drinnen kniete er nieder, führte die Blüte an die Lippen und sog den süßen Duft ein, der in seiner Erinnerung untrennbar mit der schwarzen Haarflut eines Mädchens verbunden war. Die am Himmel funkelnden Sterne tauchten den Boden der Scheune in ein silbriges Licht. Er war mit unzähligen verwelkten rosafarbenen Hibiskusblüten übersät.

30

Ordenshaus Paris
3. November A.D. 1266

Will beobachtete, wie die Spinne an der Wand an ihrem über den Ritz zwischen zwei Steinen gespannten Netz wob. Immer wenn ein kalter Luftzug durch das Fenster wehte, krabbelte sie an ihrem Faden empor und verkroch sich in der sicheren Ritze, um kurz darauf wieder zum Vorschein zu kommen und mit ihrer Tätigkeit fortzufahren. Er war von dem emsigen Tier fasziniert, es lenkte ihn von dem Brief ab, den er gerade begonnen hatte. Er wusste nicht, wie er ihn zu Ende bringen sollte, sosehr er sich auch den Kopf zermarterte.

Die ersten Zeilen an seine Mutter waren ihm leicht gefallen; eine gnädige Benommenheit hatte ihn umfangen. Doch dann waren vor seinem geistigen Auge Bilder seiner Eltern vorbeigezogen und lange vergessene Erinnerungen über ihn hinweggeflutet. Die meisten stammten aus der Zeit vor Marys Tod. Ein Bild war besonders klar und deutlich gewesen: Seine Mutter saß in der Küche ihres Hauses auf der Tischkante und presste die Lippen fest zusammen. Sie war im Garten gewesen, um Kräuter für das Abendessen zu sammeln, und dabei auf eine Wespe getreten. Sein Vater saß auf einem Stuhl, hielt ihren kleinen weißen Fuß in den Händen und zog den Stachel behutsam heraus, dann legte er den Mund über die winzige Einstichstelle, um das Gift herauszusaugen. Als er damit fertig war, schlang Isabel ihm die Arme um den Hals. Ihr rotes Haar floss über seine Schulter. »Was würde ich ohne dich nur tun?«, hörte Will sie murmeln.

Doch diese Erinnerung war abrupt von einem anderen Bild verdrängt worden – dem abgeschlagenen Kopf seines Vaters auf einem Pfahl. Vögel pickten ihm die Augen aus, Maden krochen aus seinem Mund. Und in diesem Moment war die Schreibfeder mit einem lauten Knacken in seiner Hand zerbrochen. Will hatte sich nicht die Mühe gemacht, sich eine neue zu holen. Er hatte den Pergamentbogen zur Seite gelegt und sich auf das Fenstersims seines Schlafsaales gesetzt – denselben Platz, auf dem er auch vor sechs Jahren am Tag von Oweins Beerdigung gesessen und aus dem Fenster gestarrt hatte.

Die Spinne ließ sich an ihrem Faden wieder herab und spann an ihrem Netz weiter. Will betastete seinen Hals. Seit einer Stunde plagte ihn jedes Mal, wenn er schluckte, ein leichter, brennender Schmerz. Er lehnte den Kopf gegen die Wand und schaute aus dem Fenster. Weiße Wolkenbänder zogen über den Himmel hinweg. In der Ferne konnte er die Schreie der Möwen hören, die unten am Fluss über den Fischern, die ihre Netze und Aalfallen einholten, ihre Kreise zogen. Jeden Tag hörte er ihr Geschrei. Doch heute gewann das vertraute Geräusch eine neue Bedeutung für ihn. Will presste die Hände gegen die Augen.

Er saß neben seinem Vater auf einem warmen Felsen und ließ die Beine über dem Wasser baumeln. Sein Vater hatte seine Angel ausgeworfen und zog immer wieder vorsichtig an der Schnur, um zu überprüfen, ob ein Fisch angebissen hatte. Vom Wasser zurückgeworfene Sonnenstrahlen tanzten über das Felsgestein und fingen sich in James' Augen. Neben ihm stand ein Eimer, in dem sich drei silbrige Fische tummelten. Über ihnen schwebten Möwen und stießen heisere Schreie aus.

James' Wangen waren von der Sonne gebräunt; direkt über seinem Bartansatz klebten ein paar gelbliche Sandkörnchen. Will hätte sie gerne weggewischt, wollte seinen Vater aber nicht stören, der die Angelschnur aufmerksam im Auge behielt. Ein träumerisches Lächeln spielte um seine Lippen.

»Wir sollten ein Boot bauen«, sagte er nach einer Weile.

»Ein Boot?«

James blickte über den stillen grünen See hinweg. »Glaubst du nicht, dass die Fische weiter draußen größer und fetter sind als hier am Ufer?«

Will dachte angestrengt nach, dann nickte er.

»Jetzt, wo ein weiteres Kind unterwegs ist, müssen wir größere Fische fangen, nicht wahr?«

»Mutter bekommt ein Kind?«

»Sie meint, es wird ein Mädchen.«

»Wie soll sie denn heißen?«, fragte Will obenhin, obwohl seine gute Laune angesichts dieser Neuigkeit verflogen war. Noch eine Schwester? Drei waren mehr als genug.

»Ysenda.« James betrachtete Will einen Moment lang forschend. »Aber du wirst mir dabei helfen müssen, William. Ich glaube nicht, dass ich es alleine bauen kann.«

»Natürlich, Vater.« Will straffte sich. Seine Enttäuschung machte dem erhebenden Gefühl, eine große Verantwortung übertragen bekommen zu haben, Platz. Wie er zu Werke gehen wollte, wusste er noch nicht, aber er war sicher, dass dieses Boot das beste werden würde, das sein Vater je gesehen hatte.

Nach Marys Tod war Will nur noch einmal an dem See gewesen, ehe er Schottland verlassen hatte. Das Boot hatte noch dort gelegen, wo er es zurückgelassen hatte, aber er hatte nie Ruder dafür geschnitzt oder es mit Kalfatwerg wasserdicht gemacht. Bei jenem letzten Besuch hatte er erwogen, es auf den See hinauszuschieben, es aber nicht getan, weil er sogar damals noch insgeheim gehofft hatte, sein Vater werde zurückkehren und mit ihm zum Fischen hinausfahren. Seine Mutter hatte kurz vor der Geburt gestanden, und er hatte gedacht, sie müssten noch immer für sie und den Rest der Familie größere Fische fangen, auch wenn sein Vater ihn noch so sehr hasste.

Wenn er später an das Boot gedacht hatte, dann an ein verrottetes Wrack, in dem Einsiedlerkrebse hausten, aber jetzt fragte er sich, ob jemand es gefunden und vor weiterem Schaden bewahrt hatte. Aus den Briefen seiner Mutter wusste er, dass seine älteren Schwestern Alycie und Ede das Kloster vor einigen Jahren verlassen hatten, jetzt mit ihren Männern in Edinburgh lebten und eigene Familien hatten. Aber vielleicht würde Ysenda, die jetzt acht Jahre alt sein musste, eines Tages zu dem Ort zurückkehren, wo sie geboren worden war, und das Boot finden. Segeln konnte sie damit nicht, aber es war zumindest eine Erinnerung an den Bruder und den Vater, die sie nie gekannt hatte.

Will ließ die Hände sinken, als er draußen im Hof vor den Ställen Hufschlag hörte. Ansonsten lag eine gespenstische Stille über dem ganzen Ordenshaus. Die meisten Ritter, Priester und Sergeanten waren in der Kapelle, wo ein Trauergottesdienst für ihre in Safed gefallenen Brüder gehalten wurde.

Doch bald würde es mit der Stille vorbei sein. Bald würden sie zu den Waffen gerufen werden.

Will drehte sich nicht um, als die Tür des Schlafsaals geöffnet wurde und jemand quer durch den Raum zu ihm hinüberschlurfte. Als er sich endlich doch umblickte, sah er Everards blutunterlaufene Augen auf sich ruhen, dann umfing ihn wieder der Nebel der Benommenheit, und er wandte sich ab.

»Ich habe dich gesucht, Sergeant.«

Will erwiderte nichts darauf.

»Wie lange gedenkst du dich noch hier zu verkriechen?«

»Ich muss meinen Brief zu Ende schreiben.«

Everard runzelte die Stirn. Sein Blick fiel auf den Pergamentbogen. »Den hier?« Er hob den Brief auf und überflog ihn mit zusammengekniffenen Augen. »Das kann warten«, sagte er ruhig, nachdem er den Bogen wieder fortgelegt hatte. »Es gibt einiges, was wir besprechen müssen.«

»Ich muss erst einmal meiner Mutter beibringen, dass ihr Mann und der Vater ihrer Kinder tot ist, Herr.«

»Der Orden wird sich um deine Mutter und deine Schwestern kümmern«, erwiderte Everard schroff. »Es wird ihnen an nichts fehlen, das verspreche ich dir.« Als Will keine Antwort gab, seufzte er. »Ich verstehe ja, dass dich der Tod deines Vaters schwer getroffen hat, aber …«

»Ihr versteht das?«, unterbrach ihn Will. »Tatsächlich? Dann könnt Ihr mir und meiner Mutter vielleicht erklären, warum er sterben musste. Vielleicht solltet *Ihr* ihr schreiben. Ihr habt ihn schließlich dorthin geschickt.«

»Das ist ungerecht«, wehrte Everard ab. »Dein Vater starb nicht allein in den Diensten der Anima Templi, sondern in denen des ganzen Templerordens.« Mit etwas weicherer Stimme fuhr er fort: »Als dein Vater in das Heilige Land aufbrach, tat er es aus freien Stücken. Er ging dorthin, weil er mithelfen wollte, eine bessere Welt zu schaffen; eine Welt, in der seine Kinder in Frieden leben können, wie er mir einmal sagte. Also hat er es auch für dich getan, William.«

Will hob den Kopf und sah den Priester an, schwieg aber beharrlich.

»Ich muss wissen, was du im Ordenshaus der Hospitaliter herausgefunden hast«, sagte Everard leise, aber bestimmt.

»Nicolas ist mit dreien seiner Mitbrüder nach La Rochelle geritten«, erwiderte Will endlich. »Ein Stalljunge sagte, sie hätten von Akkon und dem Großmeister gesprochen.«

»Akkon?« Tiefe Furchen erschienen auf Everards Stirn. »Demnach steckt Hugues de Revel hinter der ganzen Sache.«

»De Revel?«, wiederholte Will verständnislos.

»Der Großmeister der Hospitaliter. Ich bin ihm nie begegnet, aber ich kannte seinen Vorgänger Guillaume de Châteauneuf – den Mann, der ihrem Orden vorstand, als Armand ihre Festung belagerte.« Everard rieb sich das Kinn. »Vermutlich beabsichtigt Nicolas, das Buch auf dem schnellsten Weg zu ihm zu bringen. Wenn der Großmeister es für einen ausreichenden Beweis für die Existenz der Anima Templi und ihre ketzerischen Ziele, wie Nicolas es ausdrücken würde, hält, wird er den Papst in Rom einschalten, daran hege ich nicht den geringsten Zweifel.« Er sog scharf den Atem ein. »Wir dürfen nicht zulassen, dass sie das Buch außer Landes bringen. Im Morgengrauen reiten wir nach La Rochelle.«

Will sah ihn an. »Wir?«

»Allein schaffe ich es nicht.«

»Und ich kann Euch dabei nicht helfen.« Will sprang vom Fenstersims herunter und baute sich vor dem Priester auf. »Abgesehen davon, dass mich im Moment ganz andere Dinge beschäftigen – ich bin nur ein einfacher Sergeant. Ich habe keinerlei Befehlsgewalt über einen Ritter, ganz gleich, ob er zu den Templern, den Hospitalitern, den Deutschordensrittern oder der Armee des Königs gehört.«

»Das wird sich ändern«, sagte Everard nach kurzem Zögern. »Ich habe mit dem Visitator gesprochen. Er ist damit einverstanden, dass du jetzt deine endgültigen Gelübde ablegst.«

»Wie bitte?«

»Er sagt, es ist nur rechtens, dass wir den Sohn gewinnen, nachdem wir den Vater verloren haben. Ein Symbol dafür, dass wir weiterbestehen und uns unseren Feinden nicht beugen werden«, murmelte Everard. »Der Visitator möchte die Zeremonie so bald wie möglich abhalten, noch vor der Ratsversammlung, die er einberufen hat, um mit den Brüdern zu besprechen, was jetzt zu tun ist. Es tut mir leid, dass deine Aufnahme in den Orden inmitten all dieses Aufruhrs wegen eines drohenden Krieges stattfinden wird, aber es lässt sich nicht ändern.«

»Soll das ein Scherz sein? Ihr habt Euch dafür den schlechtesten Zeitpunkt überhaupt ausgesucht!«

Everards narbiges Gesicht zeigte keine Regung. »Trauer und Schmerz sind die unverfälschtesten Gefühle, zu denen wir fähig sind. Wenn wir tiefen, aufrichtigen Schmerz erleben...« Er schwenkte ungeduldig die Hand, während er nach den richtigen Worten suchte. »Dann erstirbt aller *Lärm* in uns, und in der Stille finden wir zu uns selbst. Dies sind die Momente, die uns formen und prägen. Und deshalb betrachte ich den heutigen Tag für deine Initiation als ausgesprochen geeignet.«

Will stützte die Hände auf das Fenstersims und ließ den Kopf hängen. »Ich bin mir gar nicht mehr sicher, ob ich überhaupt noch ein Ritter werden will.«

»Ich dachte, das wäre der sehnlichste Wunsch deines Vaters?« Ein tadelnder Unterton schwang in Everards Stimme mit.

»Mein Vater ist tot.«

»Und damit verliert alles, was er sich in seinem Leben erhofft und wofür er gekämpft hat, seine Bedeutung?« Everard schüttelte missbilligend den Kopf. »James Campbell hat etwas begonnen. Es ist an uns, es zu vollenden. Nur wenn wir das nicht tun, dann waren sein Leben und sein Tod wirklich sinnlos.«

Will hob den Kopf und starrte aus dem Fenster. Die Welt draußen erschien ihm kalt, grau und leblos. Seit Jahren wurde er nur von einem einzigen Wunsch beherrscht – seinen Platz an der Seite seines Vaters wieder einnehmen zu können. Nun war sein Vater tot. Wohin führte sein Weg jetzt? Zwar war er sich der Gefahr, in die sich die Männer begaben, die nach Outremer gingen, stets bewusst gewesen, trotzdem war es ihm nie in den Sinn gekommen, dass er seinen Vater vielleicht nie wiedersehen würde. »Mein Leben hat auch keinen Sinn mehr«, flüsterte er, ohne zu merken, dass er die Worte laut ausgesprochen hatte.

»O doch.« Everard legte ihm seine verstümmelte Hand auf die Schulter. »Wir haben noch wichtige Aufgaben zu erfüllen, du und ich.«

Während des gesamten Morgens hatten im Kapitelsaal zwei Bronzebecken mit glühenden Kohlen gestanden, die die beißende Novemberkälte mildern sollten. Aber niemand hatte daran gedacht, neue Kohlen nachzulegen, sodass es, als die Zeremonie begann, im Saal wieder empfindlich kühl geworden war. Schwere Wandbehänge hingen vor den Fenstern und sperrten den grauen Nachmittag aus.

Wills Haut prickelte, als er seine schwarze Tunika ablegte und sie dem neben ihm wartenden Geistlichen reichte. Dann streifte er seine Stiefel ab und löste seinen Schwertgurt. Als er sein Hemd über den Kopf streifte, wurde er sich plötzlich der Gegenwart der hinter ihm sitzenden Männer unangenehm stark bewusst. Der gewölbeähnliche Saal war nur schwach erleuchtet, trotzdem meinte er, jeder müsse die dünnen weißen Linien, die Everards Peitsche auf seinem Rücken hinterlassen hatte, klar und deutlich erkennen können. Will schielte zu dem auf dem Podest stehenden Priester hinüber. Der gebeugte, ausgemergelte Mann, der gerade die heiligen Gefäße auf dem Altar arrangierte, wies kaum noch Ähnlichkeit mit dem mürrischen, von gerechtem Zorn erfüllten Diener

Gottes auf, der ihn vor sechs Jahren für ein Vergehen so streng bestraft hatte. Hinter Everard saß der Visitator in einem thronähnlichen Stuhl aus hellem Stein. Sein Gesicht zeigte deutliche Spuren von Erschöpfung. Hinter ihm saßen zwei weitere Ritter auf niedrigen Schemeln.

Als Will dem Geistlichen sein Hemd reichte und nur mit seiner Hose bekleidet vor den Altar trat, fühlte er sich einsamer und verlassener als je zuvor in seinem Leben.

Nachdem sich der Geistliche mit seinen alten Kleidern zurückgezogen hatte, sah sich Will in der Hoffnung, auf ein freundliches Gesicht zu stoßen, im Saal um. Sein Blick fiel auf Robert. Der Ritter, der neben Hugues auf einer der vordersten Bänke saß, lächelte ihm aufmunternd zu. Will wandte sich wieder zum Altar. Das Gefühl der Verlorenheit ließ ein wenig nach, als Everard den Weihrauch in dem Rauchfass entzündete und um Ruhe bat. Das leise Stimmengewirr der Ritter, die ungeduldig auf den Beginn der Kriegsratsversammlung zu warten schienen, die direkt nach der Zeremonie stattfinden sollte, erstarb. Everard, jetzt in Rauchschwaden gehüllt, wies Will an, niederzuknien. Will tat, wie ihm geheißen, dabei wurde ihm plötzlich bewusst, dass man ihm nicht wie anderen Postulanten während einer Nachtwache eingeschärft hatte, was er zu sagen und zu tun hatte. Aber ihm blieb keine Zeit, sich deswegen Gedanken zu machen, denn der Visitator hatte sich bereits erhoben und ergriff das Wort.

»Du hast Zeit und Muße gehabt, um über das heilige Amt nachzudenken, das dir nun angetragen wird.« Seine tiefe Stimme erfüllte den Saal. »William Campbell, Sohn des James, bist du bereit, den Mantel zu nehmen, wohl wissend, dass du damit all deinen weltlichen Pflichten entsagst, um ein treuer, demütiger Diener Gottes des Allmächtigen zu werden?«

»Ich bin bereit«, erwiderte Will.

Und so begann seine Aufnahmezeremonie.

Er antwortete mit fester Stimme auf jede Frage, die ihm gestellt wurde. Ab und an half Everard weiter, wenn er ins Stocken geriet, aber das geschah nicht häufig, denn er erinnerte sich plötzlich mit erstaunlicher Klarheit wieder an die Zeremonie, die er und Simon von ihrem Versteck in der Vorratskammer des Neuen Tempels aus beobachtet hatten, und ihm fielen auch die Worte des damaligen Postulanten wieder ein. Er schwor, ein wahrhaftiger Anhänger des katholischen Glaubens und ehelich geboren worden zu sein, keinem anderen Orden anzugehören, keinem Mitbruder Geschenke gemacht zu haben, um seine Aufnahme voranzutreiben, und auch keine Schulden bei einem weltlichen Mann zu haben, die er nicht zurückzahlen konnte. Und obwohl seine Kehle brannte und ein eiserner Ring seine Brust zu umschließen schien, bestätigte er, gesund an seinem Leibe zu sein und an keiner verborgenen Krankheit zu leiden.

Einer der beiden Ritter trat zu ihm. Er hielt eine Abschrift der Ordensregel in der Hand und schlug die erste Seite auf. »Lies diese Worte. Kannst du dies nicht, werden sie dir übersetzt werden.«

Will konnte den auf Lateinisch verfassten Text im schwachen Licht erst kaum erkennen, aber nachdem er die verblasste Tinte einen Moment lang mit zusammengekniffenen Augen angestarrt hatte, begann er langsam: »Mein Herr und Gott, ich trete heute vor Dein Angesicht und das der hier anwesenden guten Brüder, um die Aufnahme in diesen Orden zu erbitten. Ich möchte mein Leben dem Dienst im Templerorden widmen und meinen eigenen Willen dem Willen Gottes unterordnen.« Dann schwor er, sich stets an die Regeln des Ordens zu halten, seine Keuschheit zu bewahren, und legte endlich die Gelübde der Armut und des Gehorsams ab. Nachdem er sich zu Boden geworfen und den Segen Gottes, der Jungfrau Maria und aller Heiligen erfleht hatte, stieg der zweite Ritter mit gezogenem Schwert von dem Podest herunter. Die Klinge schimmerte im Fackelschein, als er sie mit der Spitze zuerst auf Will richtete.

»Küsse diese Klinge und nimm die Bürde auf dich, die dir dadurch auferlegt wird. Fortan sollst du den einzigen wahren Glauben gegen alle Feinde verteidigen und auch dein Leben dafür geben, wenn sich dies als notwendig erweisen sollte.«

Will beugte sich vor, um den Stahl mit den Lippen zu berühren, der unter seinem Atem beschlug. Der Schwur, den er leistete, erschien ihm entschieden zu wirklichkeitsnah. Nachdem der Ritter das Schwert in die Scheide zurückgeschoben hatte und wieder auf das Podest gestiegen war, humpelte Everard zu dem Geistlichen hinüber, der ein Schwert und einen zusammengefalteten weißen Mantel in den Händen hielt. In diesem Moment erkannte Will, dass er nicht verstand, warum sich sein Vater und die Männer in Safed entschlossen hatten, als Märtyrer zu sterben. Ihm erschien ihr Tod vollkommen sinnlos. Hatten ihre Gelübde ihnen mehr bedeutet als ihre Familien? Wie viele Söhne und Töchter hatten sie im Stich gelassen, um sich einen Platz im Paradies zu sichern? James hatte Will im Lauf der letzten sechs Jahre nur zweimal geschrieben, und obwohl er ihm nie Vorwürfe wegen Marys Tod gemacht hatte, hatten seine Briefe auch nicht ein einziges liebevolles Wort enthalten. Sie hatten ihm weit mehr über Outremer verraten als über das, was im Herzen seines Vaters vorging. Jetzt wünschte er sich nichts sehnlicher, als zu erfahren, warum sein Vater den Tod gewählt hatte. Er hätte die Faust gen Himmel heben und die Frage laut herausschreien mögen.

Und jetzt endlich schlug die Wut, die seit dem Morgen in ihm brodelte und die er nur mit Mühe zurückhalten konnte, wie eine Welle über ihm zusammen.

Er war wütend auf den Orden, in dessen Diensten sein Vater gestorben war; wütend auf Everard, der ihn so lange getäuscht hatte; wütend auf die Mamelucken, die James getötet hatten, und auf ihren Sultan Baybars, auf dessen Befehl die Hinrichtung erfolgt war. Aber am zornigsten war er auf seinen Vater, der ihn verlassen, ihn belogen und ihm nie verziehen hatte. Nun war er tot, und er, Will, würde niemals seine Vergebung erlangen. Seine Schläfen pochten, als Everard auf ihn zukam, und die Worte seines Vaters hallten plötzlich klar und deutlich in seinen Ohren wider.

Eines Tages, William, wirst du den weißen Mantel eines Tempelritters tragen, und wenn du in den Orden aufgenommen wirst, werde ich, so Gott es will, an deiner Seite stehen.

Im Namen Gottes hatte sein Vater einen Eid gebrochen und sich an einen anderen gehalten. Hatte er damit nach dem Willen Gottes oder nach seinem eigenen gehandelt? Und war er gestorben, um den Orden zu schützen oder die Anima Templi? Oder um einen Sohn für den Tod einer Tochter zu bestrafen?

»Mit diesem Schwert sollst du das Christentum gegen die Feinde Gottes verteidigen.«

Will erhob sich benommen und hob die Hände, als Everard ihm das Schwert hinhielt. Sein Blick haftete auf der polierten, makellos glatten Klinge, und er ließ die Hände wieder sinken. Everard runzelte die Stirn, dann dämmerte Verständnis in seinen Augen auf. Er befahl den Geistlichen, der den Mantel in der Hand hielt, mit einem Fingerschnippen zu sich. Der Mann drehte sich unsicher zum Visitator um, dann trat er zu Everard, der leise auf ihn einsprach. Ein verwundertes Raunen lief durch die Menge, als der Geistliche zu einer kleinen Seitentür hinaushuschte und kurz darauf mit Wills Krummschwert zurückkam. Everard reichte ihm das neue Schwert, dann griff er nach der mit Kratzern und Schrammen übersäten Waffe mit dem losen Draht am Heft und gab sie Will. Diese Geste seitens des sonst so schroffen, missgelaunten Mannes rührte Will so, dass ihm die Tränen in die Augen traten, aber er bezwang sich und schlang sich den Schwertgurt stumm um die Taille.

Everard nahm dem Geistlichen den Mantel ab und reichte ihn ihm. »Mit diesem Mantel bist du wiedergeboren«, verkündete er.

Will nahm das Kleidungsstück entgegen und faltete es auseinander. Die Kreuze auf dem Rückenteil und über der Herzgegend leuchteten so rot wie Blut und Wein und Elwens Lippen. Er schlang den Mantel um seine bloßen Schultern. Der Geruch frisch gewobenen Tuches stieg ihm in die Nase. Der Mantel war ihm ein wenig zu kurz, stellte er fest. Normalerweise hätte der Schneider bei dem künftigen Träger vorher Maß genommen, aber in seinem Fall war dazu keine Zeit geblieben. Will redete sich ein, dass ihn dieser kleine Makel nicht störte; dass er ihn so schnell wie möglich beheben lassen würde. Aber der Mantel fühlte sich nicht so an, als seien ihm plötzlich Schwingen gewachsen, wie er es sich immer vorgestellt hatte, sondern lag schwer auf seinen Schultern und kratzte.

Everard schloss ihn am Hals mit einer schlichten Silbernadel. »Hiermit spreche ich dich von all deinen Sünden frei«, murmelte er, das Kreuzzeichen schlagend. »Im Namen des Vaters, des Sohnes und des Heiligen Geistes. Amen.«

Der Visitator erhob sich von seinem Thron. *»Ecce quam bonum et quam jocundum habitare fratres in unum.«*

Nachdem der Visitator den Psalm intoniert hatte, legte Everard Will beide Hände auf die Schultern. »Im Namen des heiligen Bernard de Clairvaux gemahne ich dich daran, dass ein Bruder des Templerordens ein furchtloser Krieger Gottes ist. Sein Leib wird von Eisen, seine Seele von seinem Glauben geschützt, sodass er weder Mensch noch Dämon zu fürchten braucht. Noch«, fügte der Priester hinzu, »fürchtet er den Tod. Wir heißen dich in unserer Mitte willkommen, *Sir* William Campbell, Ritter des Templerordens. Mögest du dich dieser Ehre würdig erweisen.« Er stellte sich auf die Zehenspitzen, um Will auf den Mund zu küssen, dann erhoben sich alle anderen Anwesenden von ihren Plätzen und traten einer nach dem anderen vor, um es ihm gleichzutun.

Der Königspalast, Paris, 3. November A. D. 1266

»Wie konnte das nur geschehen?« Louis IX., König von Frankreich, beugte sich vor und musterte die Gruppe von Rittern, die vor seinem Thron standen. Die Halle war leer, die Tische, die am Abend zuvor für den Auftritt des Troubadours aufgestellt und geschmückt worden waren, hatten die Diener bereits wieder fortgeschafft. Ein paar von ihnen übersehene Rosenblütenblätter lagen zu den Füßen der Ritter verstreut. »Wie konnte Safed nur so schnell in die Hände des Feindes fallen?«

Es war der Visitator, der antwortete. »Berichten zufolge hat Baybars den einheimischen Soldaten versprochen, Gnade walten zu lassen, wenn sie sich ergeben, Majestät. Unsere Festung war wehrhaft und schwer einzunehmen, aber ohne eine ausreichende Anzahl Männer, um sie zu bemannen, konnte sie nicht gehalten werden.«

Will, der zu den sechs Rittern gehörte, die den Visitator in den Palast eskortiert hatten, sah, wie Louis sein löwengleiches, von einer Mähne schwarzen, an den Schläfen mit silbernen Strähnen durchzogenen Haares umgebenes Haupt senkte und den zinnoberroten, mit Hermelinpelz verbrämten Umhang enger um seinen einst kräftigen und muskulösen, in den letzten Jahren aber stark in die Breite gegangenen Körper schlang. Sein Gesicht trug Spuren der Pocken, die er im Osten überlebt hatte, seine dicken Hände waren mit Leberflecken übersät. Erst sechzehn Jahre zuvor hatte dieser König den Siebten Kreuzzug in das Heilige Land angeführt und fünfunddreißigtausend Männer zu einem glorreichen Sieg geführt, ehe ein großer Teil von ihnen in Ägyten ihr Leben verloren hatte. Nach der Schlacht von Mansurah waren Louis und seine ihm noch verbleibenden Truppen von Muslimen umzingelt und gefangen genommen worden. Louis' Frau, Königin Marguerite, hatte damals das Lösegeld für ihren Gemahl aufgebracht und ihn aus den Händen der Feinde befreit.

Ein Schleier legte sich vor Wills Augen, während er den König anstarrte. Unwillig schüttelte er den Kopf; versuchte, die Benommenheit abzuschütteln, die schon während der auf seine Aufnahmezeremonie folgenden Kriegsratsversammlung von ihm Besitz ergriffen hatte. Als der Visitator ihm dann ernst und feierlich mitgeteilt hatte, dass er zu der Gruppe gehörte, die ihn in den Palast begleiten sollte, hatte Will Mühe gehabt, sich sein Widerstreben nicht anmerken zu lassen. Schon da hatte er sich entsetzlich elend gefühlt.

Nach einer Weile hob Louis, der scheinbar ein stummes Gebet gesprochen hatte, den Kopf. »Das ist ein schwarzer Tag. Ein schwarzer Tag für uns alle.«

»Ich habe Boten zu allen wichtigen Ordenshäusern im Westen geschickt, um unsere Mitbrüder von den furchtbaren Ereignissen in Kenntnis zu setzen«, erwiderte der Visitator.

Der König schwieg einen Moment. »Baybars hackt uns in Stücke wie ein Zimmermann ein Holzscheit. Letzten Monat erfuhr ich von den Hospitalitern, dass er Arsuf eingenommen hat. Davor Cäsarea und Haifa. Sein Arm reicht viel weiter, als wir alle gedacht haben.«

»Ja, Majestät«, stimmte der Visitator gemessen zu. »Ich fürchte, wir werden noch größere Teile unseres Herrschaftsgebietes einbüßen, wenn wir nicht bald handeln. Die Befestigungsanlagen, die Ihr während Eurer Zeit in Palästina habt errichten lassen, erfüllen nur so lange ihren Zweck, wie wir sie mit ausreichend Männern besetzen können. Safed war eine unserer massivsten Festungen, und trotzdem hat Baybars sie erobert.« Die Augen des Visitators schimmerten feucht vor Kummer, aber sein Ton klang kompromisslos. »Wir hier im Westen haben nichts getan, um diesen Krieg zu verhindern oder zu beenden; wir haben es unseren Brüdern im Osten überlassen, für unseren Traum zu kämpfen. Und jetzt entrichten wir den Preis für unsere Untätigkeit.«

»Was schlagt Ihr vor?«

Der Visitator zögerte mit der Antwort, doch als er wieder das Wort ergriff, schwang eiserne Entschlossenheit in seiner Stimme mit. »Der Orden ist willens, Geldmittel und Krieger für einen Feldzug gen Osten zur Verfügung zu stellen, um unseren Brüdern im Kampf gegen Baybars beizustehen. Aber es würde viele Monate in Anspruch nehmen, Schiffe für diese Reise zu bauen – ganz zu schweigen von der Dauer der Reise selbst. Wir müssen sofort etwas unternehmen, und dazu brauchen wir Eure Hilfe und die eines jeden Mannes diesseits des Meeres, ob Bauer oder Edelmann. Wir brauchen einen neuen Kreuzzug unter Eurem Befehl, Majestät. Ihr müsst die Männer nach Palästina führen. So lautet mein Vorschlag.«

Louis verschränkte die Hände unter dem Kinn. »Und dieser Vorschlag kommt für mich nicht unerwartet. Ich habe mich vor kurzem mit meinem Bruder Charles, dem Grafen von Anjou, beraten. Er machte gleichfalls eine dahingehende Äußerung.«

Der Visitator schöpfte sichtlich Hoffnung. »Und? Werdet Ihr in den Kampf ziehen, Majestät?«

Louis lehnte sich in seinem Thronsessel zurück. Sein Umhang raschelte leise. »Ja, Herr Visitator, ich werde mich auf einen neuerlichen Kreuzzug begeben. Und die Sarazenen werden teuer für das Blut all der Christen bezahlen, das sie vergossen haben. Sobald meine Regierungsgeschäfte es zulassen, werde ich das Kreuz nehmen.«

Bei den letzten Worten des Königs wurde Will plötzlich von einem heftigen Schwindelgefühl erfasst. Ihm wurde schwarz vor Augen, er taumelte und wäre zu Boden gestürzt, wenn ihn nicht einer seiner Kameraden aufgefangen hätte.

»Was ist denn?« Der Ritter musterte ihn besorgt. »Du bist so weiß wie ein Leichentuch.«

»Ich … ich brauche frische Luft.« Will machte sich los und schwankte auf Beinen, die ihn kaum noch tragen wollten, auf die Tür am anderen Ende der Halle zu.

»Ist Eurem Ritter nicht wohl?«, hörte er die Stimme des Königs hinter sich.

»Sein Vater gehörte zu den Männern, die in Safed enthauptet wurden, Majestät«, erwiderte der Visitator, während Will die Tür aufstieß und in den dahinter liegenden Gang torkelte.

Das Licht der an den Wänden brennenden Fackeln blendete ihn schmerzhaft. Will flüchtete an zwei Dienern vorbei, die ihn neugierig ansahen, bis zum Ende des Ganges, wo ein hohes, bogenförmiges Fenster auf die Seine hinausging. Er hielt sich am Fenstersims fest, kämpfte gegen den Schwindel an, der ihn in Wellen überfiel, und sog die salzig riechende Luft mit tiefen Zügen ein. Seit diesem Morgen stand seine gesamte Welt auf dem Kopf, und jetzt spürte er die körperlichen Auswirkungen des Aufruhrs in seinem Inneren. Erst vor wenigen Stunden hatte er den Leichnam eines Sarazenen ausgegraben, der von seinen eigenen christlichen Glaubensbrüdern ermordet worden war, und während er sich zutiefst dafür geschämt hatte, war die Leiche seines Vaters unter der Sonne Palästinas verrottet – enthauptet von Muslimen wie Hassan. Trotzdem wünschte er von ganzem Herzen, Hassan läge nicht in diesem Grab auf dem Aussätzigenfriedhof und sein Vater wäre nicht bei dem Versuch, einem von sinnlosem Hass auf beiden Seiten zerfressenen Land den Frieden zu bringen, auf so grausame Weise ums Leben gekommen. Er wollte auch nicht, dass seine Freunde und Kameraden mit dem Schwert in der Hand an diesen furchtbaren Ort geschickt wurden, um dort zu fallen. Der König und der Visitator mochten nach Rache lechzen; er, Will, war nicht der Meinung, der Tod unzähliger weiterer Unschuldiger würde bereits begangenes Unrecht sühnen.

Er zupfte an dem Kragen seines Mantels herum. Trotz der Kälte rannen ihm Schweißtropfen über den Rücken. Worin lag denn nun der Sinn und Zweck des Ritterdaseins? Darin, für die Sache eines anderen Mannes zu kämpfen und zu sterben? Weil ein König es befahl? Weil es Gottes Wille war? Will konnte das einfach nicht glauben. Für ihn klangen diese Worte hohl und leer. Auch sein Vater hatte nicht daran geglaubt, das hätte er gewusst, auch wenn er nie den wahren Grund für dessen Aufbruch ins Heilige Land erfahren hätte. James war edel im Geist, tapfer und ehrenhaft im Kampf und wahrhaftig im Herzen gewesen – diese Eigenschaften hatten seine Persönlichkeit ausgemacht, nicht der Mantel und nicht die Gelübde, die er abgelegt hatte. Andere Männer hatten ihre Familien im Stich gelassen, um für Gott und ihr Land zu kämpfen. Sein Vater hatte ihn, seine Mutter und seine Schwestern verlassen, um für den Frieden zu kämpfen. Die Welt verschwamm vor seinen Augen, weil seine Augen sich mit Tränen füllten. Der Zorn auf seinen Vater verflog und wich einem überwältigenden Gefühl von Liebe, gepaart mit tiefem Kummer angesichts eines unwiederbringlichen Verlustes.

»Will?«, erklang eine Frauenstimme hinter ihm.

Will drehte sich um. Elwen stand vor ihm. Der Fackelschein ließ kupferne Lichter in ihrem mit silbernen Bändern hochgebundenen Haar aufleuchten. Ihre großen grünen Augen funkelten. Sie trug ein schlichtes Gewand, das von einer silbernen Kette gehalten wurde, darüber einen kanariengelben Umhang. Sie sah aus wie eine Königin.

Elwens Blick blieb an seinem Mantel hängen. Ihre Augen weiteten sich vor Schock und Staunen. »Wann... wann bist du denn...?«

»Elwen«, begann er heiser, dann fand er keine Worte mehr, also ging er zu ihr, schloss sie in die Arme und presste sie so fest an sich, als wäre er ein Ertrinkender und sie die rettende Planke des gekenterten Schiffes.

»Ich habe gehört, dass eine Abordnung Tempelritter eine Audienz beim König hatte«, sagte sie, die Lippen gegen seine Brust gepresst. »Aber ich konnte nicht ahnen, dass du zu ihnen gehörst. Was ist denn passiert? Die Königin sagte mir, es gäbe Dringendes zu besprechen?«

»Safed ist gefallen«, murmelte er in ihr Haar. »Mein Vater ist tot.«

Elwen löste sich von ihm und blickte zu ihm auf. »Oh, Will.« Sie umfasste seine feuchte Wange mit einer Hand. »Mein Gott.« Auch ihre Augen füllten sich angesichts seiner Qual mit Tränen.

»Der König hat sich einverstanden erklärt, einen neuen Kreuzzug gegen die Sarazenen zu führen.«

Elwen strich mit den Fingerspitzen über das Kreuz auf seinem Mantel. »Dann wirst du...« Ihre Stimme brach. »Wirst du auch in den Krieg ziehen?«, fragte sie, als sie sich wieder gefasst hatte.

»Nein«, erwiderte Will bestimmt. »Ich werde dich nicht verlassen.« Er blickte in ihr furchterfülltes Gesicht, und in diesem Moment erkannte er, was für ein Narr er gewesen war. All diese Jahre war er einer Schimäre hinterhergejagt. Er würde nie erfahren, ob sein Vater ihm nicht letztendlich doch verziehen hatte; würde nie wieder seine Liebe spüren, außer in seiner Erinnerung. Aber Elwen war hier, greifbar nah, ein Mensch aus Fleisch und Blut, sie wollte ihn, sie liebte ihn, und er hatte sie wegen des Mantels zurückgestoßen, den er jetzt trug und der ihm nichts mehr bedeutete. Er zögerte nur einen Augenblick, ehe er die Worte, die ihm auf den Lippen brannten, laut aussprach. »Ich liebe dich.«

Elwens Augen forschten in seinem Gesicht.

»Und ich möchte dich heiraten«, schloss Will.

»Das kann doch nicht dein Ernst sein«, sagte sie mit einem leisen, verwunderten Lachen.

»Ich habe in meinem ganzen Leben noch nie etwas so ernst gemeint.«

»Aber … das geht doch nicht. Du bist jetzt ein Ritter, du hast deine Gelübde abgelegt.« Tränen rannen über Elwens Wangen. »Jetzt können wir niemals …« Ihre Stimme verklang, als er sich vorbeugte, um sie zu küssen. Ihre Lippen öffneten sich unter den seinen, und sie begann, seinen Mund mit ihrer Zunge zu erforschen. Heiße Begierde stieg in ihr auf. Sie griff nach seiner Hand, legte sie auf ihre Brust, spürte, wie er erstarrte und sich dann wieder entspannte.

Will war sich nicht bewusst, dass er sein erstes Gelübde bereits brach, als er mit beiden Händen über ihren Körper strich, was ihr ein leises Stöhnen entlockte.

Hinter ihnen erklang spöttisches Gekicher.

Will und Elwen lösten sich voneinander und sahen einen Diener mit einem Tablett voller Weinkelche an ihnen vorbei den Gang hinuntergehen. Der Mann kicherte noch immer leise in sich hinein.

Will ergriff Elwens Hände. »Wir können heimlich heiraten. Niemand muss davon erfahren.« Everards Worte hallten in seinem Kopf wider. *James Campbell hat etwas begonnen. Es ist an uns, es zu vollenden.* »Aber es gibt da etwas, was ich vorher noch zu erledigen habe.«

31

Gasthaus Zu den Sieben Sternen, Paris
3. November A.D. 1266

Adela legte das rotgoldene Halsband an und betrachtete sich in ihrem silbernen Spiegel. Die Glasperlen fühlten sich auf ihrer bloßen Haut kalt an. Sie berührte die Kette behutsam. Garin hatte gesagt, sie sähe sehr hübsch damit aus. Er war nun schon seit über drei Stunden fort, und Rook saß noch immer unten in der Schankstube und tat sich auf ihre Kosten an ihrem Ale gütlich.

Zuvor war Garin blass und sichtlich aufgeregt zu ihr gekommen. »Ich muss zum Ordenshaus«, hatte er gesagt. »Aber ich komme so schnell wie möglich zurück. Wenn alles gut geht, sind wir Rook morgen los. Was auch immer geschehen mag, halte dich bis dahin möglichst von ihm fern.«

»Warum verrätst du mir nicht endlich, was dieser Kerl hier zu suchen hat?«, hatte sie gefaucht. »Womit hat er dich in der Hand? Ich kann ihn jederzeit von Fabien vor die Tür setzen lassen. Du brauchst es nur zu sagen.«

»Nein. Wir dürfen ihn nicht verärgern. Lass mich ihm helfen, das zu bekommen, weshalb er hier ist, dann verschwindet er.«

»Du bist ein Tempelritter, Garin. Warum lässt du dich von einer Ratte wie ihm so behandeln?«

Daraufhin hatte er sich wortlos abgewandt.

Adela erhob sich und ging zu ihrem Arbeitstisch, um eine Flasche Jasminöl für ihr Haar zu holen. Kurz nach der Vesper war eine Gruppe Kaufleute aus Flandern eingetroffen; es sah aus, als würde es eine geschäftige Nacht werden. Ihr Blick fiel auf ihr Kräuterbuch. Auf der aufgeschlagenen Seite stand ein Rezept für einen empfängnisverhütenden Trank. Am Rand hatte sie sich die beste Methode notiert, um eine unerwünschte Leibesfrucht abzustoßen. Ein fahrender Arzt, der bei ihr übernachtet hatte, hatte ihr an einem ihrer Mädchen, das ungewollt schwanger geworden war, gezeigt, was in einem solchen Fall zu tun war. Aber Adela wollte keine Kinder töten, sie wünschte sich selbst verzweifelt eines. Sie wollte eines Tages in einem kleinen Haus mit einem Kräutergarten leben und eine ganze Schar pausbäckiger Kinder haben, deren Gelächter die Küche erfüllte, während sie Lavendelkuchen buk oder Umschläge für aufgeschlagene Knie oder Insektenstiche bereitete. Seufzend klappte sie das Buch zu. Konnte Garin ihr wirklich das Leben bieten, das sie sich ersehnte? Manchmal war sie bereit, daran zu glauben, doch dann geschah wieder etwas, das ihn aus dem Gleichgewicht brachte, und er benahm sich wie ein ungezogener Junge. Adela hatte noch nie einen Mann gekannt, der in einem Moment so selbstsüchtig und rücksichtslos und im nächsten so liebevoll und zärtlich sein konnte. Sie hätte ihm sein Benehmen nicht durchgehen lassen, wenn sie nicht gewusst hätte, dass sich hinter der jähzornigen Fassade ein verschrecktes Kind verbarg, dessen Selbstsicherheit nur gespielt war und das nicht wusste, wo sein Platz im Leben war. Manche Nacht hatte er nur in ihren Armen gelegen, seine heißen Tränen hatten ihre Brüste benetzt, und sie hatte sich bei dem Wunsch ertappt, ihm Mutter und Geliebte zugleich zu sein. Er hatte versprochen, dass er sie aus ihrem elenden Dasein befreien und zu sich holen würde, wenn er erst reich war und ein Landgut besaß, und wider besseres Wissen wurde die Hoffnung, er würde dieses Versprechen halten, immer stärker. Adela seufzte erneut, dann schalt sie sich eine Närrin. Wieder und wieder hatte sie ihren Mädchen eingeschärft, sich unter keinen Umständen gefühlsmäßig auf einen Kunden einzulassen. Ihre Schwäche für diesen gut aussehenden, unberechenbaren jungen Ritter machte sie verwundbar, das wusste sie nur zu gut.

Die Tür flog auf, und Rook erschien auf der Schwelle. Sein Gesicht war vom Trinken gerötet, seine Augen blickten glasig.

Adela griff hastig nach ihrem Gewand und warf es über, um ihre Blöße zu bedecken. »Ist Garin zurück?«

»Nein«, erwiderte Rook mürrisch. Doch sein Gesichtsausdruck veränderte sich, während er zusah, wie sie sich einen geflochtenen Gürtel um die Taille schlang. Ein boshaftes Lächeln spielte um seine Lippen. »Aber keine Sorge, er wird bald kommen. Er weiß ja, was passiert, wenn er nicht tut, was ich ihm sage.«

Die unüberhörbare Drohung, die in diesen Worten lag – und die Art, wie er sie dabei ansah, jagten Adela einen Schauer über den Rücken. Aber sie wich nicht zurück, als er in den Raum trat und auf sie zukam. »Was habt Ihr vor?«

Rook achtete nicht auf sie, sondern ging an ihr vorbei zu dem Stuhl, der vor ihrem Spiegel stand. Er hob ihn auf, wog ihn in der Hand, runzelte die Stirn und ließ ihn achtlos wieder fallen. Sein Blick wanderte durch den Raum und blieb an dem Bett hängen. Ein hässliches Grinsen trat auf sein Gesicht. »Hast du einen Strick hier?«

»Einen Strick?«

»Ja, einen Strick«, wiederholte er barsch. »Mit etwas Glück haben wir heute Abend einen Gast.« Er kicherte. »Und wir wollen es ihm doch möglichst bequem machen, nicht wahr? Ich brauche einen Strick oder ein paar Stoffstreifen oder …« Rook brach ab und musterte den Gürtel, der ihr Gewand zusammenhielt. »Der tut es auch.«

Adela schnappte nach Luft, als er an der geflochtenen Seide zu zerren begann, und versetzte ihm einen heftigen Stoß. »Fass mich nicht an, du stinkender Bock!«

Rook schlug ihr mit dem Handrücken mit voller Wucht ins Gesicht. Adela taumelte zurück, verlor das Gleichgewicht und stürzte rücklings zu Boden. Ihr Gewand rutschte hoch und entblößte ihre Schenkel. Sie schrie auf, als Rook sich über sie beugte und den Gürtel aus den Schlaufen riss.

»Dein Platz ist auf deinem Rücken, Hure«, knurrte er. »Du tätest gut daran, das nicht zu vergessen.«

Adela setzte sich auf und presste eine Hand gegen ihre brennende Wange. Der kupfrige Blutgeschmack in ihrem Mund verriet ihr, dass ihre Lippe aufgeplatzt war. »Raus hier!« Sie rappelte sich auf und hielt ihr Gewand mit einer Hand vorn zusammen. »Es ist mir egal, wer Ihr seid oder was Ihr hier wollt oder was Ihr mit

Garin zu schaffen habt. Ihr verschwindet jetzt und lasst Euch hier nie wieder blicken!«

Rook warf den Gürtel auf das Bett, dann sah er sie mit einem eigentümlichen Funkeln in den Augen an. »Garin hätte dich davor warnen sollen, was passiert, wenn du nicht parierst. Widersetz dich mir noch einmal, und du wirst es bitter bereuen.«

»Und ich lasse dir von Fabien beide Beine brechen, du Hurensohn«, zischte sie zurück und wandte sich zur Tür.

Rook war mit zwei Sätzen bei ihr, packte sie am Arm, riss sie zu sich herum, schleuderte sie gegen die Tür und presste sich so fest gegen sie, dass sie sich kaum rühren konnte. Adela setzte sich erbittert zur Wehr, schlug ihm ihre langen Nägel in Gesicht und Nacken, aber Rook verfügte trotz seines schmächtigen Körperbaus über eine erstaunliche Kraft. Er schob einen Arm unter ihr Kinn, zwang ihren Kopf nach hinten und schnürte ihr die Luft ab, sodass sie nicht um Hilfe rufen konnte. Mit der freien Hand zückte er seinen Dolch und hielt die Spitze dicht vor ihr Auge.

Adelas Gegenwehr erstarb augenblicklich. Sie erstarrte vor Angst. Die Dolchspitze glitzerte bedrohlich.

»So«, murmelte Rook. Seine Stimme klang fast tröstend. »Verhältst du dich jetzt ruhig und suchst ein paar Stricke für unseren Gast, oder muss ich dir eins deiner hübschen Augen ausstechen?«

»Ja«, keuchte sie erstickt.

»Ja was?« Er berührte mit der Dolchspitze leicht ihren Augenwinkel.

Adela wagte sich nicht zu rühren, noch nicht einmal zu blinzeln. »Ich helfe Euch.«

»Warum nicht gleich so?« Er nickte zufrieden. »Wenn du mir nämlich noch mal so unverschämt kommst wie eben, dann sorge ich dafür, dass von dir, deinen Huren und diesem ganzen stinkenden Loch hier nichts als ein Haufen Asche übrig bleibt.« Er hielt sie einen Moment länger fest als nötig; ihr abgehackter Atem und ihr gegen den seinen gepresster zitternder Körper fachten sein

Verlangen an. Dann gab er sie langsam frei; immer darauf gefasst, dass sie um Hilfe rief oder zu fliehen versuchte.

Adela tat nichts dergleichen. Sie hielt mit einer flatternden Hand ihr Gewand zusammen, ging zu einer Truhe und suchte darin herum, bis sie einen zweiten Gürtel fand.

Rook lächelte, als sie ihn ihm wortlos reichte. »Na also.« Geschickt schlang er die geflochtenen Schnüre um die kurzen, viereckigen Füße des Bettes, zog einmal fest daran, um sicherzugehen, dass sie hielten, dann richtete er sich auf. »Jetzt muss ich mir nur noch irgendwie die Zeit vertreiben, bis unser Freund zurückkommt.« Er wandte sich an Adela. »Leg dich auf das Bett.«

»Was soll ich?«, entfuhr es ihr. Die Kälte in seiner Stimme jagte ihr erneut Todesangst ein.

»Du bist doch dazu da, um Männern Vergnügen zu bereiten, oder?« Rook nickte zu dem Bett hinüber. »Also zeig, was du kannst.«

»Dafür müsst Ihr zahlen.« Adela versuchte, einen sachlichen, geschäftsmäßigen Ton anzuschlagen, spürte aber, wie ihr die Tränen in die Augen stiegen.

»Garin übernimmt meine Rechnung.« Rook registrierte befriedigt, wie sie den Kopf abwandte, und weidete sich an ihrer offensichtlichen Furcht. »Aber ich muss gestehen, ich habe es mir schwieriger vorgestellt, deinen Widerstand zu brechen.« Er ging zu ihr, packte ihre Arme, drückte sie auseinander, sodass ihr Gewand erneut vorne aufklaffte, und trat einen Schritt zurück. Sein Blick wanderte gierig über ihren nackten Körper, dann umschloss er ihr Handgelenk mit einem eisernen Griff und stieß sie auf das Bett.

Adela versuchte sich einzureden, dass er nur ein weiterer Kunde war; nicht viel schlimmer als andere brutale Schlächter, denen sie im Laufe der Jahre hatte zu Willen sein müssen. Aber sie konnte nicht verhindern, dass ihr heiße Tränen über die Wangen rannen, als Rook sich über sie wälzte und sein fauliger Atem über ihr Gesicht strich.

Ordenshaus Paris, 3. November A. D. 1266

»Wie lange wirst du fortbleiben?« Simon legte einen zweiten Sattel auf die Bank.

»Ich weiß es nicht«, erwiderte Will. »Vielleicht ein paar Wochen.« Er fröstelte und wischte sich über die Stirn, die sich kalt und klamm anfühlte. Als er die Hand zurückzog, war sie schweißfeucht.

»Was ihr da vorhabt, gefällt mir nicht«, beharrte Simon. »Was wollt ihr tun, wenn ihr Nicolas eingeholt habt? Sie sind zu viert, und ... ich will ja nicht unhöflich sein, aber Everard ist dir im Kampf bestimmt keine große Hilfe, und du ...« Simon nagte an seiner Lippe, während er Will zweifelnd musterte. »Du siehst momentan aus, als könntest du noch nicht einmal ein Schwert heben, geschweige denn damit fechten.« Er trat zu Will und legte ihm eine Hand auf die Schulter. »Seit wir vom Fall Safeds erfahren haben, hast du kein Wort über deinen Vater verloren, Will. Nicht ein einziges.«

»Wir wollen Nicolas nicht zum Kampf fordern.« Will machte sich los, nahm zwei Halfter von einem Haken an der Wand und reichte sie Simon. »Wenn er nach Akkon will, muss er auf ein Schiff warten. Everard wird die Ritter unserer Basis in La Rochelle um Hilfe bitten. Wir werden Nicolas und seine Mitbrüder dort festnehmen lassen.«

»Warum wollt ihr denn überhaupt unbedingt selbst dorthin reiten? Kann Everard den Visitator nicht bitten, Nicolas einige unserer hiesigen Ritter hinterherzuschicken?«

»Nein, dann würden zu viele Fragen gestellt werden, die Everard jetzt noch nicht beantworten möchte. Die Ritter in La Rochelle kennen Nicolas nicht.«

»Nun, ich wundere mich nur, dass der Stallmeister euch erlaubt hat, Pferde aus dem Stall zu nehmen.« Simon ärgerte sich, weil Will seine Bedenken auf die leichte Schulter nahm. »Er sagte mir, ihr hättet die letzten beiden verloren.«

»Wir haben sie zurückbekommen.« Will hob die Ledersäcke

auf, die Everard ihm gegeben hatte, damit er sie in der Küche mit Proviant füllen ließ. An diesem Nachmittag war ein Ritter von einem in der Nähe von St. Denis gelegenen Hof des Ordens auf einem Feld auf zwei verirrte Pferde gestoßen, hatte gesehen, dass sie das Brandzeichen der Templer trugen, und sie zum Ordenshaus zurückgebracht. Danach war dem Stallmeister nichts anderes übrig geblieben, als seine Zustimmung zu geben, als Everard ihn vor einer Stunde gebeten hatte, zwei Pferde satteln zu lassen und für ihn bereitzustellen.

»Sir Campbell?« Ein Sergeant erschien im Stalleingang und verneigte sich vor Will. »Ich habe eine Botschaft für Euch. Ich hätte sie Euch schon eher ausgerichtet, aber ich konnte Euch nirgendwo finden.«

»Ich bin gerade erst zurückgekommen. Wie lautet die Botschaft?«

»Ein kleiner Junge übermittelte sie mir, als ich am Tor Dienst tat. Er sagte, eine Frau namens Elwen hätte ihn gebeten, sie an Euch weiterzuleiten. Sie will Euch in einer Schänke im Quartier Latin treffen, Zu den Sieben Sternen heißt sie. Sie liegt in der Straße, die zur Abtei Sainte Geneviève hinaufführt, sagt er.«

»Sonst noch etwas?«

»Nein, Sir«, erwiderte der Sergeant. »Das war alles.« Er verneigte sich erneut und eilte davon.

Stirnrunzelnd ließ Will die Säcke auf die Bank fallen.

»Was hast du vor?«, fragte Simon, als er sah, dass Will nach seinem Mantel griff, den er kurz zuvor ausgezogen und auf einen Strohballen gelegt hatte. »Du willst doch nicht etwa da hingehen?«

Will gab keine Antwort.

»Du musst deine Reisevorbereitungen treffen, Will. Deine Sachen zusammenpacken«, mahnte Simon. »Und was tut Elwen überhaupt in einer Schänke?«

»Das weiß ich auch nicht.« Will warf sich den Mantel über. »Aber ich habe sie heute Abend gebeten, meine Frau zu werden. Ich muss sie sehen.«

»Du hast was getan?« Simon, der gerade eine Boxentür öffnete und einen lebhaften hellbraunen Wallach herausführte, starrte seinen Freund entgeistert an. »Wie konntest du nur? Du bist ein Ritter! Du kannst jetzt nicht mehr …«

»Ich bleibe nicht lange«, unterbrach ihn Will. »Und jetzt sattle mir bitte ein Pferd.«

Gasthaus Zu den Sieben Sternen, Paris,
3. November A. D. 1266

Garin betrat das Gasthaus durch die Hintertür, huschte durch den voll besetzten Schankraum, stürmte die Treppe empor und stieß die Tür von Adelas Kammer auf. Rook stand neben dem Bett und zog seine Hose hoch. Adela kauerte mit an die Brust gezogenen Knien auf der Strohmatratze. Auf ihrer Wange leuchtete der flammend rote Abdruck einer Hand, ihre Unterlippe war geschwollen. Sie war nackt.

Garin funkelte Rook an, als Adela sich vorbeugte und ihr Gewand vom Boden aufhob. Sie wagte ihm nicht in die Augen zu sehen. »Was habt Ihr ihr getan?«

»Du hast dir viel Zeit gelassen«, erwiderte Rook knapp. Er weidete sich einen Moment lang an Garins entsetztem Gesicht, dann grinste er. »Vielleicht hättest du dich lieber ein bisschen beeilen sollen.« Er schnürte seine Hose zu. »Und? Hast du ihm die Botschaft überbringen lassen?«

Garin warf Adela einen letzten Blick zu, dann wandte er sich ab und rannte den Gang entlang, ohne auf Rooks zorniges Gebrüll zu achten. Er stapfte die Treppe hinunter, riss die Tür des Schankraums auf und floh ins Dunkel hinaus. Tränen hilfloser Wut brannten auf seinen Wangen.

32

Gasthaus Zu den Sieben Sternen, Paris
3. November A.D. 1266

Die Tür der Schänke war verriegelt. Will drückte mit der Schulter dagegen, aber sie bewegte sich nicht, also hämmerte er mit den Fäusten gegen das Holz. Das Stimmengewirr und Gelächter im Inneren des Hauses hielt unvermindert an. Auf dem mit Schotter bedeckten Platz vor dem Gebäude standen zahlreiche Pferde und zwei Kutschen; ein paar Männer, vermutlich Kutscher und Knappen, hockten an einem niedrigen Feuer und unterhielten sich. Ihr Atem bildete weiße Wölkchen vor ihren Mündern. Inzwischen war es völlig dunkel geworden; die fahle Mondsichel am Himmel tauchte die Dächer der umliegenden Häuser in einen silbrigen Schein. Will wollte gerade erneut anklopfen, als der Riegel knarrend zurückgeschoben wurde und die Tür aufschwang. Der Lärm schwoll augenblicklich an, und ein Schwall heißer, parfüm- und alegeschwängerter Luft flutete über ihn hinweg. Ein Berg von einem Mann mit schwarzem Haar und buschigen Augenbrauen stand vor ihm.

»Was wollt Ihr?«

»Ich bin hierher bestellt worden; ich treffe mich hier mit jemandem«, erklärte Will.

Der Mann erwiderte nichts darauf, sondern trat nur zur Seite.

Nachdem der Hüne die Tür hinter ihm geschlossen hatte, blieb Will wie angewurzelt im Schankraum stehen. Obwohl er noch nie ein solches Etablissement besucht hatte, verriet ihm ein Blick in die Runde, dass er sich in einem jener anrüchigen Alehäuser befand, über die Robert und er immer anzügliche Bemerkungen hatten fallen lassen. Zwanzig oder dreißig Männer, teils nur unvollständig bekleidet und in verschiedenen Stadien der Trunkenheit, hielten sich in dem Raum auf. Sie saßen vor Tischen, die mit den Überresten einer üppigen Abendmahlzeit übersät waren;

tanzten zur Musik eines Fiedelspielers oder standen in Gruppen beieinander, tauschten zotige Scherze aus und lachten laut. Aber nicht sie, sondern die Frauen, die sich sehr eingehend mit ihnen befassten, fesselten Wills Aufmerksamkeit. Einige trugen durchsichtige Gewänder, andere lediglich lange Röcke, manche auch überhaupt nichts am Leib. Will vermochte den Blick nicht von einer Blondine abzuwenden, die auf einer Bank vor ihm auf dem Schoß eines gut gekleideten Mannes saß. Der Mann, dem Schnitt seiner Kleider nach zu urteilen ein Kaufmann, umfasste mit einer Hand eine ihrer Brüste und saugte gierig an der großen braunen Brustwarze, während seine Gespielin über seine Schulter hinweg angeregt mit einer rundlichen Brünetten plauderte. Nur mühsam riss er sich von dem Anblick los und wandte sich an den hünenhaften Mann. »Ich bin wohl in die falsche Schänke geraten, fürchte ich.«

»Werdet Ihr vielleicht von Elwen erwartet?« Die Augen des Mannes ruhten auf Wills weißem Mantel.

Will brachte keinen Ton heraus. Sein ohnehin schon benebelter Verstand weigerte sich, eine Verbindung zwischen seiner zukünftigen Frau und der zügellosen Orgie, die hier stattfand, herzustellen.

»Man hat mir aufgetragen, nach einem Tempelritter Ausschau zu halten«, erklärte der Mann, als Wills Schweigen anhielt. »Sie wartet oben auf Euch.« Er deutete auf eine Treppe. »Die letzte Tür am Ende des Ganges.« Mit diesen Worten wandte er sich ab und verschwand in der Menge.

Will blieb einen Moment unschlüssig stehen, doch als er eine blonde Frau mit scharlachrot bemalten Lippen, die nur mit einem goldenen Halsreif bekleidet war, mit einem verheißungsvollen Lächeln auf sich zukommen sah, bahnte er sich hastig einen Weg durch das Gedränge und stieg langsam die Stufen empor. Seine Beine fühlten sich bleischwer an, seine Beklommenheit wuchs mit jedem Schritt. Er grübelte über die Gründe nach, die Elwen veranlasst haben könnten, ihn hierher zu bestellen, aber als er den langen Gang am Ende der Treppe erreichte, hatte er alle bis auf einen verworfen. Er erinnerte sich an das Buch mit den wollüstigen Zeichnungen, das sie ihm einmal gezeigt hatte; an die Leidenschaft, mit der sie ihn auf jenem Feld vor dem St.-Denis-Tor geküsst hatte; daran, wie sie im Palast seine Hand auf ihre Brust gelegt hatte und an all die hastigen, ungeschickten Zärtlichkeiten, die sie bei jedem heimlichen Stelldichein ausgetauscht hatten. Vor der Tür am Ende des Ganges blieb er stehen. Er wollte das, was ihr anscheinend vorschwebte, nicht; nicht heute Abend, wo sein Schädel dröhnte und seine Kehle sich wund und trocken anfühlte; nicht an einem so abstoßenden Ort. Aber er hatte auch nicht die Absicht, sie allein hier zurückzulassen, also öffnete er die Tür und betete dabei, dass sie seine Beweggründe verstehen würde. Der Raum wurde von einer halb heruntergebrannten Kerze schwach erleuchtet. Rauchschwaden quollen aus einem kleinen Kamin. Vor einem mit Töpfen und Tiegeln bedeckten Tisch stand eine Frau; sie kehrte ihm den Rücken zu. Sie trug ein rotes Seidengewand und eine Spitzenhaube auf dem Haar.

»Elwen?«, fragte Will vorsichtig in das Dämmerlicht hinein, dann trat er einen Schritt in den Raum. Im nächsten Moment schlug die Tür hinter ihm zu, und ein Dolch mit gekrümmter Klinge blitzte an seinem Hals auf. Der Mann, der ihn in der Hand hielt, musste an der Wand neben der Tür gelauert haben.

»Nimm deinen Schwertgurt ab«, befahl er. Dabei setzte er Will die Klinge an die Kehle.

Will zögerte, bis er einen scharfen Schmerz fühlte, als die Dolchspitze seine Haut ritzte.

»Nun mach schon!«

Langsam schnallte Will seinen Schwertgurt ab. Der Mann mit dem Dolch nahm ihn ihm ab und warf ihn auf das Bett. Die Frau neben dem Tisch drehte sich um. Es war nicht Elwen. In ihren Augen flackerte Angst, und sie sah aus, als wäre sie geschlagen worden.

»Du kannst jetzt gehen«, knurrte der Mann.

Erst nach einem Moment begriff Will, dass er die Frau gemeint hatte.

»Sorg dafür, dass wir nicht gestört werden. Und wenn unser Freund zurückkommt, schick ihn hoch.«

Die Frau huschte an Will vorbei zur Tür, dabei sah sie ihn kurz an. Tiefes Bedauern stand in ihren violetten Augen zu lesen. »Es tut mir leid«, flüsterte sie.

Nachdem sie den Raum verlassen hatte, schloss der Mann die Tür mit einem Fußtritt. »Geh zum Bett und setz dich davor auf den Boden«, schnarrte er.

Will ging langsam zu der großen Pritsche hinüber. Der Mann hielt sich dicht hinter ihm; er konnte seinen stinkenden Atem riechen. Der Dolch berührte immer noch seinen Hals. Sein Herz hämmerte in seiner Brust, aber Schreck und Furcht hatten den Nebelschleier zerrissen, der sich um seinen Verstand gelegt hatte, und er konnte wieder klar denken. Als er das Bett fast erreicht hatte, packte er plötzlich mit der linken Hand das Handgelenk seines Gegners, drückte den Dolch von seiner Kehle weg, beschrieb eine Drehung, duckte sich unter der Klinge hinweg und riss den Mann am Arm zu sich herum. Jetzt sah er, dass das Gesicht seines Angreifers von einem dreieckigen schwarzen Stoffstück verdeckt wurde, sodass nur die dunklen Augen sichtbar waren, die aufloderten, als Will ihm einen kräftigen Hieb in die Magengrube versetzte. Der Mann krümmte sich vor Schmerzen. Will nutzte seinen Vorteil sofort, riss das Knie hoch und traf ihn damit hart am Kinn. Sein Gegner rang nach Atem und ließ den Dolch fallen. Will gab sein Handgelenk frei und rannte zur Tür, doch der Mann warf sich genau in dem Augenblick, als er sich an ihm vorbeidrängen musste, mit voller Wucht gegen ihn. Es war ein läppisch ausgeführter Angriff, aber er erfüllte seinen Zweck, denn Will verlor das Gleichgewicht und stürzte zu Boden. Als er sich auf die Knie zog, erfasste ihn erneut ein Schwindelgefühl, der Raum begann, sich um ihn zu drehen, er kippte vornüber und streckte beide Hände vor, um den Fall abzumildern. Der Schwindel verflog so schnell, wie er gekommen war, aber die wenigen Sekunden hatten seinem Angreifer genügt, um sich erneut auf ihn zu stürzen.

Er schleuderte Will zu Boden, drosch mit den Fäusten auf ihn ein und überschüttete ihn dabei mit einem Schwall von Verwünschungen und Drohungen. Will versuchte, sich zur Seite zu rollen, aber der Mann drückte ihn auf die Dielen nieder und hieb ihm in die Nieren und die Seiten, bis Wills Gegenwehr erlahmte und die Welt um ihn herum dunkel zu werden begann. Wie durch einen dichten Nebel spürte er, wie sein Peiniger von ihm abließ, dann krallten sich Hände in seine Schultern und zerrten ihn unsanft hoch, ehe ein Strick oder eine starke Schnur um seine Handgelenke geschlungen und schmerzhaft fest angezogen wurde.

Ordenshaus Paris, 3. November A. D. 1266

»Wo steckt er nur?«, fragte Everard gereizt. »Er sollte sich doch nur um unseren Proviant kümmern; er müsste längst wieder hier sein. Ich wollte noch ein paar Einzelheiten bezüglich unserer Reise mit ihm besprechen.«

Simon fuhr fort, die Flanke des Pferdes mit seinem Striegel zu bearbeiten. »Er musste plötzlich fort, Herr«, murmelte er endlich.

Everards Blick blieb an den beiden Ledersäcken hängen, die er Will gegeben hatte und die noch immer auf der Bank vor dem Eingang des Stalles lagen. Sie waren leer. »Er musste fort? Wohin?«

Simon drehte sich mit einem tiefen Seufzer zu dem Priester um. »Er wollte sich mit Elwen treffen. Sie hat ihm eine Botschaft geschickt.«

Everards Augen wurden schmal. »Wo wollte er sie treffen? Antworte mir!«, donnerte er, als Simon stumm blieb.

»In einer Schänke in der Stadt«, gab dieser widerwillig zu.

Everards Miene verfinsterte sich. »Kennst du sie? Gut«, zischte er, als Simon betreten nickte. »Dann nimmst du jetzt dieses Pferd, reitest dorthin und bringst ihn unverzüglich zum Ordenshaus zurück!«

»Aber Herr …«, begann Simon verzagt.

Doch Everard duldete keinen Widerspruch, und so ritt Simon eine Stunde später über die Brücke, die zur Ile de la Cité führte, und von dort in das Quartier Latin hinein.

Auf einem Marktplatz in einiger Entfernung vom Palast hatten fahrende Händler ihre Stände aufgebaut, um die Leute anzulocken, die jetzt vom Feiertagsgebet oder von einem Fest nach Hause kamen. In weniger als zwei Stunden wurde zur Komplet geläutet, trotzdem wimmelte der kleine Platz von Menschen, und die Händler verzeichneten gute Geschäfte. Simons Magen begann, vernehmlich zu knurren, als ihm der Duft gebratenen Fleisches in die Nase stieg. Er lenkte sein Pferd im Schritttempo durch die Menge, die sich auf der Straße drängte. An einigen Buden wurden Pasteten, Bier und Gewürze feilgeboten. Neben dem Stand eines Seidenhändlers stand eine prachtvolle Kutsche auf der Straße. Die beiden davor angespannten Stuten trugen kostbare Schabracken, die roten Samtvorhänge vor den Fenstern des Gefährts waren mit goldenen Lilien bestickt. Auf dem Bock saß ein ganz in Schwarz gekleideter Kutscher, neben den Pferden stand ein verfroren und gelangweilt wirkender Mann in der Uniform eines königlichen Leibwächters und stampfte immer wieder mit den Füßen auf. Simon runzelte die Stirn, als eine mit mehreren Seidenbahnen beladene junge Frau auf die Kutsche zukam, und brachte sein Pferd zum Stehen. Die Frau war Elwen.

Simon sprang von dem Wallach und schlang die Zügel um einen Pfosten, an dem schon mehrere Pferde angebunden waren. Elwen blickte auf, als er an der Kutsche vorbei auf sie zulief.

»Simon?«, rief sie überrascht.

Ehe Simon etwas erwidern konnte, legte sich plötzlich eine schwere Hand auf seine Schulter.

»Willst du die Dame belästigen?« Der königliche Leibwächter blickte finster auf ihn herab.

»Schon gut, Baudouin.« Elwen trat zu ihnen. »Ich kenne ihn.«

Baudouin gab Simon frei, ging zu der Kutsche zurück und lehnte sich dagegen, behielt ihn und Elwen aber scharf im Auge.

»Wo ist Will?«, fragte Simon. »Schon wieder fort?«

»Wie meinst du das?« Sein schroffer Tonfall missfiel Elwen sichtlich. »Er ist mit den anderen zum Ordenshaus zurückgekehrt.«

»Den anderen?«

»Den anderen Rittern. Nachdem die Audienz beim König beendet war.«

»Das meinte ich nicht.« Simon schielte über die Schulter hinweg zu Baudouin hinüber, dann senkte er die Stimme. »Ich weiß von eurer Verabredung in den Sieben Sternen.« Als er ihr verwirrtes Gesicht sah, begriff er endlich, dass sie keine Ahnung hatte, wovon er redete. Sein Ärger verflog und machte Besorgnis Platz. »Du hast dich nicht dort mit ihm getroffen?«

»Ich weiß weder, was diese Sieben Sterne sein sollen, noch habe ich mich mit Will dort verabredet«, erwiderte sie gereizt. »Ich war den ganzen Abend im Palast, und dann hat mich die Königin ausgeschickt, um Stoff für ein neues Kleid zu kaufen, das sie sich für die Versammlung morgen Abend anfertigen lassen will.«

»Was für eine Versammlung?«

»Der König hat den gesamten Hofstaat zusammengerufen, um öffentlich bekannt zu geben, dass er sich entschlossen hat, erneut das Kreuz zu nehmen. Simon, was hat das alles zu bedeuten? Wer hat dir denn weisgemacht, ich würde mich mit Will treffen? Das Letzte, was ich gehört habe, war, dass er mit Everard für einige Wochen die Stadt verlassen will.« Auch sie dämpfte ihre Stimme ein wenig. »Es hat irgendetwas mit diesem Buch zu tun?«

»Er hat dir davon erzählt?« In Simons Kopf begann sich langsam alles zu drehen.

»Sag mir doch einfach, was passiert ist«, ermunterte sie ihn.

Simon nagte an seiner Unterlippe, dann schüttelte er den Kopf. »Nichts«, murmelte er. »Ich muss jetzt weiter.«

»Wohin denn?« Elwen ließ nicht locker. »Simon, mach endlich den Mund auf! Was hat es mit diesen Sieben Sternen auf sich?«, fragte sie, nun mit lauter Stimme.

»Die Sieben Sterne?«, warf Baudouin ein. »Was habt Ihr denn mit diesem Ort zu schaffen?«

»Ihr kennt das Haus?« Elwen schob sich zwischen ihn und Simon.

»Vom Hörensagen«, erwiderte Baudouin sichtlich verlegen. »Es befindet sich im Quartier Latin, in der Nähe der Sorbonne.« Er fuhr sich mit der Hand durch sein sandfarbenes Haar. »Es ist ... nun ja, es ist ein Hurenhaus, um es ganz offen zu sagen, Mademoiselle.«

»Wie kommst du darauf, dass sich Will ausgerechnet dort mit mir treffen wollte?«, wandte sich Elwen wieder an Simon. »Ist er jetzt dort?«

Simon rang kurz mit sich, dann nickte er. »Ich glaube schon.«

Elwen drehte sich wieder zu Baudouin um. »Kennt Ihr den Weg dorthin?«

»Ja, aber ...«

»Wir fahren sofort los«, befahl Elwen dem Kutscher, ehe Baudouin den Satz zu Ende bringen konnte. Der Mann machte ein verdutztes Gesicht, nickte aber. »Und du kommst mit«, sagte sie zu Simon. Ihre Stimme klang fest, aber man merkte ihr deutlich an, wie aufgewühlt sie innerlich war. »Wenn wir dort sind, könnt ihr mir beide gemeinsam erklären, was eigentlich los ist.«

Sie wollte gerade den Kutschenschlag öffnen, als Baudouin ihr den Weg vertrat. Er war ein Hüne von einem Mann, der seine scharlachrote Uniform fast sprengte, und er schien beim Sprechen noch zu wachsen. »Es tut mir leid, Mademoiselle, aber das kann ich nicht zulassen. Wir fahren jetzt zum Palast zurück.« Ein warnender Blick traf Simon. »Und zwar alleine.«

Elwen wollte erst Einwände erheben, sah dann aber ein, dass sie auf taube Ohren stoßen würde. Baudouin konnte so stur wie ein Maulesel sein. Doch plötzlich fiel ihr etwas ein, was Maria ihr vor ein paar Monaten im Vertrauen erzählt hatte. »Wenn Ihr mich daran hindert, dieses ... dieses Haus aufzusuchen, sehe ich mich gezwungen, Euren Hauptmann darüber aufzuklären, dass Ihr heimlich seiner Tochter den Hof macht.«

Baudouin musterte sie forschend, erkannte, dass sie ihre Drohung wahr machen würde, und wandte sich resigniert an den Kutscher. »Tu, was sie sagt.«

Nachdem Elwen mit Simon in die Kutsche gestiegen war und auf der gepolsterten Sitzbank Platz genommen hatte, dankte sie ihrem Schöpfer im Stillen für Maria und deren Unfähigkeit, ein Geheimnis für sich zu behalten.

Gasthaus Zu den Sieben Sternen, Paris,
3. November A. D. 1266

Adela sah sich im Schankraum um. Einige Männer tanzten auf den Tischen, und sie konnte die Weinkrüge, die auf den steinernen Bodenplatten zu Bruch gegangen waren, schon nicht mehr zählen. Fabien hatte einen Gast an die Luft gesetzt, weil er ein Mädchen geschlagen hatte, und zwei weitere lagen bewusstlos in einer Ecke, aber alle anderen sahen aus, als würden sie noch eine Weile durchhalten. Eine so wilde Nacht hatte es in ihrem Haus lange nicht mehr gegeben. Ein in ihrer Nähe stehender Mann beobachtete zwei miteinander tanzende Mädchen. Die lüsterne Gier, die sich in seinem Gesicht widerspiegelte, verursachte ihr Übelkeit. Sie wandte sich angewidert ab. Es wollte ihr nicht gelingen, die Erinnerung an Rooks Hände auf ihrem Körper und seinen stinkenden Atem zu verdrängen. Am liebsten hätte sie Fabien angewiesen, ihn aus dem Haus zu werfen und draußen auf dem Hof zu Brei zu schlagen, aber sie wagte es nicht; sie wusste, dass sie seine Drohungen ernst nehmen musste.

»Adela.«

Adela drehte sich um. Garin stand vor ihr. Sein Gesicht war gerötet, und trotz der kühlen Luft lag ein Schweißfilm auf seiner Stirn. »Du bist also zurückgekommen«, stellte sie fest. Ihre Stimme ging im Lärm im Raum fast unter.

Garin berührte ihre geschwollene Wange. »Ich weiß, dass dich an dem, was er getan hat, keine Schuld trifft.«

»Nein«, fuhr sie heftig auf. »Ich bin ja schließlich nicht diejenige, die ihn hierhergeschleppt hat!«

»Sag so etwas nicht«, bat Garin. »Ich kann auch nichts dafür; ich habe ihn nicht gebeten, hierherzukommen. Es tut mir wirklich leid.« Er legte ihr eine Hand auf die Schulter, als sie sich abwenden wollte. »Hör mich an, Adela.« Er musste seine Stimme heben, um das dröhnende Gelächter zu übertönen, das aufbrandete, als einer der Tänzer vom Tisch fiel. »Sobald Rook hat, was er will, bezahlt er mich, und wir können immer zusammenbleiben. Mir ist es ernst mit dir, das weißt du doch.«

»Was ist denn mit deinem Orden?«, fragte sie spitz. »Glaubst du, man wird dich eine Hure heiraten lassen?«

»Ich verlasse den Orden«, erwiderte Garin gleichmütig. »Mir ist ein Adelstitel versprochen worden, und wenn heute Abend alles gut geht, muss ich nicht mehr lange darauf warten. Ich werde nach England zurückgehen und dort ein Landgut kaufen.« Er schüttelte den Kopf. »Oder woanders, wenn dir das lieber ist. Wenn du nur mit mir kommst.«

»Was, wenn sie dich nicht gehen lassen?«

»Ich habe dem Visitator gestern gesagt, dass ich nach Zypern reise; er rechnet damit, dass ich so bald wie möglich aufbreche. Wenn ich nicht ins Ordenshaus zurückkehre, wird er denken, ich wäre schon unterwegs. Es wird lange dauern, bis mich jemand vermisst.«

»Warum bist du vorhin weggelaufen und hast mich mit ihm allein gelassen?«

»Ich war wütend. Wütend und verletzt.« Garin runzelte die Stirn, als er erneut über ihre Wange streichen wollte und sie seine Hand wegstieß. »Aber ich bin zurückgekommen – deinetwegen.« Er nahm ihre kühlen Hände zwischen seine heißen Finger mit den abgekauten Nägeln. »Ich möchte dich nicht mehr teilen – weder mit diesem stinkenden Hurensohn noch mit irgendeinem anderen Mann. Verlass diesen furchtbaren Ort und komm mit mir. Ich werde gut für dich sorgen.«

»Du solltest jetzt besser nach oben gehen«, wich Adela aus und zog sacht ihre Hände zurück. »Rook ist mit dem Templer in meiner Kammer, und das Letzte, was ich heute Nacht brauchen kann, ist ein Mord unter meinem Dach.«

Garin schielte ängstlich zur Treppe hinüber. »Will ist hier?« Er sah sie wieder an. »Sag mir erst, dass du mit mir gehst. Ich muss es wissen, sonst kann ich diese Sache nicht zu Ende bringen.«

»Ich werde darüber nachdenken.«

Nach einer kurzen Pause nickte Garin, lächelte schwach und stieg dann die Treppe empor.

Als er vor Adelas Kammer stand, hörte er Rooks Stimme hinter der Tür, gefolgt von einem erstickten Schmerzensschrei. Garin holte tief Atem und klopfte an. Nach ein paar Sekunden öffnete sich die Tür.

Rooks Augen wurden schmal, als er Garin vor sich stehen sah. »Lauf noch einmal einfach so weg, und du wirst es bitter bereuen«, grollte er hinter seiner schwarzen Maske, dann öffnete er die Tür weiter.

Jetzt konnte Garin Will sehen. Er saß aufrecht, mit wie zu einer Umarmung weit ausgebreiteten Armen auf dem Fußboden. Seine Handgelenke waren an die Beine des Bettes gefesselt, seine Füße mit einem Gürtel zusammengebunden. Er sah aus wie ein zerbrochenes Kruzifix. Garin sah, wie er versuchte, den Kopf zur Seite zu drehen, dann begann er, würgend zu husten, und spie einen Blutschwall auf den Boden. Und erst jetzt bemerkte er voller Entsetzen, dass Will den weißen Mantel eines Ritters trug.

»Diese elende Ratte will den Mund nicht aufmachen. Du wirst mir helfen müssen.«

»Das geht nicht!«, zischte Garin. »Er kennt mich.«

»Und du ihn«, fauchte Rook. »Du weißt besser als ich, welche Fäden du ziehen musst.«

»Nein«, wehrte Garin ab. »Damit will ich nichts zu tun haben.« Er nickte zu Will hinüber. »Er ist zum Ritter geschlagen worden, um Himmels willen. Wenn herauskommt, was wir mit ihm angestellt haben, werdet Ihr aufgeknüpft und ich nach Merlan gebracht.«

»Hilf mir«, stöhnte Will gequält.

»Ruhe«, knurrte Rook über seine Schulter hinweg, dann packte er Garin am Arm. »Und du hörst jetzt mit deinem Gewinsel auf und tust, was ich dir sage.« Er zerrte Garin in die Kammer. »Meine Geduld ist am Ende«, fuhr er ihn an. »Bring den Bastard zum Reden, sonst werdet ihr alle beide sterben.«

Garin ging langsam zum Bett. Wills Kopf kippte immer wieder zur Seite, die Augen waren halb geschlossen, Lippen und Nase blutverschmiert, und auf der Stirn hatte sich über dem rechten Auge eine violett schillernde Beule gebildet. Sein Gesicht war totenblass und mit einem Schweißfilm überzogen. »Kein Wunder, dass er nicht redet«, murmelte er mit einem viel sagenden Blick in Rooks Richtung. »Was habt Ihr mit ihm angestellt?«

»Garin?«

Garin registrierte missvergnügt, dass Will seine Gegenwart jetzt bewusst wahrnahm.

»Garin?«, wiederholte Will etwas deutlicher, dabei versuchte er, sich aufzusetzen. »Ist er fort? Schaff mich von hier weg.«

Garin wagte nicht, ihm in die Augen zu sehen. »Das kann ich nicht. Erst musst du ihm sagen, was er wissen will.«

Will schüttelte mühsam den Kopf. »Ich verstehe das nicht. Was hast du hier …« Er brach ab, als Rook in sein Blickfeld trat. »Was wollt Ihr von mir?«

»Er will wissen, wo das Gralsbuch ist. Du tust gut daran, es ihm zu sagen.«

Will starrte den Ritter nur benommen an.

»Rück endlich mit der Sprache heraus!«, brüllte Rook, trat einen Schritt vor und holte mit der Faust aus.

Will wand sich in seinen Fesseln, konnte aber nicht verhindern, dass Rook ihm die Faust ins Gesicht schmetterte. Seine Lippe platzte auf, sein Mund füllte sich mit frischem Blut. Rook krallte die Finger in sein Haar und zerrte seinen Kopf in die Höhe. Will begann keuchend, nach Atem zu ringen.

»Will, sag ihm, was er hören will«, drängte Garin. »Sag es ihm, dann lässt er dich gehen.«

»Garin …« Wills Augen hefteten sich auf seinen früheren Freund. »Er hat behauptet, er hätte Elwen in seiner Gewalt, aber ich glaube ihm nicht. Sag mir, dass er lügt.«

Garin sah erst Rook, dann Will an. »Er lügt nicht, Will.«

»Und du kannst dir sicherlich vorstellen, was ich mit ihr machen werde, wenn ich nicht bekomme, was ich will.« Rook kauerte sich vor Will auf den Boden und beugte sich vor. »Verglichen mit deiner Liebsten kommst du dann noch glimpflich davon.«

Will blickte an ihm vorbei zu Garin. »Wie konntest du das tun? Wie konntest du zulassen, dass er Elwen …«

»Rede!«, herrschte Rook ihn an. »Sonst hole ich sie her und schlitze ihr die Kehle auf. Nachdem ich mich mit ihr vergnügt habe, versteht sich.« Als Will keine Antwort gab, richtete er sich wieder auf. »Wie du willst. Geh und bring sie her«, befahl er Garin. Als dieser sich nicht von der Stelle rührte, funkelte er ihn drohend an. »Jetzt sofort!«

»Nein!«, schrie Will, von plötzlicher Panik erfüllt, als Garin sich zur Tür wandte. »Warte, ich werde euch alles sagen. Aber lasst Elwen gehen!«

»Er lässt sie frei, wenn du ihm sagst, wo das Buch ist«, versprach Garin. »Ich werde nicht zulassen, dass er ihr etwas antut, ich schwöre es. Das musst du mir glauben, Will, auch wenn du mir sonst nichts glaubst.«

»Nicolas de Navarre hat es.« Will schluckte hart. »Er hat es uns abgenommen und ist nach La Rochelle geritten.«

»Nicolas wer?«, schnarrte Rook.

»Nicolas de Navarre ist ein Hospitaliterritter. Er bringt das Buch zu seinem Großmeister nach Akkon.«

»Was will ein Hospitaliter mit dem Gralsbuch?«

»Es dazu benutzen, um den Templerorden zu vernichten«, krächzte Will, dann sah er Garin flehend an. »Und jetzt lass Elwen gehen. Ich habe euch alles gesagt, was ich weiß.«

Rook trat einen Schritt zurück. Die Maske hob sich an den Enden, als er lächelte. »Das sind ja wirklich interessante Neuigkeiten.« Er wandte sich an Garin. »Ich besorge uns Pferde. Wir reiten noch heute Nacht los und versuchen, diesen Ritter auf der Straße einzuholen.« Er ging zur Tür, drehte sich dann aber noch einmal um. »Und du machst ihn unschädlich.«

Garin starrte ihn mit offenem Mund an. »Ich soll *was*?«

Rook öffnete die Tür. »Du hast gesagt, er kennt dich, und er würde dich anzeigen. Wenn er tot ist, dürfte ihm das schwer fallen, nicht wahr?«

33

Gasthaus Zu den Sieben Sternen, Paris
3. November A. D. 1266

Will bäumte sich wie wild in seinen Fesseln auf, doch sie ließen sich nicht lockern, und er erreichte nichts, außer sich unnötig zu verausgaben. Garin hatte den Raum ein paar Minuten nach dem Mann mit der Maske verlassen, aber viel Zeit würde ihm vermutlich nicht bleiben. Er wurde nur von dem Gedanken beherrscht, sich zu befreien und Elwen von hier fortzuschaffen. Über Garins Verrat und die möglichen Beweggründe dafür konnte er sich später den Kopf zerbrechen. Er ignorierte die Schmerzwellen, die durch seinen Körper fluteten, und verrenkte sich den Hals, um das Bett hinter ihm zu inspizieren. Es war ziemlich groß und machte einen stabilen Eindruck, aber wenn er all seine Kräfte aufbot, gelang es ihm vielleicht, es bis zur Tür oder zu einer Wand mit sich zu schleifen. Wenn er mit den Füßen gegen die Wand trommelte, hörte ihn vielleicht jemand im Nebenraum und kam ihm zu Hilfe – ein aus nackter Verzweiflung heraus geborener Plan, aber das Einzige, was ihm einfiel. Er musste irgendetwas unternehmen. Nachdem er tief Atem geholt hatte, beugte er sich vor und zog sich vor Anstrengung keuchend ein Stück über den Boden. Das Bett bewegte sich ein paar Zoll und stieß dann gegen seinen Rücken. Will verschnaufte einen Moment, dann stemmte er sich erneut gegen seine Fesseln; so hart, dass der Strick ihm tief in die Haut schnitt. Wieder ruckte das Bett ein Stück weiter. Will unternahm einen dritten Versuch, doch dann flog die Tür plötzlich wieder auf.

»Du musst mir helfen«, hörte er Garin sagen, dann erklangen weitere Schritte, und die Tür fiel ins Schloss.

Will hob mühsam den Kopf, als Garin und die Frau, die er für Elwen gehalten hatte, auf ihn zukamen.

Bei seinem Anblick schlug die Frau die Hände vor den Mund. »Wo ist Rook?«

»Er holt Pferde für uns«, erwiderte Garin, trat zum Tisch, griff nach einem irdenen Tiegel und betrachtete ihn nachdenklich.

»Pferde?«, wiederholte die Frau. »Wo wollt ihr denn hin?«

»Elwen«, stieß Will matt hervor.

Garin und die Frau drehten sich zu ihm um.

Will bemühte sich, sich auf Garin zu konzentrieren. »Macht mit mir, was ihr wollt, aber lasst sie gehen.«

»Wir haben sie gar nicht«, entgegnete Garin. »Er hat gelogen.«

»Sie ist nicht hier?« Will konnte ein erleichtertes Schluchzen nicht unterdrücken.

»Nein«, bestätigte Garin ruhig. Er sah aus, als wollte er noch etwas sagen, besann sich dann aber, ging zum Tisch zurück und griff nach einem anderen Tiegel.

»Du gehst fort?« Die Stimme der Frau klang anklagend.

»Nur für kurze Zeit. Ich verspreche dir, dass ich zu dem Wort stehe, das ich dir gegeben habe, Adela«, erwiderte Garin ernst. »Aber hilf mir noch dieses eine Mal.«

»Das ist Bilsenkraut«, murmelte Adela, als Garin den Tiegel in den Händen drehte. »Hochgiftig.«

»Du musst einen Trank für mich bereiten.«

Adela trat einen Schritt auf ihn zu. »Stell das weg, Garin. Ich helfe dir nicht, ihn umzubringen.«

Will beobachtete die beiden schweigend. Der Nebel, der ihn zu umfangen begann, wurde mit jeder Minute dichter.

»Ich will ihn nicht umbringen«, beruhigte Garin Adela rasch. »Ganz im Gegenteil.«

Sie deutete auf den Tiegel in seinen Händen. »Und warum hast du dann …«

»Du sollst einen Schlaftrunk mischen. Dafür nimmt man doch Bilsenkraut, nicht wahr?« Er hob den Tiegel hoch. »Meine Mutter hat es oft benutzt.«

»Aus bestimmten Teilen der Pflanze kann man Schlafmittel herstellen, das stimmt. Aber wenn dir dabei ein Fehler unterläuft, wachst du nie wieder auf.«

»Tust du mir den Gefallen? Ich versuche, Rook von hier fern zu halten, bis wir aufbrechen, aber es muss so aussehen, als wäre Will tot – nur vorsichtshalber.«

»Und was mache ich, wenn er aufwacht, die Büttel holt und mich beschuldigt, ihn entführt und betäubt zu haben?«, fragte Adela ärgerlich.

»Das wird er nicht tun«, widersprach Garin.

»Woher willst du das wissen?«

»Weil er sich sofort an meine Fersen heften wird.«

Adela sah erst ihn, dann Will zweifelnd an, dann nahm sie Garin den Tiegel aus der Hand und stellte ihn auf den Tisch zurück. »Ich brauche dir kein Mittel zu mischen«, sagte sie ruhig, trat zu ihrem Regal und nahm eine hohe schwarze Flasche herunter. »Gib ihm das hier.« Sie reichte Garin die Flasche.

»Wie viel?« Garin zog den Stopfen heraus, schnupperte an dem Flaschenhals und verzog angewidert das Gesicht.

»Ein Viertel des Inhalts. Dann dürfte er ungefähr zehn Stunden fest schlafen.«

»Was mir einen kleinen Vorsprung verschafft.« Garin ging zu Will hinüber. »Mach den Mund auf«, befahl er.

»Du hast Recht«, murmelte Will. »Ich werde dir folgen und dich finden, und wenn es das Letzte ist, was ich tue.«

Garins Kiefermuskeln spannten sich an. »Ich rette dir gerade das Leben, Will. Ich hoffe, du vergisst das nicht.« Er umfasste Wills Kinn und schob seinen Kopf nach hinten.

Will versuchte, sich abzuwenden, aber Garin verstärkte seinen Griff und presste ihm die Flasche an die Lippen. Will spürte, wie eine zähe, körnige Flüssigkeit in seinen Mund rann. Er bemühte sich, sie nicht zu schlucken, aber Garin goss immer mehr nach und hielt ihm dann die Nase zu, sodass er keine Luft mehr bekam. Endlich blieb ihm nichts anderes übrig, als das widerlich schmeckende Gebräu hinunterzuwürgen.

Garin ließ von ihm ab und stellte die Flasche auf den Tisch. »Wie lange wird es dauern, bis die Wirkung einsetzt?«, fragte er Adela.

Will hustete. Ein paar schwarze Tropfen rannen über sein Kinn und tropften auf seinen Mantel.

»Nicht lange«, erwiderte Adela knapp.

Will beobachtete Garin, der unruhig in der Kammer auf- und abschritt. »Warum tust du das? Wieso bist du hinter dem Buch her?«

»Ich nicht«, wehrte Garin ab. »Er will es haben.«

»Wer ist dieser Mann?«

Garin gab keine Antwort.

Nach einer Weile stieg Übelkeit in Will auf. Er wollte etwas sagen, aber in diesem Moment krampfte sich sein Magen zusammen und hob sich, und er beugte sich vor, um sich heftig auf den Boden zu übergeben. Danach sackte er kraftlos gegen das Bett zurück. Seine Zunge fühlte sich geschwollen an und prickelte. Schauer liefen ihm über den Rücken. Das Prickeln griff auf seine Wangen, seine Kopfhaut, seinen Nacken über. Plötzlich überkam ihn ein unwiderstehlicher Lachreiz; er lachte, bis seine Augen tränten, dann kippte er zur Seite, versuchte, sich aufzusetzen und stellte fest, dass seine Gliedmaßen ihm nicht mehr gehorchten. Seine Euphorie ebbte so schlagartig ab, wie sie gekommen war. Seine Arme und Beine schienen nicht mehr zu ihm, sondern zu einem anderen zu gehören, der beschlossen hatte, sich behaglich auf dem Boden auszustrecken. Garin sagte etwas zu ihm, doch die Worte ergaben keinen Sinn, sondern dröhnten nur schmerzhaft in seinen Ohren. Der Raum begann, sich um ihn zu drehen. Garins Gesicht glich einer verzerrten Fratze, der Mund der Frau, Adela, einer klaffenden roten Wunde. Alle Farben und Konturen verschmolzen vor seinen Augen miteinander. »Warum?«, flüsterte er noch einmal, an Garin gewandt. Die Antwort des Ritters vernahm er wie aus weiter Ferne, so hohl, als käme sie aus einem langen Tunnel.

»Es tut mir leid, Will, das musst du mir glauben. Aber du hast ja keine Ahnung, was ich durchgemacht habe.«

Will spürte, wie er in ein tiefes schwarzes Loch stürzte, dann wurde es endgültig dunkel um ihn.

Adela trat zu ihm, hob eines seiner Lider an und nickte. »Er ist bewusstlos.«

»Gut. Ich gehe jetzt zu Rook und sage, dass wir ihn vergiftet haben.«

»Hilf mir erst, ihn loszubinden.«

»Warum?«

»Weil ich nicht riskieren möchte, dass jemand hier hereinkommt und ihn zusammengeschlagen und an das Bett gefesselt vorfindet. Wenn wir ihn auf das Bett legen, wird man denken, er wäre nur betrunken.«

Garin nickte zustimmend, dann half er ihr, Wills Fesseln zu lösen.

»Wird er nicht eurem Visitator melden, was du getan hast?« Adela ächzte unter Wills Gewicht, als sie ihn zusammen mit Garin auf die Pritsche hievte. »Hast du keine Angst, verhaftet und in den Kerker geworfen zu werden?«

Garins ohnehin schon zum Zerreißen gespannte Nerven drohten ihn bei dem Gedanken an Merlan endgültig im Stich zu lassen. Dort gab es eine ausschließlich Verrätern vorbehaltene Zelle; ein Loch, das, wie er einmal einen Kameraden hatte sagen hören, kaum groß genug war, um einem zusammengekauerten Mann Platz zu bieten. Dort würde man ihn in völliger Dunkelheit und Einsamkeit ohne Wasser und Nahrung seinem Schicksal überlassen und seinen Leichnam anschließend verbrennen. »Ich habe dir doch gesagt, dass ich den Orden verlasse.« Er ging zum Tisch, auf dem der lederne Reisesack lag, der seine wenigen Habseligkeiten sowie den Brief des Visitators enthielt, und streifte seinen Mantel ab. »Wenn ich zurückkomme, gehen wir irgendwohin, wo die Templer uns nicht finden können. Du kannst dieses Haus verkaufen oder einfach zurücklassen. Wir werden nie wieder hierher zurückkehren.« Garin zögerte, als er den Mantel in seiner Hand betrachtete. *Das war es dann also*, hörte er eine spöttische Stimme in seinem Kopf sagen. Sie klang wie die seines Onkels. *Du gibst alles, was dir wichtig ist, deinen Platz im Orden, deine Pflichten gegenüber deiner Mutter und dem Namen de Lyons, einfach auf – wegen einer billigen Hure!* Doch er verdrängte die Stimme entschlossen und stopfte den Mantel in den Sack.

»Hast du ihn erledigt?«, erkundigte sich Rook, als sich Garin kurz darauf zu ihm in den Hinterhof der Schänke gesellte. Der Mond lag hinter den Wolken verborgen; es war dunkel im Hof. Zahlreiche Bierfässer reihten sich an der Wand.

»Ja«, erwiderte Garin knapp. Als er ein leises Wiehern hörte, drehte er sich erstaunt um. Zwei Pferde waren an dem Zaun angebunden, der den Hof umgab.

Rook ging zu den Tieren hinüber und schnallte ein großes Bündel hinter dem Sattel eines der Pferde fest.

»Wo habt Ihr die her?«, fragte er misstrauisch.

»Warum hast du so lange gebraucht?«, gab Rook zurück. Seine Augen glitzerten in dem Licht, das zusammen mit Gelächter und Gesang aus der Hintertür des Gasthauses flutete.

»Ich habe ihn vergiftet und musste warten, um sicherzugehen, dass er wirklich tot ist.«

Rook starrte ihn einen Moment lang an, dann nahm er ein anderes Bündel von einem der Fässer und warf es Garin zu. »Vergiftet hast du ihn?«

»So ist es.« Garin fing das Bündel auf.

»Mit Gift ist das so eine Sache. Manchmal wirkt es nicht richtig. Ich sehe besser selber mal nach.«

»Dazu besteht kein Grund!«, protestierte Garin hastig, doch Rook war schon wieder im Haus verschwunden.

Adela schlang die Arme um den Oberkörper und sah sich in der überfüllten Schankstube um. Sie konnte nicht begreifen, wie sie sich hier jemals hatte glücklich fühlen können. Ihr war, als wäre ein Schleier von ihren Augen weggezogen worden. Dinge, die sie früher kaum gestört hatten, empfand sie jetzt als unerträglich – die Risse in den Wänden, in denen Ungeziefer hauste; der mit Blut und Erbrochenem besudelte Boden; die von gierigen Männerhänden zerrissenen Kleider ihrer Mädchen …

»Ich sollte dir Bescheid sagen, wenn Dalmau nach oben geht.«

Adela drehte sich um. Eines der Mädchen, ein draller Rotschopf namens Blanche, stand vor ihr und sah sie erwartungsvoll an.

»Schick Jacqueline zu ihm«, befahl Adela etwas schärfer als beabsichtigt, dann seufzte sie und deutete auf die ausgelassenen Kaufleute. »Ich muss mich um diese Bande kümmern.« Das war eine Lüge; Fabien verstand es viel besser, mit den betrunkenen Männern fertig zu werden. Aber Garin war noch nicht fort, sie wollte sich noch von ihm verabschieden, und ihr graute davor, heute Nacht einem anderen Mann zu Willen sein zu müssen. Schon gar nicht diesem bulligen Fleischer.

»Jacqueline?«, meinte Blanche gedehnt. »Ich dachte, Dalmau bevorzugt Frauen mit Erfahrung?«

»Dalmau dürfte zu betrunken sein, um den Unterschied zu bemerken«, erwiderte Adela schroff. »Sag ihm, es wäre ein Geschenk des Hauses. Ich bezahle Jacqueline aus eigener Tasche. Das Doppelte des üblichen Preises.«

»Wie du willst.«

Adela ging zu einem Durchlass im hinteren Teil des Raumes hinüber. Dahinter lag ein kurzer Gang, der an der Küche vorbei zur Hintertür führte. Kurz vor dem Durchlass blieb sie erschrocken stehen. Rook tauchte am anderen Ende des Ganges auf und kam auf sie zu. »Wo ist Garin?«, stieß sie hervor.

Blanche stellte sich auf die Zehenspitzen, um das Gewühl im Raum besser überblicken zu können, sah Jacqueline mit einigen Männern in einer stilleren Ecke sitzen und ging zu ihr hinüber. »Du übernimmst den Kunden von Madame.«

Jacqueline, ein großäugiges, ungefähr vierzehnjähriges Mädchen mit einem schmalen, blassen Gesicht und langem goldblondem Haar, blickte ängstlich auf. »Ich?«

»Keine Sorge«, beruhigte Blanche sie. »Er ist sturzbetrunken. Tu einfach, was ich dir gezeigt habe, dann ist alles ganz schnell vorbei.« Sie quiekte auf, als einer der Männer sie um die Taille fasste und zu sich herumwirbelte. »Er wartet in ihrer Kammer«, rief sie Jacqueline zu, ehe der Mann sie mit sich zog.

Jacqueline holte tief Atem, erhob sich, ging zur Treppe hinüber und stieg langsam die Stufen hinauf. Das Gekreische und Gelächter wurde mit jedem Schritt leiser.

Nachdem die königliche Kutsche an der Sorbonne, der ehrwürdigen, von König Louis' Kaplan ins Leben gerufenen Theologieschule vorbeigerattert war, bog sie in die Straße ein, in der die Sieben Sterne lagen.

»Hier ist es«, hörte Elwen Baudouin auf dem Kutschbock sagen.

Noch ehe die Kutsche zum Stehen gekommen war, schob sie bereits den Vorhang zur Seite, sprang auf die Straße und starrte das große Alehaus an. Fackelschein schimmerte zwischen den Fensterbehängen hervor. Sie konnte schrilles Frauenlachen und laute Männerstimmen hören. Ein paar Männer, die vor dem Haus neben ein paar angebundenen Pferden und zwei Kutschen standen, sahen zu ihr herüber. Einer vollführte eine obszöne Geste, seine Kameraden lachten. Elwens Herzschlag beschleunigte sich, aber sie achtete nicht auf die Flegel und ging entschlossen auf die Tür zu.

»He!« Baudouin sprang vom Kutschbock, lief ihr nach und versperrte ihr den Weg. »Was habt Ihr vor?«

»Meinen zukünftigen Mann zu suchen.« Elwen drängte sich an ihm vorbei.

»Ich werde hineingehen und sehen, ob ich ihn finde.« Baudouin nahm sie am Arm. »In dieser Gegend sind Frauen nur zu einem einzigen Zweck da. Und Ihr könnt dem Hauptmann über mich und seine Tochter erzählen, was Ihr wollt. Der König würde mich am Galgen aufknüpfen, wenn ich zulassen würde, dass Ihr allein in dieses … nun, ich bitte um Verzeihung, Mademoiselle, aber alle Männer haben nun einmal bestimmte Gelüste.« Er blickte viel sagend zu der Gruppe bei den Kutschen hinüber. »Wenn sie eine hübsche junge Frau wie Euch sehen, haben sie nur eines im Sinn. Es ist der Teufel in uns.« Er wandte sich an Simon, der auf sie zugestapft kam. »Stimmt es nicht, Sergeant?«

Elwen enthob Simon einer Antwort, indem sie sich unwillig von Baudouin losmachte. »Dann solltet Ihr mich besser begleiten.«

Simon zeigte sich von ihrer Entschlossenheit sichtlich beeindruckt, aber Baudouins Miene verfinsterte sich. Doch da er sie nicht gewaltsam zurückhalten wollte, blieb ihm nichts anderes übrig, als ihr zu folgen, derweil sie auf die Tür der Schänke zusteuerte. Der Saum ihres gelben Umhangs schleifte über den gefrorenen Boden. Simon folgte ihnen; die königliche Kutsche blieb mitten auf der Straße stehen. Vor der Tür zögerte Elwen einen Moment. Der Gedanke an das, was sie auf der anderen Seite erwarten mochte, flößte ihr Unbehagen ein. Doch sie straffte sich und klopfte vorsichtig an. Als niemand öffnete, sah sie sich verzagt zu Simon um.

»Bei dem Lärm hört das bestimmt niemand.« Simon schob sich an ihr vorbei und begann, mit der Faust gegen die Tür zu hämmern.

Noch immer rührte sich im Haus nichts, obwohl Elwen meinte, einer der Fensterbehänge im unteren Stock hätte sich leicht bewegt. Wieder schlug Simon gegen die Tür. Baudouin bekundete seinen Unmut durch ein lautes Schnauben, und Elwen biss sich auf die Lippe, als immer noch niemand öffnete.

»Du hast den Ritter vergiftet?« Rook blieb vor Adela stehen und musterte sie argwöhnisch.

»Ja.« Adela bemühte sich, sich ihre Angst nicht anmerken zu lassen. »Ich habe Garin einen Trank gebraut.« Sie spähte an ihm vorbei zur Hintertür. Sie war geschlossen. »Ist er draußen im Hof? Ich möchte mich gern von ihm verabschieden.«

»Das kannst du tun, wenn ich mit eigenen Augen gesehen habe, dass der Templer tot ist«, erwiderte Rook. »Und jetzt geh mir aus dem Weg.«

Adela zögerte, dann nahm sie all ihren Mut zusammen, straffte sich und funkelte ihn zornig an. »Ich muss den Leichnam fortschaffen, ehe ihn jemand entdeckt. Es wird Zeit, dass Ihr von hier verschwindet.«

»Ich sage es nicht noch einmal.«

Adela starrte Rook an; sein pockennarbiges Gesicht mit den grausamen Zügen und den schwarzen, vor Bosheit und Verachtung sprühenden Augen. Hass und Abscheu würgten sie in der Kehle. »Ich auch nicht. Verschwindet endlich!«, fauchte sie. »Sonst hole ich die königliche Leibwache her und melde, was Ihr getan habt.«

»Willst du mir drohen?« Rooks Stimme klang trügerisch sanft.

»Es ist vorbei. Ihr habt bekommen, was Ihr wolltet. Geht jetzt, dann werde ich alles, was hier vorgefallen ist, für mich behalten.«

Rook verzog keine Miene. Einen Moment lang, der Adela wie eine halbe Ewigkeit vorkam, sagte er kein Wort. Ihre Atemzüge klangen in dem dämmrigen Gang unnatürlich laut, die Musik und das Gelächter im Raum hinter ihr schienen sehr weit entfernt. Endlich trat Rook einen Schritt zurück.

»Dann beeil dich lieber. Wenn der Ritter hier gefunden werden sollte, hätten wir beide ein Problem, nicht wahr?«

»Allerdings«, stimmte sie zu. Sein Rückzieher hatte sie so überrascht, dass sie den Hundesohn fast angelächelt hätte. Sie sah ihm nach, als er zur Hintertür zurückging, dann wandte sie sich, vor Erleichterung am ganzen Leibe zitternd, ab, um in den Schankraum zurückzukehren. Mit jedem Schritt hallte die Fiedelmusik lauter in ihren Ohren wider. Sie hatte das Ende des Ganges fast erreicht, als sich eine Hand über ihren Mund legte. Sie stieß einen erstickten Schrei aus, als sie von Licht und Musik weggezerrt und grob gegen die Wand neben der Küchentür gestoßen wurde.

»Du bildest dir ein, du könntest mir drohen?«, zischte Rook ihr ins Ohr. »Willst mir vorschreiben, was ich zu tun habe?« Adela wand sich wie ein Aal in seinem Griff, aber er hielt sie wie in einem Schraubstock gefangen. »Anzeigen wolltest du mich? Der königlichen Wache melden, was ich getan habe, du nutzlose kleine Schlampe?« Mit seiner freien Hand riss er seinen Dolch aus der Scheide. »Gar nichts wirst du ihnen erzählen; dazu wirst du keine Gelegenheit mehr haben!« Er bog ihren Kopf nach hinten und schnitt ihr mit einer einzigen raschen Bewegung die Kehle durch. Blut spritzte auf, Adelas Körper bäumte sich auf, Tränen quollen aus ihren violetten Augen, dann sackte sie langsam auf dem Boden zusammen. Ein dunkler Fleck breitete sich auf ihrem roten Gewand aus.

Rook stieß die Küchentür mit einem Fuß auf, überzeugte sich davon, dass der Raum leer war, und schleifte Adelas Leichnam hinein. Ihr Blut hinterließ eine feuchte rote Spur auf dem Boden. Er schob den Dolch wieder in die Scheide zurück, ohne sich die Mühe zu machen, ihn vorher abzuwischen, trat in den Gang hinaus, kehrte in den Schankraum zurück und drängte sich zur Treppe durch, doch plötzlich vertrat Fabien ihm den Weg.

»Wo ist Adela?«, fragte er unwirsch und musterte dabei Rook mit unverhohlener Feindseligkeit.

»Das weiß ich nicht«, erwiderte Rook. »Ich bin selbst auf der Suche nach ihr.« Er blickte an sich hinunter, stellte fest, dass seine Hand blutverschmiert war und verbarg sie unauffällig hinter seinem Rücken.

»Ein königlicher Leibwächter und ein Templersergeant stehen draußen vor der Tür. Sie muss sie abwimmeln.«

»Ein Templersergeant?«, vergewisserte sich Rook alarmiert.

»Ganz recht«, entgegnete Fabien kalt. »Er ist zweifellos wegen seines Freundes hier.« Er senkte die Stimme und trat einen Schritt auf Rook zu. »Meine Herrin hat mich angewiesen, Euch höflich zu behandeln, während Ihr hier seid, aber wenn Ihr sie in Schwierigkeiten gebracht habt, sehe ich mich gezwungen, mich über ihren Befehl hinwegzusetzen.«

»Warum sprichst du nicht erst einmal mit den Männern, und ich suche Adela?«, schlug Rook rasch vor.

Fabien betrachtete ihn misstrauisch. »Na schön, aber beeilt Euch. Ich kann einem Angehörigen der königlichen Leibwache nicht den Zutritt zu diesem Haus verweigern, ich kann nur versuchen, ihn eine Weile hinzuhalten.«

Als Fabien sich abwandte, bahnte sich Rook einen Weg durch den überfüllten Schankraum, verschwand in dem Gang und stürmte an der Küche vorbei zur Hintertür hinaus.

Garin, der im Hof auf ihn wartete, schrak bei seinem Anblick zusammen.

»Wir reiten los.« Rook packte den Zügel eines der Pferde.

»Aber Adela …«, begann Garin unschlüssig, dabei fragte er sich, ob sich Rook tatsächlich von seiner List hatte täuschen lassen.

»Kann warten«, fauchte Rook. »Wir müssen uns beeilen.« Er schwang sich in den Sattel. »Oder möchtest du lieber hierbleiben und einem Templer und einem königlichen Leibwächter erklären, wieso oben in der Kammer ein toter Ritter liegt?«

Garin blickte ein letztes Mal halb furchterfüllt, halb wehmütig zur Tür hinüber, dann saß er ebenfalls auf und ritt mit Rook die Gasse hinunter. Der Hufschlag ihrer Pferde hallte hohl durch die Nacht.

»Es hat keinen Sinn.« Simon wich ein Stück zurück und verrenkte sich den Hals, um zu den Fenstern im oberen Stock emporzuschielen. »Sie lassen uns nicht herein.«

»Lass es mich noch einmal versuchen.« Elwen ballte eine Faust und hämmerte heftig gegen die Tür. »Aufmachen!«, brüllte sie so laut, dass Baudouin zusammenzuckte und sich besorgt nach allen Seiten umblickte. Als sie erneut gegen das Holz schlagen wollte, schwang die Tür plötzlich auf, und sie wäre fast gegen den riesenhaften Mann geprallt, der auf der Schwelle stand.

»Was wollt Ihr?«, fragte er schroff.

Elwen gewann ihre Fassung rasch zurück. »Wir sind auf der Suche nach einem unserer Freunde.«

»Ihr müsst draußen auf ihn warten. Dies ist ein privates Gasthaus.«

»Lasst die Dame ihren Freund suchen, dann seid Ihr uns sofort wieder los.« Baudouin trat einen Schritt vor.

»Seid Ihr dienstlich hier?«

»Nein«, wehrte Baudouin hastig ab. »Ich bin nicht im Dienst.«

»Dann müsst Ihr draußen warten, wie ich gesagt habe.«

»Bitte!«, flehte Elwen, als der Mann Anstalten machte, die Tür wieder zu schließen.

Simon drängte sich an ihr vorbei, schob einen Fuß zwischen Tür und Rahmen, stieß sie wieder auf, versetzte dem Hünen einen Schlag in die Magengrube und stürmte, als dieser stöhnend auf die Knie sank, mit wild hämmerndem Herzen in den Schankraum. Ohne den nackten Frauen auch nur die geringste Beachtung zu schenken, sah er sich nach Will um. Er konnte ihn nirgendwo in dem Gewühl entdecken, aber sein Blick fiel auf eine schmale Treppe im hinteren Teil des Raumes, und er steuerte darauf zu, ohne auf Baudouin und Elwen zu warten, die sich an dem nach Atem ringenden Türsteher vorbei ins Haus geschoben hatten.

Elwen blieb angesichts der Szene, die sich ihr im Schankraum bot, wie angewurzelt stehen. Baudouin legte ihr eine Hand auf den Arm und schob sie auf die Treppe zu.

»Kommt, Mademoiselle. Je eher wir hier wieder verschwinden können, desto besser.«

Simon nahm gleich zwei Stufen auf einmal. Oben angekommen, fand er sich in einem langen, schmalen, nur von einer einzigen Fackel erleuchteten Gang mit acht Türen wieder. Unter einigen davon schimmerte Licht hervor. Er riss die erste Tür auf. Ein eng umschlungenes Paar fuhr erschrocken hoch, ein Schwall von Beschimpfungen ergoss sich über ihn. Ohne auf das Gezeter zu achten, wandte er sich ab, um die nächste Tür aufzustoßen. Als er Schritte hinter sich hörte, fuhr er herum und unterdrückte einen erleichterten Seufzer, als er Elwen und Baudouin sah. »Wir müssen jede einzelne Kammer überprüfen«, sagte er entschlossen.

Baudouin machte sich daran, ihm bei der Suche zu helfen. Elwen sah ihn in einem weiteren Raum verschwinden, hörte einen spitzen Schrei und drückte sich gegen die Wand, als ein nacktes Mädchen an ihr vorbeischoss und die Treppe hinunterrannte.

»Fabien!«, kreischte sie laut.

Simon hatte das Ende des Ganges schon fast erreicht und öffnete gerade die nächste Tür, als ein halb nackter, stiernackiger Mann aus der Kammer gestürmt kam und so hart gegen den Stallburschen prallte, dass beide durch die gegenüberliegende Tür brachen. Zwischen den beiden Männern brach ein erbitterter Kampf aus.

»Baudouin!«, rief Elwen, der allmählich dämmerte, auf was sie sich da eingelassen hatte.

Der Wächter erschien auf der Türschwelle und eilte Simon sofort zu Hilfe. Weitere Männer stürzten aus den Kammern und hasteten an Elwen vorbei auf die Treppe zu. Elwen blieb unschlüssig stehen und lauschte den Kampfgeräuschen, die aus dem Raum drangen, in dem Simon, Baudouin und der stiernackige Mann noch immer miteinander rangen. Sie wusste nicht recht, was sie jetzt tun sollte. Ihr Blick fiel auf die letzte Tür am Ende des Ganges, die noch geschlossen war. Sie ging darauf zu, stieß sie auf, blieb auf der Schwelle stehen und blinzelte in die verräucherte Kammer.

Als Erstes starrte sie ihr eigenes Bild aus einem silbernen Spiegel an der Wand an. Rote Flecken leuchteten auf ihren Wangen, ein paar Haarsträhnen klebten an ihrer Stirn. Dann schweifte ihr Blick über einen Wandschirm aus Flechtwerk, einen hölzernen Tisch, ein mit Töpfen und Tiegeln voll gestopftes Regal und ein Bett an der Wand. Darauf saß ein blasses, goldlockiges Mädchen mit bis zur Hüfte hochgeschlagenem Rock rittlings auf einem Mann. Elwen spürte, wie sich eine eisige Hand um ihr Herz schloss, als sie diesen Mann genauer betrachtete. Er hatte das Gesicht von ihr abgewandt, aber sie erkannte das schwarze Haar und die Linie von Hals und Kinn sofort. Im nächsten Moment legten sich zwei Hände auf ihre Schultern und schoben sie zur Seite.

Jacqueline, die vor Schreck erstarrt war, als sie den Tumult im Gang gehört hatte, kam wieder zu sich, rollte sich von Will herunter und krabbelte außer sich vor Angst zur Wand hinüber, als Simon in die Kammer stürzte. Er erfasste die Situation mit einem Blick, durchquerte den Raum mit zwei Schritten, blieb neben dem Bett stehen und zog mit hochrotem Gesicht Wills Hemd herunter, um seine Blöße zu bedecken.

Während er sich mit zitternden Fingern daranmachte, die Hose seines Freundes zuzuschnüren, hörte er, wie Elwen hinter ihm entsetzt aufschrie. Wills Haut war aschgrau, sein Gesicht mit Blutergüssen übersät. Behutsam zog Simon eines seiner Lider hoch. Das Auge war so verdreht, dass der Augapfel weiß schimmerte. Ein leises Stöhnen kam über Wills Lippen. Simon meinte, einen Namen vernommen zu haben. Garin.

»Will!« Elwens Stimme brach; ein ersticktes Schluchzen entrang sich ihr. Sie wollte zu Will an das Bett treten, aber Baudouin, der den stiernackigen Raufbold inzwischen außer Gefecht gesetzt hatte, hielt sie zurück. »Was ist denn mit ihm? Warum wacht er nicht auf? *Will*!«

Simon fuhr fort, Will zu untersuchen. Er ahnte bereits, was geschehen sein musste; er wusste, was diese verdrehten Augen zu bedeuten hatten, denn er hatte diese Reaktion oft bei Pferden gesehen, die vor einer Operation mit Opiaten betäubt worden waren. Heiße Wut wallte in ihm auf.

»Was hat er denn, Simon? Sag es mir!«

Simon drehte sich zu ihr um und hob die Schultern. »Er muss betrunken sein, denke ich. Eine andere Erklärung fällt mir auch nicht ein.«

»Das kann nicht sein! So etwas hätte er nie getan, nicht in einem solchen Haus!« Elwen verstummte und sank kraftlos gegen Baudouins Brust.

Der Wächter hob sie auf seine Arme. »Jetzt ist es genug. Ich bringe Euch in den Palast zurück.«

Elwen schluchzte zu bitterlich, um Einwände erheben zu können. Baudouin trug sie in den Gang hinaus, Simon blieb bei Will zurück.

Als beide außer Sicht waren, streifte Simon Will behutsam die

Stiefel über. Das Mädchen, das noch immer zitternd an der Wand kauerte, sprang plötzlich auf und rannte zur Tür hinaus. Simon machte keine Anstalten, sie zurückzuhalten. Sowie er Will vollständig angekleidet hatte, schnallte er ihm den Schwertgurt um, dann lud er sich seinen bewusstlosen Freund auf die Schultern. Er fragte sich, warum der Mann, den er an der Tür niedergeschlagen hatte, ihm nicht gefolgt war und warum er von unten plötzlich laute Schreie hörte. Langsam stieg er die Treppe hinunter. Der Schankraum hatte sich beträchtlich geleert, die Musik war verstummt. Vor einem Durchgang im hinteren Teil des Raumes hatte sich eine Menschentraube gebildet; ein paar Frauen kreischten immer noch hysterisch, die Männer tuschelten miteinander. Niemand achtete auf Simon, als er mit seiner Last zur Vordertür hinaustrat.

34

Ordenshaus Paris
3./4. November A. D. 1266

Will träumte, er säße in einem Boot. Er war mit seinem Vater zum Fischen auf den See hinausgefahren und empfand das leise Schaukeln des Bootes als ungemein beruhigend. Sein Vater zog einen riesigen, silbrig schimmernden Fisch nach dem anderen aus dem Wasser. Aber er wollte keinen davon behalten.

»Ein wirklich fetter Brocken«, rief er jedes Mal, löste den Fisch vom Haken und warf ihn in den See zurück.

Will fing überhaupt nichts. Er konnte ganze Fischschwärme direkt unter der Wasseroberfläche um das Boot herumschwimmen sehen, aber bei ihm biss kein Einziger an.

»Du nimmst die falschen Köder«, stellte James fachmännisch fest.

Mit einem Mal breitete sich ein flaues Gefühl in Wills Magengegend aus. Das Boot begann, heftiger zu schaukeln; die Fischschwärme umkreisten es jetzt so schnell, dass das Wasser Wellen schlug. Sein Vater lachte nur und fing an, die Fische mit der Hand aus dem Wasser zu holen.

Will erwachte mit einem Ruck und hielt sich an der Pritsche fest, weil er meinte, ins Bodenlose zu fallen. Ihm war so übel, dass er fürchtete, sich jeden Moment übergeben zu müssen. Er lag da und blinzelte zur Decke empor, bis die Übelkeit allmählich nachließ. Seine Zunge fühlte sich geschwollen an, er hatte einen fauligen Geschmack im Mund, und als er zu schlucken versuchte, kam kein Speichel. Seine Kehle begann zu brennen. Alles um ihn herum verwirrte ihn – das Licht; die seltsamen Konturen der Möbel; die weiche Decke, in die er eingehüllt war. Jede Faser seines Körpers schmerzte, und obwohl er in Schweiß gebadet war, fror er jämmerlich. Mit klappernden Zähnen schob er die Decke weg, schwang die Beine über den Rand der Pritsche und blickte sich im Raum um. Langsam dämmerte ihm, wo er sich befand – in Everards Privatgemach.

Die Tür öffnete sich. »Ausgezeichnet«, brummte Everard zufrieden, als er Will auf der Bettkante sitzen sah. »Du bist endlich wach.« Er schloss die Tür, ging zu der Bank unter dem Fenster und legte zwei große Ledertaschen darauf. Eine war leer, die andere prall gefüllt. Der Duft frisch gebackenen Brotes wehte zu Will herüber. Everard trat zu seinem Arbeitstisch, griff nach einem Becher und nahm mit der anderen Hand ein weißes Stück Stoff von einem Stuhl. Als er die Stoffbahn auf die Pritsche fallen ließ, sah Will, dass es sich um einen Überwurf handelte – eine ärmellose weiße Tunika, die unter dem Mantel getragen wurde. »Ich habe ihn heute Morgen vom Schneider geholt«, sagte Everard. »Er müsste dir passen.« Er reichte Will den Becher. »Trink das, und dann zieh dich an.«

Als Will den mit einer dunklen Flüssigkeit gefüllten Becher entgegennahm, überfiel ihn die Erinnerung an die letzte Nacht in Form einer Flut unzusammenhängender, verschwommener Bilder. »Was ist mit mir passiert?«, krächzte er.

»Woran erinnerst du dich denn?«

»An Garin«, erwiderte Will prompt. Er versuchte aufzustehen, aber seine Knie gaben unter ihm nach, und er sank wieder auf die Pritsche zurück.

»Simon sagte mir, du hättest seinen Namen mehrfach erwähnt«, bestätigte Everard. »War er in dieser Schänke?«

»Ich bin dorthin gegangen, um Elwen zu treffen«, erwiderte Will langsam; krampfhaft bemüht, die einzelnen Bilder in seinem Kopf in einen logischen Zusammenhang zu setzen. Er warf Everard einen schuldbewussten Blick zu, aber der Priester verkniff sich ausnahmsweise einmal eine anzügliche Bemerkung. »Sie hat mir eine Botschaft geschickt. Zumindest sagte man mir, sie käme von ihr. Aber als ich dort eintraf…« Er runzelte die Stirn. »Ich wurde angegriffen… von einem Mann mit einer Maske, einem Landsmann. Er wusste von dem Gralsbuch.« Behutsam tastete er sein Gesicht mit den Fingerspitzen ab. Seine Lippen schienen auf doppelte Größe angeschwollen zu sein, und über seinem Auge hatte sich eine Beule gebildet, die schon bei der leisesten Berührung schmerzte. »Er hat mich geschlagen. Ich muss ihm wohl von Nicolas de Navarre erzählt haben, denn er verließ den Raum und kehrte nicht mehr zurück. Dann kam Garin mit einer Frau herein.« Will nickte. Allmählich konnte er wieder klarer denken. »Sie waren Komplizen, Garin und dieser Mann.« Er blickte zu Everard auf. »Wie hat Garin von dem Buch erfahren? Kann Jacques ihm von der Anima Templi erzählt haben?«

Everard seufzte. »Ich hätte es nie für möglich gehalten, aber ich kann mir nicht vorstellen, woher er es sonst wissen sollte. Dieser Mann… kannst du ihn beschreiben?«

»Nein. Ich sagte doch schon, dass er eine Maske trug.« Will hielt inne. »Rook«, sagte er schließlich. »Ich glaube, die Frau nannte ihn Rook. Garin hat mir dann irgendeinen Trank eingeflößt. An alles, was danach kam, kann ich mich nicht mehr erinnern, ich weiß nur noch, dass die Tür wieder aufging und Licht in den Raum fiel. Und ich habe eine Frauenstimme gehört.« Das Bild eines blassen Mädchens mit goldenen Locken stieg vor ihm auf. Der Becher entglitt seiner Hand und fiel klirrend zu Boden. »Die Frau …«, keuchte er. Weiter kam er nicht, weil er erneut von Übelkeit übermannt wurde.

Everard schien dennoch zu verstehen, was er meinte. Er bückte sich und hob den Becher auf. »Ich werde dir die Absolution erteilen. Mach dir wegen deines Keuschheitsgelübdes keine Sorgen. Diese Geschichte bleibt unter uns.«

»Elwen!« Wills Kopf fuhr mit einem Ruck hoch. »Sie war auch da! Ich habe ihre Stimme gehört!«

»Ja, Simon hat es mir erzählt.«

Will erhob sich unsicher, sah sich nach seinen Kleidern um und entdeckte sein Hemd auf einem Stuhl, unter dem auch seine Stiefel standen.

»Was hast du vor?« Everard beobachtete ihn mit finster zusammengezogenen Brauen.

Will streifte sich das Hemd über den Kopf. »Wo ist mein Schwert?«

»William …«

»Wo mein Schwert ist, habe ich gefragt!«

Everard wich einen Schritt zurück, als Will mit flammenden Augen zu ihm herumfuhr. »Dort drüben.« Er deutete auf eine Truhe.

Will griff hastig nach der Waffe. Nachdem er seinen neuen Überwurf angelegt hatte, der wie angegossen passte, schnallte er seinen Schwertgurt um.

»Was hast du vor, William?«

»Ich muss zu Elwen.« Will biss die Zähne zusammen, weil sie erneut zu klappern begannen. »Ihr alles erklären.«

»Dazu ist jetzt keine Zeit.« Everards Stimme klang ruhig, aber bestimmt. »Nicolas hat schon einen Tag Vorsprung, und wenn ich aus dem, was du mir berichtet hast, die richtigen Schlüsse ziehe, haben de Lyons und der Mann, der dich so zugerichtet hat, gleichfalls seine Verfolgung aufgenommen. Simon hat dich von diesem so genannten Gasthaus hierher zurückgetragen. Er dürfte inzwischen unsere Pferde gesattelt haben und draußen auf uns warten. Ich habe ihn für diese Reise als Knappen angefordert.«

»Habt Ihr ihm auch von der Anima Templi erzählt?«

»Nein. Aber er hat sich bislang als sehr nützlich erwiesen und weiß bereits über de Navarre Bescheid. Der Visitator denkt, wir würden nach Blois reiten, um uns dort eine Abhandlung über die Entwicklung der Seefahrt anzusehen. Ich habe ihm gesagt, de Navarre hätte das Ordenshaus aus persönlichen Gründen ganz plötzlich verlassen müssen. Das Letzte, was wir jetzt gebrauchen können, ist eine eingehende Untersuchung seines Verschwindens.«

»Ich kann Euch nicht begleiten.« Will suchte seinen Mantel, fand ihn zusammengeknüllt am Fuß der Pritsche, schüttelte ihn aus und legte ihn sich um die Schultern, dann wandte er sich zur Tür.

Everard vertrat ihm den Weg. »Wenn Elwen für dich so viel empfindet wie du für sie, wird sie dir vergeben, ganz gleich, ob du ihr nun heute, morgen oder nächste Woche alles erklärst.«

»Lasst mich vorbei, Everard«, sagte Will tonlos. »Ich unterstehe nicht mehr Eurem Befehl.«

Everard packte ihn am Arm. »De Lyons hat dich betäubt und dann eine schmutzige, zweifellos mit widerwärtigen Krankheiten behaftete Hure in dein Bett geschickt. Willst du ihn ungestraft davonkommen lassen?«

Will versuchte, den alten Priester zur Seite zu schieben, brachte aber nicht genug Kraft auf. Everards Worte hatten ihn bis ins Mark getroffen. »Hört auf!« Seine Stimme brach. »Sprecht es nicht aus! Ich will es nicht hören!«

»Er hat dich von einer Frau schänden lassen!«, fuhr Everard erbarmungslos fort. Seine blutunterlaufenen Augen hatten sich zu schmalen Schlitzen verengt. »Dieser elende Hurensohn hat dir *Gewalt angetan*!«

»Haltet doch endlich den Mund!«

»Er hat dich dazu gebracht, dein Gelübde zu brechen; ein Gelübde, das du deinem toten Vater zu Ehren dem Orden gegenüber abgelegt hast.« Er packte Wills anderen Arm und schüttelte seinen ehemaligen Sergeanten heftig. »Wie gedenkst du, ihn dafür zur Rechenschaft zu ziehen?«

»Ich werde ihn umbringen!« Will sank, am ganzen Leibe zitternd, gegen den Priester. Bilder des Mädchens, Garins, seines Vaters und Elwens tanzten vor seinen Augen und peinigten ihn bis aufs Blut.

Everard taumelte unter seinem Gewicht, dann stützte er ihn und führte ihn zur Pritsche zurück. »Wir werden uns zusammen auf die Jagd machen«, murmelte er in Wills Ohr. »Ich werde mein Buch zurückbekommen, und du wirst de Lyons hängen sehen, das verspreche ich dir.«

Cäsarroute, vor Orléans, 5. November A. D. 1266

Seit fast zwei Tagen verfolgten sie nun Garin und Rook, folgten der Cäsarroute in Richtung La Rochelle. Am ersten Tag waren sie gut vorangekommen und hatten die Nacht in Etampes verbracht, einer blühenden, wohlhabenden Stadt, die rings um ein paar Tuchwebereien entstanden war. Dort hatten sie erfahren, dass an diesem Nachmittag zwei Durchreisende in der Stadt gesehen worden waren; ein Tempelritter und ein Mann in einem schäbigen rostbraunen Umhang. Everard hoffte, dass sie, wenn es ihnen gelang, Garin und Rook daran zu hindern, Nicolas weiter zu verfolgen oder die beiden Männer zu überholen, ungehindert bis nach La Rochelle reiten und dort ihren Plan, die Hospitaliter festnehmen zu lassen, doch noch in die Tat umsetzen konnten.

In Etampes hatten sich Will, Everard und Simon eine Kammer in einem Gasthaus geteilt. Als der Wirt ihre weißen Mäntel gesehen hatte, hatte er sie eingeladen, zusammen mit ihm und seiner Frau zu Abend zu essen. Aber das fette Eberfleisch war Will nicht bekommen, und zu Everards Verdruss hatte er sich am nächsten Tag kaum im Sattel halten können. Seine Halsschmerzen waren ständig schlimmer geworden, seine Nase lief unaufhörlich, und die Augen tränten, sodass er fast blind reiten musste. Trotz der bitteren Kälte war er in Schweiß gebadet, und als sie letzte Nacht in der Scheune eines Bauern übernachtet hatten, hatte er die anderen beiden Männer durch sein unaufhörliches Gemurmel und Wälzen von einer Seite auf die andere wach gehalten. Seither beobachtete ihn Simon ständig voller Sorge, aber Everard, der nur von dem Gedanken beherrscht wurde, das Gralsbuch wieder an sich zu bringen, tat Wills sich stetig verschlechternden Gesundheitszustand mit einem Achselzucken ab.

»In ein oder zwei Tagen geht es ihm wieder gut«, sagte er unwirsch, als sie bei Nones Halt machten und Simon ihn auf Wills fiebrig gerötetes Gesicht hinwies.

Sie rasteten etwas abseits der Straße am Rand eines kleinen Wäldchens, an dem ein kleiner, jetzt von den Regenfällen der letzten Tage angeschwollener Fluss vorbeifloss. Das Wasser am Ufer war seicht genug, um die Pferde zu tränken. Ein leiser Nieselregen fiel, und die Wolken hingen tief am Himmel. Das Land ringsum lag braun und kahl im Griff des einsetzenden Winters gefangen da.

Will ging zum Wasserrand hinunter, um die Schläuche zu füllen. Simon griff nach den Zügeln von Everards Pferd, während der Priester Brot und Käse aus seiner Tasche nahm, um die Sachen auf einen Baumstumpf zu legen, und beobachtete, wie Will die Wasserschläuche in den gurgelnden Fluss hielt. Es drängte ihn, zu ihm zu gehen, doch er vermochte sich nicht von der Stelle zu rühren. Seit sie Paris verlassen hatten, hatte er mehrfach versucht, mit Will zu sprechen, aber jedes Mal schien seine Zunge an seinem Gaumen geklebt zu haben, und er hatte keinen Ton herausgebracht. Er hatte sich alle Mühe gegeben, Elwens zerquältes Gesicht an jenem Tag in der Schänke, als er ihr gesagt hatte, Will müsse betrunken sein, aus seinen Gedanken zu verdrängen, aber es kehrte immer wieder zurück und peinigte ihn. Die Lüge war ihm so rasch und glatt über die Lippen gekommen, und sowie die Worte heraus waren, war es zu spät gewesen, sie wieder zurückzunehmen. Und jetzt konnte er Will nicht ansehen, ohne sich für seinen Verrat zu schämen.

»Geh und tränk die Pferde, statt hier herumzustehen«, riss ihn Everards barsche Stimme aus seinen Selbstvorwürfen.

Während sich der Priester auf die Suche nach einem geeigneten Busch machte, hinter dem er sich erleichtern konnte, führte Simon die Pferde zum Ufer hinunter, wo sie augenblicklich die Köpfe senkten und zu trinken begannen. Er tätschelte die Flanke seines braunen Packpferdes, einer jungen Stute, die er mit dem größten Teil ihrer Vorräte beladen hatte, und schielte dabei aus den Augenwinkeln heraus zu Will hinüber. Plötzlich schrie er erschrocken auf. Will hatte seinen Mantel und seinen Überwurf abgestreift, achtlos auf den schlammigen Boden am Ufer fallen lassen und zog sich gerade sein Hemd über den Kopf. Auf Simons Aufschrei reagierte er überhaupt nicht. Simon ließ die Pferde im Stich und rannte am Ufer entlang auf den Freund zu, der jetzt seine Stiefel von sich schleuderte und in das braune, schäumende Wasser watete. Es reichte ihm nur bis zur Hüfte, aber die Strömung war stark, und Simon wusste, dass es eiskalt sein musste.

»Will! Komm sofort zurück!«

Will drehte sich noch nicht einmal um. Stattdessen begann er, Arme und Oberkörper mit Wasser zu bespritzen und sich dann mit beiden Händen kräftig abzureiben.

Fluchend zog Simon seine eigenen Stiefel aus und stapfte, eine Flut von Verwünschungen und Grunzlauten ausstoßend, gleichfalls in den Fluss.

Wills schlanker Körper hob sich weiß von dem dunklen Wasser ab; auf seinen Wangen leuchteten rote Flecken. Er fuhr herum, als Simon ihn bei der Schulter packte. Seine weit geöffneten Augen blickten stumpf und leer. »Ich muss diesen Schmutz von mir abwaschen.«

»Komm ans Ufer zurück, dann weiche ich einen Lappen ein, damit kannst du dich waschen«, keuchte Simon. Die Kälte ging ihm durch Mark und Bein. Als Will weiter in den Fluss watete, hielt er ihn zurück. Dazu musste er seine ganze Kraft aufbieten, denn Will setzte sich trotz seines geschwächten Zustands erbittert zur Wehr. »Bitte, Will! Wir holen uns sonst den Tod!«

»Immer wenn ich die Augen schließe, sehe ich sie vor mir.«

»Elwen?« Simon klammerte sich jetzt an Will fest. Er spürte seine Beine und Füße kaum noch.

Ein Funken Leben flackerte in Wills Augen auf. »Ich dachte, sie wäre es, Simon. Ich hielt dieses Mädchen für Elwen. Es war wie ein Traum. Und ich wollte sie. Ich … ich *berührte* sie, und …« Er schüttelte benommen den Kopf. »Und als ich erkannte, dass sie nicht Elwen war, wollte ich ihr sagen, dass sie sofort aufhören soll. Ich habe es versucht, Simon, das musst du mir glauben. Aber ich konnte nicht sprechen. Ich konnte mich nicht bewegen, und sie … ich kann sie … ich kann sie noch immer auf meiner Haut *riechen*! Und das ertrage ich nicht.«

»Es kommt alles wieder in Ordnung«, versuchte Simon, ihn zu beschwichtigen. Das Rauschen des Flusses dröhnte in seinen Ohren.

»Aber Elwen hat mich gesehen.«

»Sobald wir das Buch haben und wieder in Paris sind, kannst du ihr alles erklären. Sag ihr einfach genau das, was du mir gerade gesagt hast.«

»Soll ich ihr sagen, dass ich mit einer Hure, die ich für sie gehalten habe, im Bett gelegen habe, Simon?« Will unterdrückte mühsam ein Schluchzen. »Warum ist sie einfach gegangen? Das ist es, was ich nicht begreife. Sie muss doch gewusst haben, dass ich so etwas nie tun würde. Ich verstehe es nicht!«

»Elwen wird dir verzeihen.« Simon meinte, von einem Malstrom widersprüchlicher Gefühle mitgerissen zu werden. Er suchte verzweifelt nach einem Weg, für seine Lüge Abbitte zu leisten, aber ihm wollte keiner einfallen. »Und wenn nicht, ist es vielleicht besser so«, stammelte er schließlich.

»Wie meinst du das?«, krächzte Will heiser.

»Ich denke, fast alles auf der Welt geschieht aus einem bestimmten Grund. Vielleicht hast du sie etwas überstürzt gefragt, ob sie deine Frau werden will. Wäre es nicht klüger, noch ein bisschen zu warten … bis du ganz sicher bist, dass du das Richtige tust?«

»Ich kann nicht warten!« Will begann, zum Ufer zurückzuwaten, glitt aber aus und verschwand unter der Wasseroberfläche. Simon bekam ihn zu packen und zog ihn wieder hoch. »Du verstehst mich nicht, Simon.« Wills Worte endeten in einem Hustenanfall. Nach Atem ringend, fuhr er fort: »Ich habe all diese Jahre darauf gewartet, dass mein Vater mir vergibt, und nun ist er tot und diese Hoffnung für immer dahin.« Er packte Simon bei den Schultern. »Ich kann nicht auch noch jahrelang und dann vielleicht auch vergebens auf sie warten!« Seine Beine gaben wieder unter ihm nach, Simon konnte ihn gerade noch festhalten, sonst wäre er erneut untergegangen. »Lass mich los!«, flüsterte er mit ersterbender Stimme.

»Auf keinen Fall«, schnaufte Simon, und als er merkte, dass sein Freund keinen Widerstand mehr leistete, begann er, ihn erleichtert ans Ufer zu schleifen.

»Was ist denn in euch gefahren?«, keifte Everard, als er wenig später zwischen zwei Büschen hervortrat und Will und Simon völlig durchnässt und zitternd im Uferschlamm sitzend vorfand.

Während sie ein kleines Feuer anfachten, an dem Will sich aufwärmen sollte, ließ Simon den Wutausbruch des Priesters stumm über sich ergehen. Everard überschüttete sie beide mit Vorwürfen wegen der unnötigen Verzögerung ihrer Weiterreise, doch Will bekam in seinem Fieberwahn kaum etwas davon mit, und an Simon prallten die Beschimpfungen wirkungslos ab. Während Everard, noch immer vor sich hinzeternd, die Pferde belud, versuchte Simon Will vergeblich dazu zu bewegen, wenigstens ein Stück Brot zu essen. Seit er aus dem Wasser gestiegen war, hatte Will den Mund nur noch aufgemacht, um zu husten. Das rasselnde, pfeifende Geräusch jagte Simon jedes Mal einen eisigen Schauer über den Rücken. Sein Vater hätte es als Friedhofshusten bezeichnet.

Endlich trat Everard das Feuer aus, und sie brachen in der Hoffnung, Orléans noch vor Einbruch der Dunkelheit zu erreichen, wieder auf. Da Will zu schwach zum Reiten war, setzte Simon sich hinter ihm aufs Pferd und schlang ihm einen Arm fest um die Taille, um zu verhindern, dass er aus dem Sattel rutschte. Everard führte, noch immer ab und an vor sich hinmurrend, Simons Packpferd am Zügel. Sie kamen nur langsam voran, trafen aber trotzdem noch wie erhofft an diesem Abend in der Stadt ein.

Hinter einer kleinen Handelskarawane passierten sie als Letzte das Stadttor, ehe es für die Nacht geschlossen wurde. Die Wachposten winkten sie ungeduldig weiter. Everard führte seine Begleiter durch die dämmrigen Straßen. Der Himmel über dem Gewirr von Dächern und Türmen schimmerte im schwindenden Licht graugrün, und als sie endlich nach einigen Irrwegen das Ordenshaus der Templer erreichten, hatte es zu regnen begonnen. Das Ordenshaus von Orléans war ein kleiner, die Loire überblickender Gebäudekomplex, der aber wenigstens über eine eigene Kapelle, Ställe und einen gepflegten Garten verfügte. Der Meister kam persönlich zu ihnen heraus, um sie zu begrüßen, als ihm ihre Ankunft gemeldet wurde. Will wurde sofort zur Krankenstube gebracht. Everard begleitete ihn, Simon wurde von einem Sergeanten zu der ihnen zugewiesenen Unterkunft geführt.

Dort starrte er voller Sorge aus dem schmalen Fenster der winzigen Kammer, durch das ein kühler, nach dem brackigen Wasser des Flusses riechender Wind wehte, und wartete ungeduldig auf Everards Rückkehr. Außer einem Stuhl gab es in dem Raum nur noch eine niedrige Pritsche und einen Nachttopf, und ihm wurde klar, dass er heute Nacht auf dem Boden würde schlafen müssen.

Als Everard kurz darauf die Kammer betrat, sprang Simon auf. »Wie geht es Will, Herr?«, fragte er ängstlich.

»Was?« Everard ließ sich schwer auf den Stuhl sinken. »Oh. Nicht sehr gut.«

»Hat er sich bei … ist die Hure schuld, Herr?« Die Frage kostete Simon sichtliche Überwindung.

»Nein, ich denke nicht. Er hat hohes Fieber. Der Siechenmeister meint aber, es wird in den nächsten Tagen sinken. Der Mond steht in einer günstigen Phase, sie haben schon mit dem Aderlass begonnen.«

Simon nickte. Etwas von seiner Furcht schwand.

»Du wirst die Suche nach dem Buch allein fortsetzen müssen.«

Simon blieb vor Schreck der Mund offen stehen. »Herr…«

»Wir müssen es uns von den Hospitalitern zurückholen«, schnitt ihm Everard das Wort ab. »Wenn es de Navarre gelingt, es außer Landes zu bringen, sehe ich es nie wieder.« Er öffnete eine der Ledertaschen, die er mit in die Kammer gebracht hatte, und entnahm ihr einen prall gefüllten Geldbeutel sowie ein langes Jagdmesser. »Hier, nimm das.« Er drückte Simon Beutel und Messer in die Hand. »Mit dem Gold in dieser Börse kannst du fünfmal nach La Rochelle und zurück reisen. Begib dich auf direktem Weg zu unserer dortigen Basis und berichte den Rittern, dass die Hospitaliter ein wertvolles Buch aus dem Pariser Ordenshaus gestohlen haben. Sag ihnen, du hättest vorausreiten müssen, und mach ihnen klar, dass sie Nicolas und seine Mitbrüder unbedingt festnehmen müssen – und de Lyons und seinen Begleiter auch, sofern sie dort sind. Will und ich folgen dir, so schnell wir können.«

Simon starrte erst den Beutel und das Messer, dann den Priester fassungslos an. Panik keimte in ihm auf. Er beherrschte die Landessprache nicht, verfügte nur über äußerst spärliche Lateinkenntnisse, konnte kaum seinen Namen schreiben oder weiter als bis zehn zählen, und ein Schwert hatte er nur während der Übungsstunden mit Will vor den Ställen des Pariser Ordenshauses in der Hand gehalten. Und jetzt verlangte dieser wild dreinblickende Priester von ihm, dass er mehr Gold an sich nahm, als er je zuvor in seinem Leben auf einem Haufen gesehen hatte, und zwei Gruppen bewaffneter Männer verfolgte? Simon dachte an die Entfernung zwischen Orléans und La Rochelle. Er wusste nicht, wie viele Meilen sie betrug, aber es war eine weite Reise, und er würde ganz allein auf sich gestellt sein. »Ich… ich glaube nicht, dass ich das schaffe, Herr«, stammelte er endlich. »Warum reitet Ihr nicht nach La Rochelle, und ich bleibe hier bei Will und folge Euch, sobald er wieder…«

»Mach dich nicht lächerlich«, wies Everard ihn scharf zurecht. »Du kommst viel schneller voran, als ich es täte. Wir haben ohnehin schon zu viel Zeit verloren. Du musst La Rochelle erreichen, bevor Nicolas de Navarre die Stadt verlassen kann.« Er schlug einen etwas freundlicheren Ton an, als er seine Argumente aufzuzählen begann. »Du bist der Einzige, den ich mit dieser Aufgabe betrauen kann, Simon. Denk doch auch einmal an Will. Wenn du dich jetzt weigerst, mir zu helfen, wird de Lyons nie für das Unrecht bestraft werden, das er Will zugefügt hat. Und dann wird Will nie seinen Seelenfrieden wiederfinden.«

35

Ordenshaus Orléans
2. Februar A.D. 1267

Will beobachtete die Frauen, die in einer langen Reihe den Hügel hinunter auf die Kathedrale zuschritten. Mit gewölbten Händen schützten sie die brennenden Kerzen, die sie trugen, vor dem schneidenden Wind, der über das dunkle Wasser der Loire wehte. Heute schrieb man Mariä Lichtmess, und alle Frauen, die im Jahr zuvor ein Kind zur Welt gebracht hatten, brachten jetzt eine Kerze in die Kirche, um die Muttergottes um Gesundheit anzuflehen, damit sie die Kleinen gut versorgen konnten. In allen Teilen der christlichen Welt würden Priester, Mönche und Geistliche an diesem Abend alle Kerzen segnen, die im Laufe des Jahres während der Messe entzündet werden würden.

Als Will sich vom Fenster abwandte, fiel sein Blick auf sein eigenes Bild, das sich in der Wasserschüssel auf dem Tisch neben seiner Pritsche widerspiegelte. Seine Wangen waren eingefallen, die Augen lagen tief in den Höhlen, die Rippenbögen zeichneten sich mit grausamer Deutlichkeit unter der Haut ab. Im Laufe der letzten drei Monate hatte er fast ein Drittel seines Gewichtes verloren. Was als Fieber begonnen hatte, hatte sich zu einer Lungenentzündung entwickelt, die ihn fast das Leben gekostet hätte. Neben den Narben, die Everards Peitsche auf seinem Rücken hinterlassen hatte, prangte jetzt eine Reihe frischer Schnitte – der

Siechenmeister hatte ihn wieder und wieder zur Ader gelassen, um schädliche Körperflüssigkeiten aus seiner Brust zu ziehen. Die kleine Kammer stank nach den Gartenraute- und Lorbeerblattumschlägen, mit denen die Wunden behandelt worden waren. Wochenlang hatte Will in Schweiß gebadet halb bewusstlos dagelegen, während man ihm unablässig Blut abgezapft hatte, und zusammen mit dem warmen Lebenssaft waren auch sein Zorn, sein Kummer und sein Schuldgefühl aus ihm herausgeronnen, bis von dem Will von einst nur der aschgraue, innerlich erloschene Schatten eines Mannes geblieben war, der sich nicht ohne Hilfe ankleiden oder essen konnte und zu kaum einer Gefühlsregung mehr fähig war.

Aber im Laufe der letzten beiden Wochen war sein Husten allmählich abgeklungen. Da es auf Neumond zuging, war der Aderlass abgebrochen worden, woraufhin die Farbe langsam in seine Wangen zurückgekehrt war. Mit ihr waren die Erinnerungen gekommen. Und die ersten Aufwallungen von Wut; einer kälteren, intensiveren Wut, als er sie je zuvor empfunden hatte. Sie hatte ihn während der letzten Nächte wachgehalten und sogar den tiefen Schmerz überdeckt, den er bei jedem Gedanken an Elwen empfand.

Die Tür wurde leise geöffnet.

»Hast du dir die Prozession angesehen?«

»Ja«, erwiderte Will, ohne sich umzudrehen.

Simon überhörte den abweisenden Ton seines Freundes, sein Lächeln blieb unvermindert freundlich. In einer Hand hielt er eine Schale mit dampfender Fleischbrühe, in der anderen einen Becher »Lammwolle«, einem aus gerösteten Äpfeln, Ale, Zucker und Muskatnuss gebrauten Getränk. »Hier«, sagte er, dabei schloss er die Tür mit dem Fuß. »Setz dich, dann helfe ich dir beim Essen.«

Nur ein leises Zucken des Kinnmuskels verriet Wills wachsende Gereiztheit. »Ich komme schon allein zurecht.« Simons übertriebene Fürsorge empfand er in zunehmendem Maße als lästig, auch wenn er wusste, dass der Freund es gut meinte; er konnte die klaustrophobische Enge, in der er nun schon seit drei Monaten eingesperrt war, nicht länger ertragen; und die Ausdünstungen seines Körpers, die schwer in der Luft und der Bettdecke hingen, verursachten ihm Übelkeit. Er nahm Simon die Schale ab, setzte sich auf seine Pritsche und nippte an der Brühe.

»Bruder Jean meint, Ende des Monats wärst du so weit wiederhergestellt, dass du reisen kannst«, sagte Simon, nachdem lange nur vom Singen der Frauen in den Straßen unterbrochenes betretenes Schweigen zwischen ihnen geherrscht hatte.

Will nickte. Bruder Jean, der Siechenmeister, hatte am Morgen bereits mit ihm gesprochen. Everard, der bei der Unterredung zugegen gewesen war, hatte sich hocherfreut gezeigt. Simon hatte ihm erzählt, der alte Priester sei während der letzten Wochen wie ein gefangenes Tier in seiner Kammer auf- und abgeschritten und habe sich Stunden um Stunden mit allen Karten befasst, in die die verschiedenen Reiserouten ins Heilige Land eingezeichnet waren – zu Land und zur See.

Will hatte in schweren Fieberphantasien gelegen, als Simon kurz vor der Wintersonnenwende aus La Rochelle zurückgekehrt war. Anfangs war seine Reise ohne Probleme verlaufen, er war der Loire bis Blois gefolgt und recht gut vorangekommen. Aber dann stolperte sein Pferd eines Abends kurz vor Tours über einen Stein und verletzte sich am Bein, und er musste das lahmende Tier zu Fuß in die Stadt führen und den größten Teil von Everards Gold dazu verwenden, ein neues zu erstehen. Diese Verzögerung führte zusammen mit einigen Tagen schlechten Wetters dazu, dass er La Rochelle wesentlich später erreichte als geplant. Garin konnte er in der Stadt nirgendwo aufspüren, aber es gelang ihm rasch, etwas über de Navarres Verbleib zu erfahren.

Nachdem er die Templer davon in Kenntnis gesetzt hatte, dass ein Hospitaliter ein wertvolles Buch aus dem Pariser Ordenshaus gestohlen hatte, schickte der Marschall zwei Ritter zum Hospitaliterhaus, um Nicolas' Auslieferung zu verlangen. Die Hospitaliter leugneten jedoch, von der Existenz eines solchen Buches zu wissen, und teilten den Tempelrittern kühl mit, es seien tatsächlich vor kurzem vier Ritter aus Paris eingetroffen, aber drei davon seien inzwischen dorthin zurückgekehrt, und der Vierte, ein Mann namens Nicolas von Akkon, sei vor sechs Tagen an Bord eines ihrer Schiffe gegangen, um nach Akkon zu segeln. Der Templermarschall, bestrebt, die Beziehungen zwischen den beiden Orden nicht noch weiter zu verschlechtern, sagte Simon daraufhin, er könne in dieser Angelegenheit nichts weiter unternehmen; der Visitator in Paris müsse jetzt entscheiden, ob er die Sache weiter verfolgen wolle.

Nach Simons Rückkehr wollte Everard unverzüglich nach La Rochelle aufbrechen, aber Will war noch zu schwach für die anstrengende Reise, und Simon erklärte dem frustrierten Priester, dass ohnehin erst im Frühjahr Schiffe gen Osten auslaufen würden. Eines davon war ein Kriegsschiff der Templer, die *Falke*; eines der ersten der Templerflotte, das nach Baybars' Angriff auf Safed das Heilige Land verlassen hatte. Daraufhin hatte Everard dem Visitator in Paris eine Botschaft geschickt und ihm mitgeteilt, dass sie alle drei nach Akkon reisen würden – er selbst als Pilger, und Will und Simon, weil dort jeder Mann im kampffähigen Alter dringend gebraucht wurde.

Simon sah zu, wie Will den Becher »Lammwolle« leerte. »Ich habe nachgedacht«, begann er. »Vielleicht sollten wir lieber nicht nach Akkon gehen? Was ist, wenn wir dort in Kämpfe verstrickt werden? Du weißt doch, wie schlecht ich mit einem Schwert umgehen kann.«

»Ich habe meine Entscheidung getroffen.« Will wischte sich mit dem Handrücken über den Mund und sah Simon an. »Du musst ja nicht mitkommen.«

»Und wer soll sich dann um dich kümmern? Everard ist dazu nicht geeignet.«

»Ich brauche keinen persönlichen Krankenpfleger, Simon!«

Simon seufzte schwer. »Du kannst dich immer noch kaum auf den Beinen halten. Der Ritt nach La Rochelle dauert mehrere Wochen, und dann sind wir monatelang auf See. Und wenn wir das Heilige Land erreicht haben … wie sollen wir diesen Nicolas dort finden? Oder Garin, falls er überhaupt dort ist?«

Will erhob sich, trat zum Fenster, stützte die Hände auf das Sims, schloss die Augen und sog die klirrend kalte Luft mit tiefen Zügen ein. Seit einigen Tagen dachte er ständig an Outremer; das Land, das das Grab seines Vaters geworden war. Er konnte die heiße östliche Sonne förmlich auf seiner blassen, rissigen Haut spüren, während er Rachepläne schmiedete. Die Sarazenen hatten ihm seinen Vater genommen; Nicolas de Navarre seine einzige Gelegenheit zunichte gemacht, für seine Schuld zu büßen; das zu tun, was sein Vater von ihm erwartet hätte. Wenn es Nicolas gelang, den Untergang der Anima Templi und somit des gesamten Ordens herbeizuführen, dann war James Campbell umsonst gestorben, und der Krieg würde ungehindert seinen Lauf nehmen. Und Garin? Sein alter Freund? Der Junge, der einst die Schatten verscheucht hatte? Er hatte ihm das Letzte genommen, was ihm geblieben war – Elwen. Will schlug die Augen wieder auf. »Ich werde sie finden, das schwöre ich«, sagte er mehr zu sich selbst als zu Simon.

Dritter Teil

36

Ordenshaus der Hospitaliter, Akkon
18. Januar A. D. 1268

Für Akkon war es ein kühler Tag; in Frankreich und England hätten ihn die Menschen dagegen zu dieser Jahreszeit als außergewöhnlich mild empfunden. Die Ausläufer des Karmelgebirges südlich der Stadt trugen graublaue Wolkenkronen, die sich dunkel vom Gelbweiß der Küstenebene abhoben. Dünne Regenschleier wehten über das Land. In einer kalten, luftigen Kammer in einem Turm des Hospitaliterordenshauses beobachtete Nicolas von Akkon, wie die Regenschwaden vom Wind stetig nordwärts getrieben wurden. Durch die Fenster drangen Lärm und der Gestank des Viehmarktes zu ihm herauf, der vor den Mauern des Gebäudekomplexes abgehalten wurde. Auch innerhalb der Mauern herrschte geschäftiges Treiben. Nicolas' Blick fiel auf zwei Männer, Pilger vermutlich, die von einem Priester über den Hof zum Hospital geführt wurden; der eine Mann stützte sich schwer auf seinen Kameraden. Nicolas, der in Akkon aufgewachsen war, erinnerte sich daran, dass das – wie sein gesamter Orden – zum Zweck, sich um christliche Reisende zu kümmern gegründete Hospital früher fast immer voll belegt gewesen war. Jetzt waren die meisten Pritschen leer – in mancher Hinsicht ein Segen, fand Nicolas, aber auch ein Zeichen dafür, dass immer weniger Christen nach Palästina kamen.

Er wandte sich ab und betrachtete den mächtigen Mahagonitisch, auf dem das lag, wofür er zehn Jahre seines Lebens geopfert hatte. Das in *vellum* gebundene Buch war zur Seite geschoben worden, um Platz für die Pergamentbögen und das Tintenfass des Schreibers zu schaffen, dem der Großmeister des Ordens, Hugues de Revel, gerade einen Brief diktierte. De Revel, ein hochgewachsener, schlanker Mann mittleren Alters mit dunklen Haaren und einem sauber gestutzten dunklen Bart, saß sehr aufrecht auf seinem hochlehnigen Stuhl. Der Schreiber kauerte auf der äußersten Kante einer weich gepolsterten Liege; er schien ängstlich darauf bedacht zu sein, nicht den Eindruck zu erwecken, als mache er es sich auf dem behaglichen Möbelstück bewusst bequem. Nicolas, dessen kühle, beherrschte Fassade nichts von seiner inneren Ungeduld verriet, drehte sich wieder zum Fenster.

Seit fünf Monaten – seit er im vorigen Sommer hier eingetroffen war – wartete er auf diese Unterredung. Sowie das Schiff damals am Hafen angelegt hatte, war er sofort zum Ordenshaus gegangen, um dem Großmeister, der zu der Zeit, als er den Namen de Navarre angenommen hatte und nach Paris aufgebrochen war, noch ein einfacher Ritter wie er selbst gewesen war, das Gralsbuch auszuhändigen. Aber ein paar Wochen nach seiner Ankunft war der zwischen den rivalisierenden venezianischen und genuesischen Kaufleuten schwelende Streit um die Kontrolle des Hafens der Stadt zu einem Bürgerkrieg eskaliert, der sich bis in den Herbst hingezogen hatte. De Revel, einer der teils amtlich eingesetzten, teils selbst ernannten Herrscher Akkons, hatte mit Verhandlungen, Besprechungen und den Nachwirren des Krieges zu viel zu tun gehabt, um ihn schon früher empfangen zu können.

»Und so sende ich Euch zwanzig Ritter, die die Garnison in unserem Ordenshaus in unserer heiligen Stadt Antiochia verstärken sollen.« Der Großmeister hielt inne und strich mit dem Zeigefinger über seinen gepflegten Bart. »Ich wünschte bei Gott, Euch noch mehr Männer zur Verfügung stellen zu können, guter Bruder, aber in den letzten Jahren haben wir, wie Ihr wisst, leider in mehreren Schlachten empfindliche Verluste hinnehmen müssen.«

Bei den letzten Worten hob der Schreiber den Kopf, die Spitze seiner Feder schwebte einen Moment lang über dem Pergament, dann begann er eifrig zu kritzeln.

»Schließ mit meinen besten Wünschen und gib den Brief sofort einem Boten«, endete de Revel.

»Ja, Herr.« Der Schreiber schob die Bögen zusammen, griff nach Feder und Tintenfass und verließ den Raum. Seine Füße verursachten auf den rosenroten und jadegrünen Seidenläufern, die den weißen Steinboden bedeckten, nicht das geringste Geräusch.

De Revels Blick wanderte zu Nicolas. Er deutete auf die Liege. »Setzt Euch, Bruder Nicolas.«

Nicolas nahm Platz. Er saß nicht ganz so stocksteif da wie der Schreiber, vermochte sich aber auch nicht zu entspannen; er fühlte sich alles andere als wohl in seiner Haut, wusste er doch nur zu gut, welch stählerner Wille sich hinter de Revels glatter, umgänglicher Fassade verbarg. In den Augen des Großmeisters lag dieselbe kalte, unbeirrbare Entschlossenheit, die Nicolas schon darin gesehen hatte, als er fünf Monate zuvor zum ersten Mal in diese Kammer geführt worden war. »Ich konnte nicht umhin, alles mit anzuhören, was Ihr gesagt habt, Herr. Wir schicken Truppen nach Antiochia?«

Der Großmeister verschränkte die schmalen, kräftigen Hände im Schoß. Sein schwarzer Mantel mit dem weißen Kreuz auf der Brust raschelte leise, als er sich vorbeugte. »Wie es aussieht, werden unsere Männer überall im Land gebraucht. Ich habe Nachricht von einem unserer Spione aus Kairo erhalten. Baybars beabsichtigt, mit seinem neuen Feldzug gegen die Franken noch in diesem Monat zu beginnen, aber uns liegen keine verlässlichen Informationen darüber vor, wo er zuerst zuschlagen will. Während der letzten Jahre war Akkon sein Hauptziel. Bislang ist es uns immer gelungen, ihn von unseren Mauern zurückzutreiben, aber jedes Mal hat er danach einige unserer weniger wehrhaften Festungen angegriffen und blutige Rache genommen. Antiochia bereitet mir große Sorgen. Es zählt zu den verlockendsten seiner noch verbliebenen Ziele, und da Baybars diesen Feldzug diesmal selber anführt, bezweifle ich, dass es Prinz Bohemund gelingen wird, sich und seine Stadt erneut freizukaufen.«

Nicolas nickte zustimmend. Ein anderer Ritter hatte ihm von dem vor vierzehn Monaten erfolgten Vorstoß der Mamelucken auf Antiochia erzählt. Als Baybars' Befehlshaber mit ihrer Armee vor den Toren Antiochias aufmarschiert waren, hatte der Stadtfürst, Prinz Bohemund, zehn Wagenladungen Gold und Juwelen sowie eine beträchtliche Anzahl junger Mädchen geopfert, um seine Stadt zu retten. Die mameluckischen Befehlshaber waren auf sein Angebot eingegangen, mit ihrer Beute nach Aleppo zurückgekehrt und hatten Antiochia verschont. Baybars, so hieß es, hatte vor Wut getobt.

»Je eher König Louis mit seinen Kreuzrittern hier eintrifft, desto besser«, grollte der Großmeister. »Aber wann das der Fall sein wird, weiß der Himmel. Er hat letztes Jahr das Kreuz genommen, aber Berichten aus dem Westen zufolge hat er sich danach häufig mit seinem Bruder Charles d'Anjou beraten, der vor kurzem zum König von Sizilien gekrönt worden ist. Scheinbar hat Charles alles darangesetzt, Louis davon zu überzeugen, dass er erst Tunis einnehmen und dann nach Ägypten vorrücken sollte, so würde er seine Siegeschancen beträchtlich vergrößern.«

»Tunis?« Nicolas runzelte zweifelnd die Stirn. »Louis und seine Männer werden hier gebraucht, in Palästina!«

»Da stimme ich Euch zu. Aber viele hier in Akkon glauben, Charles d'Anjou möchte sein neues Königreich ausweiten. Sein Ehrgeiz, sich im Osten ein eigenes Imperium zu schaffen, könnte Louis' Pläne beeinflussen. Selbst wenn der König wirklich kommt, müssen wir damit rechnen, dass wir trotzdem auf uns allein gestellt bleiben. Wir sollten nicht auf seine Unterstützung bauen. Aber ...« Der Großmeister griff nach dem Gralsbuch. »Das sind Probleme, die uns noch stundenlang beschäftigen würden, und Ihr seid ja aus einem ganz anderen Grund hier.« Er schlug das Buch auf und blätterte die ersten Seiten um. »Ich habe erst vor wenigen Tagen Zeit gefunden, mich etwas eingehender damit zu beschäftigen«, erklärte er. Nach einem Moment legte er es auf den Tisch zurück. »Ihr habt Eure Sache gut gemacht, Bruder; Ihr habt große Opfer gebracht und selbstlos allein im Interesse des Ordens gehandelt.«

Nicolas neigte respektvoll den Kopf. »Ich habe nur meine Pflicht getan, Herr, und ich habe den Auftrag gern übernommen. Anfangs fürchtete ich, meine Mühe wäre vergebens gewesen, das gebe ich zu; ich dachte, wir könnten den Templern mit diesem Buch doch nicht so großen Schaden zufügen, wie Großmeister de Châteauneuf gehofft hat, als wir zum ersten Mal davon erfuhren. Aber nachdem ich es selbst gelesen habe, sehe ich, dass meine Furcht unbegründet war.«

De Revel nickte ernst. »Ja, wir haben es zweifellos mit dem Werk von Ketzern und Gotteslästerern zu tun. Mir wurde fast übel, als ich es las. Der Papst wäre außer sich, wenn er erfahren würde, worin die Templer verwickelt sind. Aber ich glaube nicht, dass dieses Buch allein ausreicht, um ihn dazu zu bewegen, den Orden aufzulösen.«

Die Worte trafen Nicolas wie ein Schlag, aber er fasste sich rasch wieder. »Es ist ja nicht nur der Vorwurf der Ketzerei, den wir gegen die Templer erheben können, Herr. Laut meinen Informationen enthält das Buch auch noch die in Sinnbildern verschlüsselten Pläne der Anima Templi – Pläne, die, wie mir versichert wurde, zum Untergang des Ordens führen würden, sollten sie je ans Licht kommen. Genau diese Hoffnung hegte Großmeister de Châteauneuf ja, als er mich ausschickte, um das Buch an mich zu bringen.«

»Selbst wenn Ihr Recht habt, Bruder … jedwede verschlüsselten Pläne, die sich darin verbergen mögen, wären nur für diejenigen verständlich, die ohnehin schon in alle Geheimnisse dieses Zirkels eingeweiht sind. Der Templerorden selbst hat vor Jahren Nachforschungen über diesen Bund anstellen lassen – ohne Erfolg. Wenn wir offizielle Anschuldigungen erheben wollen, brauchen wir konkretere Beweise. Habt Ihr eine Ahnung, welche Absichten die Anima Templi – wenn es diesen Geheimbund denn nun wirklich gibt – verfolgen könnte?«

»Nur einen Verdacht.« Nicolas beugte sich vor, seine Augen glühten. »Ich weiß, dass die Anima Templi existiert, Herr. Nach dem Angriff der Templer auf unsere Festung löste sie sich auf, aber ein Priester namens Everard de Troyes setzte ihr Werk fort. Er will die Ziele, die Armand und die anderen sich ursprünglich gesetzt hatten, noch immer verwirklichen, das habe ich aus sicherer Quelle.«

»Ich zweifle ja gar nicht an Euren Worten. Aber uns darf in dieser Angelegenheit nicht der kleinste Fehler unterlaufen, denn eine zweite Chance werden wir kaum bekommen. Dass wir den Templern feindlich gesonnen sind, ist allgemein bekannt. Wenn wir jetzt, wo die Lage in Outremer ohnehin so gespannt ist, noch zusätzliche Schwierigkeiten schaffen, könnte man uns dafür zur Rechenschaft ziehen. Der Papst braucht sowohl uns als auch die Tempelritter, um die Sarazenen zurückzuschlagen. Ich denke, wir sollten mehr über diesen geheimen Zirkel und seine Pläne in Erfahrung bringen, ehe wir etwas unternehmen. Die Aussagen ehemaliger Mitglieder – Eurer Informanten, wie ich annehme – würden uns sehr helfen.«

»Der Mann, der mir von dem Buch erzählt hat, ist vor einigen Jahren gestorben. Er war als Einziger bereit, gegen die Anima Templi auszusagen, und das auch nur unter der Bedingung, dass wir das Buch als Beweis für seine Behauptungen vorlegen können. Meine anderen Kontaktmänner haben alle zu große Angst vor den Folgen, die ihr Verrat nach sich ziehen könnte.«

»Könnt Ihr sie vielleicht umstimmen?«

Nicolas schwieg einen Moment. »Vielleicht… wenn ich die richtigen Mittel einsetze.«

»Ausgezeichnet.« De Revel lehnte sich zurück. »Dann werden wir eines Tages wohl doch noch im Stande sein, den Templerorden zu zerschlagen.«

»Eines Tages, Herr?« Nicolas runzelte die Stirn. »Sollten wir nicht so rasch wie möglich handeln? Je eher wir etwas unternehmen, desto schneller führen wir das Ende der Templer herbei.«

De Revel ließ sich mit seiner Antwort Zeit. »Als Großmeister de Châteauneuf mir von seinem Vorhaben erzählte, dachte ich, er hätte sich da in etwas verrannt; er würde einem Hirngespinst nachjagen, das gebe ich offen zu. Und als Ihr mir nach seinem Tod geschrieben und von dem Verschwinden des Buches berichtet habt, habe ich Euch nicht deswegen in den Templerorden eingeschleust, sondern um mehr über die finanzielle Lage unserer Rivalen zu erfahren – Barvermögen, Juwelen, Ländereien und so weiter. Vor ein paar Monaten habt Ihr mir ja eine ziemlich umfassende Liste ihres Besitzes im Königreich Frankreich übergeben, aber ich hatte gehofft, genaue Berechnungen bezüglich ihres Gesamtvermögens anstellen zu können.«

»Und ich kenne immer noch nicht den Grund dafür. Darf ich fragen, warum Ihr das alles wissen wollt?«

Der Großmeister schwieg einen Moment; er schien zu erwägen, ob er überhaupt antworten sollte. »Ich interessiere mich für die Finanzlage der Templer, weil ich und einige meiner Ordensbrüder schon seit längerer Zeit über einen ganz bestimmten Plan nachdenken«, erwiderte er schließlich.

»Einen Plan, Herr?«

»Wir überlegen, ob wir versuchen sollen, ein Bündnis mit den Templern zu schließen.«

Nicolas starrte ihn ungläubig an. »Das kann doch nicht Euer Ernst sein, Herr!«

»Ich bringe den Templern wahrlich keine große Liebe entgegen, das wisst Ihr. Was Armand und seine Ritter uns angetan haben, ist unverzeihlich. Aber Baybars' Dschihad gegen uns lässt uns kaum eine andere Wahl. Wenn wir uns zusammenschließen, können wir uns vielleicht gegen ihn behaupten und einen Teil der Gebiete, die wir eingebüßt haben, zurückgewinnen. Tun wir das nicht, ist es mehr als nur wahrscheinlich, dass unsere beiden Orden, dass *wir alle* alles verlieren.«

»Bei allem Respekt, Herr … Ihr wart nicht dabei, als Armand und seine Truppen unsere Festung belagert haben. Ihr habt keine Vorstellung davon, was wir in diesen Monaten durchgemacht haben.«

»Ihr werdet so gut sein und in meiner Gegenwart Eure Zunge im Zaum halten, Bruder!«

Nicolas verstummte. Dass all seine Bemühungen jetzt dem genauen Gegenteil ihres ursprünglichen Zweckes dienen sollten – dieser Gedanke war ihm unerträglich, aber er wusste auch, dass es sinnlos war, den Großmeister umstimmen zu wollen.

»Geht der Templerorden jetzt unter, Bruder, gehen wir alle unter«, fuhr de Revel fort. »Nur wenn wir uns verbünden, dürfen wir auch weiterhin hoffen, unseren Traum von einem christlichen Heiligen Land zu verwirklichen. Ich sagte ja schon, dass Ihr im Rahmen Eurer Mission viel auf Euch genommen habt, und das rechne ich Euch auch hoch an, aber jetzt gilt es, ein noch größeres Opfer zu bringen und uns mit unseren Feinden zusammenzutun – oder uns darauf einzustellen, dass wir alle den nächsten Winter in diesem Land nicht mehr erleben werden.« Nicolas wollte Einwände erheben, aber de Revel schnitt ihm das Wort ab. »Ich muss zum Wohle unseres Ordens handeln, und in unserer momentanen Lage wäre es ein fataler Fehler, den Templern Schaden zuzufügen. Wenn wir diesen Krieg überleben und wieder zu Macht und Einfluss gelangen, können wir es vielleicht wagen, dem Templerorden den Kampf anzusagen, ohne uns dabei selbst in Gefahr zu bringen. Aber bis diese Zeit kommt, werde ich mich hüten, de Châteauneufs Plan weiter zu verfolgen, auch wenn dieses Buch eine noch so mächtige Waffe ist.« De Revel griff nach dem Gralsbuch und erhob sich. »Wir lassen also diese Angelegenheit vorerst ruhen.« Er trat zu einem großen Tresor, der in die Wand hinter seinem Stuhl eingelassen war, öffnete ihn mit einem Schlüssel, der an einer Kette an seinem Gürtel hing, und legte das Buch hinein. »In den kommenden Monaten wird die Bevölkerung von Outremer stärker denn je auf uns angewiesen sein – auf uns alle. Vergesst das nicht.« Er nickte Nicolas zu. »Ihr könnt gehen, Bruder.«

Nicolas stand auf und verneigte sich. »Herr.« Er machte auf dem Absatz kehrt, trat in den Gang hinaus und blieb vor einem der hohen Bogenfenster stehen, die eine herrliche Aussicht über die Stadt boten. Sein Blick wanderte über die Türme, Kirchen und

Marktplätze und blieb endlich an der Bucht hängen, wo sechs Kriegsgaleeren der Templer, umgeben von einer Flotte kleinerer Schiffe, auf den Hafen zuhielten.

An Bord der Falke, *18. Januar A. D. 1268*

Die Decks der dreizehn Schiffe wimmelten von Menschen – Ritter, Sergeanten, Priester, Pilger und Händler, sie alle versuchten, einen Blick auf die Stadt zu erhaschen, die am Horizont langsam Gestalt annahm. Im Norden und Süden lagen dunkle Berge, vor ihnen erstreckte sich von den hohen Stadtmauern bis zu den Hügeln in der Ferne eine gelbweiße leere Fläche. Als die Schiffe sich der Küste näherten und das Land klarer zu erkennen war, entdeckten die Schaulustigen an Bord grüne Flecken auf der kahlen Ebene – von blauen Flüssen bewässerte Felder, Wiesen und Obstgärten. Bei dem Anblick fielen einige von ihnen ergriffen auf die Knie. Dies war Palästina: das Heilige Land, der Geburtsort des Heilands.

Will lehnte an der Reling der *Falke*, des längsten Schiffes der Flotte. Wellen plätscherten leise gegen den hölzernen Rumpf, und vor ihm ragte der mit einer Eisenspitze versehene Rammbock wie ein verlängerter Arm über das Bugspriet hinaus. Die zweistöckige Plattform im Bug beherbergte auch ein Katapult, das sich von den zu Lande eingesetzten Steinschleudern dadurch unterschied, dass der Stein in eine Schlinge statt in einen ausgehöhlten Balken eingelegt wurde. Da sie sich jetzt in ruhigen Gewässern befanden, war das Katapult nicht geladen, die Schlinge wehte lose im Wind. Doch als sie die Straße von Gibraltar durchquert hatten, war es stets schussbereit gehalten worden – sehr zu Wills Beruhigung, denn vor der Küste von Granada waren sie auf die ersten Sarazenenschiffe gestoßen. Aber sie hatten keinen einzigen Schuss abfeuern müssen. Die sechs Templerschiffe, unschwer an den roten Kreuzen auf den Hauptsegeln zu erkennen, hatten auf die Feinde scheinbar abschreckend gewirkt.

Als eine Glocke die restlichen Ruderer zu ihren Bänken rief, wandte sich Will von dem Streifen Land vor ihm ab und ließ den Blick über das überfüllte Schiff schweifen, das während der letzten acht Monate seine Heimat gewesen war.

Die *Falke* hatte zusammen mit fünf Schwesterschiffen Anfang Juni des vergangenen Jahres von La Rochelle abgelegt. Begleitet wurden sie von vier riesigen, schwerfälligen Frachtschiffen, die Pferde, Karren und Belagerungsgeräte transportierten, sowie einem mit Wolle und Tuchballen beladenen kleineren Boot. Die Waren waren für den Verkauf auf den Märkten von Outremer bestimmt. In der Bucht von Biscaya hatten sich Wasser und Himmel stetig verdunkelt, ein schneidender Wind war aufgekommen, und die Schiffe hatten wie betrunken auf den mächtigen Wellenbergen getanzt, bis einer der Pferdefrachter schließlich zwischen den Klauen zweier Sturmwände gefangen gekentert war. Will, der unter Deck auf seiner Pritsche geschlafen hatte, war von einem lauten Krachen geweckt worden, zusammen mit Simon und ein paar anderen schlaftrunkenen Männern an Deck gestürzt und hatte dort festgestellt, dass der Hauptmast des Frachtschiffes die Planken der *Falke* durchbrochen hatte. Er und seine Kameraden hatten sich an der Reling des krängenden Kriegsschiffes festgeklammert und hilflos mit ansehen müssen, wie das Frachtschiff unterging und Männer und Pferde in den Fluten versanken.

Die Stürme hatten angehalten, bis die Flotte das Königreich Portugal erreichte und im Hafen von Lissabon anlegte. Vier von zehn Schiffen waren beschädigt worden, zwei davon so stark, dass sie gezwungen waren, drei Monate hier auszuharren, bis die Reparaturarbeiten abgeschlossen waren. Die meisten Ritter und Sergeanten waren mit einem Boot den Fluss Tomar zu einer gleichnamigen Stadt hinuntergefahren, die sich im Besitz des Templerordens befand.

Etwas Besseres hätte Will gar nicht passieren können.

Früher im Jahr, während er in Orléans auf seinem Krankenlager gelegen hatte, war Robert de Paris im Auftrag des Visitators zu einem Ordenshaus im Königreich Kastilien gereist. Als er dort erfahren hatte, dass die Templerflotte zwecks notwendiger Reparaturen im Hafen von Lissabon lag, hatten er und einige seiner Kameraden den Meister gebeten, zu ihren Mitbrüdern stoßen zu dürfen. Nachdem ihnen diese Bitte gewährt worden war, waren sie quer durch das Land nach Tomar geritten, und dort hatte Robert Will wiedergetroffen.

Sie begannen, morgens auf dem Feld vor der Templerburg gemeinsam zu trainieren. Will, dessen Muskeln durch die lange Krankheit erschlafft waren, konnte anfangs kaum auf ein Pferd steigen, geschweige denn eine Lanze führen. Aber die regelmäßigen Kampfübungen und die portugiesische Sonne zeigten bald Wirkung, und im selben Maße, wie sich seine Muskeln stählten und seine Haut wieder eine gesunde Farbe annahm, kam auch seine verwundete Seele zur Ruhe. Eines Abends, als er mit Robert auf der Brustwehr saß und die Eidechsen beobachtete, die über die Mauern huschten, erzählte Will dem Freund von dem Vorfall mit der Dirne und der Rolle, die Garin bei diesem Komplott gespielt hatte, verschwieg aber die wahren Hintergründe dieses Verrates und erwähnte lediglich, Everard sei ein wertvolles Manuskript gestohlen worden. Robert hörte schweigend zu, dann reichte er Will einen mit Burgunder gefüllten Weinschlauch, den er einem Sergeanten abgenommen hatte.

Nach diesem Geständnis änderte sich das Leben für Will. Noch immer war er entschlossen, sich an Garin für das ihm zugefügte Unrecht zu rächen, aber es gelang ihm, diesen Wunsch in den hintersten Winkel seines Herzens zu verbannen, wo er ihn nicht ständig peinigte.

Für Elwen hatte er eine andere geheime Ecke.

Tagsüber, wenn er mit Robert trainierte, am Fluss angelte oder sich mit Everard und Simon unterhielt, gelang es ihm, sie aus seinen Gedanken zu verbannen. Aber nachts, wenn er sich durch nichts ablenken konnte, suchten ihn oft Erinnerungen an sie heim, und mehr als einmal war er im Morgengrauen mit ihrem verblassenden Bild vor Augen und einer schmerzhaften Leere in seinem Inneren erwacht. In solchen Momenten erwog er oft, wieder nach

Hause zurückzukehren, aber die Furcht, sie würde ihm nicht vergeben, hielt ihn davon ab. Außerdem wuchs in ihm das Verlangen, die Grabstätte seines Vaters zu besuchen, und das zog ihn immer stärker gen Osten.

Als sie Lissabon endlich verließen, schlossen sich ihnen zwei Handelsschiffe und ein Pilgerboot an, deren Kapitäne den Templern für das sichere Geleit nach Akkon eine Gebühr entrichten mussten. Will hatte während der Reise fasziniert beobachtet, wie sich die Farbe des Wassers verändert hatte, je weiter sie nach Süden vorgedrungen waren – vom Schiefergrau der Küste Frankreichs zu Dunkelblau vor Spanien, Smaragdgrün vor Portugal bis hin zum strahlenden Türkis des Mittelmeeres.

»Ist es so, wie du es dir vorgestellt hast?« Robert kletterte vom Ausleger zu ihm empor und reichte Will einen Weinschlauch. »Hier, trink. Der letzte Rest vom Burgunder.«

»Was soll so sein, wie ich es mir vorgestellt habe?«

»Akkon.« Robert deutete auf die Stadt, die jetzt gut zu sehen war. Die Ruderer hatten die Geschwindigkeit verlangsamt, weil sich das Schiff einem langen Wellenbrecher näherte, der in den größten und belebtesten Hafen führte, den Will je gesehen hatte.

Will trank einen Schluck Wein, dann reichte er Robert den Schlauch zurück. »Sieht aus wie Paris, nur gelber.«

»Ich glaube, vielen von denen steht eine herbe Enttäuschung bevor.« Robert leerte den Schlauch, dann nickte er zu einer Gruppe Sergeanten auf dem Quarterdeck hinüber, die ihre Schwerter polierten und dabei immer wieder mit grimmigen Gesichtern zu der Stadt hinüberblickten. »Ein Matrose hat mir erzählt, dass sich vor ein paar Jahren ein paar Ritter geweigert haben, das Schiff zu verlassen, weil sie meinten, Sarazenen zu sehen, die am Strand auf sie warteten. Und dann haben sie angefangen, sich darüber zu streiten, ob sie nahe genug an den Feind herankommen könnten, um das Katapult abzufeuern, ohne selbst in Schussweite zu geraten.«

»Waren es denn Sarazenen?«, erkundigte sich Will mit einem breiten Grinsen.

»Nein, Templersergeanten, die beim Ausladen des Schiffes helfen sollten. Der Mann sagte, so gehe das jedes Mal. Die Hälfte der Männer, die hier ankommen, glauben, sie würden vom Schiff direkt in das Kriegsgetümmel geraten.«

Eine Stunde später wurden Will, Robert und die anderen Ritter und Offiziere von der *Falke* in einer der beiden Pinassen des Schiffes an Land gerudert. Everard und Simon saßen in der anderen. Die Kriegs- und Frachtschiffe ankerten vor dem Wellenbrecher neben den anderen Schiffen, die zu groß waren, um in den inneren Hafen der Stadt einlaufen zu können. Will saß neben Robert im Heck der Pinasse und betrachtete die fremde Stadt vor ihm voll stummer Bewunderung.

Es war später Nachmittag, und die mit zahlreichen Türmen bewehrte Stadtmauer Akkons schien das goldene Sonnenlicht förmlich aufzusaugen. Aus Holz, Stein, Lehm und Ziegeln erbaute Häuser säumten den Hafen, und hinter einem belebten Marktplatz, dessen Lärm Will bereits hören konnte, erhoben sich Kirchen mit Kuppeldächern, mächtige Türme und elegant geschwungene Minarette. Vom Rest der Stadt konnte er noch nicht viel erkennen; er lag hinter der Mauer verborgen, aber er gewann schon jetzt einen Eindruck von Reichtum und Macht. »Was ist das dort?«, fragte er einen der Offiziere – einen alten Veteranen, der in Akkon geboren war – und deutete dabei auf eine andere breite Mauer, die am Ufer entlang verlief, dann eine scharfe Biegung beschrieb und in der Stadt verschwand. Sie war mit Türmen besetzt, von denen jeder mit vier Zinnen gekrönt war, deren Kappen aus purem Gold zu bestehen schienen. Innerhalb der Mauern konnte er einen Kirchturm und die Dächer zahlreicher großer weißer Steingebäude sehen.

Der Veteran folgte Wills Blick. »Das ist unser Ordenshaus«, gab er bereitwillig Auskunft.

Will verstummte beeindruckt. Dieses Ordenshaus wirkte wie ein kleineres Abbild der Stadt selbst: majestätisch, prächtig und ein wenig Furcht einflößend.

Die Pinasse erreichte das Ufer, und die Ruderer sprangen in das seichte Wasser, um sie auf den Sand hinaufzuziehen. Auf dem Markt, den Will schon von der Bucht aus gesehen hatte, herrschte lebhaftes Treiben. Er wurde, wie der Veteran ihm erklärte, von Pisanern abgehalten. Auch Venezianer, Lombarden und Deutsche veranstalteten eigene Märkte; sie alle bewohnten eigene Viertel in der Stadt, die kleinen autonomen Staaten glichen, denn sie hatten eigene Gesetze, Kirchen und Regierungen – als hätten sie ein Stück aus ihren Heimatländern herausgeschnitten und unter die Sonne Palästinas verpflanzt, wie sich der Ritter ausdrückte. Insgesamt gab es siebenundzwanzig solcher Viertel: das im Norden direkt hinter der Mauer gelegene Montmusart, wo der größte Teil der Bevölkerung lebte und arbeitete; St. Andrew, den Hauptwohnsitz der fränkischen Edelleute, von denen sich viele nach dem Fall Jerusalems nach Akkon geflüchtet hatten; das Judenviertel, das Patriarchenviertel und viele andere mehr.

Will versuchte, dem Veteranen aufmerksam zuzuhören, während sie den Strand hinaufstapften, aber seine Augen erzählten ihm eine eigene Geschichte, und es fiel ihm schwer, sich zu konzentrieren.

»Will!« Simon lief über den Sand hinweg auf ihn zu. Seine Wangen waren vor Aufregung gerötet. Die Sergeanten und die Besatzung der zweiten Pinasse folgten ihm etwas langsamer. »Hast du das gesehen? Schau doch nur!«

Will blickte zu dem Marktplatz hinüber, auf den Simon mit einer Handbewegung deutete. Dort standen nebeneinander aufgereiht die seltsamsten Tiere, die er je gesehen hatte. Sie waren größer als Pferde, hatten beigefarbenes, zottiges Fell, lange Hälse und knubbelige Erhebungen auf dem Rücken. Ein paar Leute standen auf der Mauer und beobachteten die an Land gehenden Männer, der Rest interessierte sich mehr für die Waren, die die Händler feilboten.

Das Erste, was Will an diesen Menschen faszinierte, war ihre Kleidung. Sie war nicht nur wesentlich eleganter geschnitten, als er es vom Westen her kannte, sondern auch noch aus viel kostbareren Stoffen gefertigt. Die Frauen trugen fließende Gewänder und reich bestickte Umhänge, die Männer gut sitzende Hosen und brokatene Überwürfe. Nirgendwo sah er Wolle oder Holzpantinen, nur Seide, Damast, weiches Leinen und ledernes Schuhwerk. Jeder hier, sogar die Kinder, sahen aus wie Könige bei einer Krönung.

Will konnte den Blick nicht von der Menge abwenden. Immer mehr merkwürdige Einzelheiten fielen ihm auf. Zuerst hatte er alle Menschen ausnahmlos für Fremde gehalten, weil sie sonnenverbrannte Gesichter hatten und prächtige Kleider und Turbane auf dem Haar trugen. Aber dann bemerkte er, dass einige Latein, andere Englisch oder Französisch sprachen. Sie stammten eindeutig aus dem Westen, plauderten aber ganz ungezwungen mit hochgewachsenen, anmutigen Männern mit ebenholzschwarzer Haut, deren Zähne unglaublich weiß schimmerten, wenn sie lächelten, oder solchen mit olivfarbener Haut, mandelförmigen Augen und runden Gesichtern oder Männern, die aussahen wie Hassan.

»Sarazenen?«, hörte Will einen der Ritter zischen.

Ein paar andere griffen nach ihren Schwertern und sahen fragend zu ihrem Kommandanten hinüber, der jedoch seelenruhig weiterging, ohne sich um die bunt gemischte Menge zu scheren. Everard humpelte in einiger Entfernung hinterher. Will entging nicht, dass ein zufriedenes Lächeln um die Lippen des Priesters spielte.

Die Ritter vermochten die Flut immer neuer Eindrücke, die auf sie einstürmte, kaum zu bewältigen. Sie kamen an Ständen vorbei, wo schwarzäugige Venezianer mit muslimischen Händlern um den Preis für Holz und Eisen feilschten. Beduinen in wallenden weißen Gewändern verkauften Fässer mit Stutenmilch für eine Hand voll sarazenischer Besants. Karren mit süß duftenden Zitronen und Datteln waren neben Buden aufgebaut, wo Rubine, Farben, Schwerter, Seide, Porzellan und Seife angepriesen wurden. Ein Jude mit einem Kneifer auf der Nase unterhielt sich angeregt mit einem griechischen Händler, der ein paar Saphire in seiner Waagschale abwog. Der Geruch von Viehdung, Schweiß, Gewürzen und Balsam hing schwer in der Luft. Das Stimmengewirr war ohrenbetäubend; schon bald konnte Will Latein kaum noch von Hebräisch, Französisch oder Arabisch unterscheiden, so viele Sprachen und Akzente waren hier zu hören. Auch als die Ritter den Markt hinter sich ließen und die schmalen, gewundenen Straßen zum Ordenshaus emporgingen, bot sich ihnen an jeder Ecke ein neues, fesselndes Bild. Das Licht der Nachmittagssonne fing sich in den runden Buntglasfenstern eines Gotteshauses und blendete sie. Alte Männer saßen, in Weihrauchschwaden gehüllt, auf den Schwellen ihrer Häuser, andere brüteten an niedrigen Tischen über aus Elfenbein und ägyptischem Glas gefertigten Schachbrettern.

Als sie endlich das Ordenshaus erreichten, waren die Templer von all dem, was innerhalb so kurzer Zeit auf sie eingestürmt war, so überwältigt, dass sie den vier goldenen Löwen auf den Zinnen des Turmes über dem schweren Tor schon gar keine Beachtung mehr schenkten. Die Wachposten begrüßten sie freundlich und führten sie durch eine in das Tor eingelassene kleinere Tür in einen belebten, von großen Steingebäuden gesäumten Innenhof. Will blieb stehen und musterte die Männer im Hof flüchtig, aber keiner von ihnen hatte goldblondes Haar.

Robert tippte ihn an. »Einer der Offiziere hat mich gebeten, eine Liste mit unseren Namen anzufertigen und sie dem Gästemeister zu geben. Wenn ich damit fertig bin, komme ich zu dir, ja?«

Will nickte. Robert wurde zu einem Gebäude geführt, auf dessen Dach das Templerbanner im Wind flatterte. Auch die Männer von den anderen Schiffen strömten jetzt nach und nach durch das Tor. Auf den meisten Gesichtern spiegelte sich dieselbe Verwirrung wider, die auch Will empfand. Simon trat neben ihn, als ein paar Schreiber mit Listen in den Händen aus dem Gebäude kamen, in dem Robert verschwunden war, und begannen, die Neuankömmlinge in Gruppen aufzuteilen.

»Wenn ich das meinem Vater erzähle, glaubt er mir kein Wort. Ich kann es ja selbst kaum fassen. Haben wir auf dem Markt wirklich Sarazenen gesehen?«

Ehe Will darauf antworten konnte, steuerte Everard auf ihn zu. »William, ich möchte, dass du feststellst, ob sich Nicolas de Navarre im Hospitaliterhaus hier in der Stadt aufhält.« Everards Stimme klang noch heiserer als sonst. Der rasselnde Husten, an dem er seit einigen Jahren litt, hatte sich nach Hassans Tod und während der langen Seereise verschlimmert, und an manchen Tagen brachte er kaum einen Ton heraus.

»Jetzt?« Obwohl Will wusste, wie sehr der Priester diesem Moment entgegenfieberte, seit sie La Rochelle verlassen hatten, hatte er trotzdem nicht damit gerechnet, unmittelbar nach seiner Ankunft schon wieder auf die Jagd nach Nicolas geschickt zu werden.

Everard drehte sich um, als einer der Schreiber auf ihn zutrat. »Ich muss so schnell wie möglich mit einigen Leuten hier sprechen. Ich verlasse mich auf dich, William.«

»Hier entlang, Brüder.« Der Schreiber bedeutete ihnen, ihm zu folgen.

»Ich kenne den Weg.« Everard schlurfte vor dem Mann her.

»Was willst du tun, wenn du Nicolas findest?«, murmelte Simon, während sie über den Hof gingen.

Will schüttelte den Kopf. Seine Aufmerksamkeit wurde von der mächtigen Mauer gefesselt, die um das Gelände des Ordenshauses herum verlief. Ritter patrouillierten auf der mit Schießscharten versehenen und mit Steinschleudern bestückten Brustwehr auf und ab. Dieses Templerhaus unterschied sich in jeder Hinsicht von denen in London, Paris oder Orleáns, und allmählich begriff er auch, warum. Es war kein gewöhnliches Ordenshaus, sondern eine Festung. »Ich weiß es nicht«, erwiderte er leise, als sie an einer Waffenschmiede vorbeikamen, vor der Männer auf Bänken saßen und Schwerter schärften.

Simon, der Will über die Schulter hinweg besorgte Blicke zuwarf, wurde mit den anderen Sergeanten zu einer hinter dem Haupthof gelegenen Gebäudereihe geführt. Will und die Ritter gingen weiter, vorbei an Ställen, Werkstätten, einer prächtigen Kirche, gegen die die Kapelle von Paris wie eine Scheune aussah, einem palastähnlichen Haus – Großmeister Bérards Gemächer, wie der Schreiber erklärte – und gelangten endlich zu einigen niedrigen Gebäuden, die einen kleinen Hof mit einer Zisterne in der Mitte umgaben. Will wurde ein Raum zugewiesen, den er sich mit sieben anderen Rittern teilte. Bequeme Pritschen reihten sich an der Wand, neben jeder davon stand eine hölzerne Truhe, in der die Männer ihre Habseligkeiten aufbewahren konnten. Es gab Haken für ihre Mäntel und Halterungen für die Schwerter; die Decken auf den Pritschen waren aus weicher Lammwolle gefertigt, die Leinenkissen am Kopfende statt mit Stroh mit Federn gefüllt. Auf dem sauber gefegten Fußboden lagen gewebte Matten. Nach all den Monaten an Bord der *Falke* erschien Will diese Unterkunft geradezu luxuriös, aber statt die Gelegenheit auszunutzen und sich von den Strapazen der langen Reise erst einmal auszuruhen, legte er nur seinen Reisesack auf eine der Pritschen und verließ den Raum gleich wieder.

Nachdem er eine Weile ziellos umhergeschlendert war, stieg er auf die Brustwehr hinauf, von der aus sich ihm ein atemberaubender Blick über die Stadt bot. Hinter Akkons Hauptmauer lag eine große, von einer weiteren Mauer und einem Graben umgebene Häuseransiedlung, dahinter erstreckten sich Obstgärten und Olivenhaine, über die die sinkende Sonne einen goldenen Schleier warf.

»Wunderschön, nicht wahr?«

Will drehte sich um. Ein weißhaariger Ritter hatte sich zu ihm gesellt.

»Ich komme jeden Abend vor der Vesper hierher. Die Aussicht überwältigt mich jedes Mal aufs Neue.« Der Ritter lächelte. »Ihr kommt gewiss aus Frankreich, Bruder.«

Will nickte. Vielleicht konnte ihm der Mann die Frage beantworten, die ihm am meisten am Herzen lag. »Wie weit liegt Safed von hier entfernt?«

Der Ritter deutete Richtung Osten. »Ungefähr dreißig Meilen quer über die Ebene.«

»Ist es leicht zu finden?«

Der andere Ritter zog erstaunt die Brauen hoch. »Es gibt eine Straße, die von der Stadt dorthin führt, aber der größte Teil der Strecke wird von Baybars' Kriegern kontrolliert. Ihr wisst doch, dass sich Safed in den Händen der Sarazenen befindet?«

»Ja. Mein Vater fiel dort.«

»Das tut mir leid. Aber ich würde Euch davon abraten, sein Grab zu besuchen, denn es würde auch das Eure werden. Die Barone von Akkon haben letztes Jahr einen Abgesandten zum Sultan geschickt, um mit ihm zu verhandeln. Nach seiner Rückkehr berichtete er, die ganze Festung sei von den aufgespießten Köpfen der enthaupteten Christen umgeben gewesen.«

Wills Herz wurde schwer. Er konnte sich nicht damit abfinden, dass der Leichnam seines Vaters geschändet und nicht in christlicher Erde begraben worden war. Die Vorstellung, James' Seele müsse vielleicht auf ewig über diese windigen, fremden Ebenen irren, war ihm unerträglich. Dieses Land war nicht Schottland. Es war nicht die Heimat der Campbells.

»Ich lasse dich jetzt besser allein«, sagte der andere Ritter mitfühlend.

»Kennt Ihr einen Ritter namens Garin de Lyons?«

Der weißhaarige Mann schüttelte bedächtig den Kopf. »Ich glaube nicht.«

»Er müsste letztes Jahr hier eingetroffen sein. Er ist so alt wie ich.« Will beschrieb ihm Garin.

Der Ritter hob bedauernd die Hände. »Hier kommen so viele Durchreisende her.«

»Er könnte allein gekommen sein – nicht an Bord eines Templerschiffes.«

»Allein? Nun, kurz vor der Christmesse kam ein junger Mann ohne Begleitung zu uns. De Lyons? Das könnte sein Name gewesen sein. Er kam von Tyrus aus über den Landweg. Der Hafen war geschlossen, jedes Schiff wurde dorthin umgeleitet. Damals herrschte zwischen den Handelsstaaten Krieg«, erklärte der Ritter.

»Er ist nicht mehr hier?«

»Wenn ich mich recht entsinne, wurde er einer Kompanie Ritter zugeteilt, die nach Jaffa versetzt worden sind.«

»Nach Jaffa?«

»Eine Stadt an der Küste, in der Nähe von Jerusalem. Ungefähr achtzig Meilen von hier entfernt.« Der Ritter wies gen Süden, zu den fernen Bergen hinüber. »Wir unterhalten dort eine Garnison.«

»Habt vielen Dank.« Will überließ den Mann seinem Sonnenuntergang und kehrte in den Hof zurück. Gerade als er sich auf den Weg zu seiner Unterkunft machen wollte, hörte er, wie jemand seinen Namen rief. Er drehte sich um. Simon kam auf ihn zugelaufen. Er schien völlig außer sich zu sein.

»Ich habe dich überall gesucht«, keuchte er. »Du musst sofort mit Everard sprechen.«

»Warum denn?«

»Wir sind abkommandiert worden.« Unüberhörbare Angst schwang in Simons Stimme mit. »Wir *beide*.«

»Abkommandiert? Wir sind nicht hier, um zu …«

»Ein Ritter ist mit einer Liste in unser Quartier gekommen«, unterbrach ihn Simon. »Gleich nachdem wir es bezogen hatten. Er sagte mir, ich wäre einer Kompanie zugeteilt worden. Und du und Robert auch, ich habe ihn gefragt.«

»Wo sollen wir denn hin?«

»Nach Antiochia, wo auch immer das sein mag«, erwiderte Simon verzagt.

37

Ordenshaus Antiochia
1. Mai A. D. 1268

Die Stadt Antiochia galt, obwohl sie viel von ihrer einstigen Bedeutung als Handelszentrum eingebüßt hatte, noch immer als eine der schönsten der Welt, und wer sie zum ersten Mal sah, vermochte kaum zu glauben, dass sie von Menschenhand und nicht von Gott geschaffen worden war. Die von dem römischen Kaiser Justinian errichtete Mauer, die sie umgab, maß achtzehn Meilen und war mit vierhundertfünfzig Türmen besetzt. Zu einer Seite grenzte sie an den Fluss Orontes, zur anderen verlief sie rings um die steilen Hänge des Silpiusgebirges, auf dessen Gipfel eine riesige Zitadelle thronte. Innerhalb dieses Steingürtels befanden sich prunkvolle Villen und Paläste, geschäftige Märkte, üppige Gärten und zahllose Kirchen und Klöster. In den Augen der einheimischen Christen, die die Bevölkerungsmehrheit stellten, ließ sich Antiochia mit keiner anderen Stadt auf Gottes Erde vergleichen.

Will, der auf der Brustwehr des wie eine Festung angelegten Ordenshauses stand, blickte über das Orontestal und den Fluss hinweg, der durch Kalksteinschluchten floss und sich dann über fruchtbare Ebenen schlängelte. Im Norden erhoben sich die Amanusberge, deren höchste Gipfel noch immer mit Schnee bedeckt waren. In diesen schroffen Bergen unterhielten die Templer zwei weitere Festungen; eine davon bewachte das Syrische Tor, den Hochpass, der in das Königreich Kilikien führte. Im Süden, hinter den Ebenen, lag das Dschebel-Bahra-Gebirge, in dem der Alte vom Berge und seine Assassinen hausten.

»Hast du irgendetwas gesehen?«

Will drehte sich um, als Robert zu ihm auf die Brustwehr trat. »Schafe, Felsen, Gras und noch mehr Schafe.«

Robert hob eine Braue und reichte Will einen Wasserschlauch. »Du weißt genau, was ich meine.«

»Danke.« Will griff nach dem Schlauch. Es war ein warmer Morgen, doch nicht annähernd so warm, wie es im Sommer werden würde. Die sengende Hitze, die dann herrschte, würde Will, Robert und den anderen Rittern, die Anfang des Jahres nach Outremer gekommen waren, schwer zu schaffen machen; ihre Kameraden hatten sie bereits davor gewarnt. »Nein, von den Kundschaftern ist nichts zu sehen.« Er trank durstig, dann gab er Robert den Schlauch zurück. »Aber sie dürften mindestens eine Woche oder noch länger brauchen, um verlässliche Informationen zusammenzutragen.« Will lehnte sich gegen die Brustwehr und betrachtete die Berghänge. Schäfer trieben ihre Herden von den Hochweiden zur Ebene hinunter. Vor zwei Tagen waren er, Robert und noch zwei weitere Ritter an der Mauer entlang zu diesen Hängen hinübergeritten, um sich davon zu überzeugen, dass die Fluchttunnel noch passierbar waren. Der gesamte Berg war mit Gängen und Höhlen durchzogen, die, wie ihnen ihr armenischer Führer erklärte, schon von den ersten Christen benutzt worden waren, wenn sie vor Feinden hatten fliehen müssen. Heute dienten sie hauptsächlich Kindern als Spielplatz.

»In London hat mir einmal ein Ritter von dieser Stadt erzählt.« Will lächelte bei der Erinnerung. »Wir haben ihn hinter seinem Rücken ausgelacht, wenn er sagte, die Zitadelle würde die Wolken berühren. Wir dachten, er wäre nicht ganz richtig im Kopf.«

Robert legte eine Hand vor die Augen, weil ihn die Sonne blendete. »Alles hier scheint übermächtig groß zu sein, findest du nicht?« Er hob die Schultern. »Nun ja, solange die Mamelucken nicht auch Riesen sind …«

»Das kommt darauf an, welchen Geschichten du Glauben schenkst.« Will bückte sich, um sein Kettenhemd zurechtzuzupfen, denn die Maschen hatten sich an seinem Schwertgurt verfangen. Das Kettenhemd hatte er in Akkon bekommen, zusammen mit einem neuen Mantel, der eigens für ihn geschneidert worden war, um den zu kurz geratenen zu ersetzen. »Manche Leute sind der festen Überzeugung, sie könnten Feuer speien oder dir kraft ihres Blickes das Blut in den Adern gefrieren lassen, aber ich denke, sie sind nicht größer oder stärker als andere Männer auch.«

»Hoffentlich. Ich möchte nicht auf eine Kiste steigen müssen, wenn ich gegen sie kämpfe.«

»Kämpfen? Gegen wen?« Simon gesellte sich zu ihnen. Furcht flackerte in seinen Augen auf.

»Gegen niemanden«, erwiderte Will.

Simon trat zögernd näher an die Brustwehr heran, dabei vermied er es angelegentlich, aus dieser Schwindel erregenden Höhe auf den Hof hinabzublicken. »Die Kundschafter sind noch nicht zurückgekommen?«

»Nein«, entgegneten Will und Robert wie aus einem Munde, dann fingen sie an zu lachen.

Simon verzog missmutig das Gesicht.

»Wir wissen überhaupt noch nichts Genaues«, fügte Will rasch hinzu. »Nur das, was so an Gerüchten in Umlauf ist. Deswegen haben wir ja auch die Kundschafter ausgeschickt.«

»Was, wenn es stimmt, was allgemein behauptet wird? Wenn Baybars' Armee wirklich auf uns zurückt?«

Will seufzte. Was sollte er darauf antworten? Er wusste so viel wie alle anderen auch, nämlich gar nichts. In den letzten Wochen waren Berichte über Kämpfe im Süden nach Antiochia gelangt, die aber stark voneinander abgewichen waren. Ein Kaufmann aus Damaskus hatte gesagt, er habe gehört, Baybars' Armee würde Richtung Akkon marschieren; ein Bauer wollte wissen, dass die Mamelucken auf dem Weg nach Antiochia waren; drei koptische Priester hatten behauptet, sie seien von den Franken zurückgeschlagen worden. Nachdem Simon Mansel, dem Militärkommandanten der Stadt, diese Gerüchte zu Ohren gekommen waren, hatte er die führenden Offiziere zu einem Kriegsrat zusammengerufen, denn da sich Antiochias Herrscher Prinz Bohemund zu Besuch in Tripolis aufhielt, oblag ihm während dieser Zeit die Befehlsgewalt. Er hatte eine Patrouille ausgeschickt, um die Lage zu sondieren, und der Meister der Templergarnison hatte ihm dafür fünf Ritter zur Verfügung gestellt, die vor vier Tagen aufgebrochen waren. »Wenn Baybars wirklich kommt, werden wir schon irgendwie mit ihm fertig werden.«

»Ich verstehe nicht, wie du so ruhig bleiben kannst!«

»Warum soll ich mir den Kopf über etwas zermartern, was noch gar nicht sicher feststeht? Das Einzige, was wir tun können, ist abwarten und Ruhe bewahren.«

Robert nickte, als Simon ihn fragend ansah. »Er hat Recht.«

»Für euch beide ist das ja gut und schön«, murrte Simon. »Ihr habt Schwerter und wisst sie zu gebrauchen, aber was wird aus mir?«

»Die ersten Kreuzfahrer haben sieben Monate gebraucht, um den Türken Antiochia abzujagen«, versuchte Will, ihm Mut zu machen, wusste aber in dem Moment, wo die Worte heraus waren, dass er genau das Falsche gesagt hatte.

»Aber am Ende *haben* sie die Stadt eingenommen!«, fuhr Simon auf. »Außerdem habe ich gehört, wie du nach der Ratsversammlung zu Robert gesagt hast, du würdest nicht glauben, dass die Stadt mit so wenigen Männern gehalten werden kann.«

Robert und Will wechselten einen verstohlenen Blick. »Das war doch nur so dahergesagt«, meinte Will dann.

»Hör auf, mich in Sicherheit wiegen zu wollen! Ich bin kein kleines Kind mehr!«, empörte sich Simon aufgebracht.

Will warf die Hände hoch. »Dann benimm dich auch nicht wie eines.« Er sah Robert an, nahm anschließend Simon am Arm und zog ihn zur Seite. »Was liegt dir eigentlich auf der Seele?«

»Dasselbe wie den meisten Leuten hier. Ich habe Angst, ein Schwert in den Bauch zu bekommen.«

»Das ist doch nicht alles. Seit wir Akkon verlassen haben, bist du anders als sonst.«

»Was erwartest du denn von mir, Will? Ich dachte, wir würden Nicolas finden, Everard würde sein Buch zurückbekommen, du würdest tun, was auch immer du hier tun wolltest, und dann könnten wir alle wieder nach Hause zurück.«

»Everard hat versucht, uns von unserem Posten hier ablösen zu lassen.«

»Er ist nicht hartnäckig genug geblieben«, widersprach Simon trotzig.

»Er hat alles getan, was in seiner Macht steht.« Will musste daran denken, wie wütend und frustriert Everard gewesen war, weil er sich nicht gegen den Marschall hatte durchsetzen können.

Als Will in Akkon von seiner Versetzung nach Antiochia erfahren hatte, war er sofort zu dem Priester gegangen, der daraufhin von dem Marschall verlangt hatte, die Abkommandierung seiner beiden Schützlinge rückgängig zu machen.

»Ich brauche Campbell hier«, beharrte er. »In Paris war er mein Sergeant.«

»Jetzt ist er ein Ritter«, erwiderte der Marschall mit einem Blick auf Will. »Und in Paris herrscht kein Krieg. König Louis' Kreuzzug wird uns nicht mehr rechtzeitig erreichen – falls überhaupt. Wir sind auf uns gestellt, wenn wir das Wenige, das uns noch geblieben ist, gegen Baybars' Truppen verteidigen wollen.«

»Ich bin eigens hergekommen, um eine seltene und äußerst wichtige medizinische Abhandlung ausfindig zu machen, von der ich gehört habe. Ich muss diesen Text unbedingt finden.« Everard straffte sich und durchbohrte den Marschall mit einem eisigen Blick. »Der Visitator von Frankreich hat mich mit diesem Auftrag hierhergeschickt, Marschall. Ich bin ein alter, gebrechlicher Mann und auf die Hilfe von William und unserem Knappen Simon angewiesen.«

Der Marschall zeigte sich wenig beeindruckt. »Wenn wir diesen Krieg gewonnen haben, Bruder, könnt Ihr so viele Männer mit der Suche nach Eurem kostbaren Manuskript beauftragen, wie Ihr wollt. Aber bis dahin werde ich jeden Mann, der mir zur Verfügung steht, so einsetzen, wie ich es für richtig halte. Bücher und Manuskripte können uns jetzt nicht retten.« Der Marschall schritt durch die Kammer und öffnete die Tür. »Dazu sind nur Schwerter im Stande. Und wenn Ihr mich jetzt entschuldigen wollt – ich bin ein viel beschäftigter Mann.«

»Ich werde gegen diese Entscheidung Einspruch einlegen«, verkündete Everard mit gepresster Stimme, ehe er den Raum verließ.

»Bei der nächsten Kapitelversammlung bekommt Ihr Gelegenheit dazu.«

Vor Wut hilflos schäumend, stapfte Everard aus dem Gebäude in den Hof hinaus.

»Was wollt Ihr jetzt bezüglich des Buches weiter unternehmen?«, hatte Will ihn wenig später gefragt.

»Überlass das nur mir. Es sind zwar nur noch drei der Unseren hier, aber wir verfügen nach wie vor über gewisse Möglichkeiten.« Everard hatte seine Schritte verlangsamt und Will zugenickt. »Ich werde dich und Simon so schnell wie möglich aus Antiochia zurückholen.«

Seither hatte Will nichts mehr von ihm gehört.

»Hast du dich wirklich ernsthaft bemüht, Everard dazu zu bringen, uns zu helfen?«

Will runzelte die Stirn. »Wie meinst du das?«

»Mir kommt es so vor, als würdest du einem Kampf gegen Baybars und seine Truppen regelrecht entgegenfiebern.« Ein anklagender Unterton hatte sich in Simons Stimme geschlichen.

Will sah über das Tal hinweg, um dem Freund nicht in die Augen blicken zu müssen. Wenn er ehrlich war, musste er zugeben, dass er tatsächlich hoffte, es werde zu einem Kampf kommen. Er hatte nicht nach Antiochia kommen, hatte die fremde Stadt nicht gegen die Sarazenen verteidigen wollen. Aber seit er hier war, hatten sich seine Ansichten geändert. Ihm war wieder bewusst geworden, dass er noch immer ein Tempelritter, ein Krieger Gottes war. Mit den Idealen der Anima Templi war er erst vor achtzehn Monaten vertraut gemacht worden; die Ideale des Ordens hingegen hatte er fast sein ganzes Leben lang angestrebt. Wieder und wieder versuchte er, sich Everards Mahnung, nur Frieden würde allen Menschen zum Vorteil gereichen, ins Gedächtnis zu rufen. Aber wenn er dann an das Mameluckenschwert dachte, das seinem Vater den Kopf vom Rumpf getrennt hatte, wurde er von Rachegelüsten überwältigt und konnte es kaum noch erwarten, endlich wieder kalten, todbringenden Stahl in den Händen zu halten.

»Reiter kommen!«, rief Robert plötzlich.

Will ließ Simon stehen und lief zu ihm. »Wo?«

»Da unten.« Robert deutete in das Tal hinab. »Sie sind noch zu weit weg, ich kann sie nur verschwommen erkennen.«

Will folgte seinem Finger mit dem Blick und sah eine Bewegung auf der Talsohle – Reiter hielten auf das St.-Georgs-Tor zu; den nordwestlichen Eingang der Stadt. Ein Felsvorsprung, der sich rechts von der Straße erhob, verdeckte sie kurz, doch als sie auf das freie Feld hinausritten, schimmerten ihre weißen Mäntel in der Sonne. Auf dem Rücken eines der Männer, der sein Tempo verlangsamte und sich im Sattel vorbeugte, sah Will einen roten Fleck aufblitzen.

»Es sind Templer.«

»Die Kundschafter vermutlich.«

Will schüttelte den Kopf. »Wir haben nur fünf Männer losgeschickt. Ich zähle aber neun.«

Garin ließ sich ein Stück hinter seine Kameraden zurückfallen, um seinen Steigbügelriemen fester anzuziehen, dann gab er seinem Pferd die Sporen und trieb es vorwärts. Seit einigen Meilen konnte er Antiochia in der Ferne immer deutlicher erkennen, und je näher ihm die mächtigen Steinmauern rückten, desto kleiner kam er sich selbst vor. Antiochia erschien ihm wie eine erhobene Hand Gottes, die allen Sterblichen, die sich ihr näherten, Halt gebot. Einen Moment lang fragte sich Garin, welche Armee so vermessen sein konnte, sich einzubilden, diese Stadt einnehmen zu können. Aber dann dachte er an Baybars und war sich mit einem Mal nicht mehr so sicher.

Baybars.

Im Laufe der letzten Monate hatte Garin diesen Namen häufig gehört, jedoch schnell erkannt, dass die wenigsten Leute wussten, wovon sie sprachen, wenn von dem Mameluckensultan die Rede war. Einige hielten Baybars für den personifizierten Satan und glaubten, Gott hätte ihn nach Outremer geschickt, um die dort lebenden Christen wegen ihrer Vorliebe für kostbare Kleider und Harems und für ihr Abweichen von dem von Christus vorgegebenen Leben in Demut und Armut zu bestrafen. Diese Leute behaupteten, Baybars sei nur durch Gebete und Buße zu besiegen. Andere sagten, er sei ein Barbar, der sich mehr durch brutale Kraft und erbarmungslose Grausamkeit als durch kluge Besonnenheit und Tapferkeit auszeichnete und nur danach trachtete, reiche Beute zu machen, also müsse man versuchen, ihn zu bestechen, um von ihm verschont zu werden. Garin jedoch hatte Baybars kämpfen sehen und wusste, dass es dem Sultan weder an Mut noch an Gerissenheit fehlte. Baybars war eine Naturgewalt; ein Sturm, der über die Christen hereinbrach. Und er hatte Garins Leben verändert.

In La Rochelle war er auf Befehl Rooks, der nach England zurückgekehrt war, um Edward Bericht zu erstatten, an Bord eines genuesischen Schiffes gegangen, um die Verfolgung des Hospitaliters allein fortzusetzen. Doch sobald er in Tyrus an Land gegangen war, hatte er plötzlich gemeint, eine unsichtbare Kette sei von ihm abgefallen. Zum ersten Mal in seinem Leben hatte er sich frei gefühlt. Leichten Herzens hatte er die Jagd nach dem Buch abgebrochen, obgleich ihm Rook unter Androhung grässlichster Strafen befohlen hatte, keinesfalls ohne es zurückzukommen, und seinen Posten in Jaffa angetreten. Dort war er dem blauäugigen Sultan begegnet.

In Jaffa hatte man nichts anderes von ihm verlangt, als zu kämpfen und am Leben zu bleiben. Er hatte weder ständig lügen noch herumschnüffeln müssen, und er musste nicht mehr in der ständigen Furcht davor leben, Rooks Missfallen zu erregen. Sein Dasein war erfrischend und beglückend einfach geworden. Im Kampf gegen Baybars hatte Garin seinen Stolz zurückgewonnen. Im Kampf gegen Baybars war er zum Helden geworden.

Als die Wächter die Tore Antiochias öffneten, um die Gruppe passieren zu lassen, spielte bei dem Gedanken, er könne der Mann sein, der diese herrliche Stadt vor dem Untergang bewahrte, ein leises Lächeln um seine Lippen.

Will und Robert blieben auf der Brustwehr, als die neun Männer in den Hof der Festung ritten, und sahen daher erst einige Zeit später, als sie zu einer hastig einberufenen Kapitelversammlung bestellt wurden, wer da zu ihnen gestoßen war.

»Das sieht nicht gut aus«, raunte Robert Will zu, während er zusammen mit den fünfzig anderen Rittern der Garnison den Kapitelsaal betrat. Dabei nickte er verstohlen zu einem Offizier hinüber, der mit grimmigem Gesicht in einer Ecke stand und leise auf einen Ritter einredete.

»Allerdings nicht«, stimmte Will zu. »Aber vielleicht erfahren wir jetzt endlich, wie ernst die Lage wirklich ist.«

Sie nahmen auf einer Bank im hinteren Teil des Raumes Platz; alle vorderen Bänke waren schon belegt. Auf dem hölzernen Podest vor ihnen stand der Ordensmeister von Antiochia mit zwei Offizieren und fünf der gerade angekommenen Ritter; sie steckten die Köpfe zusammen und berieten sich leise, verstummten aber, als Will, Robert und die letzten Nachzügler ihre Plätze einnahmen. Der Meister befahl, die Türen zu schließen, die Ritter traten einen Schritt zurück. Will stockte der Atem, als sich Garin zu der Menge umdrehte. Er wollte aufspringen, aber Robert hinderte ihn daran, indem er ihn am Handgelenk packte und warnend den Kopf schüttelte. Will blieb, am ganzen Leibe zitternd, auf der äußersten Kante der Bank sitzen und ließ Garin nicht aus den Augen, während der Meister das Wort ergriff.

»Ich muss mich dafür entschuldigen, dass diese Versammlung ohne jegliche Vorankündigung anberaumt wurde, aber die Umstände zwangen mich dazu. Die Kundschafter, die wir vor einigen Tagen ausgeschickt haben, sind auf der Straße mit vier von unseren Brüdern zusammengetroffen, die schlechte Nachrichten von unserer Festung in Beaufort bringen. Einer von ihnen, Herr Garin de Lyons, wird euch jetzt Bericht erstatten.« Er trat einen Schritt zur Seite. »Bitte, Bruder.«

Garin trat an den Rand des Podestes. Er wirkte erschöpft, war verschwitzt und von der Sonne verbrannt. Sein Mantel war mit Blutspritzern übersät, sein Haar verfilzt und weißblond gebleicht.

Er schien sich nicht wohl in seiner Haut zu fühlen, denn er öffnete und schloss ständig die Hände, als wüsste er nichts mit ihnen anzufangen. »Wie der Meister bereits sagte, kommen wir direkt aus Beaufort. Die Festung wurde von Sultan Baybars' Armee belagert«, begann er stockend.

Ein Raunen lief durch die Reihen der Ritter.

»Als wir diese Festung verließen, musste sie sich schon acht Tage lang heftiger Angriffe erwehren. Inzwischen dürfte sie gefallen sein. Die Mamelucken sind auf dem Weg hierher und zerstören dabei all unsere Garnisonen, die ihnen in den Rücken fallen könnten.«

Das Stimmengewirr wurde lauter, erste besorgte Fragen kamen auf.

»Woher wisst Ihr das?«, erkundigte sich einer der Ritter.

»Wann werden sie hier sein?«, wollte ein anderer wissen.

Der Meister gebot ihnen mit erhobenen Händen Schweigen, als Garin ihm einen verunsicherten Blick zuwarf. »Lasst Bruder de Lyons bitte ausreden. Vielleicht solltet Ihr alles von Anfang an erzählen, Bruder.«

»Natürlich.« Garin wandte sich erneut an die Menge. Sein Blick kreuzte sich mit dem von Will; er öffnete den Mund, doch es kam kein Ton heraus. Nach einem Moment schloss er ihn wieder und senkte den Kopf, dann sprach er weiter. »Im März war ich in Jaffa postiert. Die Mamelucken griffen uns an, die Stadt fiel nach einem Tag in ihre Hände.« Wieder ballte er die Fäuste. »Es hat sich als unmöglich erwiesen, die Strategien des Sultans vorauszuahnen, weil er so unberechenbar ist – sowohl was einzelne Schlachten angeht, aber auch, was seinen gesamten Feldzug betrifft. Manchmal sagt er den Garnisonen freien Abzug zu, wenn sie sich ergeben, und bricht dann sein Versprechen, wie im Fall von Arsuf und Safed.« Er sah kurz zu Will hinüber, seine Augen flackerten auf, dann fuhr er fort: »Manchmal lässt er Frauen und Kinder frei und versklavt die Männer, dann wieder verfährt er genau umgekehrt. In Jaffa hat er fast alle Einwohner der Stadt getötet, die dort stationierten Ritter aber unbehelligt ziehen lassen. Als wir die Stadt verließen, sahen wir, wie seine Sklaven damit begannen, unsere Burg niederzureißen. Gerüchten zufolge will der Sultan in Kairo eine neue Moschee bauen, und zwar aus den Trümmern aller fränkischen Festungen, die uns in Palästina noch geblieben sind. Meine Männer und ich zogen uns dann nach Akkon zurück.

Ein paar Wochen später wurde ich einer Kompanie zugeteilt, die unsere Garnison in Beaufort verstärken sollte, weil dort Berichten zufolge Baybars' nächster Angriff erfolgen sollte. In der siebten Nacht hatte ich Wache, und da sah ich einen Mann durch den Graben auf eine Tür unter mir in der Mauer zuschleichen. Ich lief hinunter, um ihn zu überwältigen und aus ihm herauszubringen, was er hier wollte und wer ihn geschickt hatte. Es stellte sich heraus, dass es sich um einen Deserteur handelte, der beim unerlaubten Verlassen seines Postens ertappt und zum Tode verurteilt worden war. Aber er hatte flüchten und sich zu uns durchschlagen können; er hoffte, wir würden ihn im Austausch gegen Informationen als einen unserer Diener ausgeben. Von ihm erfuhren wir, dass Antiochia das Hauptziel von Baybars' Feldzug ist.« Garin deutete auf die drei hinter ihm stehenden Ritter. »Der Kommandant von Beaufort hat uns zur Flucht verholfen, damit wir euch warnen können.« Er sah den Meister an. »Das ist alles.«

»Ich danke Euch, Bruder de Lyons.« Der Meister trat vor. »Durch Euer rasches und selbstloses Handeln habt Ihr uns einen großen Dienst erwiesen und unsere Überlebenschance zweifellos sehr verbessert.«

Viele Ritter bekundeten ihre Zustimmung, obwohl ihr Beifall angesichts des Ernstes der Lage eher verhalten ausfiel. Robert gähnte laut, Will umklammerte den Rand der Bank so fest, dass seine Knöchel weiß hervortraten.

»Darf ich fragen, ob Großmeister Bérard bereits informiert wurde?«, rief einer der Ritter.

Der Meister warf Garin einen fragenden Blick zu. Dieser schüttelte den Kopf.

»Dazu blieb keine Zeit. Wir sind so schnell wie möglich hierhergeritten.«

»Dann sollten wir augenblicklich einen Boten nach Akkon schicken.«

»Jede Botschaft, die wir jetzt abschicken, würde zu spät kommen«, wehrte der Meister ab. »Baybars würde den Truppen, die zu unserer Verstärkung zu uns stoßen könnten, auf jeden Fall zuvorkommen. Nein, auf Hilfe von außen dürfen wir nicht hoffen, aber wir werden unser Bestes tun, um uns so gut wie möglich zu verteidigen. Eine Stadt, die auf einen Kampf vorbereitet ist, ist sehr viel schwieriger einzunehmen als eine, die abwartet und hofft, dass es nicht so weit kommt. Ich werde sofort mit Kommandant Mansel sprechen. Er wird sicherlich einen Kriegsrat einberufen wollen.«

Ein paar Ritter stellten noch Fragen bezüglich der zu treffenden Vorkehrungen oder machten Vorschläge, dann wurde die Versammlung nach einem Gebet für die Ritter in Beaufort aufgelöst. Die Offiziere scharten sich um den Meister; ein Schreiber wurde gerufen, um eine Botschaft für Antiochias Militärkommandanten zu verfassen.

Will erhob sich, als Garin vom Podest herabstieg. Der Ritter warf ihm einen kurzen Blick zu, dann eilte er zur Tür. Will folgte ihm mit langen Schritten.

»Will!« Robert sprang alarmiert auf und stürmte hinter ihm her in den sonnendurchfluteten Hof hinaus.

Garin, der den Hof schon halb durchquert hatte, blieb stehen, als er den Ruf hörte, und drehte sich langsam um. Furcht flackerte in seinen Augen auf, als er Will auf sich zukommen sah, doch er wich nicht zurück und gab auch keinen Laut von sich, als Will ihn packte und gegen die Wand der Waffenkammer stieß.

»Will!«, mahnte Robert erneut.

»Halt dich da raus, Robert«, zischte Will ihm zu.

»Schon gut.« Robert blieb stehen und hob beide Hände. Zwei andere Ritter kamen aus dem Kapitelsaal und machten Anstalten, einzuschreiten, als sie sahen, dass Will Garin gegen die Wand drückte. Robert setzte ein breites Lächeln auf. »Brüder«, erklärte er mit einem leichten Nicken in Richtung der beiden jungen Männer. »Haben sich lange nicht gesehen, und jetzt gehen ihre Gefühle ein wenig mit ihnen durch.«

Die beiden Ritter wirkten nicht überzeugt, gingen aber nach kurzem Zögern weiter.

»Ich habe das Buch nicht, falls es das ist, worauf du aus bist«, versicherte Garin Will hastig. »Ich habe nie versucht, es dem Hospitaliter abzujagen, und ich weiß auch nicht, wo es jetzt ist.«

»Das Buch?« Will dämpfte seine Stimme zu einem Flüstern, aber seine Augen sprühten Feuer. »Das Buch interessiert mich einen Teufelsdreck!«

Garin schrie unterdrückt auf, als sich Wills Finger schmerzhaft in seine Schultern gruben.

»Es geht um das Hurenhaus«, knirschte Will mit zusammengebissenen Zähnen. »Und um das Gift, das du mir verabreicht hast.«

»Es tut mir leid!« Garin versuchte, Will von sich fortzuschieben. »Aber ich musste doch irgendetwas unternehmen! Rook wollte dich umbringen, und das hätte er auch getan, wenn ich dich nicht betäubt hätte.«

Will krallte die Hände in Garins Mantel. »Das Mädchen«, schnarrte er. »Was ist mit ihr? Willst du mir weismachen, dass du mir auch eine billige Hure ins Bett legen musstest, um mich zu retten?«

Garin gab seine Gegenwehr plötzlich auf. »Wovon redest du?«

»Versuch gar nicht erst, es zu leugnen.«

»Ich weiß wirklich nicht, was du meinst.«

Als Wills Hand daraufhin zu seinem Schwert fuhr, griff Robert ein, packte ihn am Arm und hielt ihn fest, obwohl Will sich mit aller Kraft zur Wehr setzte.

»Ich bringe dich um!«, fauchte er Garin an.

Garin schob sich zwischen ihm und der Wand hervor und wich ein Stück zurück. »Ich habe niemanden zu dir ins Bett gelegt.«

»Das soll ich dir glauben, obwohl du mich in ein Hurenhaus bestellt hast?«

Garin zögerte. »Adela«, sagte er endlich. »Ihr gehört dieses

Haus; ich bin ein paar Monate lang regelmäßig zu ihr gegangen. Es war die beste Lösung; Rook ging es nur darum, dich aus dem Ordenshaus zu locken.«

»Du hast eine Dirne gevögelt?«

Garin presste die Lippen zusammen. »Ich habe sie geliebt.«

Will begann zu lachen; ein freudloses, bitteres Lachen, das Garin einen Schauer über den Rücken jagte und unvermittelt in einem erstickten Schluchzen endete. »Wage es ja nicht, noch einmal das Wort Liebe in den Mund zu nehmen!«

Wieder konnte Robert ihn nur mit Mühe davon abhalten, sein Schwert zu ziehen.

»Elwen hat mich mit diesem Mädchen gesehen, verstehst du? Deinetwegen habe ich sie verloren, du elende Ratte!«

»Ich weiß nichts von einem Mädchen. Wirklich nicht.« Garin hob flehend die Hände. »Will, das alles war nicht meine Schuld. Ich wollte es nicht tun. Dieser Rook hat mich dazu gezwungen.« Seine Worte überschlugen sich fast. »Rook wollte das Buch haben, nicht ich. Ich weiß nicht, wie er davon erfahren hat, aber irgendwie hat er herausgebracht, welche Verbindung zwischen meinem Onkel und Everard bestanden hat. Er sagte, er würde sein Wissen gegen den Orden verwenden. Will, er hat gedroht, meiner Mutter Gewalt anzutun und sie dann zu töten, wenn ich nicht tue, was er sagt.« Sein Gesicht verzerrte sich, seine Augen füllten sich mit Tränen. »Du hast ja keine Ahnung, wozu er fähig ist. Aber jetzt habe ich mit ihm nichts mehr zu schaffen, er kann mich nicht mehr unter Druck setzen. Was kann ich tun, damit du mir verzeihst? Sag mir, was du von mir verlangst, und ich tue es!«

Will starrte Garin an; den blutbefleckten Mantel, die erhobenen Hände, die tränenfeuchten Augen. Er betrachtete den Mann, den er so abgrundtief hasste, und sah doch nur den kleinen verängstigten Jungen vor sich, der ständig neue Ausreden erfunden hatte, um die Blutergüsse und Schrammen in seinem Gesicht zu erklären. Seine Wut verrauchte, und er fühlte sich mit einem Mal hohl und leer. »Ich will überhaupt nichts von dir. Wir beide sind fertig miteinander.« Mit diesen Worten machte er sich von Robert los, wandte sich ab und ging davon.

38

Auf den Mauern von Antiochia
14. Mai A.D. 1268

Sie konnten sich nicht von dem Anblick abwenden. Seit zwei Stunden beobachteten sie das, was dort auf sie zukam, so gebannt, als handele es sich um eine riesige Welle, die sich draußen auf dem Meer auftürmt und gegen die man nichts unternehmen kann – außer abzuwarten, bis sie über Häuser, Scheunen und Felder hinwegbrandet und Menschen und Vieh mit in den sicheren Tod reißt. Ihre Hoffnung lag hinter ihnen in der Burg und den Waffenkammern der Ritter, die bereits ihre Helme aufsetzten, Kettenhemden anlegten und Schwertgurte umschnallten. Ihr Verhängnis marschierte vor ihnen durch das Tal; eine breite goldene Schlange, die sich neben dem Orontes entlangwand. Die Bürger von Antiochia, einer der fünf heiligsten Städte des Christentums, schienen von der heranrückenden Mameluckenarmee allerdings weitaus stärker fasziniert zu sein als von den Kampfvorbereitungen ihrer Verteidiger und Beschützer.

»Was zur Hölle haben die denn da oben zu suchen?«

Will, der gerade half, eine Steinschleuder in die richtige Position zu bringen, hielt mit seiner Tätigkeit inne, drehte sich um und sah Lambert, den jungen Offizier, der seine Kompanie befehligte, auf eine Gruppe von Männern auf dem Turm neben dem ihren deuten. Es waren keine Soldaten; aus dem Schnitt ihrer Seidengewänder schloss Will, dass es sich um Bischöfe und Edelleute handelte. »Wahrscheinlich beten sie.« Er trat zu Lambert, während zwei Sergeanten die Schleuder ausrichteten.

Lambert hob resigniert die Schultern. »Heute Morgen habe ich

Kinder auf der Mauer gesehen, die Steine ins Tal geworfen haben. Wenn das so weitergeht, wimmelt es bald hier oben von Zivilisten, die uns dann, wenn es ernst wird, entweder im Weg sind oder sterben werden wie die Fliegen. Jemand sollte dafür sorgen, dass sie in ihren Häusern bleiben oder in der Zitadelle Schutz suchen.«

»Ganz meine Meinung«, stimmte Will zu. »Aber wir haben noch nicht einmal genug Soldaten, um die Mauer vernünftig zu bemannen, da können wir niemanden entbehren, der in der Stadt für Ordnung sorgt.« Er spähte ins Tal hinunter, wo die Mameluckenarmee unaufhörlich näher rückte, dann blickte er zu den Edelleuten auf dem Nachbarturm hinüber. »Vielleicht erweist sich das ja als Vorteil für uns. Die Mamelucken werden denken, dass wir über mehr Truppen verfügen, als das tatsächlich der Fall ist.«

»Sie freuen sich nur über zusätzliche Zielscheiben.« Lambert wölbte die Hände vor dem Mund. »He, ihr da!«, brüllte er zu den Männern hinüber. »Verschwindet von dem Turm, ihr Narren!« Dann stieß er einen Schwall von Verwünschungen aus, denn die Edelleute schenkten ihm keinerlei Beachtung, sondern setzten ihr Gespräch ungerührt fort.

»Wenn die ersten Pfeile fliegen, werden sie laufen wie die Hasen.« Robert gesellte sich zu ihnen.

»Wo ist Simon?«, fragte Will.

»Er beruhigt die Pferde. Sie können jetzt die Trommeln hören, das macht sie nervös.«

»Ich kann mir vorstellen, wie den armen Viechern zumute ist«, murmelte Lambert.

Das konnten die anderen Männer auch. Was zunächst als leises Pochen in der Ferne begonnen hatte, war nun, wo die Mamelucken die Mauern Antiochias fast erreicht hatten, zu einem rhythmischen, ohrenbetäubenden Dröhnen angeschwollen, das an den Nerven der Ritter zerrte. Zur Mameluckenarmee zählten dreißig Trommlergruppen; jede von einem als »Herr des Donners« bezeichneten Offizier befehligt. Die Ritter auf der Mauer konnten diese Gruppen schon am Horizont ausmachen – kleine Männer, die kleine Trommeln schlugen und damit einen gewaltigen Lärm erzeugten.

»Wie geht es Simon denn?«, erkundigte sich Will leise bei Robert.

»Frag mich lieber nicht. Jedes Mal, wenn ich versuche, ihn aufzumuntern, rennt er los, um zu pinkeln. Wenn das so weitergeht, können wir bald ein Schleusentor öffnen und diese Bastarde ersäufen.« Robert stützte die Hände auf die Brustwehr. »Aber ich kann ihm beim besten Willen keinen Vorwurf daraus machen.«

Die drei jungen Ritter sahen zu, wie die vordersten Reihen der Mameluckenarmee durch den Taleingang auf die Ebene strömten. Die Kavallerie bildete die Spitze – mit Speeren und Schwertern bewaffnete Männer in schwerer Rüstung. Jedes Regiment war an der Farbe der Überwürfe zu erkennen: Blau, Jadegrün, Karminrot, Dunkelviolett und in vorderster Reihe das Goldgelb der Bahri.

Kompanien berittener Bogenschützen flankierten die Kavallerietruppen, dahinter marschierte die Infanterie: Männer mit über die Schulter geworfenen Schilden und Fußsoldaten, die schwere Haken und Fässer mit dem tödlichen Naphta trugen. In der Mitte der Infanterielinie wurden mit Arzneien, Waffen, Vorräten und Wasserschläuchen beladene Kamele von Dienern am Halfter geführt und Belagerungsgeräte vorwärtsgeschoben. Ein älterer Ritter hatte Will erzählt, die Mamelucken hätten ihren Steinschleudern Namen wie Die Siegreiche, Die Rächerin oder Die Zerstörerin gegeben. Daraufhin hatten die von Lambert befehligten zehn Ritter und sieben Sergeanten ihre eigenen Geräte – eine Steinschleuder und ein kleineres Katapult, mit dem keine Steine, sondern kurze Speere verschossen wurden – gleichfalls getauft. Die Schleuder nannten sie die Unbesiegbare, das Katapult hieß Sultantöter.

»Ich nehme an, sie werden da unten ihr Hauptlager aufschlagen.« Lambert deutete auf einen flachen Streifen Land, an den sich die goldgewandeten Bahri wie eine Löwenherde heranpirschten. »Genau außerhalb der Schusslinie«, fügte er säuerlich hinzu.

Die Edelleute auf dem Nachbarturm traten jetzt auf den Fußweg und schritten den Wall entlang, der sich um den Silpius herum steil zur Zitadelle emporwand. Seit vor einigen Stunden Alarm gegeben worden war, hatten schon zahlreiche Menschen dort Schutz gesucht. Aber viele Einwohner Antiochias harrten zu Lamberts Leidwesen noch immer in der Stadt aus; sie standen an Straßenecken und tuschelten ängstlich mit ihren Nachbarn; stiegen auf die Mauer, um einen Blick auf die feindliche Armee zu erhaschen, oder blieben in ihren Häusern, nagelten Holzlatten vor ihre Türen und vergruben Münzen, Juwelen und Landbesitzurkunden in ihren Gärten. Die Einzigen, die einen kühlen Kopf bewahrten, waren die Ritter, die sich jetzt auf ihre Posten begaben.

Überall auf der Mauer und den Türmen rüsteten sich kleine Gruppen von Kriegern zum Kampf: Templer, Hospitaliter, Deutschordensritter aus dem Königreich Deutschland, syrische und armenische Soldaten, die Stadtwache unter dem Kommando von Simon Mansel. Doch nur die Hälfte der Türme und der achtzehn Mauermeilen hatte besetzt werden können. Zum Glück war die Mauer fast durchgehend in gutem Zustand, und Schwachstellen waren, wo immer es möglich war, stärker bemannt worden.

Bei dem gestrigen Kriegsrat hatten die Templer- und Hospitalitermeister in seltener Eintracht Bedenken hinsichtlich eines Bereiches in der Nähe des Turms der Zwei Schwestern geäußert, wo die Mauer steil am Berghang anzusteigen begann. Kommandant Mansel hatte aber bereits alle seine Männer auf verschiedene Posten verteilt und war nicht gewillt, auch nur einen Einzigen wieder abzuziehen.

Mansel hoffte noch immer zuversichtlich, Baybars werde mit sich reden lassen. Schließlich, so hatte er den skeptischen Offizieren erklärt, waren die Mamelucken ja schon einmal mit nichts als ein paar Karrenladungen Beute wieder abgezogen. Und während er bereits über mögliche Verhandlungen mit dem Sultan nachgegrübelt hatte, war es dem Templermeister überlassen geblieben,

Lamberts Truppe vom St.-Georgs-Tor abzuziehen und auf dem betreffenden Mauerabschnitt zu postieren. Will war es zwar ein Rätsel, wie es den Mamelucken gelingen sollte, von diesem tückischen Gelände zwischen dem Turm der Zwei Schwestern und dem Hang des Silpius die Mauern zu erstürmen, aber er sagte sich, dass er ja noch nie eine Belagerung miterlebt hatte und sich deshalb kein voreiliges Urteil erlauben durfte.

Zu seinem Entsetzen hatte er, als die feindliche Armee gesichtet worden war, einsehen müssen, dass ihm seine jahrelange Ausbildung hier wenig nützen würde. Er hatte gerade mit den anderen Männern seiner Truppe in einer der kahlen, spinnwebenverhangenen und mit Fledermauskot verschmutzten Kammern des Turms sein Fasten gebrochen, als Alarm gegeben worden war. Die Männer waren sofort die Wendeltreppe empor und auf die Brustwehr hinausgestürmt – und waren dort, die Hände um den Griff ihrer Schwerter gelegt, wie angewurzelt stehen geblieben. Im Kampf Mann gegen Mann wussten sie sich zu behaupten, aber hier waren sie dazu verurteilt, untätig abzuwarten und zuzusehen, wie die Mamelucken immer näher kamen. Alles Weitere würde sich dann ergeben.

Die älteren Ritter, die den größten Teil ihres Lebens auf Feldzügen in Outremer verbracht hatten, sahen dem, was auf sie zukam, gelassen entgegen. Die Jüngeren zeigten sich so nervös und gereizt wie ihre Pferde, die in der gegenüber des Turms gelegenen Werkstatt eines Töpfers untergebracht waren und dort auch, so hatte Lambert verfügt, die nächsten Tage, Wochen oder gar Monate bleiben würden.

Will nahm einen Schluck aus seinem Wasserschlauch und rückte seinen Schwertgurt zurecht. Er hatte das dringende Bedürfnis, die Waffe in seiner Hand zu spüren. Jede Faser seines Körpers vibrierte vor Anspannung. Vier Ritter kamen mit Speeren für das Katapult auf die Brustwehr. Einer von ihnen war Garin. Sein Blick kreuzte sich flüchtig mit dem von Will, dann wandte er sich ab und ging über den Fußweg zum nächsten Turm hinüber, wo sie das Katapult aufgestellt hatten.

Robert schüttelte den Kopf. »Achtzehn Meter Mauer, und sie postieren ihn ausgerechnet hier?«

Will umklammerte den Griff seines Krummschwertes fester und wandte sich an Lambert. »Gibt es irgendetwas, was ich tun kann?«

Lambert nickte. »Dasselbe wie wir alle. Warten.«

Im Mameluckenlager, Antiochia, 14. Mai A. D. 1268

Als die Sonne unterging, wuschen die Eunuchen Baybars' Füße und trockneten sie mit einem sauberen Leinentuch ab. Sowie sie fertig waren, erhob sich der Sultan und stieg von dem Thronpodest herunter, das im königlichen Zelt errichtet worden war. Die Zeltklappen waren zurückgeschlagen und gaben den Blick auf einen Streifen dürren Grases frei, auf dem die Diener Gebetsmatten für ihn und seine Statthalter ausgelegt hatten. Die anderen Männer warteten bereits auf ihn.

Baybars wandte sich gen Mekka. Die Mauern von Antiochia versperrten ihm die Sicht, doch als er die erste Sure des Korans anstimmte, verschmolzen sie vor seinen Augen mit der Landschaft, bis sie nur noch aus Felsgestein und Sand zu bestehen schienen.

»Im Namen Allahs, des Allbarmherzigen! Lob und Preis sei Allah, dem Herrn aller Weltenbewohner, dem gnädigen Allerbarmer, der am Tag des Gerichts herrscht.«

Nachdem sie ihre Gebete beendet hatten, erhoben sich die Männer und fuhren mit ihren Tätigkeiten fort; luden Vorräte von den Kamelen, bauten Zelte auf, richteten die Belagerungsgeräte aus, entfachten Feuer und bereiteten sich für das abendliche Festmahl vor. Morgen brach der erste Tag des heiligen Monats Ramadan an; während der nächsten vier Wochen würden sie zwischen Sonnenaufgang und Sonnenuntergang fasten.

»Herr.«

Baybars drehte sich um. Omar schlängelte sich zwischen den Sklaven hindurch, die die Gebetsmatten aufrollten, und kam auf ihn zu. »Hast du meine Befehle an die Statthalter und Offiziere weitergegeben?«

»Ja, Herr. Alle kennen ihre Positionen.« Omar hielt inne. »Alle außer mir.«

»Ich möchte, dass du in den hinteren Reihen für Ordnung sorgst.«

»Hinten?«

»Du hast mich gehört«, bestätigte Baybars, dem Omars gekränkte Miene nicht entging. Während der letzten Feldzüge hatte er begonnen, Omar immer weiter hinter der Frontlinie einzusetzen. Während er um seine eigene Sicherheit wenig fürchtete, wuchs die Sorge um das Wohl seiner Freunde von Jahr zu Jahr – vermutlich, weil er nur so wenige hatte.

»Sadik«, protestierte Omar mit gedämpfter Stimme, »wenn du schon darauf bestehst, den Angriff selbst anzuführen, dann möchte ich an deiner Seite sein. Hast du vergessen, was Khadir gesagt hat?«

Baybars hob eine Braue. »Ich dachte, du wärst derjenige, der nichts auf Khadirs Vorhersagen gibt.«

»O doch, nämlich dann, wenn er sagt, er fürchtet um dein Leben, weil dir innerhalb der Stadtmauern große Gefahr droht.«

»Khadir konnte mir nicht genau sagen, von wem und inwiefern mir Gefahr droht, daher denke ich, er bezieht sich auf den allgemeinen Wunsch der Franken, mich loszuwerden. Aber er beharrte darauf, dass die Vorzeichen für die Schlacht selbst günstig sind, und daran werde ich mich halten. Khadir gerät immer ein wenig aus der Fassung, wenn er sich in der Nähe seiner Heimat befindet.« Baybars bezog sich auf Maysaf, die Basis der Assassinen in den Dschebel-Bahra-Bergen – dem Ort, von dem Khadir nach seinem Ausschluss aus dem Orden verbannt worden war.

»Musst du den Kampf denn unbedingt selbst anführen, Herr?«

Baybars' Züge verhärteten sich. »Als ich es meinen Befehlshabern überlassen habe, die Stadt einzunehmen, haben sie sich mit ein paar Karren voller Gold und Juwelen abspeisen lassen. Wir nehmen von den Franken keine Geschenke entgegen, Omar.«

»Edler Sultan.«

Baybars blickte sich um. Kalawun kam auf ihn zu. In seiner Begleitung befand sich einer der Regimentskommandanten.

Kalawun verneigte sich vor Baybars. »Kann ich dich kurz sprechen?«

»Ja«, erwiderte Baybars. »Wir haben alle Fragen geklärt, nicht wahr, Omar?«

Nach kurzem Zögern neigte Omar den Kopf. »Ja, Herr.«

Baybars wartete, bis er außer Hörweite war, dann wandte er sich an die beiden Männer. »Seid ihr bereit?«

»Ja, Herr.« Kalawun nickte.

»Gut. Ich möchte, dass ihr beide morgen früh eure Positionen eingenommen habt.«

»Dann werden wir mit deiner Erlaubnis jetzt aufbrechen, Herr«, sagte der Kommandant.

»Die habt ihr.« Doch als die beiden Männer sich zum Gehen wandten, hielt Baybars Kalawun zurück. »Allah sei mit dir«, sagte er ruhig.

Kalawuns kantiges Gesicht verzog sich zu einem leisen Lächeln. »Ich fürchte, du bist derjenige, der Gottes Beistand dringender braucht als ich. Im Vergleich zu dem, was du dir vorgenommen hast, ist meine Aufgabe leicht.«

»Das hängt davon ab, ob du auf Widerstand stößt, und je länger du bleiben musst, desto größer ist die Wahrscheinlichkeit, dass die Templer in Baghras und La Roche Guillaume oder die Christen in Kilikien sich zur Wehr setzen werden.«

»Wir haben den Armeniern letztes Jahr einen schweren Schlag zugefügt«, widersprach Kalawun. »Ich bezweifle doch sehr, dass es ihnen gelingt, eine ernst zu nehmende Armee aufzubieten.«

»Du solltest auf alles gefasst sein, Kalawun. Nachdem wir Tripolis ungeschoren gelassen haben, ist Prinz Bohemund sicherlich auch auf den Gedanken gekommen, wir könnten stattdessen hier zuschlagen. Er könnte durchaus Truppen aus den restlichen Teilen des Königreiches zusammenziehen, er braucht nur genug Zeit dazu, doch genau die gedenke ich ihm nicht zu lassen.«

Plötzlich brach ganz in ihrer Nähe ein Tumult aus, und eine kleine dunkle Gestalt kam aus den Schatten auf sie zugeschossen. Kalawun machte Anstalten, sich schützend vor Baybars zu stellen, doch dann erkannte er in dem vermeintlichen Angreifer den Sohn des Sultans. Sein Lehrer, ein ehemaliger Offizier namens Sinjar, den Omar ausgewählt hatte, um Baraka Khan zu unterrichten, setzte dem Jungen keuchend nach. Auf seiner weißen Tunika prangte ein großer roter Fleck. Einen Moment lang dachte Baybars, er wäre verwundet worden, doch dann sah er, dass der Fleck für Blut zu hell war. Baraka blieb schwer atmend vor ihm stehen.

»Warum bist du nicht bei deinem Unterricht?«, fragte Baybars den Siebenjährigen, dann sah er Sinjar an, der sich hastig vor ihm verneigte.

»Ich bitte um Entschuldigung, Herr. Wir haben uns mit einer einfachen Algebraaufgabe beschäftigt. Als Baraka sie nicht lösen konnte, wurde er böse und warf einen Becher Saft nach mir.« Sinjar deutete auf seine feuchte Tunika. »Und als ich ihn bestrafen wollte, lief er vor mir weg.«

Baraka funkelte seinen Lehrer finster an. »Sinjar wollte mich schlagen, Vater!«

»Was du ja auch verdient hast.« Baybars nahm seinen Sohn auf den Arm. »Ich möchte nicht noch einmal hören, dass du dich so schlecht benimmst, hast du mich verstanden?«

Baraka schmollte. »Ja, Vater«, murmelte er.

Baybars nickte Sinjar zu. »Lass ihn hier bei mir.«

»Jawohl, Herr.«

»Wenn du dich weigerst, deine Aufgaben zu lösen«, sagte Baybars zu seinem Sohn, nachdem sich der Lehrer zurückgezogen hatte, »dann kannst du stattdessen mir hier helfen.« Er zwinkerte Kalawun zu. »Vielleicht sollten wir ihn zum Bestücken eines der Mandjaniks abstellen?«

Kalawun lächelte. »Warum nicht?« Er fuhr Baraka durch das Haar. »Obwohl ich finde, dass das keine standesgemäße Tätigkeit für einen Thronerben und meinen zukünftigen Schwiegersohn ist.«

Baraka schob mürrisch die Unterlippe vor. Baybars hatte ihm gesagt, dass er in ein paar Jahren, wenn er alt genug war, mit Kalawuns Tochter verheiratet werden würde. Baraka hoffte, sein Vater würde *sie* zur Arbeit an den Mandjaniks einteilen. Vielleicht würde sie ja einen Unfall erleiden, zum Beispiel als lebendes Geschoss über die Mauer in die Stadt geschleudert werden. Bei der Vorstellung musste er grinsen. Kalawun verbeugte sich vor Baybars und ging zu seinem am Rand des Lagers wartenden Bataillon hinüber. Baraka sah ihm nach. »Wo will Amir Kalawun denn hin, Vater?«

»In die Berge.« Baybars trug seinen Sohn in sein Zelt. Seit Baraka den Harem verlassen hatte und nicht mehr ständig von den Frauen verhätschelt wurde, empfand er das Kind immer häufiger als willkommene Ablenkung von den Lasten und Pflichten seines Amtes.

»Warum denn?«

Ohne auf die Eunuchen, Leibwächter und Ratgeber im Zelt zu achten, setzte Baybars seinen Sohn auf einen kleinen Teppich und griff nach einer Silberschale mit Feigen. »Ich zeige es dir.« Er bückte sich und drückte eine Feige in Barakas kleine Faust, dann legte er drei weitere in Form eines Dreiecks auf den Teppich. »Dies ist Antiochia«, erklärte er seinem Sohn, dabei zeigte er auf die Feige am rechten unteren Rand des Dreiecks. »Darüber liegt das Syrische Tor, dort bezieht Kalawun mit seiner Truppe Posten.« Er deutete auf die Spitze des Dreiecks. »Er soll verhindern, dass die Christen aus dem Norden Verstärkung erhalten.« Sein Finger wanderte zu der Feige unten links. »Und das ist der Hafen von St. Simeon. Ich habe ein zweites Bataillon dorthin geschickt, um ihn zu besetzen. So wird der Weg für Nachschublieferungen seitens der Küste abgeschnitten.«

»Und was tust du selbst, Vater?«

Baybars lächelte, nahm die Feige, die Antiochia darstellte, und schob sie sich in den Mund. Baraka krähte vor Vergnügen.

»Edler Sultan.«

Baybars erhob sich, als ein Bahri-Offizier das Zelt betrat.

Der Krieger verneigte sich ehrerbietig. »Eine Abordnung aus der Stadt kommt auf uns zu, Herr.«

»Wer?« Baybars beobachtete Baraka, der die restlichen Feigen auf dem Teppich in seiner kleinen Faust zerquetschte.

»Eine Gruppe von Männern; der Militärkommandant führt sie an. Sie haben die Stadt durch das nordwestliche Tor verlassen.«

Baybars und seine Ratgeber folgten dem Krieger aus dem Zelt ins Freie. Ein kleiner Fackelzug löste sich aus dem Schatten der Mauer, auf der jetzt mehrere kleine Feuer flackerten. »Geh ihnen entgegen«, befahl Baybars dem Bahri. »Entwaffne sie und bring sie zu mir. Ich schätze, sie wollen mit mir verhandeln.«

»Ich bin als Unterhändler hier!«, protestierte Simon Mansel, als er von zwei Mameluckenkriegern unsanft in das königliche Zelt gestoßen wurde, nachdem ihm und seinen Männern die Waffen abgenommen worden waren. »Ihr werdet mich augenblicklich freigeben, wenn Ihr meine Bedingungen hören wollt!« Seine letzte Forderung stieß er in gebrochenem Arabisch hervor.

»Eure Bedingungen?«, wiederholte Baybars spöttisch. Beim Klang seiner tiefen Stimme verstummte Mansel und schielte ängstlich zum Thron empor. Baybars musterte den feisten Mann, den seine Krieger vor das Thronpodest geschleift hatten, mit kaum verhohlener Verachtung. Der Kommandant war in eine kostbare Seidenrobe gehüllt und trug einen vor Juwelen starrenden Turban auf seinem eingeölten Haar. »Ich denke nicht, dass Eure Situation es Euch erlaubt, Bedingungen zu stellen.« Als Mansel ihn verständnislos ansah, winkte Baybars einen seiner Männer zu sich. »Übersetze ihm meine Worte!«

Der Dolmetscher trat vor und begann zu sprechen.

»Und jetzt sag ihm, er soll vor mir niederknien«, fügte Baybars hinzu.

Mansel wollte angesichts dieses Befehls empört auffahren, zog es aber vor, sich nicht zu wehren, als die beiden Mamelucken, die ihn an den Armen gepackt hielten, ihn zu Boden stießen. Aus den Augenwinkeln heraus erhaschte er einen Blick auf einen kleinen

Jungen, der hinter einem geflochtenen Wandschirm an einer Seite des Zeltes kauerte, ihm die Zunge herausstreckte und kicherte. Ohne weiter auf ihn zu achten, richtete Mansel seine Aufmerksamkeit wieder auf den Dolmetscher.

»Sag deinem Sultan, dass ich angeordnet habe, ihm mehrere Karren voll Gold und Edelsteinen aushändigen zu lassen, wenn er seine Armee von unseren Mauern wieder abzieht. Er hat bis morgen Zeit, auf dieses Angebot einzugehen. Zu weiteren Zugeständnissen sind wir nicht bereit.«

Baybars verzog keine Miene, als der Dolmetscher ihm diese Worte übersetzte. »Gold? Ihr glaubt, mich mit solch wertlosem Tand bestechen zu können?«

»Wertlos?«, ereiferte sich Mansel. »Ich kann Euch versichern, dass …«

»Gold bedeutet mir nichts«, sagte Baybars, ohne darauf zu warten, dass der Dolmetscher übersetzte. »Es gibt nur eines, was mich dazu bewegen kann, meine Armee abzuziehen und Euer Leben und das der Männer, Frauen und Kinder in der Stadt zu verschonen. Ergebt Euch. Befehlt Euren Rittern, die Tore der Stadt zu öffnen – einer Stadt, die die Franken uns vor einhundertsiebzig Jahren gewaltsam genommen haben. Sagt ihnen, sie sollen ihre Waffen niederlegen und uns keinen Widerstand leisten. Sobald wir die Stadt eingenommen haben, werdet Ihr sie verlassen, ihr alle, und nie wieder zurückkehren. Antiochia ist für die Christen verloren.«

»Darauf lasse ich mich nicht ein!«, fuhr Mansel erbost auf. »Tausende von Menschen leben in dieser Stadt. Wo sollen sie hingehen? Ich kann doch nicht von ihnen verlangen, ihre Häuser, ihre Herden, all ihr Hab und Gut im Stich zu lassen! Was ist mit den Kranken? Und den Kindern? Nehmt, was ich Euch angeboten habe, und gebt Euch damit zufrieden …«

Er brach ab, als Baybars sich von seinem Thron erhob und einen der neben dem Zelteingang stehenden Bahri-Krieger zu sich winkte. Mansel verstand die Worte nicht, die zwischen den beiden Männern gewechselt wurden, schrak aber zusammen, als Baybars einen seiner Säbel zog und die Stufen des Podestes hinunterschritt.

»Wenn Ihr mir etwas zuleide tut, bekommt Ihr überhaupt nichts! Nichts, sag ihm das!«, brüllte er den Dolmetscher an. »*Sag ihm das!*«

Hinter ihm brach ein kleiner Tumult aus. Mansel drehte sich um und sah, dass seine Leibwächter von sieben Bahri-Soldaten in das Zelt gezerrt wurden.

»Schaff meinen Sohn von hier fort«, befahl Baybars einem seiner Eunuchen.

Baraka heulte vor Wut und trat um sich, als der Mann ihn aufhob und aus dem Zelt trug.

Angst flackerte in den Augen von Mansels Eskorte auf, als die Bahri jeden einzelnen Mann vor dem Thronpodest grob auf die Knie zwangen.

»Was habt Ihr vor?«, wandte sich Mansel an Baybars. Er konnte nicht verhindern, dass seine Stimme zitterte.

Der blauäugige Sultan gab keine Antwort, sondern trat zu dem ersten Leibwächter, einem jungen Mann mit großen braunen Augen in einem sommersprossigen Gesicht. Er packte das Haar des Mannes, bog seinen Kopf nach hinten und schnitt ihm mit seinem Säbel die Kehle durch. Blut spritzte auf und ergoss sich über die Stufen der Plattform.

»Großer Gott!«, keuchte Mansel, als sein Soldat zur Seite kippte und reglos auf dem Boden liegen blieb. Ein dicker Blutstrom quoll aus der klaffenden Halswunde. Alles war so schnell gegangen, dass er noch nicht einmal dazugekommen war, einen Schrei auszustoßen. Die restlichen Leibwächter sprachen erregt auf den Sultan und die Bahri ein. Zwei versuchten, von Panik überwältigt, die Flucht zu ergreifen, wurden aber von den Soldaten mit erhobenen Schwertern zu ihren Plätzen zurückgetrieben.

Baybars durchbohrte Mansel mit einem eiskalten Blick. Sein Säbel war mit Blut verschmiert, auch sein Umhang wies rote Spritzer auf. »Geht Ihr jetzt auf meine Forderungen ein? Oder soll noch einer Eurer Männer sterben? Die Entscheidung liegt bei Euch. Eure Stadt gegen das Leben Eurer Männer. So lautet *mein* Angebot.«

Mansel benötigte keinen Dolmetscher, um zu wissen, was der Sultan gesagt hatte. »Du herzloser Bastard«, sagte er mit leiser, bitterer Stimme.

Der Dolmetscher öffnete den Mund, sah dann Baybars an und zog es vor, zu schweigen.

Baybars ging zum nächsten Leibwächter. Dieser schrie gellend auf, als der Sultan seinen Kopf nach hinten zwang und ihm die Klinge an den Hals setzte, während zwei Bahri ihn festhielten.

»Dieser Mann oder deine Stadt.« Baybars' blaue Augen hefteten sich auf Mansel. »Woran liegt Euch mehr? Entscheidet Euch!«

Der Dolmetscher übersetzte hastig.

»Ich lasse mich von Euch nicht auf diese Weise unter Druck setzen!«, zischte Mansel.

»Kommandant!«, krächzte der Leibwächter heiser.

Baybars' Augen verengten sich, als der Dolmetscher ihm Mansels Antwort ausrichtete, dann fraß sich seine Klinge auch schon in den Hals seines Opfers. Dieser Mann war nicht auf der Stelle tot, sondern wand sich voller Qual auf dem Boden neben seinem reglosen Kameraden und presste die Hände auf seine aufgeschlitzte Kehle.

Mansel senkte den Kopf.

»Bring es zu Ende«, befahl Baybars schroff, auf den sich vor Schmerz krümmenden Mann deutend.

Ein Bahri trat vor und bohrte dem Sterbenden sein Schwert ins Herz.

»Dafür werdet Ihr in der Hölle schmoren!«, schleuderte Mansel Baybars hasserfüllt entgegen.

»Geht Ihr auf meine Bedingungen ein?«

»Ich denke gar nicht daran!«, donnerte der Kommandant.

Daraufhin fiel ein weiterer Mann unter Baybars' Säbel.

»Genug jetzt!« Die Stimme des Sultans klang kalt wie Eis. Er trat auf Mansel zu und hob seinen bluttriefenden Säbel.

Mansel versuchte, auf die Füße zu gelangen, wurde aber sogleich von den Bahri gepackt. *»Nein!«,* kreischte er, als Baybars sich über ihn beugte und die Finger in sein Haar grub. »Meine Frau ist eine Base von Prinz Bohemunds Gemahlin!«, brüllte er auf Arabisch. »Mein Tod bringt Euch nichts, aber denkt an das Lösegeld, das Ihr für mich erhalten könnt!«

»Das Einzige, was für mich von Wert ist, ist Eure Stadt, Simon Mansel. Übergebt sie mir jetzt sofort, sonst trenne ich Euch den Kopf vom Rumpf und lasse ihn über die Mauern von Antiochia werfen – als Warnung für Eure Bürger.« Baybars presste die Klinge fester gegen den Hals des sich im Griff der Bahri-Krieger windenden Mannes. *»Ergebt Euch!«*

»Ich tue, was Ihr wollt!«, quiekte Mansel, als die Klinge in seine Haut schnitt. Ein paar heiße Blutstropfen rannen an seinem Hals hinunter. »Ich gehe auf Eure Forderungen ein! Ich überlasse Euch die Stadt!«

»Bringt ihn zur Mauer«, grollte Baybars an die Bahri gewandt und trat einen Schritt zurück. »Er soll seinen Leuten befehlen, uns die Tore zu öffnen. Wir nehmen Antiochia noch heute Nacht ein.«

Und so wurde Simon Mansel, Militärkommandant von Antiochia, zum St. Georgstor geführt, wo er die Garnisonen der Stadt und alle militärischen Orden mit zitternder Stimme anwies, sich den Mamelucken zu ergeben.

Kurz darauf trat einer der Bahri, die Mansel zum Tor begleitet hatten, wieder in das königliche Zelt. Baybars wusch sich gerade an einem Bronzebecken die Hände. Die Leichen der Leibwächter waren fortgeschafft worden, ein paar Eunuchen lagen vor dem Thronpodest auf den Knien und wischten das Blut von den Stufen.

»Edler Sultan.«

Baybars griff nach einem Leinentuch und trocknete sich die Hände. »Nun?«

»Mansel hat Befehl gegeben, die Tore zu öffnen.«

»Dann gehört Antiochia uns?«

»Nein, Herr«, erwiderte der Bahri-Krieger. »Die Garnison hat sich Mansels Befehl widersetzt. Sie werden uns die Stadt nicht kampflos ausliefern.«

39

Auf den Mauern von Antiochia
18. Mai A.D. 1268

Simon begutachtete die ihnen zugeteilte Proviantration und griff nach einer bräunlichen, verschrumpelten Orange. »Wie lange soll das noch so weitergehen?«, fragte er plötzlich an Will gewandt.

Sein barscher Ton verblüffte Will. »Wenn es Mansel gelingt, die Befehlshaber dazu zu überreden, sich zu ergeben, kann alles ganz schnell vorbei sein.« Er ließ sich auf einem Fass nieder. Seine Wache war gerade zu Ende gegangen, und er konnte sich vor Erschöpfung kaum noch auf den Beinen halten. Draußen begann es zu dämmern, ein fahles Licht fiel unter der Tür hindurch, doch in der runden, fensterlosen Kammer im Fuß des Turmes würde den ganzen Tag Halbdunkel herrschen. »Aber ich glaube nicht, dass er es schafft«, fügte er gähnend hinzu.

Zweimal war Kommandant Mansel vor die Stadttore geführt worden, und zweimal hatten sich die in der Stadt stationierten Garnisonen geweigert, sich zu ergeben. Am Tag zuvor hatten die Männer auf den Mauern wachsam verfolgt, wie die Mameluckenarmee begonnen hatte, Antiochia systematisch zu umzingeln. Einige Bataillone marschierten Richtung Norden zum Fluss, andere südlich zu den Berghängen. Ein Regiment hatte seine Belagerungsgeräte auf die beiden Türme ausgerichtet, die von Lamberts Kompanie besetzt wurden.

Simon ließ die Orange auf den Tisch fallen. »Ich spreche nicht von dem Kampf«, sagte er rau. »Sondern von dir und mir.«

Will runzelte die Stirn. »Was meinst du?«

»Ach, nichts«, murmelte Simon hastig. »Vergiss es.«

»Nein.« Will trat zu ihm. »Wenn du etwas zu sagen hast, dann sag es.«

Simon schlug die Augen nieder. »Es ist nichts. Wirklich nicht.«

»O doch«, widersprach Will bestimmt. »Du sprichst seit Tagen nicht mehr mit mir. Jedes Mal, wenn ich in deine Nähe komme, verschwindest du unter irgendeinem fadenscheinigen Vorwand. Du gibst mir noch immer die Schuld daran, dass wir hier sind, nicht wahr?«

»Lass gut sein.« Simon schüttelte müde den Kopf. »Ich will mich nicht mit dir streiten.«

»Ich habe dich nicht gebeten, mit hierherzukommen, Simon.«

»Nein, ich bin abkommandiert worden, erinnerst du dich?«

»Ich meine nicht Antiochia, sondern Outremer. Damals in Orléans sagte ich, du solltest daheim bleiben, wenn du nicht mitkommen willst, aber ich für meinen Teil hätte meine Entscheidung getroffen.«

»Du wolltest Nicolas verfolgen und das Buch zurückholen.« Simon nickte nachdrücklich mit dem Kopf. »Aber du bist nicht hierhergekommen, um dich an einem Krieg zu beteiligen!«

»Jetzt bin ich aber in einen hineingeraten.« Will deutete mit dem Finger zu der Mauer, unterhalb derer sich das Mamelucken-lager erstreckte. »Diese Männer haben meinen Vater getötet. Vielleicht ist sogar der, der ihm den Kopf abgehackt hat, irgendwo unter ihnen.«

»Du bist so… kalt geworden«, stellte Simon ruhig fest. »Wir unterhalten uns überhaupt nicht mehr oder lachen so wie früher.«

»Nach Lachen ist mir nun momentan wirklich nicht zumute.«

»Du tust es aber – mit Robert und den anderen! Ich komme mir vor, als wäre ich mutterseelenallein hier. Du hast ja keine Ahnung, wie man sich fühlt, wenn man weiß, was auf einen zukommt und sich sicher ist, jedem Gegner hoffnungslos unterlegen zu sein. Du kannst dir nicht vorstellen, wie es ist, mit dem Wissen leben zu müssen, nicht in der Lage zu sein, die Menschen zu schützen, die man … « Simon ließ den Kopf hängen. »Die einem am Herzen liegen«, schloss er lahm.

»Wenn du dich so einsam fühlst, warum gehst du mir dann ständig aus dem Weg?«

Simon hob den Kopf und sah ihn an. »Ich möchte, dass alles wieder so wird, wie es früher war.« Er schenkte Will ein schüchternes Lächeln. »Wie damals in Paris, als du mir den Umgang mit einem Schwert beigebracht hast.«

»So kann es nie wieder werden. Ich kann nicht mehr zurück.«

»Warum nicht?«

»Weil ich das nicht mehr habe, was ich damals hatte.«

»Was hattest du denn damals?«, fragte Simon tonlos.

»Ich hatte meinen Vater … oder doch zumindest die Aussicht darauf, ihn eines Tages wiederzusehen. Ich hatte Elwen. Ich habe keinen Hass in mir verspürt, weder auf den Mann, der einst mein bester Freund war, noch auf Männer, denen ich noch nie begegnet bin. Ich wusste nichts vom Krieg oder … « Will brach ab und rutschte von dem Fass. »Ich wusste gar nichts«, schloss er. »Aber ich hatte Hoffnung.«

»Hoffen kannst du doch heute immer noch.« Simon ging zaghaft einen Schritt auf ihn zu.

»Worauf denn? Ich habe als Bruder und als Sohn versagt, also kann nichts je wieder so sein, wie es einmal war. Ich kann nicht mehr nach Hause zurück, dort wartet nichts mehr auf mich.«

»Aber was willst du denn dann tun? Hier bleiben, kämpfen und sterben?«

Will gab keine Antwort, weil in diesem Moment eine lang gezogene, heulende Trompetenfanfare die Luft zerriss, in die andere Instrumente einfielen und zu einem durchdringenden, an den Nerven zerrenden Geräusch anschwollen, das kein Ende zu nehmen schien.

»Was ist das?« Simon wurde bleich.

»Ich weiß es nicht.« Will lief zur Treppe, als über ihnen hastige Schritte und laute Rufe erklangen. »Vermutlich sind es die Wachposten, sie müssen den Feind gesichtet haben.«

Zur Antwort ertönte lautes Geschrei, dann traf etwas Hartes die Mauer. Der ganze Turm erzitterte unter der Wucht des Aufpralls, ein Geröllschauer ergoss sich über die Straße. Will stürmte die Stufen empor.

»Was soll ich denn tun?«, rief Simon ihm nach.

»Geh zu den Pferden.«

»Will!«

Will blieb auf der Treppe stehen und drehte sich um. »Was ist?«

Simon starrte ihn an, dann schluckte er hart und schüttelte den Kopf. »Nichts.« Er blieb noch einen Moment unschlüssig stehen, bis ein weiteres Geschoss die Mauer traf, dann lief er auf die Straße hinaus und verschwand im Töpferschuppen.

Will rannte die Treppe zur Brustwehr hinauf. »Was ist passiert?«, fragte er einen ihm entgegenkommenden Sergeanten. »Greifen sie unseren Mauerabschnitt an?«

»Alle Abschnitte, Herr«, stammelte der junge Mann. »Sie greifen die ganze Mauer an.«

Will stürzte auf die Brustwehr, wo Robert Lambert und zwei anderen Rittern half, das Katapult mit einem der Steine zu bestücken, die sie in Schlingen an der Seite des Turms heraufzogen. Will wollte ihnen zu Hilfe eilen, wurde aber von dem Anblick abgelenkt, der sich ihm unterhalb der Mauer bot. Die Mamelucken, die im Schutz der Nacht ihre Angriffspositionen eingenommen hatten, hatten sich über die gesamte Ebene und die Berghänge verteilt; eine vielfarbige Decke aus leuchtend bunten Umhängen und Turbanen, Pferden, glitzernden Speeren, Leitern, Rammböcken und Katapulten.

Noch während Will starr vor Schreck und Staunen dastand, wurden die drei ihrem Mauerabschnitt am nächsten stehenden Mandjaniks abgefeuert; drei riesige Steine prallten gegen die Mauer zwischen ihren beiden Türmen und erschütterten sie bis in ihre Grundfesten. Messerscharfe Steinsplitter schwirrten durch die Luft. Vom Nachbarturm ertönte ein Schrei, und Will sah, wie einer der Ritter von einem dieser tödlichen Geschosse durchbohrt zusammenbrach. Garin legte gerade einen Speer in die Schlinge des kleineren Katapults ein. Als Will dies sah, fiel seine Erstarrung von ihm ab, und er beeilte sich, Robert und Lambert zu Hilfe zu kommen, während Garin das Katapult betätigte und den Speer mitten in das Herz der Mameluckentruppe schickte. Will verzichtete darauf, sich davon zu überzeugen, ob er sein Ziel traf, sondern packte ein Seil der Steinschleuder und riss kräftig daran.

An der gesamten Mauer entlang – mit Ausnahme der sumpfigen Ufer des Orontes und der schroffen, steilen Berggipfel – fanden jetzt Angriffe statt. Die krachenden Einschläge der Steine hallten wie Donnergrollen durch das Tal und vermischten sich mit dem stetigen Dröhnen der Trommeln. Krüge mit Naphta wurden auf die Mauern geschleudert, zerbarsten und setzten Männer und Geräte in Brand. Andere Mameluckenkompanien feuerten von ihren Katapulten Fässchen mit Pech ab, die wie Kometen hoch in die Luft schossen und auf den Türmen in großen Feuerbällen explodierten. Ausgehöhlte, mit Naphta und schwarzem Schwefel gefüllte Pfeile schwirrten wie Tod bringende Insekten über die Brustwehr hinweg. Die Männer, die von ihnen getroffen wurden, gingen augenblicklich in Flammen auf und rannten wie menschliche Fackeln kreischend über die Mauer oder stürzten in die Tiefe.

Die Verteidiger Antiochias setzten sich gegen die Angreifer erbittert zur Wehr; zerhackten die Leitern, die die Mamelucken an die Mauer lehnten; feuerten einen Pfeilhagel nach dem anderen auf die Infanterie ab und schleuderten Felsbrocken auf die Reihen der Kavallerie.

Aber selbst Justinians mächtige Mauern reichten allein nicht aus, um einer von glühendem Siegeswillen beseelten Armee Trotz zu bieten. Im Laufe der Jahre waren sie von den Persern, den Arabern, den Byzantinern, den Türken und den Franken bezwungen worden, und es schien unausweichlich, dass dies erneut geschehen würde. Die Frage lautete nur, wann.

»Wir brauchen hier oben noch ein paar Männer!« Lambert deutete zu einem etwa eine halbe Meile entfernten, völlig unbemannten Mauerabschnitt hinüber. Die Mamelucken nahmen diesen Teil mit sieben Mandjaniks unter Beschuss, und in der Mitte der Mauer klaffte bereits ein größeres Loch, das allerdings zu hoch über dem Boden lag, als dass sich die wartende Infanterie hätte hindurchdrängen können. Weitere Mameluckentruppen hatten die Chance, die sich ihnen hier bot, gleichfalls bemerkt und strömten, angeführt von einer in gelbgoldene Umhänge gewandeten Kavallerieeinheit, darauf zu.

»Bahri!«, brüllte einer der Ritter auf dem Nachbarturm, dabei deutete er auf die Reiter.

»Großer Gott, das ist er ja selbst«, murmelte Lambert, nachdem er über die Brustwehr gespäht hatte. Sein Blick ruhte auf einem hochgewachsenen Mann in einer schimmernden Rüstung, über der er einen goldenen Umhang trug. Er ritt auf einem riesigen schwarzen Schlachtross an der Spitze des Bahri-Regiments.

»Wer?«, keuchte Will, der gerade einen weiteren Stein in den ausgehöhlten Arm des Katapultes einlegte und zurücksprang, als zwei andere Ritter es abfeuerten.

»Die Armbrust«, erklärte Lambert. »Wo bleibt unsere Verstärkung?«, brüllte er dann über die zur Stadt gelegene Seite der Brustwehr hinweg. Dort verfolgten die Stadtbewohner von den Fenstern ihrer Häuser aus furchtsam das Geschehen. Direkt unter sich sah er Simon in der Tür der Töpferwerkstatt stehen.

»Sattle die Pferde!«, rief er ihm zu.

Simon verschwand augenblicklich.

Will trat an den Rand der Mauer und beobachtete, wie Baybars den Hang herauf auf die Bresche zuritt. Der Anblick des Mameluckensultans löste widersprüchliche Gefühle in ihm aus; er konnte nicht sagen, ob er Furcht oder einen Anflug prickelnder Erregung empfand. Einige Männer auf dem Mauerteil, das sich zur Zitadelle emporzog, hatten die Gefahr gleichfalls erkannt, sprangen auf und ab, fuchtelten mit den Armen und versuchten, Lamberts Kompanie durch Warnrufe darauf aufmerksam zu machen.

Lambert stieß einen unterdrückten Fluch aus.

Ein weiterer Stein durchschlug die Mauer und landete auf der dahinter liegenden Weide.

»Was sollen wir jetzt tun?« Will duckte sich, weil ein Pfeilhagel über seinen Kopf hinwegschwirrte.

Lambert sah sich hilflos um. »Zur Hölle mit ihnen!«

Will packte ihn bei den Schultern. »Lambert! Was sollen wir tun?«

»Wir gehen dort hoch«, sagte eine Stimme hinter ihnen.

Will fuhr herum. Garin stand vor ihm. Sein Haar klebte ihm schweißnass am Kopf, sein Gesicht und sein Mantel waren schmutzverschmiert. Mit einer Hand umklammerte er sein Schwert.

»Wir holen unsere Pferde«, erklärte er Will und Lambert. »Und dann reiten wir dort hoch und versuchen, die Mamelucken aufzuhalten, bis wir Verstärkung bekommen.«

»Dazu ist es zu spät«, warf Robert ein. »Seht doch nur!«

Die drei Männer drehten sich um und sahen mit vor Entsetzen geweiteten Augen zu, wie die Mauer einstürzte und zwei Türme mit sich riss. Eine riesige Staubwolke stieg von dem Trümmerberg auf.

»Heilige Mutter Gottes«, flüsterte Lambert, als die Mamelucken, angeführt von Baybars Bundukdari, durch die Bresche stürmten.

»Sie sind durch! Sie sind in der Stadt!«, brüllte einer der Ritter auf der Brustwehr. Trompetenfanfaren erklangen – die Hospitaliter hatten die Türme gleichfalls in sich zusammenstürzen sehen. Andere Trompeter entlang der Mauer fielen ein. Die Stadt war gefallen.

Lambert kam wieder zu sich. »Nichts wie weg hier«, befahl er den Rittern und Sergeanten scharf. »Zu den Pferden!«

Die Männer ließen die Steinschleudern im Stich, rannten die Treppe des Turms hinunter, machten kurz Halt, um sich aus einer der Kammern Schilde und Helme zu holen, und stürmten dann auf die mit Geröll und Trümmerteilen übersäte Straße hinaus, wo Simon bereits mit drei gesattelten Pferden auf sie wartete. Er war leichenblass, sprach aber trotzdem beruhigend auf die Tiere ein, die nervös die Köpfe hochwarfen und schnaubten. Vier Sergeanten liefen in den großen Schuppen, um die restlichen Pferde zu satteln. Der Töpfer, seine Frau und seine drei Töchter kauerten verängstigt in einer Ecke.

»Was geschieht da draußen?«, fragte er mit zitternder Stimme.

Lambert wirbelte zu ihnen herum. »Was tut ihr denn noch hier? Bringt euch in Sicherheit, ihr Narren!«

»Sie kommen«, warnte einer der Ritter, zum Berg hinüberdeutend.

Die Templer sowie der Töpfer und seine Familie blickten in die Richtung, in die er zeigte, und erstarrten. Die Mameluckenkavallerie breitete sich fächerförmig über die Hänge aus, um die Stadt von verschiedenen Punkten aus anzugreifen. In ihren goldenen und scharlachroten Umhängen erinnerten die Reitermassen an Lavaströme, die aus einem Vulkan quollen. Einige trugen Fackeln und Bogen, aber die meisten schwangen lange, schimmernde, mit Goldeinlegearbeiten und arabischen Inschriften verzierte Schwerter.

Der Töpfer scheuchte seine schreckensstarre Frau und seine Töchter durch eine Hintertür auf die Straße hinaus und rannte blindlings los. Die hinter den Fenstern ihrer Häuser zusammengedrängten Menschen verfolgten außer sich vor Entsetzen, wie die Mamelucken durch die Stadt donnerten, Schafherden auseinandersprengten und erbarmungslos ganze Familien niedermetzelten, die sich die Hänge hochkämpften, um in der Zitadelle Schutz zu suchen.

Erst jetzt bemerkte Will, dass seine Hände zitterten. Er schloss eine um den Griff seines Krummschwertes, woraufhin das Zittern ein wenig nachließ. »Kommt!«, rief er, mehr um sich selbst Mut zu machen, den anderen zu, lief zu einem Pferd und schwang sich in den Sattel. Ein Ritter reichte ihm einen Schild. Garin, Lambert und zwei andere Ritter folgten seinem Beispiel.

»Welche Richtung?«, rief einer der Männer Lambert zu. »Wo ist die Frontlinie?«

Der junge Offizier drehte sich mit aschfahlem Gesicht und fest zusammengepressten Lippen im Sattel um. »Wir sind die Frontlinie!« Er hob sein Schwert, als die Mamelucken vor ihm auf der Straße auftauchten. *»Deus vult!«* Dann stieß er seinem Pferd die Fersen in die Flanken und jagte auf die Feinde zu.

Will hörte, wie Simon seinen Namen rief, als er zusammen mit Garin und den beiden anderen Rittern gleichfalls losgaloppierte. Siedend heiß fiel ihm ein, dass er keinen Helm trug, aber daran ließ sich jetzt nichts mehr ändern. Er schwang sein Schwert über dem Kopf. Die ersten Sonnenstrahlen fingen sich in der Klinge aus schottischem Stahl, die im Land der Seen, Moore und Wiesen geschmiedet worden war, weit weg von diesen staubigen, von der Sonne ausgedörrten Bergen. Tränen brannten in seinen Augen, und als einer der Bahri mit wehendem goldenen Umhang auf ihn losstürmte, brüllte er aus vollem Hals: *»Für die Campbells! Für die Campbells!«*

Der Zusammenprall raubte ihm einen Moment lang den Atem. Kein Übungskampf auf dem Turnierfeld hatte ihn darauf vorbereiten können. Ein wohldosierter Stoß, dazu bestimmt, einen Gegner aus dem Sattel zu heben, ließ sich durch nichts mit einem mit voller Wucht ausgeführten tödlichen Hieb vergleichen. Will wurde nach hinten geschleudert und wäre aus dem Sattel gerissen worden, wenn er nicht mit aller Kraft mit den Knien die Flanken seines Pferdes umklammert hätte. Als er sich benommen und mit schmerzenden Gliedern wieder aufrichtete, war der Mamelucke verschwunden, in seinem Schild klaffte ein breiter Sprung, und ein weiterer Bahri-Krieger drang auf ihn ein. Will holte mit seinem Schwert aus, beugte sich vor und schlug zu. Die Klinge des Krummschwertes traf den Mamelucken am Oberarm, fraß sich zwischen Kettenpanzer und Armschiene tief in das Fleisch. Der Mann schrie auf, als eine Blutfontäne aus der Wunde spritzte, verlor die Gewalt über sein Pferd und wurde vom Strom der Reiter, der Will, Garin und die anderen Templer umwogte und Richtung Stadt drängte, mitgerissen.

Unter den feindlichen Reitern befand sich auch ein Krieger auf einem riesigen schwarzen Schlachtross. Will sah einen Moment lang blaue Augen und weiße Zähne aufblitzen, als Baybars direkt an ihm vorbeirauschte, dann musste er einen weiteren gegen ihn gerichteten Schwerthieb abwehren. Die gegnerische Klinge prallte von seinem Schild ab und grub sich in den Hals seines Pferdes. Das Tier bäumte sich auf, dabei stieß es gegen ein Mameluckenpferd und schleuderte Will aus dem Sattel. Er blieb mit einem Fuß im Steigbügel hängen und schrie laut auf, als das Pferd ihn unter sich begrub. Irgendwo über ihm stieß auch Lambert einen gellenden Schrei aus.

Simon stand in der Tür der Töpferwerkstatt, als er Will und Lambert im Kampfgewühl untergehen sah. Robert und die anderen Ritter und Sergeanten, denen keine Zeit mehr geblieben war, sich Pferde zu satteln, hatten in den Eingängen der nächstgelegenen Häuser Schutz gesucht, als die ersten Mameluckenschlachtrösser durch die Straßen gedonnert waren, und den Menschen, die vor den Feinden zu fliehen versuchten, zugerufen, ihrem Beispiel zu folgen. Einige hatten auf sie gehört; sie flüchteten sich in die Türme oder pressten sich eng gegen die Hauswände. Andere waren außer sich vor Panik kopflos weitergerannt und von den vordersten Soldaten niedergestreckt und dann unter den Hufen der Pferde zertrampelt worden. Robert hatte sein Schwert gezogen und sich schützend vor dem unbewaffneten Simon aufgebaut. Ein Mameluckenkrieger hatte ihn angegriffen und war abgewehrt worden, aber die meisten waren nur bestrebt, weiter in die Stadt vorzudringen, und kümmerten sich nicht um die wenigen versprengten Ritter in den Straßen. *Allahu akbar*-Rufe übertönten das Hufgetrommel und die Schreie der Verwundeten und Sterbenden.

Simon, der wie in einem Nebel gefangen verfolgte, wie sich die Straße vor ihm mit immer mehr Mamelucken füllte, wurde aus seiner Starre gerissen, als er sah, wie Will aus dem Sattel geworfen wurde. Er stieß Robert zur Seite und rannte auf die Straße hinaus. Robert rief ihm eine Warnung zu, als zwei Mamelucken auf ihn zuhielten. Simon ließ sich auf die Knie fallen und schützte den

Kopf mit den Händen. Die Schwerter der Angreifer pfiffen haarscharf über ihn hinweg. Als die Krieger von ihrem Opfer abließen und weiterritten, schoss Robert aus seinem Versteck, packte den sich heftig zur Wehr setzenden Simon, der immer wieder Wills Namen rief, und zerrte ihn in den Hauseingang zurück.

»Hast du jetzt völlig den Verstand verloren? Du kannst ihm nicht helfen!« Er drückte Simon grob gegen den Türrahmen. »Du würdest wie ein Weizenhalm niedergemäht werden, du Esel!«

»Er darf nicht sterben!« Simon versuchte verzweifelt, sich aus Roberts Griff zu befreien. Seine braunen Augen blickten wild, Tränen rannen ihm über die Wangen. »Es ist meine Schuld, dass er hier ist! Es ist allein meine Schuld!«

Die Mamelucken galoppierten noch immer an ihnen vorbei. Nah und fern erfüllten gellende Schreie die Luft, und erste Rauchwolken kräuselten sich gen Himmel, als die Soldaten begannen, brennende Fackeln auf die Dächer der Häuser zu werfen.

»Was zum Teufel meinst du damit?«, herrschte Robert Simon an.

»Wenn Elwen damals von dem Betäubungsmittel gewusst hätte, wäre sie nicht weggelaufen und hätte ihn im Stich gelassen. Ich habe gelogen, damit sie ihn verlässt. Ich wollte die beiden auseinanderbringen. Er wäre aus dem Orden ausgeschlossen worden, wenn er sie geheiratet hätte. Aber ich wollte nie, dass wir hierherkommen!«, stieß Simon zwischen Schluchzern erstickt hervor. »Ich wusste, er würde nie ... aber ich ...« Er hämmerte mit den Fäusten kraftlos gegen Roberts Brust. »Ich habe ihn schon länger geliebt als *sie*!«

Robert starrte ihn entgeistert an, wurde jedoch abgelenkt, als hinter ihnen auf der Straße ein lauter Ruf ertönte.

Simons Kopf fuhr hoch. Er erkannte die Stimme sofort. Durch einen Tränenschleier sah er die verschwommene Silhouette eines weiß gekleideten Reiters, der auf sie zukam, dann erkannte er, dass zwei Ritter auf dem Pferd saßen – Garin, dessen Schwert mit Blut verschmiert war, vorne, Will hinter ihm. Begleitet wurden sie von einem der zwei Ritter aus ihrer Kompanie, die mit ihnen dem

Feind entgegengeritten waren, und zehn Deutschordensrittern in ihren weißen Tuniken mit dem schwarzen Kreuz darauf. In den Straßen waren bis auf ein paar Tote, die zwischen den Leichen der gefallenen Bürger Antiochias lagen, keine Mamelucken mehr zu sehen.

»Was ist mit Lambert?« Robert griff nach den Zügeln, als Garin das Pferd zum Stehen brachte.

»Tot.« Garin sprang aus dem Sattel.

Auch die Deutschordensritter stiegen von ihren Pferden. Einige mussten ihren verwundeten Kameraden helfen. Ein paar Templer aus Lamberts Kompanie, die bei Robert geblieben waren, traten zu ihnen. »Sie sind uns zu Hilfe gekommen«, erklärte Garin, dabei nickte er über die Schulter hinweg in Richtung der deutschen Ritter.

»Wo sind die Mamelucken geblieben?« Robert musterte die nun geisterhaft leere Straße argwöhnisch.

»Die Kavallerie ist bis zur Stadtmitte vorgestoßen«, erwiderte einer der Deutschordensritter. »Uns bleibt nicht mehr viel Zeit. Sie werden bald die Tore öffnen und den Rest der Armee einlassen. Wir haben ihnen nichts mehr entgegenzusetzen.«

»Was schlagt Ihr vor?« Auch Will glitt aus dem Sattel. »Dass wir uns ergeben?«

»Ich glaube nicht, dass die Sarazenen darauf eingehen würden, wenn wir das täten. Wir standen auf einem Hügel ganz in der Nähe der Bresche in der Mauer und haben alles mit angesehen. Das hier ist keine Schlacht, sondern ein Massaker. Sie schlachten jeden ab, der ihnen über den Weg läuft.« Der Ritter wischte sich das Blut ab, das aus einer Schnittwunde an seiner Schläfe in sein Auge rann. Will fiel auf, dass seine Hand zitterte.

»Wir können versuchen, uns zum Ordenshaus durchzuschlagen«, meinte Robert. »Oder zur Zitadelle.«

»Dazu ist es zu spät.« Der Deutschordensritter deutete über die Straße hinweg zu den Feldern, über die die Mamelucken zuerst in die Stadt eingefallen waren – der einzige Weg, der von ihrer Seite Antiochias aus zur Zitadelle führte. Hunderte feindlicher

Fußsoldaten strömten durch die Bresche und den Hang hinauf. »Wir würden es nie schaffen.«

»Was sollen wir denn dann tun?«, fragte einer der Sergeanten. Seine Augen flackerten vor Angst.

»Zusehen, dass wir hier wegkommen«, knurrte der Deutsche.

»Er hat Recht«, stimmte Garin zu. »Wenn wir bleiben, haben wir kaum eine Chance, mit dem Leben davonzukommen. Wir nehmen einen der Tunnel.«

»Das hatten wir auch vor«, erwiderte der deutsche Ritter. »Ganz in der Nähe liegt einer, der unter der Mauer hinweg verläuft und in einer Höhle unterhalb des Hanges des Silpius endet. Wenn wir über die Brustwehr laufen, können wir es schaffen. Wir warten im Tunnel, bis die Nacht hereinbricht, dann fliehen wir durch das Tal.«

»Oder Richtung Norden«, warf ein anderer Sergeant ein. »Nach Baghras oder …«

»Dort hat Baybars gleichfalls Truppen hingesandt«, schnitt Robert ihm das Wort ab.

»Dann los!« Einer der Deutschordensritter begann, die Pferde mit der flachen Seite seines Schwertes davonzutreiben.

»Kommt mit, wenn ihr euch auch retten wollt«, forderte sein Kamerad Will, Garin und Robert auf, dann stürmte er zusammen mit seinen Mitbrüdern auf den Turm zu.

»Wenn wir flüchten, ist niemand mehr da, der diesen Menschen beistehen kann«, sagte Will zu Robert. »Wir können sie doch nicht einfach im Stich lassen.«

»Uns bleibt gar keine andere Wahl«, entgegnete Robert scharf. »Wach auf!« Er stieß Simon, der wie gelähmt am Türrahmen lehnte, unsanft in die Seite. »Los, kommt jetzt!«, rief er dann den anderen zu.

Mit gezogenen Schwertern traten sie auf die Straße hinaus und folgten den Deutschordensrittern, die bereits im Turm verschwunden waren. Ein Sergeant reichte Simon einen Hammer, den dieser ohne irgendeine Gemütsregung entgegennahm.

»Willst du am Leben bleiben, Will?« Robert deutete mit seinem

Schwert auf die rasch näher rückende Masse von Mameluckenfußsoldaten. »Höchste Zeit, dass du dich entscheidest!«

Wills Blick wanderte von Robert zu dem blutigen Schwert in seiner Hand. In Safed hatten sein Vater und die restlichen Ritter den Tod gewählt. Aber Will wusste, dass er auch im Grab keine Ruhe finden würde. Er fühlte sich innerlich wie zerrissen. Everard, Owein, sein Vater, der Orden, die Anima Templi – sie alle hatten ihn auf einen bestimmten Weg führen wollen. Aber er war es leid, vorgeschrieben zu bekommen, wofür er kämpfen und nach welchen Regeln er leben sollte, denn er hatte gesehen, wie willkürlich diese Regeln geändert und wie häufig Schwüre und Versprechen gebrochen wurden, ohne dass dies Konsequenzen hatte. Frieden oder Krieg, Vergebung oder Rache … was auch immer er wählte, es zählte nur, wenn er es für sich selber wählte. Und er wollte eine Wahl treffen. Er wollte leben.

»Komm endlich!«, brüllte Robert ihn an.

Und Will rannte los, ohne sich noch einmal zu besinnen.

Die Stadt, die die ersten Kreuzfahrer nach siebenmonatiger Belagerung den Türken abgerungen hatten, war Baybars nach nur vier Tagen in die Hände gefallen. Die Bürger verschanzten sich in ihren Häusern und verbargen ihre Kinder in Kellern oder unter den Betten. Andere verließen, vom Rauch umliegender brennender Gebäude aufgeschreckt, ihre Heime, um sich in die Zitadelle zu flüchten. Nur wenigen gelang es, sich bis dorthin durchzuschlagen. Ein paar Menschen suchten auch in der Petersgrotte Zuflucht – einer Höhle im Berghang, in der die ersten Christen einst heimliche Gottesdienste abgehalten und sich später vor ihren Verfolgern versteckt hatten. Eng aneinander gedrängt kauerten sie dort: Priester, Soldaten, Bauern, Händler, käufliche Weiber und kleine Kinder, während ein Stadttor nach dem anderen geöffnet wurde, um der Mameluckenarmee Einlass zu gewähren. Baybars hatte angeordnet, die Tore sofort wieder zu schließen, damit kein Bürger Antiochias entkommen konnte.

Ritter und Angehörige der Stadtwache verließen ihre Posten,

als sie sahen, dass keine Hoffnung mehr bestand. Einige versuchten, sich zu ergeben, aber die Mamelucken hatten strikte Befehle, und jeder, der auf der Straße angetroffen wurde, wurde sofort enthauptet. Muslime, die seit Generationen friedlich Seite an Seite mit ihren christlichen Nachbarn lebten, flehten auf Arabisch um Gnade, aber die plündernden Soldaten waren taub für ihre Bitten. Trunken von ihrem Sieg, mit dem Blut von Feinden und Kameraden bedeckt, nahmen die Mamelucken Antiochia ein. Und verschonten nichts und niemanden.

Nach dem ersten Blutrausch, nachdem so gut wie alles Leben in den Straßen ausgelöscht worden war, stürmten die Soldaten die Kirchen und Paläste, schlachteten Priester und Dienstboten ab, durchsuchten die Räume nach Beute, pissten auf die Altäre, rissen Kruzifixe von den Wänden und verbrannten Evangelien. Und inmitten von Feuer und Tod kam es auch zu Vergewaltigungen und Folterungen. In der St.-Peterskathedrale wurden die Gräber der Patriarchen geöffnet und geschändet. Schwere Goldreifen ergossen sich zusammen mit den Gebeinen der Toten, die unter den Stiefeln der Soldaten zu Staub zermahlen wurden, über den Boden ...

Im Zentrum der sterbenden Stadt hatte Baybars eine geräumige römische Villa zu seinem Stützpunkt auserkoren. Als er sich über einen Springbrunnen in dem mit Leichen – die seine Männer herbeischafften und übereinander stapelten – übersäten Hof beugte, trat einer seiner Statthalter zu ihm. Baybars' Schwertarm schmerzte, und sein Schenkel, den ein Templer mit seiner Schwertklinge aufgeschlitzt hatte, brannte wie Feuer. Rauchschwaden verpesteten die Luft, und seine Kehle fühlte sich strohtrocken an.

Der Statthalter wartete, bis Baybars sich gesäubert hatte, dann ergriff er das Wort. »Die Christen in der Zitadelle haben sich ergeben, Herr.«

»Sag ihnen, wir gehen darauf ein. Sie sollen ihre Waffen abgeben und uns einlassen.«

Der Statthalter verneigte sich. »Lassen wir sie dann frei, Herr?«

»Nein.« Baybars schöpfte mit der hohlen Hand Wasser aus dem Brunnen und trank gierig. »Alle noch lebenden Bewohner der Stadt werden versklavt. Morgen können die Männer dann unter ihnen ihre Wahl treffen, der Rest wird verkauft. Wie verhält es sich mit unserer Beute?«

»Wir haben so viele Schätze zusammengetragen, dass die Karren überquellen werden«, erwiderte der Statthalter stolz.

»Gut.« Baybars straffte sich. »Wir werden die Schätze und die Sklaven morgen unter den Männern verteilen.«

Nachdem der Statthalter sich verneigt und sich entfernt hatte, kam Khadir zu Baybars hinübergehuscht. Das graue Gewand des Wahrsagers wies Blutflecken auf. »Herr.« Er sank vor dem Sultan in den Staub und berührte seine Knie. »Ich möchte auch einen Sklaven.«

Baybars ging nicht darauf ein, sondern umfasste sein Kinn und hob sein Gesicht an. »Wo ist denn die Bedrohung, die du vorhergesehen hast?« Er deutete auf die brennende Stadt. »Wie es aussieht, hast du dich geirrt.«

Khadirs milchige Augen schimmerten im Sonnenlicht, das zwischen den Rauchwolken hindurchfiel. »Die Zukunft enthüllt sich den Menschen nur widerstrebend, Herr«, murrte er.

Baybars winkte einen Bahri-Krieger zu sich, der vor dem Haupteingang der Villa stand. »Schick mir einen Schreiber, und schaff mir Mansel her. Er kann für uns eine Botschaft überbringen. Ich denke, Prinz Bohemund dürfte es interessieren, welches Schicksal seiner Stadt widerfahren ist.« Der Krieger verschwand im Haus, und Baybars wandte sich an die Männer, die immer neue Leichen herbeischafften. »Verbrennt die Toten«, befahl er schroff. »Jetzt gleich, ehe die Fliegen kommen.«

40

Ordenshaus Akkon
15. Juni A.D. 1268

Simon füllte die Pferdetröge im Hof vor dem Stall gerade mit frischem Wasser, als er plötzlich Will sah. Er setzte den Eimer ab und wischte sich die Hände an seiner Tunika ab. Sein Herz hämmerte schmerzhaft gegen seine Rippen. Am liebsten hätte er sich im Stall verborgen, bis Will außer Sicht war. Aber heute ging das nicht.

Will drehte sich um, als Simon seinen Namen rief, lächelte und hob eine Hand, doch Simon war der Anflug von Gereiztheit, der über sein Gesicht geflogen war, nicht entgangen. Er spürte ein leises Stechen in der Magengegend; ein Gefühl, das ihm vertraut war, hatte es sich doch schon damals, als sie noch Jungen im Neuen Tempel gewesen waren, stets eingestellt, wenn er Will sah. Nur empfand er es heute als weniger angenehm, denn es war jetzt mit Furcht gemischt.

»Was gibt es?«, fragte Will, als Simon über den Hof auf ihn zukam.

»Wie geht es dir?« Simon rang sich gleichfalls ein Lächeln ab. »Ich habe dich ein paar Tage nicht gesehen. Seit unserer Rückkehr nicht mehr.«

»Mir fehlt nichts.« Will blickte zu der tief am Himmel stehenden Sonne empor. Es war wieder ein heißer Tag gewesen; die Luft war stickig und roch nach Mist und Heu von den Ställen. »Was kann ich für dich tun?«

Sein Ton klang nicht unfreundlich, aber die unpersönlich gehaltene Frage traf Simon wie ein Nadelstich. »Everard war vor einiger Zeit hier und hat dich gesucht. Ich soll dir ausrichten, dass er dich sehen möchte.«

»Ich gehe später zu ihm.« Will wandte sich ab.

»Er sagte, es wäre wichtig«, beharrte Simon verzweifelt.

»Was auch immer er will, es kann sicherlich noch ein paar Stunden warten.«

Simon biss sich auf die Lippe. »Wo willst du hin? Es läutet bald zur Vesper.«

»Ich habe noch etwas zu erledigen.«

»Kann ich dir dabei helfen?«

»Nein.«

Ohne ein weiteres Wort machte Will kehrt und ging davon. Simon sah ihm mit kummervoller Miene nach.

Zwischen ihnen hatten die Dinge schon seit einiger Zeit nicht mehr zum Besten gestanden, aber seit Antiochia war ihr Verhältnis noch stärker abgekühlt. Simon hegte einen bestimmten Verdacht, woran das liegen mochte, aber Robert hatte seine diesbezüglichen Bedenken zerstreut.

Die Schlacht und die darauf folgende Flucht hatten von ihnen allen ihren Tribut gefordert, aber während sich die Stimmung der meisten Männer, die aus Antiochia geflohen waren, zunehmend gehoben hatte, je näher sie Akkon kamen, war Will immer stiller und in sich gekehrter geworden. Die erschöpfte kleine Gruppe war Richtung Süden über die felsige Ebene gestolpert. Tagsüber waren hinter ihnen noch immer Rauchsäulen gen Himmel gestiegen, nachts hatte sie eine gnädige Dunkelheit umfangen. Und während einiger Nächte hatte Simon zwischen dem Stöhnen der Verwundeten und dem leisen Gemurmel der anderen Männer, die ihre Kameraden zu trösten versuchten, auch Will im Schlaf sprechen hören. Er hatte Elwens Namen geflüstert, leise wie einen Seufzer, dafür hätte er seine Hand ins Feuer legen mögen.

Elwen. Der Name hing wie ein Mühlstein an Simons Hals, erfüllte ihn mit Schuldgefühlen, Furcht und Neid. Seufzend machte er Anstalten, sich nach seinem Eimer zu bücken, doch dann richtete er sich entschlossen auf. »Du weißt, was du zu tun hast«, sagte er halblaut zu sich selbst. »Also geh und bring es hinter dich.«

Nachdem er einen seiner Kameraden gebeten hatte, seine Arbeit mit zu übernehmen, ging er kurz in die Bibliothek und machte sich dann auf den Weg zu Roberts Unterkunft.

Robert öffnete selbst. Er runzelte die Stirn, als er Simon mit einem Pergamentbogen und einer Schreibfeder in der Hand vor der Tür stehen sah. »Was gibt es denn?«, fragte er, als sich der junge Mann an ihm vorbei in den Raum drängte.

»Hast du mit Will gesprochen?« Simon überzeugte sich mit einem Blick davon, dass die Kammer leer war.

»Ich habe ihn vorhin kurz gesehen.« Robert schloss die Tür.

»Das meine ich nicht.« Simon drehte sich zu ihm. »Ich meine ...« Er senkte den Kopf, dann zwang er sich, Robert in die Augen zu sehen. Es hatte keinen Sinn mehr, jetzt zu Ausflüchten zu greifen; das Geheimnis, das er so lange in seinem Inneren verschlossen hatte, war ans Licht gelangt. Er konnte nur hoffen, dass das Geständnis, zu dem er sich Robert gegenüber in einem Moment größter Seelenqual hatte hinreißen lassen, sich nicht am Ende doch noch ins Gegenteil verkehrte. »Es geht um das, was ich in Antiochia zu dir gesagt habe.«

»Ach so.« Robert wirkte sichtlich verlegen. »Ich habe dir versprochen, kein Wort darüber zu verlieren.«

»Aber er behandelt mich in der letzten Zeit so kalt und abweisend.«

»Das ist doch nur verständlich, denke ich. Will hat in den letzten Jahren viel durchmachen müssen. Der Tod seines Vaters, die Sache mit Elwen, Garins Verrat ... er braucht Zeit, um das alles zu verarbeiten und mit sich selbst wieder ins Reine zu kommen.«

»Ich fürchte, damit allein ist es nicht getan.« Simon zögerte kurz, dann hielt er Robert Pergament und Feder hin. »Und deswegen muss ich dich um einen Gefallen bitten.«

Marienkirche, Akkon, 15. Juni A. D. 1268

Will durchquerte das pisanische Viertel mit schnellen Schritten. Vögel flatterten vom Turm der Andreaskirche auf, deren Glocken gerade zur Vesper riefen, und stiegen zum rötlich gefärbten Himmel empor. Andere Kirchen fielen in den Ruf mit ein, bis die ganze Stadt von hellem Geläut erfüllt war, das, wie Everard einmal zu Will gesagt hatte, noch eine Meile draußen auf dem Meer zu hören war. Die Abendsonne tauchte die Gebäude, die die schmalen Straßen säumten, in einen warmen goldenen Schein und fing sich in den zahlreichen Glasfenstern. Will ging unbeirrt weiter, während die Glocken allmählich verstummten. Der Marktplatz lag verlassen da; der Boden war mit Tiermist und zertretenen Früchten übersät. Ein verloren gegangener Seidenschal flatterte leise im heißen, salzigen Wind, der vom Hafen hinüberwehte.

Es war schon fast Mittsommer. Daheim in Paris begannen jetzt die Sommerjahrmärkte, die Listen der Turnierteilnehmer wurden ausgehängt, und die Mädchen flochten sich Bänder ins Haar.

Will überquerte einen offenen, von einem Baldachin aus blauem und grünem Stoff überschatteten Platz und betrat das venezianische Viertel. Als Templer genoss er das Vorrecht, die Tore in den Mauern, die die einzelnen Stadtviertel voneinander trennten, unbehelligt passieren zu dürfen. Nachdem der Wächter ihm zugenickt und ihn durchgewinkt hatte, machte er sich auf den Weg zur Marienkirche. Als er dort ankam, war der Gottesdienst fast vorüber. Will setzte sich auf eine der hinteren Bänke, betete mit den anderen Gläubigen zusammen das Vaterunser und wartete dann darauf, dass sie die Kirche verließen. Ein paar Gemeindemitglieder blieben noch in ihre Gebete versunken. Will sah sich um, und sein Blick blieb auf einem gesenkten Kopf in einer der vorderen Bänke haften. Er erhob sich und schritt den Gang entlang; vorbei an einem der Muttergottes geweihten, von Dutzenden von Kerzen umgebenen Altar. Diese Opferkerzen waren in ganz Akkon entzündet worden, seit Prinz Bohemund den Fall Antiochias hatte verkünden lassen. Die furchtbare Nachricht hatte Akkon erreicht, kurz bevor Will und die anderen Ritter dort eingetroffen waren, und sie hatten eine Stadt in tiefer Trauer vorgefunden. Will nahm eine neue Kerze von dem Stapel auf dem Boden und entzündete sie an der Flamme einer anderen. Nachdem er sie zu den Füßen der marmornen Madonnenstatue aufgestellt hatte, die gütig auf ihn herablächelte, ging er zu der vordersten Bank und nahm neben der vornübergebeugten Gestalt Platz.

»Für wen hast du denn gebetet?« Garin hob den Kopf.

Will ging nicht auf die Frage ein. »Ist alles bereit?«

Garin stutzte, dann nickte er. »Die Sachen liegen im Vestibül. Der Priester wird uns einlassen.«

»Können wir ihm vertrauen?«

»Ich bin ihm selbst heute Abend zum ersten Mal begegnet. Es war mein Informant, der mit ihm gesprochen hat.« Garin dämpfte seine Stimme zu einem Flüstern, während er beobachtete, wie der Priester den Altarraum durch eine kleine Seitentür verließ. »Aber er scheint ernsthaft gewillt zu sein, uns zu helfen. Die Templer haben den Venezianern während des Bürgerkriegs mit den Genuesen zur Seite gestanden, die ihrerseits von den Hospitalitern unterstützt wurden. Anscheinend haben wir einem seiner Brüder während eines Straßenkampfes das Leben gerettet.«

»Glaubst du wirklich, unser Plan geht auf?«

Garin runzelte die Stirn. »Du willst doch jetzt wohl keinen Rückzieher machen?«

»Nein, ich habe wegen dieses vermaledeiten Buches schon zu viel auf mich genommen. Ich will die Sache zu Ende bringen. Ich wollte nur sichergehen, dass du weißt, was du tust. Was ist mit diesem Diener? Woher willst du wissen, dass er uns nicht in eine Falle lockt?«

»Er hat mir freiwillig seine Hilfe angeboten. Er erzählte mir, er hätte sich darum beworben, als Sergeant in den Hospitaliterorden aufgenommen zu werden, aber sein Antrag wäre abgelehnt worden. Er war ganz außer sich, weil er dem Großmeister zwanzig Jahre lang treu gedient hat. Ein alter, verbitterter, in Armut lebender Mann. Ich habe ihm eine Möglichkeit geboten, seinen Zorn loszuwerden.« Garin zuckte die Achseln. »Das und eine Hand voll Gold. Jeder Mensch hat Schwachstellen, Will. Man muss sie nur finden und anschließend die richtigen Fäden ziehen, dann tun sie, was du von ihnen verlangst.«

»Hast du das während deiner Zeit mit Rook gelernt?«

Garin seufzte tief. »Die Frage sollte eigentlich lauten, ob du mir trauen kannst, nicht wahr?«

»Nein, Garin.« Will wich Garins Blick nicht aus. »Ich werde dir nie wieder vertrauen. Aber ich will sicher sein, dass alles glatt geht. Wenn dieser Diener Recht hat und das Buch bald an einen sicheren Ort geschafft werden soll, dann haben wir nur diese eine Chance, um es uns zu holen.«

Garin starrte auf seine Hände hinab. »Du glaubst mir nicht, dass ich mich geändert habe?«

Will lehnte sich mit einem ungeduldigen Grunzen zurück.

Garin beugte sich zu ihm. »Immerhin bin ich derjenige, der mit diesem Vorschlag zu dir gekommen ist, vergiss das nicht.«

»Everard hat eigene Pläne, wie er an das Buch herankommen kann.«

»Nach dem zu urteilen, was du mir erzählt hast, war sein erster Plan ein herber Fehlschlag.«

Will erwiderte nichts darauf. Nach seiner Rückkehr aus Antiochia hatte er feststellen müssen, dass die Anima Templi während seiner Abwesenheit zwei Söldner zum Hospitaliterhaus geschickt hatte, um das Gralsbuch zu stehlen. Die Söldner waren nicht zurückgekehrt, und Hugues de Revel hatte öffentlich verkündet, Diebe hätten versucht, seinen Tresor aufzubrechen, und seien festgenommen worden, um einem Verhör unterzogen zu werden, hätten dann aber einen Fluchtversuch unternommen, bei dem sie getötet worden seien. Danach war Everard klar geworden, dass er es nicht wagen durfte, kurz nach diesem missglückten Unterfangen erneut Männer auszuschicken, um das Buch zurückzuholen, und obwohl ihm die Zeit unter den Nägeln brannte, war ihm nichts anderes übrig geblieben, als sich in Geduld zu fassen.

»Mein Plan hat zumindest gute Aussichten auf Erfolg«, fügte Garin hinzu. Er musterte Will forschend. »Und wenn ich das Buch wirklich für mich haben wollte, glaubst du, ich hätte dir dann von meinem Vorhaben erzählt? Ich hätte meinen Plan allein ausgeführt.«

»Was ist mit diesem Rook? Was wird er tun, wenn er erfährt, dass du mir geholfen hast, Everard das Buch zurückzubringen, statt es ihm zu beschaffen?«

Garin wich Wills anklagendem Blick aus. »Ich habe dir doch gesagt, dass mir keine andere Wahl geblieben ist, als für ihn zu arbeiten.«

»Wenn er dich bedroht hat, hättest du mit dem Ordensmeister sprechen können. Er hätte diesem Spuk ein Ende gemacht.«

»Und Rook hätte meine Mutter umgebracht!« Garin senkte die Stimme. »Hör zu, Will, wie oft willst du denn noch hören, dass ich mit diesem Kerl nichts mehr zu schaffen habe? Ich weiß wirklich nicht, was ich dazu noch sagen soll.«

»Du könntest mit der Wahrheit anfangen. Ich glaube dir nämlich nicht, dass du nichts über den Mann weißt. Wie hat er überhaupt von dem Buch erfahren?«

»Ich habe keine Ahnung«, beharrte Garin. Er griff in den Beutel, der an seinem Gürtel hing. »Sieh her.« Er hielt Will eine Bronzescheibe hin. »Erinnerst du dich noch daran?«

Widerstrebend nahm Will die Scheibe entgegen. Seine Augen weiteten sich vor Staunen, als er das Siegel des Ordens erkannte; eine Bronzemedaille mit dem Bild zweier Ritter zu Pferd darauf.

»Die hast du mir damals nach dem Turnier im Neuen Tempel geschenkt. Du hattest gewonnen und ich verloren.« Garin beobachtete Will nervös. Er konnte nur hoffen, dieser merkte nicht, dass es sich nicht um die richtige Medaille handelte. Die, die Will ihm gegeben hatte, hatte er vor vielen Jahren in die Themse geworfen. »Ich möchte sie dir zurückgeben, als Beweis dafür, dass ich wirklich ein anderer Mensch geworden bin.«

Will zögerte einen Moment, dann gab er Garin die Medaille zurück. »Du hast mir in Antiochia das Leben gerettet, und dafür bin ich dir dankbar, aber wir werden nie wieder Freunde sein, Garin. Ich kann dir nicht verzeihen ...« Er biss die Zähne zusammen und wandte sich ab. »Ich kann nicht vergessen, was damals in Paris passiert ist.«

Garin presste die Lippen zusammen, dann verstaute er die Medaille wieder in seinem Beutel. »Ich verstehe«, sagte er ruhig. Die Vestibültür wurde geöffnet, und der Priester winkte sie zu sich.

Sie betraten die kleine, von Weihrauchschwaden vernebelte Kammer. Der Priester wies auf eine schwere Holztruhe. »Hier sind die Sachen«, erklärte er mit starkem Akzent. »Euer Diener kam heute Morgen und brachte sie vorbei. Er sagte, er hätte alles besorgt, was Ihr braucht.«

»Wir sind Euch zu großem Dank verpflichtet«, erwiderte Garin.

Der Priester winkte ab. »Ich lasse Euch jetzt allein, damit Ihr Euch umziehen könnt. Eure Kleider könnt Ihr hierlassen. Ich werde heute Abend nicht abschließen.« Er deutete auf eine kleine Tür. »Geht hier hinaus und folgt der Straße bis zur Mauer. Von dort begebt Ihr Euch in das Judenviertel und geht an den öffentlichen Bädern vorbei, dann seht Ihr schon die Mauern des Hospitaliterhauses.«

Er wandte sich ab und verließ die Kammer. Garin öffnete die Truhe und entnahm ihr zwei säuberlich gefaltete schwarze Überwürfe mit weißen Kreuzen auf Brust und Rücken. Einen davon reichte er Will. Will streifte seinen weißen Mantel ab, während Garin eine kleine Pergamentrolle vom Boden der Truhe klaubte. Als er sie entrollte, fiel ein darin verborgener kleiner Gegenstand klirrend zu Boden. Garin bückte sich und hob ihn auf. Es war ein Schlüssel. Er schob ihn in den Beutel an seinem Gürtel, dann studierte er den primitiv gezeichneten, aber brauchbaren Plan des Ordenshauses. Großmeister de Revels Gemächer und das eiserne Schloss in der Wand waren deutlich markiert.

Will und Garin stopften ihre Mäntel in die Truhe, dann verließen sie das Gotteshaus und traten auf die dunkle Straße hinaus. Der Priester hatte ihnen den Weg genau erklärt, und sie brauchten nicht lange, um zum Hospitaliterhaus zu gelangen. Will hielt den Atem an, als sie am Tor angehalten wurden, aber die Wachposten hoben nur kurz ihre Laternen und winkten sie dann durch, als sie ihre Überwürfe sahen.

Das Abendessen war gerade beendet; auf dem Gelände wimmelte es von Menschen. Will und Garin bahnten sich zielsicher einen Weg durch die Menge von Dienern, Botenjungen und Sergeanten und nickten den Rittern, an denen sie vorbeikamen, höflich zu. Das Ordenshaus von Akkon zählte zu den Hauptsitzen der Hospitaliter, hier gingen so viele Menschen ein und aus, dass ein unbekanntes Gesicht gar nicht auffiel.

Nachdem sie das Hauptgebäude betreten hatten, mussten sie ab und zu unter einer Fackel stehen bleiben, um einen Blick auf die Karte zu werfen, aber sie fanden die Treppe rasch, die zu Großmeister de Revels Gemach ganz oben im höchsten Turm des Gebäudes hinaufführte. Auf dem Weg von der Kirche hierher waren sie übereingekommen, dass sie, sollten sie jemanden in der Kammer vorfinden, behaupten würden, sie wären gekommen, um eine Audienz beim Großmeister zu erbitten, mit dem sie eine persönliche Angelegenheit zu besprechen hätten. Um keinen Verdacht auf sich zu lenken, stiegen sie die Stufen empor, ohne ein einziges Mal zu zögern. Bislang lief alles glatt. Das Einzige, was Will Sorgen bereitete, war die Frage, was sie tun sollten, wenn sie unvorhergesehenerweise Nicolas de Navarre begegneten.

Die Treppe endete in einem überwölbten Gang, zu dessen rechter und linker Seite je eine schwere Doppeltür lag. Nachdem sie die Karte zu Rate gezogen hatten, wandten sie sich nach rechts. In die Wand war ein hohes Flügelfenster eingelassen, das eine atemberaubende Aussicht über die von Fackeln und einer fahlen Halbmondsichel erleuchtete Stadt bot.

Unter der geschlossenen Tür schimmerte Kerzenschein hervor. Garin nickte Will zu, der daraufhin vorsichtig an das dunkle Holz klopfte. In der Kammer rührte sich nichts. Nach ein paar Sekunden klopfte Will erneut an. Immer noch blieb alles still, also lehnte er sich mit der Schulter gegen eine Türhälfte, die mit einem leisen Knarren nachgab. Die Kammer wurde lediglich von einer einzigen Kerze auf einem großen Tisch in der Mitte erleuchtet, hinter dem Will den Wandtresor entdeckte. Marmorsäulen, die entlang des Randes des Raumes verliefen, trugen die hohe Decke, dazwischen schimmerten große bogenförmige Glasfenster wie das draußen im Gang.

Will trat in den Raum. Garin folgte ihm und wäre fast gegen ihn geprallt, als Will abrupt stehen blieb. »Stimmt etwas nicht?«

Will deutete auf den Tisch. Er war mit Pergamentbögen und Schreibfedern übersät, ringsum auf dem Boden lagen gleichfalls Papiere herum.

»Vielleicht herrscht hier immer so ein Durcheinander«, murmelte Garin über die Schulter hinweg. »Schließlich sind es Hospitaliter. Komm, wir sollten uns beeilen.« Er drängte sich an Will vorbei, ging zu dem Tresor hinüber und nahm den Schlüssel aus seinem Beutel.

Will runzelte die Stirn, während sich seine Augen langsam an das Dämmerlicht gewöhnten. An den Wänden standen ein Schrank und ein paar Truhen; alle waren geöffnet und anscheinend durchwühlt worden. Ein schaler Schweißgeruch hing in der Luft. »Sei vorsichtig«, warnte er Garin leise.

Garin streckte eine Hand nach dem Tresor aus, dann hielt er inne. Der Schlüssel schwebte kurz vor dem Schloss in der Luft. »Er ist offen«, stellte er fest, ließ den Schlüssel wieder in den Beutel an seinem Gürtel fallen und zog die in den Angeln knarrende Tür auf. »Verdammt!« Er drehte sich zu Will um. »Es ist nicht hier!«

Rechts von ihnen sprang plötzlich eine schattenhafte Gestalt hinter einer der Säulen hervor. Garin schrie auf, als sich der in einen rostbraunen Umhang gehüllte Schatten auf ihn stürzte und faulige Zähne fletschte. Ein Dolch blitzte vor seinen Augen auf.

Ehe Garin reagieren konnte, hatte Rook ihn schon gepackt, zerrte ihn zu sich herum und setzte ihm den Dolch an die Kehle. »Es ist nicht im Tresor, weil ich es habe, du hirnloser kleiner Hundsfott!«

Wills Blick fiel auf ein in *vellum* gebundenes Buch mit Goldlettern, das im Gürtel jenes Mannes steckte, der ihn in dem Pariser Hurenhaus so übel zugerichtet hatte. Anhand der Augen und der Stimme erkannte er Rook sofort wieder. Seine Hand fuhr zu seinem Schwert.

»Lass es fallen«, zischte Rook. »Es sei denn, du willst, dass ich ihm wie einem Schwein den Hals aufschlitze.«

Will zögerte. Garin schrie erneut auf, als die Dolchspitze seine Haut ritzte und Blutströpfchen aus der Wunde quollen.

»Du weißt, dass es mir ernst ist«, drohte Rook.

»Schon gut.« Will legte das Schwert behutsam vor sich auf den Boden.

»Nicht dahin«, grollte Rook. »Leg es drüben auf eine der Truhen. Ich will keine unliebsame Überraschung erleben.«

Will gehorchte widerstrebend.

»Jetzt geh dahin zurück, wo du eben gestanden hast.«

Wieder tat Will, wie ihm geheißen, ohne den Blick dabei von Rook abzuwenden. Dieser zog Garins Schwert aus dessen Gürtel und warf es hinter sich auf den Teppich.

»Was für ein erfreuliches Wiedersehen«, schnurrte er dann. »Ich wusste doch, dass du mich hintergehen würdest.«

»Ich habe Euch nicht hintergangen.« Garin rang erstickt nach Atem. »Ich wollte Campbell dazu benutzen, mir das Buch zu verschaffen, und es dann wie vereinbart nach London zurückbringen.«

Wills Augen wurden schmal, und er trat einen Schritt vor.

»Bleib, wo du bist«, fauchte Rook. »Er lügt sowieso. Du warst schon immer ein miserabler Lügner, nicht wahr, de Lyons? Du hast einfach nicht die Nerven dafür.«

Will rührte sich nicht mehr. Ihm entging nicht, dass Garins Hand unauffällig zu dem Beutel an seinem Gürtel kroch.

»Ich dagegen kann hervorragend lügen«, fuhr Rook, der nicht bemerkte, was Garin tat, prahlerisch fort. »Man könnte sagen, Lügen gehört zu meinen vielen Talenten.« Er kicherte. »Wie das Aufbrechen von Schlössern.«

»Wovon redet Ihr eigentlich?«, fragte Garin gepresst.

»Das Ganze wird ein Heidenspaß.« Wieder kicherte Rook boshaft. »Nenn es eine Entschädigung dafür, dass ich die ganze lange Reise auf mich nehmen musste, um hinter dir aufzuräumen. Wenn ich hier fertig bin, werdet ihr beide, du und dein Freund hier, in diesen Tresor klettern, und ich mache, dass ich hier wegkomme.« Er lachte lauter. »Ich würde doch zu gerne das Gesicht des Großmeisters sehen, wenn er euch beide in seinem Tresor vorfindet! Vermutlich werdet ihr eines der Verliese hier lange Zeit von innen sehen.« Sein Ton wurde schärfer. »Aber ihr könnt froh sein, dass ich euch am Leben lasse. Vorerst jedenfalls«, flüsterte er Garin zu. »Was wollte ich doch gleich noch sagen? Ach ja. Erinnerst du dich an die Nacht, in der wir Paris verlassen haben? Ich hatte Blut an den Händen, und als du fragtest, woher es stammt, sagte ich, ich hätte mich geschnitten.«

Aus den Augenwinkeln heraus sah Will Garin in den Beutel greifen.

Rook presste eine stoppelige Wange gegen die Garins. »Aber ich habe gelogen. Es war nicht mein Blut, sondern das von dieser Schlampe Adela.«

»Was?« Garin erstarrte.

»Ich habe sie aufgespießt.« Rook gluckste. »Aber diesmal nicht mit meinem Schwanz, sondern mit meinem Dolch.«

»Das glaube ich nicht«, flüsterte Garin, doch sein Gesichtsausdruck strafte seine Worte Lügen.

Rook raunte ihm ins Ohr: »Und jetzt kannst du dir sicherlich ausmalen, was ich mit deiner Mutter anstellen werde, wenn ich wieder in England bin.« Speicheltröpfchen benetzten Garins Wange. »Ich denke, ich werde viel Vergnügen mit ihr haben.«

In diesem Moment zog Garin die Hand aus seinem Beutel und riss sie hoch. Metall blitzte auf. Will erkannte die Medaille: den Turnierpreis, den er nicht hatte zurücknehmen wollen. Den Garin Rook jetzt mit aller Kraft in ein Auge rammte!

Blut spritzte auf. Rook begann, gellend zu schreien, ließ den Dolch fallen und taumelte, eine Hand gegen sein Gesicht gepresst, ein paar Schritte zurück. Garin schleuderte die Medaille von sich, stürzte sich auf den Dolch, fiel über Rook her und stach wie ein Besessener immer wieder auf ihn ein. Rook brach wimmernd zusammen, wand und krümmte sich auf dem Boden und drückte eine Hand gegen sein Auge, während er mit der anderen versuchte, die unbarmherzig auf ihn niedersausende Klinge abzuwehren. Blutströme ergossen sich über den seidenen Teppich und besudelten die weiß getünchten Wände, während Garin fortfuhr, sein Opfer zu zerfleischen. »Du Hurensohn!«, kreischte er dabei aus vollem Halse. »Jetzt bezahlst du für alles, was du getan hast, du elender stinkender Mistkerl!«

»Garin!« Will, der das Geschehen halb fasziniert, halb entsetzt verfolgt hatte, eilte zu ihm, um ihm Einhalt zu gebieten.

Garin fuhr herum. Die Spitze seines hoch erhobenen Dolches zielte einen Moment lang auf Will, dann ließ er die Waffe langsam sinken. »Ich muss es zu Ende bringen«, keuchte er.

Will rang kurz mit sich, dann nickte er. Garin hob den Dolch ein letztes Mal und stach zu.

Der vor Schmerzen und Angst halb bewusstlose Rook spürte nicht mehr, wie die Klinge in sein Herz eindrang.

Will zog das blutverschmierte Gralsbuch aus dem Gürtel des Toten, dann zerrte er Garin auf die Füße.

»Hol dein Schwert, und dann nichts wie weg hier!«

Er griff nach seinem Krummschwert und wandte sich zur Tür, fluchte dann aber unterdrückt, weil Garin keine Anstalten machte, ihm zu folgen. Der Ritter starrte Rooks Leichnam wie gelähmt an. Will war mit einem Satz bei ihm, packte ihn am Arm und zog ihn mit sich zur Tür hinaus, den Gang entlang und die Stufen hinunter. Als sie den Fuß der Treppe erreichten, hörte er hastige Schritte, die sich ihnen rasch näherten. Will schob Garin durch eine halb offene Tür in eine leere Kammer und zwängte sich selbst durch den Spalt. Sobald die Schritte verklungen waren, spähte er hinaus und sah gerade noch den Rücken eines Hospitaliterritters im Gang über ihnen verschwinden. »Komm jetzt«, drängte er Garin, der ihm benommen in die milde Nacht hinaus folgte.

Nicolas von Akkon stand gerade im Hof, als er die Schreie hörte, die schwach vom Turm zu ihm herüberwehten. Er rief zwei Rittern zu, sie sollten ihn begleiten, und stürmte in das Hauptgebäude und die Treppe zum Gemach des Großmeisters empor. Als er mit seinen Kameraden die Kammer betrat, entfuhr einem der Ritter beim Anblick des Leichnams mit dem aus der Brust herausragenden Dolch ein erstickter Schrei, weil er den Toten für Hugues de Revel hielt.

Nicolas zückte sein Schwert und durchsuchte die Kammer, während seine Kameraden die Leiche untersuchten. »Wer ist das?« Er schob das Schwert in die Scheide zurück, nachdem er sich davon überzeugt hatte, dass der Raum leer war, und trat zu ihnen.

»Keiner von uns«, erwiderte einer der beiden Ritter.

Nicolas beugte sich stirnrunzelnd über den Leichnam. Gesicht und Oberkörper starrten vor Blut und waren grässlich verstümmelt. »Gebt Alarm«, befahl er seinen Kameraden, ehe er zu dem Tresor hinüberging. »Sein Mörder könnte sich noch auf dem Gelände des Ordenshauses aufhalten.« Er öffnete den Tresor und fluchte unterdrückt, als er feststellte, dass er leer war. Er war gerade damit beschäftigt, den Leichnam abzutasten, als der Großmeister in den Raum rauschte, beim Anblick des blutüberströmten Körpers zusammenzuckte und stehen blieb. »Was ist hier vorgefallen?«, fragte er schroff.

Nicolas erhob sich. »Herr, das Gralsbuch ist verschwunden.«

»Lasst uns alleine«, sagte de Revel zu den beiden neben dem Toten stehenden Rittern. »Wer kann es genommen haben?«, wandte er sich an Nicolas, nachdem die Männer die Kammer verlassen hatten. »Und wer um alles in der Welt ist das?« Er deutete auf den Leichnam.

Nicolas drehte sich zu ihm um. »Vielleicht ein anderer von den Templern ausgeschickter Söldner.«

»Wir wissen gar nicht sicher, ob die Templer überhaupt Söldner gedungen haben, Bruder.«

»Wer sollte sonst dahinterstecken?«, beharrte Nicolas. »Everard ist in der Stadt, ich habe ihn selbst gesehen. Er weiß, dass wir sein Buch haben, und ich könnte mir gut vorstellen, dass er alles daransetzt, es zurückzubekommen.« Er ging zur Tür.

»Wo wollt Ihr hin, Bruder Nicolas?«

»Wenn ich mich beeile, kann ich den oder die Täter vielleicht zu fassen bekommen. Weit können sie noch nicht sein.«

»Ihr bleibt hier.«

»Herr?«

»Ich kann und werde Euch nicht erlauben, diese Angelegenheit noch weiter zu verfolgen. Wenn diese Eindringlinge Templer waren oder im Auftrag der Templer gehandelt haben, dann sind sie gekommen, um sich etwas zurückzuholen, was rechtmäßig ihrem Orden gehört und was wir gestohlen haben.« De Revel trat zum Tisch und hob ein paar der zu Boden gefallenen Pergamentbögen auf. »Wir dürfen die Tempelritter nicht noch mehr gegen uns aufbringen, schon gerade jetzt nicht, wo unsere Lage äußerst heikel ist. Denkt daran, was in Antiochia passiert ist. Und Baybars wird nicht ruhen, bis er entweder selbst tot ist oder uns alle ausgelöscht hat.« Er richtete sich auf und legte die Dokumente auf den Tisch. »Ich habe den Schwur gehalten, den ich de Châteauneuf geleistet habe. Wir haben versagt. Jetzt bleibt uns nur noch eines – wir müssen uns darauf konzentrieren, uns der Bedrohung durch den Sultan zu erwehren.«

De Revel wandte sich an Nicolas, der ihn schweigend musterte. »Der Fehde zwischen unseren beiden Orden muss ein Ende gesetzt werden. Um der Zukunft willen müssen wir die Vergangenheit ruhen lassen.«

41

Ordenshaus Akkon
15. Juni A. D. 1268

»Wir dürfen keine Zeit verlieren.« Will machte kehrt und lief zu Garin zurück, der hinter ihm hertaumelte und dabei immer langsamer wurde.

»Ich kann nicht mehr«, keuchte Garin, beugte sich vor und stützte die Hände auf die Schenkel. »Mir ist schlecht.« Er würgte, brachte aber nichts heraus. Nach einem Moment richtete er sich wieder auf. Seine Augen tränten, und seine Nase lief. Er bot ein Bild des Jammers.

»Sie haben bestimmt schon Alarm geschlagen. Wir müssen schleunigst zur Kirche zurück und die Kleider wechseln. In diesen hier fallen wir zu sehr auf.« Will deutete auf ihre gestohlenen Überwürfe. Garins war blutdurchtränkt und schimmerte im Mondlicht feucht.

Garin musste erneut würgen, dann erschütterte ein bitterliches Schluchzen seinen Körper.

Will blickte sich nervös um. Zwei Männer kamen aus einem nahe gelegenen Gebäude und musterten ihn und Garin neugierig. »Komm endlich«, zischte er, den Ritter bei den Schultern packend.

Garin hob den Kopf. Sein Gesicht war vor Qual und Gram verzerrt. »Ich bin schuld an Adelas Tod! Sie musste meinetwegen sterben. Alles ist meine Schuld!«

»Für Selbstvorwürfe haben wir jetzt keine Zeit!«

»Zeit? Was ist schon Zeit? Zeit hat keinerlei Bedeutung, Will. Sie besteht nur aus leeren Momenten. Nur wenn wir Glück haben, gelingt es uns, diese Momente mit etwas auszufüllen, was uns mit Zufriedenheit erfüllt. Meine Mutter, mein Onkel, jeder im Orden wollte mich zu jemandem formen, der ich nie sein wollte. Adela war die Einzige, die mich so genommen hat, wie ich bin.«

»Und du wirst um sie trauern, und die Trauer wird vergehen«, sagte Will mit rauer Stimme und wischte mit dem Daumen ein Blutklümpchen von Garins Wange.

»So wie die deine vergangen ist?«, fuhr Garin auf, dann fuhr er sich mit der Hand über die Stirn. »Ich habe es nicht so gemeint. Es tut mir leid. Wirklich.«

»Schon gut. Und jetzt beeil dich.«

Garin setzte sich widerwillig wieder in Bewegung. Die beiden jungen Männer huschten durch die Nacht von Viertel zu Viertel; schlängelten sich zwischen Häusern, Läden, Kirchen und Moscheen hindurch und erreichten endlich die Marienkirche.

Nachdem sie die verschmutzten Hospialitergewänder in die

Truhe gestopft und ihre eigenen Mäntel wieder übergestreift hatten, kehrten sie zum Ordenshaus zurück, nahmen diesmal aber den Weg durch den unterirdischen Gang, der vom Hafen aus unter der Mauer hinweg verlief, statt das Haupttor zu passieren.

»Du solltest dich waschen, bevor dich irgendjemand sieht«, riet Will Garin.

Garin nickte geistesabwesend, dann wandte er sich ab und schlurfte über den Hof. Will sah ihm mit gemischten Gefühlen nach, ehe er sich auf den Weg zu Everards Gemach machte. Wie schon in Paris, so war dem Priester auch hier vom Seneschall, einem der drei übrig gebliebenen Mitglieder der Anima Templi, eine eigene Kammer zugestanden worden. Unter der Tür fiel schwaches Licht hervor. Will betrachtete das Buch in seiner Hand. Die Goldbuchstaben auf dem Einband schimmerten unter seinen Fingern. Aus irgendeinem Grund war ihm plötzlich nach Weinen zumute. Er klopfte an die Tür, wartete auf Everards heiseres »Herein«, dann betrat er den Raum.

Der Priester saß am Tisch. Er hielt eine Schreibfeder in der Hand, die über einem Pergamentbogen schwebte. Obwohl die Nacht warm war, hatte er sich eine Decke um die Schultern gelegt, und in einer Ecke der Kammer stand ein mit glühenden Kohlen gefülltes Bronzebecken. Die Furchen auf Everards Wangen waren noch tiefer geworden, und die wenigen ihm noch verbliebenen Haarsträhnen standen wie Spinnweben von seinem Kopf ab. Er schien in den letzten Monaten um Jahre gealtert zu sein.

»William«, krächzte er matt. »Wie schön, dass du mich endlich mit deiner Gegenwart beehrst.« Er widmete sich wieder dem vor ihm liegenden Pergament. »Vor ein paar Stunden habe ich mit Simon gesprochen. Ich nehme an, er hat dir meine Botschaft ausgerichtet?«

»Er sagte mir, Ihr wolltet mich sehen, das stimmt.«

Everards Miene verfinsterte sich. »Und warum hast du dann so lange herumgetrö…« Er brach ab, als sein Blick auf das Buch in Wills Hand fiel. »Was ist das?«

Will trat zu ihm und legte das Gralsbuch vor ihm auf den Tisch.

Everard starrte es ungläubig an. Seine Hände begannen so stark zu zittern, dass das Schreibgerät seinen Fingern entglitt und zu Boden fiel. Er legte sie mit den Handflächen zuunterst zu beiden Seiten neben dem Buch auf die Tischplatte, wo sie wie zwei welke Blätter im Wind bebten. Endlich sah er zu Will auf und stieß ein einziges Wort hervor. »Wie?«

Will setzte sich zu ihm und berichtete dem Priester in allen Einzelheiten, was geschehen war.

»De Lyons hat dir dabei geholfen?«, fragte Everard, nachdem Will geendet hatte.

»Ja, er wollte tätige Reue zeigen.«

»Dazu hatte er auch allen Grund«, versetzte Everard knapp. »Du sagst, der Mann, der auch noch hinter dem Buch her war – dieser Rook –, ist tot?«

Will nickte.

»Glaubst du, er hat allein gearbeitet?«

»Laut Garin ja, aber sicher sein können wir nicht. Vielleicht hatte er einen Komplizen, von dem Garin nichts wusste. Garin hat mir aber gesagt, Rook hätte angedroht, seiner Mutter etwas anzutun, wenn er nicht tut, was von ihm verlangt wird, und nach dem zu urteilen, was ich heute Abend mit angesehen habe, glaube ich ihm das aufs Wort.«

Der Priester seufzte, dann erhob er sich langsam und griff nach dem Buch. »Vielleicht ist das alles ein Teil von Gottes großem undurchschaubarem Plan«, sinnierte er, während er zu dem Kohlebecken ging. »Schließlich bin ich jetzt hier, wo ich am dringendsten gebraucht werde.«

»Was tut Ihr da?« Will sprang entgeistert auf, als Everard das Buch über die heißen Kohlen hielt.

Everard machte sich nicht die Mühe, sich umzudrehen. »Das, was ich schon lange hätte tun sollen. Dieses Buch hätte nie geschrieben werden dürfen, das habe ich dir schon einmal gesagt.«

»Dann war also alles umsonst?« Will sah zu, wie die Flammen

an den Seiten zu lecken begannen, das Pergament sich schwarz verfärbte und die Goldlettern zu schrumpfen anfingen.

»Umsonst?« Everard ließ das Buch in das Becken fallen und trat zurück, als es lichterloh zu brennen begann. »Wir haben die Seele des Tempels vor denen beschützt, die sie zerstören wollten. Ich würde nicht sagen, dass unsere Mühe umsonst war.« Er hielt die Hände über die Flammen. »Das Gralsbuch war Armands Obsession. Unsere Ziele leben auch ohne es weiter.«

Will setzte sich wieder, als Everard zu ihm herübergeschlurft kam. »Also ist jetzt alles vorbei?«

Everard kicherte leise. »Ganz im Gegenteil, William. Wir haben gerade erst angefangen.« Er nahm gleichfalls Platz und stützte seine knorrigen Hände auf den Tisch. Mit einem Mal wirkte er nicht mehr wie ein von der Last des Alters gebeugter müder Greis, sondern hellwach und von vibrierender Energie erfüllt – wie ein Mann, dem gesagt worden war, er habe nur noch wenige Tage zu leben und der gerade erfahren hatte, dass er einer Fehldiagnose aufgesessen war. »Jetzt kann ich all meine Kraft darauf verwenden, die Anima Templi wieder aufzubauen. Während der letzten Monate habe ich, glaube ich, unbewusst immer darauf gewartet, dass jemand das, was ich bislang erreicht habe, wieder zunichte macht. Ich war nicht mit dem Herzen dabei.« Seine Augen umwölkten sich. »Ich wünschte, Hassan hätte das noch erleben dürfen.«

»Unser wichtigstes Ziel muss es jetzt sein, Baybars aus dem Weg zu räumen.«

»Baybars?« Everard schüttelte den Kopf. »Ganz sicher nicht.«

»Jemand muss es tun.«

»O nein, wir müssen im Gegenteil dafür sorgen, dass genau das nicht geschieht«, erwiderte Everard scharf.

»Wie meint Ihr das?«

»Baybars ›aus dem Weg zu räumen‹, wie du dich auszudrücken beliebst, widerspricht allem, worauf die Anima Templi seit ihrer Gründung hingearbeitet hat.« Everard seufzte, als er Wills verdutztes Gesicht sah. »Robert de Sablés ursprüngliche Absicht bestand darin, den Orden vor jenen zu bewahren, die seine Macht für ihre eigenen Zwecke nutzen. Er wollte für Frieden und eine bessere Verständigung zwischen den Völkern kämpfen und neue Handelsbeziehungen knüpfen, denn er wusste, dass wir viel voneinander lernen können. Das sollte unser Hauptziel sein. Was ist der Gral, William?«

»Der Gral?« Will hob die Schultern. »Der Becher, in dem das Blut Christi bei der Kreuzigung aufgefangen wurde, oder vielleicht auch ein Kelch, der beim letzten Abendmahl benutzt wurde. Die Überlieferungen weichen in diesem Punkt stark voneinander ab.«

»Ein Becher oder ein Kelch also?«

»So steht es geschrieben. Aber was hat das mit …«

»Die frühen Versionen beschreiben den Gral als Gefäß, das stimmt, aber später handelt es sich dabei auch um ein Schwert, ein Buch, einen Stein, ja, sogar um ein Kind. In meinem Buch erscheint er in drei verschiedenen Formen: als goldenes Kreuz, als silberner Kerzenleuchter und als bleierner Halbmond. Welche davon ist deiner Meinung nach seine wahre Gestalt?«

Will schüttelte den Kopf. »Ich glaube nicht daran, dass der Gral wirklich existiert. Er ist ein Symbol, kein greifbarer Gegenstand.«

»Was sucht Parsifal dann in der Gralssage, wenn nicht einen greifbaren Gegenstand?«

Wieder zuckte Will die Achseln.

»Erlösung! Parsifals Suche ist die Suche nach Erlösung. Der Gral, der Gegenstand seiner Suche, ist nichts, was er in der Hand halten kann. Er kann nicht gekauft oder verkauft werden, man findet ihn nicht, indem man die Augen offen hält, sondern indem man sein Herz für ihn öffnet. Dort muss man ihn suchen.« Everard tippte sich gegen die Brust. »Auf dem Grunde seines Herzens. Diejenigen, die den Gral als Schwert sehen, glauben, nur Krieg kann Erlösung bringen. Diejenigen, für die er die Gestalt eines Buches angenommen hat, setzen auf die Gebote der Weisheit, also Verhandlungen.«

Will hatte den Priester noch nie mit so leidenschaftlicher Überzeugung sprechen hören. Everards Pupillen waren geweitet, rote Flecken loderten auf seinen bleichen Wangen.

»Am Ende unseres Initiationsrituals wird der Postulant, der die Rolle des Parsifal spielt, von einem Mitbruder zu einem Kessel mit kochendem Öl geführt, dem Symbol für den See aus Feuer in meinem Buch. Dort übergibt man ihm drei Schätze: die drei Grale. Ihm wird gesagt, das Kreuz enthalte die Seele des Christentums, der Halbmond den Geist des Islams und die Menora, der silberne Leuchter, versinnbildliche den jüdischen Glauben. Dann wird ihm befohlen, diese Schätze in den Kessel zu werfen, wo sie schmelzen und zu einem einzigen werden. Damit Parsifal erlöst oder – wie in unserem Fall – als Postulant in den Kreis unserer Brüder aufgenommen wird, muss er die drei Glaubensformen rituell zu einer vereinigen. Und genau das ist es, was unser Orden im wahren Leben anstreben muss!«

»Großer Gott!« Will blieb der Mund offen stehen. »Meint Ihr das wirklich ernst? Ihr seid ein Priester! Wie könnt Ihr oder überhaupt irgendein Christ so etwas befürworten? Das ist angewandte Ketzerei!«

»Ich bin sehr enttäuscht von dir«, tadelte Everard. »Ich dachte, dass gerade du – eher als irgendjemand sonst – verstehen würdest, wie wenig wir uns im Grunde genommen von den Juden oder Muslimen unterscheiden. Schließlich hast du genug von ihren Texten studiert.«

»Ich weiß, dass gewisse Übereinstimmungen bestehen, aber was Ihr da andeutet, widerspricht allem, worauf unsere Glaubensgemeinschaft gegründet ist. Und nicht nur unsere, sondern auch die anderer Religionen. Glaubt Ihr wirklich, die Muslime oder Juden hätten ein aufrichtiges Interesse an einer Aussöhnung mit Anhängern anderer Glaubensrichtungen? Das würde alle Gebote unserer verschiedenen Glaubensformen sprengen. Und wie sollte sich so etwas bewerkstelligen lassen, wo doch die Muslime und Juden Christus lediglich als Propheten betrachten und Ihm jegliche Göttlichkeit absprechen? Ich kann mir lebhaft vorstellen, wie sich Baybars vor Lachen ausschütten würde, wenn er Euch hören könnte. Der Mann ist ein Fanatiker.«

»Das ist er wohl«, stimmte Everard zu. »Genau wie Le Roi Louis.«

Will hätte beinahe laut aufgelacht. »Louis? Der frömmste König, der jemals über diese Erde gewandelt ist?«

Everard ließ sich nicht beirren. »In unseren Augen ist er ein frommer Mann. Aber die Muslime halten Baybars zweifellos für genauso gottesfürchtig und Louis für einen fanatischen Barbaren. Diese Spirale des Hasses wird nur unterbrochen, wenn jemand sich daraus löst und den anderen vor Augen führt, dass sie statt einzelner Teile das Ganze sehen müssen. Unsere drei Religionen sind fest miteinander verknüpft, sowohl was Glaubensform, Traditionen als auch Ursprung betrifft. Wir sind Geschwister, von denen jeder über eine eigene Identität und Persönlichkeit verfügt, aber nichtsdestoweniger sind wir alle demselben Schoß entsprungen und in derselben Wiege groß geworden.« Everard spreizte die Hände. »Wir sind Brüder, die miteinander um die Aufmerksamkeit unseres Vaters ringen.« Seine Stimme wurde weicher. »Die Idee ist gar nicht so weit hergeholt, William. Du brauchst nur durch die Straßen Akkons zu gehen, dann siehst du, dass wir friedlich miteinander leben können, wenn man uns nur die Gelegenheit dazu gibt. Die Anima Templi zielt nicht darauf ab, die verschiedenen Glaubensrichtungen aneinander anzugleichen. Wir streben einen einvernehmlichen Waffenstillstand an, damit alle Kinder Gottes ihr Wissen und ihre Erfahrungen austauschen können. Und hier …« Er nickte zum Fenster hinüber. »Dies ist unser neues Camelot.«

»Ich wusste gar nicht, dass Ihr so ein Idealist seid.«

Everards Augen wurden schmal. »Dein Vater hat an diesen Traum geglaubt. Und hätten wir ihn verwirklichen können, wäre er vielleicht noch am Leben. Sollen wir uns von einem Ideal abwenden, nur weil es unsere Vorstellungskraft übersteigt? Oder weil wir Angst vor der Arbeit haben, mit der eine Umsetzung in die Wirklichkeit verbunden ist?«

»Ihr seht die Welt nicht so, wie sie wirklich ist, Everard«, widersprach Will, dem es zuwider war, dass der Priester seinen Vater erwähnt hatte. »Ihr sitzt hier allein in Eurer abgeschiedenen kleinen Kammer und malt Euch Dinge aus, die in der Wirklichkeit keinen Bestand haben. Akkon mag eine friedliche Stadt sein, aber außerhalb ihrer Mauern findet Ihr nur Hass und Tod. Wenn die Ziele der Anima Templi tatsächlich zu erreichen wären, gäbe es schon lange keinen Krieg mehr. Man kann die verschiedenen Glaubensformen nicht vereinen. Die Unterschiede sind zu groß.«

»Glauben hat mit Krieg wenig zu tun, William. Wenn Herrscher in ein anderes Land einfallen, weil sie ihr Reich vergrößern wollen oder weil sie nach Beute oder noch mehr Macht trachten, benutzen sie ihren Glauben als Maske, um ihre weltlichen Motive zu verschleiern. Der Satz ›Es ist Gottes Wille‹ dient schon seit Urzeiten als Rechtfertigung für derartige Übergriffe. Würden wir sagen *es ist unser Wille*, würden wir ja automatisch die Schuld auf uns selbst nehmen, nicht wahr? Dann könnten wir uns nicht länger brüsten, ein reines Gewissen zu haben, sondern müssten der Tatsache ins Auge sehen, dass wir uns von Ehrgeiz und Habgier leiten lassen. Nur wenige Männer führen Kriege einzig und allein aus Glaubensgründen. Baybars und Louis zählen zu ihnen. Und das macht sie so gefährlich.«

»Also stimmt Ihr mit mir überein? Baybars muss um jeden Preis unschädlich gemacht werden.«

»Tötest du den Mann, machst du einen Märtyrer aus ihm. Baybars handelt so, wie er es für richtig hält. Er schützt sein Volk vor denen, die er für seine Feinde hält. Und er hat nicht ganz Unrecht.« Everard winkte ab, als Will Einwände erheben wollte. »Unsere Ziele gehen weit über Männer wie Baybars hinaus. Ich bezweifle, dass sie noch zu meinen Lebzeiten verwirklicht werden. Vielleicht zu deinen, vielleicht niemals.« Er seufzte. »Aber wir dürfen die Hoffnung nicht aufgeben, William. Wir müssen fest daran glauben, dass wir noch Besseres leisten können, als wir es ohnehin bereits tun.«

»Also wollt Ihr die Anima Templi wieder aufbauen und Eure ursprünglichen Ziele weiter verfolgen?«

»Ja. Ich beabsichtige, sowohl hier als auch im Westen neue Mitglieder anzuwerben und wieder einen Hüter einzusetzen.« Everard schürzte die Lippen. »Und genau deswegen wollte ich dich heute Abend auch sprechen. Ich wollte dir mitteilen, dass ich dich in den Kreis der Anima Templi einzuführen gedenke. Natürlich nur, wenn du nicht über solchen Dingen stehst.«

»Mich?«

»Warum nicht? Du bist schon in zahlreiche Geheimnisse eingeweiht, und wir haben uns im Lauf der Jahre aneinander gewöhnt. Ich habe dich jedenfalls schon lange nicht mehr auspeitschen müssen.«

»Ich weiß nicht«, erwiderte Will tonlos. »Ich weiß es wirklich nicht.«

»Was weißt du nicht?«

»Zunächst einmal, ob ich überhaupt mit Euch einer Meinung bin.«

»Das höre ich gern. Wenn alle Mitglieder der Anima Templi immer einhellig einer Meinung wären, würden wir jeden auch noch so törichten Vorschlag annehmen. Uneinigkeit muss sich nicht immer zum Schlechten wenden. Hassan hatte Recht, ich habe mich zu sehr an unsere Ideale geklammert. Wir brauchen junge Männer wie dich, die frisches Blut in unsere Reihen bringen.«

Will schwieg eine Weile, dann nickte er bedächtig.

Everard lächelte. »Dein Vater wäre stolz auf dich.«

Will erwiderte nichts darauf. Er fühlte sich betrogen. Er hatte so viel auf sich genommen, hatte seinen Vater und Elwen verloren, und am Ende war es Everard gelungen, zu zerstören, was er zu retten versucht hatte. Er empfand weder Erleichterung, noch war er stolz darauf, dazu beigetragen zu haben, die Anima Templi vor dem Untergang zu bewahren. Schon immer war er der Überzeugung gewesen, ihr großes Ziel, das zu erreichen er die letzten acht Jahre – sechs davon unfreiwillig – geholfen hatte, sei in Wirklichkeit nichts als ein Hirngespinst. Wenn er an den blauäugigen Sultan dachte, erschien ihm eine mögliche Versöhnung nicht nur unwahrscheinlich, sondern geradezu falsch. Für Will war die Person Baybars' untrennbar mit dem verrotteten Schädel seines Vaters verbunden – einem von hundert oder mehr, die auf Pfähle gespießt und rings um Safeds Mauern zur Schau gestellt worden waren. Wie konnte man mit einem solchen Mann Frieden schließen?

Everard, der vorgab, von Wills innerem Zwiespalt nichts mitzubekommen, erhob sich. »Ich muss jetzt auch mit dem Seneschall sprechen. Eines gibt es noch zu tun, dann können wir diese Angelegenheit abschließen.« Der Priester schlurfte zur Tür. »Und dann werden wir uns einen Becher Wein genehmigen.«

Garin stand in seiner Schlafkammer vor dem Tisch mit der Waschschüssel. Die Ritter, mit denen er sich den Raum teilte, lagen hinter ihm schnarchend auf ihren Pritschen. Garin rührte mit der Hand im Wasser herum und sah zu, wie die Oberfläche kleine Wellen schlug, die im Kerzenschein glitzerten. Er empfand die Bewegung als beruhigend, obwohl sie nicht dazu beitrug, das Blut von seiner Haut zu waschen. Wie viel Zeit verstrichen war, seit er den Raum betreten hatte, wusste er nicht. Es kam ihm vor, als wären lediglich ein paar Minuten vergangen, aber vermutlich stand er schon viel länger hier. Als er die Hand erneut ins Wasser tauchte, um sich ein paar Tropfen ins Gesicht zu spritzen, wurde die Tür geöffnet. Garin richtete sich auf und drehte sich um. Ein paar seiner Kameraden wälzten sich im Schlaf auf die andere Seite, als drei Ritter den Raum betraten.

»Garin de Lyons?«, fragte einer von ihnen.

Garin nickte. Das Wasser lief zwischen seinen Fingern hindurch.

»Auf Befehl des Seneschalls werdet Ihr hiermit des Verbrechens der Desertion angeklagt.«

Einige Ritter erwachten und setzten sich auf ihren Pritschen auf.

»Desertion?«, murmelte Garin.

»Dem Seneschall wurde zugetragen, dass Ihr den Euch zugewiesenen Posten im Ordenshaus von Paris verlassen habt und ohne Erlaubnis des Visitators von Frankreich hierhergekommen seid. Dieses Vergehen wird mit lebenslanger Kerkerhaft bestraft.«

Garin wollte sich verteidigen, brachte jedoch kein Wort über die Lippen. Er hegte keinen Zweifel daran, dass diese Anklage nur ein Vorwand war und er eigentlich wegen seiner Beteiligung an Rooks Versuch, das Gralsbuch zu stehlen, zur Rechenschaft gezogen werden sollte. Aber was konnte er schon sagen? Es gab nichts, was er zu seiner Entlastung hätte vorbringen können.

»Ihr werdet jetzt in eine der Zellen im Verlies dieses Ordenshauses gebracht. Gegen Eure Verurteilung könnt Ihr frühestens nach fünf Jahren Einspruch erheben.« Der Ritter trat vor. Er hielt ein Paar Handfesseln in der Hand. Die beiden anderen hatten ihre Schwerter gezogen und standen sprungbereit da, falls Garin einen Fluchtversuch unternehmen sollte.

Doch Garin tat nichts dergleichen.

Er sah teilnahmslos zu, wie sich die Ketten um seine Handgelenke schlossen. Ihm war, als geschähe das alles nicht ihm, sondern einem völlig Fremden. Als er aus dem Raum geführt wurde, geriet er ins Stolpern, doch einer seiner Häscher stützte ihn.

»Danke«, flüsterte Garin.

42

Pisanisches Viertel, Akkon

4. Juni A.D. 1271

Will drehte sich um, als die Schänkentür geöffnet wurde und ein großer, hagerer, in ein auffallendes himmelblaues Gewand gekleideter Mann den Schankraum betrat. Er wechselte einen flüchtigen Blick mit Will, ohne irgendein Zeichen des Erkennens zu zeigen, dann steuerte er auf einen Tisch zu, an dem bereits eine Gruppe von Kaufleuten saß. Er zog sich einen Stuhl heran, sagte etwas, was die anderen zum Lachen brachte, und schenkte sich aus einem Krug Wein ein. Will wandte sich ab. Sonnenstrahlen fielen durch die Ritzen der Fensterläden und malten weiße Streifen auf seinen Tisch. Eine Wespe surrte dicht an seinem Gesicht vorbei. Es war heiß, und Will war es leid, noch länger zu warten. Seit einiger Zeit wurde er leicht ungeduldig und reizbar, schlief schlecht, vor allem, seit das Wetter umgeschlagen und stickig und feucht geworden war, und oft meinte er, nicht genug Luft in seine Lungen pumpen zu können, egal wie tief er auch Atem holen mochte.

Wenig später öffnete sich die Tür erneut, und ein untersetzter Mann mit olivgrüner Hautfarbe, bekleidet mit einer braunen Hose und einem Webumhang, trat ein. Er sah sich um, sein Blick fiel auf Will, der allein an seinem Tisch saß, und er ging auf ihn zu. »Ein herrlicher Tag«, bemerkte er. Er sprach mit einem schwer einzuordnenden Akzent.

»Gott zeigt sich gnädig«, erwiderte Will auf Arabisch.

»Wir danken Ihm dafür.« Der Mann zwinkerte vergnügt. »Will Campbell, nehme ich an?«

Will nickte und streckte ihm eine Hand hin. Der Mann brauchte einen Moment, um zu begreifen, was von ihm erwartet wurde, dann ergriff er Wills Hand und schüttelte sie kräftig. »Kann ich Euch etwas zu trinken anbieten?«, fragte Will.

»Wasser, bitte.« Der Mann nahm Platz und scheuchte die lästige Wespe mit einer raschen Handbewegung fort.

Will winkte das Schankmädchen zu sich, das an einem anderen Tisch saß und sich mit einem großen getrockneten Blatt Luft zufächelte. »Zwei Becher Wasser«, bestellte er, als sie zu ihnen herübergeschlurft kam.

Das Mädchen runzelte verdrossen die Stirn. »Das muss ich Euch berechnen.«

»In Ordnung.«

»Ihr könnt hier nicht den ganzen Tag herumsitzen und Gänsewein trinken, ohne dafür zu bezahlen«, murrte sie.

»Ich sagte doch, dass das in Ordnung geht«, erwiderte Will bissig.

»Kein Grund, so einen Ton anzuschlagen«, giftete sie zurück, machte auf dem Absatz kehrt und verschwand in der Küche.

Der Mann mit der olivfarbenen Haut beugte sich über den Tisch. »Ein weiser Mann vermeidet es, die zu verärgern, die ihm Essen und Trinken bringen.« Er lehnte sich zurück. »Ich werde darauf achten, nicht den Becher zu nehmen, den sie Euch hinstellt. Vermutlich hat sie vorher hineingespuckt.«

»Ich lasse es darauf ankommen.«

Während sie auf ihre Erfrischungen warteten, musterte Will den Mann verstohlen. An ihm war nichts Auffälliges zu entdecken. Mit seiner kräftigen Statur und den großen Händen sah er aus wie ein Handwerker – ein Schmied oder ein Gerber – oder vielleicht ein Kaufmann niederen Ranges; ein Händler von den Eisenminen in Beirut vielleicht. Er entsprach ganz und gar nicht dem Bild, das Will sich von ihm gemacht hatte. Der pisanische Kaufmann, der das Treffen arrangiert hatte, hatte ihm nicht gesagt, was ihn erwartete.

Das Schankmädchen kam mit dem verlangten Wasser zurück. Einen Becher stellte sie vor den Mann hin, den anderen knallte sie so unsanft vor Will auf den Tisch, dass etwas Wasser überschwappte. Will drückte ihr widerstrebend ein paar Münzen in die Hand und musterte seinen Becher misstrauisch, sowie sie außer Sicht war. Sein Gegenüber kicherte.

»Kommen wir zum Geschäft, ja?« Will schob den Becher ärgerlich zur Seite.

»Natürlich, natürlich. Habt Ihr das Geld dabei?«

Will zeigte ihm den Beutel an seinem Gürtel, der das schlichte Leinenhemd zusammenhielt, das er über seiner Hose trug.

Der Mann lehnte sich zurück und nippte an seinem Wasser. »Dann wollen wir jetzt darüber sprechen, was mein Orden für Euch tun kann.«

Ordenshaus Akkon, 4. Juni A. D. 1271

Nachdem die Unterredung beendet war, kehrte Will zum Ordenshaus zurück. Die Stimmung in der Festung und auch im Rest der Stadt war gedrückt; fast so düster wie im Herbst des vergangenen Jahres, als sie die Nachricht vom Tod König Louis' erhalten hatten. Der König war dem Rat seines Bruders d'Anjou gefolgt und in Tunis einmarschiert, doch nach einigen Siegen hatte eine Seuche in den Reihen seiner Armee gewütet. Auch Louis war schließlich dem Fieber erlegen, und sein großer Kreuzzug – der achte, seit Papst Urban II. vor fast zweihundert Jahren die Männer zum ersten Mal zu den Waffen gerufen hatte – war zu Ende gewesen, bevor er begonnen hatte. Sein Leichnam war nach Frankreich zurückgeschafft worden, um in der Abtei St. Denis bestattet zu werden.

Die Ursache für die Mutlosigkeit, die jetzt von den Bürgern von Akkon Besitz ergriffen hatte, war in den Berichten über den Fall der Burg Krak de Chevaliers zu suchen, die Baybars kürzlich eingenommen hatte. Krak, die als eine der unbezwingbarsten Festungen des Ostens galt, war das letzte noch verbliebene Bollwerk der Hospitaliter gewesen. Die Garnison hatte sich nach fünfwöchigen erbitterten Kämpfen ergeben, und mit der Zerstörung der Festung hatten die Franken ihre letzte größere Basis im palästinensischen Hinterland verloren. Im Laufe der letzten drei Jahre hatte Baybars sie langsam, aber unerbittlich immer weiter zurückgetrieben, bis sie nur noch ein paar verstreute Städte entlang der Küste kontrollierten.

Will musterte die Gesichter der Männer, denen er begegnete, während er über das Gelände des Ordenshauses schritt. In allen las er abgrundtiefe Erschöpfung und Furcht. In besseren Zeiten hatte der Templerorden in Outremer fast vierzig größere Burgen und Festungen unterhalten. Als Baybars an die Macht gelangte, war die Anzahl auf zweiundzwanzig gesunken, und nun waren nur noch zehn übrig geblieben.

Im Lauf der letzten Wochen waren Will erhebliche Bedenken

bezüglich des Planes gekommen, den er schon so lange verfolgte, aber die Niedergeschlagenheit in den Augen seiner Mitbrüder machte ihm wieder neuen Mut und bestätigte ihm, dass er das Richtige tat. Das einzig Richtige. Ein paar Ritter grüßten ihn im Vorübergehen, als er den zur Seeseite gelegenen Turm in der nordwestlichen Ecke des Geländes ansteuerte. Dieser Turm, der noch von Saladin erbaut worden war, bildete den ältesten Teil des Ordenshauses. Die verwitterten Steine wiesen zahlreiche Risse und Ritzen auf, in denen raues, hartes Gras spross. Zwei Sergeanten flankierten den Eingang; beide waren mit Schwertern bewaffnet.

»Guten Morgen, Herr«, grüßte der eine fröhlich, als er Will sah. »Ihr wart lange nicht hier.«

»Ich hatte viel zu tun, Thomas.« Will duckte sich unter der niedrigen Tür hinweg.

»Macht Euch auf etwas gefasst«, warnte Thomas. »Er ist kein schöner Anblick.«

Will blieb verdutzt stehen.

»Leonardie«, erklärte Thomas. »Letzte Woche hat er die ersten Symptome gezeigt.«

»Leonardie? Wie schlimm steht es um ihn?«

»Schwer zu sagen. Aber es sieht nicht gut aus.«

Als Will den Turm betrat, kam es ihm so vor, als wäre der warme Juni plötzlich in kaltes, feuchtes Novemberwetter umgeschlagen. Ein kurzer Gang wand sich zu ein paar Stufen, die zu den oberen Ebenen des Turmes führten, wo die Schatzkammern des Ordenshauses untergebracht waren. Drei bewaffnete Sergeanten bewachten die Treppe. Will bog kurz vor den Stufen rechts ab und gelangte in einen runden, zugigen Raum, in dem sich zwei Ritter aufhielten. Einer saß an einem Tisch und steckte die Nase in ein großes Buch, der andere stand neben einer vergitterten Falltür Wache.

Der Ritter am Tisch blickte auf, als Will den Raum betrat. »Bruder Campbell«, sagte er ohne jegliches Interesse. »Ihr wollt den Gefangenen besuchen, nehme ich an?«

»Einer der Wächter sagte mir, er wäre krank. Habt Ihr ihn gut versorgt?«

Der Ritter hob eine Braue. »Wir sind nicht dazu da, den Gefangenen das Leben so angenehm wie möglich zu machen, wir verwahren sie hier, bis sie ihre Strafe abgesessen haben. Aber«, fügte er trocken hinzu, »Euer Besuch wird ihn sicherlich über einige Unannehmlichkeiten hinwegtrösten.« Er nickte seinem Kameraden zu, der den Riegel der Falltür zurückschob und sie anhob. Stufen führten in eine schwarze Finsternis hinab.

Die Treppe war uneben, Will tastete sich mit den Fingerspitzen an der Mauer entlang, um nicht auszugleiten. Ein leiser Luftzug, der nach Salz, Schimmel und Moder roch, schlug ihm entgegen. Die Wände bröckelten stellenweise wie altbackenes Brot. Ein rhythmisches Dröhnen, das das Gestein vibrieren zu lassen schien, wurde lauter, je weiter Will in die Tiefe hinabstieg. Der Schatzturm lag so nah am Wasser, dass sich die Wellen an den Mauern brachen. Als Will den Fuß der Treppe fast erreicht hatte, sah er Fackelschein vor sich. Er stieg die letzten Stufen hinab und gelangte in einen schmalen, in den Fels gehauenen Gang. Schwarze Pfützen schimmerten auf dem Boden. Der Gang lag unterhalb des Meeresspiegels; die Mauern schwitzten Feuchtigkeit aus, die sich am Boden sammelte und durch eine Rinne abfloss. Zu einer Seite lagen zehn mit Eisenbändern verstärkte und mit Holzbalken verriegelte Türen. Auf der anderen Seite standen ein grob gezimmerter Tisch und zwei Bänke, auf denen drei Sergeanten saßen und würfelten.

»Morgen«, grüßte Will.

»Tatsächlich?« Einer der Wächter erhob sich kopfschüttelnd. »Hier unten verliert man jegliches Zeitgefühl.« Während seine Kameraden ihr Würfelspiel fortsetzten, ging er zu einer Tür am Ende des Ganges und hob den Balken an, der in zwei zu beiden Seiten der Tür angebrachten Halterungen ruhte. Er trat zweimal gegen die Tür, dann stieß er sie auf. »Ihr könnt Euch die Fackel dort nehmen, Herr.«

Will nahm die Fackel aus dem eisernen Halter und betrat die

Zelle. Augenblicklich schlug ihm eine Welle des Ekel erregenden Fäulnisgestanks entgegen, den er schon auf der Treppe bemerkt hatte. Der Wächter schloss die Tür hinter ihm und legte den Balken wieder vor. Obwohl er seit drei Jahren regelmäßig hierherkam, hatte sich Will immer noch nicht an dieses dumpfe Geräusch und den darauf folgenden Anflug von Platzangst gewöhnt. Die Fackel flackerte im Luftzug, dann flammte sie hell auf und drängte die Schatten in der modrigen Zelle zurück. Auf dem Boden stand eine Schale mit einem öligen Eintopf, auf dem sich eine runzlige Haut gebildet hatte. Dahinter saß mit dem Rücken zur Wand, einen Arm zum Schutz vor der plötzlichen Helligkeit vor das Gesicht gelegt, mit dem anderen an einen in die Wand eingelassenen eisernen Ring gekettet, Garin.

Zuerst fiel Will nichts Ungewöhnliches auf. Garin sah aus wie immer. Sein einst goldenes Haar, das ihm jetzt in wirren Zotteln bis auf die Brust fiel, wirkte nun aufgrund des Mangels an Sonnenlicht stumpf und grau und starrte vor Schmutz, genau wie sein langer, verfilzter Bart. Hemd und Hose – die einzigen Kleidungsstücke, die man ihm gelassen hatte – bestanden nur noch aus Fetzen; der Stoff vermoderte in der ewigen Feuchtigkeit. Garins Brust war eingefallen, die Rippen stachen unter der bleichen Haut hervor. Die Fingernägel seiner freien Hand hatte er bis auf das Fleisch abgenagt, die der an die Wand gefesselten glichen langen, hornigen Klauen. Die Kette bot ihm gerade genug Spielraum, dass er sich über den neben ihm stehenden Unrateimer hocken konnte. Erst als Garin den Arm sinken ließ und gequält in das Licht blinzelte, sah Will, wovor der Wächter ihn gewarnt hatte.

Er hatte schon von der Leonardie – der Krankheit, an der Richard Löwenherz einst auf einem seiner Feldzüge gelitten hatte – gehört, aber noch nie jemanden gesehen, der daran erkrankt war. Sie führte bei einem Menschen nicht nur zu tiefster körperlicher und seelischer Erschöpfung, sondern befiel überdies auch bestimmte Teile der Haut. Garins Gesicht war verwüstet; Wangen und Stirn leuchteten dort, wo die Haut aufgerissen war und sich dann abgeschält hatte, flammend rot und entzündet. Seine Lippen waren aufgeplatzt, eines seiner Augen zugeschwollen, das Lid war verschorft. Auch Hände und Arme wiesen Spuren der Krankheit auf.

»Mein Gott.« Will steckte die Fackel in einen Wandhalter und kauerte sich vor Garin auf den Boden, dabei versuchte er, den widerlichen Geruch zu ignorieren, der von dem Eimer aufstieg.

Garin sah ihn aus schmalen, tränenden Augen anklagend an. »Du warst tagelang nicht mehr hier.«

Will verschwieg wohlweislich, dass sein letzter Besuch schon zwei Wochen zurücklag. »Es tut mir leid, ich hatte viel zu tun.«

»Du bist der Einzige, der mich über das, was in der Welt außerhalb dieser Mauern vorgeht, auf dem Laufenden hält.« Garins Stimme glich einem Hauch, und sein Mund bewegte sich beim Sprechen kaum, aber Will merkte ihm deutlich an, wie aufgewühlt er war. »Du hast gesagt, Prinz Edward wäre gekommen. Was ist passiert? Ich muss es wissen, Will. Ich …« Er gab einen erstickten Laut hilfloser Wut von sich, als seine Lippe aufplatzte, weil er den Mund zu weit geöffnet hatte. Blut rann ihm über das Kinn.

»Jetzt bin ich ja hier«, warf Will rasch ein. »Ich erzähle dir alles, was du wissen willst.« Er griff nach der Schale mit dem Eintopf. »Aber vorher solltest du etwas essen.«

»Ich sterbe, Will«, flüsterte Garin matt.

»Rede doch nicht solchen Unsinn. König Richard hatte die Leonardie auch und ist nicht daran gestorben.« Will rückte dichter an Garin heran und versuchte, ihm die Schale in die Hand zu drücken. »Du brauchst nur regelmäßige Mahlzeiten und Ruhe, dann wirst du wieder gesund.«

Garin schob die Schale weg. »Ich kann nichts essen, es tut zu weh.«

Will betrachtete die schwärenden Wunden rund um seinen Mund, dann die breitrandige Schale, und dann ließ er sich mit untergeschlagenen Beinen vor dem Ritter nieder, fischte ein Stück knorpeliges Fleisch aus der Suppe und schob es vorsichtig, ohne die Mundwinkel zu berühren, zwischen Garins ausgedörrte Lippen.

Zu Anfang von Garins Kerkerhaft hatte Will ihn nur selten besucht, und das auch nur, weil Garin ihn durch seine Wärter darum gebeten hatte. Aber obwohl er nie vergessen würde, was Garin ihm damals in dem Hurenhaus angetan hatte, war sein Zorn angesichts des hohen Preises, den der Ritter für ein Verbrechen zahlen musste, das er nicht aus freien Stücken begangen hatte, allmählich verraucht.

Im Laufe der Zeit waren seine Besuche häufiger und schließlich zu einem festen Bestandteil seiner wöchentlichen Routine geworden; häufig freute er sich sogar darauf, auch wenn er sich dies nur ungern eingestand. Er konnte weder mit Everard oder den anderen Brüdern noch mit irgendjemandem außerhalb des Zirkels über seine Gefühle und Gedanken sprechen. Garin, der über die Anima Templi Bescheid wusste, ihr aber ablehnend gegenüberstand, war der Einzige, dem er gewisse Dinge anvertrauen konnte, und im Laufe der letzten Monate hatte er die Ansichten seines ehemaligen Freundes mehr und mehr schätzen gelernt.

Manchmal sprachen sie auch über ihre Geister – Jacques, Owein, James, Adela, Elwen; die Menschen, die sie geliebt und verloren hatten. Einmal hatte Garin vorgeschlagen, Will solle versuchen, mit Elwen in Verbindung zu treten, war aber bei diesem auf so entschiedene Ablehnung gestoßen, dass er das Thema nie wieder zur Sprache gebracht hatte. Für Will gehörte Elwen schon lange der Erinnerung an; er redete sich immer wieder ein, dass sie vermutlich längst glücklich mit einem reichen Herzog verheiratet war, dennoch war und blieb sie eine Wunde, die nie richtig verheilt war und ihm noch immer Schmerzen bereitete. Gelegentlich beneidete er Garin sogar um sein Dasein in ewiger dunkler Leere, wo ein Tag sich nicht vom nächsten unterschied.

»Hier.« Er schob Garin ein weiteres Fleischstück in den Mund; wohl wissend, wie erniedrigend dieser es empfinden musste, gefüttert zu werden. »Es geht doch. Ich weiß gar nicht, was du willst.«

Garin kaute das zähe Fleisch langsam, dann schluckte er es mit sichtlicher Anstrengung hinunter. Er sah aus wie sechzig, nicht wie vierundzwanzig. »Sprich mit mir«, flüsterte er heiser.

»Viel gibt es nicht zu erzählen. Alle sind entsetzt darüber, dass nun auch Krak gefallen ist. Prinz Edward hat Abgesandte zu den Mongolen geschickt, um sie um Hilfe zu bitten, aber Großmeister Bérard und die führenden Offiziere Akkons hoffen nicht darauf. Der Prinz hat auch ein paar Ratsversammlungen einberufen, um den Kampfgeist der Edelleute zu wecken, aber bislang ist es ihm nur gelungen, die Gemüter zu erhitzen.«

»Wie meinst du das?« Garin würgte ein weiteres Fleischstück hinunter.

»Edward geht es so wie allen, die zum ersten Mal hier sind. Er überblickt die Lage noch nicht richtig.« Will seufzte. Er hatte zu der Abordnung gehört, die den zweiunddreißigjährigen englischen Prinzen, der mit tausend Rittern nach Akkon gekommen war, willkommen geheißen hatte. König Henry, der sich auf seinen schlechten Gesundheitszustand berufen hatte, war es scheinbar erspart worden, das Kreuz zu nehmen. Die Herrscher Akkons waren über die zusätzlichen Truppen und die Begeisterung des Prinzen hocherfreut gewesen. Zumindest ein paar Tage lang.

»Er dachte, der Krieg wäre eine einfache Gleichung – wir gegen sie. Deshalb hat er auch vor Wut geschäumt, als er erfuhr, dass die Venezianer Baybars Waffen verkaufen, die Genueser ihnen Sklaven zur Verfügung stellen und die Edelleute von Akkon dies alles stillschweigend dulden, während sie sich darüber streiten, wer das größte Stück von dem Kuchen erhalten soll. Und dann haben sie noch die Frechheit, laut zu jammern, wenn Baybars seine schönen neuen Waffen und Soldaten dazu benutzt, ihnen ihr Land und ihr Hab und Gut wegzunehmen.« Will klaubte noch ein Stück Fleisch aus der Schale. »Aber damit ist es bald vorbei.«

Garin schob seine Hand weg. »Du hast es also wirklich getan?«

Will stellte die Schale auf den Boden und leckte sich Fett von den Fingern. »Ja, ich habe ihn heute getroffen.«

Garin musterte ihn nachdenklich. »Du scheinst gern gefährlich zu leben, Will, das muss ich schon sagen.«

»Ich dachte, du wärst mit meinem Vorhaben einverstanden?«

»Das bin ich auch und war ich schon immer. Aber wenn Großmeister Bérard herausfindet, was du im Namen des Ordens getan hast …« Garin schüttelte den Kopf. »Ich fürchte, dann leistest du mir hier unten lange Zeit Gesellschaft. Ganz zu schweigen davon, was Everard und die anderen Brüder der Anima Templi mit dir anstellen, wenn sie die Wahrheit herausbekommen.«

»Ich habe versucht, das Problem auf ihre Weise zu lösen«, verteidigte sich Will hitzig. »Ich habe alles getan, was Everard von mir verlangt hat – Bündnisse mit Rittern anderer Orden geschlossen; mich mit einflussreichen jüdischen Gelehrten bekannt gemacht; muslimische Informanten angeworben. Oberflächlich betrachtet hat die Bruderschaft in den letzten Jahren einiges erreicht. Bei formellen Anlässen spricht der Hospitalitergroßmeister sogar schon mit Großmeister Bérard. Aber ich komme mir vor, als würden wir auf der Stelle treten. Die Edelleute sind zu sehr mit ihren Intrigen und innenpolitischen Fragen beschäftigt, um über ihre eigenen Mauern hinauszublicken. Wie viele Festungen sollen wir denn noch an Baybars verlieren? Die Anima Templi wird ihr Ziel nie erreichen, wenn uns vom Heiligen Land nichts mehr bleibt. Wieso begreift Everard das nicht?«

»Hast du schon einmal mit ihm darüber gesprochen?«

»Ich frage ihn ständig, was er vorhat und ob er wirklich glaubt, dass es irgendwann einmal zu einem Friedensschluss kommen wird. Aber er weicht mir nur aus. Er hält immer noch viel vor mir geheim. Ich weiß, dass er in den Reihen der Mamelucken einen hochrangigen Kontaktmann hat, eine Verbindung, die mein eigener *Vater* geknüpft hat. Aber er sagt mir nicht, wer es ist.« Will schnaubte gereizt. »Er hat mir keine andere Wahl gelassen.«

»Willst du dich für das, was du getan hast, vor mir oder vor dir selbst rechtfertigen?«, fragte Garin sachlich.

Will warf dem Ritter einen argwöhnischen Blick zu. Es hatte lange gedauert, den Entschluss, den er vor achtzehn Monaten gefasst hatte, in die Tat umzusetzen; er hatte Kontakte herstellen und unauffällig Geld aus den geheimen Schatztruhen der Anima Templi abzweigen müssen, und während dieser Zeit hatte er mehr als einmal mit seinem Gewissen gerungen. »Ich habe meine Entscheidung getroffen«, sagte er endlich zu Garin. »Und ich bin tief in meinem Herzen davon überzeugt, dass dies der einzige Weg ist. Ich wollte nicht hierherkommen und in diesen Krieg verstrickt werden, aber es hat sich nun einmal so ergeben, und jetzt kann ich nur noch das tun, was ich für richtig halte.«

»Es wird dir nicht viel helfen, aber ich bin der festen Überzeugung, dass du wirklich das Richtige tust. Ich habe immer gesagt, dass sich die Träume der Anima Templi nicht verwirklichen lassen – von dem Tag an, an dem du mir davon erzählt hast.«

»Sowie es vollbracht ist, wird sich einiges ändern, da bin ich ganz sicher. Vielleicht gelingt es Prinz Edward dann, die Edelleute zum Kampf anzustacheln. Und dann«, fügte Will ruhig hinzu, »können wir damit beginnen, unsere Festungen und unser Land zurückzuerobern.« In Gedanken weilte er wieder bei seinem Vater …

»Ich muss gehen.« Will erhob sich. »Morgen komme ich mit einem Umschlag für deine Wunden wieder.«

»Vertrau nicht darauf, dass andere dir helfen, den Lauf der Dinge zu ändern, Will. Weder Edward noch die Edelleute. Vertrau nur auf dich selbst.«

Will nickte. Er hämmerte gegen die Tür, und einen Moment später ließ ihn der Wächter hinaus. Blinzelnd trat er kurz darauf aus dem düsteren Gemäuer in die helle Nachmittagssonne hinaus.

Und dort lief er Everard in die Arme.

Will war überrascht, den alten Priester, der nur selten seine Kammer verließ, über den Hof humpeln zu sehen. Er wollte grüßend eine Hand heben, besann sich aber, als er den Ausdruck auf Everards Gesicht sah. Angesichts des heißen Zorns in den Augen des Priesters wäre er fast erschrocken einen Schritt zurückgewichen.

Everard kam auf ihn zu und krallte die knorrigen Hände in seinen Mantel. »Du Narr!«, zischte er. »Was hast du getan, du verdammter Narr?«

Will packte Everards Handgelenke und versuchte, ihn von sich zu schieben. »Wovon redet Ihr?«

»Komm mir nicht so! Einer der Leibwächter des Seneschalls hat dich in dieser Schänke gesehen!«

»Ihr habt mich bespitzeln lassen?«

»Ich habe seit Wochen ein Auge auf dich«, fauchte Everard. »Du warst ja sehr beschäftigt, nicht wahr? All diese geheimen Treffen und Pläne. Ich weiß alles darüber.«

»Woher?«

»Ich habe es aus dem pisanischen Kaufmann herausgebracht, den du aufgesucht hast. Er hat mir gesagt, mit wem du dich getroffen hast. Du kannst gleich dorthin zurückgehen und alles, was ihr vereinbart habt, rückgängig machen.«

»Nein.«

Everards blutunterlaufene Augen sprühten Feuer. *»Nein?«*

»Dazu ist es zu spät, es sei denn, Ihr habt ihn gefasst.« Als Everard keine Antwort gab, wusste Will, dass der Mann entkommen war. »Er dürfte die Stadt inzwischen verlassen haben.«

»Dann setz dich auf dein Pferd und such ihn!«

»Nein.« Will machte sich grob von Everard los. »Selbst wenn ich wüsste, wo ich ihn suchen sollte, würde ich es nicht tun. Wir haben es jetzt drei Jahre lang auf Eure Weise versucht, Everard – ohne Erfolg. Baybars will keinen Frieden. Wir haben fast ein Dutzend Männer zu ihm geschickt, um mit ihm zu verhandeln. Wie viele sind zurückgekommen?«

Everard presste die Lippen zu einem schmalen, blutleeren Strich zusammen. Seine Narbe leuchtete flammend rot. »Wir müssen es weiter versuchen.«

»Es ist zu spät.« Will wandte sich ab.

»Sie werden es nicht tun.« Everard packte ihn bei der Schulter. »Sie arbeiten mit ihm zusammen, er zahlt ihnen Sold. Werden sie in die Hand beißen, die sie füttert?«

»Nicht alle trauen ihm. Baybars hat seine eigenen Leute in den Orden eingeschleust und ihnen Machtpositionen verschafft. Sie fürchten, er könnte das Kommando ganz an sich reißen.«

Everards Atem kam flach und abgehackt. »Wo in Gottes Namen hast du genug Geld her, um sie anzuheuern?« Als Will nichts darauf erwiderte, verengten sich seine Augen zu schmalen Schlitzen. »Aus meinen Schatztruhen, nicht wahr?«, stellte er ungläubig fest. »Du falsche Schlange!«

»Ihr wolltet meine Hilfe, Everard. Ihr wolltet, dass ich eigene Entscheidungen treffe. Nun, das habe ich getan. Eure Methoden haben nicht zum gewünschten Erfolg geführt. Jetzt versuchen wir es auf meine Weise.«

43

Aleppo, Syrien
8. August A. D. 1271

»Sieht sie nicht bezaubernd aus, Herr?«, murmelte Kalawun. Er lächelte, als seine Tochter eine geschmeidige mandeläugige Katze auf den Arm nahm, die durch die offene Tür in den Thronsaal geschlichen war. Die Luft war heiß und stickig, und die Diener bemühten sich eifrig, den im Saal versammelten Statthaltern, Offizieren und Höflingen mit eisgekühlten Fruchtsäften Kühlung zu verschaffen. Sklaven betätigten die Seile der großen Fächer an der Decke, um sie in ständiger Bewegung zu halten.

»Sie ist eines Sultans würdig«, stimmte Baybars zu. Er beobachtete, wie sich seine zukünftige Schwiegertochter durch die Menge schlängelte und mit der Katze an dem Banketttisch Platz nahm, den die Diener gerade abräumten. Die Frauen machten viel Aufhebens um das hübsche Kind, das einen Rest Ziegenfleisch auf einen silbernen Teller legte und die Katze damit zu füttern begann. Auch Baybars' Frau Fatima war unter ihnen, sie hielt ein zappelndes Kleinkind in den Armen – seinen zweiten Erben; Nizam hatte ihm keine weiteren Kinder geboren.

Baraka Khan spielte in einer Ecke des Saales mit einigen seiner

Freunde. In den vergangenen drei Jahren war der Junge ein gutes Stück gewachsen, und in seinem Gesicht fanden sich bereits erste Spuren der Züge des Mannes, der er einst sein würde. An seiner Braut hatte er bislang nicht das geringste Interesse bekundet, aber das würde sich schon noch ändern, dachte Baybars. Diese Verlobungsfeier diente ohnehin nur dazu, die Verbindung öffentlich zu besiegeln. Die spätere Hochzeit würde die eigentlichen Früchte bringen.

Omar bahnte sich einen Weg zwischen den Tänzern hindurch, die zu Zither- und Trommelklängen durch den Raum wirbelten, stieg auf das Podest und verneigte sich vor Baybars. »Die Schausteller sind hier, Herr. Sollen sie hereinkommen?«

»Ja. Aber bleib du doch hier, Omar«, forderte Baybars ihn auf, als sich der Offizier zum Gehen wandte. »Setz dich zu mir.«

Omar lächelte. »Es ist mir ein Vergnügen, Herr.«

Baybars winkte einen Diener zu sich. »Schaff Platz für die Schausteller, führ sie herein, und dann bring mir einen Becher Kumyss.«

Nachdem der Diener davongeeilt war, bedeutete Baybars Omar, auf den Kissen auf der obersten Stufe des Podestes Platz zu nehmen – die normalerweise den ranghöchsten Statthaltern vorbehalten war. Als Omar sich eine Hand voll Feigen von einer auf einem niedrigen Tisch stehenden Platte nahm, kicherte der Sultan leise. »Gib Acht, mein Freund. Bald passt du nicht mehr in deine Uniform. Ich fürchte, wir alle haben in der letzten Zeit zu viel gegessen und zu wenig gekämpft.«

»Du hast es verdient, dich auch einmal ein wenig zu vergnügen«, erwiderte Omar. »Nutz die Gelegenheit und ruh dich aus. Die Franken bereiten uns kaum noch Scherereien, und die Mongolen haben wir unter Kontrolle.«

»Ich werde mich ausruhen, wenn die Zeit es mir erlaubt.«

Omar blickte zu Baybars auf. Dieser Anflug von Schmerz, der über das Gesicht des Sultans huschte, entging ihm nicht. Der erbarmungslose Hass, mit dem er die Franken angegriffen und bis zum Meer zurückgetrieben hatte, war wie ein Feuer, das ihn innerlich verzehrte. Baybars war nicht im Stande, sich an irgendetwas zu freuen, solange er sein endgültiges Ziel noch nicht erreicht hatte. Aber wenn dem so war, grübelte Omar, was zählten dann ihre bisherigen Erfolge? Worin bestand der Sinn dieses Krieges?

»Da sind sie.« Baybars beugte sich vor, um den Becher Kumyss entgegenzunehmen, den der Diener ihm reichte.

Zwei Männer hatten den Thronsaal betreten. Sie zogen einen mit einem schwarzen, mit silbernen Monden und Sternen bestickten Stück Samt bedeckten Handkarren hinter sich her. Die Gäste nahmen auf den an den Wänden aufgereihten Kissen Platz, Baraka und seine zukünftige Braut wurden auf einen Diwan gesetzt, von dem aus sie auf ein Stück weiß getünchter Wand blickten. Die Türen zum Garten wurden geschlossen, die schweren Vorhänge zugezogen, um den Tag auszusperren. Ein Diener sprang erschrocken zurück, als eine zerlumpte, vor sich hinzischelnde Gestalt hinter einem der Vorhänge hervorschoss, auf das Podest zuhuschte und sich, nach Atem ringend, vor Baybars' Füße kauerte.

Omar musterte Khadir voller Abscheu, doch Baybars legte ihm eine Hand auf den sonnenverbrannten, mit Leberflecken übersäten kahlen Schädel. »Hast du schlecht geträumt?«

»Böse Träume«, flüsterte Khadir. Plötzlich begann er zu zittern.

Omar runzelte missbilligend die Stirn. Er wünschte, Baybars würde den alten Mann, der seit Antiochia noch wunderlicher geworden war, nicht auch noch ermutigen.

»Edler Sultan.«

Einer der Männer, die mit dem Handkarren in den Saal gekommen waren, ließ sich vor dem Podest auf ein Knie sinken. Er hatte braune Haut, schwarze Augen und einen mit Henna rot gefärbten Haarschopf und gleichfarbigen Bart.

»Es ist uns eine Ehre, dich und deine Gäste heute unterhalten zu dürfen, Herr.« Der Mann deutete auf seinen Gefährten, einen schlanken Jugendlichen, der wie er selbst in einen aus Seidenflicken in allen Blautönen gefertigten Umhang gehüllt war. Die Kleidungsstücke schimmerten bei jeder Bewegung ihrer Träger wie Wasser, das sich im Wind kräuselt.

»Ihr könnt beginnen.« Baybars nickte zu der freien Fläche vor dem jungen Paar hinüber. Baraka wirkte jetzt schon gelangweilt; er saß so weit von Kalawuns Tochter entfernt, wie es der schmale Diwan zuließ.

Der Mann erhob sich anmutig und ging zu seinem Kameraden zurück, der inzwischen eine Laterne aus dem Karren geholt hatte. Die Luft war blau von den Weihrauchschwaden, die den Saal durchzogen.

Als sich die letzten Dienstboten in die Schatten an den Wänden zurückgezogen hatten, wandte sich der Rothaarige an sein stummes Publikum. »Wir erzählen euch heute eine Geschichte von Liebe und Verrat.« Er nickte dem anderen Mann zu, woraufhin dieser die Laterne auf den Karren stellte, sodass der Lichtschein auf die weiße Wand fiel. »Vorgeführt wird sie euch von lebendigen Schatten.«

Beifall brandete auf. Die beiden Schattenspieler waren für ihre kunstvollen Vorstellungen berühmt.

»Einst lebte in Arabien eine Frau«, begann der Rotschopf, »die so schön war, dass der Mond jeden Abend vor Neid erblasste, wenn sie im Fluss badete.«

Kalawuns Tochter lachte und klatschte in die Hände, als der schlanke Mann die Hände vor der Laterne zu bewegen begann und seine Finger die Silhouette einer Frau über die Wand tanzen ließen. Die Höflinge fielen in die Begeisterung der kleinen Prinzessin ein, als die Geschichte ihren Fortgang nahm und die Hände der Schattenspieler zu liebenden Frauen, kämpfenden Männern und geifernden wilden Tieren wurden.

Baybars begann, ungeduldig zu werden. Die Vorstellung war nicht so fesselnd, wie er gehofft hatte; die Schatten an den Wänden wirkten auf einen achtundvierzigjährigen Krieger bei weitem nicht so überzeugend wie auf ein neunjähriges Kind. Khadir kauerte immer noch zu seinen Füßen und beobachtete die Männer aus verschleierten Augen. Ab und an schrak er zusammen, wenn der rothaarige Mann seine Stimme erhob, und beruhigte sich wieder, wenn sie zu einem Flüstern verebbte.

Der rothaarige Schattenspieler nahm einen Tontopf und einen Strohhalm von dem Karren und trat damit auf das Podest zu. »Und endlich«, fuhr er leise fort, »gelangte die wunderschöne Frau zu einem Palast, weil sie dem Gesang einer alten Vettel folgte, deren Stimme vom Wind zu ihr getragen wurde wie der Duft süßer Blumen.« Er tauchte den Halm in den Topf, setzte ihn an den Mund und blies einen Strom von Seifenblasen in die Luft. Dann bückte er sich und stellte den Topf auf einer marmornen Stufe ab, während eine schillernde Blase auf Omars Hand landete. Dieser hielt sie lächelnd Baybars hin. Die Blase zerplatzte. Im selben Moment zerriss ein durchdringender Schrei die Stille. Baybars fuhr hoch. Der Schrei kam von Khadir, der sich gegen die Beine des Sultans presste und die milchigen Augen auf den Schattenspieler richtete, der sich wieder aufgerichtet hatte. Sein schimmernder Umhang glitt ihm von den Schultern. In einer Hand hielt er jetzt einen Dolch mit einem goldenen Griff, der mit einem blutroten Rubin besetzt war. *»Hashishim!«*, kreischte Khadir immer wieder. *»Hashishim!«*

Der rothaarige Assassine stürmte die Marmorstufen hoch und stürzte sich auf Baybars. Dem Sultan blieb keine Zeit mehr, der Klinge auszuweichen; als er aufsprang, holte der Assassine schon zu dem tödlichen Stoß aus, doch da warf sich Omar nach vorn. Der Assassine brach in Wutgebrüll aus, als sich die Klinge tief in Omars Brust bohrte, der Offizier zurücktaumelte und rücklings gegen Baybars fiel. Schreie gellten durch den Saal. Der zweite Schattenspieler, der gesehen hatte, dass der Anschlag seines Kameraden misslungen war, zückte gleichfalls einen Dolch und rannte auf den Thron zu, wurde jedoch von Kalawun, der sich schützend vor Baraka gestellt hatte, mit einem Schwerthieb niedergestreckt.

»Ergreift sie!«, donnerte Baybars, der den keuchend nach Atem ringenden Omar in den Armen hielt. »Ich will wissen, wer sie geschickt hat!«

Der überlebende, jetzt unbewaffnete Assassine war ein paar

Schritte vom Thron zurückgewichen, stand regungslos da und wartete ruhig ab, als einige Bahri-Krieger auf ihn zukamen. Hinter dem Thron ertönte plötzlich ein schrilles Kreischen. Der Wahrsager sprang auf und ging mit seinem eigenen Dolch auf den Attentäter los.

»Nein!«, brüllte Baybars, verzweifelt bemüht, Omar zu halten, der seinem Griff entglitt und zu Boden sank. Der Dolch in seiner Brust zitterte leicht.

Doch Khadir schenkte dem Befehl keine Beachtung. Der verstoßene ehemalige Assassine fiel wie eine entfesselte Bestie über den rothaarigen Mann her und stach wie wild auf ihn ein. Während die Bahri versuchten, ihn von seinem Opfer wegzuzerren, ließ Baybars Omar behutsam auf die Kissen gleiten. »Halte durch«, bat er, über die blasse Wange des Freundes streichend. »Wo bleiben die Ärzte?«, herrschte er dann die Diener an, die erschrocken zu ihm aufblickten.

Omar leckte sich über die trockenen Lippen und sah zu Baybars auf. Über seinen braunen Augen lag bereits der Schleier des nahenden Todes. Er lächelte schwach. »Du siehst müde aus, Sadik.« Er hob eine Hand zu Baybars' Gesicht. Sie fiel leblos zurück, ehe er es berühren konnte.

Baybars sog scharf den Atem ein, beugte sich über Omar und umfasste den Kopf des Offiziers mit beiden Händen. »Nicht für mich, Omar«, flüsterte er. »Du darfst dich nicht für mich geopfert haben.« Nach einem Moment richtete er sich auf, packte Omar bei den Schultern und schüttelte ihn. »Steh auf! Ich befehle es dir!«

Aber er musste einsehen, dass auch die Macht eines Sultans ihre Grenzen hatte.

Die Ärzte hatten inzwischen den Saal betreten, hielten sich aber im Hintergrund, denn sie wussten, dass jegliche Hilfe zu spät kam. Nur eines blieb noch zu tun. Baybars beugte sich vor, legte den Mund an Omars Ohr und sprach leise die Worte: *»Ashadu an la ilaha illa-llah. Wa ahadu anna Muhammadam rasul-Ullah.«*

Es gibt keinen Gott außer Gott. Mohammed ist sein Prophet.

44

Ordenshaus Akkon
19. September A.D. 1271

»Du hast versagt.«

Will blickte sich um. Everard stand hinter ihm auf der Brustwehr. Den Priester hatte der Aufstieg sichtliche Anstrengung gekostet, sein Gesicht glänzte vor Schweiß, sein Atem ging schwer. »Ich weiß.« Will drehte sich wieder um, um weiter die Aussicht zu bewundern. Die Ebenen unterhalb der Stadtmauer schimmerten golden im Abendlicht; sie erstreckten sich in östlicher Richtung bis nach Galiläa, wo das Land anstieg und sich mit dem Himmel zu vereinen schien. Er sah oft zu diesen verschleierten Hügeln hinüber, wusste aber nicht, was dahinter lag.

»Baybars ist am Leben und hat nicht einmal einen Kratzer davongetragen«, fügte Everard hinzu.

»Ich sagte doch schon, dass ich Bescheid weiß.«

»Allerdings fiel einer seiner Offiziere dem Anschlag zum Opfer«, fuhr der Priester fort. »Ein enger Freund von ihm, wie ich hörte. Der Sultan hat Truppen ausgeschickt, um die Assassinen auszuräuchern.« Er trat näher an die Mauer heran und blies seine knittrigen Wangen auf. »Ich möchte jetzt nicht in ihrer Haut stecken. Seine Rache wird fürchterlich sein.«

»Sie haben sich aus freien Stücken auf den Handel eingelassen.«

»Aber du bist mit diesem Angebot an sie herangetreten.«

»Ich weiß, dass Ihr mir das nie verzeihen werdet, Everard.« Will drehte sich zu dem Priester um und sah ihm fest in die Augen. »Aber jemand musste etwas tun. Euer Streben nach Frieden ist ja sehr lobenswert, aber wenn die andere Seite nicht mitspielt, bleibt es reines Wunschdenken.«

»*Mein* Streben nach Frieden?«, wiederholte Everard scharf. »Wie du dich mit einem Mal von uns distanzierst! Als Mitglied der

Bruderschaft bist du Bestandteil einer Einheit. Ja, wir alle haben verschiedene Ansichten und Vorstellungen, aber am Ende sprechen wir stets aus einem Mund. Dein Benehmen in letzter Zeit, deine Eigenmächtigkeiten sind unentschuldbar.« Seine krächzende Stimme nahm einen stahlharten Klang an. »Hast du denn kein Wort von dem verstanden, was ich über de Ridefort und Armand gesagt habe? Was du tust, ist genau das, was die Anima Templi um jeden Preis verhindern will!«

»Ihr könnt mich doch nicht mit diesen beiden Männern vergleichen!«

»Nicht? Auch sie haben die Macht der Anima Templi für ihre eigenen Zwecke eingesetzt, um ihres persönlichen Vorteils willen. Was hast du denn getan, als du deine private Abmachung mit den Assassinen getroffen und ihnen unser Gold ausgehändigt hast? Wem wolltest du damit dienen?«

»Uns«, erwiderte Will trotzig. »Dem Orden. Der gesamten Christenheit.«

Everard hob mahnend eine Hand. »Töte den Mann, und du machst einen Märtyrer aus ihm, habe ich dir in der Nacht eingeschärft, als du mir das Buch zurückbrachtest. Du wolltest das Beste für uns? Für die Christenheit? Mach dir doch nichts vor. Was du getan hast, hast du einzig und allein für dich selbst getan. Du wolltest Rache für deinen toten Vater, nicht wahr?« Er hustete krampfhaft und spie einen Schleimbatzen über die Mauer. »Du hast mir keinerlei Gelegenheit gegeben, dich in meine eigenen Pläne einzuweihen, William«, sagte er noch immer zornig, aber etwas ruhiger. Der Ausbruch hatte ihn erschöpft. »Aber auch mich trifft ein Teil der Schuld. Ich hätte von mir aus auf dich zugehen müssen, als ich gemerkt habe, wie sehr es dich bedrückt, dass unsere Arbeit nur so langsame Fortschritte macht.«

Will staunte, dass der Priester tatsächlich eingestand, einen Fehler gemacht zu haben. »Von welchen Plänen sprecht Ihr?«, erkundigte er sich neugierig.

Everard zog die Nase hoch und blickte über die Obstgärten hinweg. Die Zweige der Zitronenbäume waren dicht mit gelben

Früchten behangen. »Eine schöne Jahreszeit, nicht wahr?« Als Will keine Antwort gab, drehte sich Everard seufzend zu ihm um. »Ich stehe seit einiger Zeit mit dem Mann in Verbindung, mit dem sich dein Vater oft getroffen hat, wenn er hier war – einem Mann, der im Gegensatz zu Baybars für Verhandlungen offen ist.«

»Ihr meint den Kontaktmann meines Vaters in der Mameluckenarmee?«

»Ja.«

Will wartete ungeduldig darauf, dass der Priester weitersprach, doch Everard ließ sich Zeit.

»Dieser Kontaktmann ist Amir Kalawun«, sagte er endlich.

»Kalawun?«, entfuhr es Will überrascht. »Aber er ist einer von Baybars' hochrangigsten Offizieren. Er hat den Feldzug gegen Kilikien befehligt, der Tausende von Armeniern das Leben gekostet hat. Wie kann er da mit uns zusammenarbeiten?«

»Im Grunde seines Herzens ist Kalawun ein friedliebender Mann. Er wünscht nur das Beste für sein Volk und hat begriffen, dass Krieg nicht immer der richtige Weg zu diesem Ziel ist. Er hat schon früh erkannt, dass Baybars eines Tages an die Macht gelangen würde und anfangs um seines eigenen Vorteils willen versucht, das Vertrauen des Sultans zu gewinnen. Aber er kam bald dahinter, dass der Sultan von einem persönlichen Hass gegen die Franken angetrieben wird; einem Hass, der Kalawuns Meinung nach seinem eigenen Volk genauso viel Schaden zufügen kann wie dem unseren. Er bringt den Franken keine große Liebe entgegen, aber er sympathisiert mit den Zielen der Anima Templi und weiß, dass seine Leute genau wie wir von guten Handelsbeziehungen zwischen unseren Nationen profitieren würden. Dein Vater muss großen Eindruck auf ihn gemacht haben, wie ich hörte. Um seine Machtposition im Kreis von Baybars' Vertrauten zu erhalten, musste Kalawun natürlich die Befehle befolgen, die ihm erteilt wurden, selbst wenn diese Befehle seinen eigenen Grundsätzen zuwiderliefen. Als Mann des Friedens hätte er sich in seiner Position nicht halten können, er musste nach außen hin das Bild eines vorbildlichen Kriegers abgeben. Frieden muss eben manchmal mit Blut erkauft werden.«

»Aber wenn das stimmt, was Ihr sagt … was kann denn Kalawun gegen Baybars unternehmen? Er mag zwar über eine gewisse Macht verfügen, aber er ist kein Sultan. Wie kann er irgendwelche tiefgreifenden Veränderungen herbeiführen?«

»Nicht so hastig«, mahnte Everard. »Es muss langsam geschehen. Kalawun wird nichts gegen Baybars unternehmen, aber er trifft bereits Vorkehrungen, um nach Baybars' Tod Zugriff auf den Thron zu bekommen. Baybars' Erbe Baraka Khan ist kürzlich sein Schwiegersohn geworden, und Kalawun hofft, einen günstigen Einfluss auf den Jungen ausüben zu können. Wenn dein Plan aufgegangen und Baybars im Auftrag eines Franken ermordet worden wäre, hätten die Mamelucken sich blutig an uns gerächt. Es wäre zu einer zweiten Schlacht von Hattin gekommen. Da wir uns in einer denkbar schwachen Position befinden, hätten wir vermutlich auch noch das Wenige verloren, was uns geblieben ist, und jede Chance auf Frieden und Freundschaft wäre dahin gewesen. Der Weg, den die Anima Templi beschreitet, ist länger, aber am Ende sicherer und noch dazu der, auf dem weniger Blut vergossen wird. Wenn Baybars eines natürlichen Todes stirbt oder im Kampf fällt und Kalawun seinen Sohn in unserem Sinne beeinflussen kann, könnte der nächste Sultan zu unserem Verbündeten werden. Stell dir nur vor, William, was wir alles erreichen können, wenn wir unsere Zungen an Stelle unserer Schwerter benutzen.«

Will starrte den Priester ungläubig an. »Warum habt Ihr mir das alles nicht schon viel früher erzählt? Wenn ich gewusst hätte, was Ihr vorhabt, hätte ich doch nie … ich hatte ja keine Ahnung.« Er schüttelte den Kopf und ließ die Schultern hängen. »Ich wollte nichts wissen.«

»Ich habe dich schon oft hier oben stehen und in die Ferne blicken sehen.« Everard deutete über die Ebene hinweg. »Du sagtest einmal, du würdest dort draußen nichts als Hass und Tod finden. Ist es das, was du dort siehst?«

»Ich sehe gar nichts«, murmelte Will. »Was ich suche, ist nicht dort.«

»Dein Vater«, nickte Everard. »Ich bin nicht so blind, dass ich das nicht sehe. Du schaust nach Safed, wie die Muslime gen Mekka blicken. Du musst ihn loslassen, sonst wird dich dein Gram innerlich zerfressen.«

»Ich vermisse ihn, Everard«, gestand Will heiser. »Er fehlt mir so sehr.«

Everard sagte nichts, als Will das Gesicht in den Händen barg, legte ihm aber nach einem Moment sanft eine Hand auf die Schulter. »Sieh mich an, William. Ich kann dir deinen Vater nicht wiedergeben, das kann niemand. Aber ich kann dir versichern, dass er nicht umsonst gestorben ist. Aufgrund dessen, was er bei Kalawun erreicht hat, erleben wir es vielleicht doch noch, dass zwischen den Völkern dieser Welt Frieden herrscht.«

»Ich hatte keine Gelegenheit mehr, ihm zu sagen, wie leid es mir tut.«

»Ich weiß nicht, was zwischen dir und deinem Vater vorgefallen ist, aber ich weiß, dass er dich geliebt hat. Ich habe ihn nur einmal getroffen, aber das war mir sofort klar. Er ist nicht hierhergekommen, weil er dich verlassen wollte; er kam, um etwas zu tun, wozu nur wenige Männer auf dieser Erde das Herz und den Mut haben. Er kam nicht um des Geldes oder um der Macht willen oder weil er dachte, es sei Gottes Wille, sondern weil er an eine bessere Welt glaubte; eine Welt, die zu schaffen er mithelfen wollte. Schon allein deshalb halte ich sein Andenken in hohen Ehren. Und das solltest du auch tun.«

»Er hat mir nie vergeben.«

»Ist dir schon einmal der Gedanke gekommen, dass die einzige Person, die dir vergeben muss, du selber bist? Welches Unrecht du auch immer deinem Vater zugefügt haben magst, welche Schuld du auch auf dich geladen hast… selbst wenn er dir verziehen hätte, hättest du dich dann wirklich befreit gefühlt?« Everard schüttelte den Kopf. »Ich bin Priester, William, ich kann einem Menschen im Angesicht Gottes die Absolution erteilen, aber wenn er sich selbst nicht vergibt, wird er für den Rest seines Lebens mit seinen Sünden leben müssen, selbst wenn Gott ihn im nächsten von ihnen losspricht.«

»Ich weiß nicht, wie ich mir selbst vergeben soll, und ich wüsste auch nicht, wie ich an meiner Situation etwas ändern kann. Meine Freunde, meine Kameraden, sie alle wissen genau, was sie wollen. Simon ist mit seiner Arbeit in den Ställen glücklich, Robert damit zufrieden, die Regeln zu befolgen und zu tun, was ihm aufgetragen wird. Sogar Garin scheint in seiner Zelle auf seltsame Weise Frieden gefunden zu haben. Ihr habt einmal gesagt, ich wollte nur wegen meines Vaters ein Ritter werden, und Ihr hattet Recht. Ich habe so viele Jahre darauf gewartet, dass er mich in dem weißen Mantel sieht, und erst nach seinem Tod ist mir bewusst geworden, dass ich nie darüber nachgedacht habe, was ich selbst eigentlich will. Dann war da noch Elwen, aber … wenn ich an morgen denke, sehe ich nur Leere, Everard.«

»Du musst nicht wissen, was dir das Morgen bringt, um im Heute leben zu können«, erwiderte Everard brüsk. »Und du musst auch die Zukunft nicht sehen, um ihr entgegengehen zu können.«

»Aber was hat mein Leben denn jetzt noch für einen Sinn?«

»Du hast eine Chance, die Zukunft zu verändern.« Everard hielt inne. »Ich kann dir nicht raten, wie du dir selbst verzeihen oder deine Schuldgefühle begraben sollst, aber ich kann dir ein neues Ziel vorgeben. Ich bin nicht nur hier hochgekommen, um dir Vorwürfe zu machen, sondern um dir eine Wahl anzubieten. Gleich findet eine Versammlung der Bruderschaft statt. Wir heißen unseren neuen Hüter willkommen.«

»Ihr habt einen neuen Hüter gefunden?«

»Ja. Lange genug hat es ja gedauert. Du kannst jetzt mit mir kommen und an der Versammlung teilnehmen, oder ich kann dich von deinen Gelübden entbinden.«

»Von denen der Bruderschaft, meint Ihr?«

»Und denen, die du dem Orden gegenüber abgelegt hast, wenn du das wünschst.« Everard hob die Schultern. »Ich weiß, dass du mir bei der Suche nach dem Gralsbuch nur geholfen hast, weil du zum Ritter geschlagen werden wolltest, und dieser Wunsch beruhte nur darauf, dass du deinen Vater glücklich machen wolltest, wie du eben selbst zugegeben hast.«

»Ich habe Euch nicht nur deswegen geholfen, Everard.«

Everard wischte seinen Einwand mit einer Handbewegung beiseite. »Und ich kann dir keinen Vorwurf daraus machen, dass du dich aus den Zwängen deiner Lehrzeit bei mir befreien wolltest. Ich weiß, dass ich an deiner inneren Zerrissenheit nicht unschuldig bin. Aber jetzt wird es Zeit, dass du eine Wahl triffst. Vorzugsweise eine«, fügte er trocken hinzu, »die uns nicht alle in Todesgefahr bringt. Im Gralsbuch stehen die Ritter Parsifal bei seiner Suche nach dem Gral zur Seite, aber die letzte Entscheidung, die entweder zur Vereinigung der drei Glaubensrichtungen oder zu immerwährendem Krieg führt, muss er allein treffen. Parsifal wählte den ersten Weg.« Everards Lippen krümmten sich leicht. »Aber vorher machte er noch eine ganze Reihe von Fehlern. Jetzt liegt es bei dir, William. Arbeite mit uns für eine bessere Zukunft oder schlage einen anderen Weg ein. Aber was du auch tust – schau nach vorne und nicht immer nur zurück.«

Will blickte gen Osten, zu den Hügeln hinüber. Während ihres Gesprächs war die Sonne untergegangen und der erste Stern am Himmel aufgetaucht. Der Wind war warm und roch nach Oliven, Salz, Heu und Leder. Unten im Hof riefen Männer sich etwas zu, Pferde wieherten und stampften mit den Hufen. Von der Stadt her wehten das Muhen der Rinder auf dem Marktplatz, Glockengeläut und Kinderlachen zu ihm herüber. Überall ringsum ging das Leben weiter; eine Vorstellung, die er als seltsam beruhigend empfand.

Everard hatte Recht, sein Vater war aus selbstlosen Gründen hierhergekommen. Aber das wusste er schon seit jenem Tag in Paris, an dem Louis beschlossen hatte, das Kreuz zu nehmen. Seit damals war die reine Liebe, die er seinem Vater stets entgegengebracht hatte, von Bitterkeit und Rachedurst verdunkelt worden. Ihn selbst hatten ausschließlich selbstsüchtige Motive hierhergeführt, und dadurch, dass er an diesen Motiven festgehalten hatte, hätte er beinahe alles zerstört, wofür sein Vater gearbeitet hatte. Aber jetzt bot sich ihm eine Gelegenheit, seinen Fehler wiedergutzumachen. Er wollte nicht, dass noch mehr Männer starben, noch mehr Söhne ihre Väter verloren. Sein glühender Wunsch nach Vergeltung, Blut und Krieg war dem Bewusstsein seiner eigenen Schuld entsprungen. Er hatte sich von den Idealen der Anima Templi abgewandt – nicht, weil er nicht daran geglaubt hatte, sondern weil er nicht daran hatte glauben *wollen*, weil das bedeutet hätte, seine Rachepläne aufzugeben. Aber dies war der falsche Weg, Vergebung zu erlangen, das wusste er jetzt. Der richtige bestand darin, Everard und der Anima Templi bei der Verwirklichung ihrer Ziele zu helfen, so wie es der Wunsch seines Vaters gewesen wäre. Und während er über die stille, friedliche Stadt hinwegblickte, erkannte er, dass dies jetzt auch sein Wunsch war.

»Ich möchte bleiben.«

»Dann gibt es für uns jetzt viel zu tun.« Everard schien mit dieser Antwort gerechnet zu haben. »Komm mit.«

Will folgte Everard von der Brustwehr herunter. Der Moment absoluter Hellsichtigkeit war verflogen, als er unten im Hof ankam, aber das Wissen darum, die richtige Entscheidung getroffen zu haben, blieb. Er war, wo er hingehörte. Und während er neben dem Priester herging, kam ihm eine weitere Erkenntnis. Er musste leben. Das war alles. Er musste einfach nur leben.

Die Brüder hielten selten eine Vollversammlung ab, und wenn, dann immer an anderen Orten, um innerhalb des Ordenshauses nicht aufzufallen. Heute fand sie im Gemach des Seneschalls statt. Everard war es gelungen, vier neue Mitglieder anzuwerben, aber da einer der älteren Brüder letztes Jahr gestorben war, waren sie immer noch nur sechs. Als Everard und Will eintrafen, hatten sich die anderen bereits vollzählig eingefunden.

Der Seneschall, ein kräftig gebauter, frühzeitig kahl gewordener Mann mit einem hitzigen Temperament, öffnete die Tür. Respektvoll neigte er den Kopf vor Everard und funkelte Will finster an. Nachdem Everard die Bruderschaft von Wills Abmachung mit den

Assassinen in Kenntnis gesetzt hatte, hatte der Seneschall darauf gedrängt, Will unverzüglich in den Kerker werfen zu lassen. Es missfiel ihm sichtlich, dass Will mit einem zweimonatigen Ausschluss von den Treffen des Zirkels davongekommen war, der in seinen Augen eine unverdiente Milde darstellte.

Auf den Stühlen in der ansonsten kärglich möblierten Kammer saßen drei weitere Männer – ein junger Templerpriester aus dem Königreich Portugal, der Everards Aufmerksamkeit erregt hatte, weil er sich intensiv mit Studien über Gemeinsamkeiten des muslimischen, jüdischen und christlichen Glaubens befasste; ein in Akkon geborener und aufgewachsener junger Ritter mit frischem Gesicht und ein älterer Ritter, der sich genau wie der Seneschall noch gut an die Herrschaftszeit Armand de Périgords erinnern konnte.

Aber im Raum stand noch eine weitere Gestalt; ein großer, dunkelhaariger, in einen schwarzen, mit Kaninchenpelz gesäumten Umhang gehüllter Mann, der eine Weltkarte an der Wand studierte, deren Zentrum Jerusalem bildete.

»William«, sagte Everard. »Ich möchte dir den neuen Hüter der Anima Templi vorstellen, einen Mann, der sich für unseren Zirkel zweifellos als ebenso wertvoll erweisen wird wie sein Großonkel vor ihm. Herr …« Er ging zum Kamin hinüber. »Dies ist der junge Mann, von dem ich Euch erzählt habe.«

Die Gestalt drehte sich um. Es war Prinz Edward, der Sohn von König Henry III. und Erbe des Throns von England.

Will starrte ihn einen Moment lang ungläubig an, dann gewann er seine Fassung zurück und verneigte sich rasch. »Mein Prinz.«

Edward streckte ihm eine Hand hin. »Es ist mir eine Ehre.«

Will schüttelte dem Prinzen die Hand. Edwards Griff war fest und selbstbewusst. »Mir ist es eine Ehre, Euch wiederzusehen, Mylord.«

»Wiedersehen? Ich erinnere mich nicht, Euch schon einmal begegnet zu sein.«

»Das war vor zwölf Jahren, im Neuen Tempel in London. Ihr kamt mit Seiner Majestät, König Henry, dorthin, um mit Humbert de Pairaud zu sprechen. Ich trug damals den Schild meines Herrn, Owein ap Gwyn.«

»Ihr wart das?« Edward lächelte. »Ich fürchte, ich habe kein besonders gutes Gedächtnis für Gesichter, und vermutlich gingen mir an diesem Tag ganz andere Dinge im Kopf herum.« Sein Lächeln verblasste ein wenig, und Will meinte, einen Anflug von Ärger über sein Gesicht huschen zu sehen.

Der Prinz hatte kaum noch Ähnlichkeit mit dem jungen Mann von einst. Schon damals hatte er zwar eine majestätische Würde ausgestrahlt, aber aus dem spitzfindigen Jugendlichen war ein selbstsicherer, sich seines Ranges und seiner Macht voll bewusster Mann geworden. Eines seiner Augenlider hing noch immer genau wie bei seinem Vater leicht herab, doch er glich diesen Makel aus, indem er das Auge etwas weiter öffnete als das andere, und weil er dabei die Braue hochzog, verlieh ihm diese Angewohnheit einen leicht spöttischen Ausdruck. Wie er mit hoch erhobenem Haupt dastand und den Blick durch den Raum schweifen ließ, wirkte er bereits jeder Zoll wie der König, der er eines Tages sein würde. Als er das Wort ergriff, wandte er sich an alle Anwesenden zugleich.

»Die Beziehung zwischen meinem Vater und dem Templerorden war während der letzten Jahre nicht so gut, wie es sich viele gewünscht hätten. Im Gegensatz zu seinem Onkel Richard fiel es ihm immer schwer, sich damit abzufinden, dass der Orden sich in seinem Herrschaftsgebiet sozusagen ein eigenes autonomes Reich aufgebaut hatte. Ich freue mich daher sehr, Gelegenheit bekommen zu haben, in die Fußstapfen des ersten Hüters dieses Zirkels zu treten, und ich hoffe, der Orden und die englische Krone werden wieder so erfolgreich zusammenarbeiten wie zu Zeiten seiner Herrschaft.«

»Auch wir können uns glücklich schätzen, Euch für unsere Sache gewonnen zu haben, Prinz«, erwiderte der Seneschall, während Will sich einen Stuhl heranzog und sich neben den portugiesischen Priester setzte, der ihn mit einem schwachen Lächeln bedachte. Der Seneschall sah von einem Mann zum anderen. »Sollen wir beginnen?«

»Ja, Bruder«, entgegnete Everard. »Wir haben viel zu besprechen. Außerdem denke ich, unser Hüter hat noch etwas in eigener Sache zu sagen, bevor wir uns den Angelegenheiten der Bruderschaft zuwenden. Bitte, Herr.«

Edward nickte. »Als Vater Everard mich in die Pläne und Ziele dieses Zirkels einweihte, war ich mir sogleich sicher, euch helfen zu können. Baybars zeigt keinerlei Anzeichen dafür, dass er vorhat, seinen Feldzug gegen uns zu beenden, und wenn wir weiterhin so schnell so viel Land und so viele Festungen an ihn verlieren, werden wir bald keine Basis mehr haben, von der aus wir operieren können.« Der Prinz legte eine Kunstpause ein, um seinen Worten Nachdruck zu verleihen. »Frieden«, fuhr Edward dann eindringlich fort, »ist nicht nur ein Idealzustand für die Menschheit, sondern in diesem Fall unsere einzige Überlebenschance. Ich habe im Lauf der letzten Woche mit einer Anzahl ausgewählter Männer gesprochen, unter anderem auch mit eurem Großmeister und dem der Hospitaliter, und ich habe sie dazu bewegen können, mich bei meinem Vorhaben zu unterstützen. Natürlich wissen sie nichts von meiner Verbindung zur Anima Templi. Ich habe vor, Baybars ein Waffenstillstandsangebot zu unterbreiten.« Er hob eine Hand. »Selbst wenn er darauf eingeht, bezweifle ich, dass der Krieg damit zu Ende ist, aber so gewinnt die Anima Templi Zeit, um ihre Friedenspläne weiter zu verfolgen, und wir behalten wenigstens das Land, das uns noch geblieben ist.«

»Ein Waffenstillstand? Mit Baybars?« Der Seneschall hob skeptisch die Brauen. »Ich kann mir nicht vorstellen, dass er sich darauf einlässt.«

»Ein Grund, der ihn vielleicht darüber nachdenken lässt, könnte das mongolische Reich sein. Gleich nach meiner Ankunft habe ich Abgesandte zu Abagha, dem Ilkhan von Persien, geschickt, um ihn zu bitten, uns im Kampf gegen Baybars beizustehen. Die Männer sind kürzlich von seinem Hof zurückgekehrt und haben mir berichtet, die Mongolen seien an einem Bündnis unserer Nationen sehr interessiert. Ihre Krieger könnten die Garnisonen bemannen, die wir hier noch halten. Vielleicht verzichtet Baybars auf weitere Angriffe, wenn wir eine geschlossene Front gegen ihn bilden. Als Nächstes will ich den Ilkhan überreden, eine kleine Armee von Anatolien hierher zu schicken, um die nördlichen Festungen der Mamelucken zu bedrohen. Ich selbst werde gen Süden reiten, um die dortigen Bollwerke anzugreifen. Ich weiß, dass Ihr kriegerische Handlungen ablehnt, aber sie könnten sich als unsere einzige Hoffnung erweisen. Die Verluste, falls es überhaupt welche gibt, werden äußerst gering ausfallen. Die Attacken dienen ja nur dazu, Baybars vor Augen zu führen, dass eine vereinte Armee ihn vor beträchtliche Probleme stellen kann. Dann ist er vielleicht eher geneigt, einem Waffenstillstand zuzustimmen.«

Will, der den Prinzen interessiert beobachtete, konnte nicht umhin, die Energie des Mannes zu bewundern. Er hatte noch nie einen so von sich selbst überzeugten Krieger gesehen. Wenn Edward sprach, hörte ihm sein Publikum wie gebannt zu. Er zog die Menschen in seinen Bann, riss sie mit. Das zufriedene Lächeln, das um Everards dünne Lippen spielte, entging ihm nicht. Der Priester war offenbar überzeugt, eine gute Wahl getroffen zu haben. Seine Brüder schienen ihm beizupflichten, sie bekundeten ihre Zustimmung mit leisem Gemurmel und beifälligem Nicken. Warum also, fragte Will sich, traute er dem Prinzen nicht?

Während die Versammlung ihren Fortgang nahm und die Mitglieder Bedenken äußerten oder von Edward weitere Einzelheiten seines Planes hören wollten, beobachtete Will den Prinzen scharf; hielt nach Anzeichen Ausschau, die darauf hindeuteten, dass sein Misstrauen gerechtfertigt war; doch er fand nichts dergleichen. Der Prinz gab sich höflich und aufmerksam und ging auf jede Frage ein, aber Will konnte die Verärgerung, die sich zu Anfang der Besprechung kurz auf Edwards Gesicht abgemalt hatte, nicht vergessen. Ihm kam es so vor, als trage Edward eine Maske, die in diesem einen flüchtigen Moment von ihm abgefallen war und das darunter verborgene wahre Gesicht des Mannes enthüllt hatte.

Als Everard endlich die Versammlung aufhob, verließen die beiden Ritter und der portugiesische Priester den Raum. Der Seneschall, Will und Everard blieben zurück. Der Prinz trat zu Everard.

»Ich fühle mich wirklich sehr geehrt, dass Ihr mir dieses Amt übertragen habt, Vater Everard«, sagte er mit weicher, einschmeichelnder Stimme.

»Ich denke«, erwiderte der Priester bedächtig, »dass beide Seiten von diesem Arrangement profitieren werden.«

»Eine Frage bliebe da noch zu klären. Wir haben gestern bereits kurz darüber gesprochen. Seid Ihr zu einer Entscheidung gelangt?«

»Ach ja, natürlich. Meine Antwort lautet Ja.«

Edward lächelte. »Ich danke Euch. Mein Vater wird sehr erfreut sein.« Er schlug seinen Umhang zurück, löste einen Beutel von seinem Gürtel und reichte ihn Everard. »Dies hier deckt einen Teil der Schulden ab. Ich werde Euch den Rest zurückzahlen, sobald ich nach England zurückgekehrt bin. Ihr habt mein Wort darauf.«

»Ich werde gleich an den Visitator in Paris schreiben. Er wird alles Notwendige in die Wege leiten.«

»Ich wäre Euch sehr dankbar, wenn ich einen Beleg für diese Transaktion bekommen könnte.«

»Selbstverständlich«, entgegnete Everard. »Ich werde mich sofort darum kümmern.«

»Das erübrigt sich, Bruder.« Der Seneschall erhob sich. »Ich wollte heute Nachmittag ohnehin die Zellen inspizieren und kann den Prinzen zum Schatzturm begleiten.«

»Zellen?«, wunderte sich Edward. »Habt Ihr Gefangene hier?«

»Momentan nur drei.« Der Seneschall öffnete die Tür. »Wir bestrafen unsere Brüder nicht gern, aber Disziplin ist das Rückgrat unseres Ordens. Ohne sie würden wir auseinanderbrechen.«

Er warf Will einen bösen Blick zu, als er zusammen mit Edward die Kammer verließ. Der Prinz zog sich die Kapuze seines Umhangs über den Kopf, um sein Gesicht zu verbergen.

»Du hast die richtige Entscheidung getroffen.«

Will drehte sich langsam zu Everard um. »Wie meint Ihr das?«

»Es ist gut, dass du bleibst. Ich glaube fest daran, dass es uns jetzt gelingt, ein paar Dinge zu ändern.« Der Priester lächelte. Seine Augen leuchteten. »Was hältst du von seinem Plan?«

»Viel, wenn er funktioniert. Was hat er Euch denn gegeben?« Will deutete auf den Beutel in Everards Hand.

»Einen Teil des Geldes, das uns König Henry noch immer schuldet. Einen kleinen Teil zugegebenermaßen, aber es ist ein Anfang.« Der Priester verstaute den Beutel in seinem Gewand. »Du musst für mich einen Brief an Visitator de Pairaud in Paris aufsetzen.«

»An Hugues? Was soll ich ihm denn schreiben?« Will hatte Hugues de Pairaud seit seiner Abreise aus Paris nicht mehr gesehen, wusste aber, dass Robert in regelmäßigem Briefkontakt mit ihrem alten Kameraden stand, der nach dem Tod seines Vorgängers zum Visitator des Königreiches Frankreich ernannt worden war.

»Du sollst ihn anweisen, die englischen Kronjuwelen an König Henry in London zurückzuschicken.«

»In wessen Namen?«, fragte Will verblüfft.

»Unterzeichne mit Großmeister Bérard.« Everard wandte sich bereits zur Tür.

Will schüttelte den Kopf. »Disziplin?«, murmelte er leise in sich hinein.

»Erledige das möglichst noch heute, William«, befahl der Priester. »Wir haben uns um wichtigere Dinge zu kümmern.«

Garin hob die Schale an die Lippen und trank die letzten Tropfen der dünnen Suppe, in der ein paar halb gare Reiskörner schwammen, dann gab er sie dem Wächter zurück.

»Danke, Thomas.«

Thomas nickte ihm zu. »Es ist ein scheußlicher Fraß, Herr, aber Ihr wisst ja, dass die oben uns nur Reste herunterschicken.«

»Ich war einmal Sergeant, Thomas, da bekam ich auch nur Reste zu essen.« Garin zuckte die Achseln. »Man gewöhnt sich an alles.« Dann lächelte er. »Aber ein Schluck Wein täte jetzt gut.«

Thomas schielte ängstlich zu der offenen Zellentür. »Es tut mir leid, Herr«, flüsterte er. »Den Gefallen kann ich Euch heute nicht tun. Der Seneschall führt gleich eine Zelleninspektion durch. Wenn er wüsste, dass ich Euch oft meine Rationen gebe, würde er …«

»Schon gut«, schnitt Garin ihm das Wort ab. »Ich verrate bestimmt nichts. Ich trinke ihn auch ganz schnell.«

Thomas richtete sich mit einem nachdrücklichen Kopfschütteln auf. »Heute nicht, Herr.« Er verließ hastig die Zelle und schloss die Tür hinter sich.

Garin lehnte den Kopf gegen die Wand, als der schwere Balken wieder vorgeschoben wurde, und fluchte leise. Ohne Wein verging die Zeit noch langsamer. Vielleicht konnte er dem Wächter nach der Inspektion welchen abschwatzen, aber das hing davon ab, wer Dienst hatte. Einige Wächter, so wie Thomas, behandelten ihn mit Respekt und nannten ihn sogar *Sir*, obwohl Garin diese höfliche Anrede verabscheute. Sie klang in seinen Ohren spöttischer und verächtlicher als *Schwein* oder *stinkender Bock*; Ausdrücke, die andere bevorzugten, die es genossen, einen ehemaligen Vorgesetzten zu demütigen. Meist handelte es sich dabei um Sergeanten von niedriger Geburt, die nie die Ritterwürde erlangen würden.

Garin hatte rasch gelernt, seinen Stolz und seine Würde tief in seinem Inneren zu verschließen, wenn er nicht den Verstand verlieren wollte; es gab zu viele, die ihm beides nehmen wollten. Wenn ein Wächter die Zellentür öffnete, während er seine Notdurft verrichtete, störte er sich nicht mehr daran, und wenn einer seiner Peiniger seine Mahlzeit auf den Boden schüttete und ihm sagte, er solle es machen wie ein Hund und alles auflecken, bedankte er sich und aß trotzdem, so viel er konnte. Er hatte sich so oft eingeredet, er könne das alles ertragen, dass er es schon fast selbst glaubte. Nur wenn er nachts von dem träumte, was jenseits der Mauern seines Gefängnisses lag, und mit der Erinnerung an Menschen und Orte erwachte, die er einst gekannt hatte, dann meinte er manchmal, in den Abgrund zu stürzen, über dem er jeden Tag schwebte.

Als er draußen im Gang gedämpfte Stimmen hörte, hob er den Kopf. Dann drückte er rasch das Kinn auf die Brust und schloss die Augen. Der Seneschall liebte es, seinen Gefangenen lange Moralpredigten zu halten, daher empfahl es sich, sich bei seinen Besuchen schlafend zu stellen. Die Tür wurde geöffnet.

»Klopft, wenn Ihr gehen wollt«, hörte Garin Thomas sagen.

Der Wächter klang merklich nervös. Als die Tür geschlossen wurde, unterdrückte Garin einen gequälten Seufzer – der Seneschall schien sich heute von seiner List nicht täuschen zu lassen. Er spürte die Gegenwart eines Mannes in der Zelle; nahezu unhörbare Atemzüge drangen an sein Ohr, ein süßlicher Geruch, vielleicht nach Früchten oder Wein, den der Besucher zu sich genommen hatte, stieg ihm in die Nase. Er wartete darauf, dass der Seneschall ihn mit einem Tritt weckte, aber der Mann schien einfach nur still dazustehen und abzuwarten. Garin öffnete vorsichtig ein Auge und sah zu seiner Überraschung den Saum eines schwarzen Umhangs vor sich. Zuerst dachte er, er müsse einem Priester gehören, aber dann bemerkte er, dass der Umhang nicht aus grober Wolle, sondern aus schwarzem Samt gefertigt und mit weichem Kaninchenpelz gesäumt war. Er blickte verwirrt auf. Sein Herz machte einen Satz, als er Prinz Edward erkannte, der kühl und gelassen auf ihn herabsah.

»Gott!«, entfuhr es ihm gegen seinen Willen.

»Nicht ganz«, erwiderte Edward. Er kauerte sich vor dem angeketteten, vor Schmutz starrenden Ritter, dessen Gesicht von der Leonardie verwüstet war, auf den Boden. »Obwohl ich dafür bekannt bin, Männer, die mein Missfallen erregt haben, zur Hölle zu schicken, wie Ihr vielleicht noch wisst, Garin.«

»Wie habt Ihr …« Garins Stimme brach, er konnte die Frage nicht zu Ende bringen.

Edward verstand ihn auch so. »Meine Spione haben Euch ohne große Schwierigkeiten gefunden. Ihr wisst ja, wie geschwätzig Dienstboten sind. Ich habe nur auf eine Gelegenheit gewartet, Euch hier aufsuchen zu können.«

»Was wollt Ihr von mir?« Garin schielte an Edward vorbei zur

Tür und fragte sich, ob Thomas wohl kommen würde, wenn er ihn rief.

Edward folgte seinem Blick. »Wir werden nicht gestört werden. Der Seneschall war sehr erfreut darüber, dass ich seinen vom rechten Weg abgewichenen Mitbrüdern einen Besuch abstatten wollte.« Er lachte. »Um ihnen ins Gewissen zu reden und sie dazu anzuhalten, ihre Taten aufrichtig zu bereuen, denkt er wohl.« Sein Lachen erstarb. »Was ich hier will? Zuerst wollte ich wissen, was aus dem Buch geworden ist, das Ihr mir beschaffen solltet, habe aber inzwischen erfahren, dass es vernichtet wurde. Dennoch würde es mich sehr interessieren, was mit meinem Leibdiener Rook geschehen ist.«

Nackter Hass wallte in Garin auf, als dieser Name fiel; ein Name, den er in den hintersten Winkel seines Herzens verdrängt und dort fast vergessen hatte. »Ich habe diesen Bastard eigenhändig umgebracht!«, spie er Edward entgegen. »Ihn mit meinem Dolch so durchlöchert, dass ihn seine eigene Mutter nicht mehr erkannt hätte!«

Edwards Augen blitzten wütend auf, aber er hatte sich gleich wieder in der Gewalt. »Ja, als er nicht nach London zurückkehrte, ahnte ich schon, dass ihm etwas zugestoßen sein muss. Er war ein mir sehr ergebener und gehorsamer Mann.«

»Er war ein boshaftes, grausames Stück Dreck«, fauchte Garin. »Er hat gedroht, meine Mutter zu töten, und er hat meine …« Er brach abrupt ab und schloss die Augen.

»Rooks Methoden waren manchmal etwas zweifelhaft, das gebe ich zu, aber er hat seine Aufträge immer erfolgreich ausgeführt. Mehr verlange ich von meinen Dienern nicht, das wisst Ihr, Garin.«

Garin schluckte seine Bitterkeit und seine Furcht hinunter und sah Edward fest in die Augen. »Ja, ich habe Euch hintergangen und Euren Leibdiener getötet. Aber als ich aufhörte, für Euch zu arbeiten, war mir nichts, aber auch gar nichts geblieben. Was wollt Ihr mir denn jetzt noch nehmen?«

»Während Eurer Zeit in meinen Diensten wurdet Ihr großzügig

entlohnt. Es war Eure Entscheidung, alles aufzugeben und …« Edward blickte sich in der modrigen Zelle um. »Und es gegen das hier einzutauschen.«

»Nein, mir ist nichts geblieben, *weil* ich für Euch gearbeitet habe. Ich habe alles verloren – meinen Onkel, meine Freunde im Orden, Adela, meine Freiheit, nur mein Leben noch nicht. Wenn Ihr also gekommen seid, um mich zu töten, dann tut das. Wenn nicht, verschwindet wieder.«

Garins Feindseligkeit entlockte Edward ein Lächeln milder Verwunderung. »Wenn Ihr nichts mehr zu verlieren habt«, sagte er nach einer kurzen Pause, »dann habt Ihr doch alles zu gewinnen, würde ich denken.«

»Wie meint Ihr das?«, erkundigte sich Garin misstrauisch.

»Die Anima Templi«, erwiderte Edward jetzt knapp und nüchtern. »Der Zirkel, in dem Euer Onkel Mitglied war. Ich bin soeben zu ihrem neuen Hüter ernannt worden.«

»Was sagt Ihr da?« Garin spürte, wie seine auf engsten Raum zusammengeschrumpfte Welt, die seit Edwards Ankunft ohnehin schon auf dem Kopf stand, vollends aus den Fugen geriet.

»Everard de Troyes hat mich vor einigen Wochen gefragt, ob ich das Amt übernehmen will. Er glaubt, ich könnte seiner Sache dienlich sein.« Edward lachte humorlos auf. »Wie dem auch sei, meine Familie bekommt jetzt die Kronjuwelen zurück, und ich werde mich zu gegebener Zeit mit ihnen zum König krönen lassen. Ich verfüge jetzt innerhalb des Ordens über einen gewissen Einfluss, den ich dazu zu nutzen gedenke, dafür zu sorgen, dass die Templer mich niemals so beherrschen und manipulieren wie meinen Schwächling von Vater.« Edwards Augen glitzerten eiskalt, abgrundtiefe Verachtung stand darin zu lesen. Sein Gesicht zeigte keine Regung. Die Persönlichkeit des Prinzen setzte sich aus vielen Facetten zusammen, aber in diesem Moment zeigte er sein wahres, erschreckendes und abstoßendes Gesicht. Er strahlte einen fast greifbaren rücksichtslosen Ehrgeiz aus.

Garin hatte diese Charaktereigenschaft des Prinzen schon damals in London Unbehagen eingeflößt, aber jetzt war sie noch wesentlich ausgeprägter als früher. Er schluckte hart. »Dann habt Ihr ja, was Ihr wollt«, murmelte er. »Ihr habt erreicht, worauf Ihr immer hingearbeitet habt.«

»Wenn ich den Thron besteige, wird es *mein* Thron sein, nicht der des Ordens«, fuhr Edward fort. Er schien Garins Worte gar nicht gehört zu haben. »Ich beabsichtige, mein Reich im Laufe der nächsten Jahre beträchtlich auszuweiten. Dank meiner Machtposition im Kreis der Anima Templi kann ich die Mittel des Ordens nutzen, um dieses Ziel zu erreichen. Ich werde die Templer benutzen, nicht sie mich.« Er fixierte Garin scharf. »Ansonsten habe ich kein Interesse an den Plänen der Anima Templi. Sie sind unrealistisch und unchristlich.« Seine Brauen zogen sich zusammen. »Genau genommen verstoßen sie gegen alle Grundlagen unserer Gesellschaft; gegen sämtliche Gebote Gottes. Sobald ich diese obskure Bruderschaft nicht mehr brauche, werde ich sie zerschlagen. Aber bis dahin lasse ich sie weitermachen wie bisher, sie werden ohnehin keine Erfolge zu verzeichnen haben, außerdem sind sie dann mit ihren eigenen Angelegenheiten beschäftigt und halten sich aus meinen heraus. Und wenn ich den Friedensschluss mit Baybars besiegelt habe, überlasse ich Everard und seine Anhänger ihrem Kampf für eine bessere Welt, während ich die Männer und das Gold seines Ordens für meine eigenen Zwecke einsetze. Ich bezweifle, dass ich dabei auf Widerstand stoßen werde. Immerhin kenne ich jetzt ihre Geheimnisse – Geheimnisse, die sie, wie wir beide wissen, um jeden Preis hüten wollen.«

»Ihr wollt mit Baybars Frieden schließen?« Garins Magen krampfte sich zusammen.

»Vorübergehend. So verschaffe ich mir ausreichend Zeit, um unsere Truppen zu verstärken und den Krieg gegen die Ungläubigen mit neuer Kraft fortzuführen. Ich bin nicht hierhergekommen, um mich für Frieden einzusetzen, sondern weil ich den großen Traum der Christenheit verwirklichen will. Der Waffenstillstand ist zeitlich begrenzt. Wenn unsere Armee wieder auf ihre volle Stärke angewachsen ist, werden wir zu einem vernichtenden Schlag gegen die Sarazenen ausholen.« Fiebrig rote Flecken leuchteten auf Edwards Wangen. »Wir werden Jerusalem zurückerobern und die Straßen von den Muslimen säubern, wie wir es damals getan haben, als wir zum ersten Mal einen Fuß an dieses Ufer setzten. Wir werden wieder die Behüter und Beschützer der Heiligen Stadt sein – in einem Land, das rechtmäßig uns gehört!«

Garin schloss die Augen. »Dann brauchtet Ihr also einfach nur abzuwarten wie eine Spinne in ihrem Netz, bis sich die Fliege darin verfängt? Ihr hättet meine Hilfe gar nicht benötigt?«

»Aber das wusste ja keiner von uns«, entgegnete Edward ruhig. »Damals noch nicht.« Er brach ab. Seine Stimme wurde weicher. »Männer wie Euch kann ich immer brauchen, Garin.«

»Nein«, flüsterte Garin tonlos. Er spürte, wie der Rest seiner Kraft ihn zu verlassen drohte und der gähnende Abgrund sich erneut unter ihm auftat. »Bitte geht jetzt.«

»Ich kann Euch hier herausholen. Euch begnadigen lassen. Ihr könntet nach England zurückkehren und Eure Mutter wieder sehen.«

Garin schlug die Augen auf. »Meine Mutter?«

»Ihr ist es in den letzen Jahren nicht sehr gut gegangen.«

»Ihr … Ihr habt sie gesehen?«

Edward nickte bedächtig. »Sie lebt immer noch in diesem feuchten kleinen Haus in Rochester. Ihr könntet ihr zu dem Leben verhelfen, das sie sich immer erträumt hat.«

»Warum solltet ausgerechnet Ihr irgendetwas für mich tun?«

»Weil ich Euch besser kenne als Ihr Euch selbst.«

Garin unterdrückte mühsam die aufsteigenden Tränen. »Nein, das tut Ihr nicht. Ich habe mich geändert.«

»Ihr und ich, Garin, wir sind aus demselben Holz geschnitzt, das habe ich gleich gemerkt, als ich Euch zum ersten Mal gesehen habe. Wir wissen beide genau, was wir wollen: Macht, Reichtum, Land und Einfluss. Nur im Gegensatz zu anderen Männern, die auch nach all diesen Dingen trachten, zögern wir nicht, uns dazu zu verhelfen. Deswegen denke ich, sind wir auch nicht solche Heuchler wie die meisten Menschen.«

Garin schüttelte den Kopf. »Der Templerorden wird mich nicht wieder aufnehmen. Der Seneschall gehört zur Bruderschaft. Er würde mich lieber tot als je wieder im weißen Mantel sehen. Sie wissen, dass ich versucht habe, das Gralsbuch zu stehlen.«

»Ihr müsst nicht unbedingt zum Orden gehören, um mir behilflich zu sein. Ich sagte doch schon, dass ich mein Reich vergrößern will, sobald ich den Thron bestiegen habe. Dazu werde ich gute, verlässliche Männer brauchen, und ich bin offen gestanden der Meinung, dass Eure Talente und Fähigkeiten in dieser Zelle vergeudet werden.« Edward erhob sich. »Ich sehe, Ihr seid erschöpft. Also lasse ich Euch jetzt allein, damit Ihr in Ruhe über alles nachdenken könnt. Ich werde in Akkon bleiben, bis der Waffenstillstandsvertrag mit Baybars unterzeichnet ist, und dann in den Westen zurückkehren, um einen neuen Kreuzzug vorzubereiten. Ich bin sicher, es gelingt Euch, mir eine Botschaft zukommen zu lassen, wenn Ihr eine Entscheidung getroffen habt.« Er ging zur Tür und klopfte. Als der Balken auf der anderen Seite angehoben wurde, blickte er viel sagend zu Garins Eimer hinüber. »Und vielleicht bittet Ihr den Wächter, diesen Eimer einmal zu leeren. Er riecht ziemlich unangenehm.«

Garin gelang es gerade noch, zu warten, bis die Tür wieder zugeschlagen wurde, dann brach er in Tränen aus.

45

Aleppo, Syrien
10. Februar A.D. 1272

Baybars lehnte sich in seinem Stuhl zurück und sah zu, wie Baraka Khan die vor ihm auf dem Tisch ausgebreiteten Pergamentbögen studierte. Sein Sohn hatte die Brauen zusammengezogen und das Kinn verdrießlich vorgeschoben. Die Ränder der Bögen flatterten in der leisen Brise, die durch die geöffneten Fenster in den Raum wehte. Baybars griff nach seinem Becher Kumyss und leerte ihn mit einem Zug. Ein Diener trat zu ihm, um ihm nachzuschenken, als er den Becher abstellte, dann zog er sich lautlos wieder zurück. Von draußen wehte das Gehämmer der Männer, die das vor vier Monaten bei einem Angriff der Mongolen beschädigte Zitadellentor reparierten, zu ihm herüber.

Im Oktober war eine vom Ilkhan von Persien ausgesandte Armee von Anatolien auf Aleppo zumarschiert und hatte die Garnison besiegt, die Baybars zurückgelassen hatte, als er mit dem größten Teil seiner Truppen nach Damaskus aufgebrochen war, um verschiedene fränkische Festungen im Süden anzugreifen. Die Mongolen hatten die Zitadelle eingenommen und die Bevölkerung in Angst und Schrecken versetzt, aber insgesamt nur wenig Schaden angerichtet. Aber als die zehntausend berittene Soldaten starke Armee ihren Feldzug südlich von Aleppo fortgesetzt hatte, war unter den einheimischen Muslimen Panik ausgebrochen. Baybars hatte seine Armee losgeschickt, um die Feinde zurückzuschlagen, und die zahlenmäßig unterlegenen Mongolen hatten sich nach Anatolien zurückgezogen.

Während die Mongolen vom Norden her Angriffe gegen die Mamelucken geführt hatten, hatte eine Truppe von Franken unter dem Befehl eines englischen Prinzen namens Edward – einem Mann, von dem Baybars in den vergangenen Monaten viel gehört hatte – in der südlichen Region rund um die Scharonebene ihr Unwesen getrieben. Große Erfolge hatten sie nicht zu verzeichnen, dennoch hatte Baybars das ungute Gefühl beschlichen, dass er gut daran täte, diesen Prinzen nicht zu unterschätzen. König Louis' Kreuzzug mochte ja im Sande verlaufen sein, aber Charles d'Anjou, der Bruder des Königs, war ein Onkel dieses Edward, und obwohl Baybars während der letzten Jahre relativ freundschaftliche Beziehungen zu dem sizilianischen König unterhalten hatte, spürte er, dass von diesen beiden Männern die größte Gefahr eines neuen Kreuzzuges drohte. Auch Khadir hatte diese Bedrohung vorhergesehen und den Sultan, was den Prinzen betraf, eindringlich zur Vorsicht gemahnt.

»Er mag ja noch jung sein«, hatte der Wahrsager gezischelt, »aber er hat das Naturell eines Löwen. Ich sehe es ganz deutlich.«

»Oder hörst es von den Höflingen«, hatte Baybars trocken zurückgegeben.

»Er ist wie du, Herr«, hatte Khadir mit erstaunlich diplomatischem Geschick geantwortet. »Als du jünger warst.«

Baybars trank einen Schluck Kumyss und blickte auf, als Baraka laut seufzte. »Bist du fertig?«

»Ich kann diese Aufgaben nicht lösen!« Baraka warf seine Schreibfeder so heftig zu Boden, dass Tinte über die Fliesen spritzte. »Sie sind zu schwierig für mich, das weiß Sinjar ganz genau, und trotzdem stellt er sie mir immer wieder.«

»Das tut er, damit du lernst, deinen Verstand zu gebrauchen«, erwiderte Baybars streng.

»Kann ich sie nicht morgen fertig machen, Vater?« Baraka drehte sich auf seinem Stuhl um und sah seinen Vater bittend an. »Ich wollte heute Nachmittag auf die Jagd gehen. Kalawun hat versprochen, mich mitzunehmen.«

»Du kannst gehen, wenn du deine Aufgaben erledigt hast.«

»Aber Vater ...«

»Du hast gehört, was ich gesagt habe!«, herrschte Baybars ihn an.

Baraka schrak angesichts des Zorns seines Vaters zusammen, dann widmete er sich wieder mit mürrisch vorgeschobener Unterlippe den mit Algebraproblemen bedeckten Pergamenten vor ihm.

»Störe ich, Herr?«

Beim Klang der Stimme drehten sich sowohl Baraka als auch Baybars um. Kalawun stand in der Tür. Sein schwarzes, an den Schläfen silbrig schimmerndes Haar hatte er im Nacken mit einem Band zusammengefasst, was seine Züge noch kantiger erscheinen ließ, und er trug einen königsblauen Umhang – die Farbe seines Regiments.

»Amir Kalawun!« Baraka sprang freudestrahlend auf, lief auf

den Kommandanten zu und ergriff seine große Hand. »Komm, setz dich zu mir und hilf mir bei meinen Aufgaben.«

Kalawun lächelte den Jungen an. »Das kannst du doch sicherlich ganz allein.«

»Nein«, schmollte Baraka. »Aber nur, weil Sinjars Aufgaben dumm sind.«

»Er ist ein guter Lehrer«, mahnte Kalawun sanft. »Du solltest froh sein, dass du ihn hast. Er hat mir Arabisch beigebracht, als ich in die Mameluckenarmee eingetreten bin.«

Baraka gab Kalawuns Hand frei und starrte verdrossen zu Boden. Plötzlich hellte sich seine Miene auf. »Nimmst du mich auf die Jagd mit? Du hast es versprochen!«

Kalawun warf Baybars einen Blick zu. »Wenn dein Vater einverstanden ist.«

»Bitte, Vater«, bettelte Baraka.

»Geh mit deinen Aufgaben zu Sinjar und bring sie dort zu Ende. Ich möchte mit Kalawun unter vier Augen sprechen.«

Baraka wollte protestieren, besann sich dann aber, ging zum Tisch und schob die Pergamente zusammen. Dann machte er auf dem Absatz kehrt und wandte sich zur Tür.

»Deine Schreibfeder«, rief Kalawun ihm nach.

»Die Diener können mir eine andere holen«, murrte Baraka. »Dafür sind sie schließlich da.«

Kalawun sah ihm nachdenklich nach, dann drehte er sich zu Baybars herum. »Du hast mich rufen lassen, Herr?«

Baybars erhob sich müde von seinem Stuhl und ging zu einer großen Truhe hinüber. »Es sieht so aus, als würde mein Sohn neuerdings deine Gesellschaft der meinen vorziehen«, sagte er, klappte den Deckel hoch und entnahm der Truhe ein kleines silbernes Rohr.

»Das ist nur allzu verständlich, Herr. Ich bin nicht derjenige, der ihn ständig zur Ordnung rufen muss.«

Baybars reichte ihm das Rohr und setzte sich wieder.

Kalawun schraubte den Deckel ab und zog ein zusammengerolltes Pergamentstück heraus. »Die Franken wollen mit dir über einen Waffenstillstand verhandeln«, murmelte er, nachdem er die Schriftzüge überflogen hatte, dann sah er auf. »Wann hast du die Botschaft erhalten?«

»Gestern.«

»Hast du schon mit irgendjemandem darüber gesprochen?«

Baybars schüttelte den Kopf. »Nein. Du bist der Erste.«

»Sie trägt die Unterschrift des Königs von Sizilien.«

»Ja, Charles d'Anjou erbietet sich, zwischen mir und den Franken zu vermitteln. Er hat kürzlich von Prinz Edwards Absichten erfahren, und ich nehme an, er glaubt, aufgrund unserer früheren recht guten Beziehungen einen günstigen Einfluss auf mich ausüben zu können.«

»Viel verlangen sie nicht.« Kalawun las den Brief ein zweites Mal. »Sie wollen nur das behalten, was ihnen noch geblieben ist.«

»Zweifellos deshalb, weil diese Waffenruhe zeitlich begrenzt sein wird. Wollten die Franken diesen Krieg endgültig beenden, würden sie in ihre Heimat zurückkehren, statt mit mir in Verhandlungen zu treten.«

»Die Mongolen stellen momentan eine größere Bedrohung für uns dar als die Franken«, gab Kalawun nach kurzer Überlegung zu bedenken. »Wir haben den Franken empfindliche Niederlagen zugefügt; sie können in absehbarer Zeit keine Armee zusammenziehen, die uns gefährlich werden könnte. Selbst wenn der Frieden nicht lange hält, liegt es auch in unserem Interesse, einer Waffenruhe zuzustimmen.«

»Ich hatte nie die Absicht, Frieden mit den Franken zu schließen«, sagte Baybars leise. »Ich habe Omar einmal erklärt, dass wir uns nie von westlichen Einflüssen befreien könnten, wenn wir den Christen gegenüber Gnade walten lassen würden, so wie es Saladin getan hat. Wenn wir uns auf Verhandlungen einlassen würden.« Er stand auf und trat zum Fenster.

»Zugeständnisse gereichen manchmal beiden Seiten zum Vorteil«, begann Kalawun vorsichtig. »Wir sollten uns nicht zwingen lassen, unsere Truppen aufzuteilen, um gegen zwei feindliche Armeen zu kämpfen, selbst wenn uns eine davon kaum etwas entgegenzusetzen hat – nicht, wenn sich uns hier eine andere Lösung bietet.«

»Findest du?«, murmelte Baybars. »Ich kann nicht mehr beurteilen, was gut und was schlecht ist. Nicht mehr, seit Omar …« Er schloss die Augen. »Seit seinem Tod nicht mehr.«

Vor sechs Monaten hatte Baybars seinen Freund begraben. Die beiden Assassinen waren ohne jedwedes Aufhebens samt ihrem Handkarren verbrannt worden. Die echten Schattenspieler, die bei der Verlobungsfeier hatten auftreten sollen, waren in einem billigen Gasthaus gefunden worden. Dem Grad der Verwesung der Leichen nach zu urteilen, waren sie schon eine ganze Weile tot; die Assassinen hatten Zeit genug gehabt, ihre Vorstellung einzustudieren. Danach hatte Baybars fast den gesamten Orden vom Angesicht der Erde getilgt, trotzdem hatte dieser Racheakt die Lücke nicht füllen können, die Omar hinterlassen hatte und die von Tag zu Tag größer zu werden schien. Manchmal ließ Baybars sogar Omar zu sich rufen, nur um von den Dienern dann furchtsam daran erinnert zu werden, dass der Offizier nicht mehr am Leben war.

»Mir ist nie bewusst geworden, wie viel er mir bedeutet hat. Ich glaube, ich habe es ihn auch nie merken lassen.« Baybars schlug die Augen wieder auf. »Ich vermisse seinen Rat.«

»Was, glaubst du, würde Omar vorschlagen, wenn er jetzt hier wäre?«, fragte Kalawun.

Baybars lächelte schwach. »Er würde mir raten, auf das Angebot einzugehen. Er war ein Krieger, aber tief in seinem Herzen verabscheute er Blutvergießen in jeglicher Form. Er hat versucht, es vor mir zu verbergen, aber es stand ihm klar und deutlich ins Gesicht geschrieben.« Sein Lächeln erstarb. »Und du, Kalawun? Würdest du mir denselben Rat geben?«

»Das würde ich, Herr.«

Baybars schwieg eine Weile. Endlich wandte er sich vom Fenster ab. »So sei es denn«, sagte er hart. »Lass den Franken in Akkon ausrichten, dass ich einverstanden bin. Sie sollen ihren Frieden haben. Vorerst jedenfalls.«

An diesem Abend verließ Baybars, angetan mit einem dunklen Umhang und einem ebensolchen Turban, die Zitadelle und ging in die Stadt hinunter. Zwei Bahri-Krieger folgten ihm in diskreter Entfernung. Jeder trug eine Fackel.

Als er die Scheune erreichte, befahl Baybars den Kriegern, draußen zu warten, und ging allein hinein. Bei seinen letzten Besuchen hatte er Spuren anderer Bewohner gefunden, vermutlich Kinder, die hier spielten, das hatten ihm Kohlezeichnungen auf dem Boden verraten. Die Hibiskusblüten, die er jedes Mal zu einem staubigen Haufen zusammengeschoben hatte, waren im ganzen Raum verstreut. Heute brachte er keine Blüte für sie mit, sondern kniete mit leeren Händen auf der trockenen Erde nieder. Er schloss die Augen und sah sie vor sich, wie sie vor dreißig Jahren gewesen war. Alter und Krieg hatten ihr nichts anhaben können, sie war noch immer sechzehn und würde es auch immer bleiben; ihre Haut war weich und faltenlos; ihr Haar schimmerte so schwarz wie die Schwinge eines Raben. Sie lachte, als sie seine bloße, mit frischen Peitschenstriemen übersäte Brust mit Wasser aus einem Eimer bespritzte, während er in der Scheune Holz hackte. Auch er hatte gelacht, bis sein Blick auf den Schatten im Eingang gefallen war. Er hatte keine Ahnung gehabt, wie lange ihr Herr schon dagestanden und sie beobachtet hatte.

Baybars schlug die Augen auf, doch das Bild blieb; das rote Kreuz auf dem weißen Mantel des Ritters hatte sich unauslöschlich in sein Gedächtnis eingebrannt. Er führte die Finger an seine Lippen, dann berührte er damit sacht die Erde. »Ich muss eine Weile ausruhen, Liebste, bevor ich beende, was ich angefangen habe«, flüsterte er nahezu unhörbar. »Ich bin müde. So furchtbar müde.«

Baybars verweilte noch ein paar Minuten in der alten Scheune, dann erhob er sich und trat ins Freie. »Brennt sie nieder«, befahl er den wartenden Bahri-Kriegern, pflückte eine letzte Hibiskusblüte von dem Busch neben dem Eingang und schritt davon. Hinter ihm züngelten die Flammen prasselnd und knackend an dem trockenen Holz empor.

46

Ordenshaus Akkon
15. Mai A.D. 1272

Everard saß an seinem Tisch und spitzte mit einem kleinen Messer eine Schreibfeder an. Mit zusammengezogenen Brauen konzentrierte er sich auf die wegen seiner nachlassenden Sehkraft immer schwieriger werdende Arbeit und blickte auch dann nicht auf, als Will die Kammer betrat. »Hast du alles bekommen?«

Als Will daraufhin den kleinen Lederbeutel, den er in der Hand hielt, wortlos auf den Tisch legte, schnitzte Everard ein letztes Mal an der Feder herum, dann ließ er sie fallen, schnürte den Beutel auf, schlug die Falten dunklen, weichen Leders zurück und betrachtete die Hand voll im Sonnenlicht glitzernder Steine vor ihm: Zinnober, Achat, Malachit, Lapislazuli. »Wunderschön. Daraus stelle ich eine Tinte her, die tausend Jahre überdauert.« Er sah zu Will auf, während er die Schnur wieder zuzog. »Ich werde sie gleich morgen mahlen. Danke, William. Ich wäre ja selbst auf den Markt gegangen, aber …« Er erhob sich mühsam und trug den Beutel zu seinem Schrank hinüber. »Ich bringe ja kaum noch die Kraft auf, mein Bett zu verlassen.«

»Ich möchte nach Cäsarea gehen, Everard.«

»Was?« Everard drehte sich um.

»Ich möchte Baybars den Vertrag überbringen.«

Everard legte den Beutel in den Schrank und schloss die Tür. »Wie hast du davon erfahren? Es ist noch gar nicht öffentlich bekannt gegeben worden.«

»Robert de Paris soll diese Aufgabe übernehmen, nicht wahr?«

Everard schüttelte den Kopf. »Was auch immer du irgendwo aufgeschnappt haben magst – es kommt überhaupt nicht in Frage, dass du dem Sultan den Vertrag bringst.«

»Warum nicht?« Wills Stimme klang ruhig, aber er hatte Mühe, seine Ungeduld zu bezähmen.

Everard hob die Brauen. »Das solltest du doch wohl am besten wissen. Du hast Assassinen angeheuert, um den Mann umbringen zu lassen, um Himmels willen!«

»Genau deswegen will ich ja gehen.«

»Weil dein erster Anschlag fehlgeschlagen ist?«, fragte Everard sarkastisch, doch seine Besorgnis war ihm deutlich anzumerken. Er fuhr mit der Hand durch die Luft, wie um das Problem oder Will einfach wegzuwischen. »Außerdem steht bereits fest, wer zu der Gruppe gehören soll, die nach Cäsarea reitet.«

»Ihr könnt mit Edward sprechen und ihn dazu überreden, mich für diese Mission einzusetzen. Ihr braucht nur zu sagen, Ihr wollt ein Mitglied der Anima Templi mit einer so heiklen Aufgabe betrauen. Außerdem gehöre ich zu den wenigen Männern hier, die Arabisch sprechen«, fuhr Will hastig fort, als der Priester abwehrend den Kopf schüttelte. »Ich habe einiges wiedergutzumachen, Everard. Ich möchte beweisen, dass ich das, was ich damals, nachdem Ihr mir auf der Brustwehr von Kalawun und seiner Rolle in diesem Spiel erzählt habt, zu Euch gesagt habe, wirklich ernst gemeint habe. Ich möchte ein Mitglied der Anima Templi bleiben und das Werk weiterführen, das mein Vater begonnen hat.«

»Ich weiß, ich weiß«, nickte Everard, als erübrige sich diese Beteuerung.

»Warum benutzt Ihr mich seitdem dann nur als besseren Botenjungen, statt mir dieselben verantwortungsvollen Aufgaben zuzuteilen wie den anderen Brüdern?«

Everard musterte ihn forschend, sagte aber nichts.

»Weil Ihr mir nicht mehr traut«, antwortete Will selbst.

»Das ist nicht wahr.«

»O doch«, gab Will zurück. »Und ich kann Euch keinen Vorwurf daraus machen. Aber das ist jetzt sechs Monate her, Everard. Ich möchte helfen; etwas Sinnvolles tun, stattdessen sitze ich nur hier herum und schlage die Zeit tot. Wenn Ihr mich nicht länger in der Bruderschaft dulden wollt, dann schließt mich aus Eurem Kreis aus. Wollt Ihr das nicht, dann gebt mir eine Gelegenheit, den Fehler wiedergutzumachen, den ich begangen habe.«

Nach kurzem Zögern nickte Everard unmerklich.

Ein Hoffnungsschimmer keimte in Will auf, erlosch aber wieder, als der Priester fortfuhr.

»Du hast Recht. Ich habe dich aufgrund dessen, was du getan hast, tatsächlich von gewissen Dingen ferngehalten, aber nicht, um dich zu bestrafen. Ich wollte einfach nur vorsichtig sein. Aber wenn ich dich zu Baybars schicke, stehst du nicht nur dem Mann von Angesicht zu Angesicht gegenüber, den du mit so glühendem Hass verfolgst, dass du alles verraten hast, worauf du Eide geschworen hast, nur um ihn tot zu sehen, sondern du begibst dich auch in große Gefahr. Du weißt, wie viele Männer wir im Lauf der letzten Jahre zu Baybars gesandt haben, um mit ihm zu verhandeln, und wie wenige zurückgekommen sind. Er könnte die Gelegenheit nutzen, uns zu zeigen, wie wenig ihm an Frieden liegt, indem er euch allen die Kehle durchschneiden und eure Köpfe in einem Korb an uns zurückschicken lässt.« Everard ließ sich wieder auf den Stuhl sinken. »Und obwohl du dir in den letzten Jahren alle Mühe gegeben hast, mich ins frühe Grab zu bringen, möchte ich doch, dass dein Kopf dort bleibt, wo er jetzt sitzt, William.«

»Ich glaube nicht, dass Baybars so etwas tun würde«, erwiderte Will. »Es wäre feige und ehrlos, und der Sultan ist weder das eine noch das andere. Ich will ihm diesen Vertrag bringen.« Seine Stimme klang nach wie vor ruhig, aber jetzt schwang ein drängender Unterton darin mit. »Ich habe Euch noch nie um einen persönlichen Gefallen gebeten, Everard, aber ich tue es heute. Lasst mich diese Aufgabe übernehmen.«

Everard griff erneut nach Schreibfeder und Messer, dann legte er beides mit einem ärgerlichen Seufzer beiseite. »Du schwörst mir, nicht unüberlegt zu handeln?« Ehe Will antworten konnte, schüttelte der Priester den Kopf. »Nein, schwöre es nicht mir, schwöre es beim Namen deines Vaters.«

»Ich schwöre es, Everard.« Will sah dem alten Mann fest in die Augen. »Ich werde Euch nicht noch einmal enttäuschen.«

Nach einiger Zeit nickte Everard langsam.

In den Ställen herrschte eine glühende Hitze; die stickige, nach Pferdemist riechende Luft machte das Atmen nahezu unmöglich. Simon stapelte Säcke mit Hafer auf dem Heuboden. Der Schweiß rann ihm in Strömen über das Gesicht, und immer wieder musste er die ständig um seinen Kopf herumschwirrenden Fliegen fortscheuchen. Jeder Muskel seines Körpers schmerzte, und seine sonnengebräunten Wangen leuchteten vor Anstrengung hochrot. Er setzte einen Sack ab und griff nach einem auf dem Boden stehenden Wasserkrug.

»Simon?«

Beim Klang der Stimme fuhr er so erschrocken hoch, dass er sich den Kopf an einer Futterkrippe stieß. Fluchend ließ er den Krug fallen, der auf dem Boden zerschellte, und drehte sich um.

Im Stalleingang stand eine hochgewachsene Frau mit kupfergoldenem Haar. Simon hatte ihre Stimme schon erkannt, noch ehe er zu ihr herumgefahren war, aber es versetzte ihm trotzdem einen Schock, sie so greifbar nah in ihrem rosenfarbenen Kleid vor sich stehen zu sehen. Sie war ein Anblick, nach dem er sich jeden Tag der vergangenen vier Jahre gesehnt und vor dem er sich zugleich maßlos gefürchtet hatte.

»Ich habe deinen Brief bekommen«, sagte Elwen. Sie wirkte älter, reifer und gefasster als früher.

»Ich dachte nicht, dass du wirklich kommen würdest.«

»Ich auch nicht. Lange Zeit nicht. Aber ich wollte das Heilige Land doch schon immer gern sehen.«

Simon wischte sich die Hände an seiner Tunika ab und trat zögernd ein paar Schritte auf sie zu. »Wie bist du hergekommen?«

»Mit einem Handelsschiff.«

»Die Königin hat dich einfach so aus ihren Diensten entlassen?«

»Ich habe die Reise überhaupt erst auf Königin Marguerites Drängen hin angetreten. Nachdem König Louis' Leichnam nach Paris zurückgebracht worden war und wir ihn in St.-Denis bestattet hatten, war der Palast ein freudloser Ort. Viele der anderen Diener verließen ihn, weil sie ein Leben ohne ihren Herrn dort nicht ertragen konnten. Ich entschloss mich, bei der Königin zu bleiben. Als ich deinen Brief erhielt, zerriss ich ihn.« Elwen zuckte die Achseln. »Aber ich hob die Fetzen auf – warum, weiß ich selbst nicht. Die Königin fand sie eines Tages und brachte aus mir heraus, was das alles zu bedeuten hatte.«

Die Vorstellung, dass die Königin sein Geheimnis kannte, trieb Simon das Blut in die Wangen.

»Sie sagte, ich sollte gehen«, fuhr Elwen fort. »Sie sagte, ich sollte keine Gelegenheit, die Liebe zu finden, ungenutzt verstreichen lassen, weil sich den Menschen im Leben nur so wenige böten. Ich weiß ja nicht, was mich hier erwartet, Will ist ein Ritter, und wir können ja nie ...« Elwen geriet ins Stocken. »Außerdem wollte ich dir sagen, dass ich deine Botschaft erhalten habe.« Ihre grünen Augen ruhten nachdenklich auf ihm. »Und dass ich verstehe, warum du damals so gehandelt hast.«

Simon wandte den Blick ab. »Möchtest du Will sehen?«, fragte er leise.

»Er ist hier? Ich wusste nicht, ob ...« Elwen holte tief Atem und nickte. »Ich denke schon. Ja«, fügte sie entschlossen hinzu. »Ja, ich würde ihn gern sehen.« Sie blickte über ihre Schulter hinweg zum Haupttor, neben dem ein paar Sergeanten Wache standen. »Aber ich sollte besser nicht allzu viel Aufmerksamkeit auf mich lenken. Die Wächter haben mich nur eingelassen, weil ich behauptet habe, ich wäre die Nichte des Großmeisters.« Plötzlich grinste sie, und Simon erkannte Züge des mutwilligen jungen Mädchens in ihr wieder, das sich vor so vielen Jahren heimlich an Bord der *Endurance* geschlichen hatte.

»Ich verstehe.« Simon blickte sich um. Die Ställe lagen verlassen da. Die meisten Sergeanten nahmen in der Großen Halle ihr Mittagsmahl ein, mussten aber bald damit fertig sein. Simon ging zur Sattelkammer hinüber, in der die Sättel und das Zaumzeug aufbewahrt wurden. »Du kannst hier warten, wenn du möchtest.« Er öffnete die Tür. »Und ich gehe Will suchen ...« Seine Stimme brach, und er musste sich räuspern, weil sich ein Kloß in seiner Kehle gebildet hatte. »Ich bringe ihn zu dir.«

Während er sprach, scharrte er unbehaglich mit den Füßen. Seine dicken, muskulösen Arme baumelten schlaff an seinen Seiten herunter, die Hände waren zu Fäusten geballt, und er konnte ihr nicht in die Augen sehen. In seinem Gesicht spiegelte sich der Widerspruch zwischen seinen Worten und Gefühlen deutlich wider. Elwen kam sich mit einem Mal vor wie eine Diebin. »Danke«, sagte sie weich. Sie konnte nur hoffen, dass das genug war.

Will verließ gerade die Unterkünfte der Ritter, als er Simon über den Hof trotten sah. Er blickte in seine Richtung, blieb stehen und hob dann kurz eine Hand. Vier junge Sergeanten passierten lachend die Lücke zwischen ihm und dem Stallburschen. Als sie an ihnen vorbeigelaufen waren, bemerkte Will den Ausdruck auf Simons Gesicht. Er ging quer über den Hof, der sich allmählich mit Rittern und Sergeanten füllte, auf seinen Freund zu. »Stimmt etwas nicht?«

»Alles in Ordnung.« Simon winkte hastig ab.

Will hob eine Braue. »Du siehst aus, als hätte gerade dein Lieblingspferd das Zeitliche gesegnet.«

Simon rang sich ein gequältes Lächeln ab. »Nein, es ist wirklich nichts passiert. Ich habe nur … nun ja, ich habe eben eine ziemliche Überraschung erlebt – eine, die dich auch interessieren dürfte.«

»Eine Überraschung?«

»Will.«

Beide drehten sich um. Robert kam auf sie zu. Sein feines blondes, im Nacken zusammengebundenes Haar war von der Sonne fast so weiß gebleicht wie sein Mantel.

Robert nickte Simon zu, dann legte er Will kameradschaftlich einen Arm um die Schulter. »Hast du mit Everard gesprochen?«

»Ja.«

»Und?«

»Er will sich bei Edward für mich einsetzen.«

»Gut.« Robert grinste. »Dann wagen wir uns gemeinsam in die Höhle des Löwen.«

»Will«, murmelte Simon. »Du musst mit mir kommen.«

Will sah ihn geistesabwesend an. »Sag mir doch einfach, was los ist.«

Simon machte Anstalten, etwas zu erwidern, doch dann schüttelte er den Kopf. »Das solltest du besser mit eigenen Augen sehen.«

Er wandte sich ab und ging in die Richtung zurück, aus der er gekommen war.

Will grinste Robert verschwörerisch zu. »Er muss zu lange in der Sonne gearbeitet haben. Ich bin gleich wieder da.«

Robert nickte. »Du findest mich in der Waffenkammer.«

»Jetzt warte doch«, rief Will Simon nach.

Simon achtete nicht auf ihn, sondern steuerte unbeirrt auf die Ställe zu.

Kurz vor dem Eingang blieb Will stehen. »Simon«, sagte er leise, aber bestimmt, als der Freund im Stall verschwinden wollte.

Simon drehte sich zögernd um.

»Ich habe keine Zeit für Spielchen. Sag mir einfach, was du auf dem Herzen hast. Ich habe heute noch einiges zu erledigen.«

»Komm einfach einen Moment herein«, beharrte Simon, wandte sich ab und huschte in den Stall.

Will unterdrückte einen gereizten Seufzer und folgte ihm. Simon stand mit undurchdringlicher Miene neben der Sattelkammer. Er öffnete die Tür und trat zur Seite. Will, dem das seltsame Gebaren des Freundes Unbehagen einflößte, trat ein paar Schritte vor und blieb dann wie erstarrt auf der Schwelle stehen, als die Frau im Raum sich zu ihm umdrehte. Sonnenstrahlen, die durch die Ritzen in der Wand hinter ihr fielen, hüllten sie in ein Netz aus Goldfäden ein. Will spürte, wie sein Mund trocken wurde. Tausende von Worten drängten sich ihm über die Lippen, doch nur eines kam heraus, mit einer heiseren, gepressten Stimme, die einem Fremden zu gehören schien.

»Elwen.«

Die Frau lächelte leicht. »Hallo, Will Campbell.«

Will trat einen Schritt auf sie zu, ohne zu bemerken, dass Simon leise die Tür hinter sich schloss.

Schweigen breitete sich aus und hüllte sie beide ein. Die ganze Welt schien auf diesen engen, stickigen, beißend nach Leder und Mist riechenden Raum zusammenzuschrumpfen. Das Gefühl war so stark, dass Will gegen einen leichten Schwindel ankämpfen musste. Er merkte, dass er weder Atem geholt noch den Blick von Elwen abgewandt hatte, seit er den Raum betreten hatte, deshalb zwang er sich, den Kopf zu senken und zu Boden zu starren. Der Schwindel ebbte ab.

»Wie geht es dir?« Elwen ließ ihn nicht aus den Augen.

Will schüttelte benommen den Kopf. »Gut.« Er nahm sich zusammen. »Und dir?«

»Auch gut.«

Will hob plötzlich den Kopf und sah sie an. »Elwen, ich wollte nicht einfach so ohne ein Wort fortgehen. Ich wollte nie, dass all das passiert … nichts davon«, stieß er hervor.

»Warum bist du dann gegangen?« Ihr Tonfall veränderte sich, wurde jetzt ernst, fast anklagend. »Warum warst du …« Sie hielt inne, senkte den Blick, dann sah sie ihm trotzig in die Augen. »Warum warst du mit diesem Mädchen zusammen?«

Will fuhr sich mit einem schweren Seufzer mit der Hand über die Stirn. »Erinnerst du dich noch an das Buch, das du für Everard stehlen solltest?«

»Das, das ich dem Troubadour abgenommen habe? Natürlich.«

»Und weißt du auch noch, dass ich jemanden verfolgen sollte, der es dann uns gestohlen hat?«

»Ja.« Sie nickte. »Du hast es mir erzählt, als wir uns im Palast begegnet sind. Und du mich gebeten hast, deine Frau zu werden.«

Will betrachtete angelegentlich die Spitzen seiner Schuhe. »An diesem Abend, als Everard und ich Reisevorbereitungen trafen, schickte mir Garin de Lyons einen Brief, der angeblich von dir kam. Damit lockte er mich in diese Schänke.« Will hob hilflos die Schultern. »Ich ging dorthin, weil ich dachte, ich sollte mich dort mit dir treffen. Und dann wurde ich von einem Mann überfallen, der das Buch für sich selbst wollte. Er und Garin haben mich gezwungen, ihnen zu verraten, wo es ist, und dann hat Garin mich betäubt, auf das Bett in dieser Kammer gelegt und dort zurückgelassen.«

»Garin?« Elwen zog verwirrt die Brauen zusammen. Simon hatte ihr in seinem Brief nur wenig verraten; nur so viel, dass er sie angelogen und genau gewusst hatte, dass Will nicht betrunken gewesen war, sondern unter Einfluss eines starken Schlafmittels gestanden hatte. »Warum sollte er so etwas tun?«

»Der Mann, der mich in diesem Gasthaus niedergeschlagen hat, hat auch ihn unter Druck gesetzt.« Will schüttelte den Kopf. »Aber all das hat heute keine Bedeutung mehr, dieser Mann ist tot, und Garin sitzt im Kerker. Das Einzige, was zählt, ist, dass du weißt, ich war nicht freiwillig in diesem Haus.«

»Und das Mädchen? Wie konntest du sie das tun lassen? Warum hast du sie nicht daran gehindert? Sie war noch blutjung, und du …«

»Sie was tun lassen?«, unterbrach Will. »Ich habe sie überhaupt nichts tun *lassen.*« Seine Stimme klang hart und kalt. Er hatte Mühe, seinen aufkeimenden Zorn zu bezähmen und ruhig weiterzusprechen. »Ich war nicht bei mir. Ich wusste gar nicht, was mit mir geschieht. Und ich kann mich bis heute nur bruchstückhaft an diese Nacht erinnern.« Er runzelte die Stirn. »Ich glaube, eine Zeit lang habe ich sie für dich gehalten. Ich bin ja dorthin gegangen, um dich dort zu treffen, und das und der Schlaftrunk haben wohl meine Sinne verwirrt. Und als ich dann merkte, dass dieses Mädchen eine völlig Fremde war, und ich sie abschütteln wollte, stellte ich fest, dass ich gelähmt war. Ich konnte kein Glied rühren, ich konnte noch nicht einmal sprechen.«

Elwen nickte langsam. »Wenn das alles wahr ist, warum hast du mir das nie erklärt? Warum bist du ohne ein Wort fortgegangen und nie wiedergekommen?« Ihre Augen füllten sich mit Tränen, und sie wandte sich abrupt ab.

Will wollte zu ihr gehen, aber ihm war, als hielte ihn eine unsichtbare Hand zurück. »Sowie ich am nächsten Morgen erfuhr, was geschehen war, wollte ich sofort zu dir, aber Everard hielt mich davon ab. Ich… ich weiß nicht, warum ich auf ihn gehört habe. Ich kann mich kaum noch an etwas erinnern, ich war zu verwirrt. Er erzählte mir von Garin, und ich…«

»Dir lag mehr daran, dich an ihm zu rächen, als an mir«, schloss Elwen, sich zu ihm umdrehend. Aber ihre Stimme klang jetzt nicht mehr anklagend, sondern ruhig und sachlich.

»Ich kann nicht erklären, wie mir damals zumute war«, erwiderte Will leise. »Wie es war, einfach einem anderen Menschen die Entscheidung zu überlassen; sich sprachlos und hilflos zu fühlen. Ich kam mir besudelt vor, besudelt und missbraucht. Ich musste mich davon reinwaschen, sonst hätte ich nicht weiterleben können, Elwen. Everard, Simon und ich nahmen Garins Verfolgung auf, doch dann wurde ich plötzlich krank. Wir mussten fast drei Monate in Orléans bleiben. Ich wäre beinahe gestorben. Als ich mich wieder erholt hatte, hatte Garin das Buch schon außer Landes geschafft und Simon ein Schiff ausfindig gemacht, das uns ins Heilige Land bringen würde, und ich wusste, dass ich die Sache zu Ende bringen musste, sosehr ich auch danach verlangte, zu dir zurückzukehren. Ich hätte sonst niemandem mehr ins Gesicht sehen können.«

»Warum hast du mir nie geschrieben?«, flüsterte Elwen, nachdem sie lange geschwiegen hatte.

»Ich habe es ja versucht. Ich habe Hunderte von Briefen begonnen und keinen davon zu Ende gebracht. Die Zeit verging, und irgendwann dachte ich, du wärst inzwischen sicherlich verheiratet und hättest eine Familie und wärst glücklich. Ich wollte dir nicht wehtun oder mich in ein Leben drängen, in dem für mich kein Platz mehr war. Und ich hatte Angst«, schloss er lahm, dann murmelte er: »Ich war ein Narr.«

»Allerdings.« Elwen presste die Lippen zusammen, dann begann sie zu seiner Überraschung zu lächeln. »Weißt du noch, wie wir über das Heilige Land gesprochen haben, als wir jung waren?«

Will nickte stumm.

Elwens Lächeln wurde breiter. »Als ich ein junges Mädchen war und im Palast in Paris lebte, träumte ich oft davon, dass wir gemeinsam dorthin gehen würden. An nebligen Wintertagen schloss ich die Augen und malte mir aus, wir würden auf einem warmen marmornen Balkon eines goldenen Palastes stehen, dessen Wände und Böden mit Juwelen geschmückt waren, und auf ein unglaublich blaues Meer hinausblicken.« Sie hatte die Augen halb geschlossen. »Du trugst den Mantel eines Ritters und eine schimmernde Rüstung und ich ein weißes Seidenkleid. Du nahmst mich in die Arme und sagtest mir, du würdest mich lieben. An diesem Traum habe ich jahrelang festgehalten.« Elwen breitete die Arme aus, als wollte sie die übel riechende, vollgestopfte Kammer mit dem mit Stroh bedeckten Boden und den rissigen, spinnwebverhangenen Wänden umarmen, und lachte. Es klang weder spöttisch noch bitter, sondern leise, klar und von Herzen kommend.

Will sah sie an. Er versuchte, es zu unterdrücken, konnte aber nicht an sich halten, und dann lachten sie beide. Im nächsten Moment lagen sie einander in den Armen, kicherten und schluchzten zugleich und hielten sich so eng umschlungen, als wollten sie sich nie wieder loslassen. Endlich löste sich Elwen leicht verlegen von Will.

»Ich weiß noch nicht einmal, wie du überhaupt hierhergekommen bist«, murmelte Will.

»Das ist eine lange Geschichte.« Elwen fuhr sich mit dem Handrücken über die Augen. »Und eine, die ich dir später einmal erzähle. Kurz zusammengefasst bin ich mit einem Kaufmann gekommen, einem Venezianer.«

»Hast du schon eine Unterkunft?«

»Ja, ich wohne bei ihm.« Elwen fing Wills Blick auf und lächelte. »Er beliefert den königlichen Haushalt in Paris mit Waren. Auf Königin Marguerites Bitte hin hat er mir hier Arbeit und Logis angeboten. Er besitzt im venezianischen Viertel eine Tuchfabrik. Er ist ein guter Mann, und er hat eine nette Frau und drei Töchter, mit denen ich mich sehr gut verstehe.«

Will gab das Lächeln zurück. Draußen erklang Glockengeläut,

und er blickte sich um. »Ich wünschte, wir könnten uns noch eine Weile länger unterhalten, aber…«

»Ich weiß«, schnitt sie ihm das Wort ab. »Ich muss gehen. Das verstehe ich.«

»Nein, das verstehst du nicht. Hör zu, Elwen, es kann sein, dass ich Akkon für ein paar Tage verlassen muss. Es gibt da etwas, was ich noch zu erledigen habe.«

Elwen nickte stumm.

»Wenn ich zurück bin, können wir in Ruhe miteinander reden.« Er blickte an seinem Mantel hinunter. »Ich weiß zwar nicht, was wir dann… ob wir überhaupt…«

Elwen hielt einen Finger gegen seine Lippen. »Sprich nicht weiter. Wir müssen jetzt noch nicht so weit in die Zukunft denken. Mir ist alles hier noch so fremd. Ich brauche selbst noch etwas Zeit.« Sie schob sich an ihm vorbei, dann blieb sie stehen, stellte sich auf die Zehenspitzen und küsste ihn auf die Wange. »Wir sehen uns, wenn du wieder hier bist.«

Nachdem sie gegangen war, blieb Will eine Weile reglos in der Sattelkammer stehen. Dort, wo ihre Lippen seine Wange berührt hatten, schien sich ein brennendes rotes Mal gebildet zu haben.

47

Ordenshaus Akkon
20. Mai A.D. 1272

»Geht behutsam damit um. Meine Unterschrift ist kaum trocken.«

Will nahm die Lederhülse entgegen, die Prinz Edward ihm reichte. Als er sie in seine Satteltasche schob, spürte er die Last der Verantwortung schwer auf seinen Schultern ruhen. Everard hatte mehr getan, als dafür zu sorgen, dass Will die Gruppe begleiten durfte – er hatte den Prinzen gebeten, ihm das Kommando zu übertragen.

»Seid Ihr sicher, dass die Truppe groß genug ist, edler Prinz?«

Edward wandte sich an den Großmeister der Hospitaliter. »Wir rechnen nicht mit einem Kampf, Master de Revel.«

»Aber wir können nicht wissen, ob es nicht trotzdem dazu kommt. Und selbst wenn Baybars diesmal sein Wort hält – bis nach Cäsarea ist es ein Zweitageritt. Auch die Beduinen benutzen diese Straße. Sie könnten eine so kleine Reitergruppe als leichte Beute betrachten.«

»Das halte ich für ziemlich unwahrscheinlich«, erklang die tiefe Stimme von Thomas Bérard, dem Templergroßmeister. Edward und Hugues de Revel drehten sich um, als er auf sie zukam. »Außerdem, Bruder«, fügte er, an den Hospitalitermeister gewandt, hinzu, »wollen wir nicht unnötig kriegerisch wirken. Schließlich überbringen wir dem Sultan einen Friedensvertrag.«

Hugues de Revel schürzte die Lippen, nickte dann aber säuerlich. »Ich wollte nur zur Vorsicht mahnen, Bruder. Wir müssen um jeden Preis verhindern, dass irgendetwas schiefgeht.«

Die drei Männer blickten Will an.

Will neigte den Kopf. »Es wird nichts schiefgehen, Ihr Herren.«

Die beiden Großmeister wandten sich ab, um mit den anderen Würdenträgern aus Akkon zu sprechen, die beim Aufbruch der Gruppe zugegen waren.

Edward zögerte noch einen Moment. »Viel Glück, Campbell«, sagte er endlich.

Will sah ihm nach, als er zu seinen drei Rittern hinüberging, die sich auf ihre Pferde schwangen.

Edwards Pläne, dem Heiligen Land eine Waffenruhe zu verschaffen, waren besser aufgegangen, als es irgendjemand erwartet hatte. Der Prinz war auch, wie Will erfahren hatte, für Garins Entlassung aus der Kerkerhaft verantwortlich. Nach vier Jahren in der Zelle war der Ritter vor drei Tagen ohne jegliche Vorankündigung frei gelassen worden. Er hatte sich noch kurz von Will verabschiedet, bevor er blass, abgemagert und nur noch ein Schatten seiner selbst das Ordenshaus durch den Dienstboteneingang verlassen hatte – als ein auf Lebenszeit aus dem Orden ausgeschlossener Verbannter. Als Will Everard gefragt hatte, wieso er seine Meinung geändert habe, hatte der Priester erwidert, der neue Hüter der Anima Templi habe sich für den Gefangenen eingesetzt. Anscheinend hatte Edward bei seinem Besuch in der Zelle tiefes Mitleid mit Garin empfunden, einige Monate später mit Everard und dem Seneschall gesprochen und sich, als er die Gründe für Garins Einkerkerung erfahren hatte, erboten, den Ritter nach England mitzunehmen. Dort sollte er ihm bei seiner Arbeit für die Anima Templi als Sekretär zur Hand gehen. Ihn erwarteten harte Arbeit und wenig Freiheit, aber auf diese Weise würde er, so hatte der Prinz ausgeführt, doch wenigstens Gelegenheit haben, sein Wissen und seine Fähigkeiten zum Wohl der Bruderschaft einzusetzen, statt nutzlos in seinem Verlies zu vermodern. Everard, dem Will schon seit längerer Zeit zugesetzt hatte, das harte Strafmaß noch einmal zu überdenken, hatte schließlich nachgegeben.

Aber obwohl Will keinen triftigen Grund hatte, an den Motiven des Prinzen zu zweifeln, flößte ihm irgendetwas an Edward noch immer Unbehagen ein, so wie eine Rauchschwade, die über einem Wald aufstieg, oder ein gespenstischer Schatten an einer Wand.

»William.«

Will hob den Kopf. Everard schlurfte auf ihn zu. Trotz der Hitze hatte er sich die Kapuze seines Umhangs tief ins Gesicht gezogen.

»Gib gut darauf Acht«, murmelte der Priester, auf die Satteltasche deutend.

»Das werde ich.«

»Du hältst unser aller Hoffnung in Händen.«

Will registrierte halb überrascht, halb bestürzt, dass Everards blutunterlaufene Augen in Tränen schwammen. Sein verwittertes Gesicht drückte höchste Besorgnis aus. »Vielleicht sollte ich dich doch lieber begleiten«, sagte er leise, dabei blickte er zu den im Hof versammelten Rittern hinüber, die Wasserschläuche an ihren Gürteln befestigten und Helme und Schwertgurte zurechtrückten. Zu der Gruppe gehörten außer Edwards Männern noch sechs

Templer, vier Hospitaliter und drei Deutschordensritter, die mit Will nach Cäsarea reiten würden; eine Abordnung, die die vereinte Kraft des Christentums demonstrieren sollte.

»Keine Sorge, Bruder«, beruhigte Will den alten Mann mit fester Stimme. »Ich werde den Vertrag sicher nach Cäsarea bringen, dafür bürge ich Euch.«

Das runzlige Gesicht des Priesters verzog sich zu einem schiefen Lächeln. »Ich weiß, William, ich weiß.« Er trat zurück, als Will auf sein Pferd stieg und es zu Robert de Paris und den anderen Templern hinüberlenkte. Robert unterhielt sich gerade mit Simon.

Dieser lächelte, als er Will sah. »Hier, ich habe noch einen für dich aufgetrieben.« Er hielt einen Wasserschlauch in die Höhe.

»Ich habe schon einen.« Will klopfte auf den Schlauch, der an seiner Satteltasche befestigt war.

»Natürlich.« Simon nickte. »Das hätte ich mir denken können.«

»Aber ein zweiter kann ja nicht schaden«, fügte Will hinzu, als sich sein Freund abwandte, und streckte eine Hand aus. »Gib ihn mir hoch.«

Während Will den Schlauch neben dem anderen befestigte, blies Simon die Wangen auf und hakte die Daumen in seinen Gürtel. »Na dann … viel Glück.«

Will verdrehte lachend die Augen. »Warum tut jeder so, als würden wir nicht zurückkommen?« Er sah Robert an. »So etwas trägt nicht gerade dazu bei, uns Mut zu machen, nicht wahr?«

»So habe ich das nicht gemeint«, protestierte Simon.

Will grinste. »Wir sehen uns in ein paar Tagen wieder.«

Cäsarea, 22. Mai A. D. 1272

Die Stadt Cäsarea war eine Trümmereinöde. Die Gebäude waren dem Erdboden gleichgemacht worden; die hohen Säulen der Kathedrale ragten schwarz gen Himmel, doch das Kuppeldach, das sie einst getragen hatten, war verschwunden. Ruß, Staub und Sand wehten durch die verlassenen Straßen und Säulengänge und bedeckten alles mit einer pudrigen grauen Schicht.

Baybars, der von einem Hügel aus auf das Resultat eines seiner Feldzüge hinabblickte, empfand die Stille der verwüsteten Stadt als seltsam bedrückend. Er wandte sich an Kalawun, der neben ihm auf seinem Pferd saß. »Wir werden unser Lager in der Stadt aufschlagen. Schick Kundschafter aus, um sicherzugehen, dass uns dort niemand auflauert, und dann stell ringsum Wachposten auf. Wir werden sie einkreisen, sobald sie in die Stadt hineinreiten.«

»Ja, Herr.«

»Kalawun?« Baybars' Blick wanderte einmal mehr über Cäsarea hinweg.

»Herr?«

Die Miene des Sultans verfinsterte sich. »Sobald sie gesichtet werden, reitest du ihnen entgegen und nimmst sie in Empfang. Bring den Anführer zu mir – allein – und sorg dafür, dass die anderen Männer streng bewacht werden.« Seine Stimme klang rau. »Wir müssen vorsichtig sein, Kalawun. Die Zeit der Franken in diesem Land ist fast abgelaufen. Noch ein vernichtender Schlag, und wir sind endgültig von ihnen befreit. Aber ein in die Enge getriebenes Tier ist gefährlich. Vielleicht wollen sie die Gelegenheit nutzen, um einen weiteren Anschlag auf mich zu verüben.« Seine Augen verdunkelten sich bei der Erinnerung an den Mordversuch der Assassinen. »Triff alle notwendigen Vorkehrungen, damit dies nicht geschieht.«

»Wie du befiehlst, Herr.«

Will und die anderen Ritter erreichten die zerstörte Stadt am frühen Abend. Die Sonne tauchte die Ruinen in einen bernsteinfarbenen Glanz, dahinter brachen sich die Wellen des Meeres leise rauschend am Ufer. Seevögel flatterten, von den vorbeireitenden Rittern aufgeschreckt, hoch und stießen heisere, verärgerte Schreie aus. Die Männer schwiegen betreten, als sie durch eine

Lücke in der halb niedergerissenen Mauer in die Stadt hineinritten. Nur der Hufschlag ihrer Pferde zerriss die gespenstische Stille. Will kam es so vor, als befänden sie sich in einem Grabmal oder einer Kirche; einem Ort, wo Menschen ihre Stimmen nicht erheben sollten.

»Ausgerechnet hier sollen wir einen Friedensvertrag schließen?«, murmelte Robert.

Will gab keine Antwort. Ihm erschien Cäsarea als eine überaus passende Stätte dafür. So war es einst, schienen die Trümmer ihm zuzuraunen. Und so wird es wieder sein, antwortete die Schriftrolle in seiner Satteltasche.

»Wir sind nicht allein«, warnte einer von Edwards Männern plötzlich mit gedämpfter Stimme.

Noch während der Ritter sprach, stach Will etwas Goldenes ins Auge, das in der Abendsonne aufblitzte. Ein Mameluckenkrieger auf einem Schlachtross tauchte zwischen zwei halb verfallenen Gebäuden auf. Er trug die Uniform des Bahri-Regiments, Baybars' königlicher Leibwache, und beobachtete die vorbeireitende Truppe, ohne irgendeine Regung erkennen zu lassen. Wills Herz begann zu hämmern, als sich vier weitere berittene Krieger aus einer Seitenstraße lösten und gleichfalls zwischen den Häusern Posten bezogen.

»Da vorne«, raunte Robert ihm zu; dabei nickte er zu einem Dach hinüber, von dem aus man die gesamte Straße überblicken konnte.

Dort oben stand ebenfalls ein Mamelucke, einen Pfeil an die Sehne seines Bogens gelegt, und folgte jeder Bewegung der Ritter mit seiner Waffe. Geröll knirschte unter Pferdehufen, als zwei weitere Soldaten aus einer Gasse geritten kamen.

»Was hat das zu bedeuten?«, grollte einer der Hospitaliter. Seine Hand fuhr an den Griff seines Schwertes.

»Sie treiben uns zusammen wie eine Viehherde«, erwiderte ein Templer, als vier Mamelucken vor ihnen auftauchten und ihnen den Weg versperrten.

Die Ritter hielten sich eng beieinander, die meisten hatten ihre

Waffen gezogen, doch die vier Soldaten vor ihnen machten keine Anstalten, sie aufzuhalten, sondern sahen ihnen lediglich stumm entgegen.

»Ich glaube, sie wollen, dass wir diesen Weg einschlagen«, meinte Will, als die Gruppe an eine Kreuzung gelangte. Links von ihnen erstreckte sich eine breite, mit Schotter übersäte Straße, die zu den jämmerlichen Überresten einer ehemaligen Kathedrale führte. Innerhalb der noch stehenden Mauern hatte der Rest der Mameluckentruppe ihr Lager aufgeschlagen. Will sah Pferde, Karren und eine Vielzahl von Männern, hundert oder mehr, die an niedrigen Lagerfeuern saßen. »Kommt mit, und zeigt keine Furcht«, forderte er seine Begleiter auf und trieb sein Pferd die verlassene Straße entlang.

Nachdem Everard ihm mitgeteilt hatte, dass er die Gruppe anführen sollte, war Will angespannt und nervös gewesen; ein Gefühl, das angehalten hatte, bis sie die schützenden Mauern von Akkon verlassen hatten. Doch sowie sie in feindliches Gebiet gelangt waren, war seine Unruhe schlagartig verflogen; er hatte sich mit Gedanken an Elwen von der bevorstehenden Begegnung mit Baybars abgelenkt. Doch nun, in der bedrückenden, nur durch gelegentliche Vogelschreie unterbrochenen Stille dieser toten Stadt senkte sich erneut Furcht auf ihn herab und legte sich wie eine dunkle Decke über ihn und den kleinen Reitertrupp.

Will musste an das Schicksal seines Vaters und an Everards Warnungen denken, die er so leichten Herzens in den Wind geschlagen hatte. Und er dachte erneut an Elwen. Ihr Bild nahm in seinem Kopf Gestalt an, und in diesem Moment beschloss er, um jeden Preis am Leben zu bleiben, egal was heute Abend geschehen würde. Doch als er merkte, dass die Mamelucken ihnen folgten und die Entfernung zwischen ihnen und der kleinen Armee in der Kathedrale immer kürzer wurde, schalt er sich einen Narren.

Als die Ritter die Kathedralenruine fast erreicht hatten, kam ihnen eine Abordnung von sieben Mamelucken entgegen. An ihrer Spitze ritt ein hochgewachsener Mann, dessen Gewand und Rüstung ihn als hochrangigen Offizier auswiesen. Die Truppe machte kurz vor ihnen Halt, und der Anführer stieg von seinem Pferd.

»Jetzt sitzen wir in der Falle«, stellte einer der Templer fest, dabei nickte er viel sagend zu den Mamelucken hinüber, die ein Stück hinter ihnen die Straße blockierten.

Will sprang von seinem Pferd und öffnete die Satteltasche. Robert stieg gleichfalls ab und baute sich neben ihm auf, als der hochgewachsene Mann vor ihnen stehen blieb.

»Assalaamu aleikum«, begrüßte ihn Will in der Hoffnung, dass das jahrelange Übersetzen arabischer Abhandlungen ihm zu einer halbwegs verständlichen Aussprache verholfen hatte. »Mein Name ist William Campbell. Ich bin gekommen, um im Namen von Prinz Edward von England und der Regierung Akkons mit Sultan Baybars über eine Waffenruhe zu verhandeln.«

Der Mann lächelte über Wills schweren Akzent, aber seine Belustigung wirkte eher gutmütig als spöttisch. »*Wa-aleikum assalaam*, William Campbell«, erwiderte er. Er sprach bewusst langsam, damit Will ihm folgen konnte. »Ich bin Amir Kalawun. Ihr habt den Vertrag bei Euch?« Als Will nicht gleich antwortete, runzelte er die Stirn und wiederholte die Frage.

»Ja«, bestätigte Will, während er den Mann forschend musterte.

»Kommt mit mir. Eure Männer können hier warten.«

»Was sagt er?«, fragte einer von Edwards Rittern.

Als Will Kalawuns Worte übersetzte, schüttelte Robert den Kopf. »Nein. Sag ihm, dass wir damit nicht einverstanden sind. Wir werden dich begleiten.«

Will wandte den Blick nicht von Kalawun ab. Der Mameluckenkommandant strahlte trotz seiner beeindruckenden Statur eine ruhige Gelassenheit aus, und in seinen braunen Augen funkelte eine wache Intelligenz. Ein Diplomat im Körper eines Kriegers, dachte Will. »Schon gut«, sagte er zu Robert. »Ich gehe allein. Ich glaube kaum, dass wir eine andere Wahl haben.«

Kalawun hob eine Hand, als Will auf ihn zutrat. »Ihr müsst Euer Schwert ablegen.«

Will zögerte, dann löste er seinen Schwertgurt und legte das Krummschwert vor sich in den Staub.

»Kommt langsam auf mich zu«, wies Kalawun ihn an. »Hebt die Arme.« Dann tastete er Will sorgfältig nach verborgenen Waffen ab und nickte.

»Ihr habt meinen Vater gekannt«, flüsterte Will ihm zu, als Kalawun seine Ärmel überprüfte. »James Campbell. Everard de Troyes hat mir von Euch erzählt.«

Kalawun hielt mit seiner Tätigkeit inne und vergewisserte sich, dass sich die Bahri-Krieger außer Hörweite befanden. »Ich habe ihn nicht persönlich gekannt«, erwiderte er, während er sich betont langsam Wills anderen Ärmel vornahm. »Wir sind uns nie begegnet, es wäre für mich zu gefährlich gewesen. Aber trotzdem kommt es mir vor, als wären wir enge Vertraute gewesen.«

»Ich setze das Werk meines Vaters fort«, sagte Will leise.

»Dann werden wir uns vielleicht eines Tages wiedersehen, William Campbell.« Kalawun trat einen Schritt zurück. »Und jetzt wollen wir dem Sultan den Vertrag überreichen.« Er wollte sich abwenden, besann sich dann aber. »Seid auf der Hut«, murmelte er. »Sultan Baybars hegt keine große Liebe für Euer Volk, für Euren Orden schon gar nicht, und seit einem kürzlich erfolgten Attentat der Assassinen auf ihn, hinter dem seiner Meinung nach die Franken stecken, ist er noch argwöhnischer geworden. Vermeidet plötzliche Bewegungen und sprecht nur, wenn Ihr dazu aufgefordert werdet. Seine Leibwächter haben Anweisung, Euch sofort zu töten, wenn sie fürchten, Ihr könntet ihm etwas zuleide tun.«

Wills Magen krampfte sich vor Unbehagen zusammen, als er an Kalawuns Seite die Straße entlangschritt und das von Feuern und Fackeln erleuchtete Lager betrat. Das rote Kreuz auf seinem Mantel schien blutig aufzuleuchten und alle Augen auf ihn zu lenken. Er kam sich mit einem Mal furchtbar verwundbar vor.

In Inneren der Kathedrale – dort, wo einst der Altarraum gewesen war – war ein Thron mit Armlehnen in Form von goldenen Löwen aufgestellt worden, zu dem bröckelige Stufen emporführten. Durch Löcher in den dahinter liegenden noch verbliebenen Wänden konnte Will das Meer sehen. Auf dem Thron saß hoch aufgerichtet, angetan mit einem kostbaren Brokatgewand und einer kunstvoll geschmiedeten schimmernden Rüstung, Baybars Bundukdari, die Armbrust, Sultan von Ägypten und Syrien und Mörder seines Vaters.

Ein zischelndes Geräusch erklang, als sich Will und Kalawun den Stufen näherten. Wills Blick fiel auf eine neben der kleinen Treppe zusammengekauerte Gestalt in grauen Lumpen, die ihn mit funkelnden weißen Augen und gefletschten Zähnen beobachtete. Dahinter standen fünf Bahri-Krieger; jeder hielt eine Armbrust auf Will gerichtet.

»Ihr dürft Euch dem Sultan nähern«, sagte Kalawun neben ihm, woraufhin Will leicht zusammenschrak, aber mit respektvoll gesenktem Blick vorsichtig auf den Thron zuging. Sein Herz hämmerte fast schmerzhaft gegen seine Rippen. Auf der obersten Stufe blieb er stehen und verneigte sich, dann hob er den Kopf.

Der Blick aus den blauen Augen des Sultans, von denen eines aufgrund einer Fehlbildung in Form eines kleinen weißen Sterns seltsam glitzerte, traf ihn wie ein Blitzschlag. Während er in diese Augen starrte, begann eine Stimme in seinem Kopf zu flüstern: *Dieser Mann hat deinen Vater getötet, du hast versucht, diesen Mann zu töten.* Die Worte hallten so klar und deutlich in seinen Ohren wider, dass er einen entsetzlichen Moment lang fürchtete, sie laut ausgesprochen zu haben.

Er stand nur wenige Fuß von dem Mann entfernt, der den Tod seines Vaters befohlen hatte. Will malte sich aus, wie er beide Hände um Baybars' Hals legte und das Leben aus ihm herauspresste. Er wusste, dass er von Armbrustbolzen durchbohrt werden würde, noch ehe es ihm gelang, den Sultan zu berühren, aber das war es nicht, was ihn abhielt. Der Gedanke stieß ihn ab. Das, wovon er so lange geträumt hatte, erschien ihm auf einmal nur noch verachtenswert. Sein Rachedurst war gänzlich erloschen. Diese Erkenntnis überraschte ihn.

All dies schoss Will innerhalb weniger Sekunden durch den Kopf, dann fasste er sich wieder, beugte sich vor und hielt Baybars den Friedensvertrag hin.

Baybars zeigte keine Reaktion. Will zögerte, dann zog er den Arm kaum merklich zurück.

Nach einer langen Pause, während der er Will eindringlich musterte, ergriff Baybars schließlich das Wort. »Wie ist Euer Name, Christ?«

»William Campbell.«

Wieder herrschte längere Zeit Schweigen, nur das Rauschen der Brandung war zu hören. Dann sprach Baybars weiter. »Ihr habt einen Vertrag für mich, William Campbell?«

Will reichte ihm die Rolle. Er war sich deutlich bewusst, dass alle Augen auf ihm ruhten. Als Baybars das Dokument entgegennahm, berührten sich ihre Finger flüchtig. Der Sultan öffnete die Lederhülle, entnahm ihr zwei zusammengerollte Pergamentbögen, strich sie glatt und las jeden gründlich durch, dann winkte er einen Mann in einem grünen Seidengewand und einem juwelenbesetzten Turban auf dem Kopf zu sich, der bei einer kleinen Gruppe identisch gekleideter Männer stand. Will hielt sie für Baybars' Berater. Der Mann trat zu dem Sultan, studierte die Dokumente kurz und gab sie ihm dann mit einem Nicken zurück. Ein Schreiber kam mit einem gläsernen Tablett herbei, auf dem eine kleine Phiole und eine Schreibfeder lagen. Will wartete, bis der Sultan die Dokumente unterschrieben hatte, dann gab ihm Baybars einen Pergamentbogen und die Hülle zurück.

Fast ehrfürchtig nahm Will den auf zehn Jahre, zehn Monate und zehn Tage begrenzten Friedensvertrag entgegen, der den Franken das Besitzrecht für die Landgebiete, die ihnen noch geblieben waren, sowie die ungehinderte Nutzung der Pilgerstraße nach Nazareth zusicherte.

Spürbare Erleichterung lief durch die Reihen der Anwesenden, als sich Baybars zurücklehnte und Will den Vertrag in die Lederhülle zurückschob.

Plötzlich erklang hinter ihm eine Stimme. »Kommt«, sagte Kalawun, der die Stufen emporgestiegen war. »Ich bringe Euch zu Euren Männern zurück.«

Will reagierte nicht, sondern blieb stehen, wo er war, und starrte den Sultan an. Die Armbrustschützen strafften sich. Kalawun legte ihm warnend eine Hand auf die Schulter.

Baybars runzelte die Stirn und beugte sich argwöhnisch vor.

Als Will zu sprechen begann, überschlugen sich die Worte fast. »Edler Sultan, ich möchte Euch um die Erlaubnis bitten, zur Festung Safed reiten zu dürfen. Mein Vater wurde dort während der Belagerung getötet, und ich möchte ihm die letzte Ehre erweisen und ihn begraben. Ich weiß, dass ich kein Recht habe, diesen Wunsch zu äußern und Ihr keinen Anlass habt, mir meine Bitte zu gewähren, aber ...« Er geriet ins Stocken, seine Zuversicht schwand, und die fremdländischen Worte wollten ihm nicht mehr über die Lippen kommen. »Aber es ist sehr wichtig für mich«, schloss er.

Aus den Augenwinkeln heraus bemerkte er, dass die Leibwächter und Berater erstaunte, belustigte und missbilligende Blicke wechselten. Kalawun neben ihm schien zu erstarren.

Baybars musterte Will einen Moment lang mit neu erwachtem Interesse, dann nickte er. »Ich werde Eurem Wunsch entsprechen«, sagte er in die Stille hinein. »Aber Ihr werdet nicht von Euren, sondern von meinen Männern begleitet werden.« Ohne den Blick von Will zu wenden, winkte er zwei der Armbrustschützen zu sich, die ihre Waffen sinken ließen und vortraten. »Bringt ihn nach Safed«, befahl der Sultan. »Und dann sorgt dafür, dass er sicher nach Akkon zurückkehrt.«

»Ich danke Euch«, murmelte Will.

»Damit wäre dann wohl alles geklärt«, erwiderte Baybars, lehnte sich in seinem Thron zurück und legte die Hände auf die Löwenköpfe. »Ihr könnt gehen.«

Will wandte sich ab, stieg die Stufen hinunter und verließ die Kathedrale. Erst jetzt ließ seine innere Anspannung allmählich nach.

Draußen war es fast völlig dunkel geworden. Die silberne Mondsichel hing über der Stadt.

»Das war sehr töricht und leichtsinnig von Euch«, tadelte Kalawun sanft, als sie zu den wartenden Rittern zurückkehrten. Die beiden Bahri, die Will als Eskorte zugeteilt worden waren, folgten ihnen in einiger Entfernung.

»Ich weiß. Aber ich musste es tun.« Will hob sein Krummschwert, das er hatte zurücklassen müssen, vom Boden auf.

»Ja, ich verstehe es.« Kalawun neigte den Kopf. »Friede mit Euch, William Campbell.«

»Und mit Euch.«

Kalawun drehte sich um und schritt die Straße hinunter.

»Hat er unterschrieben?«

Will blickte sich um, als Robert hinter ihn trat. »Ja, er hat unterschrieben. Und du musst jetzt dafür sorgen, dass der Vertrag sicher nach Akkon gelangt.«

»Wie meinst du das?« Robert runzelte die Stirn. »Wo gehst du denn hin?«

Will lächelte, als er Robert die Lederhülle mit der Schriftrolle reichte. »Ich muss einen Geist endgültig zur Ruhe betten.«

Anmerkung der Autorin

Als vor fünf Jahren das Konzept für diesen Roman entstand, war mir von Anfang an klar, dass ich die Geschichte der Kreuzzüge sowohl aus der Sicht des Westens als auch der des Ostens erzählen wollte. Die wirklichen Männer, die sich hinter den Mythen verbergen, welche sich um die Templer ranken, haben mich ebenso fasziniert wie der kometenhafte Aufstieg des Mameluckenkriegers Baybars, der bis zum heutigen Tag im Mittleren Osten als Held verehrt wird.

Ich habe mich bemüht, mich so dicht an historische Ereignisse und Charaktere zu halten, wie es mir möglich war, ohne Erzähltempo und Plot zu beeinträchtigen. Das Ergebnis ist ein Roman, der teilweise auf Fakten beruht, teilweise vollständig meiner Fantasie entsprungen ist und manchmal eine Mischung aus beidem darstellt. Was in Ayn Jalut, Safed und Antiochia geschah, hat sich vermutlich fast genau so zugetragen, wie ich es beschrieben habe. Die Anima Templi habe ich frei erfunden; Everards Gralsbuch basiert locker auf einer Gralsromanze des 13. Jahrhunderts, dem *Perlesvaus*, einem anonymen, von Seiten der Kirche sehr umstrittenen Werk, das möglicherweise von einem Tempelritter verfasst worden ist. Beweise dafür existieren allerdings nicht. Auch der Überfall auf die Templer bei Honfleur ist pure Fiktion, aber König Henry III. wurde tatsächlich gezwungen, dem Orden, bei dem er Schulden hatte, die er nicht zurückzahlen konnte, die Kronjuwelen als Pfand zu überlassen.

Um den Roman so detailgetreu wie möglich zu gestalten, habe ich über hundert verschiedene Quellen zu Rate gezogen – einige rein sachliche, einige äußerst fantasievolle und viele sehr widersprüchliche, aber alle haben ein lebendiges Bild von dieser geschichtlichen Periode gezeichnet. Die, auf die ich mich am stärksten gestützt habe, verdienen es, an dieser Stelle erwähnt zu werden, als da sind Stephen Runcimans Trilogie *A History of the Crusades* (Cambridge University Press); Piers Paul Read: *The Templars* (Weidenfeld & Nicolson); Helen Nicholson: *The Knights Templar: A New History* (Sutton Publishing); Terence Wise: *The Wars of the Crusades* (Osprey Publishing Ltd.); Malcolm Billings: *The Cross and the Crescent: A History of the Crusades* (BBC Publications); Malcolm Barber: *The Trial of the Templars* (Cambridge University Press) und David Nicolle: *History of Medieval Life: A Guide to Life from 1000 to 1500 A. D.* (Chancellor Press).

Aus dem Werk von Malcolm Barber habe ich zwei Zitate von Bernard de Clairvaux entnommen sowie eine Übersetzung eines Augenzeugenberichts über ein Initiationsritual der Templer, die in meine eigene Beschreibung solcher Riten eingeflossen ist.

Robyn Young, August 2005

Glossar

AKKON: eine an der Küste Palästinas gelegene, 640 n. Chr. von den Arabern besetzte Stadt. Sie wurde Anfang des 12. Jahrhunderts von den Kreuzrittern erobert und bildete den wichtigsten Hafen des neuen Königreiches Jerusalem. Akkon wurde von einem König regiert, doch in der Mitte des 13. Jahrhunderts entbrannte unter den einheimischen fränkischen Edelleuten ein Streit um die Herrschaft, und von dieser Zeit an wurde die Stadt mit ihren siebenundzwanzig eigenständigen Vierteln oligarchisch regiert.

AMIR: Arabisch für »Kommandant«, auch als Titel für Herrscher gebräuchlich.

ASSASSINEN: eine im 11. Jahrhundert gegründete Fanatikersekte. Die Assassinen waren Anhänger der ismailischen Splittergruppe der schiitischen Muslime und breiteten sich im Lauf der Jahre über mehrere Länder aus, darunter auch Syrien. Hier bildeten sie unter dem Befehl ihres berüchtigten Anführers Sinan, des »Alten vom Berge«, einen unabhängigen eigenen Staat, in dem sie herrschten, bis sie schließlich in die von Baybars kontrollierten Mameluckengebiete zurückgetrieben wurden.

AYUBIDEN: eine Dynastie, die während des 12. und 13. Jahrhunderts in Ägypten und Syrien herrschte und die Mamelucken-Armee (Mamelucke = Sklave) ins Leben rief. Saladin entstammte dieser Blutslinie; während seiner Herrschaft gelangten die Ayubiden auf den Höhepunkt ihrer Macht. Der letzte Ayubide war

Turan-Schah, der von Baybars auf Befehl des Mameluckenkommandanten Aibek ermordet wurde. Mit seinem Tod endete die Ayubidendynastie, und die Herrschaft der Mamelucken begann.

BERNARD DE CLAIRVAUX (1090–1153): Abt und Gründer des Zisterzienserklosters in Clairvaux in Frankreich. Bernard sympathisierte von Anfang an mit den Templern und trug maßgeblich zur Erstellung der Ordensregeln bei.

BESANT: eine zuerst in Byzanz geprägte Goldmünze des Mittelalters.

DEUTSCHORDENSRITTER: ein ähnlich wie die Templer und Hospitaliter aufgegliederter militärischer Orden, der seinen Ursprung in Deutschland hat. Der Deutschritterorden wurde 1198 gegründet, und während seiner Zeit im Heiligen Land war er für die Bewachung des nordöstlich von Akkon gelegenen Gebietes zuständig. Mitte des 13. Jahrhunderts eroberten die Ritter das Land Preußen, das später ihr Sitz wurde.

DOMINIKANER: dieser Orden, dessen Regel auf der des heiligen Augustinus basiert, wurde 1213 in Frankreich von Dominic de Guzman gegründet. Guzman, der einen asketischen Katholizismus vertrat, bediente sich des neuen Ordens, um der Kirche bei der Ausrottung der als Ketzer geltenden Katharer zu helfen. In England waren sie als Schwarze Mönche, in Frankreich als Jakobiner bekannt. Die Dominikaner, die auch nach Guzmans Tod viel Zulauf fanden, verurteilten den Luxus, in dem viele Priester lebten, und waren sehr gebildete Männer. 1233 wurden sie vom Papst beauftragt, die Ketzerei mit allen Mitteln zu bekämpfen, und offizielle Inquisitoren wurden ernannt. Ab 1252 war es diesen Inquisitoren gestattet, die Folter anzuwenden, um Geständnisse zu erzwingen, und viele Dominikaner wurden Mitglieder dieser neuen Institution, die später als Inquisition Angst und Schrecken verbreitete.

DONJON: Hauptturm mittelalterlicher Burgen.

DSCHIHAD: bedeutet eigentlich »zerschlagen«. Das Wort hat sowohl eine weltliche als auch eine spirituelle Bedeutung. Im weltlichen Sinn steht es für den heiligen Kampf zum Schutz und zur Verbreitung des Islam, im spirituellen Sinn bedeutet es den inneren Kampf eines jeden Moslems gegen irdische Versuchungen.

ENCEINTE: Umwallungslinie einer Festung mit allen Einzelwerken bzw. äußere Umwallung als Verbindung der Außenforts.

FRANKEN: im Mittleren Osten bezog sich der Begriff »Franken« (*al-Firinjah*) auf alle westlichen Christen. Im Westen war es der Name des germanischen Volkes, das im 6. Jahrhundert das später als Frankreich bekannte Gallien eroberte.

GRALSROMANZEN: ein im 12. und 13. Jahrhundert sehr populärer Zyklus von Romanzen; die erste davon war Robert de Barrons am Ende des 12. Jahrhunderts entstandenes Werk *Joseph d'Arimathie*. Von dieser Zeit an wurde der Gral, dessen Ursprung der prächristianischen Mythologie zugeordnet wird, christianisiert und in die Artussage aufgenommen und erlangte durch die Werke des französischen Dichters Chrétien de Troyes, der auch spätere Schriftsteller wie Malory und Tennyson beeinflusste, große Berühmtheit. Im darauffolgenden Jahrhundert wurde die Gralsthematik häufig aufgegriffen, unter anderem auch von Wolfram von Eschenbach, dessen *Parsifal* Wagner zu seiner Oper inspiriert hat. Romanzen waren höfische, häufig in mundartlichen Versen gehaltene Geschichten, in denen sich historische, mythische und religiöse Themen vereinten.

GRIECHISCHES FEUER: das im 7. Jahrhundert in Byzanz erfundene griechische Feuer bestand aus Pech, Schwefel und Naphta und wurde im Krieg dazu benutzt, um Schiffe und Festungen in Brand zu setzen.

GROSSMEISTER: das Oberhaupt eines militärischen Ordens. Der Großmeister der Templer wurde von einer Ordensratsversammlung auf Lebenszeit gewählt und hatte sein Hauptquartier bis zum Ende der Kreuzzüge in Palästina.

JOHANNITERRITTER: ein im späten 11. Jahrhundert gegründeter Orden, dessen Name sich vom Hospital Johannes des Täufers in Jerusalem ableitet, wo das erste Hauptquartier der Johanniter lag. Die auch als Hospitaliter bekannten Ritter hatten es sich ursprünglich zum Ziel gesetzt, sich um christliche Pilger zu kümmern, doch nach dem ersten Kreuzzug schlugen sie andere Wege ein. Sie unterhielten zwar auch weiterhin ihre Hospitäler, befassten sich aber hauptsächlich mit dem Bau zahlreicher Burgen im Heiligen Land, der Rekrutierung neuer Ritter und dem Erwerb von Ländereien. Sie verfügten über ebenso viel Macht und Ansehen wie die Templer; die beiden Orden standen in starker Rivalität zueinander. Nach dem Ende der Kreuzzüge verlegten die Johanniter ihr Hauptquartier nach Rhodos und dann nach Malta, wo sie als Malteserritter bekannt wurden.

KALIF: ein Titel, der Herrschern der muslimischen Gemeinschaft, die als Mohammeds Nachfolger galten, verliehen wurde. Das Kalifat wurde 1921 von den Türken abgeschafft.

KÖNIGREICH JERUSALEM: das lateinische Königreich Jerusalem wurde 1099, nachdem die Stadt von den Rittern des ersten Kreuzzuges erobert worden war, gegründet. Sein erster Regent war der fränkische Graf Godfrey de Bouillon. Jerusalem wurde die Hauptstadt der Kreuzfahrer, die die Stadt im Laufe der nächsten beiden Jahrhunderte mehrmals an Feinde verloren und sie wieder zurückeroberten, bis sie 1244 endgültig in die Hände der Muslime fiel, woraufhin die Kreuzfahrer Akkon zu ihrer neuen Hauptstadt erklärten. Während der ersten Kreuzzüge schufen die westlichen Eroberer noch drei weitere Staaten: das Fürstentum Antiochia und die Grafschaften Edessa und Tripolis. Edessa fiel 1144, Antiochia wurde 1268 von Baybars eingenommen, Tripolis fiel 1289, und Akkon, die letzte große Stadt, die noch von den Kreuzfahrern gehalten wurde, 1291, was das Ende des Königreiches Jerusalem und der Macht des Westens im Mittleren Osten einläutete.

DAS KREUZ NEHMEN: sich auf einen Kreuzzug begeben. Der Ausdruck rührt von den Stoffkreuzen her, die denjenigen übergeben wurden, die schworen, in Outremer für das Christentum zu kämpfen.

KREUZZÜGE: von wirtschaftlichen, religiösen und politischen Idealen bestimmte Bewegungen der Europäer im Mittelalter. Papst Urban II. rief 1095 in Clermont in Frankreich zum ersten Kreuzzug auf. Dieser Ruf war ursprünglich als Antwort auf die Bitte um Hilfe seitens des griechischen Kaisers in Byzanz gedacht, dessen Reich von den Türken bedroht wurde. Die römische und die griechisch-orthodoxe Kirche waren seit 1054 gespalten, und Urban sah in dieser Bitte die Chance, die beiden Kirchen wieder zu vereinen und so dem Katholizismus in der östlichen Welt zu größerer Macht zu verhelfen. Dieses Ziel erreichte er aber nur vorübergehend im Rahmen des vierten Kreuzzuges im Jahr 1204. Im Lauf von zwei Jahrhunderten wurden über 11 Kreuzzüge von Europas Küste in das Heilige Land geführt.

LEONARDIE: eine unbekannte Krankheit, deren Symptome denen des Skorbuts ähnelten, z. B. schwere Erschöpfungszustände, Haarausfall und Aufplatzen und Abschälen der Haut. Richard Löwenherz soll an der Leonardie gelitten haben.

MADRASA: eine religiöse Schule, die sich dem Studium der Gesetze des Islam widmet.

MAMELUCKEN: mit dem aus dem Arabischen stammenden Wort, das »Sklave« bedeutet, wurden die königlichen Leibwächter bezeichnet. Sie stammten vornehmlich von den Türken ab und wurden von den Ayubidensultanen Ägyptens gekauft und zu einer Armee muslimischer Krieger ausgebildet. Die zu ihrer Zeit als »Templer des Islam« bekannten Mamelucken erlangten 1250 eine Vormachtstellung in Ägypten, als sie Sultan Turan-Schah, einen Neffen Saladins, töteten und die Kontrolle über das Land übernahmen. Unter Baybars dehnte sich das Mameluckenimperium auch auf Syrien aus. Die Mamelucken waren entscheidend für das Ausmerzen fränkischer Einflüsse im Mittleren Osten verantwortlich. Nach dem Ende der Kreuzzüge 1291 hielt ihre Herrschaft an, bis sie 1517 von den ottomanischen Türken gestürzt wurden.

MARSCHALL: in der Templerhierarchie der höchste Militärkommandant.

MONGOLEN: ein Nomadenvolk, das bis zum späten 12. Jahrhundert in den Steppen Ostasiens lebte und dann von Dschingis Khan vereint wurde. Dieser ernannte Karakorum zu seiner Hauptstadt und führte von dort aus eine Reihe massiver Eroberungsfeldzüge. Als Dschingis Khan starb, umfasste sein Reich Asien, Persien, Südrussland und China. Die Mongolen mussten ihre erste große Niederlage 1260 bei Ayn Jalut hinnehmen, wo sie von Baybars und Kutus besiegt wurden; im 14. Jahrhundert begann der endgültige Niedergang ihres Reiches.

ORDENSHAUS: in diesen Gebäudekomplexen, zu denen Unterkünfte für die Bewohner, Werkstätten und für gewöhnlich eine Kapelle gehörten, war die Verwaltungseinheit eines militärischen Ordens untergebracht.

OUTREMER: französisches Wort für das Heilige Land, das eigentlich »Übersee« bedeutet.

QUINTANA: Zielreiten bei Turnieren; der Ritter muss dabei mit der Spitze seiner Lanze einen an einem Strick hängenden Ring treffen.

REGEL, die: die Templerregel wurde 1129 mit Hilfe des heiligen Bernard de Clairvaux im Rahmen des Konzils von Troyes aufgestellt, wo der Templerorden offiziell anerkannt wurde. Sie ist zum Teil ein religiöser, zum Teil ein militärischer Kodex, der den Mitgliedern des Ordens vorschreibt, wie sie sich in ihrem täglichen Leben und im Kampf zu verhalten haben. Im Laufe der Jahre wurde die Regel ständig erweitert, und im 13. Jahrhundert gab es über sechshundert Gebote, einige ernst zu nehmender als andere, die, wenn ein Ritter sie brach, seinen sofortigen Ausschluss aus dem Orden zur Folge hatte.

RICHARD LÖWENHERZ (1157–99): Sohn von Henry II. und Eleanor von Aquitanien. Richard regierte von 1189 bis zu seinem Tod im Jahr 1199 in England, verbrachte aber sehr wenig Zeit in seinem Reich. Zusammen mit Friedrich Barbarossa und Philip II von Frankreich führte er den dritten Kreuzzug an, um Jerusalem von Saladin zurückzuerobern.

SADIK: Arabisch für »Freund«.

SALADIN (1138–93): war kurdischer Abstammung und wurde 1173 Sultan von Ägypten und Syrien, nachdem er zahlreiche Machtkämpfe gewonnen hatte. Saladin führte seine Armee bei Hattin in die Schlacht gegen die Kreuzritter und brachte den Franken eine verheerende Niederlage bei. Auch eroberte er den größten Teil des während des ersten Kreuzzuges von den Christen geschaffenen Königreiches Jerusalem zurück, was Richard Löwenherz den Anlass gab, den dritten Kreuzzug gegen ihn zu führen. Saladin galt im islamischen Osten als Held, wurde aber auch von den Kreuzfahrern wegen seiner Tapferkeit und Ritterlichkeit sowohl bewundert als auch gefürchtet.

SARAZENEN: ein Begriff, den die Europäer des Mittelalters für alle Araber und Muslime verwendeten.

SCHIITEN UND SUNNITEN: zwei Zweige des Islam, die sich nach Mohammeds Tod bildeten, als zur Debatte stand, wer sein Nachfolger werden sollte. Die sunnitische Mehrheit glaubte, niemand könne Mohammeds Nachfolge antreten, und ernannte einen Kalifen zum Führer der muslimischen Gemeinschaft. Sunniten verehrten die ersten vier nach Mohammeds Tod eingesetzten Kalifen, deren Vorbild alle Muslime nacheifern sollten. Für die Schiiten stellt der Imam die Autoritätsperson dar, den sie als Erben des Propheten und Abkömmling von Mohammeds Schwiegersohn Ali, dem vierten Kalifen, betrachten. Sie lehnen die ersten drei Kalifen und die Traditionen des sunnitischen Glaubens ab.

SENESCHALL: der Verwalter eines Templergutes. In der Ordenshierarchie bekleidete er einen der höchsten Ränge.

TEMPELRITTER: ein im frühen 12. Jahrhundert nach dem ersten Kreuzzug ins Leben gerufener Ritterorden. Er wurde von Hugues de Payns gegründet, der mit acht französischen Rittern nach Jerusalem reiste, und nach dem Salomontempel benannt, wo sich das erste Hauptquartier befand. Die Templer, die 1128 beim Konzil von Troyes offiziell anerkannt wurden, folgten sowohl einer religiösen Regel als auch einem strikten Militärkodex. Ihre ursprüngliche Aufgabe sahen sie darin, christliche Pilger im Heiligen Land zu beschützen, aber sie wurden dank ihrer militärischen und kaufmännischen Fähigkeiten sowohl im Mittleren Osten als auch in Europa rasch zu einer der reichsten und mächtigsten Organisationen ihrer Zeit. Der Orden setzte sich aus drei Klassen zusammen: Sergeanten, Priester und Ritter, doch nur den Rittern, die ein Keuschheits-, Armuts- und Gehorsamsgelübde ablegen mussten, war es gestattet, den weißen Mantel mit dem roten Kreuz zu tragen.

ÜBERWURF: ein langes, ärmelloses Kleidungsstück aus Leinen oder Seide, das für gewöhnlich über einem Kettenhemd oder einer Rüstung getragen wurde.

VELLUM: aus Kalbshaut hergestelltes Pergament.

VISITATOR: ein Posten innerhalb der Ordenshierarchie, der im 13. Jahrhundert geschaffen wurde. Dem Visitator, der nur dem Großmeister unterstand, oblag die Verantwortung für die Verwaltung des gesamten Besitzes des Ordens im Westen.

Danksagungen

Zunächst einmal möchte ich Ihnen, den Lesern, dafür danken, dass Sie diese Zeilen lesen, ohne zu wissen, um wen es sich bei den hier aufgeführten Personen handelt. Nur so viel… ohne sie wäre dieses Buch nie geschrieben worden.

Mein Dank und viel Liebe gehen an Mum und Dad, die mir beide im Lauf der Jahre immer wieder Mut gemacht und geholfen haben, meinen Traum in die Wirklichkeit umzusetzen. Dank auch dem Rest meiner Familie – vor allem meinem Großvater Ken Young – für all die Geschichten, die sie mir erzählt haben.

Ein dickes Dankeschön gilt all meinen Freunden (ihr wisst schon, wer gemeint ist), für ihre tatkräftige Unterstützung. Ihr habt dafür gesorgt, dass ich während der Zeit, in der dieser Roman entstand, auch noch ein Leben abseits des Computers geführt habe. Danken möchte ich vor allem Jo, meiner zweiten Familie Sue und Dave, meinen Mitstreitern Clare, Liz, Niall und Monica, meinen Freunden und Tutoren von der Sussex University für ihre umfassende Beratung sowie Sophia, die einen kleinen lateinischen Ausrutscher korrigiert hat.

Großer Dank gebührt auch meinem Agenten Rupert Heath für seine unermüdliche Hilfe und dafür, dass er mich immer wieder zum Lachen gebracht hat; meinem Redakteur Nick Sayers, seiner Assistentin Anne Clarke und dem Rest des großartigen Teams von Hodder & Stoughton für den warmherzigen Empfang und ihre Begeisterung. Ein herzliches Dankeschön geht auch an meine amerikanische Redakteurin Julie Doughty, die immer zur rechten Zeit mit den richtigen Vorschlägen zur Stelle war.

Dank an Amal al-Ayoubi von der School of Oriental and African Studies, der mein Arabisch überprüft hat, und an Mark Philpott vom Centre for Medieval & Renaissance Studies und vom Keble College, Oxford, der mein Manuskript gründlich gelesen und so eine Amateurin davor bewahrt hat, sich allzu sehr im Netz historischer Fakten zu verstricken. Für alle Fehler, die in diesem Roman auftauchen, bin ich ganz allein verantwortlich.

Zu guter Letzt alles Liebe an Lee – für alles bereits Erwähnte und alles, was ich vielleicht vergessen habe.